Folge dem Ruf des Herzens

HELENA
MNISZKÓWNA

Folge dem Ruf des Herzens

Roman

*Aus dem Polnischen übersetzt
von Karin Wolff*

*Mit einem Nachwort
von Ewa Baglajewska-Miglus*

Weltbild

Die polnische Originalausgabe erschien unter dem Titel Trędowata.

Besuchen Sie uns im Internet:
www.weltbild.de

Genehmigte überarbeitete Lizenzausgabe für Verlagsgruppe Weltbild GmbH, Steinerne Furt, 86167 Augsburg

Umschlaggestaltung: Studio Höpfner-Thoma, München
Umschlagmotiv: AKG, Berlin
Gesamtherstellung: GGP Media GmbH, Karl-Marx-Straße 24, 07381 Pößneck
Printed in Germany
ISBN 3-8289-0604-4

2004 2003 2002 2001
Die letzte Jahreszahl gibt die aktuelle Lizenzausgabe an.

Band 1

1

Es tagte. Der Morgen brach an.

Der helle Streifen im Osten wurde breiter und breiter. Das Rosarot verblaßte immer mehr, wurde leuchtend, beinah transparent; der Himmel sah aus wie Brokat.

Die Luft, noch frisch von der Nachtkühle, sog die ersten Sonnenstrahlen auf, sie vertrieben die Nebelfeuchte des frühen Morgens; die Luft wurde mit jedem Augenblick erquickender.

Unzählige Vögel, eben vom Schlaf erwacht, zwitscherten und sangen. Die in zartes Maiengrün gehüllten Bäume wisperten zur Begrüßung der Morgenröte, der Vorhut der Sonne.

Das Palais in Słodkowce lag still, die hellen Mauern und die gestutzten frischgrünen Linden, die in einem Kranz die Vorderfront schmückten, waren ins strahlende Licht des Sonnenaufgangs getaucht.

Hinter Garten und Park verklang eben die Wirtschaftsglocke. In der Stille des frühen Morgens war ihr Ton durchdringend, scheppernd, und trug weit bis in die Stuben der Gutsarbeiter. Die Bewohner des Palais schliefen noch.

Nach einer Weile öffnete sich auf dem linken Flügel im Parterre ein Fenster. Der frische Atemhauch des Frühlings ließ die leichten Vorhänge flattern und streifte sacht das weizenblonde Haar von Stefa Rudecka, die neugierig in die Welt hinaus schaute.

Sie war noch nicht angezogen und ihr Zopf ein wenig zerzaust. Mit Wohlbehagen atmete sie die frische Luft ein. Die

Blumen im Tau, das lebhafte Vogelgezwitscher bezauberten sie, und sie geriet sanft ins Träumen.

Ihr frischer roter Mund lächelte wie der Maienmorgen, doch in ihren großen veilchenblauen Augen lag eine Schwermut, wie sie zu der Mädchengestalt nicht passen wollte; auch nicht zu der fröhlichen Stimme, mit der sie ausrief:

»Die Welt ist wundervoll! Ich schlafe ja doch nicht mehr ein, ich laufe in den Wald!«

Sie kleidete sich an, flocht den Zopf neu und steckte ihn auf dem Hinterkopf zu einem schweren Knoten auf; winzige Löckchen umspielten die zierlichen Ohren und die schön geformte Stirn. Ihr Kleid aus grauem Batist war schlicht, eine Kette aus rosa Korallen der einzige Schmuck.

Als sie fertig zum Ausgehen war, warf sie einen Blick in das benachbarte Zimmer. Die Vorhänge waren zugezogen, und der Raum sah aus, als schliefe er selber.

»Łucia schlummert süß und selig. Dann gehe ich eben allein«, flüsterte Stefa vor sich hin.

Auf Zehenspitzen durchquerte sie ein paar große elegante Räume. In der weiten Eingangshalle blieb sie ratlos vor der schweren verglasten Tür stehen, die abgeschlossen war.

Ein Diener eilte ihr zu Hilfe, der gerade, mit Bürsten in der Hand, über die Treppe ging. Seine noch schläfrigen Augen weiteten sich bei ihrem Anblick, doch zuvorkommend schloß er ihr die Tür auf, und sie stürmte hinaus in den Park.

Während sie über die Kieswege spazierte, pflückte sie schlanke weiße Narzissen. Lila Flieder, der in üppigen Dolden schwer von den Büschen hing, wiegte sich duftend in einer leichten Brise. Die Kelche der durchscheinend weißen Narzissen waren voller kühlem Tau; die rotbewimperten gelben Blütenaugen sahen aus wie verweint. Übermütig küßte das Mädchen die Blumentränen fort.

Mit einem Blumenstrauß verließ sie den Park und betrat den Obstgarten. Der Anblick, der sich ihr bot, entlockte ihr einen leisen Ausruf des Entzückens: Feierlich standen die Bäume in ihrem prachtvollen Kleid. Die Apfelbäume, ganz in Rosa, sahen jung und zärtlich aus. Die Kirschen, in das strahlende Weiß ihrer Blüten gehüllt, glichen jungen Mädchen im Hochzeitsstaat.

Der Duft war überwältigend. Ein leichter Wind wiegte die Zweige, die Bienen summten. Vom Duft wie berauscht, brach Stefa ein paar Kirschzweige, steckte sich Blüten ins Haar und in den Gürtel und wanderte, so geschmückt, den schmalen Weg zwischen den Beerensträuchern entlang. Der Weg führte hinter dem Garten in den Wald. Sie eilte auf die kleine Pforte zu, öffnete sie, und schon watete sie durch die feuchte, üppige Wiese, die den Obstgarten vom Wald trennte. Unter den hohen Kiefern und weitverzweigten Laubbäumen begann sie zu singen.

Doch bald schon war das Strahlen aus ihrem Gesicht verschwunden. Ihre Züge umwölkten sich, die Augen unter den dichten schwarzen Wimpern verloren ihren Glanz. Die Brauen gerunzelt, ließ sie den Saum ihres Kleides in das feuchte Moos sinken und murmelte unwirsch vor sich hin:

»Was hab ich schon für einen Grund zur Freude!« Seit einem Monat war sie jetzt Lehrerin auf Słodkowce. »Wie langsam doch die Zeit vergeht!«

Niemals hatte sie daran gedacht, eine Stellung anzunehmen, sie brauchte ihren Unterhalt nicht zu verdienen. Doch es war anders gekommen. Sie war die Tochter eines wohlhabenden Gutsbesitzers aus Kongreßpolen, der außer ihr noch zwei jüngere Kinder hatte. Sie selber war jetzt neunzehn. Während Stefa durch den Wald spazierte, ließ sie in Gedanken all die Umstände Revue passieren, die sie aus dem Hause getrieben hatten.

Die anmutige Gestalt von Edmund Prątnicki trat ihr deutlich vor Augen, und ihre kindlichen Empfindungen für diesen Mann... Von ihrer Schule eben nach Hause zurückgekehrt, überwältigte er Stefa durch seine Schönheit. Ohne nach Charakter und inneren Werten zu fragen, verliebte sie sich leidenschaftlich, zum erstenmal, blind, ohne ein Fünkchen wahrer Liebe. Prątnicki hatte ihr den romantischen und ein wenig exaltierten Kopf verdreht.

Stefa war in Warschau auf dem Pensionat gewesen und hatte Gemeinschaftskurse besucht. Das hatte ihr Gelegenheit gegeben, ein paar junge Leute, Gymnasiasten, Studenten, kennenzulernen. Es waren zumeist hochherzige junge Männer, voller

Enthusiasmus und Ideale. Andere konnte sich Stefa nicht vorstellen. Prątnicki nutzte ihre Leichtgläubigkeit aus, und weil ihn die Anmut des Mädchens erregte, wollte er es erobern. Er verstellte sich geschickt, und selbst die Rudeckis vermochte er für sich einzunehmen. Und so währte die Idylle.

Doch Stefas Vater, der sehr wohl wußte, daß die beiden sich ihre Gefühle offenbart hatten, ließ einen offiziellen Heiratsantrag nicht zu. Er ahnte, daß sich hier zwei völlig gegensätzliche Naturen begegnet waren.

An Edmunds edle Farben glaubte der alte Gutsbesitzer nicht. Er kannte Prątnickis »Papachen«, und der hatte unter dem Abschaum der Gesellschaft gewisse Kontakte. An seiner Tochter bemerkte Rudecki eine solche Begeisterung für hohe Ziele, einen Reichtum der Gefühle, daß er in tiefer Sorge die Beendigung der Idylle erwartete. Daß diese eintreten würde, daran zweifelte er nicht, und er fürchtete um Stefa ...

Die Vorahnungen trogen ihn nicht.

»Papachen Prątnicki« unterstützte zwar die Absichten seines Filius, begann jedoch mit dem Eifer eines Untersuchungsrichters, Stefas Mitgift nachzuspüren. Die Summe von nur Zwölftausend entrüstete ihn. Dem Sohn erläuterte er die Sinnlosigkeit einer solchen Verbindung und überredete ihn, diese aufzulösen. Mit seinem guten Aussehen und seinem Namen sollte der Sohn doch mit Leichtigkeit eine Hunderttausender-Partie an Land ziehen.

Zu jener Zeit zweifelte Stefa längst an dem blendenden Glanz ihres Traumbilds. Sie unternahm alle möglichen Versuche, um Eintrübungen zu entdecken. Ihre Intelligenz und Sensibilität drängten sie dazu. Doch den Grund für den Verzicht gab ihr »Papa Prątnicki« selber an die Hand, als er den Heiratsantrag bei ihrem Vater mit der Frage nach der Höhe ihrer Mitgift einleitete.

Diese Worte machten alles zunichte. Herr Rudecki lehnte in aller Entschiedenheit ab, froh darüber, die wahren Absichten der Prątnickis noch rechtzeitig entdeckt zu haben.

Stefa aber, die sich nichtsdestotrotz des edlen Charakters ihres Edmund versichern wollte, betrachtete ihn kühl, ohne sich von seinem Witz, seinem Charme, seinem bezaubernden Äußeren weiter beirren zu lassen, und gewahrte nun das Brandmal seines Egoismus und seiner Eitelkeit, und statt erhabener Empfindungen erblickte sie eine brutale Natur, die nur nach eigenem Genuß strebte.

In Gedanken versunken, ließ sich Stefa auf einem Baumstumpf nieder, umschlang ihre Knie und ließ traurig den Kopf sinken.

Die erste Enttäuschung des Lebens hatte viel Bitterkeit in ihr zurückgelassen. Ihr einstiger, grenzenloser Glaube an die Menschen war jetzt so matt wie ihre Begeisterungsfähigkeit. Sie selbst glaubte sich nicht mehr fähig zu leidenschaftlicheren Gefühlen, wobei sie ganz vergaß, daß sie erst neunzehn Lenze zählte und ein lebhaftes Temperament besaß.

Nachdem sie mit Edmund gebrochen hatte, beschloß Stefa, von zu Hause fortzugehen. Brennende Scham und ein tiefes Bedauern quälten sie, sie wollte nur weit weg, so weit es nur irgend ging. In ihren Träumen war es die große weite Welt, bunt und vielfältig. Mit den strahlenden Visionen, die ihre Phantasie ihr vorgaukelte, wurde ihr die Enge bewußt, in der sie bisher gelebt hatte. Nach einem kurzen inneren Kampf ging sie mit ihrem Vater auf Reisen, um für sich eine Anstellung als Lehrerin zu suchen.

Die Suche erwies sich als schwierig. Sowohl Stefa als auch Herr Rudecki waren mit dem Angebotenen unzufrieden. Dann wiederum erschien Stefa einigen Damen zu hübsch, zumal wenn sie selber Anspruch darauf erhoben oder häßlichere Töchter hatten. Doch nach etlichen Mißerfolgen fand sich die geeignete Position. Baronin Ełzonowska störte Stefas Schönheit nicht, im Gegenteil – sie war von ihr eingenommen.

Allerdings fragte die Baronin das junge Mädchen, ob es sich auf Słodkowce nicht langweilen würde, wo sie mit der Tochter, ihrem alten Vater und einem gleichfalls alten Residenten, dem ehemaligen Lehrer ihres Bruders, allein lebte. Doch Stefa verlangte es nach Stille und Abgeschiedenheit, sie erklärte sich sogar einverstanden, während der Ferien nicht heimzureisen. Die Abgelegenheit von Słodkowce erschreckte sie, und doch fühlte sie sich von ihr angezogen.

Herr Rudecki, der der Baronin die Geschichte erzählt hatte,

die der Abreise seiner Tochter vorausgegangen war, bat jene um fürsorgliche Obhut für sein Kind, was man ihm ein wenig von oben herab, jedoch mit einem Unterton von Herzlichkeit versprach.

Die hocharistokratische Abstammung der Baronin beunruhigte ihn. So etwas wünschte er nicht für seine Tochter, denn er wußte nur allzu gut, daß schon in Bürgerhäusern Lehrerinnen die unterschiedlichste Behandlung zuteil wurde. Er zitterte bei dem Gedanken, daß seiner Stefa in einem hochherrschaftlichen Palast eine Beleidigung widerfahren könnte. Allerdings war ihm ebenso wohl bewußt, daß sich die Aristokratie mit Stammbaum ausnehmend höflich gab und daß ein wirklich großer Herr aus uraltem Geschlecht immer zuvorkommender war als ein Parvenü, auch wenn der sich noch so hochherrschaftlich gebärdete. Der Name der Baronin beruhigte ihn letztendlich. Sie war eine große Dame, ein bißchen steif vielleicht, doch nicht unsympathisch.

Ihre Schülerin lernte Stefa unverzüglich kennen. Łucia war sechzehn. Ein zartes, verwöhntes, hübsches Mädchen mit sehr hellem Haar und blauen Augen, das sich sowohl äußerlich als auch ihrem Wesen nach von der Mutter unterschied. Sie und Stefa paßten wunderbar zueinander, und in Bälde verband sie eine Freundschaft wie unter Gleichaltrigen und Gleichgestellten.

Stefa erhob sich von dem Baumstumpf und ging tiefer in den Wald hinein. »Ob ich es hier bis zum Schluß aushalte? Ach, das bezweifle ich!« seufzte sie.

Ihre Liebe zu Prątnicki, schillernd und zerbrechlich wie ein kurzlebiger Schmetterling, war längst erloschen. Nunmehr beunruhigte sie etwas anderes. Alle waren hier gut zu ihr, besonders der alte Herr, Łucias Großvater, Herr Maciej Michorowski, der ganz der Typ des Magnaten war, aber eines liebenswürdigen Magnaten. Er brachte ihr viel Herzlichkeit entgegen, nannte sie Stenia, weil ihn die Zärtlichkeitsform ihres Vornamens an gute Zeiten seiner Jugend erinnerte, wie er sagte. Stefa wußte natürlich nicht, welcher Art diese Erinnerungen waren, doch sie war dem Greis dankbar für seine Freundlichkeit und väterliche Güte. Seinen Enkel hingegen, den Besitzer von Słodkowce und jungen Majoratsherrn, Waldemar Michorowski, mochte sie ganz und gar nicht. Er lebte zwei Meilen entfernt auf dem Hauptlandsitz des Majorats, auf Głębowicze, und hielt sich häufig in Słodkowce auf. Nie ließ er dabei eine Gelegenheit aus, sie aufs impertinenteste zu verspotten. Jedesmal, wenn er auftauchte, war ihre gute Laune dahin, seine boshaften Herausforderungen parierte sie mit Schweigen oder Zorn.

Der wird mich eines Tages dazu bringen, daß ich Słodkowce verlasse, dachte sie bedrückt.

Daß man den jungen Majoratsherren überall nur lobte und pries, wunderte Stefa sehr. Also benahm er sich nur ihr gegenüber so? Er erinnerte an Prątnicki, und zwar nach der Demaskierung.

Der hier geniert sich nicht, gibt sich nicht für einen edlen Charakter aus; die Brutalität seiner Wesensart stellt er offen zur Schau. Waldemar Michorowski ist die ungeschönte Wirklichkeit, ohne Illusion, ohne hehre Träume. Die unerfreulichen Gedanken beschleunigten Stefas Schritt.

Jede Kiefer im Wald, die Lichtung, selbst die Eichhörnchen und der Kuckuck erinnerten sie an das heimatliche Ruczajew; sie hatte Heimweh. Zum erstenmal fragte sie sich erschreckt, wie sie auf die Bedingung hatte eingehen können, in den Ferien nicht zur Familie zurückzukehren.

An einer sumpfigen Stelle des Waldes fand sie Vergißmeinnicht, Hahnenfuß, leuchtendgelbe Trollblumen, und mit Tränen in den Augen fing sie an sie zu pflücken. Den Vergißmeinnicht gab sie einen Kuß, weil die sie an das Erlenwäldchen von Ruczajew erinnerten.

Mit ihrem feuchtschimmernden Blumenstrauß kehrte sie in den Garten zurück. Die Sonne, die nun hoch am Himmel stand, ließ ihr Licht durch das Blattwerk der Bäume sickern und warf ihre goldenen Strahlen über das üppige Gras.

Da auf einmal bemerkte Stefa einen Reiter, der sich langsam über den Waldweg näherte, und sie zuckte zusammen: Es war Waldemar Michorowski.

Er ritt ein prachtvolles, lavaschwarzes Tier, und der wildlederne Sattel, die gelbe Satteldecke und das Zaumzeug in derselben Farbe sahen geradezu königlich aus. Der Araberhengst setzte die Füße, wie es seiner Rasse anstand: den Hals graziös geneigt, biß er nervös auf die Kandare. Der Majoratsherr saß fest und sicher im Sattel, in eleganter, auf Figur geschnittener Reitkleidung und hohen Reitstiefeln. Er war schlank und stattlich.

Stefa zog sich hinter einen Baum zurück, doch ihre abrupte Bewegung scheuchte eine Blauracke vom Ast. Schimpfend und mit lautem Flügelschlag erhob sich der Vogel in die Lüfte. Michorowski schaute ihm nach. Stefa stieg das Blut in den Kopf. O Gott, er hat mich gesehen ... Daß ich ihm auch immer wieder in die Arme laufen muß! Sie bückte sich zu den verstreuten Blumen hinunter und tat, als bemerke sie ihn nicht.

Doch da war er schon herangeritten, hatte die Kappe gezogen und rief amüsiert aus: »Guten Tag, meine junge Dame! Was treiben Sie denn hier so früh am Morgen? Wo haben Sie die vielen Blumen her? Unter diesen Bäumen sehen Sie wie eine Waldnymphe aus.«

»Und ich habe einen Werwolf getroffen ...«, entgegnete sie aufbrausend.

Er hob die Brauen und erwiderte mit einem maliziösen Lächeln: »In der Tat, ich wäre nichts lieber als ein Werwolf – mit Ihnen als Waldnymphe ...«

Stefa errötete heftig.

»Reiten Sie nach Słodkowce?« wechselte sie betont kühl das Thema.

»Ja. Und ich habe die Absicht, Sie dorthin zu begleiten.«

»Ich finde allein nach Hause.«

»Das bezweifle ich sehr! Vor allem können Sie all dieses Grünzeug nicht alleine tragen. Das wiegt ja ein ganzes Pud. Ich muß Ihnen unbedingt etwas abnehmen.«

Er sprang vom Pferd und wartete mit einer vornehmen Verbeugung darauf, daß sie ihm die Hand reichte. Stefa zögerte, dann hielt sie ihm empört die Hand hin, um sie rasch wieder zurückzuziehen.

»Aber ich würde doch gar nicht wagen, auch nur Ihre Fingerspitzen zu berühren! O nein! Ich bin wahr und wahrhaftig mit der Pest geschlagen!« rief er und breitete die Arme in komischer Hilflosigkeit aus. Sie hätte ihn am liebsten geohrfeigt.

Michorowski musterte sie mit einem ironischen Lächeln. Unter dem Blick seiner grauen Augen zuckte sie ärgerlich zusammen.

Sie sammelte ihre Blumen ein und verabschiedete sich mit einem stolzen Kopfnicken: »Adieu, mein Herr.«

»Was für eine energische junge Dame! Aber ich muß wirklich nach Słodkowce, und ein anderer Weg existiert nicht.«

Stefa bog in den Wald ein, dabei deutete sie auf den hellen Wegstreifen. »Bitte, reiten Sie nur.«

»Und Sie?«

»Ich gehe durch den Wald.«

»Ich kann Sie in dieser Wildnis doch nicht allein lassen. Sie sind heute so nervös, wie leicht kann man sich da verirren.«

Das Pferd am Zügel führend, trat er neben sie. Stefa preßte die Lippen zusammen. Sie ging rasch, schweigend. Er aber redete weiter, und seine Stimme klang noch spöttischer als sonst: »Wissen Sie was? Steigen Sie auf mein Pferd, und ich werde wie ein Page nebenhergehen. Oder noch besser: reiten wir zusammen. Für eine Waldnymphe und einen Werwolf wäre es durchaus angemessen.«

Stefa sagte nichts, beschleunigte nur ihren Schritt.

»Sie laufen vor mir davon wie vor einem Monstrum. Dabei bin ich doch ein ganz hübsches Kerlchen, oder nicht? Was meinen Sie?«

Keine Antwort.

»Aha. Schweigen ist ein Zeichen der Zustimmung. Ich bin erfreut! Endlich lassen Sie mir Gerechtigkeit widerfahren.«

Er machte eine scherzhafte Verbeugung, mit vorgetäuschter Unterwürfigkeit.

»Vor allem sind Sie schlecht erzogen«, platzte Stefa heraus.

»Ja, wirklich? Höre ich zum erstenmal! Man hat mich immer für einen Gentleman gehalten.«

»Sie und ein Gentleman?!« rief sie ärgerlich lachend aus.

Zorn blitzte in seinen Augen. Er runzelte die Brauen, riß heftig am Zügel, sein Blick ging ihr durch und durch, doch dann erwiderte er ironisch: »Nun, in dem Fall können wir uns in aller Freundschaft die Hände reichen, da auch Sie reichlich unliebenswürdig sind.«

»Gnädiger Herr, entlassen Sie mich nunmehr aus Ihrer Gesellschaft?«

»O ja, meine junge Dame: aber erst in Słodkowce.«

»Mein Gott, wofür strafst du mich?!« murmelte sie leise vor sich hin.

Der Majoratsherr brach in Gelächter aus.

»Worüber lachen Sie? Über die eigene Taktlosigkeit?«

»O nein, mein wertes Fräulein! Ich sehe bloß zum erstenmal eine junge Dame, die ich offensichtlich aus der Fassung bringe. Bei Gott, das ist etwas ganz Neues für mich.«

»Zum erstenmal sind Sie zu einer jungen Dame dermaßen unhöflich. Sie nehmen sich zu viel heraus.«

»Ach! Da habe ich mir des öfteren schon viel mehr herausgenommen, doch keine habe ich in so panische Angst versetzt wie Sie.«

»Ich und Angst vor Ihnen? Sie sind köstlich! Ich ...«

»... kann Sie nicht ausstehen!«

»So ist es.«

»Danke, das war wenigstens ehrlich. Aufrichtig wie bei der Beichte. Sie möchten mich vor Abscheu in einem Löffel Wasser ertränken. Wer hätte gedacht, daß in einem so zarten Geschöpf soviel Bosheit steckt. Was für ein Skandal! Sie können mich nicht ausstehen. Ha! Was kann man da machen! Wir könnten uns in diesem Wald an die Kehle gehen, da reite ich doch lieber allein. Wenn mir das Fräulein die Augen auskratzte, was würde die Damenwelt dazu sagen? In den Geschäften ginge der Trauerflor aus, die Zahl der Selbstmorde stiege aufs Erschreckendste, und meine Verehrerinnen würden Sie zur Guillotine verurteilen.« Er sprang aufs Pferd und zog die Kappe: »Auf Wiedersehen! Ich mache mich aus dem Staub.«

Er ritt auf den Weg zurück, gab dem Pferd die Sporen und galoppierte davon.

Stefa atmete erleichtert auf. »Endlich! Er ist weg... Abscheulicher Zyniker! Ich habe ihn gekränkt... Um so besser, dann wird er mich nicht mehr belästigen.« Eilends lenkte sie ihre Schritte Richtung Palais.

Waldemar nahm das Pferd an die Kandare und versetzte ihm einen Hieb mit der Reitgerte. Während des scharfen Ritts biß er die Zähne zusammen. »Romantikerin!« brach es aus ihm heraus. »Gebärdet sich wie eine Königin. Warte nur! Ich nehme dir noch deine Krone!«

Und er gab seinem Reittier die Sporen.

2 Im Gartenpavillon saß Łucia Elzonowska mit ihrer Lehrerin am Tisch und lauschte hingebungsvoll dem Literaturvortrag.

Stefa schilderte farbig die bedeutsamsten Literaturepochen in Polen, führte dabei maßgebliche Stellen aus den Werken berühmter Dichter an. Durch ihre Beredsamkeit und ihren Enthusiasmus riß sie ihre Schülerin mit.

»Hast du denn nie etwas von unserer heimatlichen Literatur gelernt, Łucia?« fragte Stefa, die das lebhafte Interesse des jungen Mädchens sah.

»Doch, sicher, schon, aber nur sehr wenig«, erwiderte Łucia. »Ihre Vorgängerin, Fräulein Klara, hat stets davon gesprochen, daß wir in unseren Kreisen möglichst viele Fremdsprachen und die ausländische Literatur kennen und beherrschen sollten, über die polnische hat sie gesagt, daß sie zu nichts nütze sei.«

»Ist Fräulein Klara Polin?«

»Ja, aber sie ist eine ›große Aristokratin‹, ganz durchdrungen von unseren Anschauungen.«

»Und die wären?«

»Ich weiß nicht, ob ich das erklären kann, aber ich denke, daß sie wohl ... Nein, ich, ich kann das nicht ausdrücken.«

»Dann helfe ich dir: Diese Anschauungen besagen, daß man für alles Französische, Deutsche, kurz, für alles Fremde, Achtung haben soll, Hauptsache, es ist nicht polnisch. Nicht wahr?«

»Woher wissen Sie das?«

»Ich konnte es mir denken. Teilt deine Mama diese Ansicht?«

»Natürlich! Mama liest nichts Polnisches, und mit mir unterhält sie sich nur auf französisch; für sie ist das Ausland das einzig Wahre.«

»Und Großpapa?« erkundigte sich Stefa.

»Oh, bei Großpapa ist es das Gegenteil. Immer gibt es Streitereien mit Mama deswegen. Großpapa sagt, daß es eine Schande ist, wenn man die eigene Nationalität vergißt – jeder sollte das Eigene am meisten achten und ehren. Doch Mama überzeugen seine Argumente nicht.«

»Dein Großpapa ist ein ehrwürdiger Mann.«

»Sie lieben Großpapa?«

»Ich achte ihn, ich glaube an seinen Verstand.«

»Und Großpapa hat Sie gern, das sehe ich. Aber ... Waldek teilt seine Ansichten. Weshalb mögen Sie ihn nicht?«

»Meine Łucia, was geht mich Herr Waldemar an?«

Łucia erwiderte lachend: »Wissen Sie, Mama und Waldek liegen ständig im Streit. Jetzt sind noch Sie dazugekommen. Armer Waldek!«

»Machen wir Schluß für heute«, unterbrach Stefa. »Du hast noch einen Aufsatz zu schreiben.«

Łucia schlang ihr die Arme um den Hals: »Morgen, meine Liebste, Beste. Heute werde ich nichts mehr schreiben, das spüre ich. So sehr haben Sie mich für die Literatur eingenommen, daß ich an nichts anderes mehr denken kann. Sie müssen mir unbedingt etwas Polnisches zu lesen geben, all die Deutschen und Franzosen lege ich unten in den Schrank, sollen die Motten sie fressen.«

»Man darf nicht von einem Extrem ins andere fallen, liebste Łucia, auch die fremden Autoren mußt du besser kennenlernen.«

»Aber die unseren doch noch mehr, nicht wahr? Heute erzähle ich das Großpapa und Waldek, die werden sich freuen. Waldek hat mich immer ›kleiner Papagei‹ genannt ... Oft fragte er, wenn er kam: ›Was haben sie denn dem kleinen Papagei Neues beigebracht? Mama war dann immer gleich eingeschnappt, und Fräulein Klara pflegte mit honigsüßem Lächeln zu sagen: *Vous plaisantez, monsieur le comte*. Sie sagte nämlich immer ›Graf‹ zu ihm. Doch Waldek gab zur Antwort, äußerlich höflich, doch ziemlich ärgerlich: ›Ich bin kein *comte*. Würden Sie sich das bitte merken!‹«

»Und was erwiderte Fräulein Klara darauf?«

»Sie war gekränkt. Zu mir sagte sie: ›*Votre cousin est détestable. Il n'est pas sage*‹ und ging ihm ein paar Tage lang aus dem Weg. Doch dann hieß es erneut ›*monsieur le comte*‹, und Waldek protestierte. Und so ging das in einem fort.«

»Offenbar ist es für Herrn Michorowski ein beliebter Sport, Lehrerinnen zu hänseln«, bemerkte Stefa bissig.

»Aber überhaupt nicht! Waldek verabscheute Fräulein Klara, und sie war in ihn verliebt, das weiß ich. Fräulein Klara ist ja nun wirklich schon eine alte Jungfer, aber eine prätentiöse. Kaum erschien Waldek bei uns, frisierte sie sich das Haar und puderte sich dermaßen, daß sie ihr ganzes Kleid bestäubte. Waldek amüsierte sich königlich. Einmal erschien sie so gepudert bei Tisch und erzählte, sie habe eine Mühle mit Turbinenantrieb besichtigt. Waldek, der sich gerade über etwas geärgert hatte, sagte ohne jede Hemmung: ›Das sieht man Ihnen an!‹ ›Inwiefern?‹ fragte Fräulein Klara. ›Na, Sie sind doch ganz bemehlt.‹ Damals war sie eine ganze Woche auf ihn böse.«

Stefa zuckte die Achseln. Während sie Łucia half, Bücher und Schreibhefte einzusammeln, ging ihr das traurige Los einer Lehrerin nahe, die noch dazu eine alte Jungfer war. Über Fräulein Klara hatte sie bereits eine Menge gehört, jeder spottete über sie. Eines Tages würde man sich auch über sie lustig machen, obschon sie noch kein altes Fräulein war.

Łucia aber plapperte sorglos weiter. »Ach, ich möchte mich irgendwann einmal verlieben, wissen Sie? Das muß reizend sein. Aber in wen? In Słodkowce gibt es dafür keinen Kandidaten. Es sei denn, Herr Ksawery. Ha ha! Seine Glatze ist zu groß, und er sagt ›mein Kind‹ zu mir. Das mag ich gar nicht. In Ożarów gibt es noch Graf Treska, doch in den verliebe ich mich bestimmt nicht, der zieht immer so ein blödes Gesicht. Außerdem bemüht er sich um Fräulein Rita. Also! Ich wäre bestimmt ganz verrückt nach Waldek, aber der ist ein Cousin mütterlicherseits. Er sieht gut aus und ist elegant, aber viel zu ernst, nur manchmal ist er ausgelassen.«

»Meine liebe Łucia, zerbrich dir nur nicht den Kopf über solche Sachen«, unterbrach Stefa ihre Schülerin. »Du bist dafür viel zu jung. Es kommt schon noch die Zeit. Je später, desto besser.«

»Sie reden so, weil Sie selber trübe Erfahrungen gemacht haben.«

»Wie kommst du darauf?«

»Mama hat es mir erzählt.«

Stefa schüttelte den Kopf.

»Manchmal erzählt mir Mama alles, und manchmal überhaupt nichts. Übrigens, was ist daran Schlimmes? Schließlich endet es nicht immer so schrecklich; für gewöhnlich erfährt man doch eine Menge Glück.«

»Darüber weißt du schon Bescheid?« fragte Stefa belustigt.

»Da ich viele französische Romane gelesen habe, weiß ich, was Liebe ist, aber an mir selber habe ich sie noch nicht verspürt. Einmal habe ich Waldemar gefragt, was man fühlt – denn er ist ja schon erfahren.«

»Und was hat er dir geantwortet?«

Łucia winkte ab. »Äh, Waldek muß immer Witze machen. Er hat zu mir gesagt: ›Sich verlieben ist ganz genau dasselbe wie Rechenaufgaben lösen‹, er weiß nämlich, daß mir Rechnen am meisten zuwider ist. Sie könnten mir etwas erzählen, aber Sie sagen ja nichts. Muß ich also warten, bis ich meine eigenen Erfahrungen mache.«

»Also, mit der Warterei kannst du dir Zeit lassen. Wie ich schon gesagt habe: Es ist noch zu früh.«

Łucia hatte eine Geste gemacht, als erinnere sie sich an etwas, und nun verzog sich ihr Gesicht zu einem strahlenden Lachen: »Oh, ich weiß! Ich werde mich verlieben, und zwar bald, vielleicht in einer Woche oder zwei. Wir bekommen einen Praktikanten, sagt Waldek. Er hat in Głębowicze etliche, aus guter Familie. Auch der, der zu uns kommt, soll aus guter Familie sein, so einer, dem man nichts zahlt und der auch selber nichts zu zahlen braucht. Er wird im Gartenhaus wohnen, aber mit uns essen. Graf S. hat sich um die Stelle hier bemüht, doch der soll ein fürchterlicher Lackaffe sein, folglich hat Waldek abgelehnt.«

»Vielleicht ist der Angekündigte ja auch nicht nach deinem Geschmack«, sagte Stefa und dachte an ganz etwas anderes.

»Na, hoffentlich doch! Aber wenn er hübsch ist, dann verliebe ich mich.«

In diesem Augenblick betrat ein junger Diener den Pavillon und meldete pflichtschuldig: »Die gnädige Frau bittet zu Tisch.« Worauf er unaufgefordert die Bücher nahm und sie ehrfurchtsvoll zum Palais trug.

Im Speisezimmer, stilvoll möbeliert und mahagonigetäfelt, waren alle bereits versammelt. Die Hausherrin erwartete voller Ungeduld ihre Tochter. Sie zerknüllte ihre Serviette, wirkte aufgebracht. Ihre Lippen bewegten sich stumm, eine Braue schnellte in die Höhe, was bei ihr höchste Unzufriedenheit signalisierte. Auf dem Stuhl neben ihr saß Herr Maciej Michorowski, ein alter Herr von achtzig Jahren. Er war schlank, wenn auch ein wenig gebeugt, mit einem blassen klugen Gesicht, das ein grauer Schnurrbart und gütig blickende graue Augen zierten. Seine Gesichtszüge gemahnten an Kaiser Franz Joseph und erweckten bei jedem ein unerklärliches Vertrauen. Sein anziehendes Lächeln nahm alle für ihn ein, es schien sagen zu wollen: »Achtet und liebt mich.«

Jetzt hörte er aufmerksam seinem Enkel zu und bedachte jedes seiner Worte. In Waldemar sah der alte Herr sein jugendliches Ebenbild, sah er sich selbst vor langer, langer Zeit.

Der Enkel stand auf die hohe Stuhllehne gestützt; gereizt, die Brauen gerunzelt, argumentierte er in irgendeiner Sache, mit der er nicht einverstanden war, was die Dame des Hauses empörte.

Die vierte Person bei Tisch war Herr Ksawery, ein Pensionär, alt und kahlköpfig, ein Gourmand, der, weil der Majoratsherr stand, ebenfalls nicht Platz nahm; seine Miene war unglücklich. Nicht Waldemars Unterredung mit der Tante interessierte ihn, sondern die Terrine auf einem Beistelltisch, aus der der Duft einer Suppe à la reine aufstieg. Gequält schielte er zur Baronin, dann zu dem befrackten Diener. Der wartete auf den Befehl zum Suppeauftragen. Endlich erschienen Stefa und Łucia. Baronin Idalia warf Waldemar einen raschen Blick zu, um ihm zu bedeuten, daß das Gespräch als beendet zu betrachten sei. Doch der junge Majoratsherr war von ganz allein verstummt. Eilig trat er auf die jungen Damen zu, und nachdem er Łucia einen Kuß gegeben hatte, verbeugte er sich vor Stefa mit tadelloser Eleganz. Allerdings zeigte sich sofort wieder sein ironisches Lächeln.

»Nach etwas so Poetischem wie Wald und Blumen nunmehr eine Begegnung in Prosa; denn was gibt es schon Prosaischeres als ein Mittagessen, nicht wahr? Berührt Sie das nicht unangenehm?«

Stefa errötete. Ihre gute Laune war verflogen. »Es kam mir gar nicht in den Sinn«, entgegnete sie kühl.

»Wie schade! Und ich hatte schon meine Zweifel, ob ich Sie überhaupt wiedersähe. In dieser Wildnis könnte Sie sich gut und gerne ein Glückspilz von Werwolf schnappen, Sie verschlingen oder in sein Gebüsch schleppen. Ich bin hoch erfreut, Sie lebendig vor mir zu sehen.«

»Was, du bist auch im Wäldchen gewesen heute früh, Waldek? Mit Fräulein Stefa?« erkundigte sich Łucia neugierig.

Die Baronin musterte Stefa aus Augen, die sich zu Schlitzen verengt hatten, ihr Mund verzog sich mißbilligend, dann senkte sie den Blick wieder auf den Teller.

Waldemar bemerkte, wie peinlich berührt Stefa war. Er blickte Łucia strafend an und erwiderte ganz ungezwungen: »Als ich durch den Wald ritt, sah ich Fräulein Stefa spazierengehen.«

Stefa war ihm dankbar.

Der Bedienstete servierte die Suppe. Man verzehrte sie schweigend. So still verliefen die Mittagessen hier selten, doch wenn, war das Schweigen lastend wie eine Hagelwolke. Heute hing diese Wolke über der Tafel, wie Stefa wohl wußte.

Nur der Majoratsherr gab sich leger wie immer, aber auch er schwieg. Er hatte zwei Gläschen Kornbranntwein geleert. Nach der Suppe goß der Diener fortwährend Madeira nach, erstaunt, daß der junge Herr einen solchen Durst hatte. Nach dem Lendenbraten trank Waldemar Burgunder, doch die Verwunderung des Bediensteten wuchs, als der Spargel gereicht wurde. Für gewöhnlich machte sich der Majoratsherr nichts aus diesem Gericht, aber heute ließ er sich die Platte zweimal reichen.

Frau Idalia blickte auf ihn herab mit der Miene eines höheren Wesens, das zu einem solchen Betragen schlichtweg nicht imstande war. Sich zweimal servieren zu lassen, empfand sie als unästhetisch und in ihren Kreisen unerhört. Ihrer Verstimmung konnte sie endlich Luft machen. Kühl bemerkte sie auf französisch, die Worte dehnend, die Stimme leicht zischend: »Ich begreife nicht, wie man sich zweimal auflegen kann. Man nimmt nur einmal und gerade so viel, um den Appeitit zu stillen.«

Vorwurfsvoll blickte Herr Maciej auf die Tochter. Verärgerung, die bis zur Unhöflichkeit ging, war ihm unverständlich. Waldemar allerdings fühlte sich ganz und gar nicht beschämt, er amüsierte sich. Er warf der Tante einen boshaften Blick zu, Stefa einen schelmischen, schmunzelte und rief den Diener: »Jacenty, bitte den Spargel!«

Die Baronin preßte die Lippen zusammen. Jetzt galt Herrn Maciejs vorwurfsvoller Blick seinem Enkel. Stefa und Łucia verkniffen sich das Lachen, nur ein leichtes Zucken ihrer Mundwinkel deutete an, wie sehr sie die Szene belustigte.

Waldemar hatte es jedoch bemerkt und begann nun mit Herrn Ksawery zu scherzen, bis er schließlich sagte: »Ich lade Sie für den ganzen Sommer nach Głębowicze ein, einverstanden? Sie werden alles haben, was Ihr Herz begehrt. Alle Tage Suppe à la reine, Spargel, ich habe nämlich meine Leidenschaft für Spargel entdeckt – alle Tage Schach, illustrierte Tageszeitungen. Ich sorge sogar für die Festbeleuchtung, die Sie so lieben. Nun, was sagen Sie?«

Herr Ksawery zog aus der tiefen Tasche seines Gehrocks ein gewaltiges Taschentuch, fuhr sich damit gründlich über die Glatze und erst dann antwortete er: »Was wollen Sie mit mir, gnädiger Herr? Ich harre schon in Słodkowce aus.«

»In Słodkowce wird es jemand anders, jüngeres, geben. Sie verstehen nicht, die Damen zu unterhalten! Das, mein Herr, ist das Talent, auf das es ankommt. Wir beiden Apostel des Zölibats sollten zusammenhalten, und zwar in Głębowicze. An diesem Ort wünscht sich meine Frau Tante jemand Amüsanteres.«

Frau Idalia zuckte die Achseln. »Hab bitte die Güte, mir nicht die eignen Kapricen aufzuhalsen«, bemerkte sie säuerlich.

Um der Unterhaltung eine andere Richtung zu geben, fragte Herr Maciej Waldemar, ob er über Nacht bleiben werde.

»Gott bewahre!« rief dieser aus. »Und wozu auch? Ich werde Klecz noch letzte Anweisungen geben und reite dann.«

Und mit einem Blick auf Stefa fügte er hinzu: »Es sei denn,

Fräulein Stefa wünscht mich zum Tennispartner. In dem Fall würde ich Głębowicze für heute vergessen und ...«

»Waldek, ich bitte dich, laß die Scherze«, fiel ihm Herr Maciej mißbilligend ins Wort.

»Aber wer scherzt denn! Fräulein Stefa könnte mich zum Dableiben bewegen. Also ... wie lautet das Urteil?« Vorgebeugt, blickte er ihr herausfordernd ins Gesicht. »Das Urteil ...«

Stefa spürte, wie die Empörung heiß in ihr aufstieg. Mit Vergnügen hätte sie diesem Magnaten die Serviette oder sogar einen Teller ins Gesicht geworfen. Wütend sah sie ihm in die Augen und entgegnete: »Ich habe Ihnen bereits gesagt, daß ich nicht Tennis spiele, doch ich wiederhole es gerne noch einmal.«

»Ach! Dann werde ich Ihr Lehrer. Ich garantiere die prachtvollsten Resultate.«

»Zuviel der Güte.«

Das Mittagessen war beendet. Wortlos hob die Baronin die Tafel auf und verließ das Speisezimmer. In Słodkowce war es nicht üblich, daß man sich beim Erheben von der Tafel bedankte. Stefa fand das ärgerlich, und sie neigte stets dankend den Kopf. Die Baronin pflegte die Verbeugung unerwidert zu lassen, doch Herr Maciej reichte Stefa sogar die Hand, was sie im Hinblick auf die Baronin genierte. Um die Tante zu ärgern und weil es ihm Spaß machte, gab Waldemar Stefa ebenfalls die Hand, wohl wissend, wie sehr er sie damit aufbrachte. Doch diesmal wollte Stefa all dem aus dem Wege gehen und folgte der Baronin stehenden Fußes, allein Herrn Maciej galt ihr anmutiger Gruß, bevor sie der Tür zustrebte.

Geschickt stellte Waldemar sich ihr in den Weg, streckte ihr die Hand entgegen und sagte: »Ich danke dem gnädigen Fräulein für das reizende vis-à-vis.«

Stefa eilte wortlos an ihm vorbei, ohne auch nur einen Blick an ihn zu verschwenden.

Verblüfft starrte der junge Magnat hinter ihr her. Als sich die Tür hinter ihr geschlossen hatte, zupfte er an seinem schönen rotblonden Schnurrbart und ging stumm in sein Kabinett hinüber. Dort ließ er sich hinter dem Schreibtisch nieder, zog sein Zigarrenetui aus der Tasche, entnahm ihm eine Zigarre, die er äußerst bedachtsam, ja beinah feierlich anzündete.

Er saß da mit gerunzelter Stirn, die grauen Augen konzentriert geradeaus gerichtet; sie blitzten unheilvoll. Schließlich regte er sich; er schob die Hände in die Taschen, schlug die Beine übereinander, lehnte sich bequem zurück und sagte laut vor sich hin, ohne die Zigarre aus dem Mund zu nehmen: »Sie hat mir ganz einfach eine Maulschelle verpaßt.« Von den eigenen Worten belustigt, murmelte er: »Eine Wildkatze, mit einem verteufelten Temperament!«

3 Stunden danach erhob sich der Majoratsherr vom Schreibtisch, reichte dem Verwalter die Hand und sagte höflich: »Nun, das wäre erledigt. Wenn etwas Unerwartetes eintreten sollte, rufen Sie bitte an, ich werde die ganze Zeit zu Hause sein.«

Gutsverwalter Klecz verneigte sich ehrerbietig, und während er ein wenig zögerlich den Händedruck erwiderte, fragte er erstaunt: »Der gnädige Herr werden nicht so bald wieder in Słodkowce sein?«

»So ist es. In einer Woche vielleicht, vielleicht auch in zwei, drei.«

»In diesem Falle muß ich Sie noch in einer Angelegenheit bemühen.«

»Bitte.«

»Ich möchte nämlich fragen, welchen Viererzug der gnädige Herr ausschließlich für den Gebrauch des Palastes bestimmt: die Rappen, die Füchse oder die Falben?«

»Warum fragen Sie?«

»Weil die Rappen sehr empfindliche Tiere sind. Die Frau Baronin fährt häufig zu den Grafen Ćwilecki. Das sind immerhin vier Meilen, und der Weg ist ziemlich schlecht. Die Pferde, die an unsere Wege gewöhnt sind, kommen immer ganz strapaziert zurück. Die Frau Baronin fährt in scharfem Tempo. Ich selber kann nicht vorstellig werden, aber ich würde es vorziehen, wenn ein Viergespann ausschließlich für die Ausfahrten bestimmt wäre, denn dann wäre ich nicht mehr für die Pferde verantwortlich.«

Waldemar hörte sich die hastige Rede des Verwalters an,

während er auf dem Schreibtisch seine Papiere ordnete. Schließlich hob er den Kopf und sagte, wenn auch ein wenig verwundert, in ruhigem Ton zu Klecz: »Vor allem ist der Kutscher nach einem solchen Ausflug für die Pferde verantwortlich, nicht Sie.«

Klecz wurde verlegen.

»Ja, eigentlich schon. Doch ich könnte dafür verantwortlich gemacht werden, da ich sie herausgebe.«

Michorowski fuhr sich mit der Hand über die Stirn und sagte mit Nachdruck: »Ist es meiner Tante egal, mit welchem Gespann sie fährt?«

Klecz wurde noch verlegener. »Nein, die Frau Baronin trifft immer selbst die Anordnung, und zwar unterschiedlich: manchmal die Rappen, manchmal die Braunen.«

»Folglich muß es bleiben, wie es ist.«

Klecz begriff, daß er die Sache ungeschickt angegangen war und daß er abtreten sollte. Davon überzeugte ihn auch ein kurzer Blick auf den Majoratsherrn, der mit gerunzelten Brauen auf seine Papiere starrte. Stets hatte Klecz die Höflichkeit dieses Magnaten gegenüber seinen Untergebenen bewundert, doch er wußte, daß das charakteristische Runzeln der Brauen und die hochfahrende Lässigkeit in der ganzen Haltung nicht gerade ein Zeichen von bester Stimmung waren. Mit einer Verbeugung sagte er: »Ich bitte um Verzeihung, daß ich mich erdreistet habe ...«

»Oh, schon gut!« entgegnete Michorowski, und sein Ton war großmütig und tadelnd zugleich. Als er von seinen Papieren aufschaute, wünschte sich Klecz weit fort aus dem Kabinett seines Herr.

»Meine Verehrung!« Klecz verbeugte sich erneut.

»Auf Wiedersehen!« warf der Majoratsherr mit einem knappen Nicken hin. Er wurde ungeduldig.

Klecz ging, und der Majoratsherr atmete auf.

»Immer diese Beschwerden gegen die Tante«, brummte er ärgerlich, »und immer Klecz. Na, wenigstens hat er heute verstanden. Solche Belehrungen sind mir verhaßt.« Kopfschüttelnd spazierte er im Kabinett auf und ab. »Der hat ein Faible für sie!« sprach er laut vor sich hin.

Der Kammerdiener Jacenty erschien.

»Der alte Herr bittet den gnädigen Herrn zu sich.«

»Ich komme, laß inzwischen mein Pferd satteln.«

Herr Maciej las in seinem Kabinett, tief versunken in einen altmodischen Sessel. Als sein Enkel eintrat, legte er das Buch auf ein Tischchen.

»Entschuldige, daß ich dich habe rufen lassen. Ich möchte mit dir reden. Vielleicht warst du beschäftigt?«

Waldemar lächelte. »Selbst wenn, Großpapa. Meinst du nicht, du hättest immer Vorrang?«

Der alte Herr reichte ihm die Hand. »Du bist lieb und gut, sehr sogar. Um so unangenehmer ist es mir, daß ich dir die Leviten lesen muß. Setz dich zu mir, du unausstehlicher Bursche.« Er wies auf den Sessel vis-a-vis.

Waldemar blieb stehen. Durchs Fenster schaute er in den Park, der von Vogelgezwitscher erfüllt war. In scherzhaftem Ton fragte er: »Ach ja, und was habe ich ausgefressen?«

»Mein lieber Junge, du reizt ganz unnötig Idalia.«

»Ach, hat also die Tante Großpapa herumgekriegt. Gratuliere!«

»Was du schon wieder denkst, Waldek! Nur, siehst du, ich mag keine Nervositäten, und sie ist empfindsam in hohem Maße. Wenn du sie aufregst, haben wir solche Mittagsmahlzeiten wie heute, was nicht gerade angenehm ist.«

»Nun gut. Doch wichtiger ist, welcher Ansicht ist Großpapa?« fragte Waldemar ungestüm.

»Ich stehe voll und ganz auf deiner Seite. Dieser Graf S. ist verantwortungslos. Idalia ist anderer Meinung. Sie sagt, wir sollten uns an unsere Kreise halten und einer den anderen unterstützen, statt ›fremden Göttern zu dienen‹. Zum Teil ist das richtig, aber im vorliegenden Fall ...«

Waldemar lachte laut auf. »Prächtige Theorie! Tantes Altruismus rührt mich! Leider ist es nur Schein. Das Gräflein imponiert der Tante, so als sei sie selber ein Parvenü. Graf S. als Praktikant in Słodkowce – der Gedanke schmeichelt der Tante. Doch ich bin ein Egoist der schlimmsten Sorte und einen solchen Hanswurst nehme ich nicht als Praktikanten. Ich suche nicht die ›höchsten Kreise‹, sondern gebündelte Energie, wovon jener Herr nicht die mindeste Ahnung hat. Daß einer der Praktikanten in Głębowicze ein Graf ist, heißt noch lange nicht, daß ich einen zweiten suche und jeden x-beliebigen nehmen würde. Mein Praktikant in Głębowicze arbeitet wie jeder andere, doch Graf S. taugt zu nichts. »Wissen Sie, Großpapa, was ich nach dem Hochschulabschluß bei den Fürsten Łoziński für eine Praxis absolviert habe?« Er war jetzt heftig geworden. »Wenn Graf S. zu einer ähnlichen imstande ist, soll er kommen und den Ehrgeiz der Tante befriedigen.«

Herr Maciej winkte ab. »Schon gut, schon gut, ich kenne diesen Weichling. Ein parfümierter Stutzer in den Zwanzigern mit ziemlich fortgeschrittener Glatze. Allein für seine Toilette braucht er einen halben Tag. Er wäre dir ein Hindernis, keine Hilfe.«

»Ich würde gar keine Umstände machen. Du magst um fünf nicht aufstehen, edler Junker, dann ab mit dir nach Monte Carlo ans Roulette. Ich möchte, daß meine Praktikanten Erfahrungen sammeln, und sowohl in Słodkowce als auch in Głębowicze haben sie dazu umfassende Möglichkeiten. Doch das gilt nicht für jeden ersten besten Einfaltspinsel. Dieser S. hat keinerlei landwirtschaftliche Ausbildung absolviert. Was will er denn? Daß ich ihm die Agronomie von A bis Z beibringe, aber nur dann, wenn er Lust dazu hat oder genug vom Tennis? Ein solcher Philantrop für ›unsere Kreise‹ bin ich nicht. Soll doch die Tante eine Schule gründen für dieserart Philister, Societies, eitle Gecken, Tennisstars, und dann schicke ich die Kutsche nach dem Grafen, mit Kissen ausgepolstert, damit er nicht zu Bruch geht wie ein leerer Parfumflakon.«

Herr Maciej lachte lauthals: »Du liebe Güte, wenn du das zu Idalia gesagt hättest!«

»Das tue ich noch! Wenn die Tante mir Liebe einreden will zu unseren schütter gewordenen ›höheren Kreisen‹, dann bekommt sie das von mir zu hören. Zum Glück lebe ich auf Głębowicze, hierher muß ich nicht so oft, wenn ich die Tante so sehr irritiere.«

»Nun, mein Lieber, das vergiß besser. Aber weißt du was? Dieser Praktikant könnte wirklich in Głębowicze wohnen, und es wär Ruhe. Was meinst du?«

»Aber in Głębowicze habe ich drei Praktikanten, hier keinen einzigen. Außerdem sind es von Głębowicze nach Słodkowce über zwei Meilen, er würde zum Mittagessen und zum Übernachten immer dorthin reiten? Unsinn. Das ist ausgeschlossen.«

»Dann soll er doch bei Klecz essen.«

Waldemar setzte sich und beugte sich zu seinem Großvater vor; er nahm seine Hand und sagte ernst: »Bitte, seien Sie aufrichtig, Großpapa: Sagen Sie das Tante zuliebe oder auf Grund eigener Abneigung gegen die Anwesenheit eines Praktikanten in unserer Mitte? Falls Großpapa es selber nicht wünscht, falls es Ihm Verdruß bereitet, bitte ich um Offenheit. Ich hebe die Vereinbarung mit jenem Herrn auf, und die Sache ist erledigt. Großpapa möchte ich keine Unannehmlichkeiten bereiten.«

Herr Maciej umarmte seinen Enkel und küßte ihn herzhaft: »Du bist ein wirklich lieber Junge, Waldek!« sagte er. »Ich danke dir für deine Besorgtheit. Um ganz ehrlich zu sein: Jener Herr bedeutet für mich nicht die geringste Unbill, ich mag freilich die Gesellschaft von jungen Leuten. Übrigens bin ich mir dessen sicher, daß du niemanden ohne Erziehung anstellst, weil dir das dein eigener guter Geschmack verbietet. Ich habe nichts dagegen, teile vielmehr deine Ansicht. Wir sollten zivilisieren, die Kultur heben; sofern wir dazu fähig und berufen sind, dürfen wir uns nicht zurückziehen, das ist unsere Pflicht als führende Köpfe der Gesellschaft. Graf S. gewänne bei uns nichts, doch jener andere mag von dem Aufenthalt in unserer Mitte Atome, kleine Bausteine in großer Zahl davontragen, die mit der Zeit für ihn von Nutzen sind, eine Verschönerung in seinem Leben darstellen mögen, für die er uns dankbar sein und bleiben wird.«

Waldemar wußte, daß sein Großvater, trotz Nüchternheit und Vernunft, mit glühendem Eifer seiner eigenen Gesellschaftsklasse anhing, eine Verehrung, die einem Götzendienst gleichkam. In seiner Vorstellung war die Aristokratie so etwas wie der Taktstock in der Hand Gottes, der die niedriger Geborenen, ein Orchester menschlicher Eindrücke und Empfindungen, dirigiert, den entsprechenden Takt angibt, die Masse aufzuschauen heißt, sie nötigt, sich nach den Bewegungen jenes Taktstocks zu richten.

Auf die Bemerkung von Herrn Maciej, daß Menschen anderer Schichten viel gewinnen könnten, wenn sie Umgang mit den höheren Kreisen pflegten, zog es Waldemar vor, mit Humor zu reagieren: »Aber sicher doch, er gewinnt und wird uns dankbar sein. Doch wozu soll er Atome erstehen? Er kann schließlich die nervösen Zustände und üblen Launen der Tante, ihre vornehmen und distinguierten Mienen insgesamt übernehmen. Er lernt das Polnische zu verachten, das Ausland als Orakel anzusehen, erfährt, daß ein Mensch mit Selbstachtung den Buchstaben ›r‹ für ein barbarisches Überbleibsel im Alphabet halten sollte; schließlich und endlich überzeugen wir ihn, daß man verurteilt sein kann, aller Ehren verlustig zu gehen, und zwar nicht nur für eine begangene Gemeinheit, sondern auch für ein zweimaliges Sichbedienen von der Servierplatte. Herrliche Errungenschaften der Zivilisation, *in summo gradu*!«

Herr Maciej, von dem scherzhaften Ton des Enkels angesteckt, lachte gleichfalls. Jeder einzelne Punkt, den Waldemar da verspottete, störte ihn an seiner Tochter. Allein in der abgöttischen Verehrung für die Aristokratie stimmte er mit ihr überein, doch auch diese begriff er anders.

»Mein Junge«, sagte er noch immer lachend, »du hast nur von meiner Idalia gesprochen, womit würde ich denn bilden und verfeinern können?«

»Oho, Großpapa angelt nach Komplimenten. Würden alle so sein wie Großpapa und Großmama Podhorecka, urteilte ich anders über euch. Dann könnte ich durchaus zum Priester werden, der auf dem Altar ›unserer Kreise‹ opfert. Ich sänge Morgenlieder zu unseren Ehren und wäre ein Pionier unserer hochehrwürdigen Losungen, ultrahumanitären Prinzipien, erlesenen Ethik. Doch weil ich bei den anderen nichts dergleichen sehe, singe ich nicht mit der Tante Lobeshymnen.«

Die hohe Stirn des alten Magnaten krauste sich, er senkte den Kopf und seufzte tief. Die Worte des Enkels riefen in seiner Seele ein beunruhigendes Flüstern wach. In seinem Gewissen meldete sich leise eine Stimme, die eine Erinnerung, fast verblichen, doch noch immer schmerzhaft, heraufbeschwor.

Der junge Majoratsherr baute sich neben seinem Großvater auf und fragte, indem er dessen Gesicht aufmerksam musterte, mit einem Lächeln: »Wovon träumt denn Großpapa? Darf man das erfahren? Liegt sicher an den Nachtigallen. Ich, zum Beispiel, bin bestimmt kein Romantiker, aber ihr Tirilieren höre ich gern. Wäre da nicht die Aussicht auf ein Abendessen mit der Tante, ich würde über Nacht bleiben, aber dieser Gedanke verdirbt mir Humor und Appetit.«

»Bleib trotzdem! Was liegt schon an Idalia. Ihr versöhnt euch wieder.«

»Nein, ich reite lieber. Alle haben mir heute zugesetzt, sogar dieser Hänfling, diese als Schäferin verkleidete Prinzessin.«

»Was für ein Hänfling, welche Schäferin?«

»Na, die – Fräulein Stenia ...«

Herr Maciej zuckte zusammen. »Stenia, was redest du da, Waldemar?«

Der junge Majoratsherr wirkte verblüfft. »Ich spreche von Fräulein Stefania Rudecka. Schließlich ist es Großpapa, der sie Stenia nennt.«

»Ach so! Ich nenne sie tatsächlich so, es klingt so hübsch. Doch womit hat sie dir zugesetzt? Du bist es doch, der fortwährend seinen Scherz mit ihr treibt.«

Waldemar lachte laut. »Ich? Die spitze Zunge hat sie!«

»Du tust nicht gut daran, sie so zu irritieren. Sie ist ein liebes und sehr gutes Kind. Aus einer guten Familie. Und immerhin weißt du genau, unter welchen Bedingungen sie Lehrerin geworden ist. Sie arbeitet tüchtig, obwohl es nicht ihr Beruf ist. Das muß man anerkennen. Wozu ihr Verdruß bereiten?«

»Aber liebster Großpapa, das ist doch ein weiteres Charakteristikum für unsere Kreise: Für sich ein Spielzeug zu machen aus solchen Wesen, die sich in unsere Mitte verirrt haben, sie für einen Gegenstand zu erachten, mit dem man seine Späße treibt und an denen man seinen Witz schärft.«

Schrecken malte sich in Herrn Maciejs Zügen. »Ich bezweifle, daß das dein Ernst ist.«

»Aber natürlich ist es mein Ernst. Es handelt sich da doch um ein weiteres Kleinod aus der wertvollen Schatzkammer unserer Wesensart.«

»Waldek, was ist bloß heute in dich gefahren?«

»Ich bin ausnehmend freimütig.«

»Du bist verbittert und ungerecht, sogar gegen dich selbst. Du wärst zu solcherart Spiel gar nicht imstande.«

»Kann schon sein. Aber ist ja auch egal.«

»Warum also führst du dich so auf?«

Waldemar hob die Arme. »Um der Tradition willen, verehrter Großpapa!«

»Ach! Immer deine Spötteleien.«

»Also, dann heraus mit der Wahrheit: Ich kann sie nicht ausstehen.«

»Wen? Fräulein Stenia?«

»Ja, sie in selbsteigener Person.«

»Aber weshalb? Ein so schönes, gutes, intelligentes Mädchen!«

Waldemar zuckte die Achseln. »Vermutlich derselbe Grund, weshalb sie mich nicht leiden kann. Was weiß ich, weshalb? Nicht so wichtig! Ich muß mich aufmachen, das Pferd führen sie schon lange herum. Es wird Nacht sein, wenn ich in Głębowicze ankomme. In einer Woche erscheine ich mit dem Praktikanten, zu Tantes großer Zufriedenheit.«

»Wie, früher wird es nicht?«

»Bestimmt nicht. Ich habe viel zu tun.«

4

Stefas Leben in Słodkowce verlief friedlich. Unterrichtsstunden, Gespräche mit Łucia, Musik, Spaziergänge und Lektüre füllten Tag um Tag.

Frau Idalia bekam sie erst bei Tisch zu Gesicht, zu anderen Stunden des Tages traf man sie in ihrem kleinen Salon an, wo sie auf einer Chaiselongue ruhend oder in einem Schaukelstuhl sitzend las, las und las. Auf Tischchen, Stühlen und Konsolen stapelten sich die Werke von Rousseau, Zola, Dumas, Bourget, sogar von Voltaire, neben denen von la Rochefoucauld und Chateaubriand. Die französischen Schriftsteller waren in der Überzahl – hin und wieder verirrte sich ein Dickens dazwischen, ein Walter Scott, tauchte ein Drama von Shakespeare auf. Deutsche Bände fanden sich eher selten, polnische gar keine. Die Baronin genügte sich selber vollkommen.

Es gab Tage, an denen sie, unter dem Einfluß ihrer Lektüre, übertrieben gefühlvoll gegenüber ihrer Tochter, dem Vater, ja selbst gegenüber Stefa war. Mit einem liebenswürdigen Lächeln fragte sie diese dann, ob ihr auch nichts fehle, und war von der eigenen Engelhaftigkeit überzeugt. Oft fuhr sie aus, machte eine Visite bei der Schwester ihres Mannes, der Gräfin Ćwilecka, oder sie begab sich nach Obronny, wo Fürstin Podhorecka, Waldemars Großmutter mütterlicherseits, lebte.

Mehr Nachbarschaft gab es in Słodkowce nicht, wo die Baronin zu Gast weilen konnte, ohne ihren Überzeugungen untreu zu werden. Ein paar Gutsbesitzer besuchten Słodkowce, da sie das als ihre gesellschaftliche Pflicht ansahen, doch hauptsächlich aus eigenen Ambitionen. Herr Maciej empfing sie zuvorkommend, Frau Idalia höflich, doch Gegenbesuche machte nur Waldemar. Herrn Maciej entschuldigte sein Alter, die Baronin die für sie unumstößliche Tatsache: *pas pour moi*, die von allen akzeptiert wurde, weil man sich immer wieder sagte, daß Frau Idalia häufig an den Nerven litte.

Aller Beschäftigungen zum Trotz hatte Stefa Heimweh. Zu korrespondieren, genügte ihr nicht, und sie war oft traurig.

Łucia und sie sahen Herrn Maciej häufig. Der alte Herr rührte auf seltsame Weise an ihr Herz. Sein Lächeln war außerordentlich liebenswürdig. Wenn sie sich mit ihm unterhielt, glaubte sie beinah, daß er nicht dem Hochadel angehörte wie Frau Idalia. Selbst die Einrichtung seiner Wohnung war so ganz anders als die im Palast. Alles war hier altmodisch, aber heiter, ohne die Steifheit der eleganten Salons, denen die Etikette ihre Atmosphäre vorschrieb.

So manchesmal saß Herr Maciej im Gartenpavillon und hörte Stefa beim Vorlesen zu. Er liebte es, wie sie musizierte. In der Dämmerstunde spielte sie für ihn Chopin und Opernarien, die er besonders mochte. Stefa tat dem Greis alles zum Gefallen, und mit jedem Tag fühlte sie sich ihm mehr verbunden. Doch Herr Maciej wurde melancholisch, sobald Waldemar lange ausblieb. Er sehnte sich nach dem Enkel. Dessen Fröhlichkeit, die vitale, kraftvolle Gestalt des jungen Mannes ließen den alten Herrn aufleben. Ihn erfreute der Anblick des einzigen Nachkommens ihres Geschlechts aus der Głębowicki-Linie.

Die Luft war träge in der Vorabendstunde, von einer träumerischen Schwere. Die Natur verströmte Ruhe und Frieden, die kein Windhauch trübte. Plötzlich brachen Geräusche über die Stille herein, die bislang nur von Vogelgezwitscher und Wassergeplätscher getrübt worden war. Zuerst ertönte das Rattern von Rädern und Pferdegetrappel, dann wurden fröhliche Stimmen laut; Kutschwagen tauchten aus dem Strächerdickicht auf und näherten sich über den gekiesten Zufahrtsweg dem Palais. Die ersten Kutschen mit Viergespann waren die seriöseren, Volant und Break, die dicht besetzt waren. Wortfetzen und Gelächter erschollen, und die hellen Hüte und Kleider der Damen leuchteten neben den dunklen Silhouetten der Herren.

Stefa hatte sich vom Fenster zurückgezogen, beobachtete aber von der Zimmermitte aus neugierig das fröhliche Treiben. Kutschen, Volants und Break kamen vor dem Palais zum Stehen, und die Gesellschaft begann auszusteigen. Danach blickten sie Richtung Auffahrt. Die Damen schwenkten ihr Parasol und riefen: »Zu spät! Zu spät! Wir haben Sie geschlagen.«

Ein Viererzug Rappen, vom Majoratsherrn gelenkt, kam den Weg heraufgejagt. Er saß auf dem Bock des Kabrioletts, das zierlich wie ein Spielzeug war, zog den Hut und winkte damit zur Begrüßung. Der Kutscher, in schwarzer, rot abgesetzter Livree, klammerte sich an den Sitz. Neben dem Break brachte Waldemar, sehr sanft, aber wirksam, die Pferde zum Stehen.

»Die Herrschaften haben mich überholt«, rief er aus und warf dem Kutscher die Leine zu. »Doch bitte ich nicht zu vergessen, daß ich immerhin vier Meilen zu fahren hatte, und das will etwas heißen. Außerdem ist Bruno gekrochen wie eine Schnecke, ich mußte ihn vom Bock setzen, erst dann habe ich aufgeholt. Das müssen Sie mir zumindest zugestehen.«

»Ihre Pferde haben uns mit ihrem Atem den Rücken gewärmt«, rief eine wohlgestaltete junge Dame mit übermütigem Gesicht und fröhlichen Augen. »Ich habe sie zu streicheln versucht, doch mir bloß den Handschuh beschmutzt. Da, schauen Sie!«

Sie strecke Waldemar ihre Hand entgegen, die von hellem Sämischleder umspannt war.

»Mit Verlaub, das ist kein Schmutz, sondern Pferdeschweiß. Meine Pferde sind immer blitzsauber«, entgegnete Waldemar.

»In Ihre Pferde sind Sie verliebt, stimmt's?«

»Ja, das ist meine einzige Liebe.«

»Ohne Gegenliebe«, fügte die junge Dame mit einem holden Lächeln hinzu.

Die Gesellschaft verschwand nach und nach durch die mächtige Eingangstür. Waldemar folgte als letzter, und zwar recht zögerlich. Als er unter Stefas Fenster vorbeiging, verlangsamte er seinen Schritt noch weiter und warf einen raschen, neugierigen Blick hinauf.

Stefa, die geglaubt hatte, daß alle längst hineingegangen wären, schaute zum Fenster hinaus, und so begegneten sich ihre Blicke. Sie bemerkte seine Spannung. Bei ihrem Anblick wurde seine Miene ernst, er zog den Hut und ging weiter. Sie würde nicht das Zimmer verlassen, beschloß Stefa. Kein Mensch kannte sie, und so würde sie wenigstens Waldemars Scherzen entgehen, vielleicht auch Frau Idalias Sticheleien, denn heute war wieder einmal ein Tag der schlechten Laune.

Nach einer Stunde stürmte Łucia atemlos in Stefas Zimmer, ihre Wangen glühten, und es sprudelte aus ihr heraus: »Sechzehn Personen sind zu Besuch gekommen, Waldek mit gerechnet. Auch Tante Ćwilecka mit Tochter Michala, weil Paula nicht zu Hause ist im Moment, und die Fürstin Podhorecka, Waldemars Großmutter, und das junge Fürstenpaar Podhorecki, und die Żyżemskis, und Graf Treska, und viele, viele Gäste.«

»Woher diese plötzliche Versammlung?«

»Ach, bloß so, das hat sich so ergeben. Alle waren unabhängig voneinander zu uns unterwegs und haben sich erst auf dem Weg zusammengetan. Die meisten sind aus Obronny; eine Kutsche und der Break. Waldek wollte ebenfalls gerade zu uns, und sie haben ihn getroffen. Er wollte sogar den Break überholen, aber er hat verloren. Jetzt macht sich Fräulein Rita über ihn lustig.«

»Wer ist Fräulein Rita?«

»Szelizanka. Das ist irgendeine Cousine oder eine Art Nichte der Fürstin Podhorecka, doch weil sie Waise ist, lebt sie ständig auf Obronny. Sie kommt sehr oft her, nur daß sie jetzt lange in Wien gewesen ist, deshalb kennen Sie sie nicht. Fräulein Rita ist sehr nett und fröhlich.«

Stefa dachte, daß es wohl die junge Dame gewesen sein mußte, die Waldemar einen beschmutzten Handschuh gezeigt hatte. »Eine anmutige junge Dame, nicht wahr?«

»Ja, sie ist hübsch. Waldek ist allerdings nicht der Meinung, doch der ist nur schwer zufriedenzustellen. Sie werden Sie ja heute selber kennenlernen.«

»Keineswegs. Ich werde auf meinem Zimmer bleiben.«

Łucia bekam ganz runde Augen. »Warum? Wieso? Sie verlassen Ihr Zimmer nicht? Ich habe mich doch schon vor allen mit Ihnen gebrüstet ...«

»Ach, meine Łucia!«

»Aber ich hab Sie doch so lieb.«

Stefa gab dem Mädchen einen Kuß. »Darüber bin ich sehr froh. Heute wirst du allein mit den Gästen sein. Mich hast du alle Tage.«

»Was Sie da sagen! Weder Großpapa noch Waldek werden damit einverstanden sein, daß Sie hier allein bleiben.«

Stefa mußte lachen. Łucias Versicherung, Waldemar würde sie unbedingt sehen wollen, amüsierte sie königlich. Ausgerechnet er! Doch, vielleicht hatte er ja, wenn sie sich nicht zu den anderen gesellte, niemanden, an dem er seinen Witz schärfen konnte. Bei dem Gedanken wurde sie so vergnügt, daß sie wie ein übermütiges Kind Łucia um die Taille faßte und mit ihr ausgelassen und trällernd durchs Zimmer tanzte.

Łucia tanzte mit Leidenschaft. Beide fast gleich groß, flogen nur so dahin, wirbelten und sangen im Walzertakt. Łucias blonder Zopf schwebte in der Luft, Stefas Batistkleid flatterte. Ihre Wangen glühten, ihre Augen blitzten. In ihrer Ausgelassenheit überhörten sie das zweimalige Klopfen an der Tür, bemerkten nicht, daß sie geöffnet wurde. Erst einen Augenblick später erstarrte Stefa, mitten in einer Drehung.

In der Tür stand Waldemar. Lächelnd schaute er auf die jungen Damen, die im Tanzen innehielten. Stefas Gesichtsausdruck war völlig verändert. Die rosigen Wangen, die klaren Augen, die gelösten Haarsträhnen – der junge Herr staunte. Er hatte sie noch nie so fröhlich gesehen, und er malte sich aus, während er reglos dastand und sie beobachtete, wie sie aussehen würde, wenn sie ihn erkannte, und erschrak.

Er hatte nicht lange warten müssen. Sie war erstarrt, feuerrot geworden, und ihre Augen hatten vor Zorn gefunkelt. Waldemar Michorowski war hingerissen.

Es war Łucia, die das Schweigen mit fröhlichem Gelächter brach. Sie eilte auf ihren Cousin zu und zog ihn am Ärmel in die Zimmermitte. »Du hast uns auf frischer Tat ertappt, Waldek!« rief sie aus. »Wir haben so wundervoll getanzt, als hätte ein Orchester für uns aufgespielt. Ach, wenn du nur gesehen hättest, wie Fräulein Stefa getanzt hat. Wie eine Ballerina.«

Waldemar verbeugte sich elegant vor Stefa und unterbrach Łucias Redefluß mit den Worten: »Erlauben Sie mir, Ihnen den Grund meines Eindringens in Ihr Heiligtum zu erklären. Bisher hatte ich noch nicht das Vergnügen. Vielleicht war es nicht der passende Augenblick, aber ich bin überglücklich: Ich habe Sie frei und ungezwungen erblickt. In meiner Gegenwart pflegen Sie ja grundsätzlich mißgestimmt zu sein. Und immer ein wenig bissig... Vor einem Moment habe ich Sie in Harmonie gesehen... und ich freue mich. Wollen Sie mich denn gar nicht begrüßen nach einer ganzen Woche Abwesenheit?« fragte er leicht ungeduldig.

Stefa reichte ihm die Hand. »Sie haben vermutlich Łucia gesucht.«

»O nein, ich bin ausschließlich Ihretwegen hier. Meine Tante bittet Sie nämlich zum Tee.«

Łucia klatschte in die Hände. »Was habe ich gesagt! Man läßt Sie nicht allein bleiben.« Und an Waldemar gewandt: »Weißt du, Waldek, Fräulein Stenia hat behauptet, sie würde sich nicht den Gästen anschließen, sondern hier allein auf ihrem Zimmer bleiben.«

»Hegten Sie wirklich derart barbarische Absichten im Hinblick auf unsere Wenigkeiten?«

Stefas Antwort klang beinah fröhlich: »Sie haben eine merkwürdige Art zu fragen. Ich wollte in der Tat hierbleiben!«

»Ich protestiere! Im Namen der ganzen Gesellschaft, die Sie unbedingt kennenlernen möchte.«

Stefa wollte gerade mit aller Entschiedenheit ablehnen, als er den Schatten auf ihrem Gesicht bemerkte und, ihrer Antwort zuvorkommend, hinzufügte: »Ich bitte Sie zum Tee, im Auftrag von Tante und Großpapa. Wenn allerdings meine Großmutter und die Frau Gräää ... fin Ćwilecka Sie kennenlernen möchten, verdanken Sie das Ihrer Schülerin.«

»O ja, ich habe der Tante und der Fürstin viel von Ihnen erzählt«, bestätigte Łucia.

5 Im kleinen Salon, der im Stil des Kaiserreichs gehalten war, amüsierten sich die Gäste aufs angenehmste. Es wurde Tee und Kuchen gereicht. Den Mittelpunkt der Gesellschaft bildeten neben der Dame des Hauses und Herrn Maciej natürlich die Fürstin und die Schwägerin der Baronin, Gräfin Ćwilecka, die alle gemeinsam an einem größeren Tisch saßen. Die Baronin, von ihren Gästen entzückt, war glänzender Laune und unterhielt sich hauptsächlich mit den beiden vornehmsten Damen. Diese unterschieden sich auf charakteristische Weise. Die Fürstin, schlank und hochgewachsen, mit dem klassischen Profil der großen Dame, war die Aristokratin par excellence. In jeder Linie, jeder Geste, selbst in den Falten ihres schweren schwarzen Kleides trat ihre edle Abkunft hervor. Ihre Würde, ihr feines Wesen verliehen ihr eine ernste Anmut und grazilen Charme. Das weiße Haar war über der Stirn glatt frisiert und mit kostbarer schwarzer Spitze bedeckt. Sie trug bis auf den Trauring und einen sehr großen Smaragd mit dem Wappenzeichen der Podhorecki keinerlei Schmuck. Das Ührchen trug diese große Dame an einem schwarzen Band. Das Gesicht der Fürstin war schmal und etwas blaß, die Haut zart, beinah faltenlos, die Züge waren ausgeprägt, die Augen groß und schwarz. Sie war noch immer schön. Die Fürstin sprach wenig, mit klangvoller Stimme, und sie vermochte alle für sich einzunehmen.

Die Gräfin Ćwilecka war ein völlig anderer Typ. Von mittlerem Wuchs, tüchtiger Korpulenz und Robustheit, hatte sie etwas von einer Angehörigen der Bourgeoisie und glich mitnichten einer Aristokratin. Gekleidet ohne Geschmack, mit Brillanten übersät und mit Goldketten behängt, glitzerte und klimperte sie schon von weitem. An die Fürstin gewandt, redete sie, wild gestikulierend, hastig, enervierend und laut und sah dabei aus wie eine Plebejerin, eine Verfechterin der Republik, die einer Vertreterin der Aristokratie zu Zeiten der Revolution mit den Fäusten droht. Sie mochte die Fürstin in der Tat nicht, nannte sie immer die Spartanerin und wollte stets ihre Überlegenheit demonstrieren, die für sie vermutlich in der Anzahl kostbarer Schmuckstücke bestand. Trotz ihrer inneren Abneigung legte sie der Fürstin gegenüber übertriebene und zuvorkommendste Höflichkeit an den Tag.

Fürstin Podhorecki allerdings wußte, was sie davon zu halten hatte. Sie hatte einen Enkel, die Gräfin aber zwei Töchter, von denen die ältere, Fräulein Michala, die Dreißig bereits überschritten hatte. Das erklärte das Gebaren der Gräfin gegenüber der Fürstin zur Genüge. Im Augenblick unterhielten sich beide Damen in Gesellschaft mehrerer anderer Personen, mit Frau Idalia und Herrn Maciej.

Die jungen Gäste, die sich zu kleinen Gruppen zusammengefunden hatten, vergnügten sich auf ihre Weise. Fräulein Rita Szeliżanka in einem Kleid aus schwarzem Foulard mit einem hellblauen Jugendstilmuster und großem cremefarbenem Spitzenkragen, gab bei den Unterhaltungen und Scherzen den Ton an. In ihrem blonden, vornehm frisierten Haar steckte eine hellblaue Schleife. Das sah, nun ja, ein wenig exzentrisch aus, aber Fräulein Rita stand es. Sie ging stets anders gekleidet als alle anderen, und was ihre Frisur anging, so echauffierten sich nicht wenige darüber. Sie bewegte sich forsch und doch anmutig. Jedes Ding, das für andere eine Unmöglichkeit darstellte, brachte man mit ihr in Verbindung, und das fast immer mit Recht. Aufrichtig, unterhaltsam, witzig, war sie eine durchweg sympathische junge Dame, die alle mit ihrer Heiterkeit ansteckte.

Die Fürstin hatte eine Schwäche für sie, allerdings enervierten sie nicht selten die Wunderlichkeiten ihrer Ziehtochter. Fräulein Rita war eine passionierte Sportlerin. Auf Obronny, einem Gut der Fürstin, besaß sie einen eigenen Stall, wo sie sich am liebsten aufhielt. Über Pferde konnte sie endlos reden, und im Augenblick, da sie mit der Teetasse in der Hand in einem zierlichen Sessel saß, unterhielt sie sich mit einem jungen Edelmann mit Pincenez.

Voller Eifer versuchte sie ihm etwas klarzumachen, bis sie schließlich, die Tasse energisch auf einem Tischchen absetzend, sagte: »Sie kennen sich eben nicht mit Pferden aus, wenn Sie behaupten, meine seien nicht reinrassig. Meine Pferde sind direkt aus England importiert. Das sind Vollblüter. Fragen Sie den Majoratsherrn: Er ist ein Kenner erster Güte.«

»Immer der Majoratsherr! Immer schicken Sie mich zu ihm. Ist er das Orakel?«

»In Sachen Pferde bestimmt.«

»Weil er neun Musen samt einem Apollo hat?«

»Nein, aber er ist ein wirklich unparteiischer Pferdekenner.«

»Mir also sprechen Sie solcherart Tugenden ab!«

»Zum Teil. Sie sind von Ihren Perscherons eingenommen, und alles Gute sehen Sie bloß im eigenen Gestüt.«

»Sie werden hoffentlich so gütig sein zuzugestehen, daß mein Gestüt kein x-beliebiges ist.«

Fräulein Rita verzog das Gesicht. »Ich mach mir nichts aus Perscherons.«

»Sie machen sich nichts aus Perscherons? Pah! Das ist eine Frage des Geschmacks. Genausowenig kann ich die Engländer leiden.«

Fräulein Rita maß ihn mit einem ironischen Blick. »Von mir aus. Doch wozu Fehler aufzählen, die nicht existieren.«

»Für mich existieren sie, und lägen sie auch nur in der Anglisierung, die Sie bis zum äußersten treiben. Ihren englischen Pferden wird der Schweif zu extrem gestutzt!«

»Das ist kein Fehler. Wenn Sie weiter nichts zu bemängeln haben, bin ich beruhigt. Im übrigen ist diese Pferderasse schon immer anglisiert worden.«

»Doch bei Ihnen einfach unglaublich!«

»Was Sie da reden! Schade, daß der Majoratsherr verschwunden ist, ich hätte ihn um Intervention gebeten.«

»Herr Michorowski ist gegangen, um nach Łucia und ihrer

Lehrerin zu sehen«, ließ sich Fräulein Michalina Ćwilecka vernehmen. Während sich Fräulein Rita mit Graf Treska gestritten hatte, war sie ihnen eine stumme, Tee trinkende Gesellschaft gewesen. Die junge Dame war hell und geschmackvoll gekleidet, weil ihre Mutter das so wollte, doch nichts erheiterte sie, selbst das Vergnügen anderer fand sie kaum ergötzlich. Auch ihre Gesichtszüge wirkten apathisch. Nachdem sie ihre kurze Bemerkung über Waldemars Verbleib gemacht hatte, senkte sie den Blick auf die Tasse und verstummte erneut.

Graf Treska rückte sein Pincenez zurecht und bemerkte, boshaft grinsend: »In einer gewissen Gunst muß diese Lehrerin ja stehen, wenn der Majoratsherr sich mit ihr befaßt!«

»Aber woher denn. *Il l'abhorre!*« widersprach Fräulein Rita. »So jedenfalls sagt Łucia. Das bedeutet doch wohl, daß die Situation dieselbe ist wie bei Fräulein Klara!«

»Scheint so.«

»Und, sieht sie aus wie Fräulein Klara?«

»Ich kenne sie nicht, doch Łucia ist begeistert von ihr. Wenn sie tatsächlich hübsch ist, dann Vorsicht, Herr Graf!«

Treska blickte seine Gesprächspartnerin vorwurfsvoll an. »*Voilà une idée!* Ihre Einfälle sind manchmal wirklich grotesk. Auf Personen dieser Art verschwende ich niemals auch nur einen Blick.«

»Ich würde wollen, daß Sie sich gerade in jene verlieben.«

»Ich kann sie höchstens streng beurteilen und die Fehler aufzeigen.«

»Mein lieber Herr! Über Frauen kann man unmöglich so sprechen ...«

»Über Lehrerinnen schon.«

»Auch nicht. Es ist verboten, ohne Einschränkungen. Übrigens entstammt Fräulein Rudecka einer guten Familie.«

»Vorsicht! Sie kommen!« unterbrach sie der Graf, er schob sein Pincenez zurecht und richtete den Blick unverwandt auf die Tür.

Stefa und Łucia betraten in Begleitung von Waldemar den Raum. Stefa wurde es für einen Moment schwarz vor Augen. So viele Köpfe drehten sich nach ihr um, so viele prüfende Blicke folgten ihr. Sie fühlte sich, als ob sie am Pranger stünden. Die Gespräche verstummten. Alle musterten die junge Lehrerin mit kritischem Blick.

Die Baronin sah sie kurz aus zusammengekniffenen Augen an und stellte sie flüchtig der Gesellschaft vor: »Fräulein Rudecka!«

Einige Köpfe nickten kaum wahrnehmbar. Stefa, die verwirrt war, verneigte sich leicht in alle Richtungen und wußte nicht, was sie mit sich anfangen sollte. Zum erstenmal empfand sie schmerzlich die eigene Lage. Sie konnte sich das Betreten des Salons nicht verzeihen. »Ein Eindringling«, schoß es ihr durch den Kopf; sie wäre am liebsten in Tränen ausgebrochen.

»Wenn Sie erlauben, stelle ich Sie meiner Großmutter vor.« Stefa ließ sich zu einem Kanapee am anderen Ende des Raumes fortziehen. Als sie die Augen hob, erblickte sie das heitere Gesicht von Herrn Maciej und die ernste, aristokratische Gestalt der Fürstin. Und wieder die tiefe Stimme des Majoratsherrn: »Teuere Großmama, ich möchte Ihnen Fräulein Stefania Rudecka vorstellen, von der Łucia Ihnen erzählt hat.«

Die Fürstin reichte Stefa die Hand und sagte mit einem gewinnenden Lächeln: »Es freut mich, Sie kennenzulernen. Łucia hat mir tatsächlich von Ihnen erzählt. Sie ist von ihrer geistigen Anleiterin entzückt.«

Dankbar und wieder voller Zuversicht, beugte sich Stefa zu der Hand der alten Dame hinunter und küßte sie.

In deren Augen zeigte sich für Sekunden Erstaunen. Heiter lächelnd hauchte sie dem Mädchen einen Kuß aufs Haar und wies dann auf ein Sesselchen neben sich. Höflich erkundigte sie sich nach Stefas Familie und danach, ob sie mit Łucia zufrieden sei.

Auf alle Anwesenden hatte das Verhalten des Majoratsherrn und die Begrüßung durch die Fürstin großen Eindruck gemacht. Man schaute sich verblüfft an: Die Fürstin hatte der Lehrerin die Hand gegeben! Was ist das, und warum stürzt die Decke nicht ein?! Besonders Graf Treska und die Gräfin Ćwilecka konnten es nicht fassen. Die Gräfin war jetzt wütend, daß Waldemar ihr Stefa nicht vorgestellt hatte. Dabei ging es ihr natürlich nicht um die Person, sondern sie empfand es als Geringschätzung, daß die beiden einfach an ihr vorbeigeeilt waren. Und nachgerade empörend war es, daß Waldemar der Lehrerin den Arm geboten hatte. Nachdem sie Stefa einer gründlichen Musterung unterzogen und dabei festgestellt hatte, daß diese sehr hübsch war, fing sie an, ihrem Mann etwas zuzuflüstern, wobei sich ihr viel zu großer Mund abschätzig verzog. Die Baronin schnappte das Wort *maitresse* auf, gab aber vor, nichts gehört zu haben; nervös die Brauen runzelnd, beendete sie abrupt ihr Gespräch mit ihrem Nachbarn.

Unterdessen vernahm an dem kleinen Tisch Fräulein Rita, nachdem sie Waldemar von ihrem Streit mit Treska erzählt hatte, das ersehnte Lob für ihre Pferde. Der Graf begann mit dem Majoratsherrn eine Unterhaltung, und Rita trat zur Fürstin, drückte Stefa herzlich die Hand und sagte vergnügt schmunzelnd: »Weil uns niemand miteinander bekannt gemacht hat, vollziehe ich von mir aus dieses Zeremoniell: Darf ich mich vorstellen, Margeryta Szeliga in höchsteigener Person. Bestimmt haben Sie noch nicht von mir gehört, denn ich habe mich lange in Wien herumgetrieben.«

Stefa war aufgestanden und erwiderte den Händedruck der jungen Dame. »Aber nicht doch. Łucia hat mir viel von Ihnen vorgeschwärmt.«

»So? Ich sehe, Łucia ist eine Art lokale Berichterstatterin, die die Leute informiert. Kommen Sie, ich nehme Sie zu unserem Circle mit. Hier ist die Schar zwar erlesen, doch bei uns ist es mit Sicherheit lustiger. Tante und Großpapa werden doch nichts dagegen haben, nicht wahr?«

Liebenswürdig neigte die Fürstin ihr Haupt, Herr Maciej aber bemerkte: »Es ist uns doch bekannt, wie reizend und amüsant Sie als Gesellschafterin sind, um so bedenkenloser empfehlen wir Ihnen Fräulein Stefania.«

Gleich darauf saß Stefa mit an dem kleinen Tisch, wo sich noch weitere Personen eingefunden hatten. Bei der fröhlichen Unterhaltung hatte sie sich rasch an die übrige Gesellschaft gewöhnt. Graf Treskas blitzende Augengläser, die er unverfroren auf sie gerichtet hielt, ärgerten sie, die kühle Gestalt der Gräfin Ćwilecka machte sie neugierig. Fräulein Rita zog sie um so leichter mit ins Gespräch, da es Stefa nicht an Witz mangelte. Sie sah schlicht, aber sehr hübsch aus in ihrem hellgrauen Batistkleid, das dunkelblau abgepaspelt war. Ihre Wangen glühten, die von wunderbar dichten Wimpern umschatteten Augen blitzten vergnügt, ihr Mund blühte wie eine Rose. Fräulein Rita betrachtete sie mit Vergnügen, die anderen mehr oder minder gleichgültig. Treska zeigte unverhohlen seine Neugier. Er erforschte gründlich ihre Gesichtszüge, die Augen, ihre Art zu sprechen, die Frisur.

»Pas mal, pas mal«, murmelte er vor sich hin und hielt es für ein großes Lob. Er musterte den Schnitt ihres Kleides, und schüttelte verblüfft darüber, daß eine Lehrerin dermaßen geschmackvoll gekleidet sein konnte, den Kopf. Von der Besichtigung ganz und gar in Anspruch genommen, vergaß er völlig, daß er den Pferdestreit verloren hatte.

Waldemar war Stefas Unruhe aufgefallen; er gewahrte ihren Blick, der Łucia suchte, und bemerkte süffisant: »Sie möchten sich mit Unschuld wappnen gegen mich, wie Pan Twardowski gegen Mephistopheles, aber Łucia ist, leider, schon zu groß für die Rolle, die Sie ihr in diesem Augenblick zugedacht haben.« Stefa verkniff sich ein Lachen. Waldemar fuhr fort: »Ja, ich habe mich nach meiner Verfolgerin gesehnt, doch Sie haben vermutlich Gott angefleht, daß ich so lange als irgend möglich fortbleiben möge.«

»Im Gegenteil, ich habe gewollt, daß Sie so schnell als möglich kämen.«

»Tatsächlich?« In Waldemars Gesicht malte sich Neugier. »O Gott, warum habe ich das nicht gewußt?«

Stefa sah ihn direkt an. »Ich habe Ihre Ankunft erwartet, weil Ihr Großpapa Sehnsucht hatte und bereits anfing, melancholisch zu werden.«

»Das heißt, Sie haben meinen Besuch herbeigesehnt um Großvaters, nicht um Ihretwillen.«

»Erhofft, ›ersehnt‹ wäre zuviel gesagt. Ich habe Sie ganz einfach erwartet.«

»Was für eine Enttäuschung! Mir schwebte bereits das Paradies vor, unterdessen bin ich, wie zuvor, im Fegefeuer.«

Stefa mußte nun doch lachen. Er sah sie prüfend an, und ein Lächeln umspielte seinen sinnlichen Mund. Mit leiser Stimme bemerkte er: »Sie sehen heute wundervoll aus. Ich spüre, wie ich den Kopf verliere.«

»Gnädiger Herr!« rief das Mädchen zornig aus.

»Ja? Ich bin ganz Ohr!« Seine Augen blitzten vor Vergnügen.

Stefa preßte die Lippen aufeinander, doch ernsthaft böse konnte sie ihm nicht sein. Seine Miene war zu komisch: Die Brauen staunend hochgezogen, die Nasenflügel bebend, jeder Zug seines Gesichts zeugte von unterdrücktem Lachen. Etwas sanfter erwiderte sie: »Allmählich bedauere ich, daß ich Gott um Ihren Besuch gebeten habe. Aus Zuneigung zu dem älteren Herrn Michorowski habe ich mir selber einen üblen Dienst erwiesen ...«

»Da Sie nun mit mir vorliebnehmen müssen«, brachte er ihren Satz zu Ende.

»Sie haben es erraten«, Stefa lächelte.

»Ich dagegen bin mir völlig sicher, daß Sie mich nicht um Großpapas Melancholie willen erwartet haben, sondern selber Sehnsucht nach mir hatten. Habe ich recht?« Herausfordernd schaute er sie an.

»Wie ich sehe, ist es in Ihrer Gesellschaft am sichersten für mich, zu schweigen, da Sie sonst zu übermütig werden.«

»Und Sie strecken gleich die Krallen heraus, niedliche Krällchen, aber scharf«, erwiderte er.

»Worum dreht sich denn das trauliche Geplauder?« mischte sich Graf Treska ein und hielt die Augengläser auf Stefa gerichtet.

Lässig erwiderte Waldemar: »Wir haben uns über einen anderen Sport unterhalten. Und eben habe ich Fräulein Stefania gebeten, für uns etwas zu spielen.«

»Sie schlagen die Zimbel?« fragte Treska spöttisch.

»Nein, Herr Graf, ich schlage nicht die Zimbel«, entgegnete Stefa im gleichen Ton.

»Ah, das ist schade, es klingt so hübsch.«

Waldemar zog die Stirn kraus. Er schäumte innerlich vor Wut. Mit einem hochmütigen Blick auf Treska, sagte er: »Ich hätte Ihnen einen besseren Geschmack zugetraut, und mehr Feinheit ... des Gehörs.«

Treska hatte verstanden. Er wurde blaß. Fräulein Rita, die die Betretenheit des Grafen bemerkte, sagte zu Stefa: »Ich unterstütze Herrn Waldemars Bitte. Sie müssen unbedingt für uns etwas spielen. Ich beherrsche leider kein Instrument, aber ich liebe Musik leidenschaftlich.«

»Natürlich, gern, doch bitte ein bißchen später.«

»Ja, es ist im Moment allzu laut; Musik verlangt Stille.«

Der Kammerdiener zündete die Lampen an. Fräulein Rita war ans Fenster getreten und schaute auf den schmalen, leuchtend silbrigen Streifen des aufgehenden Mondes. Vor dem Hintergrund der dunklen Farben des Abendhimmels sah das schwarze Band des Waldes, die Baumwipfel von jenem Silberlicht sacht berührt, wunderschön aus.

Fräulein Rita behielt ihr Entzücken nicht für sich. Stefa und etliche andere traten zu ihr ans Fenster. Waldemar indessen wurde von Łucia ins Speisezimmer gerufen, wo ihn die Baronin sehen wollte.

6

Der große Tisch mit dem Tischtuch, in das das Wappen der Michorowskis eingewebt war, war zum Abendessen gedeckt. Am Rand standen die Teller aus feinstem, mit kleinem Muster handbemaltem Porzellan wie Soldaten in Galauniform. Daneben ruhten, auf Besteckbänkchen, würdevoll die silbernen Messer, Gabeln und Dessertlöffelchen. Auf der Seite gegenüber ragten, wie Schilderhäuschen, steif gestärkte Servietten auf, in denen dunkle Brotscheiben steckten. Kristallschalen mit Früchten, Gläser, Gläschen, etliche prachtvolle Buketts vervollständigten die Tafel. Bei jedem Gedeck lagen kleine Blumengebinde, Blumen waren über den Tisch verstreut und verliehen ihm ein liebliches, maienfrisches Aussehen.

Der Kammerdiener Jacenty und jüngere Diener in schwarzer Livree mit Goldknöpfen und ponceauroten Westen sowie ein Bediensteter der Fürstin in gelber Livreejacke tummelten sich zwischen der Haupttafel, der Kredenz und dem Beistelltischchen, wo die Desserts standen. An den Wänden das sanfte Licht der Wandlampen, über dem Tisch ein Bronzekronleuchter, der einen hellen Schein auf Silber und Kristall warf.

Den Saal betrat die Baronin, die zu dem Majoratsherrn in ihrer Begleitung auf französisch sagte: »Die ersten Plätze nehmen die Fürstin und Papa ein, der sie zu Tisch geleiten wird. Die übrigen Gäste mögen selber wählen. Das ist kein Essen mit geladenen Gästen. Es kann ruhig etwas zwanglos zugehen. Doch du, Waldek, solltest Gräfin Ćwilecka den Arm reichen. In diesem Falle führt mich dann ihr Mann zu Tisch.«

Waldemar zeigte sich ungemein belustigt. »Das heißt, mir hat man also das Diamantenbergwerk bestimmt. Mit größter Freude würde ich es gegen eine einzige Perle eintauschen …«

»Mach keine Witze, ich weiß, von wem du redest. Es wundert mich, daß dich das Mädchen dermaßen beschäftigt.«

Waldemar runzelte die Brauen. »Man könnte meinen, Sie reden von Ihrem Stubenmädchen, Tante. Fräulein Stefania gehört nicht zu denen, die man verführen kann«, entgegnete er gereizt.

»Aber nach einem Auftreten wie deinem heutigen könnte sie sich für etwas Außergewöhnliches halten. Meine Präsentation war ausreichend, dein Vorgehen überflüssig.«

»Ich sehe die Sache anders. Im übrigen merkt man sofort, mit wem man es zu tun hat. Besonders Sie, Tante, sollten nicht so über sie reden, zumindest aus Rücksicht auf Łucia.«

»Du bist beredt, mein Teurer«, zischte Frau Idalia, »aber ich warne dich, es können Gerüchte entstehen. Ich habe selbst ein paar Ungereimtheiten von Lora mit angehört.«

»Ach! Die Frau Gräfin kann erzählen, was sie will. Sie findet nicht so viele bereitwillige Zuhörer. Bestellen Sie ihr, Tante, daß sie ihre Anspielungen in meiner Gegenwart unterlassen möge, denn andernfalls schlösse mir nicht einmal ihre eingebildete gräfliche Majestät den Mund.«

»Was meinst du mit ›eingebildet‹?«

»Nun, ich brauche ja wohl der Tante keinen Vortrag über das Wesentliche des Titels der Ćwileckis zu halten. Alle wissen Bescheid, denken Sie nur an ihre mit Kronen versehenen Karossen, selbst der alte Kammerdiener hat sich gewundert, als man ihm auf die Zierknöpfe der Livree neun Zacken gesetzt hat. Sämtliche Wappenbücher und Chroniken verschweigen unhöflicherweise diesen Titel.«

Baronin Idalia preßte die Lippen aufeinander. »Gehen wir in den Salon, es wird gleich serviert.«

Im Salon hatte Gräfin Ćwilecka in einem Sessel Stefa gegenüber Platz genommen und musterte sie jetzt von oben herab.

»Woher kommen Sie?« fragte sie herablassend.

»Aus Kongreßpolen, Frau Gräfin.«

»Wie lange befassen Sie sich schon mit dem Unterrichten?«

»Das ist meine erste und letzte Stelle.«

»Wie bitte? Die erste Stelle? Und meine Schwägerin hat Ihnen Łucia anvertraut? *C 'est une absurdité!*«

Die junge Lehrerin errötete.

»Offenbar habe ich Vertrauen zu erwecken vermocht«, entgegnete Stefa lächelnd.

»Wie alt sind Sie?«

Verblüfft schaute Stefa die Gräfin an. »Fünfundzwanzig«, platzte sie heraus.

Die Gräfin betrachtete sie durchs Lorgnon, das an einem langen goldenen Stiel saß. »Tja!« sagte sie im Brustton der Überzeugung, »das sieht man. Łucia hat mir gesagt, daß Sie neunzehn sind. Ich habe sofort gewußt, das ist ein Irrtum. *Comment donc!* Sehr gut, daß Sie Ihr wahres Alter nicht verleugnen. Meine Michala ist also im gleichen Alter, nur daß alle sie für viel jünger halten.«

Stefas Lippen zuckten, doch die junge, ernste, meist apathische Gräfin, die wie eine ältere Schwester der Baronin aussah, tat ihr leid.

Waldemar trat hinzu, ihm auf dem Fuße folgte Graf Ćwilecki.

»*Te voilà.* Weißt du, Auguste? Fräulein Rudecka ist fünfundzwanzig, also keine neunzehn, wie Łucia gesagt hat. Wir haben doch ein gutes Auge.« Und mit einem Blick auf Stefa: »Beide, mein Gemahl und ich, sind der Ansicht gewesen, daß das unmöglich ist.«

Waldemar brauste auf: »Worum geht es hier überhaupt? Ich verstehe kein Wort.«

»Um mein Alter. Ich habe mir mehr Geltung verschafft«, lachte Stefa.

»Notieren Sie sich dieses Verhör in Ihrem Tagebuch. Es ist unerhört!« Waldemar sagte es leichthin, doch die Wut war nicht zu überhören.

Unangenehm berührt sah der Graf ärgerlich auf seine Frau und sagte so betulich wie immer: »Du irrst, Lora. Über Fräulein Rudeckas Alter haben wir überhaupt nicht gesprochen.«

»*Mais, mon cher*, du hast es nur vergessen.«

Der Graf kam nicht mehr dazu, etwas zu erwidern, denn der Kammerdiener erschien, um zu verkünden, daß aufgetragen sei. Bewegung entstand im Salon. Der Majoratsherr reichte der Gräfin den Arm und bemerkte sichtlich verärgert: »Die Frage der Chronologie sollte auf unbestimmte Zeit verschoben werden, jetzt stehe ich Ihnen zu Diensten.«

Lächelnd sagte die Gräfin etwas zu ihm, was Stefa nicht mehr hörte. Nachdem sie fort waren, schaute sich der Graf aufmerksam um und schritt auf Frau Idalia zu. Stefa blieb allein. Sie sah Paare auf das Speisezimmer zuschreiten, für sie war das erneut ein peinlicher Augenblick. Sie machte sich Vorwürfe, nicht früher gegangen zu sein, das hätte ihr ein abermaliges Betreten eines Raumes unter aller Augen erspart.

In diesem Moment eilte Łucia herbei, schob die Hand unter Stefas Arm und rief lachend aus: »Alle Damen haben ihren Ritter, da gehen eben wir beide zusammen. Ich habe Herrn Ksawery angeschwindelt. Mama hatte ihm aufgetragen, Sie zu Tisch zu führen, doch ich habe ihm gesagt, daß Sie mit jemand anders gehen. Denn Sie gehen doch lieber mit mir, nicht wahr, Fräulein Stefa?«

»Aber natürlich! Das hast du ausgezeichnet gemacht. Im übrigen können wir uns ja auch vorstellen, daß zum Beispiel ich der Kavalier bin.«

»Oho! Sie haben nun wirklich nichts von einem Kavalier, eher schon Fräulein Rita, allerdings ohne die Schleife im Haar; sie ist eine richtige Amazone.«

Sie betraten den Speisesaal. Wieder ruhten die neugierigen Blicke auf Stefa. Am Tafelende saß Herr Ksawery, zu beiden Seiten hatte er freie Plätze, für Stefa und Łucia. Nachdem Stefa Platz genommen hatte, sah die Baronin sie aus zusammengekniffenen Augen an und sagte: »Ich habe schon gedacht, Sie kommen nicht.«

Stefa wurde feuerrot. Sie zögerte mit der Antwort. Auch diesmal eilte Waldemar ihr zu Hilfe. Er sprach die Baronin auf irgend etwas an, und die Situation war für das junge Mädchen gerettet.

Bei Tisch ging es lebhaft zu. Alle unterhielten sich, nur sie und Herr Ksawery schwiegen. Letzterer hatte nur Augen für die Platten und Schüsseln, die herumgereicht wurden. Stefa dagegen verließ das Gefühl nicht, ein Eindringling zu sein, und sie fühlte sich einsam wie unter Feinden. Die Gedanken wirbelten ihr durch den Kopf: Ruczajew, die Ankunft in Słodkowce, die Wortgefechte mit Waldemar, ihr heutiges Gespräch mit der Gräfin. Wäre Edmund nicht gewesen, sie hätte diese Welt nicht kennengelernt und wäre nie und nimmer derartigen Sticheleien und Anspielungen ausgesetzt gewesen, die ihr so weh taten. Alle hier betrachteten sie, als sei sie kein menschliches Wesen. Großartige exotische Gewächse und eine schlichte Kornblume, die sich aus Versehen in ein Treibhaus verirrt hatte.

Ihr Blick fiel auf das kleine Blumensträußchen vor ihrem Teller. Es waren Feldblumen: braunes Federgras und kleine weiße Margeriten mit gelbem Gesichtchen. Sie nahm das Sträußchen in die Hand und dachte: Das bin ich: Feldblumen, zarte Pflänzchen, zwischen Silber und Kristall geworfen. Auch wenn sie Glanz und Prachtentfaltung blenden, welken sie, und die Welt geht für sie verloren. Sie hob den Kopf, und auf einmal zuckte sie zusammen.

Tote Augen schauten auf sie aus reich geschnitzten Rahmen von den Wänden herab. Augen der Michorowski-Ahnen, grau und durchdringend wie die des jungen Majoratsherrn; bedrohlich schienen sie sich auf ihr Gesicht zu heften und zu fragen: »Was hast du hier zu suchen, Plebejerin, hier im Horst von Senatoren und Hetmanen?« Stefa schauderte. Die strengen Blicke, die allseits auf ihr ruhten, peinigten sie ... Feindselige, abstoßende Blicke.

Was trennt mich nur so gewaltsam von ihnen? Sie, die ruhmreichen ritterlichen Vorfahren? Mich scheiden Kronen, Mitren und aristokratische Namen – die durch die Tradition geheiligte Aristokratie, die sich stets an der Spitze des Staatsgebäudes gespreizt hat. Und ob diese Spitze im Glanz der Sonne badete oder in düsterem Gewölk versank, niemals hörte sie auf, das Allerwichtigste zu sein. Sie, die Aristokraten, waren es gewöhnt, von oben herab auf die Menschen in den Etagen darunter zu schauen, selbst wenn diese nicht minder berühmt, häufig sogar verdienstvoller waren. Sie selber erachteten sich als die Grundfeste, auf der sie ihre Magnatenherrlichkeit entfalten und die Wappenfahnen aufhängen konnten. Und all die Geringeren – mochten sie Hymnen anstimmen zu ihren Ehren.

Dennoch besaßen diese Privilegierten eine unfaßliche Schönheit, die bei feinen Naturen ihre Wirkung tat. Stefa ging durch den Sinn, daß der Grund dafür die Majestät ihrer jahrhundertelangen Herrschaft sein mochte. Auch wenn man an ihnen keine erhabeneren Zeichen oder stürmischeren Gedankenflug wahrnehmen konnte, hüllte sie doch ein Zauber des äußerlich, oberflächlich Schönen ein, waren sie wie die Dekoration in der Gesellschaft. Einige von ihnen, wie die greise Fürstin, besitzen eine unwiderstehliche Anziehungskraft. In der Fürstin schlug die Überlegenheit durch; sie war eine Magnatin reinster Prägung, die Urenkelin gekrönter Häupter. Jeder Zoll eine große Dame, die ihre Aufgabe kannte. Stefa hatte von ihren Aktivitäten und von ihrer Großherzigkeit gehört. Herr Maciej, ihr sehr ähnlich, war ein Aristokrat mit feinfühligem Naturell, allerdings bedeutend älter als die Fürstin und schon ein wenig schwerfällig.

Stefa blickte zu Waldemar. Und er? Er ist ein großer Herr uralter Abstammung. Er beeinträchtigt das Ansehen seiner Vorfahren nicht. Im Gegenteil, sie könnten stolz auf ihn sein. Unternehmungslustig, energisch, ein wahrer Herr, Magnat und Millionär, nahm er seine Aufgabe in der Gesellschaft ernst. Herr Maciej, der gerne plauderte, hatte Stefa erzählt, daß er nie angenommen hätte, Waldemar könnte sich dermaßen ändern. Nach Beendigung des Universitätsstudiums in Bonn und danach der Landwirtschaftsschule in Halle hatte er sich ins Leben gestürzt und sich ausgetobt. Er hatte im Ausland gelebt, war gereist. Er kannte ganz Europa, war in Algerien und in Ägypten gewesen. Jagdausflüge führten ihn nach Indien und in die Steppen Amerikas, er erklomm Berggipfel und hing in den norwegischen Fjords seinen Grübeleien nach. Er absolvierte Besuche in Kliniken, führte mit Gelehrten Dispute, wißbegierig nahm er in die Arbeit großer chemischer Labors Einsicht und sammelte Erfahrungen in meteorologischen Observatorien. Fabriken zogen ihn an, in den Docks von New York machte er sich bis ins kleinste mit der Beschäftigung der Arbeiter vertraut. Seine Beziehungen und das große Geld öffneten ihm Institutionen aller Arten. Er hatte Zutritt zu den Krupp-Werken in Essen; in den Kanonengießereien arbeitete er selber etliche Tage, von dem unwiderstehlichen Drang getrieben, alles kennenzulernen. Er unternahm Versuche mit dem berühmten Hammer »Fritz«, sein Revolver wurde ihm zu Staub zerstampft von dem Riesen der Essener Betriebe, der goldene Ring mit dem Brillanten aber, auf den sich »Fritz« herabsenkte, nahm keinerlei Schaden. Auf dem Vesuv brannte er sich eine Zigarre an, besichtigte das Haus Napoleons I. auf St. Helena, im Louvre und in den Dresdner Galerien saß er stundenlang in den Anblick der Kunstwerke versunken. Er warf mit Geld um sich, hatte Abenteuer und Skandale, überwiegend erotischer Natur, war der Liebling der erlesensten gesellschaftlichen Kreise. Er verkehrte am Wiener Hof, wo er sich unter der ungarischen Hocharistokratie dadurch große Popularität erwarb, daß er, durch seine Urgroßmutter, mit einigen der mächtigsten Häuser verwandt war. Er verschwendete an Frauen ein Vermögen, spielte sogar ein wenig, doch das Glücksspiel gehörte nicht zu seinen Leidenschaften. Die Frauen waren verrückt nach ihm; die einen blendete der Millionenglanz und der Titel, andere liebten ihn wirklich. Doch er, obwohl er sich bewußt war, überall beliebt und begehrt zu sein, fand keine Ehefrau für sich. Nach fünf Jahren Schwelgerei trat die Übersättigung ein, langweilten ihn die Triumphe, die Liebeleien, selbst die Reisen; er kehrte für immer in die Heimat zurück.

Herr Maciej hatte Stefa erzählt, daß Waldemar drei Leidenschaften habe: Pferde, die Jagd und Frauen, auch wenn letztere ihm inzwischen schon gleichgültiger geworden waren. Die Jagden, die er veranstaltete, waren großartig, sogar während seiner Reisen; zu ihnen fanden sich Magnaten aus der ganzen Welt in Głębowicze ein. Pferde waren seine Passion, dennoch ließ er sie nie an Rennen teilnehmen, weil er sie, wie er sagte, allzusehr mochte, als daß er sie in die Hände von Jockeys hätte geben und zusehen wollen, wie sich die Tiere die Beine brachen.

Stefa wußte das alles von Herrn Maciej, einige Details von Herrn Ksawery, und selber hatte sie bereits einige Beweise seiner edlen Gesinnung und Herzensgüte erhalten. Die Zwiespältigkeit seines Wesens war unübersehbar: Er besaß ein gutes Herz, doch gleichzeitig eine Menge Boshaftigkeit; er war jähzornig, meistens ironisch, besaß einen vornehmen, fein entwickelten Geschmack. Dennoch konnte er nicht an sich halten, sie allenthalben aufzuziehen. Bei all seinem Edelmut war er durchaus Egoist, niemand durfte sie beleidigen, doch er selber ärgerte sie ständig und genoß es. Stefa mochte ihn nicht, doch merkte sie wohl, daß er mehr wert war als andere, Frau Idalia an erster Stelle. Daß er weit über Edmund stand, war ihr voll und ganz bewußt. Jener hatte beteuert, sie zu lieben, hatte ihr sogar geschworen, und sie dann so leicht aufgegeben, als wisse er nicht, daß auch sie ein Herz hatte, das litt. Waldemar konnte sie nicht ausstehen, vielleicht haßte er sie sogar, doch aus der Peinlichkeit im Salon hatte er sie gerettet, und zwar auf natürliche und vornehme Weise.

Stefa ließ den Blick zum zweitenmal auf Waldemar ruhen. Frei und sorglos wie gewöhnlich plauderte er mit den Damen. Sein Ton war hin und wieder spöttisch, die Gestik lebhaft, beides verlieh ihm den ihm eigenen Reiz. Der Majoratsherr war kein eigentlich schöner Mann, doch er hatte das gewisse Etwas, das Eindruck machte. Er war hochgewachsen und sehr schlank, hatte ein ausdrucksvolles Gesicht und einen brünetten Teint, das dunkelblonde Haar trug er seitlich gescheitelt; die wundervoll geschwungenen Brauen strahlten Energie, Willenskraft und Talent aus. Die Augenfarbe war grau, der Blick durchdringend, klug und entschlossen, wenn auch fast immer spöttisch, häufig schelmisch. Auffallend schön war der sinnliche Mund, den ein üppiger rotblonder Schnurrbart überschattete. Gedankentiefe und leichte Langeweile malten sich in seiner Miene; die Augen spiegelten die Hitzköpfigkeit, bisweilen Stolz wider, oder es blitzten Fünkchen des Amüsiertseins darin auf. An den Lippen ließ sich der Epikureer erkennen, und wenn nicht ein ironisches Lächeln sie umspielte, wirkten sie sehr sanft.

Nach dem Eisdessert erhob sich die Baronin. Allgemeine Bewegung entstand. Das erste Paar, das die Tafel verließ, war Herr Maciej, der die Fürstin am Arm führte, das zweite Waldemar mit der Gräfin Ćwilecka, ihm folgten Fürst Podhorecki mit Fräulein Żyżemska, Graf Ćwilecki mit der Baronin und Treska mit Fräulein Rita; Stefa nahm Łucia beim Arm, Herr Ksawery bildete den Schluß dieser hochherrschaftlichen Prozession.

Aufs neue füllte sich der Salon mit heiterem Geplauder, in das sich frohes Lachen mischte. Die junge Gesellschaft wurde immer mutwilliger, Fräulein Rita und Waldemar waren die Anführer, sie spaßten, alberten herum, redeten Unsinn, so daß die vergnügte Stimmung ungetrübt anhielt.

Fräulein Rita hielt Treska die Gesellschaft, was ihn ganz offensichtlich enervierte. Waldemar hingegen, der vor guter Laune sprühte, unterhielt Stefa mit Artigkeiten, die bald in den für sie typischen Streit ausarteten. Tauchte jedoch jemand in ihrer Nähe auf, änderte Waldemar so geschickt Gesprächston und -gegenstand, daß sich Stefa das Lachen nicht verbeißen konnte, belustigt, aber dankbar für seine Taktik. Zum zweitenmal bat er sie um Musik.

»Bitte, bewahren Sie mich davor«, flüsterte sie.

»Wie Sie wünschen«, erwiderte er mit einem leichten Neigen des Kopfes. »Doch dafür erlaube ich mir die Bitte, daß Sie einmal ausschließlich für mich spielen. Einverstanden?«

»Natürlich«, stimmte sie zu, angenehm überrascht von seiner Nachgiebigkeit.

»Ich schwärme für Beethoven, und wie man hört, spielen Sie ihn meisterlich. Großpapa hat es mir erzählt.«

»Obwohl ich Ihrem Herrn Großvater meistens Chopin vorspiele? Er liebt vor allem die Nocturnes.«

»Weil mein Großpapa ein Träumer ist, und ich bin das Gegenteil«, erwiderte Waldemar.

Es war gegen zwei Uhr in der Früh, als sich die Gäste einer nach dem anderen verabschiedeten. Die Nacht war hell, warm, dufterfüllt. Es wehte nur ein leises Lüftchen, über dem Land lag tiefe Stille, berückend und bezaubernd.

Im Vestibül wünschte Stefa der Baronin und Waldemar eine gute Nacht. Letzterer drückte ihr fest die Hand und hielt sie länger in der seinen, als sich das gemeinhin schickte. Erstaunt blickte sie zu ihm auf, doch als sie seine brennenden Augen auf sich gerichtet sah, entzog sie ihm rasch die Hand und eilte davon, um Herrn Maciej gute Nacht zu sagen, der noch im Salon sitzen geblieben war. Im blassen Mondlicht kam sie Waldemar noch schöner vor als sonst und sehr, sehr verführerisch. Er fühlte, wie sein Blut in Wallung geriet. Unterwegs zu seinen Räumlichkeiten biß er zornig die Zähne zusammen und murmelte vor sich hin: »Ich muß sie haben, ich muß! Sie macht mich verrückt, berauscht mich wie Haschisch. Und ich will mich berauschen mit ihr.«

Lange noch wanderte er in diesen frühen Morgenstunden in seinem Schlafzimmer auf und ab, schmiedete Pläne für die Eroberung.

7

Anderntags erhob sich Stefa mit Kopfschmerzen und einem ungemütlichen Gefühl. Ihr war traurig zu Mute, etwas lastete ihr schwer auf der Seele und trübte ihre Gedanken.

Łucia hatte gesagt, daß man an die Bahn geschickt habe, um den Praktikanten abzuholen, daß sie sehr neugierig sei, ob er gut aussehe und ob er aus guter Familie sei. In Słodkowce aß man um zwei Uhr zu Mittag. Gleich nach Beendigung des Unterrichts betrat ein Diener das Schulzimmer und bat zu Tisch.

»Ist der gnädige Herr schon zurück?« erkundigte sich Łucia.

»So ist es. Der gnädige Herr ist mit einem anderen Herrn von der Bahn gekommen. Mit dem Herrn, der hier bleiben soll.«

»Der Praktikant!« rief Łucia aus, nachdem der Diener sich entfernt hatte. Sie musterte sich im Spiegel und korrigierte den Sitz von Bluse und Frisur. »Wie gut, daß er schon da ist! Wo Mama ihn wohl bei Tisch placiert? Oh, jetzt wird es heiterer in Słodkowce sein, und so ist es bloß lustig, wenn Waldek vorbeischaut. Rasch, gehen wir!«

Vor der Eßzimmertür überfiel Stefa Furcht. Schnellen Schritts betrat sie den Raum und näherte sich dem Tisch. Waldemar kam auf sie zu, um sie zu begrüßen, und auf einmal erstarrte sie vor Entsetzen. Zu Waldemar hatte sich Edmund Prątnicki gesellt.

Stefa rauschte es in den Ohren, und schwarze Flecken tanzten ihr vor den Augen. Ihr Gesicht erblaßte, sie wurde weiß wie Papier. Wie in Trance reichte sie Waldemar die Hand, bemerkte dennoch, wie sich seine Augen vor Verblüffung weiteten, und hörte ihn sagen: »Erlauben Sie, daß ich Ihnen Edmund Prątnicki vorstelle ... Fräulein Stefa Rudecka.«

»Seien Sie gegrüßt, mein Fräulein«, rief Prątnicki frei und ungezwungen aus und reichte ihr schwungvoll die Hand. »Was für eine außergewöhnliche Begegnung«, fügte er vergnügt hinzu.

»Sie kennen sich?« fragte die Baronin.

»Ja, und zwar ausgezeichnet. Immerhin sind wir Nachbarn. Nicht wahr, Fräulein Stefa?«

»Ja«, erwiderte sie kurz angebunden und setzte sich ohne jedes weitere Wort. Von ihr ging etwas aus, das es Frau Idalia verbot, nachzuhaken, es war jedoch unschwer zu erraten, daß zwischen Stefa und dem jungen Praktikanten irgendwann einmal etwas vorgefallen sein mußte. Unauffällig musterte sie die beiden. Herr Maciej, den das Verhalten der Lehrerin erstaunte, schwieg. Łucia konnte vor Neugier kaum noch an sich halten. Nur Waldemar hatte alles begriffen. Stefas verwandeltes Gesicht, der Schreck, den sie ganz offensichtlich erlitten hatte, schließlich ihr hartnäckiges Schweigen, bestätigten ihn in der Überzeugung, daß der junge Praktikant der gewesene Zukünftige war. Waldemar störte dessen Lässigkeit. Prątnicki allein redete viel und lustig, schielte mit abgeschmacktem Grinsen zu Stefa, benahm sich überhaupt ziemlich auffällig. Er schien nicht zu verstehen, daß es das einfache Taktgefühl verbot, sich angesichts einer solchen Begegnung dermaßen leger aufzuführen.

Der junge Michorowski gewann sogleich einen ungünstigen Eindruck von der Erziehung, sogar vom Charakter seines Praktikanten. Ein Gutsbesitzer von Einfluß hatte ihn empfohlen. Waldemar kannte Prątnicki nur aus dessen Briefen, in denen er sich völlig anders präsentiert hatte. Den Majoratsherrn ärgerte die unverhoffte Begegnung Stefas mit Prątnicki, seine Derbheit und der Anflug von Geringschätzung sowie das spöttische Grinsen, mit dem er sie immer wieder bedachte. Wie kann er es wagen? dachte er empört und saß verärgert und wortkarg auf seinem Platz. Ihn ärgerte Frau Idalia, die Łucia forschend ansah, selbst Łucia machte ihn wütend, so vergafft, wie sie in das hübsche Gesicht des neuen Tischgastes war. Waldemar machte sich Vorwürfe, daß er in Stefas Beisein nie den Familiennamen des Praktikanten genannt hatte, denn wenn er bei dieser Gelegenheit eine Reaktion bemerkt hätte, wäre er den Ursachen auf den Grund gegangen und hätte sämtliche Vereinbarungen rückgängig gemacht. Jetzt war es dafür zu spät. Stefas Niedergeschlagenheit bereitete ihm Unbehagen.

Und Stefa litt in der Tat. Wußte er von meiner Anwesenheit in Słodkowce, oder war das nur ein unglücklicher Zufall? Woher hätte er wissen sollen ... Von Ruczajews Nachbarn? Und er versucht, sich mir in den Weg zu stellen. Zu welchem Zweck? dachte sie fieberhaft.

Seine ungenierte Begrüßung hatte sie stutzig gemacht. Er schien von ihrer Anwesenheit auf Słodkowce zu wissen. Oder? Immer wieder ging ihr der Gedanke im Kopf herum. Während sie ein wenig zu sich kam, hörte sie seinen Tiraden mit Verwunderung zu. Dieser Mann dünkte sie ein völlig anderer, übertrieben lustig und allzu laut. Er redete prahlerisch daher, wie das für einen Laffen typisch ist; gegenüber der Baronin, deren Vater und Waldemar betrug er sich überaus unterwürfig. Stefa brachte das aus der Fassung. Sie konnte einfach nicht begreifen, was sie zuvor in ihm gesehen hatte.

Doch damals hatte er mit seinem blendenden Aussehen, seinem Charme auf sie gewirkt, sie hatte ihn in Regenbogenfarben gekleidet, ihn in einem Glanz gesehen, den er nicht besaß. Jetzt litt sie Höllenqualen. Was hatte er an diesem Ort zu suchen? Frau Idalias forschender Blick und Waldemars Schweigen waren nicht minder quälend. Der hat alles erraten, dachte sie. Jetzt wird er seinen Witz an mir schärfen ... Ich sollte schleunigst von hier verschwinden. Ich gestehe Frau Idalia alles. Sie wird mich verstehen und Mitgefühl zeigen. Dann kehre ich zu den Meinen zurück, glücklich und ruhig. Auf einmal empfand sie bei dem Gedanken an ihre Abreise ein leichtes Bedauern, dessen Ursache sie nicht hätte benennen können. Kinderei! Sie ärgerte sich über sich selbst. Dennoch schauderte es sie bei der bloßen Vermutung, er könnte ihr nachgefahren sein. Wo er doch jetzt ein Niemand für sie war ...

Seit der Begrüßung hatte sie Edmund keines Blicks gewürdigt. Doch jetzt auf einmal war die Neugier stärker. Seine Stimme hatte sich verändert, das war unverkennbar, ob er sich wohl auch äußerlich verändert hatte? Sie hob die Augen. Nein, sein Äußeres war unverändert: ein schöner junger Mann; doch einst hatte sie in seinen Zügen einen anderen Ausdruck, in seinen Augen einen anderen Gedanken gesehen. Diese Züge von einst verzog jetzt ein eitles Lachen, die Augen verrieten ein banales Wesen ... nichts von Erhabenheit, nicht ein Fünkchen des einstigen Ideals. Ein anderer Mensch! Stefa hatte den Eindruck, als blicke sie von weitem auf einen gewöhnlichen Stein, der im Sonnenschein wie ein kostbarer Edelstein gefunkelt hatte.

Edmund erwiderte ihren Blick; seine Augen funkelten zynisch. Stefas Wangen röteten sich, Empörung stieg in ihr auf. Und da hörte sie ihn sagen: »Warum sind Sie denn heute so schweigsam, Fräulein Stefa? Ich kenne Sie ja gar nicht wieder. Als guter Bekannter könnte ich Ihnen grollen, da es meine Anwesenheit zu sein scheint, die Sie unzufrieden sein läßt. Habe ich recht?«

Diese Unverfrorenheit brachte Stefa aus dem Gleichgewicht. Sie empfand nur noch Abscheu, ihr Ehrgefühl war verletzt. Sie maß Edmund mit kühlem Blick, doch ihre Erwiderung klang ruhig: »Ich habe nicht erwartet, Ihnen hier zu begegnen, das ist alles.«

»Doch die Begegnung freut Sie, nicht wahr? Denn ich für mein Teil bin schlichtweg hingerissen.« Prątnicki beugte sich weit über den Tisch und wiederholte zudringlich: »Ich bin sogar hoch erfreut.«

»Das sieht man«, entgegnete sie gereizt.

»Wirklich? Das ist gut. Ich mag solche Witze.«

»Haben Sie immer einen so ... hm ... angenehmen Humor?« fragte Waldemar, während er nervös auf seinem Stuhl hin und her rutschte. Er sprach mit unverhohlener Ironie, und betonte das Wort »angenehm« ausdrücklich.

Prątnicki warf ihm einen hastigen Blick zu und versteifte sich: Das Gesicht des jungen Magnaten war eisig, der Mund widerwillig verzogen, die bedrohlich gerunzelten Brauen schienen ihn zu warnen. Seine ganze Körperhaltung besagte: »Vergiß nicht, daß ich hier bin.« Der junge Mann begriff; man hatte ihm zu verstehen gegeben, daß er sich in einer Gesellschaft befand, in der sein »angenehmer Humor« nicht allgemein Beifall fand. Waldemars Worte hatten ihn ernüchtert. Er wußte nicht recht, was er erwidern sollte, doch Waldemar erwartete keine Antwort. Mit dem Zigarrenetui in der Hand wandte er sich an die Baronin und an Stefa und fragte höflich: »Die Damen erlauben?«

Die Baronin nickte, doch sie blickte erstaunt. Waldemar rauchte zum Kaffee nach Tisch eine Zigarre, doch die Erlaubnis dazu hatte man ihm ein für allemal erteilt. Jetzt war die Frage jedoch hauptsächlich an Stefa gerichtet, da sie auf seine Frage hin keinerlei Regung gezeigt hatte, und so wandte sich Waldemar mit vorbildlicher Höflichkeit unmittelbar an sie: »Und Sie?«

»Aber bitte«, erwiderte sie lächelnd.

Prątnicki biß sich auf die Lippen. Das zuvorkommende Betragen des Majoratsherrn gegenüber einer Lehrerin war für ihn eine Lektion. Daß man sie ihm absichtlich erteilt hatte, spürte er sehr wohl. Er hatte sich allzu geringschätzig Stefa gegenüber benommen, und dieser Aristokrat hatte ihm geschickt, aber unmißverständlich zu verstehen gegeben, was er von seinem Benehmen hielt.

Edmund musterte verstohlen Herrn Maciej und Baronin Idalia und mußte feststellen, daß auch sie sich nicht gerade begeistert über ihn zeigten. Fremde Menschen ergriffen also Partei für dieses Mädchen, während er, der doch rasend in sie verliebt gewesen war, nicht gezögert hatte, sie mit Geringschätzung zu behandeln. Warum, hätte er nicht sagen können. Ihm bereitete es einfach eine wilde Freude, sie erröten zu sehen; er war überzeugt, daß sie ihn liebte, und das ermutigte ihn. Von ihrem Aufenthalt auf Słodkowce hatte er von einem der Nachbarn Ruczajews erfahren. Ihm war überhaupt nicht in den Sinn gekommen, daß die Begegnung für sie unangenehm sein könnte. Er freute sich, und das hatte ihm genügt. Sein Plan war es gewesen, sie erneut in sich verliebt zu machen, falls sie ihn vergessen hatte. In seiner Vorstellung vermochte die verliebte Stefa geduldig seine Scherzchen zu ertragen.

Gleich zu Anfang hatte er eine Enttäuschung erfahren. Er sah, daß er Eindruck auf Fräulein Rudecka machte, doch anders als erwartet. Ihr Erschrecken war so heftig, daß er nachgerade verblüfft war. Stefas eisige Miene verriet weder Befriedigung noch einen Schimmer der Freude. Auf seine Anspielungen hin traf ihn ein so höhnischer Blick, daß es ihn unwillkürlich schauderte. Was ist los mit ihr? dachte er wütend. Woher diese Verachtung? Gleichzeitig zischte ihm eine innere Stimme zu, er möge sich an seine unlautere Tat von vor ein paar Monaten erinnern. Das machte ihn erst recht wütend, und so beschloß er, sie zu quälen. Doch Waldemar ließ es nicht zu, daß man einer Hausgenossin respektlos gegenübertrat. Prątnicki hatte begriffen, daß Stefa hier Beschützer hatte, mit denen man rechnen mußte. Nach der ersten Verwirrung wallte eine Wut in ihm hoch, die nach Rache schrie. Ja, er würde sich an dem Mädchen rächen, und ihm ging bereits eine geniale Idee durch den Kopf, die eines Diplomaten von höchstem Rang würdig war.

Gleich zu Beginn des Mittagessens waren ihm Łucias blaue Augen aufgefallen, die in unverhohlener Begeisterung auf ihm ruhten, und genau das war es, was ihm jene Eingebung verschaffte.

Die Mahlzeit war beendet. Die Baronin hob die Tafel auf, und Waldemar nahm seinen Praktikanten mit ins Arbeitszimmer, um ihn mit seinem Aufgabenbereich vertraut zu machen.

8

Einige Wochen vergingen. Im Leben Fräulein Rudeckas lagen die unterschiedlichsten Gefühle im Widerstreit. Edmunds Anwesenheit beunruhigte, reizte, enervierte sie. Stefa hatte der Baronin aufrichtig gestanden, wer Edmund war; hatte ihr anvertraut, daß es zu qualvoll für sie sei, wenn sie sich dauernd begegneten. Frau Idalia zeigte das Mitgefühl einer großen Dame, doch mit Stefas Abreise erklärte sie sich nicht einverstanden. Ihr persönlich gefiel Prątnicki, daher ließ sie Stefas Bitte sowohl ihrem Vater als auch Waldemar gegenüber unerwähnt. Sie ahnte nur zu gut, daß Herr Maciej Stefa vor jeglichem Schmerz bewahren wollte, und daß, wenn die Sache vor Waldemar käme, es keinen Edmund in Słodkowce mehr geben würde.

Die Dame des Hauses wünschte seine Abreise nicht. Für sie war der junge, gutaussehende und fröhliche Praktikant zu einer angenehmen Gesellschaft beim Mittag- und Abendessen geworden. Er wußte ihr die richtigen Komplimente zu machen, schmeichelte ihrem Ehrgeiz, dabei war er witzig und amüsant, einfach ein Vergnügen. Stets lobte er Łucia mit der größten Lebhaftigkeit, und Edmund spürte, daß er in der gnädigen Frau seine einzige Freundin und Verbündete hatte.

Waldemars Abneigung gegen ihn war offensichtlich, das traf auch auf Herrn Maciej zu. Stefa war er inzwischen gleichgültig. Łucia sagte er Artigkeiten, weil deren Mutter das gern sah; um Łucia selber ging es ihm dabei weniger. Er merkte nicht, daß sein Scharwenzeln einen völlig unbeabsichtigten Eindruck bei dem Mädchen hinterließ.

Wie Łucia vorhergesagt hatte, hatte sie sich auf der Stelle in ihn vernarrt. Seine in der Tat auffallende Schönheit betörte sie, und die Huldigungen, die ihr noch ungewohnt waren, taten ihr übriges. Aus diesem Grund veränderte sich auch ihr Verhältnis zu Stefa. Die Ungezwungenheit des Mädchens war dahin. Sie glaubte, Stefa liebe Edmund, das nahm sie ihr ein wenig übel, aber sie empfand auch Furcht, Stefa könne ihre Gefühle merken. Stefa erriet alles. Sie sorgte sich um Łucias Seelenfrieden, doch mit ihr darüber sprechen konnte sie nicht, mit Frau Idalia wagte sie es nicht.

Edmunds Manöver und seine niedrige Handlungsweise empörten sie. All das fügte sich für sie zu einem Leben voller Kümmernisse und Besorgnis. Waldemars Besuche brachten ihr Erleichterung. Einstmals hatte er sie geärgert und nervös gemacht, jetzt trat er in der Rolle des Verteidigers vor Prątnicki auf.

In Waldemars Gegenwart herrschte Ungezwungenheit. Er erheiterte alle, Edmund ausgenommen, der in Gegenwart des jungen Majoratsherrn an Verve einbüßte, sich keinerlei Späße mit Stefa erlaubte, nicht einmal Łucia Komplimente machte, weil er wußte, daß der Majoratsherr dergleichen nicht schätzte. Wenn Waldemar davonritt, atmete Prątnicki auf, Stefa tat es, wenn er auftauchte. Ihre Streitigkeiten dauerten an, doch ihr Ton war ein anderer, sie klangen wie ein beidseitiger Spaß, waren witzig, ohne die frühere Boshaftigkeit. Niemals stritten sie sich in Edmunds Beisein, wofür Stefa dankbar war.

Waldemar und sie unterhielten sich viel und anregend. Seine Intelligenz und Bildung imponierten dem Mädchen. Doch nach jeder Abreise des Majoratsherrn litt sie doppelt. Edmund rächte sich an ihr mit geschmacklosen Scherzen wegen dieser Gespräche und weil er an ihnen nicht teilhaben konnte, da sie häufig Themen zum Gegenstand hatten, von denen er kaum Ahnung hatte. Im übrigen pflegte der Praktikant in Waldemars Gegenwart ohnehin seinen burschikosen Humor einzubüßen, selbst Frau Idalia hatte, wenn ihr Cousin anwesend war, weniger Zutrauen zu ihm, obwohl ansonsten ihr Cousin nicht eben in ihrer Gunst stand.

Eines Tages, nach dem Mittagessen, musizierte Stefa im Salon. Unvermutet trat Waldemar ein, unter dem Arm ein großes Päckchen.

»Du bist da? Wie schön! Was hast du mitgebracht?«

Der Majoratsherr begrüßte Stefa.

»Ich habe hier für Sie die versprochenen Bücher. Hier sind *Corinne* und *Delphine* von Madame de Staël und ein paar schmale Bändchen Byron im Original. Beherrschen Sie das Englische so weit, um sie zu lesen? Sie sprechen gut ...«

»Und ich verstehe alles. Ich hatte zwar noch keine Lektüre im Original, aber ich werde es versuchen«, erwiderte Stefa und bedankte sich.

»Den Horaz bringe ich ein andermal mit. Aber vielleicht möchten Sie etwas von unserer Literatur?«

»Aber ja, ich bitte Sie um Lam und Mochnacki, wenn Sie die haben.«

»Sicher doch! Ich kann Ihnen außerdem mit Skarga und Rej und Kołłątaj, wen immer Sie wünschen, dienen. Meine Bibliothek steht Ihnen zur Verfügung.«

»Sie ist, scheint es, unerschöpflich.«

»Ich bin stolz darauf, daß sie zu den größten im Land gehört. Doch ich habe Ihr Spiel unterbrochen.«

Er blätterte in ihren Noten und verharrte bei Beethovens 12. Sonate As-Dur. »Bitte, spielen Sie das für mich. Wenn Sie es spielen, klingen Scherzo und Trauermarsch besonders ergreifend.«

»Woher wissen Sie das?«

»Ich habe einmal zugehört, als Sie mich nicht sahen.«

»Oh! Da muß ich ja aufpassen«, lachte Stefa und setzte sich an den Flügel.

Stefa legte die Finger auf die Tasten. Der Majoratsherr hatte Platz genommen. Tief in den Sessel zurückgelehnt, das Gesicht in den Händen verborgen, saß er reglos da.

Das Andante zu Anfang spielte Stefa zerstreut. Waldemars Gegenwart machte sie nervös. Er hatte die Beine übereinandergeschlagen. Sie sah seine eleganten Stiefel mit den Sporen, die die wahrhaft aristokratischen Füße eng umschlossen, und dieser Anblick reizte sie seltsamerweise. Ihr Spiel war technisch einwandfrei, aber seelenlos.

Waldemar bewegte sich; er nahm die Hand von der Stirn und begann an seinem Schnurrbart zu zupfen, wie es seine Art war; prüfend schaute er sie an.

Stefa nahm seine Bewegung wahr, spürte seinen Blick: er hatte ihr Zerstreutsein bemerkt. Sie nahm sich zusammen, ihr Spiel wurde besser, wurde bravouröser, künstlerisch perfekter, sie legte ihre ganze Seele in ihr Spiel. Waldemar, den Kopf in die Hand gestützt, lauschte hingebungsvoll.

Ein kurzer Augenblick der Stille, dann erklang der tragische, majestätische Trauermarsch. Er verströmte Ernst, etwas Bedrohliches, Machtvolles. Stefas Wangen glühten, mit leuchtenden Augen legte sie all ihre Kraft und geistige Energie in ihr Spiel, schöpfte sie voll aus dem Reservoir ihrer dramatischen Fähigkeiten. Ihre Schläfen pulsierten, ihr Atem ging schnell; sie hatte alles ringsum vergessen.

Waldemar war aufgestanden; er machte einen Schritt vorwärts und lehnte sich an den Kamin, sein feuriger Blick schien Stefa zu verschlingen. Was für ein Temperament, welch eine Inbrunst! dachte er, während sein Blick über ihre Hände zu den glühenden Wangen schweifte. Eine wilde Leidenschaft, wie er sie schon seit langem nicht mehr gespürt hatte, trieb ihn zu ihr. Er begehrte sie, begehrte sie so sehr, daß sein Blut pulsierte, seine Nerven zum Zerreißen gespannt waren.

Sie muß mein sein ... Eine Frau, die einen Mann so hinreißt, muß unterliegen. Viele begehrenswerte Frauen habe ich erobert, wie könnte ich ausgerechnet sie auslassen ... Dieses Feuer ... Ein Vulkan! Zwei Feuer können sich nicht verbrennen ... und so viele Wonnen!

Er konnte plötzlich nicht mehr an sich halten und stürzte vor. Stefa griff die letzten Akkorde auf der Klaviatur. Wie im Fieber beugte sich der Majoratsherr, der schon dicht hinter ihr stand, zu ihr hin. Mit letzter Willenskraft beherrschte er sich. Er spürte die Wollust, doch auch ein seltsames Unvermögen, die ersehnte Tat zu tun. Der Teufel der Leidenschaft entflammte seine Glut, doch Reinheit und Unberührtheit hüllten Stefa in einen Schleier, den selbst sein Dämon nicht zu zerreißen wagte.

Waldemar rang mit sich. Flammende Röte stieg ihm ins Gesicht, seine Augen brannten in der Glut des Begehrens. Schon berührte sein heißer Atemhauch Stefas Nacken, seine Arme wollten die ihren umschlingen, als die junge Frau zusammenzuckte; sie wandte sich um, ihre großen seelenvollen Augen blickten Waldemar verwundert an. Eine Sekunde später schnellte sie vom Klavierschemel empor, das Gesicht schneeweiß vor Angst und Erschrecken.

Doch er hielt sie auf. »Spielen Sie ... Bitte ... Ich flehe Sie an!«

Von der Macht seiner Stimme überwältigt, sank sie auf den Schemel zurück. Er rieb sich die Stirn und zog sich zurück.

Stefa begann den letzten Teil so leicht, so zart, als streife ein Schmetterlingsflügel über eine Blume. Wie betäubt, brach sie in der Mitte ab, erhob sich hastig, schloß den Deckel und eilte zur Tür.

Vom Fenster her verbeugte sich der noch immer aufgewühlte Majoratsherr höflich. »Ein bezaubernder Schluß. Das Ganze prachtvoll. Ich danke Ihnen!«

Das Mädchen stürzte hinaus. Waldemar, der ihr nachblickte, sagte laut: »Feuer, in den Kelch einer weißen Lilie gebannt.«

Der Abendimbiß wurde auf der Terrasse serviert. Waldemar, nunmehr ruhig und fröhlich, redete begeistert von Stefas Klavierspiel, scherzte mit Łucia, und sogar mit Prątnicki unterhielt er sich zuvorkommender als gewöhnlich. Er schlug gutgelaunt eine Kahnpartie vor.

Stefas Gesicht hellte sich auf. Sie unternahmen die Kahnpartie zu viert. Waldemar ruderte, Prątnicki hatte automatisch nach dem Steuer gegriffen, die beiden jungen Damen besetzten die Mittelbank, Waldemar zugekehrt. Doch Łucia richtete es so geschickt ein, daß sie sich in Bälde vis-a-vis mit Edmund befand.

Der Sonnenuntergang des Junitages ließ die Oberfläche des Sees farbig glitzern, Schwäne folgten mit ausgebreiteten Schwingen dem Boot. Stefa bespritzte sie mit Wasser und freute sich an dem Anblick der aufgebrachten Vögel. Waldemar schaute auf ihre Hände, die, ins Wasser getaucht, eine perlweiße Färbung annahmen, hörte ihrem Lachen zu und dachte: Wie leicht sich das trüben ließe ... Man brauchte nur die Hand zu ergreifen und leidenschaftlich zu drücken, oder gar dem eigenen Dämon nachzugeben und die Lippen auf ihre zu pressen, und schon wäre diese Ungezwungenheit dahin, würde dieses helle Lachen ausgelöscht, vernichtet wie eine Blume im Frost ... Was für ein Mädchen! Kein Engel, obschon von engelhafter Reinheit, kein Teufel, obschon mit einem Feuer und Höllentemperament ... Phänomenal! Muß ich mich selbst in einen Engel verwandeln, um sie zu erobern? Das schaffe ich nicht. Außerdem ist es ja nicht das Engelhafte an ihr, was mich so hinreißt. Im Gegenteil, ich will, daß sie all das an mich verschwendet, was dämonisch an ihr ist, und das Engelhafte für den künftigen Gatten aufhebt.

Wider Willen sah er zu Prątnicki hin. Und wenn dieser ihr Gatte sein wird? Nein, was für ein abscheulicher Einfall. Er ließ seinen Blick auf Stefa ruhen und grübelte: Für wen wurde sie geschaffen? Wer würde sie dereinst besitzen? Ein traumhaftes Mädchen! Eines glanzvollen Geschicks würdig! In meine Arme zu sinken, reicht das für sie? Sie ist ein zu reines Geschöpf! Ich habe aus den schönsten Orchideen die Blütenblätter gezupft, doch vor Mimosen hatte ich immer Respekt. Sie ist eine Mimose und der Mühe wert. Nur Geduld, und ich habe sie.

Stefa spürte seinen Blick, doch in aller Ruhe fuhr sie fort, die Schwäne mit Wasser zu bespritzen. Schließlich bemerkte sie, um das Schweigen zu brechen: »Sie waren viel auf dem Meer unterwegs. Erzählen Sie, es muß wundervoll sein ...«

»Sie kennen das Meer nicht?«

»Die Ostsee kenne ich ein bißchen, doch ich habe nie weite Reisen gemacht.«

»Die liebsten Gewässer sind mir die Adria und der Pazifik – zwei Kontraste, wie eine Ballerina in himmelblauem Tüll neben einem Athleten. Auf der Adria bin ich so manchesmal allein gesegelt, nur in Begleitung eines Steuermanns. Doch auf dem Ozean ziehe ich einen Ozeanriesen vor, der den bedrohlichen Wogen die Stirn bietet. Doch nicht aus ängstlicher Vorsicht, sondern man möchte auch mit der Kraft der menschlichen Intelligenz auftrumpfen. Ich habe zwei große Stürme erlebt, bin einmal sogar in einen schrecklichen Taifun geraten und habe tatsächlich schon im Rettungsboot gesessen, inmitten brüllender Sturzwogen.«

»Welch grauenvolles Erlebnis!« fiel ihm Stefa ins Wort.

»Ein gewaltiges! Einzig in seiner Art. Es ist, als ringe der Mensch mit dem Ozean um den Sieg. An die Stelle von Todesangst tritt nicht Resignation, sondern Ingrimm. Gegen einen Titanen kämpfend, wird der Mensch selbst zum Titan. Er schaut auf die unermeßliche Fläche aufgepeitschten Wassers, sieht, wie es sich zu Pyramiden auftürmt, hört es donnern und brüllen, wie man es sich an Land nicht vorstellen kann, und erfährt Selbstachtung, weil der Mensch sogar nachzudenken vermag über das fruchtlose Wüten des Ozeans. Ein ungemein seltsames und berauschendes Gefühl.«

Beeindruckt sah ihn Stefa an. »Ich meine, nicht jeder wäre zu derartigen Empfindungen fähig«, bemerkte sie kopfschüttelnd. »Da braucht es schon Seelenstärke und Lebensverneinung, um solchen Eindrücken zu erliegen.«

Waldemar schmunzelte. »Nun, Seelenstärke habe ich zur Genüge, und Lebensüberdruß ist keine Hilfe. Eine einfache Philosophie überwiegt in solcher Situation: ›Wenn ich sterbe, dann sterbe ich‹, während zu gleicher Zeit Kraft und Verbissenheit: ›Ich sterbe, wenn ich mich besiegen lasse‹ flüstern. Oftmals bleibt der Ozean Sieger, wenn er Tausende von Opfern an sich reißt, doch fast immer läßt er eines am Leben, so als spotte er der eigenen Macht, als rühme er sich ihrer. Nichts kommt dem Triumph einer Schiffsbesatzung gleich, deren Schiff der Taifun nicht hat versenken können. Ich wollte bei einem Sturm nie eine zusätzliche Last sein, sondern mitkämpfen bei der Errettung des Schiffs; das habe ich auch getan – gemeinsam mit den Matrosen oder an der Seite des Kapitäns.«

»Und das überstieg nicht Ihre Kräfte?«

»Es bereitete mir Genugtuung. Auf der Transatlantikroute kannte man meine Schwäche. Ich liebte es, an Deck zu sein, wenn sich der Sturm legte, der Ozean schäumend die letzte Wut ausschnaubte, ächzend, als ginge der Riesenlunge der Atem aus. Volle Kraft voraus! Stolz und siegreich gleitet das Schiff dahin. Wenn das bei Sonnenaufgang geschieht, wird der Eindruck durch die Schönheit der Natur noch vertieft; die Nerven vibrieren vor Erregung, es ist wie ein Wonneschauer. Der Himmel scheint der Geretteten Freund, und Feind dem gezähmten Angreifer. Zu den herrlichsten Phänomen rechne ich ein Meeresungewitter.«

»Sie lieben die Gefahr ...«

»Gefahr erregt mich. Fürchterlich sind Damen an Bord, ein bißchen Wind, schon gibt es Weinkrämpfe, Tränen, Hysterie. Ich wäre neugierig zu sehen, wie Sie sich in einer solchen Situation verhalten würden.«

»Weinkrämpfe hätte ich ganz sicher nicht, aber sicher eine entsetzliche Angst.«

Waldemar lächelte sie an. »Mir sollte endlich einer erklären, warum Frauen furchtsamer sind als wir, während sie uns andererseits an Kühnheit übertreffen ...«

»Zum Beispiel?«

»Nun ... Zum Beispiel im Kampf mit uns. Ihr seid die Bezwinger des männlichen Geschlechts, stellt eine ernste Gefahr dar, im Samthandschuh verborgene, scharfe Krällchen ...«

»Sie haben vor kleinen spitzen Krallen Angst?«

»Zweifeln Sie daran?«

»Ein bißchen schon.«

»Sie haben recht«, lachte Waldemar. Er zog die Ruder aus

dem Griff und legte sie auf seine Knie. Beinah geräuschlos glitten sie durch das ruhige Wasser, von kleinen Wellen gefolgt, die wie Katzengold flimmerten.

Waldemar beugte sich erneut zu Stefa vor und sagte: »Sie ahnen also, daß ich auch in dieser Hinsicht kein Hasenfuß bin? Ich leugne es nicht! Obschon die Bataille mit einer Frau nicht selten eine größere Unvorsichtigkeit darstellt, als einen Löwen am Ohr zu zupfen. Man kann nie sicher sein, welche Überraschung man erlebt. Nietzsches Zarathustra sagt: ›Zwei Dinge ersehnt der wahre Mann: Gefahren und Spiele, deshalb begehrt er die Frauen, als der Spiele gefährlichstes.‹«

»Eine nette Theorie! Das heißt mit anderen Worten, daß ihr die Frauen für ein Spiel haltet, für mehr oder weniger hübsche Spielzeuge, oder für eine kleine Bestie, die zubeißen könnte.«

»Nun, manchmal muß man sie schon zähmen. Darin liegt ja die Gefahr des Unterfangens. Begnadigt, ist sie leichter geneigt, Pfötchen zu geben.«

»Sie sind ein unverschämter Zyniker!«

»Welch eine Schmähung! Verzeihen Sie, mein Fräulein, wenn ich Sie beleidigt habe, doch ich habe nur den Vergleich zu Ende geführt, den Sie selbst angestellt haben. Wir können dieses Thema viel effektvoller erörtern. Etwa so: Die Frau ist ein Geschöpf, um das der Mann kämpft, und je stärker dessen Krallen sind, um so ausdauernder kämpft er. Nicht jeder Kampf zeitigt die ersehnten Resultate, doch beinah jeder verläuft siegreich, wenn der Mann sich nicht unterkriegen läßt. Auch das ist ein Talent. Derselbe Nietzsche sagt: ›Wenn du zum Weibe gehst, vergiß die Peitsche nicht.‹ Das hat eine tiefere Bedeutung: Nur die allegorische Peitsche der Willensstärke kann ein Lamm aus einer Frau machen. Ein jeglicher Kniefall ist nichts weiter als eine Brücke, die man ihr baut und die sie immer beschreitet, rücksichtslos.«

»Von welcher Art Frau reden Sie?«

»Ihnen gegenüber könnte ich von keiner anderen reden als nur der erhabensten.«

»Sie sprechen in Rätseln.«

»Keineswegs. Ich verkünde hier nur mein Credo: Ich kann

nach einer Frau auf dem höchsten moralischen Standpunkt greifen, ihr die Hand reichen und sie zu den eigenen Postulaten hinführen, doch ich werde ihr dabei direkt in die Augen sehen, oder ein bißchen von oben herab, doch aufschauen zu ihr werde ich nicht, keinen Kniefall machen. Das hat mich das Leben nicht gelehrt. Was würden Sie vorziehen? Daß Ihr Auserwählter mit Nietzsches Peitsche auf sein Ziel zugeht, oder daß er mit verdrehten Augen und auf den Knien um Erbarmen winselt?«

»Ich würde ersteres vorziehen, allerdings unter der Bedingung, daß er seine Kraft nicht als Zwangsmittel einsetzt, daß er mit mir als mit einem gleichwertigen Menschen rechnet. Mein Ehrgefühl verlangt den geraden Blick.«

»Was Sie da sagen, ist unerhört kühn«, bemerkte der Majoratsherr mit zusammengezogenen Brauen.

»Kühn? Inwiefern?«

»Sie besitzen zu wenig Lebenserfahrung, um so entschieden aufzutreten.«

»Und dennoch bin ich überzeugt, daß das Leben meine Behauptung nicht widerlegen wird.«

»Da seien Sie sich nicht zu sicher!«

»Wollen Sie mir die moralische Überlegenheit absprechen?«

»Ich spreche Ihnen gar nichts ab, ich bezweifle nur, daß diese Sittsamkeit auf dem Piedestal Bestand hat, auf das Ihr Ehrgefühl sie gehoben hat«, sagte Waldemar fast bösartig.

»Was sollte sie ins Schwanken bringen?« fragte Stefa herausfordernd.

Er sah ihr lange in die Augen und sagte mit Nachdruck: »Ihr Temperament, Ihre Sensibilität und Jugend. Und überlegene Männlichkeit. Das sind Trümpfe, die nicht nur ins Schwanken bringen, sondern sogar zum Sturz vom Podest führen können, weil sie das übertäuben, was von Ihnen allzu wert geschätzt wird.«

Aus seinen Augen sprachen unbändige Stärke, Mut und auch Zynismus; der Mann, der zu ihr sprach, imponierte ihr. Sie tauchte erneut die Hand ins Wasser, spielerisch, dabei bemerkte sie als spräche sie zu sich selber: »Ein zu großer Glaube an die männliche Stärke, und ein zu kleiner an die unsere.«

»Es ist nur die Erfahrung, daß selbst der dickste Panzer nicht schützt vor demjenigen, der von Kampfeswillen beseelt und imstande ist, die Achillesferse ausfindig zu machen.«

»Und wenn eine solche schwache Stelle nicht existiert?«

»Die existiert immer, man muß sie nur finden, und das stellt die größte Schwierigkeit dar. Der Rest bleibt der männlichen Gewitztheit überlassen.« Stefa versank in Nachdenken. »Nun, habe ich Sie überzeugt?« fragte er seine Gesprächspartnerin lächelnd.

»Sie stellen Ihre These ins richtige Licht, das will ich gern zugeben, aber ...«

»Bitte, fahren Sie fort.«

»Aber Sie reden hauptsächlich aufgrund der eigenen Triumphe. Aus Ihren Worten spricht Selbstbewußtsein. Doch läßt sich Ihre Ansicht auf die Allgemeinheit übertragen?«

»Die Allgemeinheit der Frauen mit Sicherheit, denn mit vielen sehr unterschiedlichen habe ich zu tun gehabt, und viele andere Männer sind wie ich. Nur, es gibt Frauen, die von einem besonderen Panzer umgeben sind, ein Nimbus umweht sie, der die Angreifer aufhält und sie zugleich verzaubert. Man kann Frauen besiegen, doch Brutalität versagt ihnen gegenüber, und das macht ihre Stärke aus.«

»Sie haben also die Ausnahme gefunden!« rief Stefa aus.

»Eine sehr seltene Ausnahme: Eine Blume, die in der Hochflut der anderen untergeht. Im übrigen möchte ich wiederholen: Auch solche Frauen bezwingt der Mann, nur auf andere Weise.«

Stefa erwiderte nichts. Sie schaute aufs Wasser und auf die weißen Blüten der Seerosen, die aus dicken Blattellern lugten. Sie streckte nach einer Blüte die Hand aus, doch die Seerose schwamm zu weit weg. Schweigend zog sie Waldemar mit dem Ruder in Stefas Reichweite. Das Mädchen pflückte die Seerose und dankte ihm mit einem Lächeln.

Sein Blick ruhte auf ihren rosigen Wangen, die von den langen Wimpern beschattet wurden, und er dachte: Bist du eine von diesen seltenen mit einem Nimbus umgebenen Blumen? Die Rarität unter all den vielen anderen Blumen? Vor dem Zauber dieser samtigen Augen sind alle rohen Absichten null und nichtig ... Und dennoch werde ich gegen diese Wehr ankämpfen und siegen ...

Er hatte eine Seeroseninsel ausgemacht und lenkte das Boot dorthin. Mit dem Ruder zog er die Blumen an das Boot heran, Stefa pflückte sie und warf sie Łucia zu. Doch das Mädchen war von dem Gespräch mit Prątnicki ganz und gar in Anspruch genommen. Er erzählte eben von einem Roman, den er unlängst gelesen hatte. Stefa, die ein paar Wortfetzen aufgefangen hatte, gab Waldemar mit den Augen ein Zeichen.

»Kehren wir um«, sagte er leise.

»Warum? Jetzt nach Sonnenuntergang ist es am angenehmsten.«

»Doch es ist beinah dunkel.«

»Noch ein bißchen ...«

Plötzlich stimmten ihn Edmunds Worte nachdenklich. Sein Blick wanderte von Łucia zu Stefa, die leise sagte: »Kehren wir um!«

»Schon?«

»Ja.«

Stefa mußte schmunzeln über den Ton der beiden.

»So ein schöner Abend«, widersprach Łucia.

»Es ist schon spät«, sagte Stefa, »deine Mama macht sich Sorgen um dich.«

»Das sind nur Sie, die zurück will. Wir könnten noch so schön ein bißchen rudern ...«

»Fräulein Stefanias Stimme hat Vorrang«, bemerkte Waldemar trocken.

Schweigend legten sie am Seeufer an, wo sie von Frau Idalia in Herrn Ksawerys Begleitung bereits erwartet wurden. Der Mond erhellte die Tiefen des Parks, breitete seinen Schein über dem Wasser aus wie ein silbernes Netz. Die Rosen verströmten ihren süßen Duft, hier und da glühten Johanniswürmchen tief im Gesträuch; der warme Abend lud zum Träumen ein.

Die hohen weißen Lilien im Gras und die gelbe Iris sahen wie römische Jungfrauen aus, die sich, in ihre Tuniken gehüllt, unter Zypressen ergingen. Das hellerleuchtete Palais blinzelte mit seinen Fensterreihen, der Widerschein des Lichts ergoß sich über den Steinfußboden der Terrasse, ließ die voll erblühten Rosen aufschimmern, hellte hier und da die schattige Allee auf, als wolle es die Spaziergänger herbeirufen. Über Stefas helles Kleid huschten kleine Lichtflecken, flochten sich als goldene Fäden ins Haar. Waldemars Blick ruhte auf der hellen Mädchengestalt, die ihm mehr und mehr ein Rätsel war.

Wie kommt es nur, daß mich das Mädchen dermaßen betört? »Dieses Feuer im Kelch einer weißen Lilie ...«, wiederholte er leise den früheren Vergleich.

Nach dem Abendessen, alle hatten sich zerstreut, ging Waldemar, umringt von seinen fröhlich kläffenden Hunden im Park spazieren. Er schritt die Allee ab, wanderte ziellos am See entlang, spazierte aufs Palais zu, wobei er nach dem Licht in Stefas Fenster Ausschau hielt.

Im Mondlicht warf Waldemars schlanke hohe Gestalt einen langen Schatten auf die Rasenfläche. Kies knirschte unter seinen Füßen, hin und wieder pfiff der Spaziergänger die Hunde herbei oder streichelte einen von ihnen. Bei einem Seitenpavillon verhielt er beim Anblick des offenen Fensters den Schritt; Lampenschein fiel auf den Weg, und es waren Stimmen zu hören. Über die niedrigen Ziersträucher hinweg blickte er ins Fenster: An dem kleinen Tisch saßen Prątnicki und Verwalter Klecz. Sie spielten Karten. Prątnicki, ohne Rock, die Weste aufgeknöpft und in den Stuhl gelümmelt, argumentierte gerade mit ungeheuerer Verve. Er hatte die Miene eines Korpsstudenten. Waldemar ging weiter und brummte dabei: »Mistkerl! Der geht mir auf die Nerven. Und diese Karten! Führt hier neue Moden ein!«

Prątnicki verlor in Gegenwart des Majoratsherrn für gewöhnlich seine Unbekümmertheit. Er spürte die Abneigung beider Michorowskis gegen ihn, er durfte nicht zuviel reden, durfte nicht prahlen, denn das berührte sie unangenehm, wie er merkte. Mit Klecz hatte er sich angefreundet, weil er dem imponierte. Es schmeichelte ihm.

Eines Tages, Ende Juni, waren Prątnicki und Klecz zusammen auf den Wiesen draußen, wo die Landarbeiter das Gras mähten. Am Waldrand plauderten die beiden Herren miteinander, wobei sie immer wieder in lautes Lachen ausbrachen. Edmund rauchte eine Zigarette; die Hände in den Taschen vergraben, redete er in Junkermanier und unter lebhaftestem Mienenspiel auf den interessiert lauschenden Klecz ein. Das Gespräch drehte sich um Stefa.

»Ja, mein Bester! Es gibt eine Menge Frauen auf der Welt, doch man muß zu wählen verstehen, eine, die neben gutem Geschmack noch einen guten Witz besitzt. Stefa ist appetitlich, das bestreite ich nicht. Sie ist jetzt ein bißchen verblaßt, aber sie ist ein gehaltvolles Mädchen ... Doch was soll's? Ihre Mitgift beträgt gerade mal Zwanzigtausend. Ist das etwa was für mich? Lieber Gott! Für mich wären das höchstens zwei Auslandsreisen.«

»Bekäme sie Hunderttausend, hätten Sie sie wohl nicht sitzenlassen, wie?« lachte Klecz ungeniert.

Edmund verzog den Mund zu einem geringschätzigen Lächeln. »Natürlich nicht, obwohl sie, ehrlich gesagt, ein bißchen fad ist. Viel zu tugendhaft. Immerhin war ich etliche Monate mit ihr verlobt, doch ein Küßchen habe ich ihr um nichts in der Welt entreißen können, obschon ich weiß Gott hartnäckig sein kann. Nein und nochmals nein ... Sie hat kein Temperament, diese junge Dame!«

»Da bin ich ganz anderer Ansicht. Fräulein Stefania ist eine ungemein lebhafte Erscheinung, sie sieht nach einem feurigen Weib aus. Vielleicht haben Sie nicht verstanden, sie hinters Licht zu führen, denn mit einer Frau, mein Lieber, ist das so wie mit einem störrischen Pferd, man muß damit umgehen können.«

Sie brachen in Gelächter aus.

»Sie war doch ganz verrückt nach mir«, fuhr der Praktikant fort. »Ich weiß schon den Funken zu entfachen, das ist meine Spezialität. Sie werden sehen, die heiratet bestimmt nicht so schnell, wenn überhaupt. Irgendein Betbruder wird sie vielleicht zur Frau nehmen, oder ein Kerl, für den ihre Mitgift ein nettes Sümmchen darstellt. Sie ist zwar hübsch, doch auf keinen Fall hinreißend. Ich sage Ihnen, tugendhaft bis zur Widerwärtigkeit. Der entlockt keiner was.«

Klecz grinste schlau. »So schlimm steht's nun auch wieder nicht. Sie haben Pech gehabt, doch unserem gnädigen Herrn wird das Glück ganz gewiß hold sein ...«

Prątnicki sperrte die Augen weit auf. »Glauben Sie das im

Ernst? Der Majoratsherr würde sie heiraten? Was für ein Einfall!«

Klecz prustete los. »Heiraten? Wie kommen Sie denn dadrauf? Ein Majoratsherr und eine Lehrerin? Auch eine Idee! Er, um den sich Fürstinnen bemühen! Aber verführen kann er sie ... Ihm wird sie nicht widerstehen, auch wenn Sie behaupten, daß sie kalt ist.«

Der Praktikant überlegte.

»Ach, wissen Sie was?« sagte er nach einer Weile. »Mir ist das auch schon in den Sinn gekommen. Er ist überhöflich zu ihr und nimmt sie immer in Schutz.«

»In Schutz?«

»Nun ja. Ich mache manchmal mein Späßchen mit ihr. Ein paarmal hat er schon Partei für sie ergriffen, und zwar auf ziemliche ruppige, nicht sehr taktvolle Weise.«

»Bestimmt hat er Ihnen 'ne hübsche Lektion erteilt ...«

»Bitte, was sagen Sie?«

»Ach, nichts! Ich meine nur, er ist dazu imstande.«

Prątnicki schüttelte den Kopf. »Wenn die ach so tugendsame, bescheidene kleine Stefa die Geliebte des Majoratsherrn würde, da würde ich aber lachen ...«

»Sie würden sich freuen, wie?«

»Ja, in der Tat. Nicht einmal bedauern würde ich, daß das mir nicht zuteil geworden ist.«

»Schuft!« knurrte der Verwalter.

Dasselbe Wort fiel auf dem schmalen Waldpfad, und zwar aus dem Munde des zornbebenden Waldemar. Hoch zu Roß verharrte er dort seit etlichen Minuten, um das Gespräch mit anzuhören. Er war den sandigen Weg entlang geritten, an dichtem Haselgesträuch und Kuschelkiefern vorbei, als er das laute Lachen gehört hatte.

Sein Gesichtsausdruck verhieß nichts Gutes, die Brauen gerunzelt, der Blick stahlhart, die Nasenflügel bebend vor Zorn. Besonders Edmunds letzte Worte brachten ihn in Rage. Er gab dem Pferd die Sporen, entschlossen, Prątnicki und Klecz wegen ihrer bösartigen Bemerkungen auf der Stelle zu kündigen, doch er kam noch rechtzeitig zur Besinnung. Eine innere Stimme hielt ihn flüsternd zurück: »Sie haben doch recht! Genau das hast du vor.«

»Ja, er ist mir auf die Schliche gekommen«, murmelte er vor sich hin. »Ich will sie haben, in der Tat. Es stimmt nicht, was Prątnicki von ihr behauptet, sie hat sehr wohl Temperament. Ein Mädchen wie ein Feuerfunke. Einfach verführerisch! Sie ist stolz und ehrgeizig, doch das mindert ihren Reiz nicht, im Gegenteil – es steigert ihn noch ...

Trotz seines Ärgers empfand Waldemar Freude, weil Edmund Stefa tugendhaft »bis zur Widerwärtigkeit« genannt hatte. Prątnicki hätte mit nichts hinterm Berg gehalten, hätte sich vielmehr gebrüstet, wenn ... Sie hat ihn nicht wirklich geliebt, dachte Waldemar, andernfalls ... Das ist ein gehaltvolles Mädchen, damit hat Prątnicki recht. Und wenn ich nun größere Chancen hätte ... Er zuckte zusammen. Dasselbe hatte Klecz gesagt. »Ich bin niederträchtig«, sagte Waldemar zu sich selbst und verfiel in Galopp.

Der Wald war zu Ende. Durch die schlanken Kiefern schimmerte Wiese. Hier und da standen einzelne, von Büschen umgebene Wacholder, schließlich verschwanden auch sie. Vor dem Majoratsherrn breitete sich die feuchte, üppige Wiese aus. Nachdenklich ritt Waldemar dahin. Auf einmal hob er die Brauen, schlug sich mit der Reitgerte gegen den Stiefelschaft und lachte auf. In seinen Gedanken entspann sich ein Monolog:

»Ich kann Absichten gegen sie hegen, wie immer ich will. Welche Verpflichtungen hätte ich gegen sie? Ein Geschöpf mehr, das sich zu erobern lohnt und basta. Ob es mir gelingt – das ist die Frage! Hängt alles von ihrem Temperament ab. Ich bin leichtfertig ... gut, meinetwegen, ich bin ein Schuft, aber Prątnicki, das ist der letzte Lumpenhund. Freut sich, wenn einer die Person verführt, die er geliebt hat ... Eine Gemeinheit und Nichtswürdigkeit ersten Ranges, allenfalls eines Trottels würdig, wie Prątnicki einer ist! Ich werde mich doch von ihm trennen müssen. Er macht böses Blut ... Und diese Kumpanei mit Klecz!«

»Vielleicht mag Stefa ihn ja immer noch?« flüsterte ihm die innere Stimme zu. Waldemar zuckte die Achseln.

»Soll sie meinetwegen verrückt nach ihm sein. Was kümmert mich das? Damit würde sie nur beweisen, daß sie nicht der Mühe wert ist.«

Er gab dem Pferd die Sporen und jagte wie der Sturmwind durchs Gras, einem mächtigen Raubvogel gleich, der seiner Beute nachstellt.

9 Still und träge brach der Juliabend an.

Die Natur hüllte der graue Schleier der Dämmerung ein, in der die Bäume des Parks versanken, nur die Baumwipfel streifte noch der goldene Schimmer der untergehenden Sonne. Die buntgewirkten Blumenteppiche wirkten fahl, schwach zeichneten sich die Rasenflächen ab. Doch der melancholische Dämmer währte nicht lang; urplötzlich huschte matter Glanz über das Blattwerk der Bäume, lebten die Statuen auf, schossen Thujen und Fichtenspitzen unvermutet in die Höhe.

Der eben noch unscheinbare, trübe Park stand auf einmal in einem silbrig schimmernden Gewand da. Als sei durch Zauberei eine Welt ins Leben gerufen worden, in ein mystisches Leben voller Magie.

Der Mond, ewiger Verbündeter der Idealisten, Vertrauter der Empfindsamen, Beichtiger intimster Geheimnisse, Freund der Poeten und Schlafwandler, war aufgegangen. Am dunkelblauen Himmel, inmitten eines Wölkchenmosaiks wie in Rauchschwaden, trieb er wie ein riesiger Lampion dahin, nur hundertfach strahlender, vor allem aber unerreichbar. Er entzündete auf seiner Bahn die Sterne, beleuchtete die Milchstraße, schleuderte Millionen Diamantenblicke auf die Erde, stahl sich in jeden Winkel, fand Altvertrautes vor oder entdeckte neue Geheimnisse.

Stefa saß, den Kopf in die Hand gestützt, am Fenster, die Augen empor zu dem leuchtenden Himmel gerichtet, grübelnd und sehnsuchtsvoll. Der Tag war nicht eben heiter gewesen. Łucia lief traumselig umher, und das machte ihrer Lehrerin zu schaffen. In Prątnickis Verhalten hatte sie längst schon vieles für ihn Unrühmliches ausgemacht, das Łucia zum Verderben werden konnte. Das junge Mädchen stand ganz und gar unter seinem Bann, jeder seiner Blicke, jedes Wort von ihm hatte auf sie eine unheilvolle Wirkung. Stefa traute Edmund nicht über den Weg; sie ahnte, daß er Łucia nicht liebte, daß es ihm allein darum ging, eine reiche Erbin für sich zu gewinnen. Er legte jetzt nicht einmal halb so viel Eifer an den Tag wie damals, als er sich um ihre Gunst bemühte. Und Unruhe überkam sie bei dem Gedanken an ihn, denn trotz allem tat er ihr leid, weil sie ganz sicher wußte, daß er enttäuscht werden würde. Der Stolz der Baronin ließ keine eitlen Hoffnungen zu.

Es gab Augenblicke, da bedauerte Stefa Łucia. Sie würde doppelt enttäuscht werden: seitens der Mutter und, schmerzlicher, seitens Edmund. Geb's Gott, daß es ein Rausch ist, ein Wahnbild, das schwindet und nur ein wenig Bitterkeit zurückläßt, ohne tiefere Spuren vergeht, dachte sie bekümmert. »Wenn es da nur eine Sicherheit gäbe«, flüsterte sie vor sich hin.

In ihr Grübeln mischten sich Träume, und der Mond beleuchtete ihr blasses Gesicht, strich über ihr Haar und schien sie zu liebkosen, als lenke er all sein Feuer allein auf sie. Der alte Schwindler! Wie viele solcher Fenster und träumerisch geneigter Mädchenköpfe sah er in diesem Augenblick, wie viele Gesichter liebkoste er.

Unvermutet schreckte Stefa aus den Gedanken auf und blickte sich furchtsam um. Die Tür hatte ein Geräusch gemacht, und nun gewahrte sie Łucia auf der Schwelle, im Nachtanzug und gelösten Haar, die Augen groß und rund und mit einem Gesichtsausdruck, der Unruhe verriet. Noch ehe die Lehrerin fragen konnte, warum es nicht schlief, lief das Mädchen auf sie zu und warf ihr die Arme um den Hals, das glühende Gesichtchen schmiegte sich an ihre Wange und eine leise Stimme sagte dicht an ihrem Ohr: »Ich habe geahnt, daß Sie nicht schlafen, und bin gekommen, weil ich auch nicht einschlafen kann ... etwas quält mich so, und mir ist so traurig zumute ...« Sie löste die Arme von Stefas Hals und rief angsterfüllt aus, indem sie in Gesichtshöhe irgendwelche Gesten vollführte: »Ja, so steht mir da etwas vor Augen!« Worauf sie sich gleich wieder anschmiegte und dann leise fragte: »Warum schlaft Ihr nicht, Fräulein Stefa? Warum sitzt Ihr da im Mondschein? Ihr auch? Noch immer?«

Stefa zuckte zusammen, Mitleid zeigte sich in ihrem Blick.

»Was möchtest du sagen, Łucia?«

»Lieben Sie noch immer Herrn Edmund?« brachte das Mädchen atemlos hervor.

»Prątnicki! Warum fragst du?«

»Sie haben seinen Namen so ärgerlich ausgesprochen.«

»Du antwortest auf meine Frage nicht, Łucia.«

»Weil ich zuerst wissen will, ob Sie ihn lieben. Bitte, Fräulein Stenia, sagen Sie's mir!« Mit flehendem Blick sah Łucia ihre Lehrerin an. Stefa brach es fast das Herz. Ihre Antwort war ein fast barsches Nein. Das Mädchen hielt den Atem an. Mißtrauen spiegelte sich in ihren Augen. Sie fragte noch inständiger: »Ihr liebt ihn nicht? Wirklich nicht? Aber geliebt habt Ihr ihn, das weiß ich.«

»Ich habe mich getäuscht«, entgegnete Stefa aufrichtig.

Łucia schmiegte ihren Kopf an Stefas Schulter. »Ich täusche mich nicht ...«

»Du, Łucia?«

»Ja, ich! Ich liebe Herrn Edmund.«

Stille breitete sich aus. Łucia, das Gesicht noch immer an die Schulter ihrer Lehrerin gepreßt, schien den Atem anzuhalten, als wolle sie deren Gedanken erlauschen. Dem jungen Mädchen schien dieser Augenblick ein tragischer. All die aus französischen Romanen, offen oder heimlich gelesen, gewonnenen Eindrücke liefen auf Tragisches hinaus, indem sie einen Augenblick wie diesen als etwas Verzweifeltes darstellten, etwas, von dem schier die Welt zusammenbrach.

Bebenden Herzens wartete sie auf das, was Stefa sagen würde. Vielleicht würde sie ja jetzt, da sie alles wußte, gestehen, daß sie Edmund liebt und er ihr gehört. Das wäre mein Tod! dachte das verzweifelte Mädchen.

Stefa gab sich Mühe, die Verwirrte zu beruhigen, doch ihr Ärger, ihr Bedauern, daß derselbe Mann, der vor wenigen Monaten sie selbst hypnotisiert hatte, nunmehr ein neues Opfer fand, waren stärker. Doch es würde der Augenblick kommen, dessen war sie sich sicher, da sich seine wahren Absichten offenbarten ...

10 Es war Sonntag. Die Baronin hatte sich nach dem Frühstück zurückgezogen. Łucia nahm Herr Maciej mit, der bisweilen gern mit seiner Enkelin plauderte oder ihr aus alten Büchern vorlas. Stefa setzte sich an den Flügel. Allein in dem kleinen entlegenen Salon, spielte sie frei und ungezwungen und ließ all ihren Empfindungen im Spiel freien Lauf.

Auf einmal wurde die Tür aufgerissen. Prątnicki stürmte herein. Er bremste seinen Sturmschritt und fragte verblüfft: »Wo ist Fräulein Łucyna?« Und da keine Antwort erfolgte, wiederholte er direkt an Stefa gewandt: »Wo ist Fräulein Łucyna?«

»Bei ihrem Großvater«, entgegnete die Angesprochene kühl.

Prątnicki schnipste mit den Fingern und rief aus: »Na, da haben wir aber Pech! Wie?«

Jetzt war die Verblüffung auf Stefas Seite.

Prątnicki, der das bemerkte, schob die Hände in die Taschen und fügte, scheinbar nachlässig, hinzu: »Łucia und ich, wir haben uns hier treffen wollen, das heißt ... hm ... Fräulein Łucyna. Da muß nun ausgerechnet der Großvater kommen ... Das nenne ich Pech!«

Fräulein Rudecka sprang auf und sagte streng: »Verschonen Sie Fräulein Łucyna mit Ihren Einfällen. Und unterlassen Sie das ›wir‹! Darum möchte ich doch sehr bitten.« Prątnicki verharrte an Ort und Stelle.

»Was für eine Beredsamkeit!« Sein Ton war spöttisch. »Sie möchten mir gegenüber die Rolle der Mentorin spielen, mein verehrtes Fräulein?«

»Ich wiederhole: Ich gestatte nicht, daß Sie sich auf diese Weise über Fräulein Łucyna äußern, und zwar gestatte ich es als ihre Lehrerin nicht.«

»Aber ... Was habe ich denn Schlimmes gesagt? Daß wir uns hier treffen wollten? Vor einem halben Jahr sind Sie nicht so streng gewesen, als es um Sie selber ging.«

Stefa meinte, die Beine versagten ihr den Dienst. Doch sie wurde ihrer Schwäche Herr, hob stolz den Kopf und sagte mit aller Entschlossenheit: »Das wagen Sie mir zu sagen? Sie?« Sie sprach mit einem solchen Ernst, einem solchen Selbstbewußtsein, daß Prątnicki irritiert war. Diesen Umstand ausnützend, sprach sie weiter: »Von Ihnen war Derartiges ja zu erwarten, doch ist das ein Beweis mehr dafür, daß ich das Recht habe, Ihnen zu verbieten, über Łucia auf diese Weise zu reden.«

»Sie haben keinerlei Recht, mir irgend etwas zu verbieten!« schrie er aufgebracht.

»O doch, und zwar auf Grund der eigenen Erfahrung«, erwiderte sie scheinbar ruhig.

»Hier kann es keinerlei Gründe und Vergleiche geben, denn jenes war eins, und das ist etwas anderes.«

»Herr Prątnicki, seien wir doch ehrlich. Sie befassen sich mit Łucia, doch haben Sie die Konsequenzen bedacht?«

»Und was kann Sie das kümmern?«

»Es kümmert mich, weil Łucia meiner Obhut anvertraut ist, für ihre Ruhe, ihren Frieden bin ich verantwortlich. Im übrigen betrachte ich das nicht nur als meine Pflicht, sondern ich sorge mich aus eigener Zuneigung um sie.«

»Schließlich fress' ich sie nicht«, murrte Prątnicki.

»Sie drücken sich reichlich ... ordinär aus. Nun ja, sei's drum. Ich will jedenfalls nicht, daß Sie Łucias Frieden stören, und die Heiterkeit ihres Gemüts trüben.«

»Das haben Sie aber hübsch gesagt! So blumig!« Er lachte laut heraus. Stefa biß sich auf die Lippen und errötete.

»Bitte, noch ein Wort. Haben Sie sich Łucia gegenüber geäußert?«

»Worüber?«

»Über Ihre Gefühle für sie.«

Edmund prustete los, sein Lachen klang gewöhnlich, offenbarte seinen ganzen Zynismus. Doch sein Lachen ernüchterte ihn zugleich; ein wenig aus der Fassung gebracht, schickte er sich an, den Salon zu verlassen. Er spürte sehr wohl, daß er sich verraten hatte, der Ärger über Stefa hatte ihn fortgerissen, und er verfluchte sie innerlich, und auch sich selbst.

Stefa war jetzt kreidebleich. Sein gemeines Lachen ließ keinerlei Zweifel zu, und sein plötzliches Verstummen wies darauf hin, daß ihm klargeworden war, wie sehr sie ihn durchschaute. Welch niedriger Charakter! dachte sie.

Prątnicki trat so nah an sie heran, daß sie einen Schritt

zurücktreten mußte, und sagte mit erstickter Stimme: »Vor Ihnen lege ich noch lange keine Geständnisse ab. Belästigen Sie mich nicht mit Ihrer Fragerei.«

»Ich brauche nichts weiter zu wissen. Bitte, entfernen Sie sich.«

»Und sollten Sie zwischen mir und Fräulein Łucyna Unruhe stiften wollen«, sagte er, »dann bin ich dazu imstande und räche mich …«

»Ach ja?«

»Sie werden es schon sehen«, explodierte er.

Das Blut stieg ihr in den Kopf. Dennoch maß sie ihn mit distanziertem Blick und bemerkte kühl: »Bitte, vergessen Sie sich nicht!«

»Ob ich Fräulein Łucyna liebe oder nicht, geht niemanden etwas an. Ich warne Sie!«

»Mir geht es wahrlich nicht um Sie, sondern allein um Łucia.«

»Daß sie sich in mich verliebt? Was können Sie dagegen haben?«

»Und da fragen Sie noch?«

Prątnicki blickte Stefa aufmerksam an. Sie war schön in ihrem Zorn. Er schob sich näher heran und versuchte ihre Hand zu fassen.

»Aus dir spricht die Eifersucht«, flüsterte er, »du liebst mich noch.«

Fräulein Rudecka schrak zurück. Wie Eis rann es ihr durch die Adern, Wut und Verachtung sprengten ihr beinahe die Brust. Voller Abscheu brach es aus ihr heraus: »Oh, Dummheit! Unverschämte Dummheit …«

»Wie können Sie es wagen … wie können Sie es wagen!« schrie Prątnicki rot vor Zorn.

»Verlassen Sie unverzüglich den Raum!« Stefa wies auf die Tür.

Von draußen hörte man das Knattern eines Motors. Prątnicki warf einen Blick aus dem Fenster. Vor dem Palais hielt der ponceaurote Wagen aus Głębowicze, lackblitzend und elegant. Dem Wagen entstieg Waldemar, der die Kurbel dem Diener übergab.

»Verschwinden Sie auf der Stelle!« wiederholte Stefa fieberhaft, taub für jedes weitere Wort. Doch Edmund eilte schon von allein auf die Tür zu; auf der Schwelle verharrte er noch einmal kurz und zischte mit einem höhnischen Lachen: »Ich gehe schon, ich gehe schon, denn der Beschützer naht! Ihn rate ich gnädiger aufzunehmen ... Ich wünsche viel Erfolg!« Er verließ den Salon und knallte die Tür hinter sich zu.

Schwer atmend und völlig erschöpft sank Stefa auf einen Stuhl. Die Finger an die Schläfen gepreßt, brach sie in Tränen aus. Nachdem sie sich ausgeweint hatte, hastete sie aus dem Salon. Sie war wieder Herrin ihrer selbst, als sie auf dem Korridor die Stimme des Majoratsherrn hörte.

11

Das Mittagessen verlief in düsterer Atmosphäre. Stefa hatte hochrote Wangen und Schatten unter den Augen, die die unlängst geweinten Tränen verrieten. Łucia warf ihrer Mutter einen Blick zu, schwieg aber hartnäckig. Herr Maciej wirkte unruhig, Waldemar bedrohlich. Nur die Baronin unterhielt sich mit Prątnicki, was jedoch niemanden, sie selbst nicht ausgenommen, recht amüsierte. Edmund gab sich unbeschwert fröhlich, lachte über die eigenen Witze, doch angesichts der allgemeinen Stimmung verstummte auch er.

Alle fühlten sich erleichtert, als die Tafel aufgehoben wurde. Frau Idalia wollte mit ihrer Tochter den Ćwileckis einen Besuch abstatten. Stefa, die wohl wußte, wie wenig Sympathie ihr die Gräfin entgegenbrachte, begleitete die beiden nie bei diesen Visiten.

Stefa auf ihrem Zimmer vernahm ein sachtes Klopfen an der Tür. »Bitte.«

Der Kammerdiener Jacenty trat ein. »Der gnädige Herr bittet das Fräulein in die Rosenlaube, falls es gefällig ist.«

Stefa war freudig überrascht. »Bitte melden Sie dem Herrn, ich komme sofort.« Wie angenehm würde es doch sein, statt einen langweiligen Nachmittag allein, ein Stündchen in Gesellschaft des alten Herrn zuzubringen.

In der Laube saß Herr Maciej auf der Bank, die Beine in ein

Tigerfell gehüllt. Er sah schwermütig aus und war tief in Gedanken versunken. Beim Anblick Stefas erhellte sich sein Gesicht. Er deutete auf die Bank neben sich und sagte mit liebenswürdigem Lächeln: »Setz dich hierher, mein Kind. Entschuldige, daß ich dich gerufen habe. Ich möchte gern ein wenig plaudern. Vielleicht hast du ja keine Lust... Ich bin ein alter Langweiler, hm?« Herr Maciej redete beinah alle mit dem Vornamen an, bei Stefa war das fast immer der Fall.

»Aber, ich bitte Sie, mit dem allergrößten Vergnügen.« Stefa setzte sich zu ihm.

Der alte Herr hob die blassen Augen zum Blattwerk der Kletterrosen empor, die sich gegen den strahlend blauen Himmel abzeichneten.

Er schien Erinnerungen an ferne Zeiten nachzuhängen, die ihn wehmütig dreinschauen ließen und einen Schatten von Trauer auf sein Gesicht legten. Eine Weile saß er schweigend da, in andere Zeiten versetzt. Endlich begann er mit ruhiger Stimme zu sprechen, unterbrach sich dabei jedoch häufig: »Nichts wird die Welt ändern, nichts. Immer wird sie jung und voller Leben sein ... Nur die Menschen welken dahin, zerfallen zu Staub, und an ihrer Statt wachsen neue empor, um dermaleinst ebenfalls zu Asche zu werden. Was aber erstaunlich ist, mein Kind, wir Alten, schon Lebensmüden, die wir uns nach Ruhe sehnen, beklagen uns ganz und gar nicht. Das Leben hat uns gelenkt und geleitet, es ist uns liebgeworden. Es sind die Jungen, die sich beklagen. Ein übles Symptom. Ist es der Einfluß einer allgemeinen Neurose, oder einer höheren Geisteskultur, oder aber im Gegenteil das Zeichen für die Verkümmerung der Geister? Sie blicken verächtlich auf alles, was sie umgibt, streben nach etwas, das nicht von dieser Welt ist. Doch am ehesten ist es wohl der Einfluß analytischer Fähigkeiten. Der Fortschritt also. Wir haben das in einem solchen Maße nicht kennengelernt, als daß es uns das Leben verleidet hätte. Wir hatten einen lebendigen Glauben. Heute ist auch das irrig, heute haben wir mehr Philosophen, die das Wesen Gottes analysieren, mehr Atheisten als tiefgläubige Menschen. Und das ist schlimm! Das ist der Grund, aus dem soviel Unglück unter den Menschen erwächst.«

Herr Maciej versank erneut in Schweigen, den Kopf auf die Brust gesenkt. Auch Stefa saß gedankenverloren da. Nach einer Weile ließ sie den Blick auf ihm ruhen und fragte bekümmert: »Warum reden Sie so traurig und stellen die junge Generation in ein so düsteres Licht?«

»Nicht düster, mein Kind, neu, anders, ungewohnt ...«

»Es gibt also Hoffnung.«

»Falls diese junge Generation nicht schon deformiert ist ...«

»Aber wieso? Wodurch? Und es betrifft doch auch nicht alle«, warf Stefa aufgeregt ein. Der alte Herr schenkte ihr sein gütiges Lächeln.

»Es gibt nicht viele so taufrische Blumen wie dich, mein Kind, nicht viele kristallklare Seelen. Eine solche habe ich gekannt, doch das ist lange her ... Vielleicht berührt es dich unangenehm, was ich sage. Aber auch du bist nicht frei von der Bitterkeit gegen das Leben, auch auf dich ist der Schatten jener Epidemie, die ich Analyse nenne, gefallen. Du hast ein Ganzes im Detail erforscht und leidest, weil du dich getäuscht hast. Und das ist keine Blüte, nicht wahr? Ein Stengel, ganz einfach ein Stengel ... und ein bißchen Unrat. Hier hat das Auseinandernehmen etwas genützt. Schlimmer wäre gewesen, wenn es zu spät erfolgt wäre. Wenn das Schicksal allen immer zur rechten Zeit günstig wäre, gäbe es soviel weniger Unheil auf der Erde.«

»Wovon sprechen Sie, gnädiger Herr?« flüsterte Stefa, und vor Bangigkeit überlief es sie kalt.

Der Angesprochene blickte sie prüfend an. Ist sie unaufrichtig oder einfach töricht? ging es ihm durch den Kopf.

»Mein Kind, wie gesagt, vielleicht ist es ja ganz unnötig, mit dir darüber zu reden. Ich sehe, du verstehst mich nicht.«

»Doch, doch, ich verstehe schon, nur ...«

»Nur, was?«

»Ich habe Angst, daß Sie mich verstehen.«

Die Lippen des alten Herrn verzogen sich zu einem verschmitzten Lächeln.

»Verzeihen Sie, gnädiger Herr«, sagte leise das Mädchen, da es ihren Gesprächspartner nicht hatte verletzen wollen.

»Macht nichts, mein Kind, macht nichts. Allerdings bitte ich um eine Erklärung. Siehst du, ich bin ein alter Mann, doch ich habe gute Augen und eine noch sehr frische Empfindsamkeit. Zumal wenn mir jemand sympathisch ist, dann spüre ich jede Unannehmlichkeit, oder auch Annehmlichkeit, die ihm widerfährt. An dir habe ich eine große Veränderung bemerkt ... du hast es bestimmt geahnt. Ich sehe, daß es dich quält, sogar deiner Gesundheit schadet. Und du hast eine Enttäuschung erfahren, nach deiner Analyse. Du hast dich überzeugt, daß er deiner nicht wert ist, daß es sich nicht um einen Brillanten, sondern um ein bemaltes Steinchen handelt, nicht wahr?«

»Ja, Herr«, bestätigte sie gerührt. »Doch nicht meine eigene Analyse war die Ursache dafür, sondern die Umstände haben es mit sich gebracht. Damals nahm ich ihn so, wie er war, im guten Glauben, einen Edelstein gefunden zu haben.«

»Was heißt ›damals‹?« fragte der alte Herr mit Nachdruck.

»Das heißt, als ich in ihn verliebt war. Ein kindlicher Wahn.«

»Und das ist jetzt vorbei?«

»Er ist mir vollkommen gleichgültig.«

»Bist du auch aufrichtig gegen mich, mein Kind?« In Herrn Maciejs Stimme schwang Mißtrauen mit.

»Ich könnte gegen meinen leiblichen Vater nicht aufrichtiger sein.«

Der Greis nahm Stefas Hand und zog sie an sich, und als sie sich ehrfurchtsvoll zu seiner Schulter beugte, küßte er sie aufs Haupt. Dankbar für dieses Zeichen des Wohlwollens, berührte Stefa mit ihren Lippen noch einmal aufs innigste Herrn Maciejs Schulter.

»Nun sieh mal einer an! Dieses Fräuleinchen hat mich alten Mann in die Irre geführt, da ich überzeugt gewesen bin, daß das Damals, von dem du gesprochen hast, noch existiert; daß du dabei bist, ihn besser kennenzulernen, und darunter leidest, daß das Ideal zu verblassen beginnt und ziemlich gewöhnliche Formen annimmt. Und dabei zeigst du ihm längst die kalte Schulter! Aber warum bist du so verändert, so unruhig, fast möchte ich sagen, daß du aussiehst, als befürchtetest du etwas.« Dermaßen dringlich angesprochen, überlegte sie, ob sie von Łucia erzählen sollte. Der Greis kam ihr entgegen, denn er setzte hinzu: »Seit ein paar Tagen bist du nicht mehr du selbst. Heute hast du sogar geweint. Und Łucia ist auch verändert ... Das macht mich sehr nachdenklich. Und du verrätst angeblich den Grund nicht?«

Stefa beschloß alles zu sagen.

»Ich weiß freilich, was Łucia bedrückt. Das ist es auch, was mich zur Verzweiflung treibt. Ich weiß es von Łucia selber, sie hat sich mir anvertraut ... Ihr Vertrauen dürfte ich eigentlich nicht mißbrauchen ...«

»Mir gegenüber darfst du es und solltest es sogar. Łucia ist noch ein Kind, man sollte über alles Bescheid wissen, was sie denkt, und besonders über das, was sie quält. Also?«

»Łucia steht unter Prątnickis Einfluß.«

»Sie ist verliebt in ihn«, korrigierte Herr Maciej. »Das habe ich mir gedacht. Es ist schlimm, sie ist zu jung und er ein zu jämmerlicher Gegenstand der Liebe ... Ist es dir unangenehm?« fügte er hinzu, als er Stefas Blässe gewahrte.

»Mir ist es unangenehm im Hinblick auf Łucia. Sie erwartet etwas Ähnliches, das mir widerfahren ist.«

Herr Maciej überlegte einen Augenblick.

»Ja, an Łucia habe ich Ähnliches bemerkt, erst heute wieder, als sie mich besuchte. Armes kleines Mädchen! Da hat man die heutige Generation, verzogen von Kind an und im sechzehnten Lebensjahr bereits voller Bitterkeit! Łucia scheint viele Dinge zu erraten. Ihre Niedergeschlagenheit beweist es nur allzu klar. Aber über ihn weißt du nichts? Er bemüht sich ganz offensichtlich um sie. Was hast du?«

Stefa senkte den Blick. Verlegenheit spiegelte sich in ihren Zügen. Herrn Maciej entging sie nicht.

»Weißt du etwas über ihn?« wiederholte er hartnäckig.

»Ich denke schon.«

»Also seine Absichten im Hinblick auf Łucia ...«

»Unterscheiden sich in nichts von denen, die er einst mir gegenüber gehegt hatte.«

»Natürlich!« rief der alte Herr aus und winkte verächtlich ab. »Ihm geht es um die Mitgift.«

Er ließ den Kopf auf die Brust sinken und schloß die Augen. Sein alter Kopf suchte schon eifrig nach einer Möglichkeit, die ersten frühlingshaft zarten Empfindungen der Enkelin vor der Verschwendung zu bewahren.

»Ich werde Ihnen von meinem Gespräch mit Prątnicki erzählen«, bemerkte Stefa hastig. »Sie sollen selber urteilen. Vielleicht habe ich ja etwas falsch verstanden.«

Herr Maciej hob den Kopf. »Ihr habt euch darüber unterhalten?«

»Es hat sich so ergeben.«

Und sie wiederholte die ganze Szene bis zur Ankunft des Majoratsherrn. Während sie erzählte, überschattete sich ihr Gesicht, und Tränen traten ihr in die Augen, die gleich wieder vor Empörung blitzten. Herr Maciej lauschte aufmerksam.

»Wie sehr sie doch jener anderen ähnelt«, flüsterte er ein paarmal kaum vernehmbar vor sich hin. Als sie mit ihrer Erzählung zu Ende war, ließ er sich vernehmen: »Du hast diesen Menschen durchaus richtig verstanden, mein Kind. Er hat sich ja, ohne es zu wollen, deutlich genug geäußert. Doch wie ging euer Gespräch aus? Er muß doch mehr gesagt haben, als du hier berichtest.«

»Er hat sich nicht gerade durch Taktgefühl ausgezeichnet«, entgegnete sie ausweichend.

»Das kann ich mir denken. Bestimmt hat er eine beleidigende Bemerkung gemacht, als er Waldemar gewahr wurde. Ja?«

Das beredte Schweigen des Mädchens bestätigte Herrn Maciejs Vermutung.

»Unverschämter Kerl!« brummte er aufgebracht vor sich hin.

Im Garten knirschte der Kies unter eiligen Schritten. Waldemar, noch in Reitkleidung, betrat die Laube. Seinen Großvater mit Stefa hier vorzufinden, überraschte ihn ein wenig, er zog die Kappe und rief belustigt aus: *»Honi soit qui mal y pense!«*

Nachdem sie ein paar Worte mit dem zum Scherzen aufgelegten Majoratsherrn gewechselt hatte, verabschiedete sich Stefa von den Herren und kehrte auf ihr Zimmer zurück. Sie wollte endlich zur Ruhe kommen. Herr Maciej und Waldemar blieben auf ein Gespräch in der Laube zurück.

12 Die Sonne neigte sich gen Westen, als Herr Maciej, von Waldemar geleitet, ins Palais zurückkehrte.

Nach der Unterredung mit dem Großvater konnte Waldemar vor Wut kaum an sich halten. Am liebsten hätte er ein Ungewitter im Palais heraufbeschworen. Doch er beherrschte sich. Er ging nervösen Schritts, den er bisweilen verhielt, um sich dem gleichmäßigen Schritten von Herrn Maciej anzupassen, dabei schlug er immer wieder mit der Reitpeitsche gegen die Stiefelschäfte. Der Zornesblick und das sarkastische Lächeln um den Mund seines Enkels beunruhigten Herrn Maciej.

»Denk an das, was du mir versprochen hast, Waldek«, mahnte er und blickte seinem Enkel fest in die Augen. »Mit deiner Heftigkeit schadest du Stefa. Prątnicki wird ihr keine Szene machen, aber ihrem guten Ruf kann er allemal schaden. Er würde überzeugt sein, daß sie sich bei dir beklagt hat, und geneigt sein, Gott weiß was zu denken.«

»Was soll denn das nun wieder heißen?« empörte sich Waldemar. »Ich kann mich schließlich noch beherrschen. Es wird übrigens das beste sein, wenn ich gleich fahre.«

»Das Schlimmste.«

»Unumgänglich. Ich bin dermaßen gereizt, daß mich, gegen meinen Willen, jede Kleinigkeit aus der Fassung bringen kann. Dieser ... Esel braucht sich beim Abendessen bloß unpassend ihr gegenüber zu äußern oder anzufangen, Łucia den Hof zu machen ... und ich kann nicht für mich garantieren. Ich ziehe es vor, ihn erst gar nicht zu Gesicht zu bekommen.«

»Idalia kommt heute bestimmt nicht zurück.«

»Das ist egal«, warf Waldemar böse hin. Er versetzte mit der Reitgerte einem Ast einen solchen Hieb, daß die Blätter herabrieselten.

»Was wirst du unternehmen?« erkundigte sich Herr Maciej.

»Die erste Gelegenheit abwarten und diesem sauberen Früchtchen Lebewohl sagen.«

»Eine heikle Angelegenheit. Wenn er ein besoldeter Angestellter wäre, könntest du ihm das eine Jahr ausbezahlen und fertig, aber so!«

»Ich werde ihm die Übersiedelung nach Głębowicze vorschlagen, und zwar so, daß er begreift, was ich will.«

»Und wenn er einverstanden ist?«

»Oh, dann bin ich ganz ruhig! Ich sehe übrigens keine andere Möglichkeit, wenn ich sie, wenn ich Stefa nicht mit hineinziehen will.« Herr Maciej musterte ihn verstohlen. Wie er von ihr spricht! dachte er.

Nachdem er das Palais betreten hatte, befahl Waldemar sogleich das Automobil vorfahren zu lassen, er selber ging in den Salon im Parterre, der nicht weit von Stefas Zimmer entfernt lag.

Der Majoratsherr blickte auf die Uhr und läutete. Ein junger Bediensteter erschien. »Geh zu Fräulein Stefania und melde ihr, daß ich mich verabschieden möchte.«

Der Majoratsherr begann im Raum auf und ab zu wandern. Kurz darauf trat Stefa ein, die Wangen gerötet. Waldemar eilte ihr entgegen. »Ich möchte Ihnen adieu sagen. Ich fahre gleich.«

»Bleiben Sie nicht zum Abendessen?«

»Nein, ich habe es eilig, heimzukommen.«

»Gibt es schlechte Nachrichten?«

»Weshalb fragen Sie?«

»Weil ich sehe, daß Sie sich geärgert haben.«

»Ich bin sogar außer mir vor Zorn, nicht wegen irgendwelcher Nachrichten aus Głębowicze. Ich hatte eine Unterredung mit meinem Großvater, und der hat mir alles erzählt.«

Stefas heiterer Blick verlor sich, sie wirkte peinlich berührt. Ein Augenblick verlegenen Schweigens trat ein.

»Sie bleiben also nicht? Nun dann, auf Wiedersehen«, Stefa streckte ihm die Hand entgegen.

Waldemar nahm sie in die seine, hielt sie viel zu lange, während er in seltsam weichem Tonfall sagte: »Seien Sie ganz ruhig. Ich habe einiges geahnt, jetzt weiß ich alles und werde alle Bemühungen daransetzen, daß Sie sich nicht länger quälen müssen ...«

»Ich danke Ihnen. Hier handelt es sich hauptsächlich um Łucia.«

»Sie sind wichtiger. Jene Kinderei geht rasch vorüber, ohne ernstere Folgen. Nehmen Sie es nur nicht so tragisch. Ich werde meinerseits alles tun, daß in Słodkowce die einstige Ungezwungenheit wieder einkehrt.«

Stefa geriet ein wenig aus der Fassung.

»Aber ich möchte auf keinen Fall, daß es meinetwegen irgendwelche Mißverständnisse gibt … Ich will ihm nicht … Ich möchte niemandem schaden.«

Ihre Verlegenheit war nur zu deutlich, denn Waldemar ließ ihre Hand einfach nicht los. Sie wollte sie ihm entziehen, doch er umfaßte sie um so fester.

»Glauben Sie mir und vertrauen Sie mir«, sagte er energisch. »Ich werde so taktvoll wie möglich vorgehen. Aber die Abreise jenes Herrn wird bei allen die Laune heben, die irregeleitete Łucia nicht ausgenommen, von mir ganz zu schweigen.« Vergnügt schaute er ihr in die Augen. »Zeit, zu fahren. Auf Wiedersehen! Und, bitte, machen Sie sich keine Sorgen.« Er verneigte sich und ging. »Wie entzückend sie ist, und welch lauterer Charakter«, sprach er vor sich hin, als er bereits auf dem Flur stand.

Stefa kehrte in ihre Räumlichkeiten zurück. Sie nahm ein Buch vom Tischchen, schlug es auf, doch die Gedanken wirbelten ihr nur so durch den Kopf, und sie verstand kein Wort von dem, was sie las. In ihren Ohren klang noch immer Waldemars tiefe Stimme nach, ihre Hand fühlte den Druck der seinen. Reglos saß sie da, um den seligen Frieden nicht zu verscheuchen.

Das Anlassen eines Motors war zu hören, eine Stimme in der Halle, dann war wieder alles still.

»Er ist fort«, murmelte Stefa. »Wie verschieden die beiden doch sind, er und jener andere …«

13

Prątnicki trug eine siegreiche Miene zur Schau, als er den Stall betrat. Er hatte Łucia getroffen, die aus dem Treibhaus kam, und sich angesichts ihrer rosigen Wangen und der Worte, die sie gewechselt hatten, ihrer Empfindungen sicher gefühlt. Er hatte die Gelegenheit genutzt, um ihr das Händchen zu drücken und ein paar zärtliche Phrasen von sich zu geben.

»Ich bin auf dem richtigen Weg. Die Kleine hat sich ganz offensichtlich in mich verliebt«, wiederholte er in Gedanken. Mit der Miene eines Menschen, der äußerst zufrieden mit sich selber und seiner Zukunft ist, zwirbelte er sein Bärtchen.

»Benedykt! Die Pferde!« rief er dem alten Kutscher zu.

»Die Füchse oder die Braunen?« erkundigte sich Benedykt.

»Den Viererzug Rappen und den kleinen gelben Wagen ohne Bock.« Der Kutscher glotzte ihn an.

»Die Araberrappen?«

»Bist du seit neuestem taub? Los, anspannen, aber ein bißchen hoppla!

Aus dem Raum, wo die Geschirre hingen, kam Klecz. »Wohin wollen Sie?« fragte er Edmund auf deutsch.

»In die Stadt. Ich muß mich nach der Mähmaschine erkundigen.«

»Die Mähmaschine ist repariert. Sie brauchen nicht zu fahren.«

»Der Majoratsherr hat mich selber beauftragt.«

»Möglich, aber das war vorher. Jetzt schicken wir bloß ein Fuhrwerk.«

»Ich muß fahren«, ereiferte sich Prątnicki.

»Na, meinetwegen! Aber ich rate Ihnen, nicht mit den Rappen.«

»Und wieso nicht?«

»Nun ... Ich rate es nicht ... Zu weite Strecke.«

»Zu den Ćwileckis ist es ja wohl noch weiter, und die Baronin fährt immer mit ihnen.«

Klecz warf ihm einen prüfenden Blick zu. »Da gibt es einen Unterschied!« bemerkte er lakonisch.

»Ich sehe keinen!« rief Prątnicki aus. Er verstand wohl, was Klecz meinte, doch er wollte um keinen Preis nachgeben.

»Warum spannst du nicht an?« schrie er Benedykt an.

»Mein lieber Herr, ich gebe Ihnen den freundschaftlichen Rat, nehmen Sie nicht diesen Viererzug«, sagte Klecz. »Es sind die Lieblingstiere des Majoratsherrn. Nicht auszudenken, wenn denen was passiert. Zum Teufel noch eins! Nehmen Sie die Füchse, das sind Pferde, wie sich's gehört. Oder auch die Braunen. Die Baronin wird heute wahrscheinlich nach Obronny fahren. Und wenn sie die Rappen will, was dann?«

»Dann haltet für sie eben die Braunen bereit!« Prątnicki war nun wütend. Erneut wandte er sich an Benedykt: »Angespannt, aber ein bißchen plötzlich!«

Wenige Augenblicke später packte Edmund die Zügel der

vier. Der Stallknecht schaffte es kaum, seinen Platz einzunehmen, als er auch schon grinsend mit der Peitsche knallte, Klecz zum Abschied winkte, die Pferde in scharfen Trab setzte und hinter der Wegbiegung verschwand. Gutsverwalter und Kutscher blickten sich an.

»Wenn bloß nichts passiert«, murmelte Klecz.

Benedykt aber breitete die Arme aus: »Wenn der Herr Praktikant die Tiere bockig macht, werd ich mich nicht vorm gnädigen Herrn verantworten. Wenn's der Herr Verwalter erlaubt, was bin dann ich schuld?«

»Herr Prątnicki kann schließlich fahren. Was predigt Ihr denn, Benedykt!« entgegnete Klecz, der selber beunruhigt war.

Die Baronin war inzwischen zur Ausfahrt angekleidet und befahl den Landauer anzuspannen. Kurz darauf klopfte Jacenty an die Tür.

»Gnädige Frau, der Kutscher sagt, daß nur die Füchse oder die Braunen als Viererzug bereitstehen.«

»Aber ich habe doch die Rappen befohlen«, bemerkte die Dame mit Nachdruck.

»Der Kutscher sagt, die Rappen sind nicht da.«

»Und wo sind sie hin?«

»Der Herr Praktikant ist in die Stadt gefahren.«

Die Baronin drehte sich auf dem Stuhl abrupt zu Jacenty um und musterte ihn aus zusammengekniffenen Augen.

»Herr Prątnicki ... mit den Rappen ... in die Stadt?«

»So sagt der Kutscher.«

»Der Verwalter hat von früh an gewußt, daß ich fahre. Wie konnte er die Rappen herausgeben?«

»Der Herr Praktikant hat gesagt, daß die gnädige Frau die Braunen nimmt.«

»Das kann nicht sein!« rief die Baronin empört. »Benedykt soll ins Anrichtezimmer kommen.«

Als Benedykt in Jacentys Begleitung den Hofraum betrat, war der Kutscher starr vor Schreck. Ein Bediensteter führte gerade das pechschwarze Reitpferd aus Głębowicze um die Rasenfläche. Der Majoratsherr war gekommen ...

»O weh!« rief Benedykt aus. »Der gnädige Herr erscheint auch immer dann, wenn man ihn nicht erwartet.«

Waldemar fand seine Tante äußerst aufgebracht vor. Sie würdigte ihn kaum eines Blicks.

»Was ist geschehen?« erkundigte er sich erstaunt.

»Ich sehe, dein Protegé genießt größere Rechte als ich. Das habe ich nun wirklich nicht erwartet!«

Waldemar hörte ruhig zu, wobei er im Raum auf und ab ging. Als sie mit ihrer Tirade zu Ende war, brach er in schallendes Gelächter aus.

»Mein Protegé! Ihr seid drollig, Tante. Wer hat ihn wohl bisher mehr protegiert? Mit Sicherheit nicht ich.«

»Und dennoch lachst du jetzt. Das alles kümmert dich kein bißchen.«

»Im Gegenteil, ich bin von diesem Vorfall entzückt.«

»*Voyons*! Du bist sehr liebenswürdig.«

»Aber Tante, beide Herrschaften haben mir einen großen Dienst erwiesen: die Tante, weil sie gerade heute fahren wollte, und jener Herr, weil er gerade heute gefahren ist.«

»Ich verstehe kein Wort.«

»Liebste Tante, zweifellos ist jener Herr dabei, sich Rechte anzumaßen, doch das ist Tantes Schuld, nicht meine.«

»Ich wiederhole, ich verstehe kein Wort«, unterbrach ihn Frau Idalia achselzuckend.

»Sehen Sie nicht, Tante, wie er um Łucia herumscharwenzelt?«

»Du kommst vom Thema ab.«

»Im Gegenteil, ich steuere eben darauf zu. Antworten Sie mir, Tante.«

»Er leistet ihr Gesellschaft, was ist daran schlimm?«

»Und die Tante sieht es und läßt es zu ...«

Frau Idalia erhob sich abrupt von ihrem Stuhl. »Ach, mein Lieber, ich finde wirklich nichts dabei, wenn sie miteinander flirten. Was schadet das schon?«

»Meiner Ansicht nach ist für Łucia ein solcher Flirt durchaus entbehrlich«, erwiderte Waldemar kühl.

»Aber ganz und gar nicht. Łucia ist sechzehn, soll sie ein wenig Übung erlangen. Für ein Mädchen in diesem Alter ist das sogar notwendig.«

»Wäre das auch notwendig, wenn sie sich verliebte?«

»Na, wenn schon! In Prątnicki kann sie sich sogar verlieben.«

Waldemar starrte sie an, als traute er seinen Ohren nicht.

»Mit Verlaub. Was bedeutet dieser Zusatz ›sogar‹, und das auch noch im Zusammenhang mit Prątnicki?«

»Ich denke, du verstehst.«

»Leider nein.«

Frau Idalia platzte heraus: »Wäre Prątnicki einer von uns, aber unpassend als Partie, würde ich die Sache anders sehen, aber so ...«

»Aber so dürfen sie sich lieben? Nun, vielleicht dürfen sie sich dann auch vermählen?« fragte er ironisch.

»Du enervierst mich, mein Lieber!«

»Ich? Ich frage nur. Also, ihm ist es erlaubt, mit ihr zu flirten, sie darf sich verlieben. Daß Tante das erlaubt, sehe ich. Na, und da soll man nicht bei bester Laune sein? Das ist die Quintessenz seiner heutigen Spazierfahrt. Guten Mutes fuhr er heute mit den Rappen, und der Tante verordnete er die Braunen, in der Meinung, die zukünftige Frau Schwiegermama könne ihm bei einer solchen Kleinigkeit ruhig den Vorrang lassen.«

»Waldek, was redest du da?«

»Die Wahrheit, sonst nichts.«

»Aber ... Du meinst ...?« Sie war fassungslos.

»Ja, ja ... genau das!« rief Waldemar, den Gedanken der Tante aufgreifend. Frau Idalia war auf einmal blaß.

»Er wagt es, von Łucia zu träumen?«

»Warum denn nicht? Er ist ein sehr forscher junger Mann.«

»Das ist unmöglich! Nein, nein, das wäre ja der Gipfel der Unverschämtheit!« Die Stimme der Baronin vibrierte vor Empörung.

»Liebste Tante! Er hatte Eure Protektion, was brauchte es mehr? Da kann man doch getrost sagen: veni, vidi, vici«, spottete Waldemar. Die Tante sah ihn an.

»Woher weißt du davon, Waldek?« fragte sie mißtrauisch.

»Von Großpapa, der ein besserer Beobachter als Tante ist. Im übrigen sehe auch ich eine Menge.«

Waldemar spazierte weiterhin im Zimmer auf und ab; ihm

dröhnte der Schädel. Vor allem ein Gedanke machte ihm zu schaffen: Selbst wenn Prątnicki ein anderer Mensch wäre und Łucia liebte, würde man sie ihm nicht zur Frau geben, bloß weil er einer »niedrigeren« Gesellschaftsschicht angehörte.

Was für ein barbarisches Vorurteil! dachte er. Eine Elzonowska kann nicht die Gattin eines Prątnicki werden, nur um des Namens willen – eigentlich unerhört. Und ich selber trage noch dazu bei. Was sicher eine Menge Gründe hat. Für Prątnicki spricht nichts, außer Łucias kindlicher Vernarrtheit. Doch wenn Prątnicki ein anderer Mensch wäre, gäbe es Stefa nicht auf Słodkowce ... Und auch hier das andere Milieu ... »Ein Fluch!« flüsterte er vor sich hin. Die Baronin schrak aus ihrer Erstarrung auf.

»Sag mal, Waldek, warum hast du vor einer Weile behauptet, wir, daß heißt, ich und er ... Daß wir dir einen Dienst erwiesen hätten?« fragte sie.

Waldemar strich sich mit der Hand über die Stirn, als wollte er die quälenden Gedanken fortwischen. »Weil ich auf eine Gelegenheit gewartet habe, um mich von ihm zu befreien.«

»Ah! Verstehe! Die Gelegenheit hast du nun gefunden. Das ist sehr gut!«

»Glauben Sie nicht, Tante, daß die heutige Spazierfahrt der Hauptgrund ist.«

»Was denn noch?«

»Wünschen Sie ihn etwa weiterhin hier auf Słodkowce?«

»Angesichts dessen, was ich erfahren habe, Gott behüte! Allerdings kannst du ihm nicht einfach die Tür weisen.«

»Ich gebe ihm auf behutsame Weise zu verstehen, daß er hier überflüssig ist.«

Jacenty trat ein, um zu melden, daß Benedykt warte. Frau Idalia erklärte Waldemar auf französisch: »Ich habe ihn herbefohlen, damit er sich rechtfertige. Aber jetzt überlasse ich ihn dir.«

Waldemar zuckte die Achseln. »Es ist nicht seine Schuld, sondern die des Verwalters. Ich würde der Tante raten zu fahren und das Pferdeproblem erst einmal außer acht zu lassen.« Ohne ihre Antwort abzuwarten, wandte er sich an Jacenty: »Benedykt soll die Füchse anspannen.« Nachdem er den Kammerdiener entlassen hatte, fragte Waldemar: »Fährt nur Łucia mit?«

»Die Rudecka begleitet uns.«

Zorn flammte in Waldemars Augen auf. »Das ist gut. Doch vielleicht könnte die Tante Fräulein Stefania etwas weniger offiziell benennen.« Die Baronin maß ihn mit einem kritischen Blick. Sie machte Anstalten, etwas zu erwidern, doch Waldemar verbeugte sich rasch: »Bitte, sich bereitzuhalten. Die Zeit drängt.«

14

Stille lag über dem See; nur der Park war erfüllt von Vogelstimmen.

Waldemar Michorowski verhielt den Schritt auf seinem Spaziergang über den gewundenen Uferpfad. Plötzlich blitzte durch das grüne Blattgewölbe der Bäume ein Sonnenstrahl und ließ ihn für einen Moment geblendet die Augen schließen, dann schaute Waldemar empor.

»Ein besonderer Sonnenstrahl. Er hat mich wie ein Pfeil getroffen. Wenn ich abergläubisch wäre! Ach, was soll das nun wieder ...«

Er ging weiter, verwirrt darüber, daß er sich nicht konzentrieren konnte. Nur ein Gedanke verfolgte ihn: Warum bin ich bloß so empfindsam? Was hat das zu bedeuten? Ein Lichtstrahl hat mich aufgehellt, den die Sonne ausgesandt hat... Ein Strahl! Kann sie ein Strahl sein? Er lachte auf. Vielleicht hat sich ihr Feuer erschöpft durch das Wärmen eines anderen.

Er sah Prątnicki mit Stefa vor sich. Achselzuckend sprach er vor sich hin: »Was für ein Riesendummkopf ich doch bin! Was soll das – wozu dieses zwecklose Gegrübel?«

Sein Blick fiel auf den See. Nimm diese Wasservögel, dachte er, die baden ihr Gefieder im Sonnenglanz, und ihre Flügel fangen die Regenbogenfarben ein. Wie schlau sie doch sind... Man soll keinen Strahl auslassen, soll jeden Regenbogen stehlen – darin besteht das Talent zum Lebensgenuß.

Drüben auf der anderen Seite des Sees, auf dem von hohem Getreide umsäumten Weg, glitten in schnellem Tempo Pferdeköpfe und -rücken sowie der obere Teil des leichten gelben Wagens vorüber. Im Wagen zwei Gestalten, die sich vor dem Hintergrund des goldgelben Weizenfeldes dunkel abhoben.

Eine Weile schaute Waldemar ihnen nach, schließlich lachte er laut heraus: »Oh! Da fährt er hin, der Strahlende!« rief er fröhlich aus und machte sich auf den Rückweg zum Palais.

Das Abendessen verzehrte man schweigend. Herr Maciej wirkte apathisch, Waldemar kühl, Prątnicki unruhig.

Letzterer hatte nicht erwartet, den Majoratsherrn anzutreffen. Er war doppelt verwirrt gewesen, als man ihm sagte, die Damen würden eine Ausfahrt unternehmen. Für gewöhnlich fühlte er sich in der Gesellschaft der Baronin und Łucias ungezwungener. Als er das Speisezimmer betrat, bemerkte er sofort die Reserviertheit der beiden Herren, und er beschloß, gute Miene zum bösen Spiel zu machen. Ungeniert erzählte er von seinem Besuch im Magazin für landwirtschaftliches Gerät. Witzig kritisierte er die Firma und die Herren, mit denen er dort gesprochen hatte. Doch er merkte bald, daß seine Erzählung auf die beiden Michorowskis keinerlei Eindruck machte, und deshalb wandte er sich nunmehr an Herrn Ksawery. Mit gedämpfter Stimme fragte er den alten Residenten: »Die Damen kommen heute nicht zurück?«

»Ich glaube nicht«, erwiderte Herr Ksawery. »Sie sind nach Obronny gefahren, dort übernachten sie immer.«

»Schade.«

»Warum bedauern Sie das so? Sie haben doch nicht etwa ein persönliches Anliegen an eine der Damen?«

»O doch, und sogar ein sehr dringliches.«

»Da wäre ich aber neugierig, was für eine, sehr neugierig sogar«, sagte Herr Ksawery und musterte den Praktikanten verschmitzt. Edmund bemerkte sehr wohl die leichte Ironie.

»Nun, was für ein Anliegen ist es?« Der alte Herr, der bei der Mahlzeit wieder einmal tüchtig zugelangt hatte, war heiter gestimmt.

Prątnicki schüttelte den Kopf. »Oh, das darf ich keinem anvertrauen.«

»Ei, ei, wenn das so ist! Und um welche der Damen handelt es sich, wenn man fragen darf?«

»Ich habe ein persönliches Anliegen an mein Ideal«, erwiderte mit einem rätselhaften Lächeln der Gefragte.

»Und – halten Sie mich für indiskret, wenn ich Sie frage, welcher Natur dieses Anliegen ist?«

»Sie sind zu neugierig! Nehmen wir einmal an, ich möchte zu ihr von meiner Sehnsucht sprechen und sie erröten sehen.«

Widerwillig hatte Waldemar die Unterhaltung mit angehört. Empört wollte er aufstehen und Prątnicki vor die Tür setzen, aber er beherrschte sich, weil Herr Maciej ihm einen flehenden Blick zuwarf.

»Wie sicher Sie sich doch der errötenden Wangen sind«, bemerkte Herr Ksawery. »Aber wenn es Ihnen nun nicht gelingt, jene Dame zum Erröten zu bringen?«

»Sie haben Zweifel? Die Fräuleinchen sind schließlich ganz wild auf süße Worte und können auf Bestellung erröten. Besonders Stefa hat eine Neigung zum Rotwerden...« Nun war er zu weit gegangen, wie er sofort bemerkte, also verstummte er.

Der Majoratsherr konnte nicht länger an sich halten. Er zerbröselte die Zigarre zwischen den Fingern und sprang von seinem Stuhl auf. Er entschuldigte sich bei Herrn Maciej und verließ den Raum. Der alte Michorowski erhob sich ebenfalls, wünschte den beiden Herren gute Nacht und ging hinaus. Prątnicki, unangenehm berührt, verlor seine Unbeschwertheit, und der alte Resident dachte, während er ihm die Hand reichte: Hast du dich da nicht vergaloppiert, junger Mann?

Waldemar, der sich beruhigen wollte, tigerte in seinem Kabinett auf und ab. Eine Stunde später bestellte er durch Jacenty Edmund zu sich. Mit ruhiger, gleichgültiger Miene saß der Majoratsherr hinter dem Schreibtisch, so daß der Praktikant seine Ungezwungenheit wiedererlangte.

»Womit kann ich dienen?« erkundigte er sich, federnden Schritts auf den Schreibtisch zugehend. Waldemar deutete auf einen Stuhl.

»Bitte, nehmen Sie Platz. Ich möchte mit Ihnen reden.« Der junge Mann wurde verlegen und setzte sich schweigend. »Ich will Ihnen vorschlagen, nach Głębowicze überzusiedeln. Ich nehme an, daß das für Sie keinen Unterschied macht, und das Betätigungsfeld wird dort sogar noch größer sein ...«

Er sprach in ganz natürlichem und höflichem Ton, doch die Stimme klang eisig. Prątnicki war wie vom Donner gerührt. Er hatte alles erwartet, nur das nicht. Was sollte er davon halten? Unwillkürlich stammelte er: »Aber warum, gnädiger Herr ... so plötzlich? Ich bin gar nicht vorbereitet.«

»Das ist doch unwesentlich. Eine Frage von ein paar Meilen. Ein Umzug ganz in die Nähe.«

Edmund machte noch immer Anstalten, sich zu wehren. »Sind Sie mit meiner Arbeit in Słodkowce unzufrieden?« fragte er mit einer Unterwürfigkeit, die bei Waldemar ein Gefühl des Abscheus hervorrief.

»Mit Ihrer Arbeit? Nein. Sie passen einfach besser nach Głębowicze.«

»Passen? Inwiefern?«

Michorowski verlor die Geduld. »Nun, mein Herr, aus vielerlei Gründen«, kommentierte er und streifte die Asche von der Zigarre.

Prątnicki hatte begriffen. Man wollte ihn hier nicht. Doch was war der Hauptgrund? Er mußte es erfahren. Und so sagte er nach kurzem Schweigen: »Gnädiger Herr, wenn ich Sie mit meinem heutigen Ausflug verärgert habe, bitte ich vielmals um Verzeihung. Ich habe in der Tat einen Fehler begangen.«

Waldemar hob den Kopf. »Habe ich Ihnen Vorwürfe gemacht, daß Sie mich um Verzeihung bitten? Sie haben ungebührlich gehandelt, doch das ist halb so schlimm.«

»Vor allem habe ich nicht gewußt, daß die Frau Baronin heute ausfahren wollte«, verteidigte sich Prątnicki. Der Majoratsherr verzog das Gesicht. Er verabscheute Ausreden.

»Nun, davon haben Sie sehr wohl gewußt, Sie haben sogar die Braunen für die Baronin angefordert. Aber ich wiederhole, daß dies kaum der Rede wert ist. Hauptsächlich geht es darum, daß Sie nicht für die Gegebenheiten in Słodkowce geeignet sind. Sie verstehen? Sie fassen die Dinge allzu persönlich auf, und das läuft unseren Auffassungen zuwider.«

Erst jetzt fiel es ihm wie Schuppen von den Augen. Man hatte seine Absichten durchschaut und erteilte ihm nunmehr eine

Abfuhr. Ihn nach Głębowicze zu versetzen, war nur als Fingerzeig gedacht. Der Majoratsherr hatte ihm einen Strich durch die Rechnung gemacht. Prątnicki fühlte sich niedergeschlagen, er hatte auf der ganzen Linie verloren, ohne jede künftige Chance. Er schaute zum Majoratsherrn.

Der saß da, rauchte und starrte vor sich hin auf das marmorne Tintenfaß, mit einem Gesichtsausdruck, als wollte er sagen: Warum verschwindest du nicht von hier? Ich habe gesagt, was zu sagen war. Edmund spürte das, doch zögerte er noch immer, den Raum zu verlassen, weil er sich nicht sicher war, ob es sich tatsächlich um eine bloße Übersiedelung handelte oder um die Entlassung.

Dieses Zögern brachte Waldemar erst recht auf. Irritiert erhob er sich, streckte dem Praktikanten die Hand hin und sagte kurzangebunden: »Das wär's dann. Gute Nacht!«

Der Praktikant fuhr von seinem Stuhl hoch und sagte mit gekünstelter Lässigkeit: »Ich werde mich bemühen, den gnädigen Herrn zufriedenzustellen.«

»Danke. Das wird für beide Seiten das beste sein.«

Sie grüßten sich mit einem leichten Neigen des Kopfes, und Prątnicki verließ den Raum hocherhobenen Hauptes, das er, nach dem sich die Tür hinter ihm geschlossen hatte, traurig sinken ließ. »Verdammt! Da hast du dir ja eine schöne Abfuhr eingehandelt!« knurrte er wütend. »Immerhin ist dies eine private Abfuhr, keine amtliche Demission. Und wie schonend er die erteilt hat, auf Herrenart. Aristokrat, der!« fügte er giftig hinzu. In der Halle wollte ihm der Diener den Mantel reichen, doch Edmund stieß ihn ärgerlich zurück. »Zum Teufel mit dir!«

Waldemar besuchte Herrn Maciej in seinem Schlafzimmer. Der Greis lag im Bett und las in den Tagesnachrichten. Beim Anblick seines Enkels schob er die Lampe beiseite.

»Warum bist du so lange ausgeblieben?«

»Ich habe mit Prątnicki geredet. Alles erledigt«, erwiderte Waldemar und nahm unweit des Bettes Platz.

»Du hast ihm die Stelle aufgekündigt?«

»Im Prinzip ja. Ich habe ihm die Übersiedelung nach Głębowicze vorgeschlagen.«

»Und er hat sich einverstanden erklärt?«

»Das war nicht nötig, doch er hat immerhin begriffen, was ich von ihm will.«

»Sei ehrlich: das Gespräch heute beim Abendessen hat deine Reaktion hervorgerufen. Oder?«

»Nur beschleunigt hat es sie.«

»Und der Hauptgrund?«

»Und da fragen Sie noch, Großpapa? Ich habe seine Witzeleien nie ausstehen können, besonders solche ...« Er erhob sich und fing an, im Zimmer herumzulaufen.

Herr Maciej schwieg. Das Lampenlicht beschien sein weißes Haar und die tiefen Runzeln in seinem Gesicht. Auch die Stirn war von tiefen Falten durchzogen, die Augen hielt er geschlossen, ein schmerzlicher Zug lag auf seinen welken Lippen. Lange verharrte er so, tief in Gedanken versunken, die Schultern gebeugt, als drücke eine viel zu schwere Last sie nieder, die Last der Erinnerungen. Unvermutet hob er die faltige Stirn, blickte seinen Enkel an und sagte mit Nachdruck: »Sei ehrlich, Waldemar. Dir geht es hauptsächlich um sie, nicht wahr?«

Aus dem unbeleuchteten Teil des Zimmers ließ sich gedämpft eine schöne dunkle Stimme vernehmen: »Ja.«

»Gott, versage uns nicht Deine Barmherzigkeit!« flüsterten die zitternden Lippen des Greises.

Die Augen mit den Händen bedeckend, betete er leise: »Herr, strafe ihn nicht für mein Verschulden. Herr, vergib mir ...«

15

Der Abschied von den Damen verlief feierlich. Prątnicki simulierte Heiterkeit, was Łucia schmerzte. Frau Idalia richtete mit der Hochherzigkeit der großen Dame ein paar höfliche Worte an ihn. Mit freundlichem Lächeln wünschte Herr Maciej dem Abreisenden Glück. Waldemar verabschiedete ihn lässig. Herr Ksawery gleichgültig. Niemand drückte sein Bedauern über die Abreise aus.

Die Baronin hatte zu Łucia und Stefa gesagt, daß Herr Edmund andere Pläne habe und sie deshalb alle verlasse. Łucia weinte die ganze Nacht und hatte beim Abschied rote Augen.

Edmund betrachtete sie lächelnd: sein Opferlamm. Die verweinten Augen des Mädchens rührten ihn nicht; er war nur furchtbar wütend hinter all dem Anschein von Fröhlichkeit, daß ihm eine so prachtvolle Partie entging.

Edmunds Abschied von Stefa und Łucia fand in Anwesenheit aller statt. Waldemar, der das Gefühl hatte, Prątnicki würde Stefa bei der Verabschiedung kränken wollen, baute sich neben ihr auf. Prątnicki hatte in der Tat die Absicht gehabt, Stefa auf seine zynische Weise Erfolg zu wünschen, wohl wissend, wie sehr er sie damit traf, doch die Gegenwart des Majoratsherrn hielt ihn davon ab. Gleichgültig reichte er Stefa wie Łucia die Hand. Es fiel kein Wort. Nur die Hand des Mädchens zitterte in der seinen, was er überhaupt nicht zu bemerken schien.

Nachdem Prątnicki fort war, wurde es heiterer im Palais. Stefa atmete auf. Nur die Baronin langweilte sich anfänglich, doch Łucias sehnsüchtiges Gebaren und ihre Tränen bestätigten sie in der Überzeugung, daß die Abreise des Praktikanten unumgänglich gewesen war.

Eines Tages, der Majoratsherr war gerade anwesend, kam Fräulein Rita Szelizanka hoch zu Roß, und eine halbe Stunde nach ihr tauchte Graf Treska auf. Die ganze Gesellschaft saß bereits auf der Veranda; als Rita ihres Verfolgers ansichtig wurde, zog sie eine Grimasse und bemerkte zu Waldemar: »Einfach sagenhaft! Als wäre er mein Schutzpatron …«

Der Majoratsherr zuckte nur die Achseln.

Treska spielte seine Überraschung beim Anblick von Fräulein Rita dermaßen perfekt, daß ihm das Pincenez von der Nase fiel. »Sie hier?« rief er aus. »Welch glücklicher Zufall!«

»Wirklich? *Voyons!* Sie haben komödiantisches Talent, wie ich sehe.«

»Wie kommen Sie darauf?«

»Nun, immerhin haben Sie gewußt, daß ich heute in Słodkowce sein würde, oder Sie haben es in Obronny erfahren. Wozu also das Getue?«

»Ich habe rein gar nichts gewußt, *comme j'aime Dieu*! Hätte ich etwa extra Ihretwegen hierherreiten sollen?«

»Scheint so!«

»Ein Skandal!« entrüstete sich Treska. Mit einer nervösen

Geste rückte er das Pincenez zurecht; über die Gläser warf er Stefa einen vergnügten Blick zu und fuhr mit drolliger Miene fort: »Sie irren sich. Ich reite nach Słodkowce nicht nur Ihretwegen, *mais encore* ...«

»Sie brauchen sich nicht zu verteidigen. Wir verstehen. Wenn Fräulein Rita bei uns ist, dann zieht es Sie hauptsächlich zu ihr«, entgegnete Waldemar.

»Aber das wollte ich doch gar nicht sagen!« widersprach Treska.

»Aber wir, mein Herr, haben es so verstanden!«

Treska biß sich auf die Lippen und sagte keinen Ton mehr. Fräulein Rita warf Stefa einen Blick zu, dann näherte sie sich Waldemar.

»Ich danke Ihnen«, sagte sie leise und lächelte dabei.

»Wofür?« fragte der Majoratsherr ärgerlich.

»Dafür, daß Sie ein Gentleman sind.«

»Ja, anstelle eines anderen, leider.«

»Darin liegt das Verdienst.«

Nach dem Nachmittagskaffee einigte man sich auf einen Spaziergang durch den Park. Fräulein Rita faßte Stefa unter und setzte sich mit ihr an die Spitze, die Herren folgten ihnen. Łucia irrte versonnen ganz für sich auf den Parkwegen umher.

Nach einer Weile fragte Fräulein Rita geradeheraus: »Wie gefällt Ihnen der junge Michorowski?«

»Er ist durchaus sympathisch.«

Fräulein Rita schaute auf: »Bloß sympathisch? Ich habe gemeint, Sie würden ihn höher schätzen. Ich hege die größte Hochachtung für ihn. Vergleiche ihn zum Beispiel mit Treska ...«

»Na, da gibt es nichts zum Vergleichen.«

»Weil ein solches Unterfangen zu Treskas Ungunsten ausfiele. Ja, da haben Sie recht: Es sind zwei Menschen, die nichts miteinander gemein haben, außer der gleichen Anzahl von Lebensjahren. Der Majoratsherr hat in der Welt kolossalen Erfolg. Die Frauen sind verrückt nach ihm. Ach, was soll's, wo er so heikel ist. Ich zähle mich ebenfalls zu seinen Verehrerinnen, wenn auch zu den chancenlosen.« Schmunzelnd sah Stefa sie an. Sie mußte an den ersten Besuch Ritas denken und an das, was die junge Dame bei der Auffahrt zu Waldemar gesagt hatte. Fräulein Rita redete weiter: »Warum soll ich damit hinterm Berg halten! Daß ich den Majoratsherren liebe, wissen alle, angefangen von meiner fürstlichen Beschützerin und mit mir selber endend. Doch ich mache mir keinerlei Illusionen. Die habe ich schon seit langem verloren oder besser gesagt, ich hatte nie welche. Diejenige, die er einmal erwählt, wird mir in nichts gleichen. Er hat einen subtilen Geschmack. Solche wie ich können höchstens einen Treska entzücken. Das nenne ich Pech im Leben. Mich fasziniert Herr Waldemar, und ich interessiere dieses Gräflein. Ist das nicht schlichtweg eine Tölpelhaftigkeit des Schicksals? Sofern ich einem solchen Grafen Treska gefalle, kann ich unmöglich viel mehr wert sein als er. Und in diesem Falle sollte er auf Gegenliebe stoßen. Hab ich nicht recht?«

»Was wollen Sie damit sagen!« rief Stefa aus. »Herr Treska ist nicht wert, auch nur die Augen zu Ihnen aufzuheben.«

So viel Aufrichtigkeit lag in diesen Worten, daß Fräulein Rita ihre Gesprächspartnerin einen Moment lang wohlwollend musterte.

»Sie haben guten Geschmack! Ich weiß ja selber, daß ich mehr wert bin als er, obwohl das natürlich nicht so weit geht, wie Sie sagen. Der gute Geschmack hat Sie offenbar dazu gebracht, Prątnicki den Laufpaß zu geben. Der ist ein mäßig interessanter Typ und Ihrer ebenfalls nicht wert.«

Stefa war die Wendung des Gesprächs peinlich. Sie erwiderte schlicht: »Ich habe ihm nicht den Laufpaß gegeben. Die Umstände haben sich für mich glücklich gefügt.«

»Doch die Initiative zum Bruch ging von Ihnen aus?«

»Nein. Von meinem Vater.«

»Der ihn vermutlich besser kannte?«

»Zweifellos.«

»Wie auch immer, für die Entfernung dieses Herrn aus Słodkowce gebührt dem Majoratsherrn Dank. Und wissen Sie, welches der Hauptgrund dafür war? Können Sie es sich denken?«

»Die Hauptursache war Prątnickis Werben um Łucia«, erwiderte die Gefragte. Über Ritas Lippen huschte ein Lächeln.

»So sagt man. Doch das heißt, daß Sie gar nichts wissen. Prątnicki wurde allein Ihretwegen entfernt.«

»Meinetwegen?«

»Nun, Sie waren der Grund. Er hat Sie gekränkt, und das hat den Majoratsherrn aufgebracht und Herrn Maciej irritiert. Sie konnten dergleichen nicht zulassen. Nur Idalia verhielt sich passiv, aber wer sie kennt, weiß, daß sie nicht anders kann. Diese Frau hat einen Körper, hat Knochen, aber ich bezweifle, daß sie Blut hat, es sei denn so blaues, daß es ganz verwässert ist. Letztendlich haben die Absichten jenes Herrn sie entrüstet, doch zuvor hat er sie prächtig unterhalten. Von hier fortgeschickt hat ihn Herr Waldemar. Ich darf Ihnen getrost versichern, daß Sie in beiden Michorowskis große, außergewöhnliche Freunde haben.«

Die Betonung auf »außergewöhnliche« gefiel Stefa ganz und gar nicht. Temperamentvoll erwiderte sie: »Ich bin Ihnen sehr verbunden, doch auch die Baronin wird mir wohl nicht abgeneigt sein.«

»Sie hat Sie sehr gern, und Łucia ist in Sie geradezu vernarrt.«

»Ein liebes Mädchen! Ach ja, armes kleines Ding! Ein bißchen böse auf mich wegen Prątnickis Abreise. Sie ahnt, daß ich mich mit Herrn Maciej darüber unterhalten habe.«

»Das ist alles Kinderei!« rief Fräulein Rita aus. »Schnell begonnen, schnell beendet ...«

»Geb's Gott! Aber ich mache mir Sorgen.«

Sie hatten inzwischen das Treibhaus erreicht. Der alte Gärtner goß gerade die Topfpflanzen, wobei ihm eine Schar von Gärtnergehilfen zur Hand ging. Die Sonne versank hinter den Bäumen des Parks und ein rosa Glanz legte sich auf die Blumen.

Stefa begann Rita ihre Lieblingsblumen zu zeigen, die sie beim Namen nannte. Lebhaft und strahlend hob sie schwere Blumentöpfe und steckte die Nase in die duftenden Pflanzen. Fräulein Rita, im langen Reitkleid, stand an das Treibhausglas gelehnt und betrachtete die junge Lehrerin aufmerksam.

»Wo sind Sie mit Ihren Gedanken?« fragte Stefa.

»Ich dachte gerade, wie sehr Sie sich doch von diesen Topfpflanzen unterscheiden. Sie lassen an weite, blumenübersäte Steppen denken, an fröhliche, herausfordernde und wehmutsvolle Musik, die dennoch voller Poesie ist.«

Stefa lachte auf. »Wie schmeichelhaft, aber ein hübscher Vergleich«, sagte sie.

»Das ist nicht mein Vergleich, sondern der des Majoratsherrn. Ich habe Sie kaum gekannt, als Herr Waldemar Sie mir auf diese Weise beschrieben hat. Ah, da sind sie ja!«

Die Herren nahten. Treska schaute erhobenen Hauptes auf Stefa, Waldemar schritt gedankenverloren neben ihm dahin. Rita sprach ihn an: »Erinnern Sie sich, wie Sie Fräulein Stefa mit einer blühenden Steppe verglichen haben? Heute gebe ich Ihnen vollkommen recht.«

Michorowski blickte von Fräulein Rita zu Stefa und fragte dann: »Warum ist Ihnen das gerade heute eingefallen?«

»Weil Fräulein Stefania inmitten all dieser Blumen hier mehr denn je an eine blühende Wiese erinnert.«

»Nein, immer an die Steppe«, entgegnete Waldemar, »die üppige, weite ukrainische Steppenlandschaft. Eine Wiese, das ist eine zu karge, zu knappe Umschreibung. Sie haben etwas Flüchtigeres, Leichteres an sich.« Er machte eine weitausholende Geste. Stefa lachte erneut.

»Aber, meine Herrschaften, das sind wirklich zuviel der Komplimente!«

»Das behaupten Sie nur, um noch größere zu ergattern«, bemerkte Waldemar.

Kurz darauf kehrten sie allesamt zum Palais zurück. Diesmal schritt Fräulein Rita mit Treska voraus. Stefa ging neben Waldemar.

Sie wanderten einen Pfad entlang, der zu beiden Seiten von Malven gesäumt war. Die hohen Stauden standen wie eine Mauer, die flachkelchigen Blüten verströmten einen sanften Honigduft, der sich mit dem Aroma der Lindenblüten und dem warmen Hauch, der vom See ausging, mischte.

Waldemar schwieg, seine Gefährtin ebenfalls, er versonnen, sie amüsiert. Schließlich ließ sie sich als erste vernehmen: »Warum sind Sie so mißgelaunt?«

Sein Blick war durchdringend. »Ich bin nervös, das bin ich in letzter Zeit häufig. Außerdem ärgere ich mich über Treska.«

Stefa sagte sich im stillen, daß er sich wegen der ständigen Begleitung von Fräulein Rita über Treska ärgerte. Dann fiel ihr ein, daß diese von ihrer unerwiderten Liebe gesprochen hatte. Doch ob das tatsächlich der Fall war? Sie spürte einen leichten Stich im Herzen. Nach kurzem Zögern sagte sie: »Es liegt an Ihnen, ob Graf Treska aufhört, Sie zu ärgern, oder nicht.«

»An mir? Nun ja. Ein wenig zähme ich wohl schon seine unverblümten Witze, doch nicht immer ist das möglich, ohne einen Skandal heraufzubeschwören. Treska ist vor allem schlecht erzogen, oder er gibt wenigstens vor es zu sein, weil er meint, daß ihm diese Pose gut zu Gesicht steht. Außerdem ist er ein abgeschmackter Zyniker.«

Stefa verstand nicht, was Waldemar damit meinte, doch ihrem eigenen Gedankengang folgend entgegnete sie: »Fräulein Rita behandelt ihn sehr oberflächlich. Ich wundere mich, daß er, obschon immer so geistreich, das nicht bemerkt.«

»Fräulein Rita hat an ihm jemanden, mit dem sie über Pferde streiten kann, und das unterhält sie«, erwiderte er gleichgültig.

»Ich denke eher, daß es sie langweilt«, bemerkte Stefa.

Waldemar blieb stehen. »Fräulein Stefania, ließe sich kein interessanteres Gesprächsthema finden? Treska, Fräulein Rita und ihre Gefühle – das ist nun wirklich nicht vergnüglich.«

»Ich bitte um Entschuldigung«, sagte Stefa kühl, »ich habe nicht nachgedacht, ich bereite Ihnen mit diesem Gespräch Unbehagen. Doch Sie haben es selber begonnen.«

»Ich habe von Treska gesprochen, nicht von Fräulein Rita.«

»Doch was Sie gesagt haben, bezog sich auf sie.«

»Aber in keiner Weise!« rief er kopfschüttelnd aus, die Augenbrauen verblüfft hochgezogen. Stefas Augen funkelten streitlustig, und Waldemar mußte schmunzeln. »Wie ich sehe, verstehen wir uns einfach nicht.«

»Möglich. Was übrigens nichts Neues wäre.« Jetzt klang sie gereizt.

»Was haben Sie gedacht, als Sie von Fräulein Rita sprachen? Bitte, sagen Sie es mir.«

»Verzeihen Sie, aber ich bedauere meine Worte in einem Maße, daß ich sie nicht wiederholen möchte. Ich habe in der Tat eine Indiskretion begangen.«

Er sah sie prüfend an. »Ah, ich verstehe ... Das ist ja sagenhaft! Man kann Ihnen zu Ihrer Wahrnehmungsgabe nur gratulieren. Sie haben also geglaubt, Treska irritiere mich, weil er sich um Fräulein Rita bemüht? Und das konnten Sie auch nur einen Augenblick lang annehmen?«

Stefa beschleunigte ihren Schritt, böse auf sich und ihn. Wortlos zerzupfte sie die Blätter der Malvenblüte in ihrer Hand. Waldemar war sichtlich verärgert. »Manchmal bringen Sie mich so in Rage, daß ich nicht ruhig bleiben kann. Warum antworten Sie nicht, Fräulein Stefania?«

»Ich will Sie nicht noch mehr in Rage bringen. Und im übrigen habe ich nichts mehr zu sagen.«

»So ist es am leichtesten«, explodierte er. »Man kann sich mit Ihnen absolut nicht unterhalten.«

»Dann bemühen Sie sich nicht.«

Er runzelte die Brauen, zornig verzog er den Mund. »Zu höflich!« kommentierte er ironisch.

»Muß ich doch sein, um Ihrer Höflichkeit entgegenzukommen.«

»Meine ist anders.«

»O ja! Unter einem spitzeren Gesichtswinkel.«

»Nein, mein Fräulein, nur unter einem anderen.«

Bei den Säulen der Veranda blieben sie stehen.

»Was denn? Sie zanken sich schon wieder?« fragte Rita, als sie Stefas hochrote Wangen und Waldemars gerunzelte Brauen bemerkte. Doch letzterer verneinte.

»Aber, nein! Ich versuche Fräulein Stefa nur zu beweisen, daß eine Frau scharfsinnig sein und alles, was rings um sie geschieht, einfangen sollte wie Schmetterlinge im Netz.«

»Eine Frau sollte vor allem pikant sein«, orakelte Treska.

»Wie ich zum Beispiel. Nicht wahr?« kicherte Rita nervös.

Treska fing an, sich über Frauen zu verbreiten, während Waldemar Stefa einen Seitenblick zuwarf und bei sich dachte: Auch an Pikanterie fehlt es ihr nicht …

In dem Moment sprach ihn Fräulein Rita an: »Wann bringen Sie uns endlich nach Głębowicze? Sie haben es uns schon lange versprochen.«

»Ich setze den Tag nicht fest, der Zeitpunkt hängt von den Damen ab. Die Tore von Głębowicze stehen Gästen täglich offen.«

Fräulein Rita ging mit Treska voraus. Als Stefa gerade hineingehen wollte, flüsterte Waldemar, der ihr auf dem Fuß folgte: »Wie sehr ich mich freue, daß Sie Głębowicze kennenlernen werden. Ihnen gilt meine besondere Einladung. Alle kennen meinen Stammsitz, außer Ihnen.«

»Ich danke Ihnen«, erwiderte sie gleichgültig.

»Sind Sie mir immer noch böse?« fragte er und stellte sich ihr in den Weg. Sie schaute hoch zu ihm.

»Gnädiger Herr, lassen Sie mich bitte vorbei!«

»Ich weiche keinen Schritt, bis Sie mir sagen, worum ich gebeten habe: Sind Sie mir immer noch böse?«

»Nein.«

»Ich erlaube mir an der Aufrichtigkeit Ihrer Antwort zu zweifeln. Ich bin Ihnen zu nahe getreten, aber ich war wütend. Jetzt entschuldige ich mich. Wollen Sie mir nicht zur Versöhnung die Hand reichen?«

Stefa streckte rasch die Hand aus, die er ebenso rasch ergriff und kräftig drückte, den Kopf tief darüber gebeugt. Sie gewahrten beide Fräulein Rita nicht, die auf den Stufen stand.

Nervös regte sie sich, und ihre Stimme klang anders als sonst: »Sobald das Bündnis geschlossen ist, bitte zum Abendessen. Die liebe Idalia wartet.«

Stumm setzten Waldemar und Stefa ihren Fuß auf die Treppe. Rita sprach in unnatürlichem Tonfall, betonte jedes Wort: »Wir hätten nicht so lange im Park umherspazieren sollen. Die Abende sind jetzt allzu berauschend ... vornehmlich dieses Malvengäßchen ...«

»Hat Graf Treska sich Ihnen erklärt?« fragte Waldemar barsch. Sie wurde blaß.

»Nein, aber vielleicht ... werde ich mich ihm erklären«, entgegnete sie hastig und lief seideraschelnd davon.

Stefa hämmerte der Puls in den Schläfen.

16

Erntezeit. In den Weizen- und Roggenschlägen neigen die Ähren ihre trägen Köpfe. Ein Rauschen fliegt durch die Felder wie ein wehmütiger Schauder, ein Vorgefühl des Todes ... Und die Welt ist so schön! Das klare Blau des Himmels, das lichte Strahlen der Sonne, die lauen Brisen verweben sich miteinander zu einem farbenfrohen, berückenden Ganzen.

Eines Nachmittags, die Sonne neigte sich bereits gen Westen, tauchte auf dem Weg zwischen den Weizenschlägen, wo die Mäh- und Bindemaschinen arbeiteten, eine kleine Reitergruppe auf: Zwei Amazonen und zwei Herren ritten einen scharfen Trab. Fräulein Rita auf einem stämmigen Vollblut, in schwarzem Reitkleid und feschem Zylinder, sah siegesgewiß aus. Graf Treska neben ihr, in englischer Kappe, bewegte sich auf seinem Pferd wie eine Schlange. Das zweite Paar waren Waldemar und Stefa. Er, im eleganten Reitanzug und schwarzen Langschäftern mit Sporen, wie sie die Militärs zu Zeiten Napoleons getragen hatten, wirkte, ganz eins mit seinem Araberrappen, wie ein Reiterstandbild; Stefa, in dunkelblauem englischem Kleid und einem kleinen Hut, ritt kühn und zugleich anmutig die Araberstute Erato, das Reitpferd Waldemars. Der Majoratsherr blieb ganz in ihrer Nähe, wachte über jede ihrer Bewegungen, zügelte oft selber die Stute und gab Stefa allerlei Hinweise.

»Sie sind doch sicher schon geritten?« fragte er. »Nach einem Debüt sieht das hier ganz bestimmt nicht aus.«

»Freilich, ich habe es schon ein paarmal probiert, aber im Herrensattel und auf einem Pony. Auf einem so prachtvollen Rappen sitze ich zum erstenmal.«

»Also sind Sie zur Amazone wie geschaffen. Ich kenne mich damit aus«, prophezeite Treska.

Stefa blickte zu Waldemar, als frage sie ihn: Was sagst du, auf die Meinung von dem da gebe ich nämlich nichts?! Einen Moment lang erwiderte er ihren Blick. Er verstand die stumme Frage, die darin lag, lächelte und nickte.

»Sehe ich gut aus?« Stefa gab nicht auf.

»Sehr hübsch!« sagte der Majoratsherr schmunzelnd.

In Stefas Wangen stieg flammende Röte, wie es typisch für sie war; es sah aus, als erblühten ihre Wangen. Sie versetzte Erato einen leichten Schlag mit der Reitgerte. Die Stute machte einen Satz nach vorn und begann sofort zu steigen. Stefas Kleid, das ihm vor die Augen flatterte, machte das Tier nervös, und die Stute ging durch. Staub wirbelte hoch, Fräulein Rita schrie. Treska rief: »Die Zügel anziehen ... fest ... fester ...«

Doch Waldemar jagte bereits im gestreckten Galopp dahin. Apollo schien den Boden nicht zu berühren.

Bald waren Stefa und Waldemar ihren Augen entschwunden, eine Staubwolke hatte sie verschluckt. Erato, die Ohren angelegt, jagte wie der Sturmwind dahin, Apollo nunmehr dicht hinter ihr. Waldemar hielt die Augen fest auf Stefa gerichtet, aber weil sie sich tüchtig im Sattel hielt und von einer Ohnmacht weit entfernt schien, rief er sie nicht an, um die Stute nicht zu verstören. Endlich hatte seine wilde Jagd Erfolg, Apollo galoppierte nun auf gleicher Höhe mit der Stute, und Waldemar konnte ihr in die Zügel greifen. Das Tier, das die starke Hand des Herrn spürte, verlangsamte seinen Lauf. Erst dann raunzte der Majoratsherr: »Nun kann ich Sie wirklich loben! Hübsch, sehr hübsch ...«

Stefa atmete rasch, sie war ein bißchen blaß und erschreckt, doch sie lachte dennoch: »Ich habe ganz im Ernst Lob verdient, denn ich sitze immer noch im Sattel. Sogar die Füße habe ich aus den Steigbügeln genommen.«

»Absichtlich?«

»Aber ja, für alle Fälle.«

»Nun, wissen Sie, als einem Neuling habe ich Ihnen wirklich nicht so viel Geistesgegenwart zugetraut. Bravo! Bravissimo! Und ich jage Ihnen wie ein Verrückter nach. Mir stehen noch immer die Haare zu Berge bei dem Gedanken, was Ihnen hätte passieren können.«

Stefa sah, daß er bleich und mitgenommen aussah. Sie wollte ihm die Hand geben, doch seine Hände waren beschäftigt, folglich flüsterte sie, und es kam aus voller Seele: »Ich danke Ihnen sehr, sehr und ... Verzeihung.«

»Wofür?«

»Für die ... Anstrengung.«

»Eher dafür, daß ich mich erschreckt habe wie ein Pennäler, was mir nicht häufig passiert.«

»Was wäre schon, wenn ich gefallen wäre? Ich hätte die Reitertaufe erlebt.«

»Sie sind noch ein großes Kind.«

Fräulein Rita, Treska und die Reitknechte waren inzwischen angekommen.

Ihretwegen zittern mir die Knochen«, rief der junge Graf. »Wir sind in einem Tempo geritten, daß ich halb tot bin. Sollte ich einen Herzanfall bekommen, sind Sie schuld, und das um so mehr, als ich hier nicht gebraucht werde, wie ich sehe.«

»Herr Graf, der Schluß verdirbt das effektvolle Ganze«, sagte Stefa mit gespieltem Ernst. Fräulein Rita gratulierte ihr zu ihrer tapferen Haltung, danach bogen sie alle auf das Feld mit den Schnittern ein.

Der breite Streifen mit goldenem Weizen neigte sich gehorsam vor den Mähmaschinen. Die Selbstbinder warfen die fertigen Bündel aus; in einigem Abstand sah man eine Reihe gebückter Frauen und Mädchen in roten Röcken und weißen Hemden. Unbeirrt schritten sie vorwärts, die Gesichter ermattet, doch mit einem Lied auf den Lippen. Lange stabile Wagen, vor die stämmige, wohlgenährte Pferde, vornehmlich Braune, gespannt waren, nahmen die fertigen Getreidepuppen auf, um sie zu den Scheunen des Vorwerks und zur Lokomobile zu bringen, die inmitten der Felder Getreide drosch. Als die Reitergruppe sich den Erntemaschinen näherte, rief Waldemar den Inspektor herbei, einen jungen, energischen Mann. Mit heiterem Gleichmut verbeugte dieser sich. Der Majoratsherr stellte ihn den Damen vor: »Herr Ostrożęcki, mein Helfer, mehr noch: meine rechte Hand.«

»Nur die linke, gnädiger Herr«, erwiderte unbekümmert der Inspektor. Lächelnd neigten die Damen ihre Köpfe.

»Und wo sind die Herren Praktikanten? fragte Waldemar.

»Die habe ich unweit der Residenz zurückgelassen. Bei mir sind zwei Ökonomen aus Brzozowo und Romne.«

»Und die Selbstbinder arbeiten fehlerlos? Ein guter Mechaniker?«

»Ein ausgezeichneter! Wie der beste Engländer.«

Treska ritt näher heran und fragte: »Ich würde gern wissen, von wo Sie diese Maschinen herhaben, denn ich sehe ein amerikanisches System, aber eine Warschauer Firma.«

»Das sind indländische, unsere Arbeit und unser Eisen. Ich habe einen Monteur aus der Fabrik MacCormick kommen lassen, und unter seiner Anleitung hat dann die Warschauer Firma die Herstellung übernommen.«

»Aber der da sieht nicht nach einem Amerikaner aus.«

»Ein echter Warschauer, allerdings ein Schüler jenes Monteurs.«

Treska schüttelte den Kopf. »Nun, und bewähren sich die Dinger? Gehen sie nicht alle Viertelstunden kaputt?«

»Sehr selten.«

»Außergewöhnlich«, murmelte der verblüffte Graf.

»Wenn doch alle Ihrem Beispiel folgen würden«, bemerkte Stefa.

»Dann würden alle ausländischen Firmen bankrott gehen!«

»Sie können ganz beruhigt sein, Treska«, sagte Waldemar. »So kultiviert und fortgeschritten sind wir noch lange nicht, daß die amerikanischen Firmen verzweifelt nach uns Ausschau hielten. Für ihre Maschinen haben Amerikaner und Engländer genügend eigene Käufer, von den Ausländern ganz zu schweigen.«

»Ich würde bei uns hergestellten Maschinen nicht trauen.«

»Daher machen Sie auch einen solchen Bogen um sie«, kommentierte Fräulein Rita.

»Ich dagegen habe Zutrauen«, sagte Waldemar. »Was fehlt ihnen denn schon? Sie funktionieren, sehen aus wie die ausländischen, weil sie deren System haben, und daß sie das Produkt unserer Hände sind, tut ihnen ja wohl keinen Abbruch.«

Gleich darauf verabschiedete sich die Gesellschaft von dem Inspektor und kehrte nach Słodkowce zurück.

Waldemar wandte sich an Stefa: »Sie haben einen Eckwinkel von Głębowicze zu sehen bekommen, sind Sie nicht erschöpft? Denn für einen ersten Spazierritt ist es reichlich weit.«

»Aber! Ich bin doch nicht aus Porzellan, ich könnte es gut und gern bis Głębowicze schaffen.«

»Nein, dorthin fahren wir mit dem Break.«

Sie waren jetzt in der Nähe der Erntearbeiter, unter denen ein fieberhaftes Hin und Her herrschte, und Waldemar ahnte, was es damit auf sich hatte, denn er schmunzelte schon. Knechte und Frauen eilten herbei, hielten in den Händen einen riesigen Ährenkranz und brachten in der hiesigen Sprache lauthals ihre Wünsche dar, wobei sie die Reitergruppe umringten.

Waldemar gab ihnen ein paar Goldstücke. Sie küßten seine

Hände und Stiefel, und der Majoratsherr wehrte sich lachend gegen den Überfall. Stefa war ergriffen von dieser Szene. Obwohl eine Münze schon einen guten Grund zum Überschwang bot, lag in der Herzlichkeit, mit der sich diese einfachen Leute um den Majoratsherrn drängten, noch etwas anderes. Er war ihr Herr und Liebling. Das war allüberall augenfällig, vom Inspektor angefangen; die höhere Verwaltung und die gesamte Dienerschaft brachten ihm eine Verehrung entgegen, die weit über Respekt hinausging, wie er dem Arbeitgeber gebührte. Sie fürchteten ihn, aber sie ehrten ihn auch von ganzem Herzen.

Fräulein Rita dachte genauso und sprach es aus: »Auf Ihren Gütern und inmitten Ihrer Leute machen Sie auf mich den Eindruck eines unumschränkten Herrschers. Das Herz geht einem auf, wenn man die Ordnung und Disziplin sieht. Und das erstaunlichste ist, daß die Leute Sie lieben, denn unsere Leute lieben selten, wenn man sie in der Hand hat, und wenn ihnen alles erlaubt ist, hören sie auf zu respektieren. Bei Ihnen aber ist das anders. Da sind Disziplin, Gehorsam, Achtung und die Liebe des einfachen Volkes. Einfach phänomenal! Verraten Sie mir, wie das möglich ist?«

»Sehr einfach«, entgegnete Waldemar, »ich verlange viel von den Leuten und halte sie sogar ein wenig wie ein Feudalherr, doch ich kümmere mich um ihre Bedürfnisse. Sie essen gut, wohnen ordentlich, ich tyrannisiere sie nicht und bin gerecht. Das ist das ganze Geheimnis. Ich gehe nicht mit dem Gericht gegen sie vor, sondern messe selber die Strafe zu, natürlich keine körperliche.« Er lachte fröhlich. »Außerdem ist es ein guter Menschenschlag«, fügte er hinzu.

»Nicht überall. Das ist auch ein Privileg Ihrer Güter«, erwiderte Rita.

»Offensichtlich haben sich alle Michorowskis an dieses System gehalten.«

»Doch nicht alle waren so beliebt wie Sie. Herr Maciej erfreute sich niemals einer solchen Popularität, Ihr Herr Vater auch nicht.«

»An Mama erinnern sie sich häufig und nennen sie einen Engel.«

»Weil die Tochter von Tante Podhorecka gar nichts anderes

sein konnte. Sie kennen ja das Verhältnis der Dörfler in Obronny zur Tante, sie tragen sie auf Händen. Aber da ist noch etwas anderes: Die Tante ist eine Frau und befaßt sich weder mit dem Verwalten noch mit dem Wirtschaften, um die Leute hingegen kümmert sie sich sehr. Bei Ihnen ist dieser Idealzustand viel verblüffender.«

Sie ritten zurück auf die Felder von Słodkowce, wo ebenfalls Schnitter und Schnitterinnen unter Aufsicht von Verwalter Klecz die goldenen Weizenschläge aberntenten.

Langsam brach die Nacht herein.

17

Der rote Break rollte von der Chaussee auf einen von Pappeln bestandenen Seitenweg. Der Rappenvierer legte ein kühnes Tempo vor, sein bronzenes Geschirr funkelte in der Sonne, das üppige Reitzeug klirrte, die Tiere warfen schnaubend die Köpfe. Es war ein kühler Morgen, die Luft noch feucht vom nächtlichen Regen. Hier und da glänzten kleine Pfützen. Nicht das kleinste Stäubchen erhob sich, die Welt war rein, ein makelloses Zelt aus himmelblauen Illusionen.

Das Himmelszelt, staubloser Kristall, taufrisch, wirkte auch auf die menschliche Seele. Die Vögel sangen, die Pferde schnaubten, die Menschen amüsierten sich. Der Rappenvierer jagte dahin, als würden die Pferde von Flügeln getragen. Der Break schwankte und schaukelte auf seiner Federung.

»Herr Waldemar, Sie werden uns heute hinausschleudern, bevor wir Głębowicze erreicht haben!« rief Paula Gräfin Ćwilecka, die auf der rechten Seite des Break saß, zwischen Graf Treska und dem jungen Wilhelm Szeliga, Fräulein Ritas Bruder. Unter ihrem riesigen Hut schaute sie kokett ihre Nachbarn an, dann den gegenüber sitzenden Baron Weyher, und zwitscherte erneut: »Wer von den Herren den Majoratsherrn beim Kutschieren ablösen möchte, hebe die Hand.«

»Bitte, geben Sie sich keine Mühe, ich lasse mich nicht ablösen«, rief Waldemar vom Kutschbock herunter.

»Wir werfen Sie hinunter.«

»Fragt sich bloß, wie.«

»Sie fügen sich ganz einfach unserer Bitte.«

»O nein, so höflich bin ich nicht.«

»Alles nur wegen Fräulein Rita. Herr Waldemar kutschiert vortrefflich, nur die junge Dame ist dort nicht vonnöten«, mischte sich Treska ein. Dabei stützte er sich auf die Lehne des Kutschbocks und neigte den Kopf so, als wollte er Rita ins Gesicht schauen. Sie sah ihn strafend an.

»Sitzen Sie ja still, wenn Sie wissen, was Ihnen guttut. Wenn nicht, dann marsch ans Ende des Break.«

»Ich werde mich wohl bei Herrn Wilhelm auf den Schoß setzen ...«

»Ihr werdet schon Platz finden. Im übrigen wechselt Wilhelm auf Ihren Platz.«

»Ich protestiere! Ich fühle mich hier wohl«, entgegnete der Student und himmelte Stefa an, die ihm gegenüber saß.

»Und, nun? Sehen Sie? Herrn Wilhelm gefällt es da, wo er sitzt, und mir hier. Nur Sie fehlen mir als Gegenüber.«

»Sehr nett!« entrüstete sich Łucia. »Ich bin also kein Gegenüber.«

»*Mais oui!* Nur Fräulein Rita steht der Platz auf dem Bock nicht zu Gesicht.«

»Noch weniger die Position Ihnen vis-a-vis!« schnappte die junge Dame zurück.

»Ich weiß die Lösung«, mischte sich Gräfin Paula ein. »Sie, Treska, nehmen dem Majoratsherrn die Zügel aus den Händen und dann seid ihr beiden zwar nicht vis-a-vis, aber immerhin à côté ...«

»Und lägen in kürzester Zeit im Graben«, lachte Rita.

»*Voilà c'est le mot!* Im Graben«, mischte sich Baron Weyher ins Gespräch, wobei sich seine schmalen Lippen zu einem Grinsen verzogen.

Treska warf ihm einen bösen Blick zu. »Das beste wäre, wenn Sie selber, von Fräulein Paula assistiert, kutschieren würden«, gab er ärgerlich zurück.

»Eher ich, vom Baron assistiert. Sie haben sich getäuscht, mein Herr.«

Treska winkte ab, als wolle er sagen: Das kümmert mich nun wirklich nicht!

»Also, einverstanden?« fragte er laut.

»Ich will nicht. Dort auf dem Bock wird man bestimmt mit Pfützenschmutz bespritzt. Und ich bin nicht so gern dicht an Pferden dran«, erwiderte die junge Gräfin.

»Ich kutschiere ebenfalls nicht. Diesen Sport übe ich nicht aus«, brachte der Baron mit Nachdruck hervor. »Aber vielleicht meine Nachbarin und Herr Wilhelm?«

Stefa schüttelte den Kopf. »Unser Disputieren hier ist völlig überflüssig, denn der Majoratsherr bringt uns an Ort und Stelle, und wie er selber sagt, läßt er sich nicht vertreten.«

»Danke für die Unterstützung«, rief Waldemar.

»Übrigens werden wir jetzt singen«, sagte der Student Wilhelm.

»Ach ja?« Gräfin Paula blinzelte.

»Das ist erst ein Einfall!« kommentierte Stefa.

»Der sofort in die Tat umgesetzt wird. Also, was haben Sie für einen Wunsch?«

»*Ich liebe dich* oder *Du liebst mich*?« ließ sich wieder einmal Treska vernehmen.

»Bestimmt: *Wir lieben uns*«, lachte Gräfin Paula.

»Wir werden polnisch singen«, erklärte Stefa.

»Vielleicht etwas, das an Heidelberg oder Sacré-Cœur erinnert?« schlug seinerseits der Baron in seiner gedehnten Sprechweise vor.

»Warum Sacré-Cœur?«

»Na, dann vielleicht ein anderes Kloster.«

»Aber warum?«

Treska hob den Kopf, richtete sein Pincenez und krakeelte: »Komisch! Ich bin gar nicht der Ansicht, daß Fräulein Stefania nach Nonne riecht.«

»Dafür riecht er nach den Barmherzigen Brüdern von der Irrenanstalt«, knurrte Waldemar. Rita lachte laut.

»*Qu'est-ce que c'est que* ›riecht‹?« erkundigte sich irritiert der Baron.

»*C'est le mot dur, monsieur*«, antwortete Stefa mit einem freundlichen Lächeln.

»*Ah, oui!*«

An den Baron wandte sich der junge Szeliga: »Warum dachten Sie, daß Fräulein Stefania in einem Kloster erzogen wurde?«

»Weil sie irgendwie anders ist. *Est-ce que je sais?* Ich kann das nicht beschreiben. Vielleicht ungewöhnlich? *Mon dieu!* Immer daneben.«

»Ich will Ihnen helfen. Sie ist wie ein Kristall, weiß wie der Schnee der Tatra. Doch nicht das Kloster hat sie so gemacht, es war die Natur.«

»Wie?«

»Ja, die Natur!«

Der Student machte eine weitausholende Bewegung und rief mit blitzenden Augen: »Diese Natur, golden und himmelblau, die sie von der Wiege an umgab und sie sich nach ihrem Ebenbild schuf. Nicht der Straßenstaub der Städte hat ihr den Glanz geraubt, noch deren moralischer Schmutz sie befleckt. Sie atmete kristallene Reinheit und ist selber dazu geworden ...«

»Doch das *Journal des Modes* muß sie öfter mal in der Hand gehabt haben, denn sie kleidet sich nicht schlecht«, unterbrach Treska.

Man lachte.

»Ich komme mir vor wie auf dem Präsentierteller«, beklagte sich Stefa.

»Als ob so etwas noch *en vogue* wäre«, krittelte Gräfin Paula.

Nachdenklich über seinen Backenbart streichend, schenkte der Baron dem Studenten einen aufmerksamen Blick und bemerkte anerkennend: »Das haben Sie hübsch gesagt ... das mit dem Kristall. *Oui, c'est très beau!* Nicht ausgefallen, aber poetisch und voller Anmut. *Superbe!*«

»Erinnern Sie sich an die blühenden Steppen?« flüsterte Rita Waldemar zu.

»Steppen? Ach ja ...«

»Die Beschreibung meines kleinen Bruders erinnert an Ihre Steppen. Ist es nicht so? Haben Sie nicht gehört, was Wilhelm gesagt hat?«

»Doch, hab ich.«

Sein Blick schweifte über die breiten Weizenschläge, die im Morgentau wie Atlasseide schimmerten, und dachte: Das ist sie! Dann glitt sein Blick zum Azurblau des wolkenlosen Himmels hinauf, vor dem die Luft silbrig flimmerte, und dachte:

Das ist sie! Ein witziger Grünschnabel, dieser Wilhelm! Aber weshalb begeistert er sich so für Stefa? Denn diese Beschreibung ... Er schaute sich um: Die beiden unterhielten sich miteinander. Der Majoratsherr zog die Zügel an, daß sich ihre Hufe in den Sand bohrten, und knallte gereizt mit der Peitsche. Im Break erhob sich Geschrei.

»Die Pferde gehen durch!« schrie die Gräfin.

»Waldek, was machst du?« stimmte Łucia mit ein.

Fräulein Rita sah Waldemar unter gesenkten Lidern hervor an, und allmählich verloren ihre Wangen die Farbe; schmerzerfüllt preßte sie die Lippen aufeinander.

»Halten Sie an«, hauchte sie, »ich setze mich um.«

»Nein, das geht nicht, ich habe die Pferde scheu gemacht. Bitte, rühren Sie sich nicht.«

Der befehlende Ton wirkte bedrohlich auf sie. Es war ein unbestimmtes Gefühl. Ihre Lippen zuckten, auf ihr bleiches Gesicht traten rosa Flecken, sie schien mit etwas zu zögern, endlich fragte sie ganz ungezwungen: »Sie möchten nicht, daß ich mich umsetze, weil die Pferde dabei sind durchzugehen, aber wenn das nicht der Fall wäre ...«

»Würde ich nicht zu widersprechen wagen.«

»Ich verstehe!«

Sie biß die Zähne aufeinander und entriß Waldemar die Peitsche.

»Was soll das?« wunderte er sich.

»Ich will, daß uns die Pferde durchgehen.«

»Das hängt von mir ab.«

»Sind Sie sich da sicher?«

»Absolut.«

»Ach, mein Gott, wenn ich könnte ...«

»Mich mit dieser Peitsche durchprügeln?«

»So etwas Ähnliches!«

»Jeder sorgt für die eigene Sicherheit, ich ebenfalls, also ... Sie können sich umsetzen.«

Er zog die Zügel an. Der Viererzug blieb auf der Stelle stehen.

»Nun können Sie sich umsetzen«, wiederholte er lächelnd.

Fräulein Rita blickte ihm in die Augen. »Wissen Sie, Sie sind ...«

»Unausstehlich! Ja, ich weiß.«

»Arrogant!«

»Ich erfülle Ihren Wunsch.«

»Ach!«

Treska sprang von seinem Sitz auf. »Warum haben wir haltgemacht? Ah, na endlich haben Sie es sich überlegt! Welche der Damen setzt sich jetzt auf das Böckchen?«

»Wir werden Knoten ziehen«, sagte Rita.

»Ausgezeichnet!«

Waldemar verzog sein Gesicht. Rita flüsterte ihm über die Schulter zu: »Sie bekommen Łucia. Ich richte das so ein.«

Fräulein Rita machte einen Knoten ins Taschentuch, umschloß es mit der Hand, aus der jetzt drei gleich große weiße Ecken herauslugten, wie eine Knospe, die eben aufgegangen war, und sagte zu der Gesellschaft gewandt: »Bitte, meine Damen, ziehen Sie.«

»Pfui, was für ein häßlicher Brauch!« Die Gräfin machte ein Gesicht.

»Ein sehr guter.«

Fräulein Rita, die wollte, daß Łucia den Knoten zog, schob diese Ecke näher zu dem Mädchen hin.

»Bitte, ziehen.«

Die Gräfin faßte nach der mittleren, Łucia nach der letzten, Stefa nahm die übriggebliebene Ecke. Rita biß sich auf die Lippen; sie öffnete die Faust.

»Fräulein Stefania!« riefen alle wie im Chor.

Wilhelm Szeliga war ärgerlich, Stefa errötete. Waldemar warf Rita einen triumphierenden Blick zu und half ihr mit auffälliger Höflichkeit beim Umsteigen in den Break. Es kam zu einem Durcheinander. Rita stritt sich mit Treska, und Stefa, die auf den Stufen stand, scherzte mit Wilhelm, der sie zu überzeugen versuchte, daß das Knotenziehen ein Überbleibsel aus barbarischen Zeiten sei.

»Bitte, kommen Sie!« rief Waldemar ihr zu.

Stefa schlängelte sich geschickt zwischen den Sitzenden hindurch: eine schlanke, frisch duftende Narzisse in ihrem weißen Musslinekleid. Ihr schweres dunkelblondes Haar war zu einem Knoten aufgesteckt, ihr Gesicht beschattete ein breitkrempiger

Florentiner. Lachend, die Wangen gerötet, mit blitzenden Augen war das junge Mädchen einfach entzückend in seiner Verlegenheit, mit der es durch das Wageninnere glitt. Waldemar reichte ihr die Hand, hielt dann die ihre fest, und mit seiner anderen faßte er oberhalb des Ellenbogens zu.

»Na, hopp!«

Sie sprang auf die Bank, von ihm fast getragen, stieg über die Barriere und nahm vergnügt neben dem Majoratsherrn Platz. Der rief den Pferden zu, der Break setzte sich unverzüglich in Bewegung.

»Rassig!« murmelte Baron Weyher vor sich hin.

»Was sagen Sie?« fragte der Student.

»Rassig! Sie nennen es vermutlich ›Natur‹!«

»Ja, aber ihr kennt euch damit nicht aus.«

Für einen Moment war es Stefa, als bliebe ihr das Herz stehen, so stark empfand sie Waldemars Nähe. Waldemar war sichtlich bewegt. Seine Nasenflügel bebten, Feuer blitzte in seinen Augen. Sie schwiegen beide.

Was passiert bloß mit mir? schoß es ihm durch den Kopf. Der Dschungel, die Löwenjagd – alles hat weniger Eindruck auf mich gemacht als die körperliche Nähe zu diesem Mädchen.

Paula warf mißbilligende Blicke auf Stefa. Etwas nagte an ihrer Seele. Sie liebte Michorowski nicht, aber sie zählte auf ihn, und es enervierte sie, daß er ihr nicht den Hof machte, sondern an diesem »fremden« Mädchen Gefallen fand. Wilhelm Szeliga hatte den Zorn der Gräfin auf sich gezogen, weil er Stefa mit einem Kristall verglichen, der Baron hingegen, weil er sie »rassig« und zuvor »anders« genannt hatte. Daß sie »anders« war, verstand sich schließlich von selbst, da sie aus anderen Kreisen stammte. Diese Lehrerin erweckt entschieden zuviel Interesse, dachte Gräfin Paula. Und wie ungezwungen sie sich benahm! Als wären wir gleichgestellt. Sie ist impertinent. Łucia sieht eine Schwester in ihr. Oder Rita! Die behandelt sie wie eine Freundin. Herr Maciej gebraucht die Koseform ihres Namens: Stenia, und der Majoratsherr macht ihr die Honneurs. Sie denkt am Ende über sich noch wer weiß was ...

Die ärgerlichen Betrachtungen der Gräfin unterbrach Łucia: »Die Kutschen holen uns ein!« rief sie.

Die Kutschen hatten nun auch den letzten Abstand überwunden. Der erste Landauer beförderte die Fürstin Podhorecka, Herrn Maciej und Fürst Franciszek mit Gattin. Im zweiten fuhr Baronin Idalia sowie Graf und Gräfin Ćwilecki mit ihrer älteren Tochter Michalina. Waldemar hielt, und es hielten auch die Kutscher.

»Warum seid Ihr so langsam?« rief Fürst Podhorecki.

»Wir haben nicht erwartet, daß wir euch einholen würden«, fügte Herr Maciej hinzu.

Waldemar raffte mit einer Hand die Zügel zusammen, die andere mit der Peitsche legte er hinter Stefas Rücken auf die Lehne des Kutschbocks und rief, über sie hinweggebeugt: »Unterwegs hat sich eine Katastrophe ereignet.«

»Eine Katastrophe? Was für eine?«

»Fräulein Rita hat den Aufstand geprobt.«

Er war guter Laune, die grauen Augen lachten, der Mund leuchtete rot, unter dem gesträubten Schnurrbart blitzen die Zähne. Schlank und anziehend, von modischer, dabei sorgloser Eleganz, hatte er etwas von einem Draufgänger. In seinem Magnatenstolz zog er die Augen aller auf sich. An seiner Seite sah Stefa, gleichfalls heiter lächelnd, besonders hübsch aus. Zusammen waren sie ein außerordentliches Paar. Beide Fürstinnen musterten sie höchst interessiert, vom anderen Gefährt aus taten es die Baronin und die Gräfin, erstere aus ihren typisch zusammengekniffenen Augen, die zweite durch ihre Lorgnette. Die Gräfin fühlte sich peinlich berührt, daß Stefa neben dem Majoratsherrn saß.

Nachdem sich Waldemar geäußert hatte, stand Rita auf, schwenkte den Handschuh und rief: »Glauben Sie ihm kein Wort. Der Majoratsherr ist heute nicht bei Sinnen, er faselt wie im Fieberwahn.«

»Wie denn? Haben Sie mir vielleicht keine Szene gemacht?«

Rita erklärte und erklärte, als die Gräfin Ćwilecka, ungeduldig geworden, sich mit Nachdruck erkundigte: »Wann gelangen wir endlich nach Głębowicze? Das ist ja ein endloser Weg.«

»Nach unser Teufelsjagd sind es nur noch fünf Wert!« erklärte Waldemar.

»Ah, das ist gut!«

»Also, verlieren wir keine Zeit. Auf Wiedersehen!«

»In einer halben Stunde.«

»Natürlich nur, sofern Fräulein Rita nicht wieder in den Streik tritt«, scherzte der Majoratsherr.

»Mein lieber Herr, ich revanchiere mich noch!«

»Hauptsache, nicht in diesem Augenblick.«

Der Break setzte sich an die Spitze, die Kutschen fuhren langsamer hinterdrein. Die junge Fürstin sagte leise zu ihrem Mann: »Hast du bemerkt, was für ein hübsches Paar die beiden sind? Waldek und Fräulein Stefania? *Une très belle fille.*«

»Ich habe gesehen, wie sie strahlen.«

»Wovon sprecht ihr?« fragte die ältere Fürstin.

»Von dem jungen Paar auf dem Kutschbock.«

»Ah ja. Waldek ist wie neugeboren.«

»Und sie blüht«, fügte Herr Maciej hinzu.

»Sie ergänzen einander.«

Im anderen Gefährt ein anderes Gespräch. Die Gräfin sagte verärgert zu Frau Idalia: »Weißt du? Das ist die Aufdringlichkeit dieses Mädchens.«

»Was?« fragte Frau Idalia.

»Na das ... das da ... Sich auf dem Kutschbock neben den Majoratsherrn zu drängen.«

»Hast du gehört, was Rita gesagt hat? Sie haben Knoten gezogen.«

»Nun nimm du sie nicht in Schutz. Das ist eine ganz Arrogante! Ich staune, daß du ihr diese Extravaganzen durchgehen läßt.«

»Ich sehe keine. *C'est une noble fille.* Łucia liebt sie sehr.«

Baronin Idalia war heute gnädig gestimmt. Die Gräfin bemerkte es und sagte keinen Ton mehr, schnaufte nur irritiert.

Im Break stieg die Stimmung unterdessen. Alle unterhielten sich, Gräfin Paula mit dem Baron, Fräulein Rita mit Treska. Łucia sang mit dem jungen Wilhelm Krakowiaks, wobei sie sich bogen vor Lachen. Auf dem Kutschbock sagte Waldemar zu Stefa: »Sehen Sie die zwei weißen Pfeiler zu beiden Seiten des Wegs? Das sind Grenzpfeiler. Wir sind bereits auf dem Boden von Głębowicze. Wohl niemals habe ich so viel Glück bei dem Gedanken an diesen Landsitz empfunden wie in diesem Augenblick, und das nur Ihretwegen.«

»Meinetwegen?« Stefa war ehrlich erstaunt.

Waldemar lächelte. »Ach, und sei es nur, daß ich Ihnen unsere Felder zeigen kann. Ist das nicht schon Grund genug zur Zufriedenheit?«

Sie schaute ihm direkt in die Augen. »Das paßt gar nicht zu Ihnen, was Sie da sagen«, ihre Stimme klang ernst.

Neugierig musterte er sie. »Zu wem denn?«

»Vielleicht zu Herrn Szeliga, oder was weiß ich.«

»Bitte, erklären Sie mir das.«

»Wozu, wo Sie doch ausgezeichnet verstanden haben.«

»Ehrlich gesagt, nicht ganz.«

»Es paßt nicht zu Ihnen, weil es viel zu schablonenhaft ist.«

»Oh!«

»Im übrigen waren Sie nicht aufrichtig ...«

»Skandalös, so wahr mir Gott helfe! Warum soll ich unaufrichtig gewesen sein? Der Knabe Wilhelm darf Sie mit Kristall, Himmelsblau und Gold vergleichen, und ich soll nicht sagen dürfen, was ich fühle? Warum Wilhelm und nicht ich ...?«

»Weil es Wilhelm ist!« lachte Stefa amüsiert.

»Und ich bin Waldek ...«

»Und Sie sind der Majoratsherr Waldemar Michorowski.«

Gekränkt erwiderte er: »Der Majoratsherr von Głębowicze, Besitzer von Słodkowce, Grabonowo, Biało-Czerkasy, und was da sonst noch ist mit allem Zubehör, fügen Sie das bitte hinzu, um die Sache abzurunden. »Während er das sagte, wirkte er ganz aus der Fassung gebracht.

»O ja, Majoratsherr, Magnat, ein großer Herr und Aristokrat«, zählte Stefa fröhlich auf.

Waldemar zuckte die Achseln. Nach einer Weile begann er zu sprechen, langsam, ohne Stefa anzuschauen: »Wie Sie mich irritieren! Aber ich habe verstanden und möchte Ihnen etwas sagen. Sämtliche Titel und Würden, mit denen Sie mich bedacht haben, besitze ich. Doch die Luft, die diese Titel und Würden umweht, ist stickig und oft verspüre ich Luftmangel. Immer habe ich Wald und Flur vorgezogen, habe mich so sehr nach ihnen gesehnt, daß ich die Glasglocke zertrümmerte, mit der man uns in unseren Kreisen von Kindesbeinen an umgibt. Wir sind exotisch, schwärmen für Kamelien, schmücken uns mit Tuberosen, ohne auch nur zu ahnen, daß auf unseren Fluren die wunderschönen Kornblumen blühen. Wir wissen, daß es sie gibt, doch sie sind durch Vorurteile dermaßen weit von uns entfernt, daß unsere hochadeligen Magnatenbeine sich nicht die Mühe machen, sie aufzusuchen, sie interessieren uns ganz einfach nicht. Manchmal will es das Schicksal, daß sich solch eine Kornblume in unsere Treibhäuser verirrt, und dann erleben wir die zwiespältigsten Gefühle: Erstaunen, Neugier, etwas Eigenes weht uns an. Auf einmal fühlen wir uns als Kinder unseres Landes, und der, der stets den Hang zum weiten Feld verspürte, empfindet jetzt Verlangen. Die heimatlichen Felder werden ihm zum Weg.« Er schwieg einen Moment, dann fuhr er fort: »Sie sind für mich eine solche Kornblume. Sie sind das Symbol unserer goldenen Auen. Der junge Wilhelm hatte recht, als er Sie mit der Natur verglich; er hat das ebenso schnell bemerkt wie ich. Auf mich haben Sie gleich im ersten Augenblick den Eindruck einer Blume gemacht, die auf üppigen Feldern gewachsen ist. Gleichzeitig sind Sie unbestreitbar eine Mimose.«

Sein Blick ruhte auf Stefa. »Ich habe offen ausgesprochen, was ich denke. Und ich wiederhole, daß ich mich glücklich schätze, Ländereien in unserem Vaterland zu besitzen, glücklich nicht aus dem Grund, daß dieser Boden mit seinen Erträgen meine Taschen füllt, sondern darum, weil ich mich als Sohn dieser Erde fühle, weil sie mir teuer ist. Ich habe sie von Kind auf geliebt und mich um sie gekümmert, doch das Gefühl hat sich erst jetzt gesteigert, und zwar durch Sie. Ich bin Ihnen dafür unendlich dankbar.«

Einen Augenblick lang hätte er am liebsten ihre Hand an seine Lippen gehoben, doch er hielt sich zurück. Auf Stefas Gesicht malte sich Ergriffenheit, ihre Lippen bebten. Sie schlug die Augen zu ihm auf und begegnete den seinen, ein edler ein stolzer Blick, der sie seltsam berührte.

»Wollen Sie auch jetzt noch sagen, daß ich nicht aufrichtig bin?« fragte er leise.

»O nein, jetzt sprechen Sie anders, unsere Erde kann stolz sein auf so einen Sohn. Sie sind ein echter Michorowski«, sprudelte es aus ihr heraus.

Sein Lachen klang ein wenig ironisch. »Besser, Sie loben mich noch nicht, denn vielleicht verdiene ich es ja nicht. An meine Heimatliebe glaubt man nicht. Allzulange sind wir *de* Michorowski gewesen, als daß ich gleich ein Michorowski, ohne fremde Zusätze, würde. Wer mag da glauben, daß die Überzeugungen, die in mir leben, tatsächlich schon in meiner Seele verwurzelt sind und nicht darin umherkriechen aus weniger gesellschaftlichen als vielmehr persönlichen Motiven?«

»Verderben Sie den Eindruck Ihrer Offenheit nicht, das wäre das allerschlimmste«, unterbrach ihn Stefa. «Es genügt, daß Sie die Überzeugung besitzen. Das ist schon sehr viel für einen Herrn *de* Michorowski.«

Jetzt lachten beide.

»Sie haben recht, stellen wir uns nicht schlechter dar, als wir sind. Freuen wir uns lieber am Augenblick!«

Er neigte sich ihr zu und fragte: »Freuen Sie sich auch?«

Stefas Augen leuchteten: »Ja, ich freue mich.«

»Und Sie fühlen sich wohl hier auf dem Kutschbock?«

»Großartig.«

»Das heißt, ich bin kein alter Langweiler?«

»Sonst noch etwas?«

»Ein Magnat, ein großer Herr, ein Aristokrat«, sagte er mit fröhlichem Trotz.

»Das werden Sie immer bleiben.«

»Gut, gut, ich will es nur jetzt nicht sein. In diesem Augenblick bin ich Michorowski, habe eine Schwäche für Kornblumen, und eine davon fahre ich sehr angenehm zu meinen Fluren. Das macht mich glücklich. Warum sehen Sie plötzlich so finster drein?« fragte er unvermutet und musterte sie aufmerksam.

»Ich? Keineswegs ...«

»Sie sind wahr und wahrhaftig eine Mimose, bei der zartesten Berührung rollen Sie die Blättchen ein. Ich weiß, was Ihnen durch den Kopf ging: daß ich nämlich ein Magnat bin, der aus einer Laune heraus den Purpur ablegt und sich mit Kornblumen schmückt. Und daß ich Sie so genannt habe, hat Ihnen daher nicht gefallen. Ist es so?«

»Selbst wenn ich eine Kornblume wäre, dann keinesfalls eine, mit der man sich schmücken kann.«

»Besonders wenn es sich um jemand aus der Hocharistokratie handelt. Nicht wahr?«

»Das gilt in jedem Fall.«

Mimose, dachte er im stillen, laut aber sagte er: »Was für ein Skandal! Die Entgleisung droht, Fräulein Stefania. Und dabei ist Głębowicze schon in Sicht. Verschieben wir den Streit auf ein andermal. Einverstanden?«

»Sofern Sie nicht erneut aus dem Gleis geraten ...«

»Gut, ich verspreche es Ihnen. Ich möchte, daß wir uns in Głębowicze vertragen, möchte Sie fröhlich sehen, so wie jetzt. Ich für mein Teil bin wahnsinnig guter Stimmung und überglücklich.«

»Und das, weil wir nach Głębowicze fahren?« fragte sie schelmisch.

»Ja, und weil ich gleich frühstücken werde«, erwiderte er mit Leidenschaft. Stefa lachte. Waldemar stimmte in ihr Gelächter ein und knallte mit der Peitsche.

Sie erreichten die Steinbrücke über dem reißenden Fluß. Auf der anderen Uferseite, inmitten von majestätischen Bäumen auf einer Anhöhe, wurden die mächtigen Mauern eines mit Basteien und Türmchen gespickten Schlosses sichtbar. An der Hauptbastei wehte in altmodischem Stil ein Banner mit dem Wappen der Michorowski. Der Break polterte über die Brücke, dumpf hallte das Hufegetrappel wider, und die Pferde fielen vom Steindamm aus direkt in eine dämmerige Fichtenallee ein. An deren Ende ragte das große steinerne, wappengekrönte Tor mit dem Eisengitter auf, das weit geöffnet war. Vor dem Tor führte eine zweite Steinbrücke über den Graben, der entlang des Walls und der Mauer, die den Park umgab, verlief. Der tiefe Graben war mit frischem Wasser aus dem Fluß gefüllt.

Sie fuhren langsam. Alle schwiegen. Ernst und Majestät gingen von den dunklen hochaufragenden Fichten aus, die in doppelter Reihe standen, gleich Wächtern des uralten Stammsitzes des Majorats. Hier spürte man Größe und Macht – etwas, das dazu zwang, das Haupt zu beugen. Alle Gäste empfanden Ähnliches. Nur Waldemar trug das Haupt hoch erhoben, begrüßte die wachhabenden Fichten als seine Untertanen.

Baron Weyher blickte sich neugierig um. Schon die Allee imponierte ihm, bevor er das Schloß sah. Graf Treska blickte, mit der Hand den Hut festhaltend, zu den Wipfeln der Fichten empor, wobei er murmelte: »Was für Titanen! Ich kann mich nicht satt sehen an ihnen!«

Fräulein Rita und die Gräfin waren in Gedanken versunken, vielleicht versuchten sie zu ergründen, wann der Majoratsherr hier im Sechsspänner einfahren würde, seine junge Frau neben sich, die die Auserwählte sein würde. Und vielleicht sahen beide im tiefen Winkel ihrer Seele sich selbst in dieser Rolle.

Waldemar fuhr ernst dahin. Er spürte, wie sein Besitz allen imponierte, und empfand beides: Stolz und Melancholie. Sehnsucht überkam ihn ... Ihm ging durch den Kopf, daß er in dieser Pracht, in dieser herrlichen Residenz allein war. Doch wenigstens nicht in diesem Augenblick, dachte er, und er lächelte.

Stefa saß reglos, wie von der Majestät der riesigen Fichten, die ihren Schatten auf sie warfen, erdrückt. Ihre Wangen waren ein wenig erblaßt; ein Schaudern erfaßte sie, und eine Unruhe, deren Ursache sie nicht zu benennen gewußt hätte. Was mache ich hier? Hier ... neben diesem Magnaten ... Ich habe mich verirrt ... Eine Kornblume im Treibhaus ... Wie zuvor Waldemar, ging ihr durch den Sinn, daß sie inmitten all dieser Pracht, in dieser großartigen Magnatenresidenz allein war, vollkommen allein. Sie zitterte ein wenig.

Waldemar bemerkte es, beugte sich zu ihr und schaute sie lange aufmerksam an. »Wie empfindsam«, sagte er bewegt.

Stefa lächelte: Er verstand sie, und es tat ihr wohl. Ein Flüstern: »Kornblume!« Verwundert sah sie ihn an. »Hab ich's erraten?«

»Ja.«

Sie bogen auf die zweite Brücke ein. Fräulein Rita und die Gräfin riefen wie aus einem Munde: »Ach, wie schön es hier ist!«

»Unvergleichlich ist der Anblick dieses Grabens und der Brücke.«

»Und das Tor und das Wächterhäuschen. So alt, so schön!«

»Es dauert nicht mehr lange und die Damen nennen den alten Zylinder des Majoratsherrn unvergleichlich«, begehrte

Graf Treska auf. Die Gräfin mußte lachen, Rita zuckte die Achseln.

Der Break ließ das erhabene Kreuz in der Umfriedung aus Felsgestein und das Tor hinter sich. Die Pferdehufe trommelten über die Steinplatten. Der Pförtner grüßte ehrerbietig die Ankömmlinge.

Sie gelangten auf einen großen bekiesten Platz. In seiner Mitte befand sich eine schlanke Steinsäule mit Stufen im Geviert. Das Flachrelief zeigte die Büste des Michorowski-Ahnen, der im 15. Jahrhundert die Burg begründet hatte. Das Medaillon umgaben Militärinsignien, Inschriften und Daten. Unweit des Denkmals hingen elektrische Laternen. Den Platz vor dem Schloß säumten zu beiden Seiten die hohen Bäume des Parks, der endlos schien. Rechter Hand schob sich eine runde Bastei mit Schießscharten und einer Galerie in den Vordergrund, weiter im Hintergrund der Turm der Kapelle.

»Was für ein Gebäude!« bewunderte Baron Weyher. »Vor Tatarenüberfällen wären Sie sicher gewesen.«

»So manch einem Überfall hat diese Burg während der Kriege mit dem Heidentum standgehalten«, bestätigte der Majoratsherr nachdenklich, »aber damals hat sie natürlich anders ausgesehen. Sie besaß Zugbrücken, auf diesem Platz standen Rüstkammern, Husarenfähnlein und Soldaten haben hier exerziert; es fanden Turniere statt, und bei Belagerungen biwakierten hier die Soldaten.«

Angesichts der mächtigen Mauern und ihrer Traditionen fühlte sich Stefa schrecklich klein. Ihre lebhafte Phantasie malte ihr die Vergangenheit aufs Farbigste vor Augen. Das Rumpeln der Räder über den Steinboden ließ sie auffahren aus ihren Träumereien. Das Torgewölbe verstärkte den Widerhall der Fahrgeräusche. Die Pferde gingen im Schritt. Beim Anblick des Innenhofes gab Stefa einen Laut der Bewunderung von sich.

Waldemar fuhr einen Bogen, um ihr das Mittelgebäude des Schlosses mit der Terrasse, dem Blumenteppich und dem silbernen Federbusch des Springbrunnens zu zeigen. Seine Stimme war gedämpft, als er voller Herzlichkeit sagte: »Ich bin glücklich, daß ich Sie, das Symbol der Felder und Wiesen, zu diesem Nest bringen darf, nicht der ›vornehmen Kreise‹ und

Vorurteile, nicht zu einem exotischen Treibhaus, sondern unter das elterliche Strohdach der Michorowski, wo sich eine Kornblume frei und unbeschwert fühlen kann.«

Das klang so warmherzig, so aufrichtig, daß Stefa ihm voller Dankbarkeit in die Augen sah. »Sie sind sehr gütig«, flüsterte sie.

»Das wäre ich gern«, erwiderte er ebenso leise.

Sie fuhren an Rabatten und Ziersträuchern vorüber, der Duft von Rosen und erlesenen exotischen Pflanzen erfüllte die Luft. Die hehren Mauern des Schlosses, das wundervolle Farbenspiel ringsum, der strahlende Sonnenschein – all das schuf ein imponierendes Ganzes.

Alle waren in der heiteren Stimmung, als der Break vor den Marmorsäulen des Eingangs vorfuhr. Etliche Bedienstete in schwarzer, ponceaurot abgesetzter Livree eilten die Stufen hinab. Der Kammerdiener, eine stattliche Erscheinung mit grauem Backenbart, dessen Livree alle anderen an Vornehmheit übertraf, schritt langsam auf sie zu, mit der Würde eines alten Dieners, der den jungen Majoratsherrn schon in der Wiege gesehen hatte.

18

Głębowicze, der uralte Stammsitz der Michorowski, nahm unter den herrlichsten Residenzen des Landes einen hohen Rang ein. Die altmodische Ernsthaftigkeit und Pracht brachten die Bedeutung des Magnatentums zur Geltung. Den ein wenig schweren Feudalstil milderten moderne Einsprengsel des Komforts, die mit großer Sorgfalt in die alten Räume aus urvordenklichen Zeiten eingebunden waren.

Das Schloßgebäude war gewaltig. Den Mittelbau von Reihen hoher, über mehrere Stockwerke reichender Fenster durchschnitten, stützten kraftvoll die Seitenflügel, die türmchenbewehrt waren, und die hohe, runde Bastei, auf der das Banner der Michorowski wehte. Auf dem Turm war ein meteorologisches Observatorium untergebracht. Die beiden Seitenausläufer des Schlosses, nicht allzu lang, umschloß wie eine Klammer ein drittes, quer liegendes Gebäude, »Unter den Arkaden« genannt wegen seiner hohen Torgewölbe. Hier befand sich im Parterre der uralte Saal für den Provinziallandtag, und im ersten Stock die Waffenkammer.

Den Innenhof umgaben Kreuzgänge. Die große Rasenfläche mit ihren Rabatten umrundete eine niedrig gestutzte Hecke. In der Mitte befand sich der Springbrunnen aus grünem Marmor mit einer Brunnenfigur, die Neptun darstellte sowie eine Nymphe, von einer Schlange umwunden. Der Portikus, auf acht Steinpfeiler gestützt, trug im Giebel das Wappen der Michorowski. Treppe und Fußboden waren aus Steinplatten. Über der Tür die Inschrift in erhabenen Lettern: »Gast im Haus, Gott im Haus.« Das Schloßgebäude umgaben von der Flußseite her prächtige Terrassen, über den gewölbten Stein- und Marmorarkaden, die bis in die zweite Etage reichten. Das Parterre schmückte eine lange Veranda aus weißem Marmor, efeuumrankt und von Alabasterstatuen griechischer Götter umstanden. In einer Mauerbiegung hob sich hell das Halbrund eines Wintergartens ab.

Von den Terrassen aus boten sich herrliche Ausblicke auf den Park und die englischen Gärten. Da waren das berühmte Tal der Rosen, Grotten aus Felsgestein, die eine rot, die andere weiß, in der Form eines griechischen Tempels, ein weißer Sommerpavillon, der ein Aquarium barg, der Tennisplatz mit einem hübschen Altan, wo man während des Spiels Kaltschalen und Getränke bereitstellte. Schwanenteiche gab es, von Schwertlilien bewuchert, Fontänen, Marmorbänke und Brückenstege. Vom Schloßberg hinab zum Fluß führten Marmorstufen zur Bootsanlegestelle. Am Ufer erhoben sich zwei mächtige Sirenen aus Marmor. Die Treppe und die Boote auf dem Fluß bei der Anlegestelle boten einen der schönsten Anblicke des Parks. Und nirgends hatte man an elektrischen Lichtquellen gespart.

Hier ahnte man die Millionen, spürte man eine starke, liebende Hand, die alles lenkte und leitete, ohne die Kosten zu scheuen, die der Erhalt eines uralten Familiensitzes erforderlich machte.

Eine Ausnahme im Schloß war das Schlafzimmer des Majoratsherrn, das sich durch spartanische Einfachheit von der allgemeinen Pracht unterschied. Nicht allzu groß, enthielt es nur das Notwendigste. Es gab keine Vorhänge und Gardinen, weder Teppiche noch Ziergegenstände. Die eichene Bettstatt war mit dem Fell eines Eisbären zugedeckt, den der Majoratsherr auf einer Reise in den hohen Norden selber erlegt hatte. Über dem Bett hing die Lieblingswaffe in etlichen Spielarten, und dem Bett gegenüber ein großes Portrait der Mutter, Elżbieta Januszowa, in einem schweren reichverzierten Rahmen; am Kopfende des Bettes aber war ein eisernes Gedächtniskruzifix aus dem 16. Jahrhundert angebracht. Dieser Magnat und Millionär stellte für sich nur bescheidene Ansprüche.

Herr Maciej freute sich, wenn er Głębowicze besuchte; er mußte schmunzeln, wenn er sich daran erinnerte, wie alle voller Zweifel die Verbesserungen des jungen Majoratsherrn mitangesehen hatten, wie sie ihn kritisiert hatten und nicht glauben mochten, daß so ein Hochwohlgeborener und Lebemann etwas Gutes bewirken konnte. Man wußte, daß er sein Studium in Halle absolviert hatte, doch einige glaubten selbst das nicht. Erst nach längerer Zeit ging ihnen angesichts der nie nachlassenden Energie und der glänzenden Ergebnisse auf, daß dieser Genießer ein tüchtiger Bürger seines Landes und gewissenhafter Arbeiter sein konnte.

Auf die Pracht und die vorbildliche Einrichtung von Głębowicze blickten die Gäste jetzt mit Staunen, das sich bei Herrn Maciej und der Fürstin Podhorecka mit Stolz, bei Treska mit Neid, beim Fürsten Podhorecki mit Bedauern mischte. Auch ich hatte einst viel, jetzt habe ich bloß Schulden, dachte letzterer.

Baron Weyher besuchte genau wie Stefa Głębowicze zum erstenmal, er ging wie betäubt umher, immer wieder vor sich hin murmelnd: »Ein zweites Versailles! Ein zweites Versailles!«

Waldemar hatte für alle Gäste Zeit, er empfing sie königlich und ließ ihnen völlige Freiheit. Niemand fühlte sich hier geniert, jeder ging, wohin er wollte, unterhielt sich, mit wem er wollte, und die Festivitäten waren erlesen.

Stefa spazierte Richtung Schloß. Die ganze Gesellschaft befand sich im Park, doch sie wollte allein sein. Immer wieder blieb sie stehen, um den berauschenden Duft einzuatmen, immer wieder barg sie das Gesicht in der Fülle samtiger Blüten.

Das Schloßgebäude erdrückte sie: Die gewaltigen Mauern, Türmchen sowie die Bastei mit dem wehenden Banner lagen wie eine Last auf ihr, die sie zu Boden drückte. Sie spürte das Bedürfnis, diese erhabenen Wände aus dem Blick zu verbannen. Das Beste war, sie ging hinein, dort würde sie sicher niemanden antreffen.

Eiligen Schritts überquerte sie die Terrasse, die Veranda, und traf gleich im ersten Salon auf den alten Kammerdiener. Der verneigte sich zur Begrüßung. Stefa erkundigte sich nach dem Weg zu den Gästezimmern. Der alte Diener deutete mit der Hand auf mehrere Salons und erwiderte hochachtungsvoll: »Sie befinden sich im linken Flügel, zweite Etage. Vielleicht wünscht die Gräfin eine Begleitung?«

Mit großen Augen schaute sie ihn an. Offenbar hielt der Kammerdiener sie für jemand anderen. Der Kammerdiener verharrte in abwartender Pose.

»Ihr irrt Euch, Andrzej, ich bin keine Gräfin.« Stefa lächelte unbeschwert. Nunmehr machte der alte Diener große Augen, doch gleich darauf wurde er seiner Verblüffung Herr und verneigte sich erneut: »Verzeihen Sie, gnädiges Fräulein.«

Stefa zuckte leichthin die Achseln, und während sie ihren Weg ins Schloßinnere fortsetzte, dachte sie: Man ist hier, scheint's allzusehr an Titel gewöhnt.

Sie ließ die Salons hinter sich, durchquerte wunderschöne Kabinette. Sie kam durch den grünen Billardsaal, den weißen hochgewölbten Ballsaal, der mit Gemälden und Skulpturen im Renaissancestil geschmückt war, und den runden karminroten Audienzsaal, bis sie sich schließlich in einem riesigen Korridor befand. Etliche Flure zweigten von hier ab, und die weiße Marmortreppe, die in der ersten Etage in einer Säulengalerie auslief, nahm in dieser Halle ihren Ausgang. Die Stufen bedeckte ein tiefroter Läufer, doch die vornehmste Zier war das schmiedeeiserne Geländer, das auch die Galerie mit einschloß. Um den Flur des zweiten Stockwerks zog sich ein schmaler eiserner Balkon mit einem Geländer aus aufwendigem Gitterwerk. Die Türen etlicher Zimmer führten auf diesen Balkon. Inmitten der Halle erhob sich im Rund eine Gruppe exotischer Bäume, die ein weißes Marmorbecken mit einer hochsprudelnden Fontäne umschlossen. Gestutzte Treibhausbäumchen schmückten Treppe und Galerie, elektrische Lampen waren am Scheitelpunkt des Gewölbes plaziert. Der Steinfußboden war in schönen Mustern gehalten. Lange verharrte Stefa in diesem hohen Flur und bewunderte seine Schönheit.

In der ersten Etage öffnete sich eine neue Flucht von Salons. In all diesem Reichtum verlor Stefa völlig die Orientierung. Sie vermochte nicht einmal zu erraten, ob sie sich im Hauptgebäude des Schlosses befand oder in einem Seitenflügel. Beim Umhergehen betrachtete sie die Kelims, Wandteppiche und Gobelins. Reich geschnitzte Bilderrahmen, Kronleuchter aus Bronze, Malachit oder ganz aus venezianischem Kristall glitten an ihren Augen vorbei, herrliche Gegenstände, die an wunderschönen flachen und gewölbten, mit Malereien und Schnitzwerk verzierten Wänden hingen. Ihre Gestalt wurde von riesigen Spiegeln oder ganzen Spiegelwänden zurückgeworfen, in denen die aufeinanderfolgenden Säle unendliche Dimensionen annahmen.

Häufig blieb sie vor einem Bild, einer Statue oder Pflanzengruppe stehen, und über glasartige Fußböden und weiche Teppiche dahineilend, geriet sie immer tiefer ins Schloß hinein. Am Ende überkam sie Furcht. Sie hatte sich verirrt. Sie gelangte in einen langgestreckten Saal mit gewölbter Stuckdecke und Eichendielung. Die von tiefen Nischen beschatteten Fenster gaben nicht viel Licht, so daß der Saal dämmerig war und merkwürdig streng wirkte. An den Wänden entlang und in der Mitte des Raums standen mit Goldbrokat bezogene Sofas. Den altmodischen Kamin verhüllte eine orientalische Decke. Tiefe Schwermut schien diesen gewichtigen Saal zu durchströmen. Stefa schaute empor, und ein Schauer durchdrang sie. Von allen Wänden blickten eindrucksvolle Augen auf sie herab: Der Saal hing voller Porträts. Die Vorfahren der Michorowski, mahagonigerahmt und bronzebeschlagen, in natürlicher Größe. Die feierlichen Gesichter einstiger Wojewoden, Hetmane, Senatoren sahen auf Stefa herunter. Das im Saal herrschende Dämmerlicht gab den toten Gestalten einen Anschein von Leben. Stefa hatte das Gefühl, als würden sich die Gestalten regen, als würden ihre toten grauen Augen sie verblüfft betrachten und ihre Münder sie fragen: Was willst du? Wie bist du hierhergekommen? Sie erzitterte.

Sie hatte sich in diesen Saal verirrt und war jetzt allein so vielen Blicken ausgesetzt. Sie wollte schon hinauslaufen, den Kopf hatte sie zur Tür gewendet, als ihr Blick unvermutet auf ein großes, voll beleuchtetes Porträt einer erhabenen Frauengestalt fiel. In einem schweren Samtkleid mit Brabanter Spitze, in Perlen, stand da eine noch junge Fau mit gesenktem Kopf und Trauer in den schwarzen Augen. Die Fülle ihres schwarzen Haars umrahmte das anmutige Oval ihres Gesichts, die schmalen Lippen drückten einen Schmerz aus, der sich selbst auf dem Bild nicht verbergen ließ. Auf dem dunklen Bildhintergrund hob sich deutlich das Wappen mit der Fürstenmitra ab, darunter die Inschrift: Gabrièle aus dem Fürstenhaus de Bourbone Maciejowa Michorowska, Majoratsherrin von Głębowicze. Es folgten Geburts- und Sterbedatum.

Das also ist Waldemars Großmutter, Herrn Maciejs Gattin? Prinzessin von Bourbone? Aber warum so unendlich traurig? Stefa trat näher, den Blick unverwandt auf die Gestalt von Waldemars Großmutter gerichtet. Und diese beiden Frauen – die eine gemalt und in Samt, die andere leibhaftig, in weißem Musselin, sahen sich in die Augen, als verstünden sie einander. Die tiefschwarzen Augen der Michorowska schauten auf das Mädchen mit wehmütigem Blick und sie schienen zu sagen: Mich hat das Leben zerrüttet, kein Glück erfuhr ich, nur Schmerz und Kümmernis. Da halfen Reichtum nicht, keine Titel und Würden, ich war eine unglückliche Frau.

Stefa las in den schmerzlichen Zügen. Warum hatte diese Frau gelitten? Was hatte ihr im Leben gefehlt? Was für eine düstere Wolke hatte ihren Blick umschattet? Alle übrigen Frauengestalten auf den Porträts hatten lächelnde Gesichter, trugen kostbaren Schmuck und Blumen in den Händen. Farbenfrohe polnische Trachten mischten sich mit enganliegenden Kleidern von Anfang des 19. Jahrhunderts oder bauschigen, weitausladenden Krinolinen. Die Köpfe: in altertümlichen Hauben, in Perücken, manche mit aufgestecktem Haar und Locken, wieder andere in Juwelen, Federn und Blumen. Sie allein unterschied sich auch in der Kleidung: ihr dunkles Samtkleid, die schweren Spitzen und die Perlenschnüre hatten etwas Ernsthaftes, Majestätisches. Nicht die winzigste Blüte in ihrer Nähe, nichts, was Leben und Fröhlichkeit geatmet hätte. Eine weiße aristokratische Hand, mit etlichen Ringen geschmückt, lag auf der Sessellehne, die andere ruhte auf ihrem Kleid.

Stefa schaute sich im Saal um. Die Augen der Ahnen verfolgten und geißelten sie mit scharfem Blick. Ihr war, als würden sie sie aus dem Saal vertreiben wollen, als würden sie ihr wegen ihres Eindringens in diesen Tempel postumen Ruhms zürnen und zu ihr sagen: Fort von hier, Mädchen. Hier ist kein Platz für dich, das ist nicht deine Welt. Geh, sonst zerbrechen wir dich durch unsere Majestät!

Stefa erschauerte. Etwas Unbegreifliches ging mit ihr vor. Ungesprochene Worte schwebten ihr auf den Lippen, nicht zu Ende gedachte Gedanken, ein nie gefühltes Pulsieren erfüllten ihr Herz und ihre Sinne. Nie hatte sie so empfunden. Stefa erbleichte, die veilchenblauen Augen glänzten fiebrig vor Erregung. Noch einmal blickte sie zu den toten Gesichtern auf und flüsterte, die Finger gegen die Schläfen pressend: »Ich gehe ja schon! Gehe weg von hier ... komme nie wieder ... niemals.« Und nunmehr die brennenden Augen fest auf das schmerzerfüllte Gesicht von Waldemars Großmutter gerichtet, flüsterte sie erneut: »Ich gehe, Herrin ... ich gehe ...«

Doch die Augen der Michorowska schauten sanft auf sie herab. Traurig, voller Schmerz und Bitternis, schienen sie zu sagen: Armes Kind ... beeil dich ... du tust mir leid, kleine Feldblume ... rasch ... flieh zu den Deinen!

»O mein Gott!« stöhnte das Mädchen, von seiner Vision mitgerissen. Jeder Nerv vibrierte, ihre Sinne spielten ihr einen Streich. Und so starrte sie weiterhin auf das Porträt, ohne die Schritte im benachbarten Salon zu hören. Urplötzlich stand die elegante Gestalt Waldemars vor ihr, in der Hand einen Strauß Teerosen. Stefa schrie auf und machte einen Schritt rückwärts. Ihn in diesem Saal zu sehen, unweit des Bildnisses seiner Großmutter, überwältigte sie.

»Was ist Ihnen? Was ist Ihnen?« rief er, warf die Rosen auf ein Sofa und faßte ihre heißen Hände.

»Haben Sie sich erschreckt? Fräulein Stefania? Warum sind Sie so verstört? Was ist geschehen?«

»Sie werden mich auslachen, aber Ihr plötzliches Erscheinen hat mich tatsächlich etwas aus der Fassung gebracht.«

»Haben Sie mich für einen Urahn gehalten, der von der Wand gestiegen ist?«

»Urahn? Nein!«

»Und ich habe Sie im ganzen Schloß gesucht. Andrzej hat mich auf die Spur gebracht.«

»Ich habe mich verlaufen, in diesen Saal bin ich völlig zufällig geraten.«

»Und haben mit meinen Vorfahren geplaudert?«

Verblüfft sah sie ihn an. »Sie können hellsehen!«

»Ich hab es also erraten?«

»Zum Teil. Ich habe nur geantwortet, sie haben zur mir gesprochen.«

»Und was haben sie gesagt?«

»Sie haben mir befohlen, von hier fortzugehen«, sagte sie mit gezwungenem Lächeln.

»Fräulein Stefania!«

Dieser Ausruf erstaunte Stefa. Eine Frage klang darin auf und Bedauern. Rasch fuhr sie fort: »Sie zürnten mir, weil ich in ihr Heiligtum eingedrungen war. Nur jene Dame hatte für mich einen milden Blick.«

Sie deutet auf das Portrait. Waldemar drehte sich um und bemerkte ernst: »Das ist meine Großmutter, Maciejowa Michorowska, eine sehr gute und sehr unglückliche Frau … vielleicht deshalb unglücklich, weil sie so gut war.«

»Inwiefern?«

»Ach, das ist eine traurige Geschichte. Ich möchte Sie nicht betrüben.«

»Bitte, erzählen Sie mir ihre Geschichte«, bat Stefa leise.

Waldemars Augen leuchteten. Er nahm die Rosen vom Sofa und brachte mit erstickter Stimme hervor: »Ich habe sie für Sie gepflückt … Meine Lieblingsfarbe … Bitte.« Er reichte ihr den Strauß vollerblühter, süß duftender Rosen und verschlang dabei die Mädchengestalt mit brennendem Blick. »Mögen Sie traurige Geschichten?« fügte er hastig hinzu, um ihr ihre Unbefangenheit zurückzugeben, die sie eingebüßt zu haben schien, als er ihr die Blumen gab.

»O ja! Sehr ... Danke für die Rosen ... Sie sind zauberhaft!«

»Dann will ich Ihnen die Geschichte von Großmama gern erzählen, aber sie ist sehr traurig, wie gesagt, denn Großmama hat viel erdulden müssen in ihrem Leben.«

»Gehen wir fort von hier, man wird uns suchen«, sagte Stefa.

»Alle spielen Tennis und sind zufrieden. Ich sehe keinen Grund, sie zu stören.«

»Aber Łucia ist allein. Sie braucht mich vielleicht.«

»Was Łucia angeht, kann ich Sie versichern, daß sie sich mit dem kleinen Wilhelm Szeliaga bestens amüsiert. Bleiben wir hier.«

»Nein, nein! Auf keinen Fall.«

Sie eilte zur Tür. Waldemar stellte sich ihr in den Weg und sagte energisch: »In diesem Saal sind die Feudalrechte verbindlich! Ich lasse Sie nicht fort: Großmamas Geschichte muß man im Angesicht ihres Bildnisses hören ... Jetzt, in diesem Augenblick, sind Sie meine Vasallin.«

Sie zeigte auf die Gemälde. »Aber die sind es doch, die mich nicht wollen, mich von hier vertreiben ...«

Waldemars Gesicht näherte sich dem ihren, und er sagte mit Nachdruck: »Wenn ich will, werden sie wollen müssen!«

Stefa war sich plötzlich ihrer selbst nicht mehr sicher. Sie wollte nichts als fort von hier. In diesem Augenblick geschah etwas Merkwürdiges. Im Park ertönte ein Schrei, drang in den Saal und hallte etliche Male zwischen seinen Wänden wider. Nun schienen die Portraits tatsächlich zu sprechen. Auf Stefa, deren Nerven schon aufs höchste angespannt waren, machte dieser Hall unmittelbar nach Waldemars Worten einen geradezu beängstigenden Eindruck. Mit einem Aufschrei warf sie sich in die Flucht. Waldemar packte sie am Arm und zog sie an sich, wobei er flüsterte: »Hab keine Angst ... Wenn du bei mir bist, hast du nichts zu befürchten.«

Er hielt sie, die Errötete, mit heftigem Herzklopfen fest an sich gepreßt. »Fürchte dich nicht, ich bin bei dir«, wiederholte er mit gedämpfter Stimme.

Sein Blick war heiß, seine roten Lippen zuckten, in den Schläfen pochten die Adern. Ein Augenblick der Stille ... des ersten Taumels ... Der Schauer, der sie erfaßte, verband sie beide, verband sich zu einem einzigen Strom – ein Zauberbann.

Waldemar brach ihn nicht, mit keiner Regung, keinem Wort. Wollte ihn bis aufs letzte auskosten ... Stefas Nähe hatte ihn entflammt, ihre Schwachheit rührte ihn. Er spürte, welche Pein sie litt, aber auch, daß sie sich zu rühren fürchtete, damit dieser Augenblick nicht zerstob.

Stefa war wie von Sinnen. Zum erstenmal in ihrem Leben schwang in ihrer Seele eine neue Saite. Mußte sie sich vor dem Mann fürchten, zu dem sie inzwischen Vertrauen gefaßt hatte? Sie riß sich los und stammelte: »Gehen wir fort von hier ... auf der Stelle!«

»Und meine Geschichte?« fragte er.

»Die erzählen Sie mir ein andermal.«

»O nein! Eine ähnliche Gelegenheit wird sich kaum so rasch finden.«

Er führte Stefa zu einem kleinen Kanapee gegenüber dem großmütterlichen Bildnis und sagte lächelnd, nun wieder ruhig und selbstgewiß: »Ruhen Sie sich ein wenig aus ... Ich setze mich neben Sie. Und nun hören Sie die Geschichte meiner Großmutter.« Das Mädchen fand nicht die Kraft, ihm zu widerstehen. Seine Entschiedenheit imponierte ihr. Sie ließ sich auf dem Kanapee nieder. In klangvollem, wenn auch ein wenig gedämpftem Bariton fing Waldemar an zu erzählen: »Meine Großmutter war das Opfer einer großen Liebe ... sie liebte einen Mann, mit dem sich zu verbinden man ihr nicht erlaubte.«

Ein leiser Schauer überrieselte die aufmerksam Lauschende. Mit tiefem Mitgefühl hob sie die Augen zu dem Portrait auf. Waldemar sprach weiter: »Sie war eine Prinzessin aus uraltem Geschlecht, das in seinem Wappen die Königskrone trug. Viele Edle gab es, die sich um ihre Hand bemühten. Sie verwarf alle, liebte sie doch einen armen jungen Mann, der auf den Gütern ihres Vaters den Posten eines Sekretärs innehatte. Ihre Liebe wurde erwidert. Für beide war es die erste Liebe und so übermächtig, daß sie alles hätten niederzwingen können. Der junge

Mann schwieg, weil er wußte, daß man sie ihm nicht geben würde, litt im verborgenen. Doch sie, jung, von den Menschen und Lebensumständen verzärtelt, die sich stets ihrem Willen beugten, selbst ihren Launen, wollte nicht schweigen. Sie gestand den Eltern ihre Liebe zu dem jungen Guido und bat um ihren Segen. Ihr Vater, der Herzog von Bourbone, ein Royalist reinsten Wassers und ein ehrgeiziger, stolzer Feudalist, lehnte das Ansinnen der Tochter aufs entschiedenste ab. Die blutjunge Gabrièle wurde nach Paris gebracht, und Guido verlor seine Anstellung. Der arme junge Mann, der seine Angebetete heiß und innig liebte, und noch dazu ehrgeizig war, konnte diesen Schlag nicht verwinden: er setzte seinem Leben ein Ende, nachdem er in einem Brief Abschied von Gabrièle genommen hatte. In grenzenloser Verzweiflung wollte die Prinzessin in ein Kloster eintreten, doch der tyrannische Vater ließ das nicht zu. Er zwang sie zu Vergnügungen, sie mußte die Huldigungen zahlreicher Verehrer, die sich gegenseitig zu übertrumpfen versuchten, ertragen, doch sie widersetzte sich standhaft den Befehlen ihres Vaters, der sie zu einer Eheschließung zwingen wollte. So vergingen einige Jahre. Unterdessen machte mein Großvater mehr oder weniger dasselbe durch. Als Ulan hatte er irgendwo auf einem Ball eine junge Person, eine Gutsbesitzerstochter, kennengelernt. Sie hieß wie Sie.«

Mit einem wehmütigen Lächeln schaute Waldemar Stefa in die Augen. Sie zuckte zusammen und wurde blaß. Er bemerkte es und nahm sanft ihre Hand. »Was haben Sie, Fräulein Stefania?«

Sie entzog ihm ihre Hand. Und während sich ihre Wangen rosarot färbten, sagte sie: »Nichts ... ich habe nichts ... erzählen Sie bitte weiter.«

»Jetzt kommt der traurigste Teil: Er liebte seine Stenia sehr, aber ...«

»Stenia?« rief Stefa aus.

»So nannte er sie, und in Erinnerung an die Geliebte ruft er auch Sie so. Sie stand gleichfalls in der Maienblüte, atmete Leben und war von strahlender Schönheit. Ihre Empfindungen waren frisch, ihr Glaube tief, sie liebte die Welt und die Menschen. Und meinen Großvater liebte sie aus ganzer Seele. Sie verlobten sich, doch das Schicksal war gegen sie. Er besaß nicht die Kraft, den Vorurteilen und veralteten Anschauungen seiner Familie die Stirn zu bieten. Man erlaubte ihm nicht, das Mädchen, das er liebte, zur Frau zu nehmen; ein Mädchen, das dies in jeder Hinsicht verdient hätte, das vermutlich viel mehr wert war als so manch eine, der seine Klasse und seine Familie den Vorzug gaben. Von Enterbung bedroht, unter der Androhung, ihm den Segen zu verweigern, unterlag er der bösen Macht, denn er hatte nicht den Mut zu kämpfen. Ihm fehlte die Seelenstärke, er war zu schwach und viel zu nachgiebig. Er vermochte nicht das unwiderrufliche ›Ich will!‹ zu sagen – seine Liebe behielt er im Herzen, ohne sie in Taten zu offenbaren. Der Fanatismus seiner Gesellschaftsschicht entstellte seine heiligsten Gefühle, er brach das gegebene Wort, vielleicht war er in dem Moment sogar selbst überzeugt; die Verlobung wurde gelöst, Leben und Herz der armen Braut für immer zerrüttet. Gleich darauf schickte man meinen Großvater ins Ausland, damit er dort vergesse ... Welch ein Hohn! Was für eine Ironie! In Paris lernte Großvater Gabriele de Bourbone kennen. Und so stifteten meine Großmutter, die mit dem Herzogpaar befreundet war, und der Vater von Gabriele diese Ehe. Die Prinzessin, lebensmüde, schickte sich in den väterlichen Willen. Großvater, geleitet von wer weiß was, stimmte ebenfalls zu. Die Trauung fand in Rom statt, doch das junge Paar bedauerte diesen Schritt ein Leben lang. Beide waren unglücklich. Sie liebte bis zu ihrem Tode den Menschen, der ihretwegen aus dem Leben geschieden war, er trug für ewig die Liebe zu jener anderen im Herzen, sowie den Schmerz, ihr Glück zerstört zu haben. Für die beiden gab es keinen Frieden, keine Harmonie. Das boshafte Geschick warf eine schwere Wolke über sie, die alles Licht der Welt nicht aufzuhellen vermochte. Sie verharrten im Schatten bis zum Schluß. Großmutter lebte nicht lange. Die Tristesse, der immerwährende Kampf, die innere Zerrissenheit griffen ihre zarte Gesundheit an. Eine Herzkrankheit und die Schwindsucht machten ihrem traurigen Leben ein Ende. Sie starb im Süden, in jungen Jahren. Damals übergab Großvater das Majorat meinem Vater, er selber nahm Wohnung in Słodkowce, wohin er etliche Jahre später die verwitwete Tante Idalia mit der kleinen Łucia holte.«

Waldemar verstummte. Er saß mit gebeugtem Kopf und einer tiefen Falte zwischen den Brauen da. Plötzlich richtete er sich auf, fuhr sich mit der Hand über die Stirn und sagte mit einem Seufzer: »Jetzt hat sie vielleicht auf einem anderen Planeten den Frieden gefunden, den sie auf Erden vergebens gesucht hat.«

»Erinnern Sie sich an sie?«

»Sie war meine Taufpatin, ein bißchen erinnere ich mich an sie. Großmama Podhorecka, die sie sehr geliebt hat, hat mir viel von ihr erzählt.« Aufmerksam blickte er Stefa an, sah auf ihre leuchtendroten Lippen, ihre tränenfeuchten Augen und sagte mit erstaunlich sanfter Stimme: »Ich habe Sie ermüdet ... nicht wahr? Sie sind so sichtlich ergriffen, sogar gerührt.«

Stefa hob die Augen zu ihm auf. »Mir tun die Menschen leid, die sich so fürchterlich quälen, so leiden ...«

»O ja! Die Trauer um Hoffnungen, die getrogen haben, und den größten Reichtum auf der Welt – die Gefühle.«

»Sie können das nachfühlen?« fragte Stefa.

Er runzelte die Brauen. »Da zweifeln Sie?«

»Ich habe gedacht, daß man in Ihren Kreisen Liebe nicht Reichtum nennt, daß man sie nicht so hoch schätzt ...«

»Großvater Maciej hat dennoch die Liebe verstanden und geachtet, und meine Großmutter ebenfalls.«

»Und alle beide haben sie sie verpaßt, vergeudet«, vollendete Stefa.

»Das ist wieder etwas anderes. Ihnen fehlte die Kraft, die entsprechende Basis für ihre Liebe zu schaffen. Sie waren nicht imstande, sie auf einen Altar zu stellen, von dem niemand sie herabstürzen konnte. Doch bitte glauben Sie mir, daß es auch andere unter uns gibt, solche die vielleicht in jeder Hinsicht schlechter als Großvater, aber energischer, sogar hartnäckig sind. Wenn diejenigen ein Ziel in Angriff nehmen, reißen sie sämtliche Barrieren ein, kämpfen sie sich durch, aber ihr Ziel erreichen sie. Zu denen zähle ich. Ich habe viele, viele Fehler, doch ich besitze eine unerschütterliche Hartnäckigkeit, wenn es darum geht, bösen Mächten Widerstand zu leisten. Dabei bin ich, wie alle Michorowski, ein Egoist, ließe mir also um nichts in der Welt und von wem auch immer mein Glück entreißen. Weder Enterbung noch Fluch würden mich schrecken. Ich fühle in mir das Verlangen nach einem Glück, anders als das, was ich besitze, und sollte ich es zu erlangen trachten, wird es niemand wagen, sich mir entgegenzustellen!«

Waldemars Augen flammten, seine Nasenflügel bebten, die Brauen zuckten. Sein Blick, temperamentvoll, energisch, willensstark, verlieh seinen Worten Nachdruck. Stefa, den Kopf zurückgeworfen, die Lippen leicht geöffnet, heftete ihren Blick unverwandt auf seine männlichen, ausdrucksstarken Züge. In diesem Augenblick beeindruckte er sie wahrlich, und sie spürte, daß das, was er sagte, nur ein Bruchteil dessen war, was er vermochte. Widrigkeiten würden an ihm abprallen wie an einem Felsen. Instinktiv schauderte ihr, und unwillkürlich rückte sie ein wenig von ihm ab.

Er kam zur Besinnung, sein Blick ruhte auf ihr, und von ihrem Gesichtsausdruck erheitert, sagte er schmunzelnd: »Sie fürchten sich vor mir? Bin ich so zum Fürchten? Vielleicht stimmt das sogar, doch im Bezug auf Sie gilt das ganz sicherlich nicht. Sie haben mich mit der Frage getroffen, ob ich Gefühle in ihrer Tiefe begreife; ich will frei und ungeschönt antworten: das habe ich bisher nicht, aber ... ich bin dabei ...«

Stefa erhob sich und sagte hastig: »Ich danke Ihnen, daß Sie mir diese traurige Geschichte erzählt haben. Gehen wir jetzt. Wir sitzen schon so furchtbar lange hier ... in diesem hochherrschaftlichen Saal.«

»Und kein Händedruck?« Er streckte ihr die Hand entgegen. Sie reichte ihm die ihre. Er griff sie und preßte sie leidenschaftlich an seine Lippen. Stefa erstarrte, ihre Wangen wurden feuerrot, in ihrem Kopf wirbelte alles durcheinander. Dieser Kuß brannte, sie spürte Waldemars Augen auf sich.

Geschwind entzog sie ihm ihre Hand und stürmte auf die Tür zu. Nur fort aus diesem Saal und weg von seinem Blick ...

Gemächlichen Schritts folgte Waldemar ihr nach.

19 Die Gesellschaft hatte sich in Grüppchen auf der Terrasse zusammengefunden. Weil der Dress gefehlt hatte, war das Tennisspiel nicht besonders gelungen gewesen. Man war dabei, neue Unterhaltung zu ersinnen. Stefa und Waldemar kamen gerade richtig, die Augen blickten erwartungsvoll. Die gelben Rosen in Stefas Hand machten Eindruck, der Blick wurde skeptisch. »Wo sind die Herrschaften gewesen? Fräulein Stefania sieht wie ein Blumenkorso aus«, kommentierte Treska ironisch.

Die Geneckte lachte vergnügt. »Die Rosen sind hübsch, nicht wahr?«

Und Waldemar bemerkte: »Mir fällt *Dornröschen* ein, ihr seht alle wie vom Schlaf übermannt aus.«

»Und Sie treten in unsere Mitte wie ein Triumphator auf seinem Siegeszug«, griff Rita den Scherz auf und blinzelte.

»Bei dem nicht einmal die Kriegsgefangene fehlt«, fügte Treska hinzu.

»Ach! Dann ist das Schweigen also eine Art Huldigung für uns?«

»O nein! So entzückt sind wir nun auch wieder nicht, zumindest ich nicht«, lachte Rita nervös.

»Ich sehe, das Tennisspielen hat keinen Spaß gemacht«, sagte Waldemar.

»Haben Sie alle schon gespielt?« fragte Stefa.

»Ich nicht. Fangen wir von vorn an«, sagte Wilhelm Szeliga.

»Ich schließe mich euch an«, rief Łucia, die herbeigeeilt war.

Waldemar wandte sich an Stefa: »Sie haben einmal behauptet, diesen Sport nicht auszuüben.«

»Was soll denn das heißen? Fräulein Stefania spielt meisterhaft!«

»Ich habe Sie also beim Schwindeln ertappt!«

»Vielleicht wollte sie nur nicht mit Ihnen spielen?« mischte sich der junge Wilhelm ein.

»Weder das eine noch das andere«, entgegnete Stefa. »Tennisspielen habe ich erst in Słodkowce gelernt, und damals, als Sie mir ein Spiel vorschlugen, konnte ich nicht einmal den Schläger halten.«

»Nun, dann können Sie bestimmt noch nicht meisterhaft

spielen«, entschied Treska lauthals. »Dann ist das Lob allein Łucias Meinung.«

Alle einigten sich auf eine weitere Partie.

»Erlauben Sie, daß ich Ihnen als Partner diene?« fragte Waldemar. Stefa nickte. Wilhelm Szeliga zog ein Gesicht. Rita biß sich auf die Lippen.

Die Spieler postierten sich zu beiden Seiten des Netzes, Stefa mit dem Majoratsherrn und Fräulein Rita mit ihrem Bruder. Es versprach eine gute Partie zu werden. Wetten wurden abgeschlossen.

Das Match begann. Rita spielte fieberhaft und gereizt. Waldemars Ruhe, der alle ihre Schläge geschickt returnierte, ärgerte sie. Die von ihr geschlagenen Bälle schien er geringzuschätzen, trotzdem verschlug er nie den Ball, doch seine ganze Aufmerksamkeit war auf Stefas Spiel gerichtet. Er wachte über jede ihrer Bewegungen. Wilhelm, der mißmutig war und mit seiner schlechten Laune nicht hinterm Berg hielt, spielte wie ein Hitzkopf. Doch die Gesellschaft schaute Stefa zu. Das Mädchen, aufgeregt und fröhlich, spielte mit Schneid. Schon von Natur aus waren ihre Bewegungen frei und ungezwungen und voller Grazie. Hin und wieder sprang sie in die Höhe, eilte pfeilschnell dem Ball hinterher. Und manchmal gab sie einen spitzen Schrei von sich, wenn sie gut getroffen hatte. Waldemar lobte und tadelte sie, bis sie ungeduldig wurde.

»Bitte, korrigieren Sie mich nicht andauernd, ich weiß selber, wie man spielt.«

»Da haben wir die Dankbarkeit des Weibes für die guten Absichten«, schmunzelte der Majoratsherr.

»Aber sicher doch. Denn wenn ich gewinne, werden Sie sich das ganze Verdienst zuschreiben.«

»Sie haben schon gewonnen. Jetzt ist die Reihe an mir.«

»Mein Herr! Was sind das für geheime Ränke?« rief Fräulein Rita zu ihnen hinüber. Sie schmetterte den Ball mit solcher Kraft, daß er am Rand des Platzes aufschlug. Stefa flitzte hin, bekam den Ball noch rechtzeitig auf den Schläger und schlug ihn Wilhelm Szeliga vor die Füße. »Ich habe Sie gerettet!« rief sie nach Luft schnappend.

»Ich danke! Sie tragen geradezu sagenhaft zu unserem Sieg bei«, bemerkte er bedeutungsvoll.

Rita biß sich auf die Lippen und warf Stefa einen feindseligen Blick zu. »Ich war mir sicher, daß Sie verlieren würden, aber das ist ja noch nicht das Ende!«

»Ich warte auf eine neue Attacke«, warf der Majoratsherr ein.

»Sie riskieren zuviel, junge Dame«, mischte sich nun Treska ein, »dort sind kolossale Kräfte am Ball. Ich ahne einen Reinfall auf der ganzen Linie.«

»Seien Sie doch still. *Qui ne risque rien, n'a rien!*«

»Mais qui risque trop, aussi n'a rien!« entgegnete Treska wütend.

»Wovon sprechen die Herrschaften?« erkundigte sich der Majoratsherr.

»Unschuldsengel!«

»Der Ball, Herr! Der Ball!« rief Stefa laut. Waldemar machte ein paar Schritte zurück und schlug den heranfliegenden Ball mit voller Kraft über das Netz, direkt auf Fräulein Rita.

»Wilhelm, halt ihn!« schrie sie, doch es war zu spät. Stefa und Waldemar hatten das Match gewonnen.

»Bravo, Fräulein Stefania! Wir können uns gegenseitig gratulieren. Und vor allem triumphieren!« rief der Majoratsherr aus.

Treska warf Rita einen Blick zu. »Na, habe ich's nicht gesagt? Ein interessantes Spiel!«

»Sie sind ein Langweiler. Ich hätte gewinnen können. Das ist alles Wilhelms Schuld.«

»Meine Liebe, du hast Maulaffen feilgehalten, und ich mußte für dich spielen«, gab der aufgebrachte Bruder zurück.

»Wie wahr. Um so mehr, als auch du Maulaffen feilgehalten hast!«

»Voilà c'est le mot«, lachte Baron Weyher.

Die Gesellschaft, vom Tennisspiel in heitere Stimmung versetzt, spazierte zum Tal der Rosen, aus dem ein betörender Duft aufstieg und das dem Auge einen bezaubernden Anblick bot. Den Zugang zum Tal schloß ein gotisches Tor aus einem schmiedeeisernen Gitter, das zu Rosen geflochten war. Ein ähnliches

Gitterwerk umschloß den gesamten Talgrund. Jedes Joch endete mit schmiedeeisernen Vasen voller Rosen. Im Tal gab es Altane, Bogengänge, Pyramiden von Kletterrosen, deren Gerank in einer Blütenflut herabfloß. Auf den Rasenflächen standen Flechtkörbe, die ebenfalls mit Rosen gefüllt waren. Es gab Haine, verschwiegene Plätze und Dickichte, aus denen weiß die Statuen antiker Götter, Alabaster- und Marmorgefäße auf hohen Säulen hervorsahen. Rosenkaskaden rieselten in Marmorbecken, und zwischen den Blütenkämmen stiegen Wasserspiele empor. Überall waren in lockeren Abständen weiße Eisenbänke mit gebogenen Rückenlehnen und Sessel von derselben Art plaziert. Das Tal hatte den Zauber eines wunderbaren Traums.

»Märchenhaft! Einfach märchenhaft!« Baron Weyher traute seinen Augen kaum. Die Herren bewarfen die Damen mit Rosen, man veranstaltete einen kleinen Corso. »Nach Głębowicze kommen vermutlich viele Besucher. Das ist doch ein einheimisches Versailles«, bemerkte Baron Weyher.

»O ja, ziemlich viele!« entgegnete Waldemar. »Es gibt sogar einen alten Diener, der den Cicerone spielt.«

»Aber doch nur in Ihrer Abwesenheit, nicht wahr?«

»Nein, durchaus nicht. Oft begegne ich fremden Personen im Park, oder Besuchern im Tiergarten oder in den Fabriken. Allein das Schloßgebäude ist ausgenommen. Die Leute aus der Umgebung kennen es im übrigen gut. Einmal habe ich ein paar Damen aus der Nachbarschaft in der Rosenlaube mit Früchten bewirtet und natürlich später durchs Schloß geführt, weil sie auf das Palmarium so gespannt waren.«

»Wie, aus der Nachbarschaft? Wer sollte das sein?« erkundigte sich leicht pikiert Gräfin Paula.

»Damen von umliegenden Gütern.«

»Ach so!« Sie verzog den Mund. »Müssen die Besucherinnen schön sein?«

»Und gebildet, und distingiert ebenfalls.«

»Oh!« Nach diesem Ausruf entfernte sich die Gräfin flugs zur anderen Seite hin.

»Was sind denn das für Kinderstimmen? fragte Stefa, als sie an dem Eisenzaun vorüberkamen, der den Park umgab.

»Die kommen aus dem Hort«, erwiderte Waldemar.

Er zog eine Eisenpforte auf, und Stefa blieb verblüfft stehen. Vor ihr lag ein großer Garten, und auf einer grünen Rasenfläche, mit blühenden Büschen eingefaßt, spielte ein Dutzend Kinder, vom Säuglingsalter bis zu Zwölf-, Vierzehnjährigen – die Mädchen in rosa Kattun, die Jungen in dunkelblauen Blusen. Von weitem sah man ein geräumiges, einstöckiges Gebäude, weiß verputzt, mit rotem Dach, von Blumen umgeben und mit einer Tafel an der Frontseite, auf der in schwarzer Schrift geschrieben stand: »Kinderhort St. Elisabeth.«

Auf ausgedehnten Grasflächen war Turn- und Klettergerät aufgestellt. Die Kinder hatten kleine Gärten sowie Wägelchen und Zwergesel für sich, die Jüngeren spielten im Sand. Stefa ergötzte sich an dieser Idylle, als Lärm und Bewegung in die Kinderschar kam. Alle rannten auf die Pforte zu, streckten die Ärmchen aus und schubsten und drängelten sich. »Herr ... Waldemar ... Herr ... Herr ...!« Die lärmende Kinderschar überfiel den Majoratsherrn von allen Seiten. Die Größeren standen, nachdem sie ihn begrüßt hatten, abseits und zügelten die Kleinen. Doch Rufen und Schreien wollte kein Ende nehmen.

»Na, nun seid aber mal still, Kinderchen!« rief Waldemar aus und lachte übers ganze Gesicht. »Schluß mit dem Lärm, sagt den Damen schön guten Tag! Was gibt's denn Neues bei euch?«

Nacheinander wurden die Gäste begrüßt, und es folgten allerlei Geschichten von ungewöhnlichen Begebenheiten.

»Wie Sie von allen geliebt werden! Man würde sich das nicht träumen lassen!« sagte Baron Weyher.

»Sind das Kinder vom Personal?« fragte Gräfin Ćwilecka.

»Ja, Kinder vom Schloßpersonal, ein paar Arme aus dem Dorf und sehr viele Vollwaisen, sogar Findelkinder. Sie lernen und spielen hier, bis sie in die Schule kommen.«

Man besichtigte noch die Schule und die Kapelle daneben, woraufhin die ganze Gesellschaft in den Park zurückkehrte.

Waldemar schlug eine Kahnpartie vor. Man einigte sich bereitwillig. Es war ein heiterer Tag, und bis zum Mittagessen waren es noch ein paar Stunden. Alle schlenderten zur Bootsanlegestelle. In der Sonne sah der Park wie ein Meer von Grün aus, voller Leben und Lachen, in der Natur und im

Miteinander der Menschen. Die Spaziergänger waren zur Anlegestelle gelangt und standen nun auf deren Marmorplatten. Baron Weyher schaute zur Treppe und schüttelte bewundernd den Kopf: »Sagenhaft!« sagte er. »Der ganze Hang in Marmor gefaßt. Etwas Vergleichbares findet man nur im Ausland.«

»Welches Boot nehmen wir?« erkundigte sich Fürst Podhorecki.

»Herr Michorowski, Sie entscheiden!« rief Fräulein Rita.

»Die Wahl des Bootes obliegt ausschließlich den Damen.«

»Dann fahren wir mit dem himmelblauen.«

Waldemar nickte den Ruderern in ihren gestreiften Hemden zu, die das himmelblaue Boot sofort zu der Steintreppe brachten. Leise schlugen die Wellen an und wiegten das Boot; sein gebogener Schnabel, der rhythmisch auf und nieder stieg, schien die Gesellschaft zu grüßen. Doch für alle war das himmelblaue Boot zu klein; der Majoratsherr gab das Zeichen, die ponceaurote Gondel bereitzustellen, und setzte selber die fürstliche Großmama und Herrn Maciej hinein, um dann zu fragen: »Wer möchte hier noch Platz nehmen?«

»Ich«, antwortete Gräfin Ćwilecka mit stolz erhobenem Kopf. »Paula, *vous aussi.*«

»*Oh non, maman!* Ich ziehe Blau vor«, lachte schelmisch die junge Gräfin.

»Dann setze ich mich zu Mama«, sagte Michalina, die andere gräfliche Tochter und bestieg ängstlich das Boot.

Waldemar holte noch ein paar andere Personen herbei.

»Herr Treska, Sie rudern. Ja?«

»Nicht besonders, aber ich will es riskieren.«

»Ich gebe Ihnen noch einen Ruderer mit. Sie steuern bitte das Blaue.«

»Und Sie?«

»Ich übernehme die Gondel.«

»Ein Ruderer ist nicht vonnöten, ich helfe«, rief Stefa. Flink sprang sie in das blaue Boot und faßte die Ruder. »Sie steuern, ich rudere, denn ich weiß die Richtung nicht, hier soll es irgendwelche Biegungen geben.«

»Ich kenne den Weg nicht. Außerdem sehe ich nichts, die Sonne blendet so.«

»Herrlich, da können wir uns bloß noch gratulieren«, rief Fräulein Rita aus. »Diese Herrschaften sorgen noch dafür, daß wir kentern. *Une belle chance!* Nimm du die Ruder dieses Herrn, Wilhelm, sonst passiert noch ein Unglück.«

»Kommt gar nicht in Frage. Fräulein Stefania, auf geht's!« Stefa ruderte los, das Boot schaukelte heftiger, und allmählich entfernte sich das Ufer.

»Wie auf dem Canal Grande! Sehen Sie doch nur den Majoratsherrn: Ein richtiger Gondoliere!« sagte Gräfin Paula. Treska zuckte die Achseln. »Bloß weil er auf der Bootsspitze steht?«

»Und seine kühne Gestalt, die Sicherheit der Bewegungen, seine malerische Pose?«

»Und die träumerischen Augen?« warf Fräulein Rita ein.

»Na, das können Sie nun wirklich nicht sehen«, opponierte Treska.

»Aber ahnen!«

»Was denn, Musik?« rief Stefa aus. Alle hoben die Köpfe. Vom Tiergarten her schwebten leise Saitenklänge herüber, und plötzlich brausten die Instrumente auf. Ein Orchester erfüllte die Luft über dem Wasser mit melodischer Harmonie. Lächeln zeigte sich auf den Gesichtern, die Augen strahlten. Einen Moment lang blieben alle stumm, dann überschlugen sich Fragen und Ausrufe: »Eine neue Überraschung des Hausherrn! Das ist das Orchester von Głębowicze.«

Stefa verdoppelte freudestrahlend das Rudertempo. Ihre Augen blitzten.

»Ich liebe Musik, aber ich habe nicht vor, aus Musikliebe zu ertrinken. Fräulein Stefania, was machen Sie? Wir werden herausfallen!« schrie Treska.

»Nichts, es ist nichts, Herr Graf. Ich rudere im Takt.«

»Hauptsache, wir kippen nicht im Takt um. Das wäre weniger amüsant.«

Baron Weyher strich zufrieden über seinen blonden Backenbart und sagte mit honigsüßer Stimme: »Die Gräfin hat recht, wir gleiten dahin wie auf dem Canal Grande. *Qui, c'est très beau*, wie eine Vergnügungsfahrt der Dogen.«

»Was spielen die eigentlich?« fragte der junge Wilhelm.

»Eine Begrüßungsfanfare.«

»Das war vorher, doch jetzt sind es volkstümliche Motive. Sie spielen richtig hübsch.«

»Und alles junge Burschen in Volkstrachten. Diese Neuerung hat der Majoratsherr eingeführt, früher sollen die Musikanten Fräcke getragen haben und überwiegend Ausländer gewesen sein.«

»Eine Menge Neuerungen, die der Majoratsherr eingeführt hat«, bemerkte der Baron.

»O ja! Głębowicze ist nicht wiederzuerkennen«, bestätigte Fräulein Rita. »Ich spreche nicht nur von der Residenz, sondern von der ganzen Anlage. Die Organisation des Guts ist ausgezeichnet. Er hat sich große Verdienste als Gutsbesitzer und Bürger des Landes erworben, obwohl er noch so jung ist.«

»Weil er ein Bauernorchester gegründet hat?« fiel Treska ihr gehässig ins Wort. Stefa wurde ärgerlich. »Und wenn es nur das wäre! Es ist ein Verdienst, die Kunst an Ort und Stelle, im Lande, zu fördern, anstatt fremder Käuze im Frack.«

»In der Tat ... *Voyons!* Ich habe gedacht, Sie sind ganz vernarrt in Fräcke«, spottete Treska.

»Wenn das ein Witz sein sollte, ist er Ihnen mißlungen«, schnappte Stefa zurück.

Treska blickte beleidigt. »Gut, ist ja gut! Aber was sehen die Damen so extrem Verdienstvolles am Majoratsherrn?«

Fräulein Rita ging fast in die Luft: »Das Verdienst des Majoratsherrn liegt vornehmlich darin, daß er die Industrie im Lande stützt. Er fördert den Wohlstand, indem er Tausenden eine Verdienstmöglichkeit gibt. In seinen Fabriken und auf seinen Gütern arbeiten alles einheimische Polen, und Kultur und Fortschritt blühen. Er herrscht allgemeine Zufriedenheit bei den Massen, die gemäß der öffentlichen Meinung niemals zu sättigen sind. Und zählen Sie nur die Schulen, die der Majoratsherr eingerichtet hat, seine Sorge um die Volksbildung, und die Spitäler und Kinderhorte und Altenheime, die Lehrlingswerkstätten! Wo finden Sie das sonst noch bei unseren Magnaten? Und die Landwirtschaft. Die Bauern werden gefördert, in Zukunft wird es keine Analphabeten mehr geben, denn dank der Bemühungen des Majoratsherrn haben die Kinder einen Platz, wo sie lernen können. Er schickt die Bauernjugend und junge Bedienstete zu landwirtschaftlichen Kursen im Land, nimmt selber intelligente junge Landwirte als Praktikanten auf und formt sie nach seinem Modell. Er ist der Initiator eines neuen Landwirtschaftsvereins, dessen Vorsitzender er in naher Zukunft sein wird, denn schon heute hat er die Stimmen für sich. Und das sollen noch immer keine Bürgerverdienste sein? Ist das alles noch zu wenig? Immerhin ist der Majoratsherr erst zweiunddreißig, ein junger Mann. Wer in seinem Alter hat schon so viel geschafft, das sagen Sie mir einmal? Er hält das Geld im Land, investiert in Polen, statt das Ausland damit reich zu machen!«

»Der Majoratsherr hat dort auch eine Menge gelassen, Halle, Bonn und die fünf Jahre Weltenbummel haben nicht wenig gekostet. Clubs aller Art und die Seidenbörsen *de beautés européennes* und nicht nur *européennes* haben sich gefüllt. Der Majoratsherr hatte eine Neigung auch fürs Moulin Rouge.«

»Mein Herr!«

»Was ist denn? Fräulein Łucia ist nicht anwesend, und Fräulein Stefania wird es wohl kaum schockieren?«

»Um mich kümmern Sie sich besser nicht«, gab Stefa aufgebracht zurück.

»Vous êtes détestable!« rief Gräfin Paula aus.

»Sie sagen, der Majoratsherr habe viel Geld verschleudert. Sicher, er hat schließlich genug. Etliche tun dasselbe, ohne welches zu haben. Er hat das Leben in vollen Zügen genossen, doch bei einem Mann wie ihm war die Sättigung schnell erreicht. Ein anderer an seiner Stelle hätte bis zum Schluß weitergemacht – ich brauche nicht weit zu suchen, Sie wären der erste gewesen.«

»Ich nehme mir nicht heraus, auch nur in einer Hinsicht mit dem Majoratsherrn rivalisieren zu wollen.«

»Sehr vernünftig von Ihnen.« Gräfin Paula und Stefa prusteten los. »Dennoch blühen auf diesem himmelblauen Boot die Komplimente.«

»Weil hier alle in ausnehmend guter Stimmung sind«, entgegnete Treska und richtete sein Pincenez. »Ihre Namensschwester führt sich stiller auf...«

»Meine Namensschwester?«

»Ja, die Gondel *Stefania*, aber sie sind auch schon weit von uns entfernt.«

»Die Herrschaften müssen erbärmlich rudern, wenn Waldemar allein euch überholt hat«, lachte Rita.

Stefa begann emsiger zu rudern. Die Eindrücke des Tages wirbelten ihr durch den Kopf, und eine gewisse Unruhe schwang darin mit. Natürlich erfüllte sie die Zuvorkommenheit des Majoratsherrn mit Stolz, und sie war ihm auch dankbar dafür, doch zugleich fürchtete sie die Meinung der gesamten Gesellschaft. Waldemars Höflichkeit ihr gegenüber hatte Stil und war diskret, nur für besonders gute Beobachter war sie offensichtlich. Stefa empfand Bewunderung für Waldemar. Einst ein gelangweilter Magnat, war er heute ein fröhlicher Gefährte. Nur erschreckten sie ein wenig seine Kraft und das Feudalistische, das ihm von Urväterzeiten im Blut lag. Ihr grenzenloses Vertrauen vermischte sich mit Reizbarkeit. Dennoch fühlte sie sich freier in seiner Gegenwart; er war ihr Beschützer vor den Verleumdungen seiner eigenen Gesellschaftsschicht, ja sogar ihr Verbündeter. Seit jenem denkwürdigen Tag, da sie die Beethoven-Sonate gespielt hatte, hatte er ihr Vertrauen nicht einmal mehr mit Worten mißbraucht. Im Portraitsaal allerdings hatte er sie erneut erschreckt. Er war jetzt immer sonderbar, wenn er mit ihr allein war.

In Gedanken versunken, bemerkte das junge Mädchen nicht, daß auch die anderen schweigsam geworden waren. Alle lauschten dem Orchester, ließen die Augen über den Fluß gleiten und schauten der Gondel nach, die still vor ihnen dahinglitt. Die Musik, obschon fröhlich, stimmte die Menschen melancholisch, weckte Verlangen und Sehnsucht... Ein jeder spann goldene Traumfäden. Der herrliche Spaziergang, die üppige Natur, in die der Fluß gebettet lag, und jener Hauch eines Zaubers, der über dem Augenblick lag, hatte die Sinne entfacht, rückte aber bei manch einem auch ins Bewußtsein, wie unerreichbar viele Ideale waren. Hätten Konventionen keine so vorrangige Rolle gespielt, dieser oder jener hätte leise aufgeseufzt. Doch jeder gab vor, ausschließlich der Musik zu lauschen oder in die Wolken zu schauen, als zähle er die Vögel.

Keiner von ihnen hätte seine Träume offenbart, nicht einmal Fräulein Rita.

Sie legten am Ufer an. Die im Wildpark Beschäftigten kamen nacheinander zur Begrüßung: allesamt junge, stattliche Burschen in dunkelgrünen Joppen. Über der Brust trugen sie einen Gurt aus gelbem Leder, der eine kurze Klinge hielt, ferner waren sie mit Revolvern und Jagdmessern ausgestattet; die Kragen waren in Gold mit Fichten bestickt; auf der rechten Brustseite trug jeder das Wappen der Michorowski. Die Gesellschaft vergrößerte sich. Waldemar stellte den Gästen die drei Praktikanten von Głębowicze vor.

Man zerstreute sich über den ganzen Wildpark, genoß den Spaziergang im Wald, der mustergültig gehalten und voller Wild aller Arten war. Die Vögel sangen in den ausladenden Baumkronen wie ein zweites Orchester. Dieser mit Wohlklang erfüllte Wald stimmte die Spaziergängerschar heiter. Die Unterhaltung gewann erneut an Farbe, man tauschte witzige Kommentare, lautes, unbeschwertes Lachen scheuchte die Vierbeiner im Dickicht auf.

Niemand hatte Lust, zum Mittagessen aufs Schloß zurückzukehren. Der Majoratsherr hielt eine neue Überraschung bereit. Als sich die Gesellschaft in Richtung Fluß begab, weil Treska fürs Fischefangen plädiert hatte, ließ sich unvermutet laut und klangvoll Trompetenschall vernehmen. Alle blieben verwundert stehen.

»Was ist das für ein Signal?«

»Die Einladung zu Tisch!« erklärte Waldemar. »Den Herrschaften zu Diensten.« Und er reichte der Fürstin Podhorecka den Arm.

Im Schatten der Eichen erblickte die Gesellschaft auf einer Lichtung eine lange Mittagstafel. An Pfählen ringsum hingen Kränze aus Eichenlaub und kleine Fahnen in den Farben der Michorowski, auch über der Tafel war dieser Schmuck angebracht und schuf eine Art Zelt. Die Sonne warf durch den Baldachin aus Kränzen und Blattwerk hindurch schimmernde Flecken über die reich gedeckte Tafel, erhöhte noch deren Pracht. Anstelle der Diener war Personal aus dem Wildpark zum Bedienen bei Tisch bestimmt worden, angeführt vom

Haushofmeister des Schlosses. Zwischen den Bäumen schimmerte das Leinenzelt für die Dienerschaft und die Köche.

»Hier sehen Sie etwas, das an die berühmten Jagdgesellschaften von Głębowicze erinnert«, bemerkte Fürst Podhorecki zu Baron Weyher. »Der Majoratsherr hat prachtvolle Förstereien, aber die Wälder erst! Ich sage Ihnen, der Wildbestand zählt an die Tausende.«

Das Mittagsmahl zog sich hin. Waldemars Einfall erwies sich als glänzend, es herrschte ungetrübte Heiterkeit. Sogar Frau Idalia und die Gräfin Ćwilecka gaben ihre majestätische Haltung auf, waren fröhlich und viel natürlicher als gewöhnlich. Waldemar tat sich durch seinen eleganten Witz hervor, Treska lachte am lautesten. Man brachte Toaste aus, die von Fanfarenklängen begleitet wurden. Das Orchester spielte und unterhielt die Gäste; bis hin zum Fluß, der still in der Sonne dahinfloß, schollen Musik und Gelächter.

Stefa fühlte sich anfänglich ein wenig unfrei: Waldemars Praktikanten erinnerten sie an Prątnicki und die Mißlichkeiten, die ihr widerfahren waren. Aber Wilhelm Szeliga, der sie zu Tisch führte, zerstreute rasch die unangenehmen Erinnerungen. Mit Wohlgefallen bemerkte Stefa, daß Waldemar so ungezwungen und fröhlich mit ihnen umging wie mit dem jungen Wilhelm oder auch mit Treska, da machte er keinen Unterschied, und sein Verhalten bewirkte, daß auch sie sich achtungsvoll, aber ohne den kleinsten Schimmer von Unterwürfigkeit an den Majoratsherrn wandten. Dieses beinahe freundschaftliche Verhältnis zwischen Vorgesetztem und Untergebenen verlieh Waldemars Anschauungen, die von denen seiner Kreise weit entfernt waren, entschieden Nachdruck. Stefa bemerkte noch etwas anderes, das sie in Erstaunen versetzte und zugleich nervös machte: Unübersehbar war sie Gegenstand stillen Interesses der gesamten Dienerschaft. Alle musterten sie prüfend und hochachtungsvoll, gaben ihr bei der Bedienung den Vorzug, und als Waldemar einen Toast auf ihre Gesundheit ausbrachte, klang die Trompetenfanfare deutlich lauter. Die Praktikanten schauten sie wie wohlerzogene junge Männer an; unaufdringlich, doch neugierig ließen sie den Blick von ihr zum Majoratsherrn schweifen. Stefa beunruhigte das, und sie verlor allmählich ihre Ungezwungenheit.

Die Erleuchtung sollte ihr in Bälde kommen.

Waldemar, der Wein nachschenkte, trat auch zu ihr. Sie schob das Glas beiseite. »Für mich nichts mehr, danke.«

Er beugte sich zu ihr hinunter und flüsterte lächelnd: »Ich möchte einen Toast auf Jugend und Glück ausbringen, deren Inbegriff Sie sind. Da heißt es das Glas leeren bis auf den Grund.«

»Meinetwegen. Allerdings wäre ich nur ungern der Inbegriff der Trunkenheit«, bemerkte sie trocken.

»Sie sind durchaus imstande, sich dagegen zu wehren«, erwiderte er schroff und runzelte die Brauen.

Der junge Wilhelm, der neben ihr saß, sagte, und die Neugier zeichnete sich auf seinem Gesicht ab: »Sie wissen, für wen Sie einige hier in Głębowicze halten?«

»Nein, für wen?«

»Für die Gräfin Barska, die mutmaßliche Verlobte des Majoratsherrn.«

»Ach so?!«

Stefa erstarrte. So hatte sie der Kammerdiener im Schloß angeredet. Ein leiser Schauer überlief sie, heiß stieg es ihr in die Wangen, während sie in Gedanken wiederholte: »Die Gräfin Barska ... die Verlobte des Majoratsherrn.« Sie hatte nie von ihr gehört. Wie sie wohl war? Wie sie aussah ...

»Weshalb sagen Sie ›mutmaßlich‹?« fragte sie Wilhelm.

»Weil es nicht so richtig feststeht«, erwiderte achselzuckend der Student. »Sie wollen den Majoratsherrn mit der Barska verehelichen, doch der hat es nicht eilig, obschon es sich bei ihr um eine der ersten Partien des Landes handelt. Die mutmaßliche Verlobte wartet mit Sehnsucht, auch wenn ich bezweifle, daß diese Sehnsucht sich erfüllt.«

»Und wieso werde ich dann für sie gehalten? Sehen wir uns ähnlich?«

»Niemand hat die Gräfin je auf Głębowicze gesehen, ich ebenfalls nicht, doch weiß die Dienerschaft mit Sicherheit etwas von Heiratsplänen, und daher wird angenommen, daß Sie die Auserwählte sind, weil man Sie zum erstenmal zu Gesicht bekommt und ...« Zögernd brach er ab.

»Und was?« griff Stefa kühn auf.

Wilhelm warf ihr einen verstohlenen Blick zu. »Nichts! Sie spüren in Ihnen ganz einfach die künftige Majoratsherrin.«

Stefa krauste die Stirn. Ihr war klar, daß der junge Mann ihr eigentlich nur Waldemars Verhalten erklären wollte. »Da werde ich sie aber enttäuschen«, lautete ihr knapper Kommentar.

Ihr war das alles so peinlich. Um diese Peinlichkeit zu überspielen, gab sie sich fröhlich. Sie plauderte, scherzte, wenn sie auch nicht mit dem Herzen dabei war. Wäre Wilhelm aufmerksamer gewesen, hätte er ihr die Veränderung angemerkt, die seine Worte bei ihr bewirkt hatten. – Doch er sah es nicht. Er unterhielt Stefa bei Tisch und wich auch dann nicht von ihrer Seite, als sie im roten Schein des Sonnenuntergangs mit den Booten zum Schloß zurückkehrten.

Die Schloßturmuhr schlug Mitternacht, als der Break und die Kaleschen in die Fichtenallee einbogen. Sie fuhren in derselben Ordnung wie am Morgen, denn der Majoratsherr brachte die Gäste nach Słodkowce zurück, wo sie übernachten sollten.

Gräfin Paula führte mit dem Baron ein leises Gespräch. Fräulein Rita ärgerte Treska, Stefa saß neben dem Majoratsherrn, weil ihr Waldemar dermaßen energisch die Hand hingehalten hatte, daß sie nicht hatte ablehnen können, ohne Aufmerksamkeit zu erregen.

Der Nachtwind hatte sich in den dichten Kronen der Fichten verirrt und ließ sie wehmütig rauschen. Stefa, in ihren Mantel gehüllt, hielt ihr Gesicht in die Höhe und ließ ihren Blick auf den silberüberglänzten Wipfeln der raunenden Titanen ruhen. Waldemar beugte sich zu ihr: »Meine Fichten sagen Ihnen auf Wiedersehen«, seine Stimme klang weich, aber nachdrücklich.

»Sie klingen bedrohlich«, flüsterte sie.

»Mir sind die Bäume Kameraden, und das gilt auch für Sie. Sie sprechen zu uns, und ich verstehe sie. Hat Ihnen Głębowicze gefallen?«

»Es ist bezaubernd!«

»Es ist dein!« hörte sie ihn leidenschaftlich flüstern.

Das Donnern der Hufe über die Steinbrücke rief Stefa, deren Herz für einen Moment ausgesetzt hatte, in die Wirklichkeit zurück.

Der Break fuhr jetzt in den Feldweg ein, zu dessen beiden Seiten die Getreideschläge vom Mond in silbriges Licht getaucht wurden, und erneut kamen Gespräche auf, erklangen fröhliche Stimmen.

20

In Waldemars Kabinett schwebten zarte Rauchschwaden in der Luft, die das Aroma guter Zigarren verbreiteten. Etliche der Herren plauderten unbeschwert. Einige saßen, andere spazierten im Raum auf und ab, Treska lag auf der Chaiselongue. Einen Arm unter dem Kopf verschränkt, schmauchte er seine Zigarre, dabei hielt er den Blick starr auf das Deckengemälde *Odysseus begrüßt Nausikaa* gerichtet.

Waldemar saß in lässiger Haltung auf einer Sessellehne und lauschte dem Scherzen seiner Gäste. Er selbst war ein wenig düster und sprach kaum, doch die Fröhlichkeit ringsum störte ihn nicht, und jedes seiner seltenen Worte wirkte wie ein Anreiz zu weiteren Späßen. Er wirkte wie ein Preisrichter des Geschmacks inmitten all dieser eleganten jungen Männer. Die Crème der Aristokratie aus der näheren und ferneren Umgebung hatte sich eingefunden. Die einen im Wiener Stil, typische Jockey-Club-Mitglieder, oder nach Pariser Zuschnitt, andere befleißigten sich des seriösen Tons der Söhne Britanniens. In dieser Gesellschaft repräsentierte Waldemar den reinsten Patriziertyp. Wenn der Westen auch sein Äußeres, hinsichtlich der international verbindlichen Modeeleganz, beeinflußt hatte, so war er doch der am wenigsten Exotische unter seinen Kameraden.

Er war einer von den Magnaten, die ihre Majestät nicht vor sich her, sondern einfach in sich trugen. Ohne einen Gedanken daran zu verschwenden, war er immer und überall ein Herr, und sein vornehmes Wesen, mit einer gewissen Unbekümmertheit gepaart, lenkte die Blicke auf ihn. Er zeichnete sich aus, und alles geziemte ihm; er lebte, wie er wollte, sagte, was er wollte und hielt sich nur an die eigene Ethik. Die allerdings trog ihn niemals. Auch sein Verstand überragte alle anderen, was andere von ihm dachten und sagten, war ihm egal. Er besaß ein unerhört lebhaftes Temperament, Gewandtheit und eine unerschöpfliche Kraft, und dennoch wirkte er stets ein wenig gelangweilt, und seine lässige Gestik zeigte eine gewisse Apathie.

Seine stahlgrauen Augen waren ungemein ausdrucksstark; sie blickten ironisch, sprühten Witz, nicht selten loderten sie feurig, dann wieder schimmerten sie sanft und warm. Ein männlicher Blick, der sein Gegenüber in den Bann schlug. Hatte sich der junge Majoratsherr einmal für etwas entschieden, war er unbeugsam, doch mit sich selber trug er beharrlich Kämpfe aus. Er wußte, was er wollte und wonach er strebte, doch war er sich nicht immer sicher, ob sein Wollen rational war und ob er den richtigen Weg einschlug.

Er philosophierte, analysierte, unterwarf jedes Problem seinem scharfen Verstand, doch am Ende war die Lösung kristallklar und unabweislich. Allerdings reichte es nicht immer zu detaillierter Selbstkritik: Es kam vor, daß er seine Forderungen mit Kühnheit und rücksichtsloser Energie hinwarf. Er war zu wilden Ausbrüchen imstande, wie alle Michorowski. Nur kannten seine Vorfahren keinerlei kritische Einstellung gegenüber der eigenen Person und beurteilten die eigenen Taten nicht. Ganz anders er, der nach solchen Temperamentsausbrüchen oft sehr unzufrieden war: dann fiel er zumeist in eine bedrohliche Gereiztheit, die jedoch schnell von seiner Jugend und seinem lebhaften Naturell überwunden war. Bloß ein übler Nachgeschmack blieb und eine verschärfte kritische Einstellung gegenüber sich selbst. Waldemar Michorowski war ein selbstsicherer, aber kein arroganter Mann, und auf keinen Fall selbstherrlich.

Nach dem Empfang in Głębowicze hatte Waldemar seine Gäste nach Słodkowce begleitet und dort übernachtet. Am Morgen brachen in ihm Tausende von Fragen und Zweifeln auf, auf die er keine Antwort finden konnte. Er verabschiedete sich und reiste ab. In ihm wütete ein Sturm. Schlecht gelaunt, zornig auf sich selber, konnte er sich sein Verhalten gegenüber Stefa nicht verzeihen. Die Szene im Gemäldesaal und seine Worte im Break quälten ihn. Nun fürchtete er, Stefa zu begegnen, die ihn, nach dem, was er zu ihr gesagt hatte, mit verdrießlicher Miene begrüßen mochte, oder aber triumphierend, wie es die Damen unter ähnlichen Bedingungen häufig taten. Er wollte ihren Mißmut nicht, doch hundertmal mehr fürchtete er jene triumphierende Miene, vielleicht weil er spürte, daß diese einen Schatten auf Stefa würfe. Instinktiv wollte er es dazu nicht kommen lassen. Im Break hatte sie nach seinen bedeutungsvollen Worten still und niedergeschlagen dagesessen, kaum und nur gezwungenermaßen gesprochen, nicht zu ihm übrigens, denn auch er war in Schweigen gefallen.

Zum Glück war Fräulein Rita tüchtig ins Plaudern geraten und hatte dadurch, daß sie das Gespräch an sich riß, seine und Stefas ungewöhnliche Stimmung überdeckt. Nach durchwachter Nacht war Waldemar zu der Überzeugung gelangt, die er in Gedanken so formulierte: Gestern hat sie nachgedacht, heute weiß sie Bescheid und wird es mir unter die Nase reiben. Wütend biß er bei dem Gedanken die Zähne zusammen. Sie soll es bloß nicht versuchen, denn das geht ins Auge. Doch er spürte, daß er allein schon mit der Verdächtigung Stefa Unrecht tat.

Er war gereizt, begrüßte sie kühl, ohne eine Spur von Wohlwollen, und obwohl er ihren erstaunten Blick auf sich spürte, blieb er steif und unnahbar bis zur Abfahrt. Die hatte er absichtlich beschleunigt; er wollte ihren Anblick fliehen, weil er nur zu genau wußte, daß er sie irrtümlich verdächtigt hatte und durch sein Mißtrauen schuldig war.

Das taktvolle Mädchen ließ sich keine von seinen Vermutungen anmerken, weder Triumph noch Zorn gewahrte er an ihr, nur ein leichtes Staunen über sein kühles Betragen.

Was hat sie verschuldet, daß du mit ihr wie mit der ersten besten umgehst? hielt er sich unterwegs nach Głębowicze wieder und wieder vor. Er rief sich den gestrigen Morgen in Erinnerung zurück, die Fahrt mit ihr hoch oben auf dem Bock des Break, hörte in Gedanken ihre Worte, ihr Lachen. Er sah sie vor sich, verglich die gestrige mit der, die sie heute gewesen war, und bäumte sich immer mehr auf.

Das Wetter förderte noch seine finsteren Gedanken. Der strahlende Morgen von gestern war lange dahin. Die Luft war grau, und die tiefe Wolkendecke war regenprall. Inzwischen nieselte es. Die Welt schien melancholisch und in gedrückte Stille gehüllt.

In Gedanken führte er seinen Monolog fort: Stefa war gestern auf Frohsinn eingestellt, und ich habe ihn getrübt ... Stefas Frohsinn ... Was kann sie anderes von mir denken, als daß ich betrunken gewesen bin? Und die Situation im Gemäldesaal? Die Rosen mochten sich mit der Höflichkeit des Gastgebers erklären lassen, obschon auch das bereits eine Ausflucht ist ... aber der Handkuß und einige Worte – überflüssig. Am schlimmsten der Break ... Mit so einem Mädchen muß man vorsichtig sein, denn man kann sehr leicht verlieren in seinen Augen. Eine Mimose! Imstande, mich eines Instinktes zu verdächtigen, wie er eines Prątnicki würdig ist! Ach, zum Teufel, was habe ich bloß angestellt ...

Waldemar kam und kam mit sich nicht zu Rande.

In Głębowicze schwand die Gereiztheit, die von Nachdenklichkeit abgelöst wurde. Er schlenderte durch den Schloßpark, dann durch den Wildpark, wo die Spuren des Festmahls vom Vortag längst beseitigt worden waren.

Und überall – überall mußte er an Stefa denken.

Hier hatte sie Tennis mit ihm gespielt. Wie hübsch sie ihr Kleid aufgesteckt trug! Hier waren sie beide in ein Gespräch vertieft gewesen, auf diesem Pfad hatte er jene Rosen für sie geschnitten, und zuvor hatte er von weitem zugeschaut, wie sie ihr Gesicht in die samtigen Blüten tauchte, und diese Blüten hätte er am liebsten mit den eigenen Händen gepflückt. Dann die Bootsfahrt auf dem Fluß. Sie hatte ihn verärgert, als sie so rasch ins blaue Boot gesprungen war. Am längsten hielt er sich im Gemäldesaal auf. Er ließ sich auf einem Kanapee nieder, den Blick auf das Porträt der Großmutter gerichtet, und dachte: Wozu habe ich ihr bloß die Geschichte erzählt? Es gibt doch nur Begierde, Idylle, Träume. An die Begierde glaube ich, und die ist es, die mich zu ihr treibt, nichts weiter. Und daß sie rein wie ein Kristall ist und so hell und klar – um so besser. Jeder zieht Schwanengefieder dem einer Dohle vor.

Plötzlich gewahrte er etwas Grünes und Gelbes, Blätter von Stefas Rosenstrauß. Begierig hob er sie auf, und unvermutet kam ihm wieder in den Sinn, wie sie von einer Stimme erschreckt worden war und davonlaufen wollte, er sie aber nicht fortgelassen hatte. Er hatte ihre Hände genommen und sie an sich gezogen. Sie hatte furchtsam zu ihm aufgeschaut, so als füge sie sich gegen ihren Willen, die Augen wohlig geschlossen ... Zwar hatte das nur einen winzigen Augenblick gedauert, aber was war das gewesen?!

Waldemar zerdrückte die Blättchen in seiner Hand.

Begierde! »Ja, auch diesmal Begierde!« murmelte er mit einem wütenden Lächeln vor sich hin, während er sich dem Ausgang zuwandte.

Während der nachfolgenden Tage fand er keine Ruhe. Nur zu dem einen, einzigen Ergebnis kam er: Wenn Begehren das alles dominierende Empfinden war, so zählte Stefa nicht zu denjenigen, die dies akzeptierten. Folglich weckte er etwas anderes in ihr? Etwas, das mehr mit geistigen Dingen zusammenhing? Vielleicht atmet sie einfach nur auf ... Und erweckt hat sie Prątnicki?

Allein wenn er an den Namen dachte, biß er wütend die Zähne aufeinander, wußte er doch genau, daß Stefa Prątnicki nicht liebte. Aber schon eine Verbindung ihrer beiden Namen hinterließ einen bitteren Geschmack. Ja, offenbar war es mehr als Sympathie, was Stefa ihm entgegenbrachte, doch weshalb war er darauf so stolz? Und was für eine Art Stolz war das? In vielen ähnlichen Fällen hatte er ein Gefühl des Triumphes erlebt, aber Stolz und so etwas wie innere Zufriedenheit empfand er zum erstenmal, und das machte ihn hilflos.

Warum machte dieses Mädchen einen solchen Eindruck auf ihn? Warum zog sie ihn an mit so unwiderstehlicher Kraft, warum sehnte er sich nach ihr, war sie ihm beinah teuer? Sie, der er noch vor wenigen Monaten so häufig mit seinen zynischen Bemerkungen, seinem Witz zugesetzt hatte ... Weshalb? Warum?

Eindruck hatte sie vom ersten Augenblick an auf ihn gemacht, damals, als er sie neben der Tante im Landauer sah, der gerade von der Bahnstation heimkehrte. Er war sogleich entzückt gewesen, hatte sich zu ihnen gesetzt und sie zu mustern begonnen. Doch es war nicht zu übersehen gewesen, daß ihr das nicht entging und sie sich ärgerte.

Was ihn natürlich erstaunte. Eine junge hübsche Dame, die es nicht mochte, wenn ein junger Mann beharrlich seinen Blick auf ihr ruhen ließ, war für ihn etwas Neues. Das Leben hatte ihn etwas anderes gelehrt. Die Frauen verwöhnten ihn geradezu mit Beweisen ihrer Huld, und dabei handelte es sich um Damen der höchsten Kreise, Magnatinnen. Und dieses Mädchen, das dem Landadel entstammte, hübsch war und erstaunlich vornehm, nahm seine Gunstbezeigungen mit Abneigung, ja sogar mit Widerwillen auf. Zugegeben, sein Blick war reichlich ironisch und auch skeptisch, denn auf diese Weise betrachtete er alle jungen Damen, an denen er unzählige, gewöhnliche kleine Fehler witterte. Und meistens kam er zu dem Schluß, daß es sich nicht lohne, sich weiter mit ihnen zu befassen.

Bei Stefa kam er gar nicht erst auf den Gedanken, im Gegenteil – sie fesselte ihn sofort. Das machte ihn wütend, er hätte nicht zu sagen gewußt, warum, und er rächte sich dafür an dem Mädchen. Doch dann begann sich etwas zu ändern. Eigentlich seit jenem denkwürdigen Mittagessen, als Stefa ihm ihren Händedruck verweigerte. Das hatte ihn nachdenklich gestimmt, und immer wieder hatte er sich gefragt, warum er ihr so zusetzte.

Er kam lange nicht nach Słodkowce, weil er sie vergessen wollte. Er wollte ihr schmales, von Traurigkeit umschattetes Gesicht aus den Gedanken verbannen. Schließlich war er es, der diesem zarten, vornehmen jungen Mädchen keine Ruhe ließ, es plagte und hänselte, wie zum Trotz dafür, das sie ihm gefiel. Eine Woche verging, und er wollte sie wiedersehen. Mit einer Schar Gäste fuhr er nach Słodkowce und dort verfiel er den alten Gewohnheiten. An ihrem Fenster vorbeiflanierend, warf er einen scherzhaften Blick hinauf und entdeckte ihr offenes Gesicht, das sich jedoch sofort zurückzog, als sie seiner ansichtig wurde; sie wirkte verstört und blaß. Sie hat ganz einfach Angst vor mir …

Später dann sah er sie heiter und gelöst. Sie tanzte mit Łucia und war voller Leben und Freiheit und hatte ein so hübsches Lächeln! Also verbarg sie nur vor ihm ihre Fröhlichkeit …

Und er änderte sich.

Von da an ließ er keine Gelegenheit aus, um ihr eine Freundlichkeit zu erweisen. Mit Vergnügen stellte er fest, daß auch Stefa sich verwandelte. Ihr Gemüt heiterte sich auf, sie unterhielt sich gern mit ihm, ging ihm nicht mehr wie früher aus dem Weg, und behielt nunmehr ihre Ungezwungenheit, die sie sonst in seiner Gegenwart stets eingebüßt hatte. Waldemar sah diese Veränderungen und freute sich, doch seit geraumer Zeit befiel ihn immer wieder Unruhe: Ich denke zuviel an sie!

Nach ihrem Besuch in Głębowicze sah Waldemar ein, daß er zu weit gegangen war. Zurückziehen konnte er sich nicht, das verbot ihm sein eigenes Moralempfinden, sich weiter vorwagen wollte er nicht. Stefas Taktgefühl nahm ihn für sie ein und machte ihn nervös im Hinblick auf sich selber.

So verbrachte er etliche Tage, blieb auf Głębowicze, spürte aber nur allzu gut, daß alle Anstrengungen vergeblich waren und Stefa ihm einfach nicht aus dem Sinn ging. Dann erschienen eines Tages, zum monatlichen Jour fixe für Herren, Waldemars enge und entfernte Bekannte in Głębowicze. Sie machten diesen Besuch gerne, die fröhliche Unbeschwertheit, die in der Magnatenresidenz herrschte, zog sie an wie ein Magnet. Jeder durfte sich hier wie zu Hause fühlen, was einigen, besonders denen, die kein so großartiges Heim ihr eigen nannten, eine Befriedigung ihres Ehrgeizes bedeutete. Die fürstliche Atmosphäre des Überflusses, die Zuvorkommenheit des Majoratsherrn, die zahlreiche Dienerschaft in tadelloser Livree, ausgezeichnete Zigarren und die erlesene Küche boten stets mehr als das Erwartete.

Diesmal brachten alle die allerneueste Nachricht mit, die die höchsten gesellschaftlichen Kreise ungemein interessierte: Gräfin Barska hatte die Hand Fürst Lignickis ausgeschlagen. Gewisse hochwohlgeborene Töchter machten sich nunmehr Hoffnungen wegen der Aussichten, die sich ihnen eröffneten. Viele der früher zurückgewiesenen Bewerber der Gräfin hegten die Absicht, die Werbung aufs neue zu beginnen. Doch vor allem mußte man in Erfahrung bringen, was Michorowski dazu zu sagen hatte. Es war allgemein bekannt, daß sie um seinetwegen den Antrag abgelehnt hatte. Die Barskis rechneten mit dem Majoratsherrn, der für sie die attraktivste Partie im Land war. Die Gräfin, die mit Zartgefühl über den Glanz einer künftigen Verbindung mit ihm hinwegging, liebte ihn auf ihre Weise.

Niemand wagte es, seine Bemühungen zu weit zu treiben, ohne die Ansichten des Majoratsherrn auszuforschen. Jeder der möglichen Bewerber um die Hand der Gräfin, der nach Głębowicze gekommen war, gab die größtmögliche Gleichgültigkeit vor, jeder wollte mit seinem Gesichtsausdruck mehr oder weniger sagen: »Was gehen mich die Gräfin Barska und ihre Wahl an?« Dennoch erwartete jeder zugleich die Meinung des Majoratsherrn, und jeder wußte nur allzu gut, daß er nichts mehr zu bestellen hätte und sich nur noch zurückziehen könnte, falls der seine Absichten hinsichtlich der Gräfin kundtäte. Nur Treska war in dieser Angelegenheit ein neutraler, dafür allerdings besonders kritischer Zuschauer.

Der Majoratsherr nahm die Nachricht gleichgültig auf: Er hatte längst davon gewußt. Jetzt sprach er darüber wie über eine unwesentliche Angelegenheit. Und ging rasch zu einem anderen Thema über. Das rief Verblüffung, aber auch Unruhe hervor. Treska, der sich köstlich amüsierte, bemerkte zu einem der Herren: »Offenbar hält der Majoratsherr die Ablehnung der Gräfin für unerläßlich. Er wußte mit Sicherheit um das Ergebnis der fürstlichen Bemühungen, vielleicht sind sie sogar längst verlobt?« Treska log mit Genugtuung.

Alle erstaunte das seltsame Gebaren des Majoratsherrn und seine sichtliche Nervosität; man wußte nicht, was davon zu halten war. Wußte er um ihre Absichten bezüglich der Gräfin? Nur Treska ahnte den wirklichen Grund.

Doch trotz allem amüsierte man sich prächtig. Vor dem Abendessen spielten die Herren Billard, später brachten die berühmten Weine von Głębowicze die Gäste noch mehr in Stimmung. Im Kabinett und dem angrenzenden Rauchzimmer brodelte es vor Leben. Waldemar hatte eben zu den Herbstjagden eingeladen.

Als Treska das hörte, sprang er von der Chaiselongue auf. »Wird es auch in Słodkowce eine Treibjagd geben?« fragte er und rückte das Pincenez zurecht. Ein paar Herren brachen in Gelächter aus.

»Aber sicher! Doch was liegt Ihnen daran?« wunderte sich Waldemar.

»Treska ist sagenhaft! Er möchte, während er auf Wildschweine Jagd macht, nicht des Anblicks von Fräulein Szeliżanka entbehren.«

Waldemar zuckte die Achseln. »Sie werden ihr in Głębowicze begegnen, denn bei den Jagden werden die Damen anwesend sein. Und übrigens, vielleicht ändern sich die Gegebenheiten und Sie erwerben sich größere Rechte.«

»Und wie soll das angehen?«

»Nun! Indem Sie ihr Verlobter werden.«

Treska blickte überrascht, erst nach einer Weile entgegnete er: »Ich bezweifle, daß es je dazu kommen wird.«

Der junge Graf Brochwicz, ein Kommilitone aus Halle und Waldemars engster Freund, grinste und witzelte: »Wir haben die Ausstellung vor uns. Wie ich gehört habe, zeigt Fräulein Rita ihre Vollblüter. Geben Sie gut acht, daß Ihre Perscherons denen nicht den Rang ablaufen, denn dann ...«

»Werden keine zehn Pferde mehr die junge Dame für Sie einholen«, beendete Waldemar den Satz.

Lachen war die Antwort. Brochwicz fuhr fort: »Ja. Dann dürft Ihr getrost sagen: *tout est fini*! Und eine Goldmedaille sollten Sie unbedingt vermeiden, mein Herr, allenfalls eine Belobigung sei Ihnen gestattet.«

»Ich führe meine Pferde nicht selbst.«

»Sehr praktisch.«

Baron Weyher strich sich über seinen buttergelben Backenbart. »Apropos Ausstellung«, er dehnte jedes Wort, »wird der Majoratsherr mit seinem Gestüt vertreten sein?«

»In ein paar Tagen fahre ich in dieser Angelegenheit hin«, mischte sich Waldemar ins Gespräch. Auf die Ausstellung bringe ich zehn Zuchtstuten. Auch Apollo wird mit dabeisein.«

»Eine Dekoration, die für Fräulein Rita zur Krankheitsursache werden kann«, griff Brochwicz auf.

»Ich habe gehört, daß auch Baronin Ełzonowska der Ausstellung ihren Besuch abstatten wird, zusammen mit ihrem Herrn Großvater und Fräulein Łucia«, sagte der junge Żnin.

»Ja, sie fahren mit dem ganzen Haus.«

»Ach! Dann kommt ja auch Fräulein Rudecka mit!« rief Brochwicz aus. »Unser junger Szeliga hat mir Wunderdinge über sie erzählt. Ich bin schon sehr neugierig. Ist sie tatsächlich so hübsch?« Treska schielte zum Majoratsherrn.

»Sehr hübsch und sehr unzugänglich«, sagte er ernst.

»Das ist ein Vorzug!«

»Im Gegenteil, das ist ein Fehler!« ließ sich Żnin vernehmen. »Unzugänglichkeit ist ein Fehler bei verheirateten Frauen, nicht bei unverheirateten.«

»Brochwicz, bist du überhaupt nüchtern?«

»Aber völlig!«

»Denn was du da daherredest, ist unerhört!«

Treska schüttelte den Kopf. »Im Prinzip hat er recht. Übertriebene Tugendhaftigkeit war gut in den Katakomben von Rom. Heute steht sie weder Ehefrauen noch unverheirateten jungen Damen wohl zu Gesicht.«

»Du redest so aufgrund des eigenen Ungemachs, aber Fräulein Rita gehört zu den Ultramodernen.«

»Wie man sieht, nicht in jeder Hinsicht.«

Brochwicz fiel ihnen ins Wort: »Meine Herren, die Beurteilung Fräulein Ritas überlassen wir doch ausschließlich Treska. Uns geht es im Augenblick um Fräulein Rudecka ... Wie war ihr Vorname? Stefa?«

»Ja, die bezaubernde kleine Stefa!«

»Über sie weiß am meisten der Majoratsherr zu sagen, als häufiger Gast in Słodkowce ... Oder vielleicht auch der Praktikant? Waldek, welcher Art ist die Tugend der bezaubernden kleinen Stefa: antik oder zeitgenössisch? Wert, das zu annotieren. Aber ... Was hast du?«

Waldemar war blaß geworden und sichtlich aufgewühlt. Ein eisiger Blick traf Brochwicz, und die Erwiderung fiel knapp aus: »Fräulein Stefania Rudecka ist nicht der passende Gegenstand für eine solche Unterhaltung!« Seine Stimme klang rauh. Das Schweigen, das sich breit machte, war peinlich.

Brochwicz errötete und senkte den Blick. Treska riß sich das Pincenez von der Nase, um es sich sofort wieder aufzusetzen, und zwar mit aller Sorgfalt. Sein Gesichtsausdruck schien zu sagen: »Ich war auf der Spur, jetzt habe ich Gewißheit!« Weyher, wie immer seinen Backenbart streichend, richtete einen Blick voller Achtung und Anerkennung auf Waldemar und murmelte sogar ein »Gentleman« vor sich hin. Die anderen warfen sich verwunderte Blicke zu. Waldemar rauchte schweigend seine Zigarre. Das ließ ihm Zeit, sich zu sammeln.

Es war Brochwicz, der sich als erster meldete: »Pardon, Waldek. Wir haben dummes Zeug geredet, ich geb's zu, doch wir sind insofern entschuldigt, als außer Treska und dem Baron niemand von uns Fräulein Rudecka kennt.«

Die Höflichkeit seines Freundes und Kameraden beschwichtigte Waldemar, und er erwiderte mit einem Lächeln: »Ich wollte einzig und allein zu verstehen geben, daß man mit Witzen über eine unbekannte Person, besonders wenn es sich um eine junge Dame handelt, vorsichtig sein sollte.« Rasch schnitt er ein neues Gesprächsthema an und bald war die fröhliche Stimmung zurückgekehrt.

Gegen Ende des Abends kam Fürst Zaniecki abermals auf die Frage der Vermählung der Gräfin Barska zurück. Er war am meisten interessiert, und Waldemars Verhalten nährte seine Hoffnungen. Er wollte sichergehen und fragte deshalb geradeheraus: »Wissen die Herren vielleicht, ob die Barskis ebenfalls auf der Ausstellung sein werden oder ob sie ins Ausland reisen?«

»Sie werden auf der Ausstellung sein«, versicherte einer der Gäste. Und Waldemar bemerkte: »Nur Lignicki ist nach Rom davongelaufen, vermutlich um sich seiner Trauer hinzugeben, in Wirklichkeit will er natürlich eine neue Partie auftreiben in der schwarzen Welt, der er huldigt.«

»Man darf sich fragen, was passiert wäre, wenn er die Barska geehelicht hätte. Sie gehört ganz im Gegensatz nun wirklich zu den ›Weißen‹.«

»Vielleicht wäre er selber weiß geworden oder er hätte sie schwarz umlackiert«, lachte Brochwicz. »Doch weil Melanie brünett ist und Schwarz ihr nicht steht, hat sie sich mittels eines Korbes aus der Affaire gezogen.«

»Anläßlich der Ausstellung gibt es ein neues Turnier. Um ihren Ring haltet die Lanzen bereit, ihr Herren«, bemerkte Waldemar mit sanfter Ironie.

Aller Augen ruhten auf ihm. Es herrschte einen Moment lang Stille. Waldemar wirkte verblüfft. »Was mustert ihr mich so?«

Und Treska platzte laut heraus: »Sie haben *un pressentiment*, daß sie bei dieser Jagd auf ein Hindernis stoßen.«

»Und das wäre?«

»Ihre werte Person, deren Lanze Siegerchancen hat.«

Waldemar zuckte die Achseln, blies ein Rauchwölkchen aus und erwiderte gleichgültig: »In diesem Falle seid ihr *plus royalistes que le roi*, und unterstellt mir Absichten, die ich keineswegs hege.«

Diese Worte machten Eindruck. Fürst Zaniecki hätte sich am liebsten bei Waldemar bedankt, doch konnte er diese Regung im letzten Augenblick noch zurückhalten. Um als Lord reinsten Wassers zu gelten, hatte man schließlich immer und überall die Contenance zu wahren.

Brochwicz hatte mehr polnisches Blut in den Adern und nie etwas dazu getan, andere Farben zu tragen, deshalb rief er aufrichtig: »Nun, wenn du dich vom Turnier zurückziehst, Waldek, kommt es zum wahren und scharfen Kampf, an dem auch ich teilnehmen werde. Mag kommen, was wolle!«

»Bravo, Brochwicz!« rief Treska aus.

»Aber du, Waldek, sei mein Lehrer, wie man den Lorbeer bei den Damen erringt, denn, ehrlich gesagt, kenne ich mich nicht damit aus.«

»Frag Treska. Er führt seinen Feldzug seit drei Jahren. Ich weiß in solchen Dingen nicht Bescheid.«

In komischer Gestik rang Brochwicz die Hände. »Er weiß nicht Bescheid! Habt ihr das gehört?«

Treska ergriff das Wort: »Der werte Herr hat ganz zu Unrecht zwecks Studium an mich verwiesen, denn obschon mein Feldzug bereits drei Jahre dauert, so doch bislang ohne Resultat, und jenem angehenden Studenten ging es doch hauptsächlich ums Finale, nicht wahr?«

»Ganz gewiß, Hauptsache es fällt günstig aus.«

»Daran besteht kein Zweifel.«

Fürst Zaniecki warf Brochwicz einen spöttischen Blick zu.

»Aber Jurek«, meldete sich Waldemar, »wozu brauchst du fremde Ratschläge? Beginn das Unterfangen als du selbst, und schon hast du das Finale erreicht.«

»Meinst du? Ach, das ist schwer, man braucht Courage!«

Waldemar hob die Brauen: »Also, ich warne dich, falls du dich mit solch einem Ausrufezeichen der Barska nähern willst, dann bestell besser gleich ein sleeping und fahre Lignicki nach Rom hinterher und wende zur Abwechslung die Augen zum Quirinal.«

Brochwicz verbeugte sich mit gespieltem Ernst. »Ich habe nichts dagegen, allerdings erst auf der Hochzeitsreise.«

»Du bist unbezahlbar.«

»Ob aber die Gräfin ihren *accent grave* darübersetzt, ist noch immer die Frage«, spöttelte Treska.

»Trinken wir auf eine günstige Wendung!« rief Waldemar. »Champagner!«

21

Der erste Tag des September zeigte wunderbares Wetter. Die Sonne ergoß sich über die Felder, das Himmelblau war rein und klar. Die Stoppelfelder sahen gelb aus und Getreidegarben standen da zuhauf. Ein leiser Hauch von Herbst schwebte in der Luft. Verstummt waren die Wachteln, die Getreideratschen, im Gras und in den Brachen zirpten die Heuschrecken.

Das braune Viergespann aus Słodkowce trabte zwischen den Feldern dahin; in dem eleganten Landauer saßen elegante Damen. Baronin Ełzonowska, Stefa und Łucia waren unterwegs zur Kirche.

Sonntägliche Scharen von Gläubigen in bunten Trachten schoben sich am Wegrand entlang, heiter gestimmt, denn die Ernte war eingebracht. Wie das Wetter war Frau Idalia heute der reinste Sonnenschein. Immer wieder machte sie fröhliche Bemerkungen zu der neben ihr sitzenden Stefa, die sie des öfteren mit wahrem Wohlgefallen musterte. Stefa sah heute ganz wundervoll aus. Ein leichter graublauer Seidenmantel umhüllte sie und ließ ihren hellen Teint fast transparent erscheinen. Sie unterhielt sich lebhaft, ihre Augen funkelten, dennoch hatte ihr Blick etwas Sehnsüchtiges, malte sich etwas ganz Neues in ihren Zügen. Bisweilen runzelte sie ungeduldig ihre dichten dunklen Brauen, wie in Abwehr eines aufdringlichen Gedankens, der sich nicht vertreiben lassen wollte. Doch diese Unruhe gab ihrem Gesicht einen neuen Zauber, der ihre fröhliche Lebhaftigkeit besonders reizvoll zur Geltung brachte.

In der Kirche hatten sich Adlige aus der Umgebung und viele Personen aus niedrigeren Kreisen versammelt, mit denen Słodkowce keine gesellschaftlichen Beziehungen unterhielt. Nachdem man Verbeugungen, Grüße getauscht hatte, wurden Frau Idalia und Łucia mit achtungsvollen Blicken bedacht, wie man sie unwillkürlich auf Mitglieder einer uralten Familie und Personen von hohem Rang richtet.

Die jungen Mädchen und jungen Männer blickten hauptsächlich auf Stefa, man tuschelte. Die Männer waren von ihrer Ausstrahlung fasziniert, und alle mußten eingestehen, daß sie sehr hübsch, sehr vornehm und ganz und gar »palastmäßig« war. Einer der anwesenden Herren flüsterte: »Schnittiges Mädel«, und dieses Beiwort fand Anerkennung unter der männlichen Jugend. Sie wußten, daß Stefa die Tochter eines wohlhabenden Gutsbesitzers aus Kongreßpolen war. Wilhelm Szeliga hatte sie aufgeklärt, der während der Ferien in der Gegend umhergezogen war. Es war allgemein bekannt, daß der Student in Fräulein Rudecka verliebt war, mit um so größerer Neugier beobachtete man sie. Kurz vor Beginn des Hochamtes geriet die Menge vor der Sakristei in Bewegung; Waldemar trat ein.

Die Spannung wuchs; alle Blicke wandten sich nun von Stefa ab und dem Majoratsherrn zu. Er war ein selten gesehener Gast in dieser Kirche. Frau Idalia zog bei seinem Anblick die Brauen in die Höhe. Stefa wurde feuerrot. Ihn so unverhofft vor sich zu sehen, überwältigte sie schier. Seit jenem Morgen, da er ihr so kühl begegnet war, hatte sie ihn nicht mehr zu Gesicht bekommen. Ein Monat war inzwischen vergangen. Und nun tauchte er plötzlich in der Kirche auf. Hatte er geahnt, daß sie hier waren?

Waldemar trat zu der Kirchenbank, begrüßte die Damen und nahm neben Stefa Platz. Frau Idalia bog den Kopf zurück und fragte flüsternd: »Kommst du aus Głębowicze, Waldek?«

»Nein, ich war in Słodkowce«, lautete die Antwort.

»*Tiens!* Also hast du gewußt, daß wir hier sind?«

»Ja, das habe ich.«

»Hast du fein gemacht, Waldek!« mischte sich Łucia ganz leise ein.

Waldemar setzte sich gerade auf und bemerkte erst jetzt die vollen Bänke gegenüber. Auf das dicht aufeinanderfolgende Kopfnicken antwortete er mit einem langsamen Neigen des Kopfes. Zu Stefa sagte er kein Wort; ein paarmal warf er Seitenblicke auf ihr hübsches Profil, das sich über das Gebetbuch beugte, und die lebhafte Farbe ihrer Wangen. Daß er die hervorgerufen hatte, wußte er wohl; er hatte bemerkt, welchen Eindruck sein Betreten der Kirche auf sie gemacht hatte. Er war zufrieden und zugleich erregt, empfand eine merkwürdige Erleichterung, daß er sie an seiner Seite hatte. Mit Wonne verfolgte er jede ihrer Bewegungen, jeden Atemzug; ohne hinzuschauen, wußte er, wie sie gekleidet war.

Und alles gefiel ihm, alles hatte für ihn seinen Reiz. Nachdem er sie so lange nicht gesehen hatte, kam sie ihm noch hübscher, noch begehrenswerter vor. Wie es seine Art war, unternahm er den Versuch, sie in Gedanken zu analysieren, doch schnell gewahrte er, daß es ihm einfach nicht gelingen wollte, das Ergebnis blieb nichtig, er war ganz dem Eindruck des Augenblicks anheimgegeben.

Stefa aber merkte erst jetzt, daß es ihr, trotz aller Anstrengungen, nicht gelungen war, ihn zu vergessen, daß diese unbestimmte Sehnsucht, die sie nicht hatte verstehen können, ihm galt. Die Klarheit ihrer Gefühle bereitete ihr Schmerz, und eine nie gekannte Lust.

Gebetsworte mischten sich mit Grübeln, und nichts empfand sie stärker als seine Nähe, und daß sie nach einem Monat der Trennung wieder zusammen waren, sich so nahe. Vorsichtig spähte sie zu seiner Hand, die sich auf das Betpult stützte, sah den Rand der Mantelärmel und ein Stück Manschette. Als er Geld auf den Kollektenteller legte, blitzte an seinem Finger ein riesiger Brillant. Stefa mußte ihren ganzen Verstand zusammennehmen, um sich zu erinnern, daß sie diesen Brillanten immer bei ihm gesehen hatte. Sie glaubte sicher zu wissen, daß dies ein Verlobungsring war. Sie hatte von der Ablehnung der Gräfin Barska gehört, daraufhin hatte Waldemar Głębowicze verlassen. In Słodkowce kommentierte man dieses Ereignis und brachte Waldemars Abreise unmittelbar in Zusammenhang mit der Gräfin. Frau Idalia behauptete, daß jetzt die Verlobung folgen würde. Herr Maciej hatte seine Zweifel, doch energisch widersprach auch er nicht. Nur Fräulein Rita lachte über die Słodkowcer Hirngespinste, und Treska gab laut von sich, daß der Gräfin Barska die »Ordinatsherrengefahr« kein bißchen drohe.

In dem Moment zupfte Łucia sie am Ärmel. »Warum gucken alle her?«

Die Angesprochene hob die Augen. Alle Blicke waren auf Waldemar gerichtet, um dann zu ihr zu schweifen. Sie fand es geschmacklos, vor allem aber taktlos.

Nunmehr hielt sich Łucia an Waldemar. »Waldek, du störst das Gebet!«

»Wem?«

»Den Herrschaften gegenüber.«

Waldemar erwiderte nichts. Auch er hatte die hartnäckigen Blicke bemerkt, aber daran war er bereits gewöhnt; seine Gedanken galten Stefa. Ob sie wirklich betete? Er war sich sicher, daß sie unter dem Eindruck seiner Gegenwart stand; das berauschte ihn und er wäre nur ungern enttäuscht gewesen. Gleichzeitig ergriff ihn der Anblick ihrer frommen Kontemplation.

Nach der ersten Erschütterung, nachdem sie sich ein wenig erholt hatte, versenkte sie sich ins Gebet. Niemals hatte sie aufrichtigere Begeisterung verspürt. Ihre Seele sang. Unbekannte Empfindungen brachen in ihr auf, dann erfüllte sie Frieden, und Süßigkeit durchströmte ihr Herz. Während sie Gott für diesen Augenblick dankte, hätte sie ihn gern bis in alle Ewigkeit ausgedehnt. Er saß bei ihr, ihre Arme berührten sich; sie spürte seinen Blick auf sich ruhen und war glücklich. Ihr innerer Friede malte sich auf ihrem Gesicht. Waldemar schaute sie mit nie gekannter Zärtlichkeit an. Er erriet, daß sie glücklich war, und ihr Gebet diesem Glück entströmte, und daß es ein ehrliches Gebet war.

So eine Frau ist wie ein Engel, wenn sie betet, ging ihm durch den Sinn. Neben diesem jungen Mädchen verschwand sein Pessimismus, der Zyniker und Philosoph verwandelte sich in ein Wesen mit Hoffnungen, Träumen, Idealen.

Beide saßen sie schweigend da, doch sie spürten sich gegenseitig. Als der Priester vom Altar trat, erhob sich Frau Idalia als erste. Vor der Kirche traf sich die ganze Gesellschaft.

Auf einen Wink von Waldemar fuhr der Landauer aus Słodkowce vor sowie der kleine offene Wagen ohne Bock mit dem Musengespann aus Głębowicze.

Waldemar nahm neben den Damen Platz. Es gab noch ein paar Verbeugungen, und dann fuhren sie. Das kleine ponceaurote Gefährt folgte ihnen.

Kaum hatte sich der Landauer in Bewegung gesetzt, als Łucia die Unterhaltung ihrer Mutter mit Waldemar ausnutzte, um zu Stefa auf französisch zu sagen: »Ach, endlich! Ich fürchte die ganz instinktiv! Sie sind so anders, nicht unsere Gesellschaftsschicht ...«

»Darüber zu entscheiden, bist du noch nicht alt genug, Łucia«, wies Waldemar sie zurecht.

Łucia geriet in Verlegenheit, blickte ängstlich zu ihrer Mutter, senkte den Kopf und flüsterte: »Entschuldigung ...«

Frau Idalia hatte ganz andere Sorgen. Ungeduldig erkundigte sie sich: »Bist du lange bei den Barskis in Orzelsk gewesen, Waldek?«

»Ich bin überhaupt nicht dort gewesen.«

Die Baronin machte große Augen. »*Voyons!* Du warst nicht bei den Barskis? Wo bist du so lange gewesen?«

»Woher die Vermutung? Ich in Orzelsk? Ich bin im Organisationskomitee für die Ausstellung und bin in dieser Angelegenheit nach W. gefahren, wo ich mich um die Unterbringung der Pferde gekümmert habe.«

»Dann weißt du nicht, was bei den Barskis passiert ist?«

Waldemar grinste belustigt. »Aber natürlich weiß ich es.«

»Und was sagst du dazu?«

»Nichts. Ich wünsche Gräfin Melanie einen Sieg und einen Verlobten.«

»Wer wird das sein?«

»Oh! So vorausschauend bin ich nun auch wieder nicht. An den Start gehen Legionen, doch wer die Palme erringt ... bestimmt weiß das auch die Gräfin noch nicht, ganz zu schweigen von mir«, spöttelte er.

Die Baronin explodierte: »Du weißt so gut wie sie und wir alle, wer am ehesten jene Palme erringt.«

»Leider bin ich nicht so scharfsinnig.«

»Ach, Waldek, du irritierst mich. *Voilà que tu es ridicule!* Schließlich hängt das alles von dir ab.«

»Aber ich werde mich um jenen Sieg nicht bemühen«, entgegnete er mit Nachdruck und nun schon gereizt.

»Weshalb?«

»Erlauben Sie, Tante, aber das ist ausschließlich meine Sache!«

Damit war der Fall erledigt. Frau Idalias Antlitz umwölkte sich. Łucia aber rief aus: »Ich jedenfalls freue mich sehr. Diese Melanie Barska kann ich nicht ausstehen.«

»Łucia, *soyez tranquille*!« herrschte ihre Mutter sie an.

Waldemar wechselte das Thema. Er sprach von der geplanten Ausstellung, deren Ausstattung er mit ähnlichen Veranstaltungen im Ausland verglich und dabei treffende und originelle Ansichten vertrat. Stefa drängte sich nicht auf, doch geschickt bezog er sie ins Gespräch mit ein, so daß am Ende eigentlich nur sie beide sprachen. Łucia schmollte, Frau Idalia schaute finster drein. So gelangten sie nach Słodkowce.

Die Baronin rauschte hinaus. Herr Maciej, der ihr nachschaute, murmelte: »Übertreibung, daß Gabriële und ich unglücklich waren: Übertreibung, daß es ein Verbrechen ist, eine Liebe zu töten oder zu verbieten; Übertreibung, daß man sich den Weg zum Glück selber bahnen muß, will man ein leichtes Alter haben. Alles Übertreibung! Wo ist die traurige Wahrheit?«

22

Tags darauf erhob sich Herr Maciej in außergewöhnlicher Gemütsverfassung. Er war grüblerisch, und sein Enkel Waldemar wollte ihm nicht aus dem Sinn. Binnen eines Monats hatte er sich entschieden verändert. Herr Maciej hegte ernsthafte Befürchtungen, denn er kannte seinen Enkel und dessen aufbrausende Natur. Mit dem Scharfblick alter Menschen spürte er etwas heraus, das ihn mit Schrecken erfüllte. Während Waldemars langer Abwesenheit waren die alten Befürchtungen verschwunden, nur um jetzt verstärkt zurückzukehren.

Nach der sehr behutsamen Unterhaltung mit Waldemar war ein Verdacht bei Herrn Maciej aufgekommen, vor dem er sich instinktiv gefürchtet hatte; der geliebte Enkel schien mit etwas belastet, ungesagte Worte lagen beiden auf den Lippen, doch keiner von beiden wagte sie auszusprechen. Waldemar war gegen Abend abgereist und hatte keine schnelle Rückkehr verheißen. Herrn Maciej schmerzte das, aber er hielt Waldemar nicht auf. Er erinnerte nicht einmal daran, daß anderntags Stefas Namenstag war, obwohl er das vor einem Monat mit Sicherheit gesagt hätte.

Zum erstenmal bedeutete die Abfahrt des Enkels zugleich Erleichterung, doch die ganze Nacht tat er kein Auge zu, und früh stand er mißgestimmt und mit Kopfschmerzen auf. Um zehn ließ er Stefa durch einen Diener zu sich rufen.

Sie trat traurig ein, ihre Augen waren verweint. Das glatte weiße Kleid machte sie blasser, als sie gewöhnlich war, nur ihre Lippen waren von brennendem Rot, und die Augen schimmerten unnatürlich hinter den Tränen. Herzlich küßte sie die Schulter von Herrn Maciej. Der Greis war gerührt, drückte ihren Kopf an sich und plazierte sie auf einen Stuhl ihm gegenüber.

»Warum weinst du, Kind?« fragte er und hielt sie bei den Händen.

Stefa biß sich auf die Lippen und fing an zu blinzeln, denn schon wieder brannten die Tränen.

»Warum weinst du?«

»Weil ich traurig bin … Diesen Tag … habe ich immer … zu Hause verbracht«, antwortete sie leise.

»Ist das der einzige Grund?«

Sie sah ihn abwehrend an. »Ja, der einzige«, sagte sie hastig.

Herr Maciej lehnte sich zurück und ließ ihre Hände los. Ihre Antwort hatte sie in den Augen des mißtrauischen Greises verraten. Er spürte, daß außer der Sehnsucht nach der Familie noch etwas war, etwas, das er nicht benennen wollte. Er hielt den Blick unverwandt auf sie gerichtet und flüsterte vor sich hin: »Stenia ... eine zweite Stenia ...«

»Wer?« fragte das Mädchen mit plötzlicher Bewegung.

Herr Maciej nickte mit dem Kopf. »Du kennst sie nicht, Kind. Einmal, einmal hat es eine Stenia gegeben, die dir glich, aber ... das ist lange her.« Stefa fiel die Geschichte wieder ein, die ihr Waldemar im Porträtsaal von Głębowicze erzählt hatte. Wehmut erfüllte ihr Herz, und sie senkte die Augen.

Herr Maciej nahm vom Beistelltischchen ein kleines Etui aus Sämischleder, öffnete es und hob vom weißen Samt eine Miniatur, die in ein Medaillon gefaßt war. Die Miniatur stellte einen jungen Mann in der Uniform der polnischen Ulanen dar, mit einem Stern auf der Brust und dem Orden Virtuti Militari. Herr Maciej hielt es Stefa hin, und die Kehle war ihm wie zugeschnürt, als er sagte: »Das ist mein Konterfei, aus Zeiten, da ich der glücklichste Mensch auf Erden war: Ich liebte eine wie dich, eine Stenia, und ich glaubte, sie und die ganze Welt gehörten mir ... Ha! Die Jugend schwand dahin ... Aber ... was ist dir, Kind?«

Stefa war beim Betrachten des kleinen Porträts zusammengezuckt.

»Ich habe das irgendwo schon gesehen ... Ich kenne das Bild.«

Der Greis hielt unverwandt den Blick auf sie gerichtet.

»Du hast diese Miniatur gesehen? Wo? Du irrst dich wohl, Kind! Aber vielleicht ... Hat Idalia sie dir gezeigt?«

»Nein, nein, das nicht, aber gesehen habe ich sie bestimmt.«

»Vielleicht hast du genau so ein Bild von mir in einer sehr alten Zeitschrift gefunden? Das ist durchaus möglich! Früher war ich ein Mann, der für die Öffentlichkeit durchaus interessant war.«

Stefa schüttelte zweifelnd den Kopf.

»Ich habe die für dich parat gehalten, als kleines Geschenk zum Namenstag. Ich habe mir gedacht, daß dir das Jugendbildnis eines Menschen, der dir sehr wohlgesonnen ist, Freude macht.«

Dankbar neigte sich Stefa ihm zu. »Tausend Dank. Es wird

immer ein kostbares Erinnerungsstück für mich sein. Habe ich denn so etwas überhaupt verdient? Ein Familienheiligtum?«

»Ich besaß ein paar davon, die habe ich an Familienmitglieder verschenkt; ein einziges habe ich für mich zurückbehalten. Dieses letzte habe ich für dich bestimmt, mein Kind... Du ähnelst ihr so sehr, meiner Stenia. Irgendwann einmal zeige ich dir auch noch ihre Miniatur, ich habe nur eine einzige, und die ist mein Heiligtum.« Der alte Herr drückte, sichtlich gerührt, Stefas Kopf an sich und sagte seltsam weich: »Unterhalte dich gut, mein Kind. Heute ist dein Feiertag, weine nicht, sei glücklich. Du bist doch noch so jung...«

Wieder auf ihrem Zimmer, betrachtete Stefa die Miniatur mit undefinierbarem Gefühl. Das Gesicht erinnerte an das Waldemars. Die Kleidung war eine andere und die Haartracht verschieden, die Gesichtszüge waren dieselben.

Stefa versuchte, sich zu entsinnen, wo und wann sie ein solches Medaillon bereits gesehen hatte. Eine verschwommene Erinnerung verband sich mit ihrer frühen Kindheit.

Sie konnte den Blick nicht abwenden. Die Ähnlichkeit mit Waldemar wurde immer offensichtlicher, je länger sie das Bild betrachtete. Unwillkürlich murmelte sie vor sich hin: »Ob er diesmal wieder so lange wegbleibt? Warum ist er gestern gefahren? Warum so verändert?«

Ihre Gedanken wanderten im Kreis, auch wenn sie sich selbst nicht eingestehen wollte, wie schmerzlich sie seine Abreise so kurz vor ihrem Namenstag empfand. Sie wehrte sich gegen die Bitterkeit, wollte fröhlich sein, doch es gelang ihr nicht. Der Kummer schnürte ihr die Kehle zu, sie fühlte Leere um sich herum.

Vor dem Mittagessen überredete Łucia sie zu einem Spaziergang. Sie gingen zum Wald hinter dem Garten. Stefa erinnerte sich nur allzu gut an Waldemars Anzüglichkeiten und spöttische Bemerkungen, als sie ihm im Mai dort begegnet war. Erinnerte sich auch an den eigenen Zorn, die scharfen Erwiderungen und die Abneigung, die sie damals gegen den boshaften Magnaten empfunden hatte. Sie fürchtete ihn, ja es war panische Furcht gewesen, die sie vor ihm empfand. Er machte sie neugierig, reizte sie, imponierte ihr immer schon, und es ärgerte sie, daß sie an ihn denken mußte. Ihre Gefühle waren heute andere: die instinktive Furcht vor ihm war nicht verschwunden, hatte sich sogar noch verstärkt, doch hatte sich die Richtung geändert; die heutigen Gefühle nannte sie lieber nicht beim Namen.

Łucia, die ihre Versunkenheit bemerkte, eilte voraus. Eine bestimmte Ahnung wandelte sie an, die sie keinem anvertrauen konnte, vor der Mutter scheute sie sich, und Großpapa wollte sie damit nicht behelligen. Sie hielt ihre Verdächtigungen geheim und unternahm alles, um sich nur ja nicht zu verraten. Nein, daß sich das Verhältnis zwischen Waldemar und Stefa verändert hatte, war ihrer Aufmerksamkeit nicht entgangen. Łucia sah sehr wohl, daß diese Veränderung absolut war, und begriff, worauf sie hinauslief. Waldemar überraschte sie. Und Stefa begann sie mit forschendem Interesse zu betrachten. Auch sie wirkte verändert. Ihre Fröhlichkeit war nicht mehr so überschäumend, und Łucia stimmte das nachdenklich. Während die beiden Mädchen so dahinschlenderten, jedes seinen Gedanken nachhängend, gelangten sie auf den Waldweg. Łucia ging schnell und war Stefa vorausgeeilt. An der Wegbiegung verhielt sie überrascht den Schritt. Ihr entgegen kam, wie wild geworden, das Głębowiczer Viergespann galoppiert. Im letzten Augenblick machte Łucia einen Satz zur Seite in den Wald. Waldemar hatte also Stefas Namenstag nicht vergessen und kam ihretwegen so angebraust; sie wollte aus dem Abseits die Begrüßung der beiden beobachten.

Stefa ahnte nichts von dem Manöver ihres Schützlings, und da sie Łucia aus den Augen verloren hatte, rief sie nach ihr. Keine Antwort. Da – das laute Getrappel von Pferdehufen, und hinter der Wegbiegung hervor stürmten die vier wohlbekannten eleganten schwarzen Araber. Waldemar kutschierte selber, der Kutscher saß hinten.

Stefa erbebte. Sie stand wie angewurzelt, befahl sich mit ganzer Kraft, die Ruhe zu bewahren. Waldemar hatte sie bereits gesehen. Seine Augen blitzten. Abrupt brachte er die Pferde zum Stehen und lüftete den Hut. Dann sprang er aus dem Kutschwagen und rief dem Kutscher zu: »Fahr an den Waldrand. Dort wartest du.«

Stefa kam zur Besinnung, als sie den Majoratsherrn vor sich sah. Er drückte ihr innig die Hand. Eine Weile herrschte Stille, dann sagte Waldemar mit verhaltener Stimme: »Ach, wie gut! Ich habe Sie doch wieder in diesem Wäldchen getroffen.«

»Wie im Mai. Und jetzt haben wir Herbst!«

»Man kann sich einen Mai auch im Winter schaffen.«

Stefa schwieg.

»Ach, ich habe ganz den eigentlichen Zweck dieser Fahrt vergessen: Heute ist Ihr Namenstag. Ich kann die übliche Glückwünscherei nicht ausstehen. Da jedoch die Form gewahrt werden sollte ...«

Stefa unterbrach ihn: »Nein, wozu? Es genügt, daß Sie gekommen sind. Daß Sie an den Tag gedacht haben, das genügt ...«

Mit einer vornehmen Verbeugung hob er ihre Hand an die Lippen. Sie spürte seine Berührung wie einen Stromschlag; vor dem beredten Ausdruck seiner Augen senkte sie den Blick. Schweigend gingen sie nebeneinander her, dann fuhr er auf einmal fort: »Der Namenstag ist für mich der unausstehlichste Tag im Jahr. Ich mag keine Karten, die zwar ein konventionelles, doch nichtsdestotrotz häufig unaufrichtiges Aushängeschild sind. Selber verschicke ich sie selten. Bei Menschen, die mir näherstehen, erscheine ich persönlich.« Stefas Wangen färbten sich rosig. Waldemar sprach weiter: »Ich bringe es einfach nicht fertig, ›Glück und Segen‹ zu wünschen. Besonders sinnlos finde ich Phrasen dieser Art, wenn es mir dringlich am Herzen liegt, jemandem den Himmel geneigt zu machen. Doch seinen Segen zu erflehen, dazu braucht es nicht unbedingt den Namenstag.«

Stefa lächelte. »Dennoch leisten auch Sie dieser verabscheuten Konvention heute Folge.«

»Nein, meine werte junge Dame. Mein heutiger Besuch gilt einem Menschen, der mir nahesteht. Bei Menschen, die mir nichts bedeuten, besuche ich einen Ball, wenn man mich einlädt, Namenstagsbesuche mache ich nie.«

Stefa wurde verlegen, darum rief sie laut nach Łucia.

»Sie sind nicht allein?«

»Nein. Ich gehe mit Łucia spazieren, doch die ist mir entwischt.«

Daraufhin raschelten Zweige, und Łucia stürzte aus dem Gebüsch, das Gesicht feuerrot, die Augen funkelnd.

»Wo bist du denn so lange umhergelaufen?« fragte Stefa.

»Ich bin Nüsse suchen gegangen. Da gibt's ja so viele!«

»Und wo sind sie? Hast du nicht welche aufgelesen, wenn es da so viele gibt?« fragte Waldemar und sah das Mädchen forschend an.

Łucia senkte die Augen. »Ich hab nicht gesammelt, bloß gegessen. Im übrigen bin ich weit gelaufen.«

»Erstaunlich, man sieht dir die weite Exkursion durchs Gesträuch gar nicht an.«

Stefa lachte. »Und vor allem hast du nicht viel Zeit dafür gebraucht, denn verschwunden bist du erst kurz vor Eintreffen des gnädigen Herrn. Ach du! Aber warum sagst du nicht guten Tag?«

»Sie ist noch ganz von den Nüssen in Anspruch genommen«, bemerkte Waldemar schmunzelnd.

Schüchtern und mit hochroten Wangen begrüßte Łucia Waldemar. Offenbar hatte er den Zweck ihres Manövers erraten, und das machte ihr ein wenig bange. Von ihrem Versteck aus hatte sie die beiden genau gesehen. Zwar hatte sie bis auf ein paar wenige Worte nichts von ihrer Unterhaltung verstehen können, doch Waldemars Handkuß schien ihr Beweis genug.

»Bist du geritten oder mit der Kutsche da, Waldek?« sprach sie ihn nach einer Weile mit unschuldiger Miene an.

»Mit dem leichten Kutschwagen. Vermutlich ist es längst Zeit, umzukehren …«

Zu einer Unterhaltung in Gegenwart von Łucia hatte er keine Lust. Er warf einen Blick auf die Uhr: gleich zwei.

»Zeit zum Mittagessen!« rief Łucia.

Sie machten sich auf den Rückweg. Als sie bei den Pferden angekommen waren, schlug Waldemar eine Spazierfahrt vor. Er ließ Stefa und Łucia auf dem Vordersitz Platz nehmen und stellte sich hinter sie, nachdem er den Kutscher zu Fuß nach Słodkowce geschickt hatte.

»Am besten Sie kutschieren«, sagte er zu Stefa und reichte ihr die Zügel.

Das Mädchen war gut aufgelegt, alle Morgentraurigkeit verflogen. Lachend packte sie die Zügel und ließ die Rappen traben. Er stand über sie gebeugt, trieb die Pferde mit Peitschenknall an, gab der Kutscherin Anweisungen, berauscht von ihrer Nähe, dem Duft ihres wundervollen Haars. Unvermutet griff er in die Zügel und gab dem Gefährt eine andere Richtung, lenkte die Tiere auf einen anderen Weg, an Słodkowce vorbei. Stefa rief warnend aus: »Aber, wir fahren in eine ganz andere Richtung!«

»Na, bestens. Wir haben es doch nicht eilig. Oder doch?«

»Ich bin jedenfalls hungrig!« beklagte sich Łucia, »und man wartet mit dem Mittagessen auf uns!«

Ohne einen Ton zu sagen, zog Stefa die Zügel an. Das Viergespann wendete in vollem Lauf, und die Geschirre gerieten durcheinander.

»Was machen Sie denn!« rief Waldemar und riß die Zügel an sich. Er hatte gerade die Pferde wieder ausgerichtet, als das Ortscheid die Deichselstute am Bein traf. Sie machte einen heftigen Satz, und das gesamte Viergespann wurde mitgerissen.

»Ruhig, Łucia!« rief Stefa, denn ihr Zögling hatte angefangen zu weinen.

Waldemar zog die Zügel so fest an, daß sich die Pferde aufbäumten, dennoch konnte er sie nicht sofort zum Stehen bringen. Der leichte Wagen schwankte.

»Halten Sie sich an mir fest! Łucia, hör auf zu kreischen, du verschreckst mir die Pferde! Es ist ja nichts passiert«, redete Waldemar beruhigend auf sie ein. Seine Selbstsicherheit blieb nicht ohne Wirkung. Die Pferde verlangsamten ihren Lauf. Stefa hob den Blick und schaute voller Bewunderung zu Waldemars männlicher Gestalt auf, die kraft- und ruhevoll das Viergespann bändigte. Er stand hoch aufgerichtet, ohne zu schwanken. Die Nähte der Handschuhe waren geplatzt, so tief schnitten die Zügel in seine Handflächen, Schweißperlen bedeckten die Schläfen, die Brauen waren gerunzelt, und seine Nasenflügel bebten.

Auf die in seinen Anblick versunkene Stefa fiel unvermutet sein Blick herab: ruhig, aber eroberungslustig. Es lief ihr kalt den Rücken hinunter.

Sie schauten einander an. Er lächelte leicht, mehr mit den

Augen als mit den Lippen, beugte sich zu ihr hinunter und flüsterte: »Na, keine Angst?« Seine Stimme klang zärtlich.

»Nein«, erwiderte sie leise.

Wenn sie ehrlich sein dürfte, würde sie ihm gestehen, daß sie sich so wohl wie nie zuvor fühlte. Aus Sorge, er könnte diese geheime Beichte aus ihren Augen lesen, senkte sie die Lider, rosenwangig und glücklich.

Einen Augenblick später hatte Waldemar das Gespann wieder voll und ganz unter Kontrolle. Die Pferdeleiber dampften, die geblähten Nüstern schnaubten, die Augen sprühten Funken. Ihre Rücken sahen aus wie Samt, den man mit Wasser begossen hatte. Unruhig und erregt von dem wahnwitzigen Sprint, bissen sie die Kandare und warfen die Köpfe hin und her. Sie wirkten wie gezähmte, doch wütende Titanen. Waldemar hatte ein Gespür dafür und nahm sich in acht, und als Stefa ihn bat, ihr die Zügel wieder zu geben, schüttelte er den Kopf.

»Aber Sie sind erschöpft, ruhen Sie sich doch ein bißchen aus, ich fahre langsam«, suchte Stefa ihn zu überreden.

»Nein, nein, das ist noch nicht der richtige Zeitpunkt, ich muß sie besänftigen, bis sie sich wie Lämmchen aufführen. Im Moment würden nicht Sie ihnen die Bedingungen diktieren, sondern umgekehrt.«

»Ich halte sie fest am Zügel, Sie werden sehen.«

Schmunzelnd beugte er sich zu ihr. »Nicht widersprechen, Kindchen.«

Stefa verschlug es die Sprache.

»Waldek, wie sprichst du denn mit Fräulein Stefa?« entrüstete sich Łucia.

»Boshaft war meine Bemerkung nicht«, entgegnete Waldemar.

Stefa biß sich auf die Lippen.

»Ei, die Herrschaften streiten sich! Habe ich ja schon lange nicht mehr gehört!« rief Łucia aus.

»Sitz still auf deinem Platz, Kleine, und paß auf, daß du nicht herausfällst, denn ich lasse jetzt die Pferde laufen.«

Stefa sah ihn an und flehte beinah: »Nein, bitte nicht, sie sind so aufgedreht. Die gehen wieder durch.«

Waldemar musterte sie aus leicht zusammengekniffenen Augen.

»Und das Kindchen wird brav sein?« fragte er.

Stefa mußte lachen. »Aber ja, ganz bestimmt, nur bitte ich um die Zügel.«

Stefa kutschierte erneut, und Waldemar ließ den Blick auf ihr ruhen, während er die überbeanspruchten Hände rieb.

Der leichte Wagen fuhr in schnellem Tempo durch das Palasttor ein, als Frau Idalia gerade mit ihrem Vater im offenen Fenster seines Kabinetts saß. Da sie schwache Augen hatte, erkannte sie die Ankömmlinge nicht.

»Papa! Wir bekommen Besuch!«

Herr Maciej lehnte sich hinaus und wunderte sich.

»Es ist Waldemar.«

»Aber auch irgendwelche Damen.«

»Łucia und Stefa, sie kutschiert sogar. Offenbar hat er sie getroffen und mitgenommen.«

Die Pferde hielten an. Lachend sprangen alle drei aus dem Gefährt. Die jungen Damen eilten auf ihre Zimmer, Waldemar begab sich in das Kabinett.

Nachdem die erste Begrüßung vorüber war, erkundigte sich Herr Maciej: »Wo habt ihr denn die Pferde so strapaziert? Die sind ja wie aus dem Wasser gezogen.«

»Die Musen sind ein wenig durchgedreht.«

»Was? Sie wollten durchgehen?« rief Frau Idalia erschrocken aus.

»Beruhigen Sie sich, Tante, es ist alles in Ordnung. Der beste Beweis: Wir sind heil und gesund.«

»Bestimmt hat die arme Łucia einen mächtigen Schreck bekommen.«

»Sie hat ja auch gebrüllt wie am Spieß.«

»Weißt du auch, daß wir heute ein Namenstagskind haben?« fragte Herr Maciej und musterte dabei seine Stiefelspitzen.

»Deshalb bin ich hier«, entgegnete Waldemar.

»Und anstatt zu gratulieren, hast du ihr einen Schrecken eingejagt«, lachte die Baronin.

Herr Maciej senkte den Kopf. Die unverhoffte Ankunft des Enkels und seine Worte beunruhigten ihn. Frau Idalia griff den

Faden wieder auf: »Apropos, ich würde Stefa heute gern eine Freude bereiten, um sie ein bißchen aufzuheitern. Was siehst du mich denn so an, Waldek?« Mitten im Zimmer hielt er in seinem Auf und Ab inne, stand da und blickte verblüfft auf die Tante. »Worüber bist du so erstaunt, Waldek?« wiederholte sie.

»Über Eure Besorgtheit um Fräulein Stefania, liebste Tante. Wirklich außerordentlich!«

Er sagte das achselzuckend, doch offensichtlich hatten ihm die Worte der Tante wohlgetan. Er wirkte auf einmal viel lebhafter.

»*Tiens!* Ich habe sie nun einmal ins Herz geschlossen«, sagte die Baronin. »Sie hat etwas an sich, das einen unwillkürlich für sie einnimmt. Ich habe mir Gedanken gemacht, was ich ihr schenken könnte, nun, und schließlich habe ich sechs Bände Heine *en luxe* ausgewählt. Das reicht doch wohl, nicht wahr?«

»Sind die Bände komplett?«

»Was redest du denn da, Waldek?«

»Ach, nichts weiter! Aus den Bänden der Tante gehen die Autoren hinaus in Gottes weite Welt. Ich habe selbst einmal gesehen, wie sich auf den Teppichen in Tantes Boudoir Bourget mit Shakespeare schlug. La Rouchefoucault, Dickens, Zola reisen gemeinsam und wandern unter die Konsolen und Kanapees, bis sie am Ende ein Diener in einen Korb packt und sie in mustergültiger Eintracht den Weg zur Brandopferung antreten.«

Herr Maciej fing an zu lachen, doch die Baronin war beleidigt.

»Immer mußt du unausstehlich sein!« sagte sie und erhob sich.

Waldemar sprang herzu und hielt sie auf. »Ach, Tante, ist ja gut! Ihre Schriftsteller haben nun einmal ein lebhaftes Temperament, was soll man machen. Lassen wir sie einmal beiseite! Beraten wir uns lieber über das Vergnügen, das wir Fräulein Stefania bereiten wollen.«

»Das kannst du selber machen«, murrte die Tante. Waldemar faßte sie um die Taille und wirbelte mit ihr im Walzertakt umher. »*Voyons*, Waldek, *tu es fou*! Was hat dich denn in eine solche Laune versetzt?«

»Sechs Bände Heine *en luxe* und Tante, die heute wundervoll ist!«

Frau Idalia lachte, doch das Gesicht ihres Vaters verdüsterte sich. Er hatte gleich verstanden, womit die sonst ungeliebte Tante Waldemar für sich eingenommen hatte.

Man hatte sich gerade zu Tisch begeben, als ein Bediensteter Fräulein Rita meldete. Die Besucherin kam fröhlich hereingeflattert und stürmte, ohne sonst jemandem Aufmerksamkeit zu schenken, mit Glückwünschen auf Stefa zu. Ohne jede Förmlichkeit küßte sie sie herzlich.

»Ganze Garben von guten Wünschen habe ich Ihnen mitgebracht«, rief sie aus und schüttelte Stefa die Hände.

»Ich habe gedacht, Sie würden wenigstens mit irgendeinem Engländer antreten. Was ist das schon, bloße Glückwünsche«, witzelte der Majoratsherr.

»Und Sie haben vermutlich ihren Apollo offeriert, oder?« fuhr sie ihm in die Parade.

»Ich? Wie komme ich dazu?« versuchte er sich achselzuckend aus der Affaire zu ziehen.

»Sie haben Ihren Apollo nicht verschenkt? Schämen Sie sich, mein Herr!«

»Apollo zwar nicht, aber vier Musen hatte ich heute schon in der Hand«, lachte das Namenstagskind.

»Die davon dermaßen entzückt waren, daß sie durchgehen wollten.«

»Machen Sie keine Scherze.«

Stefa berichtete ihr von ihrem morgendlichen Abenteuer.

»Wo ist denn Ihr *attaché*?« erkundigte sich Waldemar.

Fräulein Rita ließ den Blick schweifen.

»Treska? Wie, ist er noch nicht hier?«

Das Mittagsmahl verlief heiter und unbeschwert. Gegen Ende tauchte der unentbehrliche Treska auf und wurde mit Scherzen und einem Heiterkeitsausbruch begrüßt.

Nach Tisch spielte man Tennis. Stefa und Treska verloren die Partie gegen Waldemar und Rita.

Dann tauschte man die Partner. Waldemar stellte sich neben Stefa und sprach dringlich auf sie ein. Mit einem Blick auf sie flüsterte Treska seiner Nachbarin zu: »Schade, daß ich keinen Photoapparat mithabe. Ich würde die beiden gern knipsen in ihrem gegenwärtigen Stadium.«

»Das nächste kann sich als spannender erweisen«, lautete die prompte Antwort.

»Der Meinung bin ich nicht.«

»Und warum nicht?«

»Ce n'ira pas plus haut.«

Fräulein Rita lachte lauthals. »Das heißt, Sie kennen den Majoratsherrn nicht. Aber ich kenne ihn und ... ahne eine Menge.«

In diesem Augenblick rief der Majoratsherr: »Beginnen wir! Was zettelt ihr denn da für eine Verschwörung an?«

»Wir ziehen über euch her«, sagte Treska.

»Und das nach Strich und Faden«, fügte Rita hinzu.

Waldemar zeigte Stefa einen beschädigten Schläger, sie hörten also die letzten Worte nicht. Treska ging näher zu Fräulein Rita heran und fragte voller Ernst: »Sie sagen: Wir ... Und – da drüben herrscht beiderseitig Harmonie. Darf ich mir also Hoffnungen machen?«

Rita lachte ironisch. »Wo Sie doch nicht an die Beständigkeit jener Harmonie glauben.«

»Um Ihretwillen bin ich bereit, alles zu glauben. Meinetwegen helfe ich sogar nach.«

»Da bedarf es keiner Mithilfe.«

»Und was ist mit der Hoffnung?«

»Sie sind ein Langweiler. Nun fangen Sie schon an zu spielen. Ein Tennisplatz eignet sich nicht zu Rührseligkeiten dieser Art.«

Treska trat mit neuer Hoffnung, wenn auch trübsinnig an. Dem Majoratsherrn warf er einen grimmigen Blick zu, als wollte er sagen: »Alles deinetwegen!«

23

Über dem großen See von Słodkowce begann sich kaum wahrnehmbar das Gespinst der Morgendämmerung auszubreiten. Das Wasser lag schlafend, niedergehalten von der Stille in der Natur. Dichter Nebel verband die milchige Oberfläche des Sees mit dem gleichfarbigen Himmel. Nirgends ein Laut, kein Hauch deutete auf Leben hin. Der Tag, der da anbrach, versprach schön zu werden. Noch sah man es nicht, aber es war bereits spürbar. Von der Sonne, die bald aufscheinen sollte, raunte etwas in den weißen Nebelschwaden. Hauchzarte Morgenröte lichtete das Himmelsgrau und ließ dort, wo sie das Wasser berührte, den Spiegel wie mattes Silber schimmern.

Beleben konnten die Natur nur Stimmen, die mit ihr verschmolzen, untrennbar mit ihr verbunden: Vogelgezwitscher und das Gesumm von Insekten. Doch alles verharrte noch im Dämmerzustand. Nur hier und da im Gezweig flatterten Flügel eines erwachenden Vogels, zeugte ein kaum wahrnehmbares Summen davon, daß der heraufziehende Morgen schon in die Baumrindenverstecke, die kleinen Höhlen und Löcher im Sand, in das Gras vordrang. Die Einheitlichkeit von Himmel und Wasser löste sich auf; ein großes Stück gelben Brachfeldes hinter dem See schob sich dazwischen sowie das weithin sichtbare schwarze Samtband des Waldes.

Die Welt stand in goldener Krone. Ein blasses Rosa strich über die zitternden Blätter der Bäume, glitt auf die düsteren Wipfel der Fichten hinüber, schimmerte atlasweich auf der gelben Brache, säumte das schwarze Band des Waldes, und auf einmal floß über die schimmernde Welle ein Strom geschmolzenen Goldes, golden erstrahlten die Bäume.

Die Sonne war da! Schön, majestätisch, aus purem Gold. Und ein Pfeifen, Zwitschern, Jubilieren erfüllte die strahlende Welt; das herrliche Antlitz der königlichen Majestät stieg ernst und feierlich hoch und immer höher empor, segnete die Erde mit seinen goldenen Strahlen.

Stefa hielt den Kopf auf die Brust gesenkt. Alles Lachen war aus ihrem Gesicht verschwunden. Wie dem strahlend erwachenden Tag zum Trotz, erfüllte Wehmut ihr Herz. Sie saß auf einer Steinbank am Seeufer. Da sie nach all den Eindrücken des Namenstages nicht hatte schlafen können, war sie noch vor dem Morgengrauen leise aus dem Palais verschwunden, um hierher zu laufen, an das Ufer des Sees. Um auf den neuen Tag zu warten und das, was er ihr bringen würde. Hoffnung würde zurückkehren in ihr Herz …

Da ist sie, die Sonne! Scheint sie auch für mich? Gleich einer düsteren Wolke hing das Fragezeichen über dem lichten Gemälde.

24 Ausstellung! Ein magisches Wort, das die Menschen in Scharen anzog. Die ohnehin bevölkerten Straßen der großen Stadt füllten sich, in den Hotels gab es keine freien Kapazitäten mehr, in Gärten, Restaurants, Konditoreien – überall ungewöhnliches Leben und Treiben. Auf dem Bahnhof herrschte reger Verkehr. Alle Augenblicke trafen Züge in der Halle ein, in der sich das Publikum drängte. Auffallend war die viel größere Zahl von Reisenden in der ersten und zweiten Klasse. Die dritte Klasse war unterschiedslos voll wie immer. Hin und wieder stürzte jemand aus dem grünen Waggon, der ebenfalls auf die Ausstellung strebte, irgendein »bedeutender Aussteller« und Kaufmann von lebendem Inventar, der eine Menge Geld und geringe Ansprüche hatte. Solche, die um der eigenen Annehmlichkeit willen auf die Ausstellung fuhren, traf man hier nicht: für sie galten die hellblauen und gelben Billetts. Die Stadt nahm mehr und mehr festlichen Charakter an. Das herrliche Wetter tat ein übriges. Der September schüttete sein ganzes Herbstgold über die prächtig herausgeputzten Straßen, die Gärten und den beflaggten Ausstellungsplatz.

Mitten auf der Hauptstraße fuhr ein prachtvoller Landauer mit einem Viergespann schwarzer Araber. Der Lack und die Bronzebeschläge des Geschirrs glänzten. Waldemar war unterwegs zur Bahn, wo er seinen Großvater und die Damen aus Słodkowce treffen sollte. Auf dem Bahnhof warteten bereits Fräulein Rita, Treska und der junge Wilhelm. Letzterer lief in Erwartung des Zuges fieberhaft auf dem Bahnsteig hin und her. Treska machte sich lustig über ihn, daß er die Vorlesung schwänze und hierher statt auf die Ausstellung gefahren sei, bloß wegen dieses Zuges, der gleich eintreffen müsse, und daß er aus Sehnsucht nicht ganz beieinander sei.

Der Student blieb Treska eine Antwort schuldig, doch er bestritt nichts. Waldemar kaute an seinem Schnurrbart. Er wirkte gereizt. Doch als er nach gegebenem Signal auf den Bahnsteig hinaustrat und den jungen Mann sah, wie er da direkt am Rand stand, weit vorgebeugt, den Blick starr auf den einfahrenden Zug gerichtet, hielt er es nicht länger aus und kommentierte, als er an ihm vorbeiging, bissig: »Schade, daß Sie ohne Blumen erschienen sind!«

Kläglich sah ihn der Student an, senkte die Augen und errötete.

Der Zug dampfte in die Bahnhofshalle ein. Waldemar suchte langsamen Schritts die Fenster der ersten Klasse ab. In einem blitzte kurz das Gesichtchen von Łucia auf, dann erschienen Herr Maciej und Frau Idalia. Beunruhigt, sprang Waldemar in den Wagen, noch ehe der Zug hielt: Über die Polsterbank gebeugt, schnürte Stefa irgendein Päckchen zu. Rasch trat der Majoratsherr zu ihr, schweigend reichten sie sich die Hand. Er blickte ihr tief in die Augen, während er ihre Fingerspitzen an die Lippen hob. Stefa wurde feuerrot. Seine leise Ehrerbietung bewegte sie. Łucia, die Zeugin der Szene geworden war, wunderte sich über gar nichts mehr. Fräulein Rita, Treska und der junge Wilhelm erschienen gleichzeitig auf der Bildfläche, Begrüßungen folgten und eine lebhafte Unterhaltung setzte ein.

Kurz darauf rollte erneut der Landauer des Majoratsherrn durch die Straßen und beförderte Herrn Maciej, die Baronin, Łucia und Wilhelm Szeliga. Im zweiten Gefährt, ebenfalls mit einem Viergespann, ebenfalls aus Głębowicze, fuhren Fräulein Rita mit Stefa, Waldemar und Treska. Rita sagte: »Wissen Sie, meine Pferde haben mit Sicherheit Erfolg. Ihre werden sie nicht übertreffen, aber dennoch sind sie auf dem Niveau …«

»Meiner Pferde oder Ihres Ehrgeizes?«

»Boshafter Mensch! Ihrem Gestüt bin ich noch nicht gewachsen.«

»Eine possierliche Kombination!«

»Und ich bin froh, daß ich die Gäule nicht hergebracht habe«, quäkte Treska.

»Ja, das vergrößert Ihre Chance«, bemerkte Waldemar schmunzelnd.

»Eben, darum ging's mir.«

Fräulein Rita bedachte sie mit einem scharfen Blick, der jedoch nicht die gewünschte Wirkung zeitigte, denn die Herren grinsten nur anstatt vor Schreck zu erstarren.

»Worum geht es? Von welchen Chancen sprechen Sie, mein werter Herr?«

Waldemar zog eine komisch ernste Miene. »Ich habe vom Pferderennen gesprochen, verehrtes Fräulein Sportlerin.«

»Wie das?«

»Nun, jeder von uns kann ein Rennen verlieren, wer aber keine Pferde besitzt, hat die Dauerchance, zu gewinnen, schon allein dadurch, daß er nicht teilnimmt.«

»Blödsinn! Und Sie?«

Treska zuckte zusammen. »Ich? Ich kann mich im großen und ganzen dem Majoratsherrn nur anschließen.«

»Mein lieber Herr, mehr Courage«, lachte Waldemar.

Fräulein Rita zuckte die Achseln und wandte sich an Stefa: »Was meinen Sie zu diesen Herren?«

»Daß Sie irgendwie mit ihnen in Konflikt geraten sind und daß ihr euch gegenseitig nicht versteht.«

»Sie haben nicht geantwortet, was ich gern gehört hätte.«

Im Hotel hatte sich bereits die ganze Gesellschaft eingefunden. Nachdem man sich begrüßt und umgekleidet hatte, begab man sich in den unteren Saal des Restaurants zum Frühstück. Es waren an die zwanzig Personen versammelt. Der ziemlich hübsche, wenn auch kaum europäische Saal gewann unverzüglich ein mehr westliches Aussehen. Fürstin Podhorecka und Maciej Michorowski gaben den Ton an. Waldemar verlieh dem Treffen Glanz; im übrigen besaßen all die heiteren Gesichter, schön oder häßlich, aber überwiegend slawisch, etwas Besonderes. Die geschmackvollen Frisuren und Kleider der Damen an der Seite mehr oder minder vornehmer Herren boten einen durchaus zivilisierten und sehr ästhetischen Anblick. Doch an einem Ort wie diesem waren nicht alle an eine Gesellschaft jenen Zuschnitts gewöhnt, besonders nicht an eine sich so zahlreich präsentierende: etliche Personen, die bereits an Tischen saßen, verschwanden nach Eintreten und Platznehmen der hohen Herrschaften klammheimlich in den anderen Saal. Die Heiterkeit war ungetrübt, wenn natürlich auch gedämpft, den beiden Hauptpersonen, die die Gesellschaft mit ihrer Anwesenheit beehrten, angemessen.

Das hinderte die jungen Damen und Herren keineswegs daran, sich königlich zu amüsieren. Obschon der Saal ein wenig eng und auch nicht besonders elegant war, eignete er sich doch durchaus zum gegebenen Zweck. Die Gläser mochten zwar nur aus einfachem Glas sein, wenn auch der Wirt das Beste vom Besten hervorgeholt hatte, doch die Weine waren gut, und Glas klingt immer schön, wenn ordentlich eingeschenkt und eine Gesellschaft bei lebhafter Stimmung ist.

25

In allen Ausstellungspavillons brodelte das Leben. Welten stießen aufeinander, unterschiedliche Gesellschaftsschichten begegneten sich, von einem einzigen Gedanken beseelt: Das Interessanteste nur ja nicht verpassen. Dispute wurden laut, Meinungen wogten hin und her, die meisten drängten auf den Hauptplatz, zur Rotunde des Kleingewerbes, die mit Blumenkränzen und Fähnchen geschmückt war, und am Eingang mit Treibhauspflanzen. Dort pulsierte die ganze Republik. In der Abteilung für Wollerzeugnisse und Stickereien schimmerte und flimmerte es von den hellen Kleidern der Damen. Das schöne Geschlecht umringte die hölzernen Puppen, auf denen die Trophäen eines der ersten Häuser für Damenmode ausgestellt waren. In einer Ecke verkaufte ein zugereister Händler grellbunte orientalische Stickereien. An anderer Stelle häuften sich Körbe, Körbchen, Bonbonnieren aus glattem und bemaltem Stroh. Die Tischlereiabteilung wies etliche besonders prachtvolle, mit Brand- und Handmalerei verzierte Stücke auf.

Überall Lärm, das Brausen der Menschenwogen, Tausende einander überkreuzende Gespräche. Der Geräuschpegel wurde hier und da noch durch Probeläufe auf den Tastaturen der zahlreich exponierten Klaviere erhöht. Es waren Musikliebhaber, die die Instrumente ausprobierten – zur Freude des Publikums. Anderswo klimperte ein Pianola oder zirpte eine Geige.

In anderen Abteilungen war es stiller. Der Imkerpavillon, einem Bienenstock nachempfunden, der Fischereipavillon, der für Gartenbau, der Früchte tragende Bäume beherbergte, die Abteilungen für Blumen- und Seidenzucht, alle sehr gut besucht und geräuschvoll, aber mit einer jeweils spezifischen Note. Hierhin strebten vornehmlich ältere Damen und Landfrauen. Beim Geflügel wurden die menschlichen Stimmen von Geschnatter, Gegacker, dem Schrei der Perlhühner, dem grellen Kreischen der Pfauen übertönt, Flattern und Flügelschlag war die Begleitmusik. Aus weiter entfernten Käfigen drang monotones Grunzen und lebhaftes Quieken vom Borstenvieh herüber. Von weitem sah man farbenfrohe Maschinen aus heimischer Produktion. Das dumpfe Dröhnen mächtiger Motoren zog die Spezialisten an: dort wogten überwiegend Männerhüte hin und her, die Gespräche wurden leiser, fachsimpelnd, so als schüchtere die gewaltige Maschinerie und die rhythmische Bewegung der Riemen unwillkürlich die Interessierten ein.

Unter denen befand sich auch Waldemar, der die Damen zu den verschiedenen Sektoren der Ausstellung begleitete. Fräulein Rita, Stefa und Łucia hielten Buketts in der Hand, die der Majoratsherr auf ihrem Weg durch die Expositionen für sie erstanden hatte. Stefas Strauß waren goldgelbe Chrysanthemen.

Die Halle mit den Maschinen, Lokomobilen und Motoren zog die Aufmerksamkeit an. Stefa und Rita waren von den surrenden Treibriemen nicht so schnell weg zu bekommen: Beide mochten sie dieser Art menschlicher Produktion, die so erfolgreich den Eindruck von Kraft vermittelte; sie glichen großen, imponierenden Lebewesen, diese Maschinen. Waldemar erläuterte. Seine Erläuterungen waren knapp und präzise, und sie zeugten von Sachkenntnis. Er disputierte kurz mit Treska und mit einem Firmenspezialisten, zeigte auf die Maschinentypen, die in Głębowicze vertreten waren. Stefa war hingerissen, doch Łucia fing an sich zu langweilen.

»Gehen wir doch endlich. Immerzu habe ich Angst, daß mir irgendein Riemen an den Kopf fliegt oder daß ich mir an dem Eisenzeug das Kleid zerreiße.«

Bei den Kutschwagen und Geschirren gefiel es Łucia schon besser.

»Waldek, kauf doch für Słodkowce eine Kutsche!« bettelte sie.

»Für Słodkowce? Da gibt's doch schon zwei.«

»Ja, aber das sind deine. Ich aber möchte, daß Mama ihre eigene hat.«

»Sie hat ihren Landauer und die Kalesche. Wenn du heiratest, spendiere ich dir eine englische Kutsche.«

»So eine wie in Głębowicze?«

»Genau die gleiche.«

Stefa und Rita besahen sich die Damensättel. Einer gefiel ganz besonders: ganz aus hellem Sämischleder, Zaumzeug und Peitsche mit Silber beschlagen, die Satteldecke aus blauem Samt mit silbergestickter Bordüre.

Fräulein Rita erkundigte sich nach dem Preis. Der war viel zu hoch, doch Waldemar fand das ganz und gar nicht und kaufte den Sattel.

»Für die zukünftige Majoratsherrin?« fragte Rita. »Immerhin haben Sie bereits prächtige Damensättel in Głębowicze.«

»Der hier ist für Słodkowce bestimmt.«

»Und für wen der da?«

»Für Fräulein Stefania.«

»Aber ich kann doch gar nicht richtig reiten!« wehrte Stefa ab.

»Dann lernen Sie es eben.«

Rita lachte nervös auf. »Sie sind heute *un vrai chevalier de la générosité*! Łucia haben Sie eine Kutsche offeriert, Fräulein Stefania einen Sattel, vergessen Sie bitte mich nicht. Ich empfehle mich Ihrer geneigten Aufmerksamkeit.«

»Für Sie suche ich am besten sofort etwas aus«, erwiderte der Attackierte fröhlich.

»Da bin ich aber neugierig!«

Der Majoratsherr verschwand für einen Augenblick und kehrte mit einer erlesenen Peitsche zurück, deren Griff mit Silberdraht umflochten war.

»Ihnen zu Diensten, mein verehrtes Fräulein«, sagte er und überreichte die Peitsche mit einer Verbeugung.

»Danke! Soll die für Sie bestimmt sein?«

»Ha! Falls ich mich gegen Sie vergangen habe.«

»Das haben Sie, doch leider steht mir das Recht auf Bestrafung nicht zu.«

Man machte die Runde noch durch weitere interessante Abteilungen. Unter anderem statteten sie dem Hundezwinger von Głębowicze, der von einer großen Schar Hundewärter in dunkelgelben Jacken und brandledernen Stiefeln und Gurten betreut wurde, einen Besuch ab. Als Kopfbedeckung trugen die Männer flache braune Mützen. Man hörte Winseln, Knurren, Kläffen und das fiepende Gebell der Welpen, die ganze Vielfalt von Hundestimmen, an denen die Kenner die Rassen unterscheiden. Die Dackel, Wind- und Hetzhunde zeichneten sich durch besondere Schönheit aus. Pandur, die große Dogge des Majoratsherrn, lief frei umher, um den Hals ein mit oxydiertem Silber beschlagenes Zierhalsband. Als Stefa hereinkam, sprang der Hund auf sie zu und legte ihr vertrauensvoll die mächtigen Vorderpfoten auf die Schultern.

»Ach, er hat Sie sofort wiedererkannt…«, bemerkte, von der Szene bewegt, Waldemar leise.

»Aber wir sind doch Freunde!«

»Gehen wir zu den Pferden«, mischte sich Fräulein Rita ein.

In den Ställen trafen sie überall Bekannte. Die Pferde des Majoratsherrn erfreuten sich großer Beliebtheit. Draußen hielt der verantwortliche Stallknecht Apollo am Zügel, der von einer kleinen Gruppe von Pferdekennern umringt wurde. Andere Herren schauten sich die Stuten an, die Stallknechte in dunkelbraunen Jacken und weißen Pantalons vorbeiführten; die Stallknechte trugen hohe Lackstiefel mit Knieleder, hohe Kasketts mit goldener Tresse und der Fürstenmitra. In einiger Entfernung standen Fräulein Ritas Pferde, unter denen ein stämmiges Vollblut, der Engländer Buckingham, die Hauptaufmerksamkeit auf sich lenkte. Es war das Pferd, auf das Rita am meisten zählte. Er war in der Tat nicht minder schön als die Vollblüter des Majoratsherrn.

Der Majoratsherr und die Damen besichtigten noch ein paar Ställe; schließlich gelangten sie zu dem Milchvieh.

»Interessiert die Damen das Hornvieh?«

»O nein!« rief Rita aus. »Kehren wir zu Idalia zurück. Sie ist bestimmt schon ohnmächtig von all der Wurst.«

Frau Idalia war Expertin für Wurst und Käse, gemeinsam mit anderen Damen vom Komitee. Gräfin Ćwilecka gab bei den

Konfitüren und Weinen die Expertise ab, die junge Fürstin Podhorecka befaßte sich mit den verschiedensten Schnäpsen, Met und Likören. Sie saßen in dem weiträumigen Pavillon für landwirtschaftliche Erzeugnisse, der hübsch dekoriert und ausgestattet war. Den Damen leisteten einige Herren Gesellschaft. Die Baronin probierte die Wurst, die ihr, mit den Kärtchen der Hersteller, auf Tellerchen gereicht wurde, und gab ihr Urteil ab.

Viel wurde dabei gescherzt, aber auch aus der Speisekammer geplaudert. Gräfin Ćwilecka warf einen Seitenblick auf Stefa und die Chrysanthemen in ihrer Hand. Der Majoratsherr ärgerte sie, der dieses »reizlose Terzett«, Fräulein Rita und Łucia zählte sie mit hinzu, begleitete.

Frau Idalia sagte, als sie ihrer ansichtig wurde: »Bestimmt amüsiert ihr euch besser als ich, denn ich bin längst *horriblement fatiguée.*«

»Am besten Sie vertauschen Wurst mit Konfitüre, und das Tantchen wechselt von den Likören zum Käse«, scherzte Waldemar.

»Ein guter Rat, und später wirst du uns dann wiederbeleben, denn nach dem vorgeschlagenen Wechsel würde ich ganz bestimmt krank werden.«

»Wie finden Sie denn die Produkte?«

»Sie sind exquisit. Besonders die Wurst verdient Anerkennung.«

»Das beweist, daß es bei uns an guten Wirtschafterinnen nicht fehlt. Für unser Land sehr nützlich.«

Einer der anwesenden Herren wandte sich an Waldemar: »Wenn ich mich nicht irre, sind auch Sie ein Experte, Michorowski.«

»So ist es, mein Herr: für landwirtschaftliches Gerät, Milchvieh und Pferde.«

»Und wie lautet Ihr Urteil?«

»Daß unsere Maschinen und Kultivatoren riesige Fortschritte machen. Sie haben zwar noch nicht ausländisches Niveau erreicht, doch das liegt an der Systemlosigkeit und der fehlenden Arbeitsintensität. Das geht zu Ungunsten der Abnehmerschaft. Allzusehr setzen wir aufs Ausland: Was ausländisch ist, erlangt Anerkennung, das Unsrige aber häufig nur ein ironisches

Lächeln. Doch es ist leicht lachen, schwieriger ist es zu handeln.«

»Sie sind also gegen einen ausländischen Maschinenpark?« fragte irgendwer aus der Gruppe der Herren.

»Unbedingt. Wir sollten vor allem Sorge darum tragen, daß unser Boden mit eigenem Gerät bewirtschaftet wird. Um so größer der Nachdruck, desto besser die Ergebnisse. Dann werden unsere Fabrikbesitzer begreifen, daß man sich entwickeln muß, weil da etwas ist, wofür es sich lohnt. Die Fähigkeit der Produzenten vergrößert sich, wenn sich der Verbrauch steigert. Doch das wird nicht so rasch der Fall sein, wir haben zu viele Bewunderer des Westens, solche, die blind und taub sind für unseren Fortschritt.«

Hier mischte sich die Gräfin Ćwilecka ein: »Sie vergessen, daß das Ausland uns gibt, was wir im Land nicht finden können. Und jeder zieht natürlich ausländische Seiden einheimischen Drillichen vor.«

»Schon, aber Sie sollten ständig Drillich kaufen und damit seine Qualität verbessern, ich meine das natürlich im übertragenen Sinn, und allmählich kommen wir zur Seide. Das steht durchaus in unserer Macht.«

»Wie ich gehört habe, realisieren Sie Ihre Anschauungen bei sich«, bemerkte sie schnippisch.

»So ist es, und ich fahre sehr gut damit. Und wenn meine Güter auch ganz und gar europäisch erscheinen, sind sie doch einheimisch, polnisch im wahren Sinne, und darüber freue ich mich am meisten. Ein klarer Beweis dafür, daß guter Wille Resultate zeitigen muß.«

»Allerdings haben Sie früher das Ausland nicht eben geringgeschätzt, Sie hielten sich häufiger dort als hier auf.«

»Das bestreite ich nicht! Ich hielt mich nicht nur im Ausland auf, ich habe mich dort auch herumgetrieben. Allerdings, wenn jene Jahre nicht gewesen wären, besäße ich heute nicht meine hier vertretene Anschauung.«

Rot vor Ärger, brachte die Gräfin keinen Ton mehr heraus. Zumal Fräulein Rita sie boshaft-belustigt musterte, was sie ganz und gar aus der Fassung brachte.

Waldemar sprach weiter: »Dank meiner Reisen kenne ich

die wesentlicheren Quellen der westlichen Zivilisation und behaupte kühn, daß wir uns unbedingt auf einen Wettbewerb einlassen, sorgfältig die positiven Seiten prüfen und sie dann bei uns zur Anwendung bringen sollten, denn Wissenschaft und Erfindungen sind für uns alle da. Nur nicht fremdem Geld erliegen, sich in fremde Farben kleiden, weil das unsere Individualität abtötet. Schaffen wir keinen das Ausland imitierenden Ersatz, sondern vollkommene Dinge, und wir werden uns davon überzeugen können, daß es auch uns an klugen Köpfen und geschickten Händen nicht gebricht. Uns fehlen Ausdauer und Patriotismus, die wir im Anschauungsunterricht von den Deutschen und den Engländern lernen können. Viele Punkte der Zivilisation lassen sich bei uns nur mit Schwierigkeiten anwenden, doch der Motor ist die Kultur und noch einmal die Kultur. Wo das zum Postulat eines ganzen Volkes wird, ist das Erreichen des Ziels nicht mehr fern.«

Treska fuhr aus seinen Gedanken auf. »Der Majoratsherr hat recht. Wir werden so lange in der Finsternis begraben sein, bis die Elektrizität bei uns billiger ist als die Streichhölzer.«

Alle brachen in Gelächter aus. Waldemar rief: »Bravo, Herr Treska! Wir sind also zu langer Finsternis verdammt. Aber ich ahne schon, daß Sie das bildlich meinen, bezogen auf die Aufklärung und unsere Kultur: Wir leuchten nicht elektrisch, aber auch nicht als Streichholzflämmchen; allein in gewissen Gegenden begnügt sich unser Volk mit jenem fahlen Schimmer.«

»Ich habe mich falsch ausgedrückt. Aber lassen wir das! Eigentlich wollte ich etwas anderes sagen, und zwar über Postulate. Wenn alle Postulate zum Ziel führten, müßte ich für mein Milchvieh die Goldmedaille bekommen, während ich ahne, daß man mir allerhöchstens ein Belobigungsschreiben beschert, aber auch das bezweifele ich.«

»Aber Sie können eine Goldmedaille erringen, wenn auch noch nicht jetzt! Sie züchten erst seit ein paar Jahren. Das ist zu wenig!«

Stefa tuschelte mit Rita: »Herr Treska hat andere, wichtigere Anliegen, und da erwartet er ebenfalls einen goldenen Lohn.«

»Er bekommt wie immer einen Korb.«

Treska, der Ritas Bewegung bemerkt hatte und den Wortlaut ihres Getuschels erriet, nickte zu ihr hinüber. »Ich weiß, was Sie gegen mich im Schilde führen, doch danach strebe ich nicht mehr.«

»Trifft sich gut, was mich anbelangt. Aber auch eine Medaille für das Milchvieh erhalten Sie nicht. Ich kenne mich da aus.«

»Sie sind nicht der Glücksexperte, mein wertes Fräulein, der Majoratsherr ist es!«

»Apropos, wie finden Sie Hornvieh und Pferde?« erkundigte sich erneut einer der anwesenden Herren bei Waldemar.

»Vortrefflich! Die hier vertretenen unterschiedlichen Rassen zeichnen sich in vielen Fällen wirklich aus, und vor allem sind sie prachtvoll gepflegt.«

»Und warum stellen Sie nicht Milchvieh aus Głębowicze aus?«

»Ich hatte es auf der vorigen Ausstellung in M.«

»Ach ja, Sie bekamen dafür eine Goldmedaille, ich erinnere mich. Diesmal bekommen Sie für Ihre Pferde und das Getreide erneut Medaillen, und ich habe an meinem Milchvieh gearbeitet und gearbeitet, und nichts«, beschwerte sich Treska.

»Geduld, mein Herr!«

»Davon haben Sie auch nicht allzuviel aufgebracht, Sie hocken noch keine Ewigkeit auf Głębowicze.«

»Hat aber Millionen und Energie«, fiel ihm Fräulein Rita ins Wort. Waldemar verbeugte sich schmunzelnd. »Für letzteres meinen verbindlichen Dank.«

»Für die Energie ... Das weiß doch jeder!«

»Die diesjährige Ausstellung hat ja doch wirklich mustergültige Abteilungen«, meldete sich Fürst Giersztorf, ein älterer, schon stark ergrauter Mann, zu Wort. Waldemar nickte.

»O ja, dieser Umstand ist sehr tröstlich und verheißungsvoll«, entgegnete er lebhaft. So manch eine dieser Abteilungen beweist, daß die heimische Industrie große Entwicklungschancen besitzt, sogar kurzfristig. Im Volk ist Fähigkeit vorhanden, und es fehlt nicht an gutem Willen und Ideenreichtum. Doch ermangelt es wie immer der breiteren ökonomischen Kultur, hauptsächlich bei den minderrangigen Produzenten, sowie der Initiative seitens der oberen Schichten. Solidarität tut not, und die Zukunft wird sehr gute Resultate zeitigen. Die Anhänger des Westens sollten in ihren Aktivitäten unbedingt eingeschränkt werden, denn sie sind es, die einer Entwicklung im Weg stehen, mit ihren von fremdem Glanz geblendeten Augen, die einen klaren Blick auf das Grau des eigenen Landes verwehren.«

Der Fürst rieb sich die Hände. »Genau das, was ich immer sage: Das ist das Allerwichtigste. Es kann dort keine Solidarität geben, wo nicht alle von demselben patriotischen Geist beseelt sind. Besonders unter uns kommen die Westler so häufig vor. Die können keinen positiven Einfluß auf unser Land haben, eher einen abträglichen, mit dem sie andere Bürger infizieren. Der Vorsitzende, Graf Mortęski, ist einer von denen. Ein sehr alter Mann übrigens. Unsere Gesellschaft wird erst dann ihre Flügel entfalten, wenn das Zepter auf Euch übergegangen ist, mein Verehrter. Wackere Männer wie Ihr haben wir wenige im Lande.«

Und respektvoll reichte der Fürst dem Majoratsherrn die Hand. Dieser erwiderte den Händedruck mit einer Verbeugung, denn Giersztorf war ein Mann nach seinem Geschmack.

»Ich bin Euer Durchlaucht für Seine gute Meinung sehr verbunden, doch Graf Mortęski mag noch viel Gutes bewirken. Er ist äußerst fähig, allerdings ziemlich beeinflußbar. Wären die Einflüsse anderer Natur, wäre alles halb so schlimm.«

»Ich bin schon zu alt für all das. Hätte ich einen Sohn Eures Formats, dann …«

Das Eintreten des Oberstallmeisters von Głębowicze unterbrach das Gespräch. Er war ein stattlicher Schlachtschitz, ein Angehöriger des niederen polnischen Adels, herausgeputzt wie zu einer Parade. Seine Uniform war goldverbrämt, mit goldenen Epauletten auf der Schulter, die gespornten Reitstiefel reichten bis übers Knie und waren blitzblank, dazu trug er weiße Wildlederhandschuhe und eine hohe Kappe mit einem weißen Federbusch. Beim Eintreten machte er eine knappe militärische Verbeugung und näherte sich Waldemar.

»Die Herren Experten sind in unseren Ställen, Herr.«

»Komme sofort. Sind die Decken abgenommen worden?«

»Ja. Alles in Ordnung.«

»Gut! Geht schon vor, Badowicz, ich komme gleich nach.«

Der Oberstallmeister machte wieder eine knappe Verbeugung und verließ den Pavillon genauso majestätisch, wie er ihn betreten hatte.

»Nun, das goldene Medaillchen klimpert in Ihrem Stall!« rief Treska aus.

»Wer weiß? Allerdings bin ich mir meiner Pferde ziemlich sicher.«

Treska nickte kläglich. »Ach, der kann sich sicher sein!«

26

Auf dem großen Schauplatz im Zentrum der Ausstellung hatte sich das Publikum zahlreich eingefunden. Ein Pferderennen sollte stattfinden. Rings um die Barriere, die das Hippodrom einzäunte, wogten in dichtem Kranz die Toiletten der Damen und Herren. Außerhalb dieses farbig bewegten Streifens erhoben sich die girlanden- und fähnchengeschmückten Tribünen. Die weit hinausragenden Logen erstrahlten im Glanz eleganter Damengarderobe, das Gemurmel leichten Geplauders lag in der Luft, das vornehmlich in fremden Sprachen geführt wurde. Hier hatte sich ausschließlich die Aristokratie zusammengefunden. Schmale vornehme Hände in eleganten Handschuhen und mit Schmuck übersät, schoben sich aus Spitzenmanschetten. An den Ohren funkelten Brillanten, goldene Ketten schimmerten auf den Dekolletés. Prachtvolle Hüte balancierten stolz auf prachtvollen Frisuren. Augen blitzten, Münder lächelten. Überall in den Logen leise Gespräche und witzige Bemerkungen bis zu Beginn des Rennens.

Von den Stallungen her näherten sich elegante Reitersilhouetten auf rassigen Pferden dem Start. Sie wurden von Fürst Giersztorf beisammengehalten, der einen Zylinder und einen Mantel mit langen Schößen trug. Gemäß der Rennliste mit den Namen der Reiter und ihrer Pferde schickte er die einzelnen auf die Bahn. Es waren jeweils vier. Die Pferde liefen voller Anmut, nahmen die Hindernisse mit mehr oder weniger Erfolg, im allgemeinen jedoch sehr ordentlich. Wenn sich ein Balken aus dem Hindernis löste, weil Pferdehufe daran hängenblieben, waren sofort die Stallknechte zur Stelle, um den Schaden zu beheben, ehe der nächste Reiter auftauchte. Das Orchester auf einem Extrapodium belebte noch die ohnehin überschäumende gute Laune.

In einer der größeren Logen befanden sich die Gesellschaft aus Słodkowce sowie Fürstin Podhorecka und Rita, die schick und elegant, aber unruhig war. Ihr Pferd sollte der junge Wilhelm reiten. Fräulein Rita fühlte sich wie im Fieber und jammerte Stefa etwas vor, die neben ihr saß: »Ob Wilhelm wohl die Hindernisse anständig nimmt?«

»Sicher tut er sein Bestes, doch es hängt auch viel von dem Pferd ab.«

»Eine Menge sogar, zumal Wilhelm wirklich kein allzu guter Reiter ist. Und Buckingham kann reichlich störrisch sein.«

»Warum reitet dann nicht jemand anders? Herr Treska zum Beispiel ...«

»Ausgerechnet Treska? Schönsten Dank. Der würde mir nur das Pferd scheu machen. Im übrigen – ich habe es auch nicht gewollt. Doch Wilhelm hat darauf bestanden. Ich habe ihm nur beigebracht, wie man mit Buckingham umgehen muß.«

»Aufgepaßt, die Damen, jetzt reitet der Majoratsherr!« rief aus der Nachbarloge Baron Weyher.

Vier Reiter gingen an den Start: Waldemar, Treska, der junge Żnin und Brochwicz, alle auf Pferden des Majoratsherrn, der selber Apollo ritt. In seinem auf Figur geschneiderten Anzug, den gelben Stulpenstiefeln und weißen Handschuhen, strahlte seine Gestalt bei einer gewissen Saloppheit viel von der klassischen Tatkraft aus. Er wirkte beherrscht, selbstbewußt, hatte eine erstklassige Haltung. Ruhig zügelte er sein nervös tänzelndes Reittier. Treska saß prätentiös zu Pferde, und so ritt er auch, fluchend und immerzu sein Pincenez befingernd. Żnin trug eine gelangweilte Miene zur Schau. Brochwicz kam Waldemar von allen am ehesten gleich. Obwohl sich alle Reiter gleichzeitig in Bewegung gesetzt hatten, übernahm Apollo unverzüglich die Spitze. Die Hindernisse nahm er mit Bravour. Als der Majoratsherr an den Logen vorübergaloppierte, lüftete er den Hut. Wehende Taschentücher der entzückten Damen antworteten ihm. Stefa bewahrte Haltung, nur ihre Wangen glühten und die Augen wurden dunkel vor Erregung.

Ja, er gefiel ihr, dieser phantastische Reiter! Sie war hingerissen, und Worte über Worte sprudelten heraus auf die Bahn, doch ihr Mund schwieg. Der Reiter Waldemar Michorowski, Majoratsherr von Głębowicze, war ein Magnat, der zu den ersten im Land zählte und der einen Fürstennamen trug, einem Geschlecht entstammend, das Hetmane, Senatoren, Kanzler und Wojewoden hervorgebracht hat. Und sie war eine Rudecka – aus einer guten alten Landadelsfamilie, einer Familie ohne Fehl und Tadel, aber eben nur eine Rudecka. Widerspruch erwachte in ihr. Warum durfte sie nicht ebenfalls ihre Bewunderung zum Ausdruck bringen wie die Damen der Aristokratie? Dort, wo die Intelligenz saß, herrschte ebenfalls Begeisterung, und das galt sogar für die Menschenmenge rund ums Hippodrom; in deren Mitte hätte sie eher Enthusiasmus zeigen dürfen. Hier, wo sie sich befand, war es ihr nicht erlaubt …

Die Pferde legten die Strecke zweimal zurück. Alle Hindernisse wurden einwandfrei genommen, schließlich ließ Waldemar die Schranken erhöhen. An der Startlinie vorbeieilend, verständigte er sich mit den Kameraden. Żnin und Brochwicz nahmen die Änderung einfach nur zur Kenntnis, Treska allerdings bekam einen Schreck.

»Sind Sie Salamandras sicher?!«

»Ihrer schon! Doch wenn Sie sich nicht sicher …«

Die Pferde sprengten davon; Treska genierte sich zurückzubleiben, aber Vertrauen zu sich selbst hatte er nicht. Die höheren Hindernisse machten Eindruck in den Logen. Herr Maciej wirkte besorgt, Stefa zitterte, Fräulein Rita war nach wie vor begeistert.

Waldemar ritt an der Spitze. Der erste Sprung. Gut! Für den Bruchteil einer Sekunde schwebte Apollo in der Luft, bevor er weich aufkam und davontrabte. Zweites Hindernis … Gut!

Das dritte, vierte … Ausgezeichnet!

Fürst Giersztorf gratulierte, aus den Logen ertönten Bravo-Rufe. Alle Pferde des Majoratsherrn schnitten gut ab, der beste Reiter war der Majoratsherr selber; er führte sein Reittier mit leichter Hand. Ebenso leicht und unangestrengt flog Apollo über die Hindernisse. Żnin und Brochwicz sprangen steifer. Treska auf Salamandra, einer bildschönen hellbraunen Stute aus Słodkowce, ritt am Schluß; er berührte jedes Hindernis, weil er, offenbar aus Furcht, die Zügel zu sehr anzog. Die rassige Stute litt an ihrer Demütigung, ihr Gang war grazil, fließend, und sie fühlte sich in der Lage, in der Luft zu schweben. Doch die Furcht des Reiters teilte sich auch ihr mit. Zu arg gezügelt, büßte sie ihre Selbstsicherheit ein, geriet in fieberhafte Erregung, jeder Schlag der Hufe gegen das Holz der Barrieren ließ sie nervös zittern und das Tempo erhöhen. Vor dem neuen Hindernis hob sie stolz den Kopf, als wollte sie verkünden: Jetzt nehme ich jedes Hindernis, habe keine Angst mehr, und ich werde zeigen, was in mir steckt. Aber Treska, verschreckt von der sichtbaren Entschlossenheit der Stute, riß an den Zügeln, preßte die Knie gegen deren Flanken, und erneut schlugen die Hufe gegen die Bretter. An der Ziellinie angekommen, hörte er Fürst Giersztorf so laut sagen, daß es nicht zu überhören war: »Ein edles Tier, aber ein schwacher Reiter ...«

Waldemar schob sich ärgerlich zu Treska vor und bemerkte vorwurfsvoll: »Sie hätten mir sagen sollen, daß Sie Angst haben, mein Herr. Sie hätten den letzten Durchgang wirklich nicht mitzumachen brauchen.«

»Alle sind Hals über Kopf losgeritten, und da sollte ich allein zurückbleiben? Es ist Ihr Gaul, der eine Kugel in den Kopf verdient. Ich hab gedacht, den holt der Teufel. Diese Stöße spüre ich noch immer in meinem Kopf.«

Jetzt mischte sich Giersztorf ein: »Eine gute Stute, nur Sie eignen sich nicht für Araber, Herr Graf. Sie hätten sich nicht zu produzieren brauchen. Im übrigen hätten Sie ein Vollblut reiten können, vielleicht wäre ein englisches Blut Ihrem Temperament angemessener gewesen.«

Treska stieß sein Pincenez herunter. »Ich habe kein Glück, *c'est sûr*! Mich tröstet nur, daß mir mit Sicherheit keiner Beachtung geschenkt hat ...«

»Und Fräulein Szeliżanka?« fragte Brochwicz.

»Sie hat mich mit Sicherheit nicht reiten sehen.«

Es wurde ein neuer Durchgang angekündigt. Jetzt ging unter anderen der junge Wilhelm auf Buckingham an den Start. Die Höhe der Hindernisse wurde auf das frühere Niveau gesenkt. Rita, die bebend vor Erregung in der Loge stand, preßte durch die zusammengebissenen Zähne hervor: »Buckingham würde das höchste Hindernis nehmen, aber nicht mit Wilhelm. Das wird ausgehen wie mit Treska.«

Die ganze Zeit über stand sie vorgebeugt, vor jedem Sprung ihres Pferdes verzog sie das Gesicht wie bei einem körperlichen Schmerz. Doch der Lauf gelang. Wilhelm sprang und ritt kühn, mit selbstsicherer Miene und Seitenblicken zu der Loge hin, in der Stefa saß. Er kämpfte unter ihrem Banner.

Als der Durchgang beendet war, atmete Rita auf. »Ach, was! Wilhelm *a de la chance*! Ein bißchen tut's mir ja um die höheren Hindernisse leid, aber eine solche Höhe konnten nur die ausgezeichnet trainierten Pferde des Majoratsherrn nehmen. Die Goldmedaille gehört fraglos ihm.«

»Und Sie?« erkundigte sich Stefa.

In diesem Augenblick sagte neben ihrer Loge eine junge Frauenstimme etwas auf Französisch. Gleichzeitig ertönte ein fröhliches kokettes Lachen. Stefa riskierte einen Blick.

Eine junge Dame, hochgewachsen und mit dunklem Teint, eine sehr schöne, elegant gekleidete Brünette, ging in Begleitung eines älteren Herrn und zweier jüngerer an der Loge vorüber. In einem der Begleiter erkannte Stefa Fürst Zaniecki. Fräulein Rita beugte sich ebenfalls heraus, um sofort wieder zurückzuschnellen und sich auf die Lippen zu beißen. »Die Barska mit ihrem Vater«, wisperte sie Stefa zu.

Beide hatten sie sich nun tief ins Innere der Loge zurückgezogen, als die Gräfin die Stufen hinaufstieg.

Frau Idalia begrüßte sie als erste, mit großem Gefühlsüberschwang, die Fürstin Podhorecka höflich, aber ernst, Łucia kühl. Ein paar Herren aus den nächsten Logen erhoben sich, erschienen zur Begrüßung mit einem heiteren Lächeln auf den Lippen. Die Gräfin fühlte sich in ihrem Element. Fräulein Rita beugte sich zu Stefa, tat als höre und sehe sie nichts und sagte: »Sehen Sie nur diese Menschenmenge ... Oh, sehen Sie doch nur ... Nicht umdrehen ... Nicht wahr, die Pferde gehen prachtvoll ... Hören Sie doch bloß, wie überschwenglich sich Idalia gibt ... Als ginge es um den eigenen Sohn ... Schöne Pferde ... Soll sie sich an ihr ergötzen, aber daraus wird nichts! Ach, diese Ausstellung!«

Stefa lauschte amüsiert und fiel in denselben Ton, indem sie ebenso sinnlose Erwiderungen plapperte. Beide junge Damen wirkten ungemein interessiert ... an der Ausstellung.

Doch bei ihren Begrüßungen war die Gräfin immer näher herangekommen. Sie länger zu ignorieren, wäre Unhöflichkeit gewesen, zumal eben Graf Barski ausrief: »Ach *mademoiselle Marguerite! Bonjour!* Buckingham hat mich begeistert. Was für ein Pferd!«

Ritas Verblüffung war vollkommen. »Wo waren Sie, Graf? In den Logen habe ich Sie nicht gesehen!«

»Wir waren in der Loge bei der Tribüne der Juroren. Melanie ist auch da. Ach, da ist sie ja.«

Während der Begrüßung der beiden Damen warf der Graf Stefa einen Seitenblick zu, unsicher, wie er die ihm Unbekannte behandeln sollte. Aber Fräulein Rita befreite ihn von der Sorge.

»Graf Barski ... Fräulein Rudecka.«

Die Art wie sie ihm vorgestellt wurde bewirkte, daß der Graf Stefa wie eine Person der Gesellschaft begrüßte – sie gefiel ihm sogar, doch immerzu fragte er sich, wer sie wohl war. Er runzelte die Brauen und ging in Gedanken den Niesiecki, das polnische Adelsregister, durch auf der Suche nach dem Namen Rudecki. Die Gräfin und Stefa machte Fräulein Rita ebenfalls auf eine Weise bekannt, die keinerlei Verdacht erweckte. Gräfin Melanie gab sich heiter, schien jedoch überrascht. Obschon sie nicht im Niesiecki suchte wie ihr Vater, grübelte sie doch wie er darüber nach, wer das wohl sein mochte, aber es war vor allem Stefas blendendes Aussehen, das sie unangenehm berührte.

Das einsetzende Gespräch war leicht, höflich, mit beiderseitigem Interesse, allerdings mit wenig Sympathie geführt. Als die Herren erschienen, änderte sich der Ton, die Gräfin wandte sich ihnen mit ihrer ganzen Gestalt, ihrem Humor, ihrem Esprit zu. Der Majoratsherr hatte Erfolg. Eifrig gratulierte man ihm, doch er zeigte keinerlei Regung. Es ließ sich nicht vermeiden, daß die junge Gräfin ihm ihre ganze Aufmerksamkeit widmete und auf ihn einredete. Treska ließ sich neben Stefa und Rita nieder.

»Alle preisen den Majoratsherrn, da könnten wenigstens Sie beide mich ein bißchen loben«, sagte er halb im Scherz, doch es klang säuerlich. Fräulein Rita zuckte die Achseln. Stefa suchte ihn zu überzeugen, daß alles anders gekommen wäre ohne das unglückselige Lampenfieber. »Aber Sie haben gar nicht so schlecht ausgesehen«, schloß sie mit komischem Ernst.

»Nicht schlecht ... Schönsten Dank für die Gnade! Sie überschlagen sich nicht gerade vor Komplimenten.«

»Weil ich gar kein Kompliment im Sinn hatte.«

»Aber dafür haben Sie Erfolg. Buckingham könnte etwas davon flüstern, und sogar Apollo ...«

»Und Ihre Salamandra?« griff Stefa lebhaft auf.

»Salamandra trägt ihren Namen nicht umsonst: Kein Feuer berührt sie.«

»Nur ein guter Reiter.«

»*Sapristi!* Sie fangen an bösartig zu werden. Allerdings sind Sie stets ehrlich, und das ziehe ich den falschen Lobeshymnen vor, mit denen mich Gräfin Paula begrüßt hat. Zum Teufel! Ihre Protektion brauche ich nun wirklich nicht.«

»Sie werden unmöglich, Herr Graf.«

»Pardon! Ich habe mein Alltagstagebuch geöffnet und die Anwesenheit der Damen vergessen. Pardon!«

Graf Barski beobachtete die drei bei ihrem Gespräch, und nachdem er sie eine Weile beobachtet hatte, fragte er Zaniecki, mit einem leichten Neigen des Kopfes auf Stefa deutend: »*Qui est ça?*«

»Die Lehrerin und Gesellschafterin der kleinen Ełzonowska, *mademoiselle* Stéphanie Rudecka.«

Der Graf machte ein grimmiges Gesicht. Seine großen runden Augen wurden farblos vor Entrüstung. »Eine Lehrerin? Was ist bloß in diese Rita gefahren? Ist das Schikane?«

Mit einem verständnisheischenden Grinsen flüsterte Zaniecki dem Grafen zu: »Sie ist sehr hoch angesehen. *On l'accepte très bien*, besonders der ältere Michorowski ... Und natürlich der Majoratsherr.«

Barski warf Zaniecki einen scharfen Blick zu. Den stolzen Mund des Magnaten verzog eine ironische Grimasse. »*Que c'est ridicule!* Und woher stammt sie?«

»Irgendwo aus Kongreßpolen. Landadel.«

»Ah ja! Also, ein Edelmann auf seinem Boden ist gleich dem

Wojewoden. Ja? Die Zeiten sind vorbei, und in Wirklichkeit hat es sie nie gegeben.«

»*Mais elle n'est pas mal!*«

»*Oui, pas mal.* Nur diese Rita ...«

Der Graf verzog das Gesicht, aber natürlich sprach er nicht aus, daß Fräulein Rita, als sie ihm Stefa vorgestellt hatte, einen großen Fehler begangen hatte. Man konnte ja allerlei Personen um sich haben, zumal in der Öffentlichkeit, doch man mußte immer wissen, wer wer war. Geringschätzig winkte der Graf ab, als wollte er zum Ausdruck bringen: »So etwas kann man von den Szeligas natürlich nicht verlangen.« Und er reckte seinen großen Barskischädel triumphierend.

27

Unmittelbar auf den Wettkampf folgte die Überreichung der Preise. Vor einem schönen Pavillon verlas ein hoher städtischer Beamter die Namen der prämierten Ausstellungsteilnehmer. Danach vergab er mit ein paar passenden Worten die Auszeichnungen. Das Orchester intonierte eine Fanfare. Die Pferde des Majoratsherrn erhielten eine Goldmedaille, die dem Besitzer mit übertriebender Höflichkeit ausgehändigt wurde. Fräulein Rita bekam die Silbermedaille, mit allerlei Phrasen versüßt und einem Lächeln mehr flirtender Natur. Den schlichteren Ausstellern wurden ihre Preise in weniger elegantem Rahmen überreicht, zuvorkommend, aber ohne Überschwang.

Abends nach dem Konzert, und nachdem man die Damen nach Hause begleitet hatte, versammelte sich ein Teil der Magnaten »Bei Hoffman«. Der hell erleuchtete Saal war voller Zigarrenrauch und roch nach Wein. Eine Zigeunerkapelle spielte wilde, feurige Weisen. Das Klappern der Kastagnetten, die die gertenschlanken Spanierinnen leidenschaftlich schlugen, mischte sich mit den gellenden Stimmen der Zigeunersängerinnen. Farbenprächtige Kleider, flammende Augen, die tief ausgeschnittenen Dekolletés der Frauen, Scherze, Gelächter – der Raum schien einer Vorhölle gleich.

In einem der Separées saß Brochwicz am Klavier und spielte mit Emphase *Margaretchen*. Er ließ seine zerzauste Mähne flattern; schöne dunkle Augen lachten ihm zu, weiße Zähne blitzten. Plötzlich ließ er seinen Blick schweifen und rief: »Treska, in den Chor!«

Der junge Graf trat gemächlich vor, trat ans Klavier, klemmte das Pincenez fest und ruckte, den Blick starr auf eine Ecke des Saals gerichtet, auf eine Weise mit dem Hals, als stelle er eine in der Kehle verborgene Apparatur ein. Brochwicz wußte sich kaum zu halten vor Lachen.

»Nun, fertig?«

»Na, beginn schon endlich!« knurrte Treska erhaben.

Margaretchen, würdig der Verehrung,
Margaretchen, sei doch nicht aus Stein!
Margaretchen, meiner Liebe traue ...

Alle brachen in lautes Gelächter aus.

»Was ist denn nun schon wieder?« Brochwicz blickte empört in die Runde.

»Wen singen Sie denn da an, Treska!« ertönte es von allen Seiten.

Treska tat, als könne er kein Wässerchen trüben.

»Wie meinen? Ich singe *Margaretchen*, hören Sie das nicht, meine Herren?«

»Bravo, der Herr, bravo! Ein passenderes Lied hätte Jurek für Sie gar nicht finden können.«

Brochwicz schien verblüfft. Auf einmal lachte er lauthals.

»Ach, richtig! Sagenhaft! Weiter, Treska, singen wir. Er begann leise: »Margaretchen – Margaritka – Ritka ...«

»Was ist denn in dich gefahren?!« schnauzte Treska.

»Sie haben doch mehr oder weniger dasselbe gesungen.«

Treska machte auf dem Absatz kehrt. *»Sapristi!«* rief er verärgert aus und ging in die Ecke des Saals hinüber, in die er vor einen Moment gestarrt hatte.

»Die sind verrückt geworden«, murmelte der junge Szeliga vor sich hin. Die Lacher konnten sich gar nicht beruhigen.

»Wo ist der Majoratsherr? Der wollte doch herkommen«, fragte Żnin.

»Der verspätet sich. Jeder hat sein Margaretchen«, deklamierte Brochwicz.

»Lassen Sie ihn das nicht hören«, Żnin sah sich besorgt um.

»Er wäscht uns allen den Kopf«, brummelte Treska, doch keiner hörte ihn.

»Ihr müßt doch zugeben, daß diese kleine Stefa ein Teufelchen in sich hat. In ihr brennt es«, bemerkte Brochwicz.

Żnin hatte den Zeigefinger erhoben als wollte er jemandem drohen. Mit Nachdruck sagte er: »Die Kleine hat es in sich. Schade nur, daß sie einem nicht erlaubt, die Temperatur ihrer feurigen Blicke zu messen.«

»Aber vielleicht läßt sie ja eine Temperatursteigerung zu«, murmelte Baron Weyher.

»Auf jeden Fall kommen Sie dafür nicht in Frage«, begehrte der junge Szeliga auf.

»Nun ja, und Sie auch nicht.«

»Für diese Chemie taugt am besten der Majoratsherr.«

»Und er hat die besten Chancen, nicht zu vergessen.«

»Meine Herren«, mahnte Brochwicz, »die Bemerkungen über Fräulein Stefania bitte ich vor dem Eintreffen von Michorowski zu beenden, ansonsten steigt die Temperatur hier im Saal dermaßen, daß von uns nur Asche übrigbleibt.«

»Ist der Majoratsherr denn so entflammt?« fragte Zaniecki.

»*Il adore*, dabei nimmt ihn der Stolz an die Kandare, sie ist ein Königskind in bescheidener Adelsgewandung.«

»Trotzdem sehe ich für sie keine Zukunft.«

»Die findet Michorowski selber ohne Ihre Hilfe, er streicht sie in beliebiger Farbe an.«

»À la Pompadour?«

»Nein, eher schon *à la chapelle*!«

Der junge Fürst Giersztorf entrüstete sich: »Was soll denn das nun wieder! Soweit ich Fräulein Rudecka kenne, wird sie nicht die Geliebte des Majoratsherrn, und Michorowski wird sich natürlich nicht mit ihr vermählen!«

»Soweit Sie sie kennen?« griff Brochwicz auf, die Stirn gerunzelt. »Ersterem stimme ich voll und ganz zu, doch das zweite ist fraglich. Michorowski ist wie ein Panzerschrank. Ihn ohne sein Zutun zu öffnen, schaffen wir nicht, noch viel weniger, seinen Inhalt in Augenschein zu nehmen.«

»Nun, wenn er so feuerbeständig ist wie ein Tresor, sollte er ja der Glut von Stefas Augen standhalten«, kommentierte Treska.

»Sie wird ihn aufbrennen, den Tresor«, murmelte Brochwicz. »Tugendhaft wie ein Engel, aber ein Teufel in den Augen – gefährlich, weil aus Temperament geboren. Ein koketter Teufel bliebe ohne Echo beim Majoratsherrn.«

Żnin hob den Kopf, nickte und sagte mit Überzeugung: »O ja, Temperament hat sie, und daß sie ein Königskind ist, um so besser. Es gibt keine größere Wonne, als jene Krone abzunehmen! So eine Entthronung hat Champagnerqualität! Wenn ich die Garantie hätte, daß es mir gelänge, würde ich wenigstens ihr Page sein wollen. Bisweilen sind es die bescheidenen Posten, die hoch hinauf führen ... warum schauen Sie mich denn so an?« fragte er, nachdem er Wilhelms wütende Miene wahrgenommen hatte.

»Ich warte, daß Sie endlich mit Ihrer Tirade über Fräulein Stefania zu Ende kommen«, entgegnete schroff der Student.

»Ach, und was schadet die Ihnen? Ei, Herr Wilhelm, Ihr tragt eine Miene zur Schau, als wäret Ihr mein Mitbewerber um jenen verheißungsvollen Posten. Ereifern Sie sich nur nicht so, sonst kommen wir noch zu dem Schluß, daß Sie in Fräulein Stefania verliebt sind.«

Brochwicz hob die Arme. »Er hat Amerika entdeckt!« rief er mit hochnäsigem Gesicht. »Ihr seid köstlich, mein Herr! Altbackene Wahrheiten als eigene Erfindung auszugeben, und dann auch noch auf die Zukunft bezogen.«

Żnin lachte lauthals. »Ach so! Bravo, Herr Wilhelm! Man muß zugeben, Sie haben einen guten Geschmack.«

»Psst! Der Majoratsherr!« warnte Treska leise.

Wilhelm Szeliga lächelte ironisch. »Nun dürfen sich die Herren ein neues Thema zum Späßemachen suchen, das alte ist jetzt außer Kurs.«

Schnellen Schritts trat Waldemar ein und musterte die Anwesenden mit scharfem Blick. »Na, amüsiert ihr euch gut?« fragte er lässig.

»Nicht schlecht«, rief Brochwicz aus.

»Wieso sitzt Treska dann so stocksteif da?«

»Er ist auf die Experten sauer, die ihm für seine Kühlein und Öchslein keine Goldmedaille verliehen haben.« Das war wieder Brochwicz.

Żnin aber fiel ihm ins Wort: »Nein, der Grund ist ein anderer. Graf Treska hat vor einer Weile das *Margaretchen* zum besten gegeben, und der Inhalt dieses Werkes hat ihn nachdenklich gestimmt.«

»Sie haben *Margaretchen* gesungen?« hakte Waldemar schmunzelnd nach. »Sehr passend!«

Treska sah ihn forschend an. »Und was haben Sie so lange gemacht?« fragte er.

»Ich? Ich bin auf der Ausstellung gewesen. Salamandra ist erkrankt. Der Tierarzt sagt, sie hat sich überanstrengt«, fügte Waldemar grinsend hinzu.

Brochwicz klatschte in die Hände. »Aber natürlich! Treska hat bei ihr ein nervöses Leiden verursacht: Sie wird zweifellos hysterisch werden. Als ich die beiden auf der Bahn sah, habe ich bedauert, nicht in der Haut der Stute zu stecken; vor Irritation hätte ich eine Bewegung gemacht, die Treska über die Barrieren, sogar über das Hippodrom hinausgetragen hätte, und um ihm diesen Schimpf zu versüßen, hätte ich ihn in Fräulein Ritas Loge geschleudert.«

»Nun laß ihn schon in Ruhe, Jurek«, sagte Waldemar. »Ich muß eure Aufmerksamkeit auf ein gewisses Faktum des heutigen Tages lenken, das mich aufgebracht hat. Aber was denn, habt ihr keinen Wein?«

»Ach richtig, daran haben wir noch gar nicht gedacht.«

»Bedienung!« rief der Majoratsherr. Und wieder an die Gefährten gerichtet: »Wollt ihr etwas essen?«

Sie sahen sich an. »Eigentlich nicht, wir haben schon gespeist.«

»Ich esse Austern«, sagte Brochwicz. »Na ja, Austern, vielleicht auch Hummer.«

»Austern, Hummer und Champagner«, bestellte Waldemar bei der Bedienung.

Brochwicz zog Michorowski am Ärmel und sagte leise: »Waldek, komm guck dir diese Bande Zigeunerinnen an. Pikant, wie? Besonders die mit den Münzen: Augen hat die wie ein Vulkan! Oder die Spanierinnen? Hoffman zeigt sich von seiner besten Seite, alles Prachtexemplare!«

Waldemar warf einen Blick durch die halboffene Tür und zuckte leicht die Achseln. »Lebhafte Papageien«, sagte er und bot den Gefährten Zigarren an. Brochwicz reagierte ärgerlich. »Mein Güte, bist du lakonisch!«

Fürst Zanieckis Vater, Graf Morykoni, der Schwiegersohn der Fürstin Podhorecka, und Fürst Franciszek Podhorecki kamen herein. Ihnen folgte, majestätischen Schritts, Graf Barski. Der Champagner wurde gebracht, etliche Herren traten an den Tisch. Der Majoratsherr leerte ein Glas Wein und warf sich in einen Sessel. Schweigend rauchte er seine Zigarre. Im Saal spielte die Musik lärmend und wild.

»Um zu meinen Anliegen von vorhin zurückzukehren«, bemerkte Waldemar, »haben Sie heute bei der Preisverleihung etwas bemerkt, meine Herren? Ist Ihnen etwas aufgefallen?«

»Die höfliche Miene des Gouverneurs, als er dir die Medaillen aushändigte, und der erstaunte Blick von Treska, als er leer ausging«, sagte Brochwicz.

»Graf Treska erhielt ein Belobigungsschreiben, soviel ich weiß«, mischte sich Fürst Zaniecki ein.

»Hört, hört!«

Waldemar stieß eine Rauchwolke aus. »Macht keine Witze! Die Fanfaren haben euch nicht erstaunt?«

Fürst Giersztorf drehte sich vom Tisch weg. »Die Fanfaren! Freilich! Man hat ein wenig übertrieben die Aussteller mit Titel hervorgehoben.«

»Aber das ist doch skandalös!« rief Waldemar aus und sprang von seiner Sitzgelegenheit auf. »So etwas kann und darf nicht toleriert werden. Es mag eine Kleinigkeit sein, doch schon die zeugt von Parteilichkeit. Jedesmal wenn einer von uns Herren einen Preis erhielt, übertönte das Orchester alles ringsum, schmetterten die Trompeten anhaltend und volltönend. Handelte es sich jedoch um die bescheideneren Industriellen, um Landadelige oder einen von den weniger bekannten Ausstellern aus Warschau, waren die Fanfaren kaum zu hören, und ich mußte sogar feststellen, daß sie ein paarmal ganz schwiegen. Das ist eine Schande! Und die Schuld der Organisatoren. Unerhört, solch große Unterschiede zu machen! Man ist entweder ein Aussteller oder man ist es nicht. Sofern sich einer ausgezeichnet hat und einen Preis erhält, sollte die Fanfare ertönen, egal ob es sich um einen Michorowski oder um Hinz und Kunz handelt. Hierbei sollte es keinerlei Unterschiede geben, doch es hat sie gegeben, und zwar äußert ungerechtfertigte. All diese benachteiligten Herren werden sich nicht beschweren, denn scheinbar handelt es sich um eine Kleinigkeit, aber sie werden murren, und die Witzigeren werden sich über uns lustig machen. Sie wissen nur zu gut, daß im Organisationskomittee unsere Kreise am stärksten vertreten sind, und das sieht nach Geringschätzung aus, nicht gerade ermutigend für die Aussteller. Ich habe mich zum Vorsitzenden darüber geäußert, aber ...« Waldemar hob die Brauen.

»Und, stimmt etwas nicht?« fragte der junge Graf Giersztorf. »Graf Mortęski, ein ansonsten achtbarer Greis, sieht keinen Meter weit, und was er hört, ist kaum für ein paar Unzen. Mein Vater kennt ihn gut.«

Michorowski zuckte die Achseln. »Ja, das stimmt wirklich! Und dabei schaut der Graf auf unsere Gesellschaftsschicht wie in einen Spiegel, ohne auf dessen Rahmen zu achten.«

»Wie das?« ließen sich etliche Stimmen vernehmen.

»Ganz einfach: Der Graf unterstützt die Aussteller aus der Aristokratie und zählt nicht auf die anderen, die in der Mehrzahl sind: Gutsbesitzer, Industrielle, Bürger und sogar Bauern. Wir sind der Spiegel – einverstanden!, doch jene sind unser Rahmen, ohne sie ist auch der Spiegel viel weniger wert. Ohne sie gäbe es uns nicht! Aber anstatt sie nun zum Fortschritt zu ermutigen, schreckt man sie auf den Ausstellungen, die doch zu jenem Zweck veranstaltet werden, geradezu ab. Nehmen wir nur den Fall des Landwirts aus dem Lublinschen. Daß er für seine Bienenzucht keine Silbermedaille erhielt, ist eine schreiende Ungerechtigkeit, beinah ein Raub! Ein Belobigungsschreiben dort, wo es für ein bäuerliches Produkt und den Erfindungsgeist eine Goldmedaille sein könnte. Das ermutigt nicht, sondern schreckt ab, und dem Fortschritt werden wieder einmal Steine in den Weg gelegt.« Michorowski trat an die Tafel, streifte die Asche von der Zigarre und trank erneut ein Glas Wein.

Fürst Zaniecki, der nur wenig Wein getrunken hatte, aber dafür unruhig war wegen seines Sohnes und seiner verträumten Augen, näherte sich Waldemar. »Sie haben recht, wir haben uns blamiert. Ich habe Ihnen früher schon gesagt, daß Mortęski eine Mumie ist«, fügte er leiser hinzu. »Er glaubt nur an die höheren Schichten, zumal er selber nur in den allerhöchsten verkehrt.«

»Also schöpft er seine Macht und Herrlichkeit aus der Uniformpflicht? Die Kleidung blitzt zwar von weitem, doch das ist keine Ehre.«

Graf Barski gesellte sich zu ihnen. »Auf ein Wort, die Herren!« Seine Miene schien die Bombardierung der Welt anzukündigen. »Ich habe gehört, was der Majoratsherr gesagt hat, und ich wundere mich. Immerhin muß es doch eine gewisse Unterscheidung zwischen Patriziat und Plebs geben. Ich meine die Fanfaren, meiner Meinung nach zeugen sie von dem großen Taktgefühl des Orchesterleiters.«

»Esel!« preßte Waldemar verächtlich zwischen den Zähnen hervor.

»Was aber die Aussteller angeht, alle wurden richtig beurteilt: Man kann die kleineren Produzenten nicht allzu weit nach vorn schieben, will man die größeren nicht in den Schatten stellen.«

»Sie, Graf, finden also keinen Platz für die ganz gewöhnliche Gerechtigkeit, für eine unparteiische Beurteilung?« explodierte der Majoratsherr. »Wozu dann die Expertise? Hängen wir auf der Ausstellung doch ein großes Schild aus zu unseren Ehren, ein Schild, das unsere Verdienste feiert und keinen Blick mehr auf die Erzeugnisse der niederen Produzenten zuläßt! Machen wir doch die Schweinerei komplett!«

Graf Barski hob seinen Kopf noch höher. Die vor Entrüstung kugelrunden Augen des Magnaten starrten Waldemar an, während er im Ton eines Mentors sprach: »Mit Verlaub! Das Schild haben wir bereits, brauchen es aber gewiß nicht auszuhängen. Unser Schild sind unsere Kreise, und die haben die

Massen zu lenken. Auf der Ausstellung geben wir allen Produzenten eine Gelegenheit, wir können sie einschätzen, auszeichnen, aber ... in Maßen.«

»Blödsinn« knurrte Waldemar.

»Ich muß gestehen, Graf, daß ich nicht ganz verstehe«, mischte sich der junge Giersztorf ins Gespräch. »Soll das heißen, daß wir mit dem Fortschritt der niederen Massen rechnen müssen, doch keine Gleichstellung mit uns zulassen?«

»Der Graf hat ausschließlich jenen Spiegelrahmen im Sinn, mit dem ich jene Massen verglichen habe«, kommentierte Michorowski mit hochmütiger Miene. »Nach Ansicht des Grafen könnten die, wenn sie zu stark werden, uns später einmal zertrümmern. Verfrühte, aber begründete Befürchtungen, denn in der Kultur der Jahrhunderte werden wir geringere, sie aber gewaltige Dimensionen annehmen, bis die Katastrophe, elementar wie die Sintflut, hereinbricht. Die Massen werden uns überschwemmen, falls wir keinen Noah finden, der rechtzeitig an die Arche denkt. Doch auch hier noch liegt es in unserem Interesse, die Massen aufzuklären, dem Fortschritt den Weg zu ebnen, indem wir selbst in Kleinigkeiten Mut machen. Damit werden wir uns die Dankbarkeit unserer Nachfahren verdienen, denn besser, von sauberem Fließwasser überschwemmt zu werden, als in einer Dreckpfütze zu ertrinken. Würden wir uns nach dem Programm des Grafen richten, gewännen wir keine Anhängerschaft, sondern Feinde, was für uns nun ganz und gar nicht wünschenswert, ja nachgerade gefährlich wäre«.

Der Graf stand da mit der aufgeblasenen Miene eines Wichtigtuers, der sieht, daß ein Wurm sein Werk benagt, und er grübelte über die Wahl des Werkzeugs nach, um den dreisten Frechling in seine Schranken zu weisen.

Giersztorf lächelte, restlos zufrieden. Świrko labte sich an den Austern und sagte, den Finger schwenkend: »Ja, ja. Ausgezeichnet! Ein Mann, der so zu sprechen vermag, sollte Austern lieben ... diese Schätzchen, Schäkerinnen ...«

»Es bleiben daher zwei Alternativen«, fuhr der Majoratsherr mit seinem Gedankengang fort, »entweder zum Anstieg der niederen Produzenten beizutragen und gerecht zu walten, oder überhaupt keine Ausstellungen zu veranstalten.«

»Eine zu unversöhnliche Bedingung«, mischte sich Graf Morykoni ein, der sich die Hände rieb, als rolle er etwas zwischen den Handflächen.

»Hier sind halbe Sachen unangebracht«, widersprach der Majoratsherr. »Das System von Graf Barski würde ganz automatisch zur Liquidierung der Ausstellungen führen. Ohne die Erzeugnisse und die Teilnahme jener Massen würden unsere Ausstellungen einem Karneval ähnlich, der von uns mitsamt Pferden und Inventar zum Eigenbedarf bereist würde. Amüsement in Hülle und Fülle, doch nichts darüber hinaus. Und die Preise? Aber sicher doch, die gäbe es ebenfalls in Hülle und Fülle. Wenn ich meinen alten Mantel und die heruntergetretenen Galoschen ausstellte, wäre mir die Goldmedaille gewiß.«

Brochwicz und Treska brachen in Gelächter aus, und Treska bemerkte schließlich: »Dieses System gefällt mir. Wenn man dann so leicht zu einer Goldmedaille kommt, würde ja wohl auch ich endlich mal an der Reihe sein, statt ein bloßes Papierchen ausgehändigt zu bekommen.«

»Nein, mein Lieber! Wenn Sie nichts verdient hätten, hätten Sie auch nichts! Hätte man mir zu Unrecht die Goldmedaille für meine Exponate offeriert, wäre das von mir nachgewiesen worden, doch hätte man mir mitgespielt wie jenem Landwirt aus dem Lublinschen, hätte ich die Experten Mores gelehrt.«

»Die Bienenzuchtexperten waren Damen.«

»Aber auch Herren! Vielleicht ist allein da der Fehler zu suchen: Ein Flirt schadet der Gerechtigkeit.«

»Ein gestrenger Herr«, sagte lachend Graf Zaniecki.

»Weil es einfach so ist! Jeder weiß, daß jenem Landwirt eigentlich eine viel höhere Auszeichnung gebührte als mir und vielen anderen. Ich habe Geld, eine Ausbildung, bin mit den neuesten Errungenschaften der Kultur vertraut, kann folglich intensiv tätig werden. Jener Landwirt aber hat nur die eigene Arbeit, Sparsamkeit und Erfindungsgabe. Das ist ein Unterschied und der sollte berücksichtigt werden, honoriert, ohne Rücksicht auf Wappen, Namen und Stand.«

Barski griff sich an den Hals, als träfe ihn gleich der Schlag, und flüsterte mit erstickter Stimme: »Und so redet ein Michorowski ... ein Magnat?«

Waldemar lächelte süffisant in den Schnauzbart hinein und murmelte vor sich hin: »Genau der, bloß zum Glück nicht in Gemeinschaft mit dir zum Idioten geworden …«

Der Graf schwieg; er starrte den Majoratsherrn an, bis er schließlich explodierte: »Das sind unerhörte Sätze! Ganz einfach barbarisch! Lästerung im Munde eines Aristokraten!«

Waldemar lachte nun laut heraus. Er hob die Arme und rief, die Erhabenheit des Grafen imitierend: »Erbarmen, Graf! Eure Worte machen uns zu Barbaren. Ich protestiere im Namen der Aristokratie!«

Feierlich, wenn schon verblüfft, erhob sich der Graf und seine Augen war jetzt noch runder: »Was? … Wie? … *Vraiment?*«

Waldemar lachte, spazierte aber ununterbrochen weiter im Raum umher. Brochwicz flüsterte ihm ins Ohr: »Sieh doch mal! Barski ist vom Magnatenkoller befallen. Das ist der Moment der Erstarrung, gleich beginnt er zu wüten.«

Der ältere Zaniecki berührte Barski am Arm und sagte ruhig: »Lassen wir die Diskussion! Vielleicht, mein lieber Graf, möchten Sie ein Gläschen Wein?« Und er zog den aufgebrachten Grafen zur Tafel. Beim Anblick der vollen Gläser beruhigte sich Barski. Der Majoratsherr hielt inne und betrachtete ihn, danach verzog er ironisch den Mund und nickte: »Tja, damit endet bei uns alles!« Sein Lächeln wirkte gezwungen, eher schmerzlich.

Im Saal wurde die Musik lauter und wilder. Die leidenschaftlichen Čsardasklänge gingen den Gästen ins Blut. Brochwicz erhob sich und öffnete weit die Tür.

Waldemar spazierte noch immer durch den Raum, die Hände in den Taschen, mit lässigen Bewegungen, wenn auch ein wenig ungeduldig. Der Csardas begann in den Köpfen zu wirbeln, der Wein tat das seine. Michorowski war nüchtern, doch auch er blieb nicht ungerührt von der Dynamik, die lärmend aus dem Saal hervorbrach. Glut wehte heran wie von einem Hüttenwerk. Bläulicher Zigarrenqualm umnebelte die elektrischen Lampen und dämpfte das Licht. Der Geruch alkoholischer Getränke, welkender Blumen, schweren Parfums strömte durch die Tür. Im Saal war die Stimmung auf ihrem Höhepunkt. Lautes Gelächter, Geflüster, der Gesang der Zigeunerinnen fand ein Echo im Herrenzimmer. Köpfe wandten sich zum

Saal, etliche Herren traten an die Tür. Auch Waldemar stand auf und gesellte sich zu ihnen.

»Eine Bacchanalienskizze«, murmelte er vor sich hin.

Leidenschaftlich schlugen die Spanierinnen die Kastagnetten, und ihre kohlschwarzen Augen blitzten. Temperamentvoller Gesang erhitzte den Saal. Diese Vorhölle hätte einfach nur Abscheu erwecken können, doch die schmetterlingsbunten Frauengestalten lockten durch ihre Schönheit und die Sinnlichkeit ihrer Bewegungen. Gesang, Musik, Kastagnettenklang und der schwül süßliche Geruch des fiebrigen Saals hatten etwas Berauschendes. Michorowskis graue Augen sprühten Funken, dann trübte Leidenschaft den Blick. Seine Nasenflügel bebten, seine Miene wirkte angespannt. Hochaufgerichtet, stolz stand er da, doch heiß strömte sein Blut. Er spürte, wie heftig es pulsierte, ein seltsamer Schmerz in den Schläfen. Er trat einen Schritt vor. Doch auf einmal schoben sich wie ein sachter Nebelstreif Stefas helles Gesichtchen und ihre großen veilchenblauen, dicht bewimperten Augen, leuchtend wie die Sterne in dunkler Nacht, vor die Bilder der Verlockung. Er erschauerte – die Vision verflog. Sein Gesichtsausdruck wandelte sich. Gleichgültig ließ er den Blick über das Geschehen im Saal schweifen, dann wandte er sich achselzuckend ab.

»Schließ endlich die Bude, Jurek«, sagte er unwillig.

»Was ist denn nun schon wieder? Sie singen so schön, sind so hübsch, diese Zigeunerinnen!«

Brochwicz maulte, doch Treska knallte äußerst zufrieden die Tür zu.

»Mucker!« zischte der junge Mann böse und ließ sich aufs Kanapee fallen.

Michorowski blickte in die Runde. Świrko dämmerte auf einem Stuhl vor sich hin, in der Hand … eine Austernschale. Giersztorf und Żnin wirkten erregt, sogar die Grafen Morykoni und Barski starrten unverwandt auf die Tür, als hätte ihnen jemand ein goldenes Bild mit Ruß beschmiert. Fürst Zaniecki hatte unterdessen seinen Sohn, der völlig durcheinander war, zur Ordnung gebracht; der Schweiß stand ihm auf der Stirn, und seine Miene war verlegen.

»Sind die betrunken, oder was ist?« knurrte der Majoratsherr vor sich hin. Er warf noch einmal einen Blick auf den seltsamen Gesichtsausdruck von Barski und dem eigenen Onkel, und er spürte einen üblen Geschmack im Mund. »Eine Schweinerei«, sagte er laut und ging zu dem Kanapee, wo Brochwicz mit Treska in ein Gespräch vertieft war.

»Jurek!« rief der Majoratsherr.

Der junge Mann schickte sich an aufzuspringen, setzte sich dann aber erneut zurück und deutete mit einem charmanten Lächeln auf den Platz neben sich.

»Zu Befehl ... aber erlaube, daß ich sitzen bleibe, denn aufstehen kann ich nicht.«

»Jurek, du spinnst!«

»So wahr mir Gott helfe, ich kann nicht. Mir ist schwindelig. Mein Lieber, wenn Świrko schlafen kann, dann erlaube mir zumindest den kleinen Schwindelanfall.«

»Fahr nach Hause.«

»Ich denke gar nicht daran. Geht es mir hier vielleicht nicht gut?« Ich will euch ein Histörchen erzählen, das mir eben in den Sinn gekommen ist.«

»Was für eins?« Treska konnte es nicht erwarten.

Brochwicz lümmelte sich auf dem Kanapee. »Kennt ihr diesen Hanswurst?« fragte er, die Arme unter dem Kopf, die Beine lang von sich gestreckt.

»Und wen meinst du?«

»Baron Z.«

»Ach, der, der einer Schauspielerin Brillanten geschenkt hat?«

»Dann wißt ihr schon Bescheid?«

»Seit langem.«

»Seit ein paar Tagen«, korrigierte Waldemar, »denn es ist erst kurz vor der Ausstellung passiert. Doch es ist gut, daß Baron Z. unter uns keine Freunde hat: Für die Bezeichnung, die du ihm verpaßt hast, könntest du ganz schön in die Patsche geraten.«

»Wer würde sich schon seiner annehmen? Aber was meint ihr?«

»Ich meine, daß du ihn trotz allem richtig beschrieben hast«, sagte Waldemar. »Der Baron hat eine doppelte Torheit begangen: Zum einen hat er für die Brillanten eine märchenhafte Summe bezahlt, sich vergaloppiert, weil er sich nicht auskannte, zum anderen fragt man sich – für wen das Ganze ...«

»Wer wen? Für eine schicke Person, die noch dazu schön wie eine Odaliske ist«, griff Żnin den Faden auf. »Die reinste Venus.«

»Venus in der Haut einer einfachen Abenteuerin, einer Chansonette! Ein mäßiger Geschmack«, spottete Michorowski.

»Mein Lieber! Nicht jeder kann sich eine Prinzessin leisten«, sagte Brochwicz.

»Was soll das heißen?«

»Nichts ... nur, daß Baron Z. eine Chansonette einer Prinzessin vorzieht.«

»Du bist wirklich betrunken!« Die Stimme des Majoratsherrn klang schneidend.

»Sagt doch selber, wieso fallt ihr über den armen Baron her, weil ihm so eine gefällt und nicht eine andere?« beklagte sich Brochwicz mit weinerlicher Stimme.

»Du hast ihn doch selbst einen Hanswurst genannt.«

»Brochwicz ist unzurechnungsfähig«, entschied Treska.

»Aber klar weiß ich, was ich rede: Der Baron hat mit seinem Tun ...«

»Den Grad seiner geistigen Entwicklung nachgewiesen«, beendete Waldemar den angefangenen Satz. »Er leidet an Gehirnerweichung, er hat die aristokratischen Kreise kompromittiert, denen er entstammt. Er ist angereist, hat Bekanntschaften geschlossen und der erstbesten Tänzerin Brillanten gekauft. Um eines hat er sich allerdings verdient gemacht: Die hiesigen Betschwestern werden etwas zu tratschen haben, natürlich haben sie die pikante Neuigkeit sofort erfahren; diese Damen bilden hier eine ziemlich zahlreiche Kolonie für sich.

Brochwicz gähnte. »Du mäkelst aber auch an allem herum, Waldek. Früher bist du ein Kamerad gewesen, wie man ihn sich nur wünschen kann. Damals in Paris, erinnerst du dich? Jetzt entpuppst du dich als Philister.«

»Sing für uns etwas, Jurek«, schlug Treska vor.

»*Margaretchen*, mit dir im Verein. Willst du?«

»Gib Ruhe!«

»Los, wir singen!« rief Brochwicz.

Er taumelte vom Kanapee hoch, stürzte ans Klavier und schlug ein paar Akkorde an. Herr Świrko rührte sich auf seinem Stuhl. »Fe ... Fefette kleine Liebchen ... leckere ihr«, stammelte er beim Erwachen.

»Der hat sich's schmecken lassen«, sagte der Majoratsherr und klatschte in die Hände. Die Bedienung kam herein. Michorowski händigte ihm einen Geldschein aus und schickte nach seinem Mantel.

»Was, du zahlst schon? Und wir?« rief Brochwicz verblüfft.

»Du bist drollig, Jurek! Gute Nacht, die Herren«

»Ich gehe mit dem Majoratsherrn«, sagte der junge Giersztorf.

»Und ich auch!« riefen etliche Stimmen.

»Na, dann komme ich eben auch mit. Zeit, den Salat hinzuschmeißen!« schrie Brochwicz.

Treska erhob sich ebenfalls und zog den verschlafenen Wilhelm hinter sich her. Bald darauf war der Raum leer.

Als sie den Saal durchquerten, stellte sich eine der Spanierinnen Michorowski in den Weg, schlug die Kastagnetten und blickte ihn aus ihren schwarzen Augen feurig an.

Grob schob der Majoratsherr sie beiseite. »Verschwinde!« preßte er durch die Zähne und rief dann der Bedienung zu: »Mach die Tür auf und sorge für Ordnung!«

Auf der Straße warteten Landauer und Kutschwagen. Die Kutscher der Mietkutschen schliefen fast alle auf dem Bock. Doch Brunon aus Głębowicze wachte. Waldemar verabschiedete sich und warf sich enerviert in die Polster des Landauers. Neben ihm nahm Brochwicz Platz. Die Pferde setzten sich in Bewegung. Nach langem Schweigen ließ sich Brochwicz vernehmen: »Du hast dich unglaublich verändert, Waldek.«

»Ich hab mich verändert, ja!« entgegnete der Majoratsherr, und es klang wie ein Echo.

28

Tags darauf kehrten Frau Idalia, ihre Tochter Łucia sowie Stefa mit Waldemars Landauer von der Ausstellung zurück. Er selber saß vorn, neben Łucia. Als sie vor ihrem Hotel ausstiegen, übergab der Türsteher Stefa eine Nachricht. Schon beim Überfliegen rief das Mädchen freudig aus: »Von Papa! Vater hält sich im Hotel Europejski auf... Er ist hier gewesen, doch weil er mich nicht angetroffen hat...«, sie seufzte tief und blickte flehentlich zu Frau Idalia. »Erlauben Sie mir, Papa zu besuchen?«

»Natürlich, aber zur Nacht kehren Sie doch zurück, nicht wahr?«

»Aber ja!«

»Ich erwarte doch, daß Ihr Papa uns besucht...«

»Meine Kutsche wird Sie an Ort und Stelle bringen«, sagte Waldemar.

»Ich danke Ihnen, ich nehme eine Droschke.«

Stefa verabschiedete sich von Herrn Maciej und Łucia.

»Wollen Sie wirklich meine Pferde nicht?« fragte Waldemar.

»Wirklich! Ich ziehe eine Droschke vor«, erwiderte sie lächelnd.

»Ein sehr taktvolles Mädchen«, bemerkte die Baronin zu ihrem Vater, nachdem Stefa fort war. »Aber Waldek vergaloppiert sich manchmal.«

»Für ihn schickte es sich, den Vorschlag zu machen, für sie – den Vorschlag abzulehnen. Sie sind einander wert«, kommentierte Herr Maciej.

Waldemar geleitete Stefa inzwischen zur Droschke

»Fräulein Stefania, was ist Ihnen?« fragte er mit Blick auf ihre heißen Wangen und ihre Aufregung.

»Ich werde meinen Vater wiedersehen«, antwortete sie.

»Schon, aber ich erkenne Sie seit etlichen Tagen nicht wieder. Die Ausstellung hat eine erstaunliche Wirkung auf Sie.«

Stefa biß sich auf die Lippen.

»Ist das gut oder schlecht?«

»Vor allem sind Sie wie verwandelt: Sie machen sich wegen irgend etwas Sorgen, irgendeine Unruhe plagt Sie...« Erstaunt blickte sie zu ihm auf. »Habe ich recht? Etwas, das Sie beunruhigt?«

Ohne ihm eine Antwort zu geben, eilte sie rasch die Treppen hinab.

Während er ihre Hand zum Abschied drückte, sagte er herzlich: »Seien Sie fröhlich und unbeschwert und ... vertrauen Sie mir.«

»Worin?« fragte sie stolz.

Waldemar runzelte die Brauen, und seine Augen sprühten Funken. »Das wissen Sie ganz genau, Sie wollen mich nur nicht verstehen«, sagte er mit Nachdruck.

Stefa atmete auf, als sie in der Droschke saß. Er hatte erraten, wovor sie sich am meisten fürchtete, was längst in ihr erwacht war und was sie sogar vor sich selber zu verbergen suchte.

Ein Glücksgefühl erfaßte sie, als schweife sie durch blühende duftende Wiesen, im Sonnenschein und unter einem blauen Himmel. Auch wenn sie wußte, daß sie in die Irre lief, suchte sie doch keine anderen Wege. Ein Zaubergarten erblühte vor ihr, duftete, lockte, und sie ergab sich ganz seiner betörenden Schönheit. Mit geschlossenen Augen und wie berauscht lauschte sie dem fremden Klang, ohne Mißklänge auch nur zu ahnen. Sie war schon immer dem Leben zugewandt gewesen, jetzt liebte sie es überschwenglich. Wie eine Blume in der Sonnenwärme entfaltete sie sich, absorbierte sie die schmeichelnden Strahlen. Wiederholt schauderte es sie, als träfe sie unvermutet mitten in diesem goldenen Klima ein feindseliger Hauch, berührte sie und verschwände; und die Sonnenstrahlen wärmten erneut, das Himmelsblau bezauberte. Die Augen des Mädchens gewannen einen seltsamen Glanz, ihr Ausdruck wurde beredt bis zu einer grenzenlosen Ehrlichkeit. Die ganze Gestalt spiegelte ihren Seelenzustand wider. Ihre Lippen brannten korallenrot, ohne daß sie darum wußte, bebten sie leidenschaftlich. Die Unruhe, man könnte sie spüren, diese Empfindungen, trieb sie um, und diese Befürchtungen zusammen mit ihrem strahlenden Blick gaben ihr etwas Aufregendes, einfach Hinreißendes.

»Meine kleine Stefa!« rief Herr Rudecki voller Freude und sprang auf beim Anblick seiner Tochter.

»Liebes Väterchen ...«

Nach einer langen Begrüßung fragte Stefa den Vater nach Mutter, Geschwistern, Haus und Nachbarn aus. Herr Rudecki musterte sie erfreut, wenn auch prüfend. Schließlich sagte er: »Und wie ergeht's dir dort, mein Mädelchen? Briefe schreibst du ja unbeschwerte. Fühlst du dich wohl?«

Stefa umarmte ihren Vater und barg ihr Gesicht an seiner Schulter: »Sehr wohl, Väterchen! Łucia ist ein liebes Mädchen, wir beide mögen uns sehr.«

»Na, und die gnädige Frau? Und euer geliebter Großpapa, von dem du so angetan bist? Wie heißt er doch gleich? Ich vergesse das immer wieder.«

»Herr Maciej.«

»Ah ja, Herr Maciej Michorowski ... Der also mag dich sehr?«

»Oh, Großpapachen ist der allerbeste. Aber sie alle sind nicht so, wie viele denken.«

»Weil es wirkliche Aristokraten sind.«

»Ja! Das sind Magnaten, in jeder Hinsicht!« rief Stefa voller Enthusiasmus.

Herr Rudecki lehnte sich ein wenig zurück und betrachtete lächelnd seine Tochter.

»Sieh mal einer an, mein Fräulein ist ja ganz hingerissen! Die Herrschaften dürften die reinsten Magier sein. Doch Gott wird es ihnen lohnen, daß sie erkannt haben, was sie an dir haben. Du siehst bezaubernd aus, bist noch hübscher geworden. Ich habe mich schon im Hippodrom nicht satt sehen können an dir.«

»Wie, Ihr wart zum Wettreiten schon hier, Papa?«

»Ja. Ich bin gestern morgen angereist, doch weil ich dringende Geschäfte hatte, konnte ich dich nicht früher treffen, und in die Loge, wo du saßest, wollte ich nicht kommen. Ich habe dir von weitem zugenickt, doch du hast mich nicht bemerkt in der Menge.«

»Und wo haben Sie gesessen, Papa?«

»Ich habe nur den Ausstellungsplatz überquert, um mich hinzusetzen, hatte ich nicht die Zeit. Ich machte erst halt, als ich dich erblickte, doch du warst so sehr von dem Parcours-Reiten in Anspruch genommen.« Stefa errötete. »Es liefen die

Pferde von den Gütern des Majoratsherrn. Schönes Gestüt. Und der auf dem herrlichen Araber war vermutlich der Majoratsherr selber.«

»Doch, ja, Herr Waldemar auf Apollo ...«

»Oh! Couragiertes Pferd, aber auch ein bravouröser Reiter. Weilt er häufig auf Słodkowce?«

»Ziemlich oft, ja!«

Herr Rudecki wirkte auf einmal nachdenklich. Verlegen senkte Stefa den Kopf; sie fühlte sich eingeschüchtert. Ihr Vater sah sie an. Dann fragte er: »Sag mir, Kind: Wie war das mit Edmund Prątnicki? Du hast nicht viel davon geschrieben.«

»Ach, Väterchen, das ist so peinlich! Wozu daran rühren?«

»Dennoch – was ist geschehen?«

Stefa berichtete in wenigen Worten. Wider Willen ereiferte sie sich dabei. Herr Rudecki ließ den Blick nicht von ihr.

»Also hast du es hauptsächlich dem Majoratsherrn zu verdanken, daß man dich von der Gegenwart dieses eitlen Dummkopfs befreit hat?«

»Ja, weil er seinen Anforderungen nicht entsprach.«

Herr Rudecki schmunzelte, Stefas Argument fand er nicht überzeugend. Hartnäckig verfolgte ihn der Gedanke, ob Prątnicki sich auch als ungeeignet erwiesen hätte, wenn Stefa nicht gewesen wäre, er hatte da so seine Zweifel. Nichtsdestotrotz mußte er dem Majoratsherrn dankbar sein.

Hastigen Schritts wanderte er im Zimmer auf und ab, unterhielt sich dabei mit der Tochter über alltägliche Dinge, doch unablässig beobachtete er sie mit großer Aufmerksamkeit. Stefa machte der hartnäckige Blick ihres Vaters nervös. Sein Gesichtsausdruck stimmte sie nachdenklich und nahm ihr die Ungezwungenheit. Ein unangenehmes Gefühl machte sich zwischen ihnen breit. Endlich brach Herr Rudecki seine Promenade ab, ließ sich auf einem Stuhl neben der Tochter nieder und nahm ihre Hand.

»Stefa, weißt du, ich habe einen Auftrag von Mama, der dich betrifft.«

»Einen Auftrag von Mama? Was für einen?«

»Dich nach Hause zu holen. Wir sehnen uns nach dir, Kind.«

Stefa erstarrte, und Röte stieg ihr genauso plötzlich ins Gesicht wie sie erblaßte. Ihre Lippen öffneten sich wie zu einem Schrei. Mit weit aufgerissenen Augen starrte sie ihren Vater entgeistert an.

»Wie ... nach Hause ... Aber Väterchen!«

»Ich bin deinetwegen hier!« betonte Herr Rudecki noch einmal mit Nachdruck.

Das Mädchen senkte den Kopf, um ihren ängstlichen Blick zu verbergen. »Das ist unmöglich«, stammelte sie.

»Inwiefern?«

»Weil ... weil mit FrauEłzonowska ein Vertrag geschlossen wurde ... auf ein Jahr. Den darf man nicht brechen. Ich ... ich hab mein Wort gegeben.«

»Ich glaube gern, daß sie dich auch noch länger behalten möchte, doch wir haben auch Rechte.«

Stefa warf sich ihrem Vater an die Brust.

»Ich weiß, ich weiß, Papachen, aber das ist einfach unmöglich! Was sollen sie denn von uns denken? Nein, nein, so geht das einfach nicht. Schließlich liebe ich euch so sehr wie eh und je, doch jetzt heimkehren ... ausgeschlossen ... man muß bis zum Ende ausharren.«

Sie redete wie im Fieber, nachdem sie sich von der väterlichen Brust losgerissen hatte, flehentlich sah sie ihm in die Augen. Herr Rudecki nahm sie in die Arme, aber sein Gesicht spiegelte die innere Unruhe wider: Was er vermutet, befürchtet hatte, schien sich zu bewahrheiten.

»Die arme Mama grämt sich sehr, sie liebt dich abgöttisch«, sagte er mit unverhohlener Trauer. Stefa löste sich, mit feuerroten Wangen und Tränen in den Augen. Herr Rudecki sah es voller Staunen. »Kind, was ist dir?«

»Nichts, mein liebes Papachen, nichts! Ich wollte nur sagen, daß ich natürlich mit zurückkomme, wenn es notwendig ist, aber ...«

»Stefa!« Rudecki zog sie an sich. »Mein Kind! Mein liebes, gutes Kind ... ich habe nur gescherzt. Du bleibst natürlich hier. Vereinbarungen muß man einhalten, du hast ganz recht, wir haben unser Wort gegeben. Ich wollte nur sehen, ob ...« Er geriet ins Stocken. »Du uns immer noch lieb hast ...«

»Papa, wie können Sie zweifeln!« rief sie aus, erneut den Tränen nahe. Doch in ihrem Ausruf schwang schon ein leichter Triumph mit.

Zärtlich umarmte sie ihren Vater, gab ihm Küsse über Küsse, schmiegte sich mit unübersehbarer Dankbarkeit an ihn, sie konnte einfach nicht verbergen, wie groß ihre Freude war. Dennoch pochte ihr Herz laut vor Besorgnis, daß sie ihrem Vater allzu großen Verdruß bereitete, und sie versuchte, mit Herzlichkeit diesen unerfreulichen Augenblick wieder wettzumachen.

Doch Herr Rudecki, der eine Menge erahnte, tat so, als ahnte er nichts.

Nach den langen Augenblicken der Rührseligkeit fiel Stefa in eine übermütige Laune, war ganz so, wie ihr Vater sie kannte. Bald schon berichtete sie von etlichen erheiternden Episoden, sprach vom Ausflug nach Głębowicze, erzählte Treskas Witze wieder, lachte, scherzte, bis Herr Rudecki von ihrer unbeschwerten Stimmung angesteckt wurde. Doch wenn er sah, wie sie von der Aristokratie sprach, dachte er besorgt: Sie hat Gefallen gefunden an ihnen, diese Welt reißt sie mit. Seltsam diese Leute, daß sie einen solchen Einfluß auszuüben imstande sind … Oder vielleicht handelt es sich dabei auch nur um einen einzigen Menschen?

29

Zwei Tage lang war Stefa beinah ununterbrochen mit ihrem Vater zusammen. Gemeinsam spazierten sie umher, gemeinsam aßen sie zu Mittag. Abends kehrte sie ins Hotel zurück, von Łucia mit Überschwang begrüßt, die äußerst gedämpfter Stimmung war und sich über Langeweile beklagte.

»Ohne dich kann ich es einfach nicht mehr aushalten.«

Łucia nannte Stefa inzwischen beim Vornamen. Die Bande der Freundschaft zwischen Lehrerin und Schülerin waren in letzter Zeit eng geworden.

Eines Tages dann machte Herr Rudecki Frau Elżonowska und Herr Maciej seine Aufwartung. Er gefiel beiden ausnehmend in seiner vollendeten Höflichkeit und zurückhaltend bezeugter Ehrerbietung. Sein Auftreten war elegant, er selbst mit der vornehmen Gesellschaft wohl vertraut, und sein Selbstvertrauen erschien als voll und ganz berechtigt. Frau Idalia fand ihn »noch besser« als bei der ersten Begegnung in Warschau und empfing ihn ausnehmend zuvorkommend. Herr Maciej gewahrte viele sympathische Eigenschaften an ihm, und der nüchterne, heitere Verstand dieses Gutsbesitzers wirkte auf den Greis herzerfrischend. Verstohlen hielt Herr Rudecki noch nach jemand anders Ausschau, doch Waldemar war bei dieser Visite nicht anwesend. Herr Maciej allerdings schien die Gedanken seines Gastes zu erraten, denn er lud ihn, auch im Namen von Frau Ełzonowska, anderntags zum Mittagessen ein.

»Wir werden ganz unter uns sein; bei der Gelegenheit möchte ich Sie mit meinem Enkel bekannt machen.«

Stefa war hell erfreut über ihres Vaters Erfolg.

Das Mittagessen verstärkte diesen Eindruck noch. Außer der üblichen Tischrunde waren Waldemar, die Fürstin, Fräulein Rita mit Bruder und der unumgängliche Treska anwesend.

Herr Rudecki bestand diese Prüfung siegreich, selbst unter den Argusaugen von Frau Idalia. Waldemar begrüßte ihn mit uneingeschränkter Höflichkeit und kaum verhohlener Neugier, was die Baronin mit leichtem Stirnrunzeln aufnahm, denn mit größerer Hochachtung pflegte Waldemar sich selbst nicht vor den älteren Herren der eigenen Kreise zu verneigen, manchen bezeugte er sogar sehr viel weniger Respekt. Ja, Herrn Rudecki nahmen alle freundlich auf, sogar Treska, der inzwischen von Stefa überzeugt war, begrüßte ihn ohne Albernheit.

Die erlesene Gesellschaft, das gute Gespräch weckten in Herrn Rudecki den Mann von Welt. Er verstand seine Tochter immer mehr, begriff, daß diese Gesellschaftsschicht etwas Magisches hatte, etwas, das Menschen mit ästhetischem Feinempfinden unwillkürlich anzog; daß sie, trotz allem, was sich gegen sie vorbringen ließ, den Blick auf sich zog wie ein kostbares Schmuckstück.

Mit dem Majoratsherrn unterhielt sich Herr Rudecki ausgiebig über Pferde, Pferdesport, ein wenig über die Universitäten Bonn und Halle, schließlich über die Ausstellung. Der Majoratsherr war ein guter Gesprächspartner, lebhaft, wohl orientiert. Bisweilen färbte ein eleganter Scherz die Unterhaltung, ein Tüpfelchen Ironie von ganz eigener Art. Hin und wieder sprang Treska mit einem Witz ein, doch sein Humor war ein anderer, und so schwang eine etwas burschikose Note im Tischgespräch mit.

Der Gutsbesitzer und Landadelige inmitten von Magnaten hatte nichts Störendes und wirkte keineswegs als Eindringling, so sichtbar war die Sympathie, die man ihm entgegenbrachte.

Ihn selber hingegen interessierte Waldemar am meisten. Der junge Majoratsherr imponierte ihm und zog ihn an. Die Haltung eines großen Herrn, vornehm und edel, dabei charmant im Umgang – wie sollte man da nicht beeindruckt sein. Doch im Hinblick auf seine Tochter erfüllten ihn all diese imponierenden Eigenschaften mit Bangigkeit; um sie machte er sich Sorgen, denn die Gesellschaft dieses Musters von einem Magnaten empfand er als gefährlich für Stefa. Es wäre ganz bestimmt unmöglich, daß das Mädchen gleichgültig bliebe, sie der seltsame Zauber nicht verführte, der den Majoratsherrn umgab. Daß dieser eine Zuneigung für Stefa empfand, war unübersehbar, sogar für den Vater, wieviel mehr würde die Tochter bezaubert sein, auch wenn jene Zuneigung noch so zurückhaltend offenbart wurde … Rudecki fiel das Gespräch mit Stefa im Hotel wieder ein, und mit Bitterkeit im Herzen dachte er, jetzt, da er sie strahlend wie nie zuvor sah: Sie ist längst berauscht, längst in seinem Zauberbann.

Und ein furchtbarer Gedanke überfiel ihn, so daß er unversehens erbleichte, und der Blick, den er auf den Majoratsherrn richtete, fast haßerfüllt war: Wirst du zum Unglück ihres Lebens werden? Ihn schauderte.

30

Zum Empfang, den Graf Mortęski gab, brach der Majoratsherr spät auf. Er und Brochwicz hatten Frau Idalia zum Mitkommen bewegen wollen, doch die Baronin sträubte sich: Sie fühlte sich unpäßlich. Fürstin Franciszka wollte sich der jungen Damen mütterlich annehmen, auch Stefa lehnte ab, man blieb im Hotel. Waldemar, ärgerlich, zuckte die Achseln. Brochwicz winkte ab und sagte mit komischer Miene: »Unsere lieben Kleinen haben ihr Böckchen. Fahren wir allein.«

Im Palais des Grafen, angefangen vom Entrée, wurde der Majoratsherr sofort mit Beschlag belegt. Den Saal betrat er umringt von Fräcken, und fand sich sogleich in einer Wolke von Damengarderobe wieder. Humor fehlte ihm heute, dennoch blieb er die Hauptattraktion des Empfangs. Fürst Giersztorf erkundigte sich beim Majoratsherrn nach den philantropischen Aktivitäten der Gesellschaft. Der Vorsitzende, Mortęski, warf ihm eine zu extreme Haltung bei der Durchführung von Reformen in Głębowicze vor. »Sie säen die Kultur allzu üppig«, sagte der alte Graf und schüttelte zittrig die grauen Haarbüschelchen.

»Davon kann es nie zuviel geben!« verteidigte sich der Majoratsherr. »Übrigens mag Głębowicze ruhig zur Pflanzstätte der Kulturidee für einen weiten Kreis werden.«

Der Graf wurde ärgerlich. Doch Giersztorf erkundigte sich nach dem neuesten Programm: »Warum unterstützen Sie die Gesellschaft nicht stärker? Ihr fangt hier an einzuschlafen.«

Der Majoratsherr lachte belustigt. »Aber Fürst, ich bin nicht der Premier in dieser Institution.«

»Aber die Initiative? Die Initiative?«

»Die kommt doch von mir, oder?«

Mortęski winkte ab. »Exzentrisch! Übertrieben ... Überhöht.«

»Keineswegs, Herr Präses, wir empfehlen, machen Vorschläge, wir haben Kraft«, Waldemar war jetzt ernstlich gereizt. Doch Graf und Fürst wollten nicht von ihm ablassen, bis Brochwicz ihn von ihnen befreite.

»Ich entführe Michorowski von dieser Tagung und bringe ihn zu den Damen«, sagte er energisch.

»Er kümmert sich nicht gerade sehr um sie«, entgegnete Giersztorf.

»Dafür kümmern sie sich um ihn. Im Kreis der Damen ist er immer Premier.«

»Wir reden später weiter«, verabschiedete sich Waldemar unbeschwert, und Brochwicz flüsterte ihm ins Ohr: »Die beiden alten Herren bringen bei den Damen nicht mehr viel zustande, darum öden sie andere an. Aber dich, dich erwartet eine alte Bekannte.«

»Mich? Wer?«

»Wirst schon sehen ... Der blaue Himmel Italiens, der römische Corso, selbst die Gärten von Florenz, Athen und Korfu«, deklamierte Brochwicz.

»Was schwafelst du da?«

Brochwicz war plötzlich verschwunden, verblüfft setzte Waldemar seinen Weg fort. In einem der kleinen Salons eilte eine hochgewachsene dunkelhaarige Frau mit ausgestreckten bloßen Armen auf ihn zu. Waldemar zuckte zusammen. »Wera?«

»Ja, ich bin es. Sie haben mich wiedererkannt?«

»Was machen Sie denn hier?«

»Mein Mann und ich sind auf der Durchreise, und ich schaue eben mal auf dem Empfang des Grafen vorbei. Wir reisen nach Petersburg.«

Waldemar fühlte Abneigung, aber auch Neugier in sich aufsteigen, eine leichte Röte überzog sein Gesicht. Die Markgräfin faßte seine Hand und schaut ihn aus haselnußbraunen, feucht schimmernden Augen an. Ein schmaler Mund flüsterte leidenschaftlich: »Mein auf ewig! Ich liebe dich!«

Irritiert trat er einen Schritt zurück. »Wera! Wir sind nicht im Palazzo Silva. Besinne dich!«

»Du hast mich vergessen? Ja, du hast mich vergessen!«

Waldemars Augen funkelten zornig. »Bitte nehmen Sie sich zusammen, Markgräfin«, sagte er mit Nachdruck.

Stolz richtete sie sich auf und musterte ihn mit eisigem Blick. »Ich bin die Ruhe selbst, möchte Ihnen nur etwas sagen. Wir werden später keine Gelegenheit mehr haben: Ich reise morgen.«

»Bitte, ich höre«, sagte er abweisend.

Sie hängte sich bei ihm ein, führte ihn in ein Eckzimmer und schloß die Tür hinter sich. Der Majoratsherr musterte sie. Ein ironisches Lächeln umspielte seine Lippen. Die Markgräfin stand so dicht vor ihm, daß ihre Brüste ihn berührten. Plötzlich legte sie ihm ihre nackten duftenden Arme um den Hals, preßte ihren Mund auf den seinen und flüsterte atemlos: »Ich werde dich immer lieben! Begehre dich! Komm nach Rom, ich bin dein ... dein ... nimm mich!«

Ein wenig rauh schob er sie von sich. »Wera, laß die Vergangenheit ruhen. Die Zeit von damals ist lange vorbei!«

»Du versauerst in diesem Land. Kehr in den Palazzo Silva zurück ... das cremefarbene Boudoir, erinnerst du dich ...« Sie umschlang ihn fester, preßte sich an ihn, flammend vor Begierde.

»Wera, vier Jahre sind vergangen; du solltest mich und das cremefarbene Boudoir endlich vergessen.« Seine Stimme klang gelangweilt.

»Und du? Hast du vergessen?«

»Beinah.«

»Also dann bemüh dein Gedächtnis! Schau, bin ich nicht dieselbe? Ich liebe dich wie eh und je und ich träume von dir. Sieh mich an!« Sie legte den Kopf zurück und schloß halb die schweren Lider, ein kokettes Lächeln entblößte schneeweiße Zähne.

»Du bist schick«, sagte der Majoratsherr. »Wie geht es Fürst Tolleda?«

Die Markgräfin versteifte sich. »Wieso fragst du nach ihm?«

»Mir fiel das cremefarbene Boudoir ein ... Er mag sich ebensogut erinnern.«

Wera löste sich von ihm und trat ein paar Schritte zurück. In aller Seelenruhe öffnete Waldemar das Zigarrenetui, und neben der schlanken Lampe stehend, deren roter Seidenschirm das Licht verführerisch dämpfte, fragte er in scherzhaftem Ton: »Du erlaubst, daß ich rauche?«

»Aber bitte«, entgegnete sie wütend.

Der Majoratsherr zog an seiner Zigarre, den Blick auf die Frau gerichtet, die da, die weißen Schultern ihm zugekehrt, auf ihr Spitzentaschentuch biß. Schön war sie und herrlich gebaut. Michorowski rief sich die Stunden in Erinnerung, die er mit ihr in jenem denkwürdigen Boudoir verbracht hatte, und ihn schauderte, nicht vor Wollust, sondern aus einem merkwürdigen Abscheu heraus. Er ließ sich in einen niedrigen Sessel sinken, legte lässig ein Bein über das andere und blies ein Rauchwölkchen aus. »Nun, Befragung zu Ende?«

Wera stürzte auf ihn zu, verhielt aber dann den Schritt, senkte den Kopf und sah ihn, während sie an ihrem Taschentuch zupfte, mit gerunzelten Brauen an, ihre leicht geöffneten Lippen bebten. Prüfend ließ der Majoratsherr seinen Blick auf ihr ruhen. Schließlich sagte er, die Asche von der Zigarre streifend: »Wie ich sehe, hast du dir abgewöhnt, mit dem Füßchen zu stampfen. Dabei hat das so gut zu dir gepaßt. Jetzt siehst du viel zu sehr nach Pensionärstöchterchen aus.«

Wera fiel auf die Ottomane neben der Lampe. Sie verschränkte die Arme unter dem Kopf und fing leise an zu lachen. Der schwere Stoff ihres Kleides floß auf den Teppich hinab und enthüllte die edel bestrumpften Füße, die anmutig gekreuzt waren. Mit einer geschmeidigen Bewegung wandte sie dem Majoratsherrn Kopf und Busen zu, lachte und lachte und ließ die Zähne blitzen. Ihre Augen sprühten Funken.

»Und darf man fragen, was dich so amüsiert?«

»Deine Gleichgültigkeit!«

»Du glaubst nicht daran?«

»Ach, ich bin doch kein Kind! Ich weiß, deine Gefühle sind erkaltet, schließlich haben wir uns vier Jahre nicht gesehen. Ihr Männer seid alle gleich: Ihr braucht den unablässigen Anreiz.«

»Dafür steht eure Treue unserer Untreue in nichts nach, meinst du das?«

»Bist du eifersüchtig auf Tolleda?«

»Nein. Im übrigen kehrst du ja gerade zu mir zurück, also verzeihe ich ihm seine Sünden.«

»Du bist reichlich selbstsicher! Woher weißt du, daß ich zurückkehre?«

»Ich habe dich schließlich hier, und du machst mir eindeutig Avancen.«

»Zunächst einmal muß ich die genaue Liste meiner Mitbewerberinnen erfahren. Wie viele hat es nach mir gegeben?«

»Vermutlich so viele wie vor dir, doch mit Sicherheit weniger als meine Nachfolger in deiner Boudoir-Chronik«, sagte er zynisch.

Die Markgräfin reckte sich wollüstig. Die Arme streckend, bemerkte sie träge: »Du bist immer großartig, doch rauchst du jetzt so ein Teufelskraut, das dich anders sein läßt als in Rom.

Aber ich verstehe das: Dieses Land macht kühl. Hier gibt es keine wirklich schönen Frauen. Obgleich du natürlich auch hier kolossale Chancen hast. Ich kenne diese nördlichen Rivalinnen. Haben sie dich gelangweilt?«

»Aber sicher doch«, erwiderte er gleichgültig.

Wera bog ihren Körper in einer weichen Bewegung wie eine sich schläfrig rekelnde Tigerin, ihre Hand aber schlug ungeduldig auf ein Damastkissen der Ottomane.

»Komm über Winter nach Rom, mein Gebieter! Ich habe doch gesagt, daß ich dich liebe. Kommst du?«

Geringschätzig spitzte der Majoratsherr die Lippen. Seine Augen funkelten. »Wozu? Wenn ich Tolleda aus dem Feld schlagen und Erinnerungen an das cremefarbene Boudoir auffrischen wollte, dann ...« Er beugte sich vor und strahlte die Markgräfin mit einem Lausbubengrinsen an. Sie schloß die Augen, ihr Atem ging hastiger, ihre Beine zitterten.

»Ich gehöre dir«, hauchte sie.

»Na, siehst du! Der Norden hat dich nicht in Eis verwandelt.«

In Michorowski erwachte Sinnlichkeit. Zwar blinzelte er spöttisch, doch seine Nasenflügel bebten. Er rührte sich nicht. Ließ seinen Blick über Weras Rundungen, ihre schwellenden Brüste, den zarten Teint schweifen, und sein Atem beschleunigte sich ebenfalls. Diese Frau hatte er besessen, sie war dieselbe wie damals, ihm ergeben, kokett. Nur daß da jetzt etwas war, das ihn kühl anwehte, trotz des inneren Fiebers.

Die Markgräfin legte ihm die Hand aufs Knie und flüsterte: »Mein Löwe! Erinnerst du dich? So habe ich dich genannt. *Mon lion.*« Sie stützte sich mit der anderen Hand auf ihn. »Gib deine Frostigkeit auf, sie erregt mich. Doch allmählich reicht es!« Dann warf sie sich wie eine Schlange zurück und rief unbeherrscht: »Sieh mich nicht so an! So viel Ironie, die mich bloß irritiert. Deine Augen blicken immer härter, du gleichst wirklich einem Löwen, einem Löwen über seinem Opfer. Du bist prachtvoll, aber unheimlich!«

Der Majoratsherr lachte laut heraus. Deutlich schwang Verachtung in seiner Stimme mit. »Ich lasse dich aus meinen Klauen, liebste Wera.«

Beim Klang dieser wilden Stimme blickte sie ihn voller Neugier an, ihre Augen blitzten. Leise bemerkte sie, und man konnte hören, wie beunruhigt sie war: »Dich hält jemand ... Sag, wer ist es ... wer ist die neue Gebieterin deines Herzens? Daß es sie gibt, fühle ich.«

Der Majoratsherr drückte seine Zigarre aus. Er hatte längst genug. Er erhob sich und trat zu ihr. Die Markgräfin setzte sich auf, streckte die Arme aus. Ihre Brillanten glitzerten. Waldemar packte sie bei den Handgelenken, sie sank auf das gestickte Polster der Ottomane zurück und flüsterte mit versagender Stimme: »Jetzt mag uns Nebel einhüllen ...«

»Nur daß ich vorher verschwinde, werte Dame«, sagte Waldemar nunmehr beherrscht und beugte sich zu Wera hinunter. »Amüsieren Sie sich in Petersburg.« Er ließ sie los und schickte sich an zu gehen.

»Du willst fort?«

»Ja. Ich habe meine Zigarre geraucht.« Er verbeugte sich und ging.

Im Saal erkundigte sich der junge Graf Mortęski: »Wo ist meine Cousine, Verehrtester?«

»Markgräfin Silva ist im Roten Salon.«

Mortęski zwinkerte verschwörerisch. »Schön wie eh und je, nicht wahr?«

»Zuviel Schminke: So etwas verdirbt selbst die klassischsten Züge«, entgegnete Waldemar und verzog sein Gesicht.

»Was wollen Sie? Eine Frau über vierzig!«

Der Majoratsherr ging seiner Wege. Der junge Graf schlich auf leisen Sohlen in Richtung Roter Salon.

31

»Sie werden also ganz bestimmt beim Konzert und beim Ball nicht anwesend sein, Papachen?« fragte Stefa Herrn Rudecki.

»Nein, Kind, ich fahre morgen nach Hause, ich habe noch sehr viel Geschäftliches zu erledigen.«

Stefa schmollte. »Och! Ich habe so sehr mit Ihnen gerechnet! Ich würde lieber mit Ihnen auf den Ball gehen, Papa. Ich kenne kaum jemand, und die meisten sind Aristokraten.«

»Auch Gutsbesitzer der Gegend besuchen den Ball, und die Hauptaussteller. Es ist ein Wohltätigkeitsball, und Edelleute aus altem Geschlecht werden eher rar sein. Findet der Ball gleich im Anschluß an das Konzert statt?«

»Ja, und in demselben Saal. Wir kommen nicht einmal zum Konzert, sondern fahren direkt auf den Ball.«

Herr Rudecki verabschiedete sich bis zum nächsten Tag von seiner Tochter. Obschon er angekündigt hatte, daß er den Ball nicht besuchen würde, beabsichtigte er dennoch den Ballbesuch, wenn auch als Zuschauer von der Galerie aus. Er wollte ungesehen Stefa beobachten, deren Empfindungen er mißtraute.

Zeitig erschien er zum Konzert im großen Hotelsaal, fand einen guten Platz auf der Galerie. Im Publikum saßen viele Damen in Balltoilette, doch aus der Aristokratie war niemand anwesend. Das Konzert begeisterte Herrn Rudecki nicht, denn er kannte sich mit Musik aus und hatte beim Gesang seine Vorlieben.

Während der Pause gingen viele Besucher auf den Flur und die Marmortreppe, die zu den Garderoben führte, hinaus. Dort hatte bereits der typische Trubel vor einem Ball eingesetzt. Bedienstete liefen umher, aus der Konditorei wurden Torten und Pralineepyramiden auf Kristallplatten und -etageren herbeigetragen. Blumenkörbe wurden gebracht. Herr Rudecki, aufs Treppengeländer gestützt, schaute interessiert in die Runde. Es war doch immer dasselbe: Die unteren Klassen arbeiteten, um den Privilegierten das Leben zu versüßen. Und obwohl man sie dafür bezahlte, taten sie es häufig mit Stolz. Seine Grübelei wurde von dem dumpfen Geratter einer Kutsche unterbrochen, die vor der Auffahrt hielt. Etliche Diener stürzten zur Tür. In den Garderoben nahm der Betrieb zu. Sie treffen ein, jetzt heißt es Posten beziehen, dachte Herr Rudecki.

Er ging geradewegs auf die Galerie. Von seinem Platz aus sah er die verglaste Eingangstür, die Treppe und einen Teil des oberen Flurs. Die letzte Nummer im Konzertprogramm ging ganz und gar an seinem Ohr vorbei, und so erging es den meisten, die nahe bei der Tür saßen.

Immerzu traf jemand Neues ein, das Treiben wurde lebhafter. Stefas Vater, der neben einem Pfeiler saß, sah alles, blieb jedoch, falls es darauf ankam, ungesehen, da er sich hinter dem Pfeiler verbergen konnte. Bisher waren nur unbekannte Herren aufgetaucht. Einer von ihnen wurde aufmerksamer gemustert: Er war schon sehr alt, hielt sich aber gerade und aufrecht in seinem eng taillierten Frack. Sein Gesicht war wachsbleich, eine große Adlernase und riesige schwarze Augen stachen daraus hervor. Das graue, beinah weiße Haar trug er altmodisch über den Ohren zu Locken frisiert, die schmalen, stolz zusammengepreßten Lippen drückten Magnatendünkel aus.

Herr Rudecki wußte, daß es sich um Herrn Andrzej Mortęski handelte, den Vorsitzenden des lokalen Landwirtschaftsverbandes und Ausstellungsdirektor. Die Gestalt strahlte Hochmut und Größe aus, und zwar in einem Maße, daß sie unsympathisch wirkte. Neben dem Grafen stand ein kleiner dicker Mann mit rotem, verschwitztem Gesicht, der sein weißes Barthaar à la Moltke trug. Die Hände hielt er auf dem Rücken verschränkt, dabei stellte er eine Miene zur Schau, als sei ihm die ganze Welt gleichgültig. Zum Grafen jedoch schaute er demütig auf, ein Lächeln voller Glückseligkeit wich ihm nicht von den Lippen. Wenn sich der Graf an ihn wandte, stets ein wenig von oben herab, rissen sich die auf dem Rücken zusammengelegten Hände des korpulenten Menschen plötzlich vom Frack los und fette rote Finger begannen an der Uhrkette herumzufummeln. Mit einer solchen Untertänigkeit beugte er seine faßförmige Figur, daß Herr Rudecki von Ekel erfaßt wurde. Bestimmt irgendein Müller von den gräflichen Gütern, denn ein Gutsbesitzer ist das auf keinen Fall …

Das Konzert blieb weiter unbeachtet. Die Herren aus der Aristokratie trafen nach und nach ein, eilten zu den Garderobenräumen. Herr Rudecki hielt nach Baronin Elżonowska und seiner Tochter Ausschau, doch sie waren noch nicht zu sehen. Dafür tauchten Graf Treska und Wilhelm Szeliga auf. Dann stürzten sich die Diener erneut auf die Tür, und der Majoratsherr, der Herrn Maciej geleitete, trat ein. Die versammelten Herren gerieten in Bewegung, die jüngeren traten bis auf die Treppe hinaus. Ernst schob der Graf seine imponierende Gestalt vor. Die beiden Greise begrüßten sich voll gegenseitiger Ehrerbietung, wonach der Graf Herrn Maciej verließ und der dicke Mensch mit der Barttracht à la Moltke in bescheidenere Männerreihen zurücktrat.

Waldemar wurde von den jüngeren Herren umringt. Hinter dem Pfeiler hervor beobachtete Herr Rudecki ihn eifrig. Der junge Majoratsherr sah jetzt anders aus als zu Pferde und bei Tisch, noch attraktiver, da der untadelige Frack seine elegante, gewandte Erscheinung unterstrich. Bei aller Hochherrschaftlichkeit wirkte er ungezwungen und in seiner Gestik vornehm lässig. Er hob sich von seiner Umgebung ab – ein Mann aus uraltem Geschlecht, kein durchschnittlicher Salonlöwe. Der Ball war für ihn bestimmt, nicht er für den Ball. Herr Rudecki war von seinem Anblick erfreut, er mochte Herren dieses Zuschnitts. Wären alle unsere Aristokraten so, stünden wir auf dem Gipfel der Zivilisation, dachte er mit Bedauern.

Die alte Fürstin Podhorecka, in kostbaren schwarzen Spitzen, traf ein, in Begleitung von Fräulein Rita. Die Fürstin geleitete Präses Mortęski, Rita ein junger Mann, der sich als Engländer aufspielte und der Treska geschickt zuvorgekommen war. Baron Weyher führte die brillantenübersäte Gräfin Ćwilecka herein. Ihr folgten steif Tochter Michalina mit dem kahlköpfigen Grafen und die vergnügte Paula in nicht minder vergnügter Gesellschaft. Waldemar starrte mit sichtlicher Ungeduld auf die Eingangstür.

Warum kommen sie nur nicht? dachte Herr Rudecki. In diesem Augenblick wandte sich ein älterer Herr an ihn, der neben ihm saß und ihn über die Brille hinweg fragend ansah: »Ach, mein Herr, warum hört nur die Musik nicht endlich auf? Sie trommeln und pfeifen, dabei strömt bereits die gesamte Aristokratie herein und ärgert sich mit Sicherheit.«

»Tja, irgendwer sollte hier irgendwem weichen: das Konzert der Aristokratie oder *vice versa*«, erwiderte der Angesprochene.

»Indessen weicht hier niemand, doch das beweist nur, daß sich all die Herren nicht viel aus der Kunst machen, dabei sind sie nicht eben höflich, denn nicht nur daß sie selber nicht hinhören, sie gestatten es auch anderen nicht.«

»Sie betragen sich doch recht leise, und was die heutige Musik angeht, so ist sie einer besseren Behandlung wohl kaum wert.«

»Aber, mein Herr! Es handelt sich um eine hauptstädtische Berühmtheit und um das letzte Konzert!«

»Mag sein! Ich bin nicht begeistert.«

»Haben Sie die anderen Konzerte besucht?«

»Nein!«

»Ah so!«

Dieser Ausruf bestätigte Herrn Rudecki wieder einmal, daß der letzte Akt nicht immer dem ersten gleichkam. Der bebrillte Herr sprach weiter: »Bis dieser Saal vom Gestühl geräumt ist, langweilen sich die armen Damen in den Boudoirs zu Tode, und wir hier auf der Galerie ebenfalls.«

»Dann sind auch Sie hier, um den Ball anzuschauen?«

»Aber ja. Ich, mein Herr, schlafe nicht gut in der Nacht und habe nichts Besseres zu tun, also habe ich so bei mir gedacht: Man sollte zuschauen gehen, wie sie tanzen. Und Sie? Weshalb sind Sie hier?«

»Ich? Nun ja, um die Zeit totzuschlagen.«

»Na, sehen Sie!«

Wieder entstand Wirbel an der Tür und lenkte die Aufmerksamkeit der sich Unterhaltenden ab. Herr Rudecki schaute in die Richtung, zog sich aber sofort hinter den Pfeiler zurück. Frau Idalia kam die Treppe herauf, in einem prachtvollen Samtkleid und teurem Schmuck, geleitet von dem älteren Grafen Giersztorf.

Waldemar geleitete die junge Fürstin Podhorecka. Łucia ganz in Weiß, ging mit dem jungen Szeliga. Stefa, in blaßgrünem Crêpe de Chine, frisch wie der junge Frühling, stützte sich auf Treskas Arm. Herr Rudecki war zu neugierig, um die nötige Vorsicht walten zu lassen, und beugte sich über die Balustrade. Seine Stefa sah einfach bezaubernd aus. Als sie an einer Gruppe von Herren vorüberschritten, neigten sich alle Köpfe vor den ersten Paaren. Frau Idalia erwiderte den Gruß ein wenig hochmütig, die junge Fürstin, die zierlich und sehr hübsch war, mit unbeschreiblicher Grazie. Auf Łucia und Stefa fielen die meisten Blicke, hauptsächlich auf Stefa, die nicht alle hier kannten. Doch Treska an ihrer Seite machte für sie Reklame, wobei er eine stolze Miene zur Schau trug. Gleich nach ihnen trafen die Barskis ein. Der jungen Gräfin eilte Fürst Zaniecki entgegen.

Das Konzert war beendet. Nach langen Beifallsbekundungen verließ das Publikum nach und nach den Saal; er war noch halb voll, als Bedienstete hereindrängten, die Stühle packten und sie geräuschvoll auf den Flur hinaustrugen. Chaos und Lärm waren die Folge. Waldemar trat hinter den Säulen hervor, zeigte Richtung Tür und befahl knapp und energisch: »Das Personal später! Jetzt bitte dorthin!«

Eilends zogen sich die Bediensteten zurück, um den Abfahrenden behilflich zu sein. Im Saal beruhigte es sich. Das Publikum verließ ungehindert die Stätte.

Der bebrillte Herr sagte an Herrn Rudecki gerichtet: »Ein Teufelskerl, dieser Majoratsherr! Michorowski von Głębowicze. Ein wahrhaft großer Herr, nicht wie all die andern.«

»Wie meinen Sie das?«

»Nun, er ist soviel verständiger. Haben Sie nicht von seinen Gütern gehört? Wie er die Wirtschaft führt, und wie populär und menschlich er ist? Dabei ein Patriot: Er lebt wie ein Magnat, doch für Fremde verplempert er keine Millionen. Auf seinen Gütern leben die Leute wie Gott in Frankreich und ehren und respektieren ihn. Ach ja, gäbe es mehr von solchen, wir würden uns nicht nach dem Ausland richten!«

Herrn Rudecki erstaunte, daß sein Nachbar dachte wie er selber.

»Kennen Sie den Majoratsherrn persönlich?« erkundigte er sich.

»Persönlich, mein Herr, ja. Ich bin Ingenieur, und da der Majoratsherr Mitglied des Organisationskomittees ist, hatte ich die Gelegenheit, bei der Plazierung meiner eigenen Exponate mit ihm zu sprechen. Er hat zehn prachtvolle Stuten von seinen Gütern auf der Ausstellung, und diesen wunderschönen Hengst, den er im Hippodrom selber geritten hat, bestimmt haben Sie es gesehen. Er ist auch noch mit Getreide, Jagdhunden und irgendwelchen anderen weidmännischen Sachen auf der Ausstellung vertreten.«

»Für die Pferde hat er die Goldmedaille bekommen.«

»Ja, die sind auch wirklich zu schön!«

»Und auch die Hunde sind ausgezeichnet worden. Er scheint wirklich etwas vom Fach zu verstehen.«

»O ja, das tut er! Noch erstaunlicher, da er so jung ist. Ich kenne die Głębowicze-Güter schließlich schon aus den Zeiten der vorherigen Verwaltung. Früher hat er sich in der Weltgeschichte herumgetrieben, wie der reinste Nabob hat er sich im Ausland aufgeführt. Jetzt scheint er es vorzuziehen, im eigenen Land zu weilen, allerdings, auf Freiersfüßen scheint er nicht zu sein, obwohl sie ihm die Gräfin Barska fast mit Gewalt antragen.«

Herr Rudecki wurde nachdenklich.

Inzwischen war der Saal in Ordnung gebracht worden. Gärtner stellten Gefäße mit blühenden Gewächsen auf. Der aufgefrischte Fußboden glänzte wie eine Spiegelscheibe.

Der Ball begann rauschend, voller Verve. Waldemar und Graf Brochwicz führten die Tänze an. Die strahlenden Farben der Balltoiletten waren vom Schwarz der Fräcke durchflochten, blumen- und brillantengeschmückte Frauenköpfe schimmerten im Rund. Der Duft erlesener Parfums, schwerer Blütenduft, Fächergeflatter – die ganze berauschende Ballatmosphäre.

Augen blitzten, Kleinodien funkelten, Füße in Lackstiefeln und hellen Pumps glitten im Takt der Musik übers Parkett. Die grazilen Gestalten der Frauen, anmutig Männerarme berührend, den Kopf wonnevoll zurückgeneigt, strahlten Sinnlichkeit aus, die ins Blut ging. Die Männer glichen Siegern, wie sie da mit frackschwarzen Armen kühn die schmalen Taillen ihrer Partnerinnen umfaßten. Etliche Paare schienen sich beim Tanz Worte ins Ohr zu flüstern, die nicht weniger hinreißend waren als der rauschende Walzer, der sie mit sich davontrug.

Nachdem Waldemar mit einigen Damen aus der Aristokratie getanzt hatte, riß er Stefa mit sich fort in den Zauberwirbel. Und erst da begriff er plötzlich die Magie des Tanzes.

Zum erstenmal umschlang sein Arm ihre schlanke Gestalt, und er spürte sie so nah, ihm ganz hingegeben. Er hielt sie kraftvoll und fühlte ihr Herz klopfen. Ihr Atemhauch verbrannte ihn schier, ihr Haar streifte seine Lippen. Er beugte sich leicht vor, um den seidigen Flaum zu berühren. Den Blick aus halbgeschlossenen Augen hielt er auf den mit kleinen Weißkleesträußchen geschmückten Kopf gerichtet. Er sah Stefas Profil, die flammenden Lippen, sah ihren weißen, glatten Hals und die Arme, die sich aus der blaßgrünen Hülle des Crêpe de Chine hervorhoben. Ihr Zauber hatte ihn ganz in der Gewalt. Aber auch er übte auf das Mädchen eine starke Wirkung aus, das war deutlich zu merken. Stefa tanzte leichtfüßig, doch sie war wie von Sinnen. Sie fühlte sich glücklich, wie in einem Rausch. Der in Tausenden von Lichtern erstrahlende Saal, die Fülle der Blumen, die wunderbare Musik blendeten sie, sie tanzte selbstvergessen, voller Hingabe. Zunächst war sie erschrocken gewesen, als Waldemar auf einmal so dicht vor ihr stand, dann erfüllte sie Seligkeit. In seinen Armen verlor sie beinah die Besinnung, nie gekannte Empfindungen sprengten ihr die Brust, sie spürte, wie sein Blick sie verzehrte. Von ihm davongetragen, schwebte sie leicht und anmutig dahin über Wolken eines unermeßlichen Glücks. Beide tanzten sie so perfekt, daß viele Paare anfingen auf sie aufmerksam zu werden. Ein Taumel hatte die beiden erfaßt, riß sie wie ein Sturmwind mit sich fort, ihr Tanzen wurde leidenschaftlicher und zog allein schon weil es nicht aufhören wollte die Augen der achtsameren Zuschauer auf sich.

Herrn Rudecki wurden die Augen feucht, er seufzte leise. Sein Blick hing wie gebannt an dem schönen Paar, doch gleichzeitig schmerzte ihn sein Anblick. Sie hier herausreißen, wegholen, mitnehmen! brauste es ihm durch den Kopf. Zu spät! Herr Rudecki ahnte, daß es zu spät war.

Eine kurze Pause. Gedämpfte Geräusche, Stimmengewirr, wie sie einem bedeutsamen Moment vorauszugehen pflegen, man hört das Kommando des Majoratsherrn. Brochwicz eilt umher, er stellt die Paare auf.

Und dann fiel über den Saal, laut und forsch, die Mazurka her, wallte in den Herzen auf, ein geschwinder Pulsschlag, erhitzte das Blut in den Adern. Die Paare stürmten davon. Das erste bildete der Majoratsherr mit der jungen Gräfin Wilzemberg, der Tochter Fürst Giersztorfs, mit der man Waldemar einst hatte verheiraten wollen. Das zweite Paar waren Gräfin Barska und Fürst Zaniecki, ihnen folgten Treska mit Fräulein Rita, Brochwicz mit Stefa, Łucia und der junge Żnin.

Die Begeisterung wuchs, die Gesichter der Damen strahlten, Kraft und Leidenschaft erfüllten den Raum. Die laut vernehmbare Stimme des Majoratsherrn schürte das Feuer noch. In seinen Einfällen unerschöpflich, ersann er immer neue Figuren. Herr Maciej wunderte sich im stillen, den Enkel dermaßen gut aufgelegt zu sehen, und Frau Ełzonowska beteuerte laut, daß sie eine solche Verve schon lange nicht mehr bei dem Majoratsherrn wahrgenommen habe.

»Es sei denn damals, als er sich in der Weltgeschichte herumgetrieben hat, aber auch da ist er anders gewesen.«

Die Mazurka dauerte lange, doch der Majoratsherr ließ nicht zu, daß einer aufhörte. Man unterbrach ihn, als alle längst erschöpft waren. Der Saal leerte sich, die meisten Tänzer gingen zu den üppig bestückten Büfetts, und der Kreis der Aristokraten begab sich eine Etage tiefer, wo ein separates Abendessen serviert wurde.

Herr Rudecki ordnete seine Eindrücke. Sein bebrillter Nachbar bestärkte ihn dabei; er redete pausenlos, machte Bemerkungen über die Tänzer und ihre Tanzpartnerinnen. Von den Damen pries er am höchsten die himmelblaue, wirklich schöne Gräfin Wilzemberg, das silberfarbene Fräulein Rita und die blaßgrüne Stefa. So nannte er sie, nach der Farbe ihrer Toiletten.

Man unterhielt sich prächtig. Stefa hatte Treska und Rita zur einen, einen Jüngling mit Monokel, der sich äußerst fasziniert von ihr zeigte, zur anderen Seite, ihr gegenüber saßen Waldemar und die Gräfin Barska. In dieser Nachbarschaft sprühte Stefa nur so vor Witz und guter Laune. Mit fröhlichem Eigensinn neckte sie Treska, quittierte mit nichtssagendem Lächeln die Poussiererei des Monokeljünglings. Gemeinsam mit Fräulein Rita bildeten sie ein ungewöhnliches Quartett. Waldemar spielte häufig seine Trümpfe aus, die das Wortgefecht noch anregender und lebhafter machten.

Die Barska wirkte mißgestimmt: Waldemars Fluchten ins gegnerische Lager enervierten sie; sie unternahm alle Anstrengungen, um ihn bei sich zu behalten, und ihre Koketterie war unübersehbar. Aus schwarzen Augen schleuderte sie Blitze gegen Stefa. Von deren Seite spürte die Gräfin die größte Gefahr. Dieses Fräulein Melanie in ihrer flammend orangen Robe, die zu üppig und zu ernst für ihr Alter war, brünett, mit nachtschwarzen Augen und Haaren, wirkte wie eine Zigeunerprinzessin, die mit wilder Eifersucht um ihre Trophäe kämpfte. Wenn sie Stefa ansah, schwand die Zärtlichkeit, die dem Majoratsherrn galt, aus ihrem Gesicht und machte dem Zorn Platz, der schon beinahe an Haß grenzte, natürlich hinter einer höflichen Maske verborgen. Das Flackern ihrer Augen verriet sie.

Fürst Zaniecki, der sie mit Blicken verschlang, flüsterte hingerissen: »Ein dämonisches Mädchen! Aber wie entzückend!«

Da hatte er eine Unvorsichtigkeit begangen. Gräfin Paula, die neben ihm saß und sein Flüstern gehört hatte, bemerkte spöttisch: »Eine dämonische Frau ist nicht gerade das, was dem Majoratsherrn gefällt ...«

Sie ärgerte sich, daß der Fürst nur Augen für die andere Seite hatte. Doch Zaniecki, statt zerknirscht zu sein, freute sich ungemein. Liebend gern hätte er den Majoratsherrn mit ganzen Heerscharen von Engeln umgeben, wenn der ihm nur diesen Dämon ließe. Dem Fürsten ging es mehr um die Fassung, er gehörte zu denen, die in gewissen Fällen mehr Wert auf den Rahmen als auf das Bild legen.

Stefa bemerkte das feindselige Blitzen in den Augen der jungen Gräfin wohl, doch ihre Fröhlichkeit beeinträchtigte es nicht. Sie amüsierte sich königlich, fühlte sich ganz zwanglos.

Die Ahnungen hatten Herrn Rudecki nicht getrogen: Seine Tochter war bereits aufgegangen in der Atmosphäre dieser Menschen. Sie erfreute sich großer Beliebtheit. Ihre Tanzkarte war dicht mit Namen beschrieben. Der Name Michorowski tauchte wiederholt auf. Das Mädchen atmete in vollen Zügen den duftenden Weihrauch der Verehrung, der um sie herum aufstieg. Jeder Blick, den sie mit Waldemar tauschte, erschütterte sie, jeder Tanz mit ihm berauschte sie. Sie fürchtete seine Annäherung, begann zu beten, wenn er sie anschaute, doch zugleich bereitete ihr diese beseligende Unruhe einen außerordentlichen Genuß. Das Abendessen war bald beendet, danach wurde mit zwiefacher Energie getanzt.

Nach dem Kontertanz führte Waldemar Stefa zu einer Sitzgelegenheit vor einer Gruppe riesiger Palmen und sagte schroff wie immer, wenn ihm an etwas gelegen war: »Zeigen Sie mir bitte Ihre Tanzkarte.«

Stefa reichte ihm die bemalte grüne Winzigkeit mit dem noch winzigeren Bleistift derselben Farbe. Auf dem Einband las Waldemar: »*Besser ein kurzer Moment im Frühling als derer viele im Herbst.*« Schmunzelnd ließ er sich auf dem Stuhl neben Stefa nieder und zwar so, daß er sie vom Saal abschirmte.

»Haben Sie sich diese Tanzkarte selber ausgesucht?«

»Ich habe sie von der Baronin.«

»Eine schöne Sentenz. Mickiewicz mag sie für sich selbst erdacht haben. Häufig ist es ja auch ganz anders. Bei uns beiden zum Beispiel waren die Frühlingstage schlimm, voller Mißtrauen und Gereiztheit, mit einem Wort häßlich! Heute steht alles zum besten, und dabei haben wir Herbst!

»Aber Dezember haben wir noch nicht!«

»Im Dezember wird's noch besser.«

Er blätterte in der Tanzkarte, las die Namen. »Aber hier ist ja eine ganze Armee eingetragen! Ein sagenhaftes Register. Mein schlichter Namenszug verblaßt angesichts dieser Übermacht. Wie? Was? Der Kotillon und Brochwicz? Den Kotillon hätten Sie aber wirklich mir lassen können.«

»Ich konnte ihn Herrn Brochwicz nicht verweigern. Außerdem ist ein Ball wie eine Schlacht: Es erobert der, der zuerst kommt.«

»Nicht immer! Manchmal schlägt der zweite den ersten. Ich für meinen Teil habe zumindest diese Absicht.« Teuflisch selbstsicher blickte er ihr in die Augen. Stefa geriet in Verlegenheit, doch sie erwiderte ohne Zögern: »So geht das nicht. Herr Brochwicz wäre mit Recht gekränkt.«

»Ich benötigte nur Ihr Einverständnis, dann richte ich es schon so ein, daß Jurek besänftigt wird. Doch jetzt schlagen Sie es mir natürlich aus.«

Er erhob sich vom Stuhl und sagte lachend:

»Ich gehe Brochwicz holen. Einen Moment.«

Als er fort war, schlich sich der Jüngling mit Monokel an Stefa heran und fragte liebäugelnd: »Sie tanzen den Kotillon?«

»Ja, mein Herr.«

»Ach! O Pardon, ich bin zu spät gekommen ... und immer der Majoratsherr ...«

»Was hecken Sie denn für eine Verschwörung gegen mich aus?« fragte die dunkle Stimme des Majoratsherrn dicht hinter ihm. Der Jüngling stammelte etwas auf französisch und verschwand mit einer Verbeugung.

Mit Brochwicz am Arm baute sich Waldemar vor Stefa auf. »Jurek, mein Guter, ich habe hier die Tanzkarte von Fräulein Stefania, und ich muß sagen, deine Position beim Kotillon gefällt mir ganz und gar nicht. Ich will nicht die Bataille, hoffe vielmehr, daß wir die Angelegenheit gütlich beilegen.«

»Alles schön und gut, aber ich bin nicht einverstanden«, entgegnete Brochwicz.

»Mein Lieber! Du bist hier nicht die absolute Autorität.«

»Meiner Zustimmung bedarf es ebenfalls, und die gebe ich Herrn Brochwicz«, fügte Stefa hinzu.

»Oh, ich danke Ihnen! Und nun, Waldek?!«

»Jubele du nur nicht zu früh. Ich nehme zu einem letzten Mittel Zuflucht und werde euch überzeugen, daß das Recht, Forderungen zu stellen, auf meiner Seite ist. Fräulein Stefania hat mir, noch auf Słodkowce, den ersten Kotillon versprochen – dieser jetzt ist der erste. Du, mein bester Jurek, bemühst dich, wie man hört, um die Hand von Gräfin Melanie, und Zaniecki langweilt sie bereits, glaube mir!«

»Allein das erste Argument zählt. Wenn Fräulein Stefania den Kotillon zuerst dir versprochen hat, muß ich mich zurückziehen, obschon mit größtem Bedauern.«

Stefa, mit hochroten Wangen, streckte Brochwicz die Hand entgegen. »Seien Sie mir nicht böse. Ich hatte es tatsächlich vergessen.«

Der junge Mann nahm ihre Hand und verbeugte sich. »Ich bin geschlagen, aber dem Grundsatz treu, daß nichts vergebens ist, bitte ich Sie um die letzte Mazurka.« Stefa rang die Hände in komischer Verzweiflung. »Bedauere! Die hat schon Herr Żnin reserviert.«

»Dann bitte ich um eine zusätzliche. Du als Dirigierender wirst es so einrichten, Waldek.«

»Es wird mir ein Vergnügen sein.«

Stefa schrieb in großen Buchstaben ans Ende ihrer Tanzkarte: »Letzte Mazurka – Jerzy Brochwicz«. Der junge Mann verabschiedete sich mit einem Kopfnicken und ging zur Gräfin Barska hinüber.

»Sind sie zufrieden?« fragte Waldemar leise.

»Warum haben Sie gelogen? Ich habe Ihnen keineswegs den Kotillon versprochen.«

»Und warum haben Sie gelogen?«

»Ich wollte die Situation retten.«

»Und ich wollte mit Ihnen tanzen. Früher habe ich nicht darum bitten können wegen der geschlossenen Frackfront um Sie herum. Ich mußte eine List gebrauchen.«

»Ja, aber was wird Herr Brochwicz denken?«

»Herr Brochwicz ist felsenfest überzeugt. Und jetzt – sehen Sie nur –, jetzt macht er seinen Bückling vor der Gräfin und wird gnädig aufgenommen.«

Graf Barski kam auf sie zu. Mit stolzem Blick maß er Stefa und den Majoratsherrn, doch gewahrte er in dessen Augen einen nicht eben ermutigenden Ausdruck, und so ging er eiligen Schritts davon.

»Was halten Sie von diesem Herrn?« erkundigte sich Waldemar bei seiner Gesprächspartnerin.

»Von Graf Barski? Ich finde ihn unsympathisch und er wirkt hochmütig. Aber – ich kenne ihn kaum.«

Waldemar spitzte die Lippen. »Ein prahlerischer Hanswurst, eine Karikatur des Milieus. Dieser Mensch ist davon überzeugt, daß nicht er für die Welt existiert, sondern die Welt für ihn. Er hält sich für den Angelpunkt, um den sich alles dreht. Ich möchte sogar bezweifeln, daß er an den eigenen Tod glaubt, es sei denn, er fahre lebend zum Himmel auf, gemeinsam mit Wappen und Krone. Doch meinetwegen mag er die eigene Größe schätzen so hoch er will, wenn er bloß aufhörte, den Apostel seiner Ideen zu spielen, die besitzen nämlich einen gefährlichen Ansteckungskeim.«

»Ach, der Graf hat Ideen und propagiert sie?« wunderte sich Stefa. »Das hätte ich gar nicht vermutet. Er schien mir so egoistisch, wie einer, der sich ausschließlich um seine Millionen, Titel und ... um eine gute Partie für die Tochter Sorgen macht.«

Waldemar nickte lächelnd. »Sie haben ihn erkannt, doch dabei handelt es sich um die harmloseren Fehler des Grafen, die durchaus verzeihlich wären, doch wir haben viel zuviel davon in unserem Land. Aber der Graf hat zu allem Überfluß auch noch ethische und soziale Prinzipien, und wie ein Prediger will er sie unter unserer Jugend verbreiten, und da er eher eine Schildkröte als ein Adler ist, können Sie sich vorstellen, was für Ansichten er kundtut. Das ist schon kein Fanatismus mehr, das ist Barbarei, Barbarei genährt von Hochmut und Stolz. Menschen gibt es für ihn nicht, für ihn existieren nur Magnaten. Wahrlich ein interessanter Typ, ein Musterexemplar, tauglich allerdings nur fürs Museum ...«

Verblüfft schüttelte Stefa den Kopf. »Wenn er in Ihren Kreisen allgemein als ein Mann mit eher dürftigen Geistesgaben bekannt ist, kann er wohl kaum Schaden anrichten.«

»Schon. Aber es gibt eine Menge Kleingeister, einen großen Prozentsatz infantiler Gemüter, die dem gräflichen Einfluß durchaus unterliegen. Auf diese Weise finden seine Auffassungen Verbreitung und richten Schaden an. Wenn er nicht Millionen und eine schöne Tochter besäße, fände sein Apostolat vielleicht eine weniger geneigte Anhängerschaft, doch das ist eine Nebensache, die die Hohlköpfe zu den Fahnen ruft.«

»Und die gräfliche Losung lautet: Weg mit der Welt, es lebe der Olymp!« rief Stefa fröhlich aus.

Waldemar lachte aus vollem Hals. »Bravo, Fräulein Stefania! Ausgezeichnet! Sie kennen ihn besser, als ich vermutet habe. Der Graf erachtet tatsächlich die Aristokraten für Götter, sich selber zweifellos für Jupiter.«

»Teilt denn die Gräfin die Anschauungen ihres Herrn Papa?«

»Aber ja! Auf andere Art und Weise zwar, doch inhaltlich ist es dasselbe. Nur sie trägt, als eine heiratsfähige und noch dazu sehr schöne junge Dame, ihre Prinzipien wie die jeweils angemessene Garderobe. Für den Salon: Samt, Gaze, weißer Federflaum, besonders wenn sie wenigstens eine gute Partie, dem Namen, Titel oder Vermögen nach, vor sich sieht. Für den Alltag ist das Gewand ein herberes: Wolle, Brokat, für die menschliche Allgemeinheit reicht es ihr gerade zu Leinwand und Baumwolle, für die Bediensteten aber ist selbst Drillich zu kostspielig.«

»Das haben Sie hübsch gesagt, wenn auch reichlich boshaft.«

»Keineswegs. Allerdings mag in einem Ballsaal meine Meinung als zu hart erscheinen. Übrigens trägt die Gräfin heute das schönste ihrer zeremoniösen Gewänder, sie ist von Verehrern umringt und sieht ein paar vor sich, an denen ihr besonders gelegen ist.«

Lächelnd neigte Stefa den Kopf ihrem Gesprächspartner zu. »Und einer der prächtigsten unterhält sich mit einer Repräsentantin der benachteiligten Klassen. Das ärgert die Gräfin vielleicht.«

»Oh, Sie sind ja auch ganz schön boshaft.«

»Nein, bloß ehrlich.«

»Das gilt auch für mich. Ich bin ein Egoist und um der Gräfin willen verzichte ich noch lange nicht auf eine Unterhaltung mit Ihnen. Doch es gibt wieder Musik. Darf ich bitten?«

Stefa legte ihre Hand auf seinen Arm, er umfaßte ihre schlanke Taille und senkte einen Blick auf sie herab, der die Frauen in Verwirrung stürzte. Stefa erbebte, die langen Wimpern flatterten. Der Majoratsherr umarmte sie fester. So glitten sie in den Saal.

Der Kotillon wurde mit unerhörter Lebhaftigkeit getanzt. Bald fehlte es an Blumen und die Dekoration mußte herhalten. Waldemar trug einen wahren Panzer aus Blumen auf der Brust. Stefa sah wie ein leibhaftiger Blumenstrauß aus, Fräulein Rita, Gräfin Melanie, Gräfin Wizemberg, sogar Łucia und die blutjungen Prinzessinnen Podhorecki versanken beinah in einem Blumenmeer. Der Saal sah wie ein Garten aus: Auch die Damen, strahlend, mit rosigen Wangen und einem Sternenfunkeln in den Augen, waren wie Blumen, um die sich die Herren, schwarzen Schmetterlingen gleich, tummelten. Der Duft war berauschend, ein Zauber legte sich über den Lichterglanz des Saals, zog die Tanzenden in ein gefährliches Netz, geheimnisvoll und unsichtbar. Waldemar bekam als erster wieder einen klaren Kopf und beendete den Kotillon mit einer flotten Mazurkafigur.

Die ermüdeten Damen suchten Zuflucht in den Boudoirs. Diener servierten kühle Getränke. Stefa, Łucia und die Prinzessinnen eilten auf den Korridor hinaus. Sie legten ihre Blumen auf der Balustrade ab und fächelten sich Kühle zu. Ein Diener erschien auf der Treppe mit einem Riesenbukett Rosen, Nelken und Knabenkraut, mit fedrigem Farn durchflochten. Er verschwand in der Saaltür.

»Für wen das wohl ist?« wisperte Łucia. »Bestimmt für die Barska. Von Zaniecki ...«

Ein paar Herren umringten die jungen Damen. Der Jüngling mit dem Monokel drechselte Stefa gegenüber Artigkeiten. Ungeduldig raffte sie ihre Blumen zusammen, um ihr Boudoir aufzusuchen. Die Fräulein gingen mit ihr.

In einem Säulengang begegneten sie Waldemar. Er hielt das gerade erst bestaunte Riesenbukett in den Händen. Seine Augen strahlten vor Freude. Er teilte die Blumen in zwei Hälften: die eine Hälfte überreichte er Stefa, mit der anderen überschüttete er sie wie auf einem Corso. Mit gedämpfter Stimme sagte er: »Das ist außerprogrammäßig. Die Blumen sollen Ihnen in meinem Namen huldigen.«

Samtige Rosen blieben am Crêpe ihres Kleides hängen, fielen ihr von Hals und Schultern, lagen vor ihren Füßen. Eine Orchidee steckte ihr im Haar. Sie stand in einem Blütenmeer. Noch ehe die verblüffte Stefa imstande war, ihm zu danken, war Waldemar hinter einer Säule verschwunden. Die beiden Prinzessinnen stürzten sich auf die verstreuten Blumen und begannen eine fröhliche Blumenschlacht, die Stefa, nachdem sie wieder zur Besinnung gekommen war, unbeschwert erwiderte. Sie amüsierten sich wie die Kinder. Nur Łucia stand steif und wie erstarrt da und blickte reglos auf das vergnügte Terzett. »So ist es also? So weit schon?« flüsterte sie verwirrt und aus banger Seele.

Frau Idalia, obgleich sie das Schauspiel nicht mit angesehen hatte, begann allmählich unwillig zu werden wegen Stefas Erfolgen. Das Mädchen eilte von Triumph zu Triumph. Die aristokratische Jugend riß sich darum, mit ihr zu tanzen. Unablässig wurde sie umringt. Leicht ermattet, doch strahlend wie die Morgenröte, wirbelte sie wie ein Schmetterling durch den Saal. Frau Idalia gewahrte die plötzliche Lebhaftigkeit des Majoratsherrn, er tanzte allzu häufig und allzu leidenschaftlich mit Stefa. Doch daß Waldemar Gräfin Melanie vernachlässigte, schmerzte die Baronin nun wirklich. Nach dem Kotillon erschienen bei der Baronin in ihrem etwas abgelegenen Boudoir Graf Barski von der einen und Gräfin Ćwilecka von der anderen Seite. Außer sich, redeten sie drauflos: »Sie sind entschieden von den Grundsätzen der Aristokratie abgewichen, Baronin. Diese Rudecka in unseren Kreis einzuführen. Das ist ein Skandal. *Ça ressemble un peu mal!*«

Frau Idalia ärgerte der Ton. Sie mochte es nicht, wenn man ihr Vorhaltungen machte. Mit einem Blick von oben herab sagte sie streng: »Von Skandal keine Spur. Im Saal gibt es viele Damen, die weit unter der Rudecka stehen. Außerdem hat sie als Gesellschafterin meiner Tochter Anspruch auf gewisse Rücksichten.«

Barska hob arrogant den Kopf. »Ja, seitens der Baronin und ihrer Tochter schon, das bestreite ich durchaus nicht. Doch hier sehe ich rings um Fräulein Rudecka die Huldigungen seitens unserer Jugend. Das ist nun wirklich ganz und gar überflüssig.«

»Tja, eine Frage von Anmut und Attraktivität«, schnitt ihm Frau Idalia kurz das Wort ab.

»Idalka!« redete ihr die Ćwilecka gut zu. »Du brauchst sie wirklich nicht in Schutz zu nehmen. Der Graf hat recht: Dieses Mädchen stellt unsere Fräulein in den Schatten. Du warst wirklich unvernünftig, sie mit auf den Ball zu nehmen.«

Frau Ełzonowska geriet in Rage. »Schließlich konnte ich sie nicht im Hotel zurücklassen. Ihre Vorhaltungen sind grotesk, meine Herrschaften.«

»Du hast überhaupt eine Unvorsichtigkeit begangen, sie nach Słodkowce zu holen«, fuhr, ein wenig irritiert, die Gräfin fort. »Viel zu hübsch für einen Ort, den der Majoratsherr mit seinem Besuch beehrt.« Ungeduldig und mit einem bösen Blick auf die Gräfin, fiel Barski ihr ins Wort. »*Permettez, comtesse!* Ich muß den Majoratsherrn verteidigen. Einen so starken Einfluß, um von Gefahr sprechen zu können, kann dieses Fräulein gar nicht haben. Sie überstrahlt unsere Sterne nicht, doch sie bringt Unruhe, demoralisiert die jungen Leute. Allerdings mögen die Gelüste des Majoratsherrn in bezug auf ihre Person jener Art sein, die man leicht verzeiht: Sie ist hübsch, das ist wahr, doch auch ... Soubretten sind zumeist hübsch. Sie verstehen?« Die wulstigen Lippen des Grafen hatten sich zu einem wollüstigen Grinsen verzogen, mit belustigter Miene zwinkerte er seiner Gesprächspartnerin zu.

Unvermutet trat die Gräfin Wizemberg, die bislang unbemerkt in der Tür gestanden hatte, ein und sagte kühl: »Doch Soubretten vertrauen wir nicht unsere Töchter an, führen sie nicht in die Gesellschaft ein und geben ihnen nicht die Hand. Ihr Vergleich, Graf, ist unpassend. Fräulein Rudecka *c'est une fille jeune, belle et três bien élevée*! Mit ihrer Schönheit, Anmut und Intelligenz stellt sie in der Tat unsere jungen Damen in den Schatten, fasziniert sie die jungen Leute und den Majoratsherrn, und das ist es, was euch nicht gefällt. Man kann durchaus murren, wenn man verärgert ist, aber Beleidigungen, zumal in Gegenwart einer Person, deren Tochter in der Obhut jenes Fräulein steht?«

Würdevoll drehte sich die Gräfin um und verließ stolz den Raum, eine Woge himmelblauen Moirés hinter sich herziehend. Der Graf biß sich wütend auf den Schnurrbart, und als Frau Idalia ebenfalls hinausging, fauchte er: »Hysterisches Frauenzimmer.«

Gräfin Ćwilecka zuckte die Achseln. »Was die Rudecka angeht, sind sie schlichtweg durchgedreht.« Beide kehrten sie in den Salon zurück.

Das Tanzvergnügen währte bis zum Morgen. Die letzte Mazurka floß dahin als eine wohltönende Welle, klang noch einmal laut auf, trug ein schon schläfriges Echo von Vergnügen durch den ermatteten Saal und verstummte.Herr Rudecki kehrte müde heim, mit gebeugtem Haupt und schwermütigen Gedanken.

32

Über die Stadt war der Abend hereingebrochen. Auf den Straßen flammten die Lichter auf, die Fenster der Häuser schimmerten, vor dem Hotel verbreitete eine große elektrische Laterne weißes Licht.

In und um Herrn Rudeckis Appartement herrschte reges

Treiben. Bedienstete trugen das Gepäck hinaus, die Rechnung wurde bezahlt, die Droschke wartete. Herr Rudecki, bereits im Paletot, entlohnte das Personal.

Stefa, ans Fenster gelehnt, schaute auf die Straße hinunter und kämpfte mit den Tränen. Sie hatte einen Bastkorb mit den Blumen des gestrigen Kotillon gefüllt, den sie ihrer Mutter schicken wollte, zusammen mit Süßigkeiten für ihre kleine Schwester und den Bruder. Die Blumen ruhten auf einem Bett aus Moos. Hastig öffnete sie den Korb und angelte unter all den Blumen eine blaßgelbe Rose und ein paar Nelken heraus, steckte sie sich ans Dekolleté und schloß den Korb, um ihn gleich wieder aufzumachen – um der herrlichen purpurroten Orchidee willen.

Ein Symbol für ihn ... er selber ... Sie nahm die Orchidee heraus, drückte sie an sich und die restlichen Blumen im Korb bedachte sie mit einem schelmischen Luftküßchen, bevor sie ihn wieder schloß. Das Rudeckische Hotelzimmer betrat der Hotelportier.

»Ist alles bereit?« erkundigte sich Herr Rudecki.

»Ja, mein Herr, die Droschke wartet, doch Seine Hochwohlgeboren, der Majoratsherr Michorowski hat sein Viergespann und den Landauer geschickt. Auch ein Diener ist da, und hier ist ein Brief ...«

Herr Rudecki riß das Kuvert auf. In seiner kräftigen, charakteristischen Handschrift äußerte Waldemar höflich die Bitte, Herr Rudecki möge mit seinem Gefährt vorliebnehmen, er selbst würde ihn an der Bahnstation erwarten. Herr Rudecki zog die Stirn kraus. Der Diener des Majoratsherrn erschien und verbeugte sich ehrerbietig.

»Ist der Herr allein auf den Bahnhof gefahren?« fragte ihn Herr Rudeck.

»Nein. Mit dem Herrn Grafen Treska und dem gnädigen Fräulein aus Obronny.«

Herr Rudecki atmete auf. Ein höflicher und taktvoller Mensch, dachte er zufrieden.

Auf der Straße stand der elegante Landauer, lackblitzend, Wappen und Fürstenmitra an den Türen, vor den vier Rappenstuten gespannt waren. Die Pferde waren nervös, bissen ungeduldig auf die Gebißstangen, doch Flawian, ein gestandener Kutscher, der ältere Kollege von Brunon, der schon den alten Herrn Maciej gefahren hatte, verstand die Tiere im Zaum zu halten.

Als sich der Landauer in Bewegung setzte, fragte Stefa, an den Vater geschmiegt, leise: »War der Majoratsherr gestern bei Ihnen, Papachen?«

»Ja, nach dem Mittagessen. Für ein paar Stunden. Er ist ein sehr interessanter Gesprächspartner.« Und nach einem längeren Schweigen fügte er hinzu, als spräche er zu sich selbst: »Ein äußerst eleganter Mann.«

Stefa schwieg. Es schnürte ihr die Kehle zu ... Bedauern, daß ihr Vater abreiste und zugleich Bitterkeit gegenüber sich selbst. Das gleichmäßige Trappeln der Pferdehufe, der leise dahingleitende Landauer und die vertraute Livree ließen sie unweigerlich an Waldemar denken. Schon allein daß sie mit seinem Landauer, seinen Pferden fuhr, berauschte sie. Auch Herr Rudecki schwieg. Er warf dem schönen Profil der Tochter einen Seitenblick zu, beobachtete sie mit sichtbarer Rührung, und schlimme Ahnungen nahmen Besitz von seiner Seele. Sie hatten sich soviel zu sagen und dennoch schwiegen sie. Sie schreckten auf, als sie den Bahnhof vor sich sahen. Hell und lärmend lag er da. Das gelle Pfeifen einer Lokomotive durchfuhr Stefa wie ein scharfes Messer. In unverhohlener Furcht schmiegte sie sich enger an ihren Vater.

»Sie reisen ab, Papachen, und ich bleibe wieder ganz allein«, flüsterte sie mit einer so offensichtlichen Angst, daß Herr Rudecki erschauerte.

»Stefa, Kind! Aber du wolltest doch nicht mit zurück. Du hast es gut hier, sie mögen und achten dich. Wovor fürchtest du dich, Stefa?«

Der Landauer kam zum Stehen. Der Bedienstete sprang vom Kutschbock, Gepäckträger warfen sich in größerer Zahl auf die Trittbretter des Gefährts. Ein geräuschvolles Durcheinander entstand. Stefas Herz hämmerte. In fieberhafter Eile, als sollte sie selber verreisen, stieg sie aus und folgte dem Diener, der den Bastkorb trug. Plötzlich spürte sie eine Hand auf ihrer Schulter. Sie blickte sich um: Es war Waldemar.

»Sie sind allein ... Wo ist Ihr Herr Vater?«

»Er kauft sein Billett.«

»Reichen Sie mir Ihren Arm. Hier ist ein solches Gedränge.«

Sie stützte sich auf ihn, er hielt sie fest und führte sie wortlos zum Wartesaal erster Klasse. Fräulein Rita und Treska begrüßten sie herzlich. Das heiterte sie auf. Nach einer Weile erschien Herr Rudecki. Die Unterhaltung dauerte nur kurz. »Werden Sie die Ausstellung bald verlassen?« fragte Herr Rudecki Waldemar.

»Aber nein! Wir bleiben noch eine Weile. Morgen erst reist der erste von meinem Personal ab und der zweite von der Verwaltung trifft ein. Wenn alle die Ausstellung gesehen und meine Herren Praktikanten sich zur Genüge amüsiert haben, erst dann kehren wir nach Hause zurück.«

Das Signal ertönte: Einsteigen! Der Abschied war kurz. Stefa fiel es schwer, sich vom Vater loszureißen. Der Zug fuhr bereits, und Waldemar mußte sie vom Trittbrett herunterheben. Noch ein paar Verbeugungen, Taschentuchgeflatter, und dann hatte die Nacht den geräuschvoll schnaubenden Zug verschluckt.

Still trat man mit dem Landauer die Rückfahrt an. Fräulein Rita und Stefa, tief in Gedanken versunken, saßen mucksmäuschenstill. Die Herren schwiegen ebenfalls. Und wieder gleichmäßiges Pferdegetrappel, das beinah geräuschlose Rollen der Gummiräder; wieder schimmerten vor Stefas Augen im Schein der Straßenlichter die Goldknöpfe der Livree oben auf dem Bock. Sie fuhr mit seinem Landauer, seinen Pferden, doch nunmehr in seiner Gesellschaft. Sie wußte ihn auf dem Sitz gegenüber, aber die Empfindung war jetzt eine andere, komplizierter vielleicht, doch weniger mächtig. Nur der Zauberbann war ungebrochen, umfing sie, hielt sie fest wie eh und je.

33

Auf der Ausstellung wurde das Treiben langsam weniger, viele waren bereits abgereist. Auch die Vergnügungen kamen allmählich zum Erliegen. Man schien allgemein ermattet. Nur Majoratsherr Michorowski, in seinen Einfällen unerschöpflich, erdachte für seine Verwandten und Bekannten immer neue Annehmlichkeiten. Man unternahm Ausflüge ins reizvolle Umland, mit Pferden oder Automobilen, schlenderte durch die Stadt, bummelte durch die Geschäfte. Auf dem Ausstellungsgelände schaute man sich, kaum war der Zulauf geringer geworden, die besonders interessanten Abteilungen an. Eines Tages hatten sich alle in den Ställen und Pavillons von Głębowicze eingefunden.

Die Ställe, geschmückt mit Girlanden aus frischem Grün, das ponceaurot und schwarz umwunden und mit Fähnchen gespickt war, boten einen spektakulären Anblick. Die größte Begeisterung rief selbstverständlich Apollo hervor. Der Stallmeister persönlich führte ihn vor. Das Tier schnaube leise und wandte seine dampfende Nase dem Majoratsherrn zu. Der Hals war klassisch gebogen, die ausdrucksvollen, klug blickenden Augen brannten wie Fackeln; Apollo tänzelte, schlug mit den Hufen auf den Boden, schnaubte, wie es typisch ist für diese edle Rasse.

Stefa trat zu dem Pferd, klopfte seinen schönen Hals, streichelte die samtige Schnauze.

»Stefa, er wird dich treten!« rief Łucia erschrocken aus.

»Aber nein, das tut er ganz bestimmt nicht. Streicheln Sie ihn ruhig, ja, streicheln Sie ihn«, sagte der Majoratsherr leise. »Ah, reichen Sie ihm doch die Hand zum Kuß.«

»Das bringt er nun bestimmt nicht zustande!« lachte Stefa frei heraus.

»Nun, er sollte seine Pflichten kennen.«

Waldemar berührte mit der Peitsche Apollos Knie, klopfte ein paarmal leicht dagegen. Das Pferd schnaubte und kniete auf den Vorderbeinen vor der verblüfften Stefa. Fräulein Rita biß sich auf die Lippen. Treska machte große Augen. Der Verwalter von Głębowicze und die Praktikanten wechselten verstohlene Blicke. Und Brochwicz trat, mit hocherfreuter Miene, vor Barski beiseite, als wollte er ihm den ungewöhnlichen Anblick freigeben.

»Brav, mein Schöner, brav!« rief Stefa, nachdem sie sich von der Überraschung erholt hatte, aus. Sie umhalste das Pferd und küßte es auf den weißen Stern auf seiner Stirn. Als habe er nur darauf gewartet, sprang Apollo mit einem Ruck auf die Füße, warf den Kopf hin und her und wieherte munter.

»Ein Verrückter!« knurrte Barski.

»Wer? Der Majoratsherr oder Apollo?« erkundigte sich Brochwicz honigsüß.

Der Graf blickte auf ihn herab, als wollte er sagen: Einer wie der andere, und Sie sind auch nicht viel besser –, beleidigt, die Hände auf dem Rücken, ging er pfeifend in die entgegengesetzte Richtung davon.

»Was für ein Zirkuspferd! Wie haben Sie ihm das bloß beigebracht?« fragte Stefa.

»Dazu hat man einen Willen«, sagte Waldemar.

»Ich muß zugeben, es hat mir imponiert«, bemerkte Fräulein Rita.

Sie besichtigten noch den Pavillon mit den unterschiedlichen Getreidesorten des Majorats und gingen danach in die Konditorei auf dem Platz im Zentrum. Dort nahmen sie an etlichen Tischchen auf der Veranda Platz. Michorowski hatte sich Fräulein Rita, Stefa und Łucia zugesellt. Treska setzte sich dazu. Der Tisch gegenüber war frei. Nach einer Weile nahmen dort zwei Herren Platz, der eine ein feister Typ mit rotem verschwitztem Gesicht, der andere ein junger abgezehrter Angestellter.

»Kaffee!« rief mit dröhnendem Baß der Dicke dem Jungen in der weißen Schürze zu, stützte das Kinn auf den riesigen beinernen Knauf seines Spazierstocks und ließ seinen Blick in die Runde schweifen. Dabei schnaufte er wie eine Lokomotive.

»Bestimmt irgendein Wirt«, brummte Treska. »Der forscht aus, ob die Konditorei mehr Gäste hat als die eigene Speisewirtschaft. Oder vielleicht ist er ein Metzger?«

»Du solltest nicht nach dem Äußeren urteilen«, sagte Waldemar. »Warten wir's ab.«

»Sind Sie nicht ein Physiognomiker?« fragte Fräulein Rita.

»Ich? Nun ja, es gibt Fälle, sie sind gar nicht so selten, da ich die Wesensart einer Person nach ihrem Körperbau errate, manchmal sogar deren Gedanken; schwieriger ist es zu erahnen, womit die Person sich befaßt, sofern nicht äußere Merkmale darauf hinweisen. Manieren und Verhaltensweisen sind der beste Hinweis auf Bildungsgrad und Intelligenz, und was das angeht, macht jener Herr einen eher verdächtigen Eindruck.«

»Ein Metzger, ganz sicher«, behauptete Treska und begann

Stefa und Łucia irgendeine vergnügliche Anekdote zu erzählen.

Rita aber sagte zu Waldemar: »Wenn Sie bisweilen die Gedanken anderer erraten, dann können Sie auch getrost etwas über mich sagen. Woran denke ich?!«

»Meinen Sie nicht vielmehr: Woran dachte ich?« korrigierte Waldemar widerstrebend und lächelnd.

»Wann?«

»Sagen wir: vor kurzem ... in den Ställen.«

Fräulein Rita blickte ihn streng an. »Ah ja. Na dann, bitte«, erwiderte sie.

»Sie haben an mich gedacht ...«

»Eingebildeter Kerl!«

»Bitte, lassen Sie mich ausreden! Sie haben gedacht, daß ich überspannt bin, und dann noch, daß ich gewissen Individuen den Fehdehandschuh hinwerfe, Leuten, an denen mir, nach der allgemeinen Meinung, gelegen sein sollte. Sie haben gedacht, ich bin ein Verrückter. Nun, habe ich recht?«

Lächelnd sah er ihr in die Augen. Rita biß sich auf die Lippen. Doch mit einem Ruck hob sie plötzlich den Kopf, warf einen prüfenden Blick auf Stefa und entgegnete mit schwankender Stimme: »Ja, Sie haben richtig vermutet. Nur daß ich Sie nicht für verrückt hielt, Gott bewahre, noch gedacht habe, daß Sie Barski den Fehdehandschuh hinwerfen. Ich weiß, daß es Ihnen nicht um ihn geht. Ich habe mich nur gewundert, daß Sie die Situation allzu kühn vorantreiben ...«

Michorowski runzelte die Brauen. »Inwiefern? Wenn ich sie nun einmal dort und nicht woanders haben möchte? Darf ich das nicht?«

Aus Ritas Gesicht wich die Farbe. »Wer bezweifelt das schon? Nur ... mir schien, daß Sie ein Opfer des Augenblicks geworden und etwas unfreiwillig über das Ziel üblicher Artigkeiten hinausgeschossen sind.«

Waldemar erwiderte ihren Blick und sagte mit Nachdruck: »Nun, ich versichere Ihnen, daß ich ehrlich war. Wo Augenblicke über Augenblicke da sind, gibt man sich nicht nur einem einzigen hin. Ich habe also nicht übertrieben, eher im Gegenteil, mit Rücksicht auf die Person halte ich mich unerhört zurück, denn ich will nicht dazu beitragen, daß sie der bisherigen objektiven Beurteilung verlustig geht und zum Gegenstand jener spezifischen Meinungsvielfalt und Kritik wird, die niemanden verschont.«

Rita, noch immer blaß, beherrschte sich. Dieses Ringen um Haltung ließ sie kühl und abweisend erscheinen. Steif entgegnete sie: »Die betreffende Person bleibt doch völlig unangetastet, allerdings tritt bei Ihnen der subjektive Aspekt schon recht deutlich zutage ...«

»Ich gestatte jedem, mich und meine Gedanken in alle erdenkliche Einzelteile zu zerlegen. Hauptsache, man begnügt sich mit mir. Das bedinge ich mir mit aller Entschiedenheit aus ...«

Stolz warf Fräulein Rita Szeliżanka den Kopf in den Nacken. »Bedingungen dieserart stellen Sie besser anderen, da ich Ihren Fehdehandschuh nicht aufgreifen werde ... ich kann höchstens Partei ergreifen in gewissen Kreisen, wenn die Fehde ausgebrochen ist.«

Fräulein Szeliżanka hielt den Kopf gesenkt und hing ihren Gedanken nach. Die untergehende Sonne spähte noch einmal zum Pavillon hinaus, erhellte die Bäume, hauchte wie mit letztem Atem Glanz über die Veranda der Konditorei und das mit Eiscremes vollgestellte Tischchen, an dem jeder an etwas anderes dachte, wenn sich auch all die Gedanken auf einen einzigen Nenner bringen ließen.

Mitte September verließen die Bewohner von Słodkowce und Obronny die Ausstellung. Der Majoratsherr blieb, bis sie geschlossen wurde. Mit einem gewissen Bedauern reisten alle ab, doch man verabschiedete sich für kaum eine Woche. Die Jagden auf Głębowicze, die der Majoratsherr angekündigt hatte, würden eine neue Serie von Vergnügungen eröffnen. Viele Damen grübelten bereits über ihre Garderobe, ein Kostümfest stand ebenfalls auf dem Programm. Alle setzte der Enthusiasmus des Majoratsherrn in Erstaunen. Auf der Ausstellung war er es gewesen, der zu ihrer allgemeinen Belebung beigetragen hatte, er gab das Geld mit vollen Händen aus, imponierte mit der Originalität seiner Einfälle. Es war unschwer zu erraten, daß er in Głębowicze, wo er den geeigneten Rahmen dafür hatte, noch weitaus glanzvoller in Erscheinung treten würde. Niemand ahnte, was ihn dermaßen anspornte, obschon viele der

Wahrheit auf die Spur kommen wollten. Einige vermuteten die Gräfin Barska hinter all dem; zu denen gehörte auch Frau Idalia. Doch die Mehrzahl, mit Herrn Maciej an der Spitze, glaubte nicht daran.

Nur im allerengsten Kreis von Fräulein Rita, Treska und Brochwicz verstanden alle die große Wahrheit, doch auch sie zählten sie zu den Märchen.

Das unerwartete Auftauchen von Markgräfin Silva in den Salons der Mortęski machte die Eingeweihten neugierig. Trieb der Graf seinen Schabernack, oder ahnte die Markgräfin etwas? Ihr plötzliches Verschwinden weckte doppeltes Interesse …

»Sie hat ausgespielt«, flüsterten zufrieden die Damen.

Brochwicz erzählte allen, daß der Majoratsherr die letzten italienischen Rechnungen beglichen und sämtliche anderen ausländischen Rubriken in den Ofen gesteckt habe.

»Und die inländischen?« erkundigte sich belustigt der junge Fürst Giersztorf.

Treska preßte die Lippen fest aufeinander und zog heftig die Stirn kraus. »Das wird schwieriger werden: Prinzessin Krystyna ist unbeugsamer als Silva …«

»Das Nonnenkleid zieht sie bestimmt nicht an …«, kommentierte Brochwicz. »Es wird Zeter und Mordio geben, und das wär's dann. Der Majoratsherr hat der lieben kleinen Krystyna bereits *carte blanche* gegeben, sie hat sich mit dem Umstand schon vertraut machen können. Nebensächlichkeiten räumt er aus dem Weg, sofern es ihm paßt.«

Rita nickte schwermütig.

34

Die Ausstellung war geschlossen. Der größte Teil der Gesellschaft war nach Głębowicze übergesiedelt, wo die Saison für die Herbstjagden eröffnet worden war. Das Schloß von Głębowicze brachte mit Leichtigkeit sämtliche Gäste unter. Waldemar nahm sie königlich auf.

Eine große Treibjagd auf Wölfe, eine Elch- und eine Wildschweinjagd sollten stattfinden, und im Wildpark würde man Fasane schießen.

Britschkas und Kabrioletts, von kräftigen, gut genährten Pferden gezogen, umstanden den Schloßhof. Pferdeknechte tummelten sich zwischen den Reitpferden. Im großen Steintor standen berittene Trompeter und verkündeten mit laut erschallendem Geschmetter das Eintreffen der Gäste aus der Nachbarschaft. Die Gesamtheit der Gutsbesitzer hatte der Majoratsherr nach Głębowicze eingeladen.

Man konnte den Eindruck haben, ein Feldzug stünde unmittelbar bevor. Michorowski, in Jagdkleidung, war allgegenwärtig. Er begrüßte die Ankömmlinge, überprüfte die letzten Vorbereitungen und unterhielt sogar die Damen, die im großen Speisesaal versammelt waren, wo die Männer ein Frühstück zu sich nahmen, ehe sie in den Wald aufbrachen. Fast niemand saß, jeder der stand hielt einen Teller vor sich. Solcherart Ungezwungenheit stellte eine außerordentliche Annehmlichkeit dar. Es war die frühe Morgenstunde, und nur die jüngeren Damen und jungen Mädchen begleiteten die Jagdgesellschaft. Nach fröhlicher Verabschiedung setzten sich die Britschkas, Kabrioletts und Jagdpferde in Bewegung, fuhren und trabten in langer Reihe zum Schloßtor hinaus.

Der Majoratsherr saß zu Pferde, der Jäger Jur folgte mit zwei Gewehren und Munition. Die Dogge Pandur lief ernst, aber mit übermütiger Miene neben dem Pferd her; sie schien die Bedeutsamkeit des Unternehmens voll und ganz zu begreifen. Der dichte Wald nahm Jäger und Gefolge auf. Die Ausbeute war reichlich, und obschon Waldemar nicht ganz bei der Sache schien, war er doch wie immer einer der Erfolgreichsten. Um Fürst Giersztorf geschart, berichteten die einzelnen Mitglieder der Jagdgesellschaft von ihren Erfolgen.

»Ich habe die meisten Schüsse abgegeben«, rief Treska aus.

»Und haben wieviel Stück Wild getötet?«

»Wieviel? Ich glaube, so an die ... was weiß ich! Man wird's ja sehen.«

»Meine Herren, aufgepaßt! Ich glaube, Treska will von jedem von uns ein Häschen abzweigen, um seinen Triumph zu vergrößern«, rief Brochwicz vergnügt aus. Treska war beleidigt. »Besonders in deinem Fall ginge das nicht an, weil das bei deiner geringen Ausbeute sofort auffiele.«

»Pardon, mein Bester, aber ich habe acht Stück Hoch- und Niederwild erlegt. Das ist ein bißchen mehr als bei dir, wo bloß ein Fuchsschwanz zwischen zwei Hasen hervorblitzt.«

»Ihr seid beide gute Schützen, und Wild gibt es zur Genüge«, sagte Giersztorf versöhnlich.

Graf Barski näherte sich Waldemar. »Warten wir mit dem Imbiß auf die Damen?« fragte er und faßte seinen Gastgeber unter. »Sie treffen bestimmt in Bälde ein.« Der Graf zog ihn beiseite. »Apropos! Sagen Sie mir doch bitte ... oder besser: erklären Sie mir genauer das Verhältnis von diesem, diesem ... *comment donc!* Fräulein Rudecka zu unserer Gesellschaft.«

Waldemar stand da wie vom Donner gerührt, Wut kochte in ihm hoch, mit scharfem Blick maß er den Grafen, als der fragte: »*Mon dieu!* Mein Verehrtester. Ich erwarte, daß man mir die Position genauer erläutert, die jenes Fräulein unter Ihnen inne hat.«

»Fräulein Stefania Rudecka ist die Lehrerin von Łucia Ełzonowska und zugleich Gesellschafterin ... Freundin.«

»Nein. Das weiß ich ... Sie scheint jedoch irgendwelche höheren Rechte zu genießen, die ihr wer zugestanden hat? Sieht man sie als den jungen Damen der höheren Kreise gleichgestellt? Aber, aber. Eine Rudecka steht ja doch wohl auf einer niedrigeren Stufe. Um unsere Höhen zu erreichen ... viel zu niedrig!«

»Erlauben Sie, mein Herr, unsere Höhen, wie Sie sich auszudrücken belieben, sind eine relative Angelegenheit, die einer ausführlicheren Erörterung bedürfte«, fuhr ihm Waldemar in die Parade.

Der Graf verzog das Gesicht, dann nahm er eine ungemein würdevolle Haltung ein. »Aus Eurem Mund klingen diese Worte nicht echt – eine ganz unangebrachte Note für den Nachfahren eines der ersten Geschlechter unserer Aristokratie.«

»Ich bin kein Fanatiker unserer Gesellschaftsschicht, Herr Graf. Ich achte meine Familie, meine Abkunft, betreibe jedoch keinen Götzendienst. Erhabenheit zeigt sich in der Tat nicht im Wappen, denn auch andere Geschlechter im Land tragen ein solches.«

»Euer Wappen ziert die Mitra, wessen sich die anderen nicht rühmen dürfen.«

Waldemar brach in ein höhnisches Gelächter aus. »Ach, das ist es? Bei mir die Mitra, beim Herrn Grafen neun Zacken? Und das sind jene Höhen? Wenn das so ist, reicht Fräulein Rudecka in der Tat nicht an uns heran, zusammen mit den Szeligs, den Żnins und all denen, die wir als die Unseren ansehen, die unter uns leben.«

Der Graf blickte interessiert, wenn auch verärgert auf den Majoratsherrn. »Ich verstehe Ihre Entrüstung nicht!«

»Bitte um Vergebung, Graf, aber ich verstehe unsere Unterhaltung nicht.« Waldemar war empört und hielt mit seiner Empörung auch nicht hinterm Berg. »Nichtsdestotrotz gebe ich nicht auf, Sie überzeugen zu wollen.«

»Nein, Graf, das führt zu nichts. Bitte bemühen Sie sich nicht!«

Barski fuhr fort, als habe er nichts gehört: »Das, was uns auszeichnet und prägt, liegt nicht nur in der Krone selber, sondern in ihrer Tradition. Das, was die ganze Welt Aristokratie nennt, macht bei uns eine gewisse Achtsamkeit erforderlich, ja sogar Fürsorglichkeit. Die dürfen wir nie außer acht lassen. Uns ist nicht erlaubt, fremde Elemente in unsere Kreise einzuführen, um keine Gangrän hervorzurufen, die unsere Anschauungen, unsere heiligsten Bestrebungen paralysieren würde. Ein solches Ferment wäre die Katastrophe für unsere Idee: Das dürfen wir niemals vergessen!« Der Graf hob den Zeigefinger in Augenhöhe und wiederholte nachdrücklich, wobei er Waldemar durchdringend ansah: »Nein, das dürfen wir nicht!«

Was für ein pathetischer Esel, dachte Waldemar. »Gangrän ... Paralyse ... Fermente ... Was hat das alles mit Fräulein Rudecka zu tun?« explodierte er.

»Viel, sehr viel sogar. Sie eben ist ein solches Element ...«

»Das uns zersetzen kann? Daß ich nicht lache! Glauben Sie mir, wenn hier irgendwer irgendwen zersetzt, dann mit Sicherheit wir sie.«

Der Graf war sichtlich erschüttert. »Wir sollten solche Personen vor allem auf Distanz halten und nicht direkt in unsere Welt einführen. So etwas vermehrt die Unruhe, weckt Argwohn in der Gesellschaft.«

»All die Gemeinplätze, die Sie hier von sich geben, Graf, finden bei uns keinerlei Anwendung. In unserem Haus und in unserer Gegend genießt Fräulein Rudecka das höchste Ansehen, sie verdient höchste Anerkennung, und wir bemühen uns, sie auf eine Weise zu behandeln, die ihrer persönlichen Würde angemessen ist. Wir möchten, daß sie sich nicht fremd fühlt, und jeder, der in unserer Mitte weilt, sollte sich unbedingt danach richten.« Waldemar klang unhöflich, so schroff war sein Ton, ihn kümmerte längst nicht mehr, daß der Graf sein Gast war. Sein jähzorniges Naturell ging mit ihm durch. Doch der Graf schien die Worte nicht einmal zu hören; er wollte nicht beleidigt sein, weil der Majoratsherr für ihn wichtig war, andererseits jedoch wollte er aus der Unterredung als Sieger hervorgehen.

»Ich möchte diesem Fräulein keineswegs die Würde schmälern, *elle est même bien tenue*, und letztendlich findet sich im Niesiecki gewiß auch ein Plätzchen für die Rudeckis. *Mon dieu,* schließlich gibt es unter anderen Bediensteten ebenfalls Individuen mit Namen, die das Wappenbuch nicht verschweigt. Nichtsdestotrotz rechnet man diese nicht zur Gesellschaft, sie treiben keine Kurzweil mit uns, führen keine Salongespräche …«

»Herr Graf, ich wäre Ihnen verbunden, wenn Sie nicht mit solcherart Vergleichen aufwarten würden, ich könnte leicht meine Rolle als Gastgeber vergessen! Es ist schlichtweg empörend! Da Sie einer dermaßen obskuren Auffassung anhängen, muß ich Sie warnen: Heute beim Mittagessen werden mein Verwalter, mein Jägermeister und mein Haushofmeister mit uns an derselben Tafel speisen. Und Ihr, Herr Graf, werdet ihnen, aus Respekt für meinen Großvater und für mich, die Hand reichen. Was hingegen Fräulein Rudecka anbelangt, ihre Stellung in unserer Familie ist klar definiert und es würde eine Kränkung für uns bedeuten, wenn man sie kränkte.«

»Mit Verlaub. Ich vertrete den Standpunkt der Tradition. Personen wie sie infizieren uns. Sie selbst, Michorowski, sind der beste Beweis: Allzu eifrig verteidigen Sie sie. Man kann für solche Fräulein durchaus eintreten, das bestreite ich nicht, man kann es durchaus … aber doch nicht so. *N'est-ce pas?*«

»Herr!« fuhr der Majoratsherr auf.

»Pardon! Aber unter uns ist sie das unpassende Element, *elle n'est pas pour nous*! Man sollte sich ihr nicht nähern noch vertrauten Umgang mit ihr pflegen. Fräulein Rudecka ist für uns – aussätzig.«

Waldemar warf sich nach vorn, scharfe, beleidigende Worte drängten sich ihm mit aller Macht auf die Lippen. Der Graf spürte die heraufziehende Katastrophe und wandte sich, bevor der junge Majoratsherr mit seiner Wut herausplatzen konnte, abrupt den eintreffenden Herren zu. Gleichzeitig ließ sich Pferdegetrappel vernehmen, und auf dem Waldweg tauchte ein Viergespann nebst Break auf, der mit Lachen und heiterem Geplauder erfüllt war: Die Damen waren angekommen. Jäger liefen herbei, um ihnen beim Aussteigen zu helfen. Die Ankunft der Damen und die Hoffnung auf ein Frühstück hob entschieden die Stimmung.

Waldemar schenkte nichts und niemandem Beachtung, er warf sich die Flinte über die Schulter und machte sich auf den Weg, zwischen hohen Kiefern hindurch, hinein in das dichte Unterholz. Seine Augen funkelten zornig, seine Lippen waren höhnisch verzogen. Brochwicz konnte ihn gerade noch ausmachen und eilte ihm hinterher. »Waldek, wohin willst du? Die Damen sind bereits eingetroffen, und das Frühstück dampft im Jagdpavillon. Ich bin hungrig wie vermutlich jener Wolf, den ich geschossen habe.«

»Geh und iß, und kümmere dich in meinem Namen um alles. Besonders um diesen Trottel, damit er sich richtig betrinken kann!«

»Wer, Barski?«

»Gut geraten!«

»Mein Lieber! Es gibt nur einen Trottel unter uns! Kein Wunder, daß ich richtig geraten habe.«

»Na gut, geh schon.«

»Aber?«

»Ich möchte allein sein.«

»Reizend, deine Naivität! Was geht schon ohne dich?«

»Ach! Öde mich nicht an.«

Brochwicz packte Waldemar beim Arm. »Hör zu, Waldek! Wenn du mich gern hast und Barski etwas Gutes tun willst, dann solltest du unbedingt mit zurückkommen. Sei zu diesem Fossil so liebenswürdig, wie du nur sein kannst, das wird für den alten Knaben die wirksamste Strafe sein. Ich weiß nicht, womit er dich geärgert hat, ach, ich wundere mich, daß er es überhaupt gewagt hat, weil er damit die Chancen seiner Tochter noch weiter untergräbt, die schon unter normalen Bedingungen nicht eben üppig sind. Ich kenne dich nicht wieder, Waldek! Früher hättest du Barski die kalte Schulter gezeigt. Aus deiner Erregung schließe ich, daß etwas wirklich Bedeutsames vorgefallen sein muß.«

»Du hast recht! Dieser alte Schild imaginärer Größe ist aufgeblasen bis zur Idiotie, und damit hat er mich irritiert.«

Waldek! Waldek! Daß der mehr Farbe auf den Lippen als im Kopf Möblierung hat, pfeifen die Spatzen von den Dächern. Nichts, was man sich zu Herzen nehmen müßte.«

Waldemar grinste. »Ein treffliches Bild malst du da von deinem künftigen Schwiegervater!«

»Ich schmeichele mir, daß er das nicht wird. Papa läßt mich frösteln – brrr! Und Melanie hat es trotz ihres feurigen Teints nicht geschafft, meine nordische Natur auch nur zu erwärmen. Zaniecki ist da viel geeigneter. Ich erzähl dir etwas von Barski, was du bestimmt noch nicht weißt. Fabelhaft hat sich dein Praktikant verhalten, der älteste.«

»Otocki?«

»Ja. Stell dir vor, als wir uns auf dem ersten Standplatz eingefunden hatten, schnauzte der Graf als erstes den Stallmeister an.«

»Badowicz? Weswegen?«

»Weil der aus Versehen den Grafen ohne Titel angesprochen hatte. Habe ich selbst gehört.«

»Mistkerl«, knurrte Waldemar. »Komm, gehen wir zu den Damen.« Sie kehrten zum Jagdpavillon zurück.

»Also, weiter mit Barski«, fuhr Brochwicz fort. »Die Treibjagd sollte eben beginnen, als er den für ihn bestimmten Platz mit einem anderen vertauschte, weil der ihm angemessener schien – mit ihm ist das immer so. Bei diesem Wechsel vergaß er die Büchse, und weil sein Jäger gerade nicht zu sehen war, warf Barski gedankenlos Otocki, der gerade nicht weit weg stand, von oben herab einen Blick zu und sagte, wie das seine Art ist: ›Hej, du, hol mir die Büchse von da unter dem Strauch!‹«

»Ich habe ihm doch die Praktikanten vorgestellt. Wie konnte er es wagen!« explodierte Waldemar.

»Ja schon, aber Barski hatte längst herausgefunden, daß Otocki von allen der Ärmste ist und du ihn bezahlst – das ist für ihn Grund genug. Denn für ihn sind Leute, die für Geld arbeiten, keine Menschen.«

»Otocki hat ihm hoffentlich eine Lektion erteilt?! An solcherart Unfug ist er nämlich nicht gewöhnt.«

»Warte. Zuerst tat er so, als höre er nicht, doch als sich der Graf zum zweitenmal auf dieselbe Art vernehmen ließ, verneigte sich Otocki äußerst höflich vor ihm und sagte: ›Der Majoratsherr hat mich dem Herrn Grafen bereits vorgestellt, ich heiße Otocki.‹ Nach diesen Worten ging er in die andere Richtung davon.«

»Prächtig!« rief Waldemar amüsiert aus.

»Żnin und ich haben Otocki applaudiert, aber Barski muß wütend sein.«

Waldemar lachte.

»Um so mehr, da ich ihm zu verstehen gegeben habe, daß er beim Mittagessen den Herren von der Verwaltung, die dabei anwesend sein würden, die Hand würde reichen müssen. Er windet sich, damit man ihm nur ja nicht den Jägermeister vorstellt, aber ich schnappe ihn mir abends, und vor aller Augen wird er ihm die Hand geben.«

Brochwicz klatschte in die Hände. »Ausgezeichnet! Dann war auch davon die Rede.«

»Ach, laß mich in Frieden!«

»Na, siehst du! Und du willst, daß ich mit so einem Reaktionär familiäre Bindungen eingehe? Selbst wenn mir die fürstliche Tante keine Million gäbe und die Barska sich selber erklärte, würde ich nicht wollen. Ich würde mich eines solchen Schwiegervaters schämen. Wir beide, Waldek, du und ich, sind von einer anderen Sorte.«

»Zumindest haben wir andere Anschauungen«, sagte Waldemar.

Sie kehrten rechtzeitig zur Jagdgesellschaft zurück. Ein weiterer Wagen mit Damen war gerade eingetroffen.

Das Frühstück verlief heiter, währte aber nicht lange, denn Waldemar hatte es eilig. Man hatte beschlossen, daß sich jede der Damen ihren Jagdgefährten wählen sollte. Auf Waldemar stürmte die strahlende Gräfin Wilzemberg zu, und er verbeugte sich dankbar, hochzufrieden, daß sie Gräfin Melanie zuvorgekommen war, die ihm beim Frühstück diese Ehre unmißverständlich angetragen hatte. Die Gräfin an seiner Seite, machte er sich Sorgen um Stefa. Sie stand mit Łucia abseits und zielte mit ihrem Flobertgewehr auf eine große Kiefer. Von etlichen Herren umgeben, heckte Barski etwas aus, das mit Sicherheit nichts Gutes für Stefa verhieß. Waldemars Unruhe fiel der Gräfin auf.

»*Monsieur, vous me troublez!* Sie scheinen mit meiner Gesellschaft nicht zufrieden!«

»Im Gegenteil, ich bin entzückt. Doch nicht alle haben einen Partner gefunden, es geht alles ein bißchen zögerlich vonstatten.«

Die Gräfin warf ihm einen prüfenden Blick zu, dann folgten ihre Augen den seinen. »Ah! Ich verstehe! Łucia und Fräulein Stefa haben noch keinen Partner. Warum wählen sie nicht? Mit Sicherheit warten viele darauf. Ich gebe Żnin einen Wink, der wird mir dankbar sein.«

Unbeschwert küßte Waldemar der schönen Dame die Hand. »Nicht mehr nötig. Jurek hat sich der Sache angenommen.«

»Ah ja.«

Brochwicz gesellte sich zu Stefa. Gern erklärte sie sich einverstanden, und zusammen mit Łucia bildeten sie ein Terzett.

Barski warf ihnen einen scheelen Blick zu. »Der Raub der Sabinerinnen!« kommentierte er ironisch. »Brochwicz hat ganz vergessen, daß auch bei uns noch Damen sind.«

Zaniecki schmunzelte. »Eher der Raub der Siamesischen Zwillinge, Herr Graf, denn die beiden jungen Damen kleben geradezu aneinander.«

Barski mochte es nicht, wenn man ihm einen Witz verdarb. Er sah Zaniecki von oben herab an und bemerkte säuerlich: »Na gut, gehen Sie auf Ihren Posten, meine Tochter wartet.«

Alle bestiegen die Britschkas und Kabrioletts, um in die Nähe der weiter entfernt gelegenen tiefen Wälder zu gelangen. Einige Damen und Fräulein Rita jagten ebenfalls. Doch die neue Konstellation mit den Damen als Gesellschaft bewährte sich nicht so recht. Stefa, Łucia und Brochwicz standen neben dem Majoratsherrn und plauderten ungeniert, hin und wieder ertönte sogar ein Lachen, und zwar das der Gräfin Wilzemberg. Die Schüsse trafen häufiger ins Leere als ein Tier, dennoch war die Jagdausbeute nicht schlecht. Bei Sonnenuntergang kehrte die Jagdgesellschaft aufs Schloß zurück, Musikanten, im Kreuzgang plaziert, spielten auf zu ihrer Begrüßung. Während man sich umkleidete, legten Wildhüter unter der Aufsicht des Jägermeisters die Jagdausbeute auf dem Schloßhof aus: Füchse, Hasen, dazwischen immer wieder das dunkle samtige Fell der Böcke, deren anmutig aufgestützte Köpfe ihr prächtiges Geweih emporreckten. Den Kopf, die Krone dieser ausgelegten Spange, bildeten Elche und Wildschweine, direkt in der Mitte lagen etliche Wölfe.

Als die Damen auf den Hof hinaustraten, stießen Jagdgehilfen in grünen Wämsern und Langschäftern, die sich zu beiden Seiten der Spange aufgebaut hatten, freudig ins Horn. In ihren Gestalten lag etwas Ritterliches, und der Hörnerklang war wie ein Abgesang auf die getöteten Waldbewohner. Die Gäste begannen sich das Hochwild und die gefiederte Jagdbeute anzuschauen. Schmale Hände liebkosten schlanke Hirschköpfe und das schöne fahlgelbe Gefieder der Rebhühner. Streit entbrannte, wer das meiste Wild erlegt hatte. Brochwicz erwies sich als derjenige welche. Der Majoratsherr rief ihn zum König aus. Doch Treska, der darüber ärgerlich war, sagte boshaft: »Das Glück hättest du nicht gehabt, mein Guter, wenn der Majoratsherr frei geschossen hätte. Doch der hat heute an die Gäste Schüsse abgegeben und auf die besten Standplätze für sich verzichtet. Das allein ist des Rätsels Lösung: Der Majoratsherr hat dir den Titel abgetreten.«

»Und warum hat sich der werte Herr, ebenfalls Gast, nicht darum bemüht?« erkundigte sich Brochwicz.

Treska winkte ab, als wolle er sagen: Ich bin doch in jeder Hinsicht ein Pechvogel.

Von den Damen war Fräulein Szelżanka die erfolgreichste Jägerin. Waldemar nahm eines der von ihr erlegten Rebhühner und beschmierte unter allgemeinem Lachen und Scherzen ihre Hand mit dessen Blut. »Hoch lebe unsere Nimrodin!«

Die junge Dame freute sich: Wenigstens ein Erfolg … Treska aber biß sich auf den Schnurrbart.

35

Abends erstrahlte das Schloß in elektrischem Licht. Die runden Scheiben des Wintergartens schimmerten und ließen Pflanzengrün durchscheinen. Im Speisesaal war die hufeisenförmige Tafel für über hundert Personen gedeckt; blütenübersät lag sie da, in Kerzenlicht getaucht und widerscheinend vom Glanz des wundervollen Tafelsilbers. Eine eiserne Wendeltreppe führte aus dem Saal in den Wintergarten, von dort drang das leise Plätschern eines Springbrunnens. Die Treppe, mit Blumen bekränzt und von Lämpchen in Tulpenform erhellt, war wie ein Zauberpaß, der den prunkvollen Speisesaal mit einem Paradiesgarten verband.

Wie berauscht schlenderte Stefa durch die verwunschenen Säle. Immer wieder war sie von der Pracht und dem erlesenen Geschmack geblendet. Das junge Mädchen war erregt, ihre Sinnlichkeit entfacht, ein Zauber hüllte sie ein.

Ganz anders die Empfindungen von Gräfin Melanie und ihrem Papa. Die junge Dame schwor sich, um jeden Preis Herrin dieses Besitzes zu werden. Dem Majoratsherrn brachte sie Verehrung entgegen, begegnete ihm beinah mit Demut, was ihn verstimmte und ihn noch mehr gegen sie einnahm. Der Graf hingegen wanderte in hochmütiger Attitüde durchs Schloß, sann darüber nach, welchen Effekt sein eigenes Geld machen würde, wenn man es diesem Prunk zugesellte: er hielt wohl Ausschau danach, was hier noch fehlte. Alles imponierte ihm, doch der gute Geschmack, der überall in der Residenz herrschte, dünkte ihm allzu bescheiden.

Beim Mittagessen saß der Graf in schlechter Laune da, denn der Majoratsherr hatte ihm den Verwalter, den Jägermeister und den Haushofmeister auf eine Art vorgestellt, daß ein

Handschlag unvermeidlich gewesen war. Erst der gute Wein heiterte den Grafen auf, der Champagner tat sein übriges, und gegen Ende des Festmahls hatte sich Barski mit der Anwesenheit der Administration abgefunden. Allerdings faßte er im stillen den Beschluß, daß das alles anders werden würde, war er erst einmal der Schwiegerpapa in diesem Schloß; Reorganisation würde er fordern, zugunsten der eigenen Gesellschaftsschicht, die der Majoratsherr so schmählich hintenanstellte.

Während alle zu Tisch saßen, spielte auf der Terrasse das Orchester. Schloß, Park, Terrassen und der englische Garten waren illuminiert, Fluß und Boote, sogar der Rand des Tiergartens wurden vom flackernden Schein der Feuer erhellt, die man ringsum angezündet hatte.

Nach dem Mahl blieb niemand im Schloß. Die einen zerstreuten sich über Alleen und Rabatten, andere gingen, die sprudelnden Fontänen in den blumengeschmückten Bassins zu betrachten, die das bengalische Feuer in Regenbogenfarben tauchte. Einige der Gäste strebten der Anlegestelle und den mit Girlanden herausgeputzten Booten zu. Die Gondel *Stefania* schmückten purpurne Lämpchen und Rosengeflecht. Eine weitere Musikkapelle spielte auf einem Altan über dem Fluß. Auch Herr Maciej schweifte durch den Park; bald hatte er herausgefunden, daß die Attraktionen überall immer größer wurden, und er nickte betrübt mit dem Kopf. Er hätte lieber nicht gewußt, für wen all die Wunderwerke erdacht worden waren, doch er wußte es genau.

Auf der Terrasse hakte sich Gräfin Melanie beim Majoratsherrn unter. »Möchten Sie mir nicht die illuminierten Grotten zeigen?« bat sie leise. Sie wirkte schläfrig und sinnlich und war sehr anziehend. Das tief dekolletierte Kleid erhöhte noch ihren Reiz, der brünette, exotische Ton ihrer Haut wurde durch den hellen Stoff und die spinnwebzarte Spitze noch hervorgehoben. Perlen zitterten auf ihrer Brust. Den entblößten Arm schwer auf den seinen stützend, neigte sie ihm zärtlich ihr Gesicht zu und wiederholte: »Einverstanden?«

»Aber sicher, wenn Sie das wünschen …«

»Sie sollen wundervoll sein.«

Schweigend stiegen sie von der Terrasse hinunter und begaben sich in den Blumengarten bis zu den Springbrunnen. Sie begegneten mehreren Personen, darunter Fräulein Rita, die der Gräfin einen ironischen Blick zuwarf. Nach Waldemar sah sie sich verblüfft um. Die Gräfin sagte gerade: »Głębowicze ist zauberhaft! Ich hätte nicht gedacht, daß es so schön ist. Sie leben wie im Paradies. Macht Sie das sehr glücklich?« Sie sah ihm tief in die Augen.

»Kommt darauf an, was man darunter versteht. Ich liebe Głębowicze nicht wegen seiner Pracht, sondern weil es mir gehört. Das ist meine Erde, mein Betätigungsfeld, das ich zu größtmöglicher Vollkommenheit führen möchte.«

»Und Sie sind imstande dazu. Bei der Gestaltung und Ausstattung der Residenz haben Sie Geschmack und eine geniale Hand bewiesen.«

Waldemar war kurz davor, die Geduld zu verlieren. »Ach, damit hatte ich nichts zu schaffen. Das sind Andenken an den erlesenen Geschmack von Großmama Gabriële. Ich sorge nur für deren Erhalt. Großmama wollte ein zweites Versailles aus Głębowicze machen, also pflege ich ihr Werk, ohne Kosten und Mühen zu scheuen.«

»Ja, Frauen haben für gewöhnlich die größere Neigung und Fähigkeit, Meisterwerke des Effektes zu schaffen. Ihre Gemahlin hätte allerdings kaum noch einen Bereich für eigenständige Aktivitäten, da alles, was man nur erträumen kann, bereits da ist. Sie würde wohl auf Veränderungen Lust bekommen ...«

Waldemar lächelte. Er wußte nur zu gut, worauf die Gräfin hinauswollte: Er sollte einen Antrag machen. Wie oberflächlich doch manche Frauen sind, dachte er.

Kokett sah die Gräfin zu ihm auf. »Würden Sie Ihrer Gemahlin die Veränderungen gestatten, wenn sie Lust darauf hätte?«

»Ich weiß nicht, Gräfin. Das kommt darauf an.«

»Verstehe! Das hinge vermutlich von der Tiefe Ihrer Gefühle ab. Tja, Liebe zwingt gewissermaßen zu Opfern ...«

Waldemar war erstaunt. »Und Sie verstehen das?«

»O ja! Viele Dinge, die man ehemals nicht begriffen hat, zeichnen sich viel deutlicher ab, wenn ... wenn in uns ein Wandel eintritt.«

»Gut, aber Sie zum Beispiel, was würden Sie um jener Gefühle willen opfern?«

»Ich? Alles!«

»Ah ja! Aber Ihre ›Sphäre‹ würden Sie wohl kaum opfern!«

»Ich verstehe nicht.«

»Nun, wenn Sie jemanden liebten, der nicht der Aristokratie entstammte, würden Sie, im Namen der Liebe, seine Frau werden?«

»Ich? Nein! Ein solcher Unfall droht mir nicht, *quelle idée*! Einen der nicht zu uns gehört, würdige ich keines Blicks. Und da sollte ich mich verlieben?« Die Gräfin lehnte ihr aufgeputztes Köpfchen an Waldemars Schulter, als wollte sie ihm damit zu verstehen geben: Bei dir ist das etwas anderes – ich bin die Deine.

Waldemar begriff, doch er empfand nichts. Sein Lachen war spöttisch: »Wo ist dann das ›Alles‹, das Sie für den Geliebten opfern wollten?«

Die Gräfin kränkte sein Lachen. Sie preßte die Lippen aufeinander. »Sie stellen so ... hm ... seltsame Fragen ... Man könnte meinen, Sie glaubten nicht an die Innigkeit meiner Empfindungen ... Doch der, den ich liebgewinne, wird sie richtig einzuschätzen wissen.«

»Aber gewiß doch! Solche Entdeckungen gehören zu den herrlichsten Triumphen.«

»Und die haben Sie nie erfahren?«

»O doch, ziemlich viele sogar – wenn auch nur die Entdeckungen an und für sich. Triumph nenne ich das aus ihnen resultierende Glück, und ich ahne, daß es märchenhaft sein muß, doch erfahren, nein, erfahren habe ich es noch nicht.«

»Weil Sie sich vielleicht nicht darum bemüht haben!«

»Man kann sich schwerlich um das Glück bemühen, es kommt von allein, und das Verlangen nach einer Chance ist ein flüchtiges Ziel.«

Nach längerem Schweigen sagte die Gräfin leise, wie zu sich selbst: »Ich möchte ein Mann sein. Männer dürfen aussprechen, was sie empfinden. Uns ist das nicht erlaubt.« Ihre Stimme klang sehnsüchtig, ihre Augen blickten zum bestirnten Himmel auf, Feuer und Ungeduld waren von Melancholie verhüllt.

Waldemar warf ihr einen Seitenblick zu. Ihre Schönheit war in der Tat überwältigend. Schade, daß Zaniecki nicht an meiner Stelle ist, überlegte er. Sie hätte ihn längst zu ihren Füßen, denn äußerlich ist sie anbetungswürdig. Ich, profan, wie ich nun einmal bin, ziehe allerdings die Hand dem Handschuh vor, zumal in der Situation, von der sie träumt ... Oh, wenn es so wie früher wäre! Waldemar bedachte die Gräfin mit einem lausbübischen Blick. »Sie sagen, Frauen seien darin gehemmt, ihre Empfindungen auszudrücken? Ich finde das gar nicht.«

»Wollen Sie etwa, daß sie sich selber erklären?«

»O nein! Nein, aber Frauen geben für gewöhnlich den Anstoß dazu. Ihre Empfindungen, wenn sie spürbar sind, machen es dem Verliebten leichter, nach dem Glück zu greifen. Es ist wie ein Lied ohne Worte.« Der Majoratsherr wußte, daß er sich auf glattes Parkett begab und daß er einen Haken auswarf, an dem sich die Gräfin verfangen konnte. Doch das belustigte ihn, in dieser Hinsicht gehörte er zu den wenig Skrupulösen. Die heftige Röte, die der Gräfin in die Wangen stieg, reizte ihn zum Lachen und zu neuen Boshaftigkeiten: »Es gibt Frauen wie jene Blumen, die weit ihre Kelche öffnen und mit dem Zauber ihres Dufts betören, doch wenn der Mond an die Stelle der Sonne tritt, verschließen sie sich, geizen mit ihren Farben, verbergen den Zauber, als fürchteten sie, daß dem Geliebten zu wenig bliebe. Zu diesen Pflanzen zählt die Winde, eine meiner Lieblingsblumen. Wenn eine Frau dem Geliebten ihre Empfindungen preisgibt wie die Winde der Sonne Farbe und zarten Duft, dann sagt sie damit wortlos: ›Ich bin dein – nimm mich‹. Das ist ein stummes Sicherklären, auf das die Worte folgen, die ein Männermund ausspricht.«

Die Gräfin hörte angespannt zu, simulierte geschickt Hingerissensein. Ihre Lippen bebten vor Glück, sie sah ihr Ziel schon in greifbarer Nähe und in rosaroten Farben. »Sie mögen Zaunwinde?« fragte sie leise.

»O ja! Sehr sogar.«

»Sie sprechen so, daß man zuhören und zuhören möchte. Doch versteht die Sonne immer die Rede der Pflanzen? So viele Augen heben sich zu ihr empor, soviel Bewunderung bringt man ihr entgegen… Hat da die arme verliebte Zaunwinde überhaupt die Chance, ganz allein für sich einen wärmeren Strahl abzubekommen?«

»Mit Sicherheit. Die ›Sonne‹ ist zu gescheit, um all die Bewunderung einer Art zuzuordnen. Sie vermag zu differenzieren, weiß, was ausschließlich ihr selber, was ihrem bloßen Glanz gilt, sie irrt sich nie. Jede Nuance spürt sie mit Leichtigkeit auf, das allein bewahrt sie vor dem Dünkel.«

Die Barska vibrierte vor Ungeduld, doch der Tonfall und der Inhalt des Gesagten stimmten sie nachdenklich. Sie senkte die Wimpern. Wieder warf ihr Waldemar einen verstohlenen Blick zu, seine Augen funkelten. Ob ich die »Sonne« bin, ist Nebensache. Doch du bist keine Zaunwinde, sondern eine ganz gewöhnliche Sonnenblume, das steht fest, dachte er.

Sie näherten sich jetzt den illuminierten Grotten, von wo fröhliches Stimmengewirr drang. Die Gräfin verlangsamte ihren Schritt und sagte, ohne den Majoratsherrn anzusehen: »Ist Ihnen bekannt, daß sich Fürst Zaniecki um meine Hand bemüht?«

Sie sagte es selbstsicher, in hochfahrendem Ton.

»Ist mir bekannt, ja.«

»Mein Papa begünstigt ihn, aber ich… Was halten Sie von ihm?«

»Ein guter Mensch – ein bißchen eitel, aber das zählt ja in unseren Kreisen als Verdienst.«

»Eitel? Ist mir nicht aufgefallen. Sie würden ihn mir also empfehlen?« Ihre Stimme schwankte.

»Ich bitte Sie, um solche Dinge kümmere ich mich wirklich nicht. Meine Meinung habe ich geäußert, doch was alles weitere angeht, so sind es persönliche Angelegenheiten, bei denen Dritte voll und ganz überflüssig sind.«

»Doch Sie raten mir nicht ab?«

»Fräulein Melanie, Sie beleidigen den Fürsten. Man akzeptiert seinen Antrag oder nicht, aber man rät in bezug auf seine Person nicht zu oder ab!« Waldemar runzelte die Brauen: Ein rätselhaftes Lächeln umspielte die Lippen der Gräfin, und es bewegte ihn irgendwie. Er fühlte sich einerseits gelangweilt, hätte das Gespräch gern beendet, doch andererseits erregte ihn die Haltung der Gräfin. Seine Stimme klang rauh, als er sagte: »Ich begreife nicht, weshalb Sie mit einer solchen Entschiedenheit meine Ansicht zu dieser Angelegenheit erfahren möchten, die mir, nebenbei gesagt, vollkommen gleichgültig ist. Doch in Anbetracht Ihrer Hartnäckigkeit will ich Ihnen meine Ansicht verraten: Zaniecki halte ich für den schätzenswertesten unter all Ihren Bewerbern.«

Der jungen Gräfin verschlug es den Atem. »Und wenn ich mich entschlösse, ihn zu heiraten?«

»Würde ich Ihnen von ganzem Herzen Glück wünschen.«

Gräfin Melanie wurde kreidebleich, nervös zuckten ihre Lippen. Sie atmete hastig. Lange schwiegen sie. Unvermutet riß sie sich von Waldemars Arm los und rief empört aus: »Ergebenen Dank der Herr, ich besichtige die Grotten allein!«

»Wie Sie wünschen«, erwiderte er mit einer Verbeugung.

Gräfin Melanie eilte auf die Grotten zu, und Waldemar kehrte aufs Schloß zurück. »Wieder eine goldene Brücke hinter mir verbrannt«, murmelte er. »Ein komisches Mädchen!«

Stefa war heimlich aus dem Park geschlüpft, wo sie ein Jüngling mit Monokel, der Verehrer von der Ausstellung, verfolgt hatte. Zusammen mit Łucia und den jungen Prinzessinnen Podhorecki ging sie in den Wintergarten. Sie schlenderte zwischen pelzigen Farnen und den samtigen Blättern der Begonien umher, überquerte Stege über schmale Bäche, verhielt den Schritt vor Felsgestein, aus dem kunstvoll angelegte Wasserfälle sprangen. Vergißmeinnicht, Wasserlilien und gelbe Iris umstanden die Bassins. Feuchtigkeit lag in der Luft, und das leise Geriesel der Fontänen. Graziöse rosa Marmorbänke, im Felsengestein halb verborgen, von Orangen- und Zitronenbüschen verdeckt, unter Myrten und Magnolien boten dem entzückten Auge malerische Ausblicke. Hier und da blitzte hell das Alabasterfigürchen eines Amors oder einer Nymphe auf.

Auf einem kleinen, im Pflanzendickicht tief verborgenen Teich wiegte sich sacht, einem Schwan nachgebildet und ganz aus rosa Muscheln, ein Boot mit blaßblauem Seidensegel, ein kleines Gefährt für zwei. Die Wedel riesiger Fächerpalmen verwehrten die Sicht durch die gläsernen Wände; das Kristall der geschliffenen Scheiben schimmerte wie ein phosphoreszierendes Meer. Durch das gläserne Dach sah man einen sternenübersäten Himmel. Die matten Lampen zwischen den Palmen gaben den Pflanzen einen köstlichen Ton. Das Auge irrt von einem Wunder zum nächsten, das Ohr verfolgt mit Wonne die flüsternden Geräusche, man will nicht glauben, daß das alles Wirklichkeit ist...

Stefa wandelte umher, schaute, lauschte, atmete tief die Düfte ein und wußte nicht, ob sie wachte oder träumte. In ihrer Schwärmerei bemerkte sie nicht, daß Łucia die Prinzessinnen mitgenommen hatte, um ihnen die Jagdkostüme zu zeigen, die in der Fasanerie ausgestellt waren. Stefa war allein, wie benommen und grenzenlos glücklich. Sie hörte ihn nicht, den Herrn und Besitzer all dieser Schätze, der vor ein paar Minuten hereingekommen war und nun auf der Treppe verharrte, elegant und stattlich, und schweigend auf sie herunterschaute, als könnte er sich nicht satt an ihr sehen. Ganz in ihre Träume versunken, sah sie nicht, daß er sich langsam näherte, Stufe um Stufe die Treppe hinunter, die Augen unverwandt auf sie gerichtet. Aus Furcht, sie zu erschrecken verhielt er den Schritt. Doch unvermutet zuckte sie zusammen, ihr Instinkt warnte sie. Abrupt drehte sie sich um. Er streckte die Arme nach ihr aus. Stefa schrie nicht auf, wurde jedoch sehr blaß. In diesem Augenblick, da ihre Seele ganz von ihm erfüllt war, wollte sie ihn dennoch nicht sehen, sie war zu aufgewühlt. Seine Gegenwart, sein Blick machten ihr angst. Seine heißen Hände faßten die ihren, er stand ganz dicht vor ihr. Beide erbebten sie vor dem Ansturm ihrer Gefühle.

»Nun habe ich Sie in Głębowicze schon zum zweitenmal erschreckt«, sagte eine tiefe Stimme leise. »Fräulein Stefania, was ist Ihnen?«

»Nichts ... nichts ... lassen Sie mich los, bitte.«

»Warum fürchten Sie sich vor mir? Warum weichen Sie mir aus?«

Sie blickte zu ihm auf. Seine grauen Augen brannten, schienen beinah schwarz. Im Gesicht des jungen Magnaten, im Beben seiner Lippen, dem nervösen Vibrieren seiner Nasenflügel zeigten sich die Leidenschaftlichkeit und Heftigkeit seines Naturells, aber auch so etwas wie Zärtlichkeit. So hatte ihn Stefa schon einmal erlebt: in der Gemäldegalerie ... Sie suchte sich zu befreien.

»Lassen Sie mich los!« rief sie mit erstickter Stimme.

Er zog sie näher zu sich heran, hielt ihre Hände fest. Stefa merkte, wie ihr die Knie weich wurden. Seine Macht war überwältigend für ihre fieberhaft erregten Sinne. Er verschlang sie mit Blicken, zog sie an sich und sagte leise: »Sie haben Angst?«

»Aber nein ... nur ...«

»Du hast an mich gedacht! Ich weiß. Versuch nicht freizukommen, du bist in meiner Gewalt ... Außer uns beiden ist niemand hier im Schloß. Bleib!«

»Lassen Sie mich sofort los!« rief Stefa verzweifelt aus.

Mit aller ihr zur Gebote stehenden Kraft befreite sie sich aus seiner Umarmung und hastete auf die Treppe zu. Gleich darauf war sie verschwunden.

Waldemars funkelnder Blick folgte ihr, er rieb sich mit der Hand die Stirn, lief ein paar Schritte und sank dann schwer auf ein Marmorbänkchen. »Ich muß sie haben, und wenn die ganze Welt zugrunde geht«, murmelte er leidenschaftlich vor sich hin. Er ließ die Augen zur Treppe schweifen, wo Stefa eben verschwunden war, sprang auf die Füße und folgte ihr. Lange suchte er in der Gästeschar nach ihr. Er fand sie in der Gesellschaft von Łucia und etlichen anderen Personen. Auf dem hell erleuchteten Altan spielte Gräfin Wizemberg auf der Zither. Alle Anwesenden waren ganz Ohr. Waldemar hatte sich hinter Stefas Sessel gestellt. Sie erbebte bei seinem Anblick. Als das Spiel beendet war, wurde es lebhaft und geräuschvoll. Von allen Seiten bedankte man sich bei der Gräfin. Stefa erhob sich hastig. Waldemar nutzte den Augenblick, um ihr ernst und innig zuzuflüstern: »Verzeihen Sie mir, ich war von Sinnen ... jetzt bitte ich um Vergebung ... Geben Sie mir die Hand, damit ich weiß, daß alles wieder gut ist.«

Sie bebte am ganzen Leib, als sie ihm ihre Hand reichte.

»Ja, ich war von Sinnen, doch versichere ich Sie meiner allergrößten Hochachtung.«

Beide gesellten sie sich der Gruppe um die Gräfin zu.

36 Der nächste Tag brachte eine Pause von der Jagd. Die ganze Gesellschaft verlustierte sich im Schloß. Die einen spielten Billard im großen Billardsaal, die anderen draußen auf dem Platz Tennis. Man besichtigte das Observatorium, ein besonderes Steckenpferd des Majoratsherrn, sowie die Bibliothek und die Gemäldegalerie.

Von der Galerie aus gelangte man in die Bibliothek, die erlesen sortiert und so üppig ausgestattet war wie die gesamte Residenz. Porträts bedeutsamer Schriftsteller wurden von dem bemalten Plafond eingefaßt. Die Mitte des großen Raums nahm ein schwerer Eichentisch ein, dazu passend massive und hochlehnige Stühle sowie ein paar bequeme braune Ledersessel. Die hohen dreiteiligen Fenster und die Türen wiesen herrlich geschnitzte Rahmen auf.

Stefa ließ ihren Blick begierig über die Buchreihen schweifen. Die Werke sämtlicher polnischer Autoren und Stilisten von Bedeutung waren vorhanden, und es gab sogar alte Handschriften, Statute verschiedener Art und Korrespondenzen. Auch die fremdsprachige Literatur war repräsentativ vertreten, von den antiken Klassikern angefangen. Der Bibliothek angeschlossen war ein Lesesalon: mit hellen Tapeten und teppichbelegtem Fußboden. Zwischen einigen Kübelpalmen stand ein Stutzflügel aus Mahagoni.

Das Deckengemälde stellte das Urteil des Paris dar. Große Glastüren führten auf einen Balkon hinaus, den eine Marmorbalustrade mit den Figuren der neun Musen umgab. Vom Balkon konnte man über die Terrassen bis zum Fluß sehen. Schließlich besichtigte man noch den Musiksaal im gotischen Stil, feierlich und reich. Die erste Stelle nahm die herrliche Orgel ein, die ganz dem Stil des Raumes entsprach, es gab auch einen Flügel, Geigen und Violoncelli. Stefa kannte den Saal bereits von ihrem Aufenthalt im Sommer, doch konnte sie sich auch diesmal nicht satt sehen.

Je mehr Stefa von seinem Reichtum sah, desto mehr fürchtete sie ihn. Und eine seltsame Bitterkeit stieg in ihr auf. Warum seine Millionen sie abstießen, war ihr nicht klar. In Głębowicze fühlte sie sich im Umgang mit ihm unfrei, und sie versuchte ihm aus dem Weg zu gehen. Im Sommer hatte Głębowicze sie entzückt, jetzt erschreckte es sie.

Inzwischen waren sie in einen großen Empfangssaal gelangt. Möbel aus Elchhorn, mit gelbem Leder bespannt, die Wände aus Eichenholz, vollgehängt mit Darstellungen aus dem Pferdesport. Großformatige Photographien und Leinwände mit Pferden der verschiedensten Rassen. Apollo in seiner ganzen Schönheit, daneben Aufnahmen von dem Gestüt Głębowicze. Es gab ein Portrait von Herrn Maciej in Ulanenuniform, hoch zu Roß, und eines von Waldemar auf Apollo, mit Pandur an der Seite. Es gab gerahmte Stammbäume, Belobigungen, Goldmedaillen, darunter auch die der diesjährigen Ausstellung.

Stefa gefiel Waldemars Porträt zu Pferde sehr. Sie stand länger davor, was die Aufmerksamkeit derer hervorrief, die sie ständig im Visier hatten. Die weniger Wohlwollenden lächelten bedeutungsvoll. Graf Barski trat zu ihr. »Wen oder was bewundern Sie denn: den Reiter, das Reitpferd oder den Rahmen?«

Stefa errötete, doch gleich darauf hatte sie ihre Fassung wiedergewonnen und entgegnete frei heraus: »Alles, Herr Graf, ich finde die Gesamtheit bemerkenswert.«

»Doch den Reiter am meisten, *n'est-ce pas*?«

»Zweifellos.«

Die Stimme des Grafen zischte: »Aber nicht für alle ... zugänglich. Im übrigen ... Bewundern ist erlaubt ... jedem.«

Stefa sah ihm fest in die Augen. »Was wollen Sie damit sagen, Herr Graf?«

»Komische Frage! Sie, Sie scheinen mir vom Weg abgekommen, und Sie greifen nach Horizonten, die Ihnen nicht zukommen. Doch derartige Eskapaden enden fast immer katastrophal, für das schöne Geschlecht natürlich ... Ich sage Ihnen das aus purer Freundlichkeit.«

Stefa wich alle Farbe aus dem Gesicht, doch den Kopf stolz erhoben, maß sie den Grafen mit funkelndem Blick und sagte mit Nachdruck: »Ihre Freundlichkeit, Herr Graf, ist hier völlig fehl am Platze, und ob ich ›vom Weg abgekommen‹ bin, kann nur ich selber beurteilen. Außerdem haben Sie kein Recht, mich zu beleidigen.« Und sie ließ den Grafen stehen und ging scheinbar ruhig davon. Tränen traten ihr in die Augen, und ein schrecklicher Schmerz legte sich ihr auf die Seele. Łucia erkundigte sich, was denn passiert sei, doch vergebens. Stefa schwieg.

Fräulein Rita, die die Szene mit dem Grafen beobachtet hatte, ohne allerdings den Wortwechsel zu hören, ahnte, was vorgefallen war. Auf dem Rückweg schloß sie sich Stefa an. »Was hat dieser bombastische Graf denn wieder angestellt?«

Die Angesprochene bewahrte die Ruhe. »Angestellt? Nichts.«

»Aber ich habe es doch gesehen! Er hat Sie beleidigt. Dieser unausstehliche Mensch!«

Łucia schaute Stefa verblüfft an. »Was? Graf Barski hat dich beleidigt? Dieser abscheuliche Großvater? Aber Waldek wird ihm schon die Flügel stutzen.«

Das Mädchen wollte schon lossausen, als Stefa es gerade noch zurückhielt. »Daß du dich ja unterstehst, Łucia!«

»Dieser alte Großvater denkt doch, daß er hier schon der Herr ist, aber dich zu ärgern, hat er keinerlei Recht. Ich werde ihm das nie verzeihen.«

Stefa besänftigte das Mädchen. Fräulein Rita erfuhr rein gar nichts.

37

An diesem Tag wollte man mit den Windhunden jagen. Ein ganzes Gefolge von Reitern und Reiterinnen brach in die gelben Stoppelfelder auf. Der Majoratsherr hatte für die im Damensattel Reitenden die besten Reitpferde ausgewählt. Für Stefa brachte der Stallknecht die Araberstute Erato, Waldemars Reittier. Die Stute stampfte kapriziös mit den Hufen, schnaubte, wieherte, ihre Augen blickten feurig. Alle Tiere hatten reichverzierte Sättel und Satteldecken, man nahm daher nicht zur Kenntnis, daß Erato den neuen, auf der Ausstellung erworbenen Sattel trug. Nur dem wachsamen Fräulein Rita war es nicht entgangen. Stefa schreckte vor der großen Jagdgesellschaft zurück, mit der sie reiten sollte, doch schließlich siegte ihre Liebe zum Reiten, so daß sie sich doch einverstanden erklärte. Waldemar hielt ihr die Hand hin, leicht sprang sie in den Sattel. Verführerisch sah sie aus in dem enganliegenden Reitkleid aus schwarzem Tuch, ein sportliches Hütchen keck auf ihrem kupfern schimmernden Haar. Sie ritt mit Brochwicz:

der junge Graf hatte keine Lust, mit Fürst Zaniecki zu konkurrieren. Die Gräfin, trotz ihrer göttlichen Schönheit, ließ ihn kalt. Ihn zog es zu Stefa, die er aufrichtig bewunderte. Indem er sie jetzt begleitete, kam er dem Majoratsherrn entgegen, der sie gut beschützt wissen wollte.

An Komplotten gegen das Mädchen, die seitens Melanie und ihres Vaters geschmiedet wurden, fehlte es nicht. Gräfin Ćwilecka fügte dem noch die eigenen Bemühungen hinzu, in die sie ihre Tochter Paula und Baron Weyher mit einbezog, allerdings erwies sich letzterer als durchaus widerstandsfähig. Brochwicz reizte gewisse Personen der eigenen Gesellschaftsschicht, doch ihm bereitete das Genugtuung. Er unterhielt sich mit Stefa prächtig.

Auf den Feldern ließen die Reiter die Windspiele von den Leinen. Die Hunde stöberten Hasen auf, die blitzschnell im Wald Zuflucht suchten. Das ganze Jagdgefolge fiel in Galopp, und die blutige Verfolgung begann. Hörnerklang und Hufschlag vermischten sich mit dem gellen Quieken der von den Hunden erjagten Hasen. Die Liebhaber der Jagd berauschte das. Treska galoppierte blind drauflos. Gräfin Barska und Zaniecki ritten auf Teufel komm raus. Die schwarzen Augen der Gräfin brannten, ihre Nasenflügel bebten und sogen wollüstig den Blutgeruch ein; ihre wilde Natur war erwacht. Fürst Zaniecki, ein Phlegmatiker, der den Engländer mimte, wurde bei ihrem Anblick nervös. Sie erregte ihn ... »Ein Dämon! Dämon!« flüsterte er verzückt. Und er jagte hinter ihr her, bis seinem Roß Schaum vor dem Maul stand.

Stefa ritt zu ihrem Vergnügen, nicht um der Jagd willen durch die Felder. Sie liebte das Reiten, besonders auf der prachtvollen Erato. Von dem Gemetzel hielt sie sich möglichst fern, doch gefiel ihr der Anblick der auseinandersprengenden Reiter und der roten Jacken der berittenen Treiber, der Hörnerklang und die weithallenden Rufe. Die ingrimmigen, pfeilschnell dahinsausenden Hunde mochte sie nicht. Und ihre Augen folgten der schlanken Gestalt des Majoratsherrn. Seine Art zu jagen gefiel ihr, sie sah ästhetische Vollkommenheit darin, die sich mit Mut und Tatkraft verband. Plötzlich gewahrte sie Fräulein Szeliżanka, die auf sie zuritt. Als Buckingham auf gleicher Höhe mit Erato angekommen war, schrie die junge Dame lauthals: »Zur Seite! Halali!«

»Mir nach!« hörte Stefa noch, und schon jagte sie Rita hinterher, so gut aufgelegt, daß ihre Augen funkelten. Auf einmal hörte sie das herzzerreißende Quieken eines Hasen. Sie ließ die Stute auf der Stelle wenden. Die Lippen fest aufeinandergepreßt, die Brauen schmerzlich zusammengezogen, ritt sie, nunmehr im Trab, auf den Wald zu.

Von der Seite her ritt ihr Waldemar entgegen. »Warum haben Sie nicht Fräulein Ritas Platz gehalten?« fragte er, während er Apollo am Zügel zog.

»Ich konnte nicht, ich fürchte mich von den Schmerzenslauten der Tiere. Da sehen Sie, was für ein unzulänglicher Mensch ich bin«, entgegnete sie ein wenig beschämt.

Doch Waldemar strahlte. »Das ist gut so, seien Sie Sie selber, das ist das beste! Sie sind wie eine weiße Blume, die man zwischen blutrünstige Bestien geworfen hat. Wir alle hier sind im Vergleich zu Ihnen Schakale.«

Stefa lächelte. »Nun, nicht alle. Sie zum Beispiel ...«

»Ich? Morde ich nicht auf diese, so auf andere Weise. Aber ich neige die Stirn vor Ihrem Instinkt.«

Melanie Barska galoppierte an ihnen vorüber, erhitzt, mit wehendem Haar, eine Königin des Sturms, Zaniecki ihr nach.

»Halali! Ho, hopp!« rief die Gräfin, ohne Stefa und den Majoratsherrn zu bemerken. Die Augen hatte sie starr auf die Windhunde gerichtet. Und da hatten sie auch schon den Hasen erreicht.

Waldemar sah ihr mit einem spöttischen Lächeln nach. »Sie ist ganz in ihrem Element«, bemerkte er leichthin.

Stefa klopfte schweigend Eratos schön gebogenen Hals. Schweigend ritten sie weiter, und als die Pferde davonsprengten, ließen sie sich davontragen, immer der Nase nach.

Ein paar Tage später, nach der morgendlichen Treibjagd auf Wölfe, an der die Damen teilgenommen hatten, breitete sich Totenstille über das Schloß von Głębowicze. Die Jagd hatte bei Sonnenaufgang begonnen, um zwölf war man zurückgekehrt, und nach einem kurzen Frühstück hatte sich jeder zurückgezogen, um der Ruhe zu pflegen. Die Sonne beschien einen menschenleeren Park, leere Terrassen und Gartenwege.

Der Majoratsherr schlief nicht. Er hielt mit dem Jagdmeister und dem Stallmeister eine längere Beratung ab, gab neue Anweisungen, besichtigte Pferdeställe und Fabrik und trieb sich nach Rückkehr ein wenig gelangweilt im Schloß umher.

Eine Weile erging er sich in der zweiten Etage in dem riesigen gewölbten Korridor und betrachtete altmodische Bilder und die Statuen in den Nischen. Plötzlich stockte sein Schritt. Eines der Bilder, verblichen schon vor Alter, stellte eine religiöse Szene dar. Abseits stand Maria Magdalena, dem Betrachter das Profil zuwendend. Sie war in einem hellblauen Umhang und einem weißen Schleier um den Hals dargestellt, ihr Haar war gelöst, das schöne Gesicht hatte ausgeprägte Züge. Die ausdrucksvollen Augen umschatteten dichte dunkle Wimpern, in schönem Bogen schwangen sich die Brauen darüber. Die ganze Gestalt strahlte Ernst aus, doch auch eine gewisse Koketterie. Waldemar schaute und schaute, und seine Lippen zuckten nervös.

»Stefa, kleine Stefa«, hauchte er. »Wie sie diesem Bild gleicht.« Er fuhr sich mit der Hand über die Stirn. Und während er seinen Weg fortsetzte, dachte er: Stefa, schon der Name geht mir ins Blut. Seltsam?!

Die Gestalt der Magdalena würde ihn an den Ort fesseln, das spürte er, also riß er sich los und ging hinaus. Leise stieg er die Treppe hinab, und in dem großen Vestibül, das zwei Etagen verband, blieb er verblüfft stehen. Auf ihn zu, ebenfalls die Treppe herunter, kam Stefa. Sie trug ein blaßblaues Flanellkleid mit loser Bluse, ihre Schultern umhüllte ein weicher Wollschal, unter dem das Ende ihres locker gebundenen Zopfs hervorlugte. Die Gestalt der Magdalena stand dem Majoratsherrn lebhaft vor Augen. Erfreut, sie so unvermutet zu sehen, blickte er sie wortlos an, ohne sich vom Fleck zu rühren. Auch Stefa verhielt den Schritt, ihre Wangen färbten sich rosig. »Sie schlafen nicht?«

»Dasselbe wollte ich Sie fragen.«

Das Mädchen lachte. »Das ist wirklich komisch! Ich war sicher, das ganze Schloß schliefe. Ich spaziere hier schon lange umher, habe mich sogar verlaufen und muß gestehen, daß ich auch jetzt nicht weiß, wo ich mich befinde. Sie sind vor mir wie ein Gespenst aufgetaucht. Vermutlich habe ich auf Sie einen ähnlichen Eindruck gemacht. Sie sahen ziemlich verblüfft aus.«

Waldemar trat näher. »Wie ein Gespenst haben Sie nicht auf mich gewirkt, aber wie eine Vision. Das ist ein großer Unterschied. Ich hatte vor einer Weile Ihr Pseudoportrait vor Augen. Kommen Sie, ich zeige es Ihnen.«

Stefa zögerte. Waldemar berührte leicht ihre Hand. »Gehen wir.«

»Und ist es weit?«

»Sie haben schon Angst? Vor der Entfernung oder meiner Gesellschaft?«

Sie wurde flammend rot und eilte kühn voraus. »Gehen wir!«

Während Waldemar ihr folgte, ging ihm durch den Kopf: Ich achte dich jetzt schon zu sehr, als daß du mich fürchten müßtest.

Im Flur machten sie vor dem Bild halt. Waldemar zeigte Stefa die Gestalt der Magdalena. »Eben erst habe ich sie mir angeschaut und an Sie gedacht. Welch eine Ähnlichkeit. Welch ein Zufall, daß ich Sie gleich darauf erblickt habe, noch dazu ähnlich gekleidet.«

Stefa murmelte wie zu sich selbst: »Bin ich auch so – schön?«

Der Majoratsherr beugte sich zu ihr hinab. »Schöner! Du bist lebendig, und jene ist tot ... Sie ist verblaßt, Sie aber blühen.« Stefas Atem beschleunigte sich unter dem Klang seiner Stimme. Er sprach weiter: »Magdalena allerdings läßt ihr Haar frei herabwallen, während Sie das Ihre flechten. In dieser Frisur sehe ich Sie übrigens heute zum erstenmal.«

»Ich habe nicht erwartet, jemandem zu begegnen«, erwiderte sie mit hochroten Wangen.

»Aber Sie sehen hinreißend aus! Sie sollten öfter so gehen. Warum tragen Sie Ihr Haar nicht immer so?«

»Zu Hause habe ich es getan, doch hier ... undenkbar!« entgegnete sie lachend.

»Ach, genug der Etikette!«

»Die mögen Sie nicht? Sie ist doch ständig präsent in diesen Mauern.«

»Seit uralten Zeiten; sie läßt sich einfach nicht vertreiben. Vielleicht macht das ja den besonderen Reiz dieser Residenz aus.«

Stefa ließ den Blick schweifen. »Hier bin ich noch nie gewesen. Was für ein riesiger Korridor! Seltsam, ein so hohes Gewölbe erschreckt mich. In Ihrem Schloß trifft man dergleichen immer wieder an. Wohin führt dieser Gang?«

»Zum rechten Turm, wo die Kapelle ist. Gehen wir dorthin.«

»Aber ...«

»Kein Aber. Das ganze Schloß ist in Schlaf versunken, es ist wie ausgestorben. Was würden Sie denn allein unternehmen? In den Park kann man nicht, weil es regnet. Oh! Sehen Sie?«

Durch das hohe schmale Fenster in der Nische zeigte sich blauer, mit grauen Wolken gefleckter Himmel. Dichter Regen fiel, schlug gegen die Scheiben und rann wie Tränen herab. Der dämmerige Korridor und das schmale regennasse Fenster in der Stille mächtigen Mauerwerks wirkten düster, bedrückend und ein wenig klösterlich. Wie ein Käfig kamen Stefa diese Mauern vor, ein überwältigendes, niederdrückendes melancholisches Denkmal einer großen Vergangenheit, wie ein Fels, von dem junge Adler voller Leben, die Flügel weit gespannt, aufbrachen und kraftvoll davonflogen, um verletzt zurückzukehren, in Fesseln, die das Leben, als das die Tradition dieser Mauern galt, ihnen angelegt hatte.

Dieser seltsame Gedanke ließ Stefa schaudern. Sie musterte Waldemar mit aufmerksamem Blick.

»Was denken Sie?« fragte er leise. »Etwas Unerfreuliches?«

Sie nickte. »Dieses Schloß ist ein Fels, und Sie sind ein junger Adler – und Sie haben den Horst bereits verlassen, nicht wahr?« sagte sie mit veränderter Stimme.

Er schaute sie aufmerksam an. »Ich bin ausgeflogen, ja, aber ich kehre zurück.«

Das Mädchen senkte die Wimpern. »Sie kehren zurück ... geschwächt.«

»Im Gegenteil, stärker.«

»Und brechen sich nicht die Flügel?«

»Ich werde meine Flügel verteidigen.«

»Und keine Fesseln?«

»Höchstens ein Zepter in den Fängen, das Zepter des Glücks, das ich der Welt entreißen werde …«

Ernst blickte er sie an, eine leichte Traurigkeit umflorte sein Gesicht.

Eine Weile schwiegen sie. Stefa lehnte sich an die Wand und sagte mutig: »Sie haben den Willen und die Kraft eines Hetman, doch reicht sie aus?«

»Ich habe außerdem Hoffnung und scharfe Fänge, mit denen ich im Kampf um meine geistige Existenz blutige Wunden schlagen kann. Entweder gehe ich zugrunde oder entreiße der Welt jenes Zepter und ende mit einem Austerlitz. Ich bin wild und ungezähmt.«

»Das kann man wohl sagen«, ihre Stimme klang versonnen. »Und solche Naturen pflegen siegreich zu sein, obwohl … auf die größten Siege folgt ein Waterloo.«

Waldemars Brauen zogen sich bedrohlich zusammen, sein Blick umwölkte sich gefährlich. »Ihre Weissagungen fallen düster aus, Fräulein Stefania. Ich kann durchaus mein Waterloo erleben, ich bin nicht überheblich, doch ich bezweifle, daß dies im offenen Kampf der Fall sein wird … Darf man erfahren, was Sie auf so traurige Gedanken bringt?«

Stefa glitt in die Mitte des Korridors und sagte, mit einer ausholenden Handbewegung ohne ein Lächeln: »Diese Mauern und ihre Tradition.« Sie eilte ein paar Schritte voraus, wandte sich dann um und streckte Waldemar errötend die Hand entgegen: »Ich habe Ihnen Verdruß bereitet, es tut mir leid.«

Er hielt ihre kleine Hand in der seinen und sagte ernsthaft: »Die Tradition ist traurig, aber vielleicht werde ja ich der Adler sein, der sie aufhellt?«

»Das gebe Gott! Um Ihretwillen … Aber jetzt … Gehen wir endlich. Es ist höchste Zeit.«

Tief in Gedanken versunken setzten beide den Weg fort. Im unteren Salon standen sie in der Glastür, die auf eine kleinere Terrasse hinausführte. Es regnete noch immer, obschon die Sonne aus den Wolken hervorschaute. Große Tropfen trommelten auf den Marmorfußboden. Von den harten blanken Blättern der Orangenbäumchen rieselten Regendiamanten, die in der Sonne glitzerten. Gruppen exotischer Parkbäume und die Blumen sahen prachtvoll aus in diesem seltsamen Durcheinander aus Regen und Sonnenschein. Waldemar zog die Tür auf. Das Mädchen streckte die gewölbte Handfläche aus.

»Man sagt, so ein Regen im Sonnenschein ist ein Segen Gottes«, bemerkte Waldemar. »Sie sammeln also Segen in Ihren Händen.« Stefa lachte übermütig. »Sie werden ganz naß. Gehen wir in den Lesesalon hinüber, gleich hier nebenan. Sie haben mich gestern um die *Times* gebeten. Dort finden sich sämtliche Zeitschriften.«

Stefa trocknete die Hände an ihrem Taschentuch und ging ihm voraus zu dem kleinen Lesesaal neben Waldemars Grünem Kabinett. Der Majoratsherr schob ihr einen Sessel zurecht und ließ sich selber an dem mit Zeitungen übersäten Tisch nieder.

»Ich habe gleich gefunden, was Sie wollten«, sagte er, während er in den Papierstapeln kramte.

»Ach, richtig, ehe ich's vergesse«, rief Stefa aus, »haben Sie schon auf die Post geschickt?«

»Ja, der Postbote ist früh gefahren, aber wenn Sie befehlen, fährt er noch einmal.«

»Aber nein. Dann morgen. Ich habe einen Brief. Den möchte ich Ihnen geben, für den Fall, daß ich morgen früh noch schlafe. Hier, das ist er.«

Der Majoratsherr nahm den Brief und nachdem er einen Blick darauf geworfen hatte, zog er die Brauen hoch: »Eine schöne, originelle Schrift, das gleiche gilt für das Kuvert, allerdings ist die Adresse sehr traditionell«, kommentierte er mit leichter Ironie. »Ich hatte angenommen, Sie würden nicht der allgemeinen Mode gehorchen, ach, was heißt Mode, es ist geradezu eine Epidemie, hier im Inland französisch zu adressieren: *Monsieur Stanislas Rudecki à Ruczajew.* Das kann man doch ebensogut auf polnisch schreiben, oder nicht?«

Stefa wurde feuerrot. »Eine ordentliche Lektion ... Und Sie haben völlig recht.«

Er lächelte. »Sie erkennen das an?«

»Aber ja! Sie haben das sehr richtig eine Epidemie genannt: Ich sehe sie bei anderen und tue unüberlegt dasselbe. Bitte, glauben Sie nicht, ich wolle mit meinem Französisch angeben.«

»Aber! Ich weiß doch, daß Sie die Sprache excellent beherrschen. Doch das Französische ist in unserem Land eine wahre Plage, vielerorts verdrängt es die Muttersprache. Sehen Sie doch nur, wie verbreitet die Anwendung dieser Sprache ist, und zwar überwiegend bei den Damen. Nicht eben schmeichelhaft für die Polinnen. Größere Ladengeschäfte, Modetempel schreiben Rechnungen nur auf französisch, und ihre Türen schmückt ein *»Entrée«*. Die Damen, und auch einige Herren, beten aus französischen Büchern, denn ein Gebet auf polnisch ist für sie zu vulgär. Die Visitenkarten ebenfalls französisch. Die Kinder plappern französisch und kennen die eigene Muttersprache kaum. Ich kenne eine Neunjährige, die, befragt, an welchem Fluß Warschau liege, an einem ›Wis…, Wis…‹ beinah erstickte, um schließlich ein gedehntes *›Vistule‹* hervorzubringen. Łucia ist so erzogen worden. Im Ausland werden Sie dergleichen nie begegnen, dort schätzt und achtet jeder die eigene Sprache. Ein Franzose würde nie und nimmer seinen Laden polnisch beschriften, selbst wenn die Mehrzahl seiner Kunden Polen wären. Ich bestreite nicht, daß das Französische unverzichtbar ist, genau wie die anderen großen europäischen Sprachen, doch sollte man sie nicht auf Schritt und Tritt im eigenen Land anwenden. Jene Sprachen haben einen gesicherten Zugang zur ganzen Welt, die unsere hat Geltung nur bei uns, und da vertreiben wir sie noch. Welch eine Schande! Die Ausländer lachen über uns, denn sie versündigen sich nicht, indem sie allem Fremden den Vorrang einräumen. Das ist unser ureigenstes Merkmal.«

Stefa hatte interessiert zugehört und sah ihn jetzt dankbar an. Impulsiv brach es aus ihr heraus: »Sie haben mich beschämt. Ich werde das Französische nur noch dann benutzen, wenn es unbedingt erforderlich ist.«

Belustigt sah er ihr in die Augen. »Wirklich? Da bin ich aber froh. Seien Sie vor allem anderen Polin und Patriotin, verzichten Sie darauf, eine ›Dame von Welt‹ zu sein, die um der Mode willen die Muttersprache aus ihrem Wortschatz streicht. Wenn's nottut, zum Beispiel vor dem Personal, kann man sich des fremden Idioms durchaus bedienen, auch Redewendungen sind akzeptabel, doch sonst – eine Ketzerei. Sie versprechen also Besserung? Das ist schon sehr viel. Ich hoffe, Sie verzichten ohnehin auf sämtliche Vorlieben der Gräfinnen Ćwilecki und Barski sowie jeglicher Treskas, Weyhers und so weiter. Von unseren Damen ist Fräulein Rita am meisten Polin.«

»Da hat sie ganz bestimmt unter Ihrem Einfluß gestanden«, entfuhr es Stefa.

Der Majoratsherr lächelte. »Mag sein. All die anderen sind viel zu exotisch, die lassen sich nicht bekehren und lernen es nimmermehr.«

Im Nebenflur waren die Schritte eines Dieners zu hören. Stefa erhob sich. »Sie gehen schon?«

Sie hob die Schultern wie ein Vogel seine Schwingen zum Flug. »Bestimmt sind alle schon aufgestanden.«

»Schade! Es war so nett gemeinsam. Sie nehmen den Brief wieder mit?«

»Ich ändere die Adresse. Ich könnte den Brief nicht mehr so absenden.«

Waldemar winkte ihr mit der Hand. »Sie sind mir wirklich ein Trost. Was für ein liebes Kindchen, und noch dazu so süß.«

»Geht es wieder los?«

»Aber nicht doch! Auf Wiedersehen. Hier das gewünschte Journal. Wir essen gleich zu Mittag.«

»Wir haben lange zusammen gesessen«, erwiderte Stefa schon von der Schwelle aus.

»Tun Ihnen diese Augenblicke leid?«

»Ich bedauere, daß sie vorüber sind.«

Noch einmal lächelten sie einander zu, dann war das Mädchen im Salon nebenan verschwunden. Waldemar preßte die Hände an die Schläfen. Minutenlang lief er im Raum auf und ab. »Ich werde noch verrückt!« rief er aus und warf sich in einen Sessel.

38

Tags darauf war Fasanenjagd. Man schoß eine ziemlich große Anzahl. Zum festlichen Abendessen waren Tische hufeisenförmig um eine große Marmorstatue der Diana gruppiert, darüber ein Baldachin aus Segeltuch und buntgeschmückte Gewinde aus Eichenlaub. An umkränzten Pfosten hatte man Jagdflinten und -hörner aufgehängt. Das Orchester spielte. Die Damen und Herren bei Tisch waren noch immer in Jagdkleidung. Stefa trug ein Tuchkostüm in dunklem Himbeer und einen weichen Tiroler Hut. Dennoch wirkte Stefa blaß, die Impertinenz des Grafen und der unliebsame Blick seiner Tochter setzten ihr zu. Waldemar verunsicherte sie, ihr Herz pochte seltsam ängstlich, wenn er näher kam. Der Majoratsherr schien Gedanken lesen zu können und wich ihr diskret aus. Doch die anderen Männer verschlangen sie mit Blicken, sie gefiel allgemein. Zwei junge Grafen flüsterten miteinander: »Kann das sein, daß sie der Majoratsherr nur für sich reserviert hat? Sie ist zu hübsch ... Irgendwas muß da sein«, meinte der eine.

»Er behandelt sie wie eine Herzogin«, fügte der andere hinzu.

»Alles nur Schein: Er sorgt sich um ihren guten Ruf, damit man sie ihm nicht wegnimmt.«

»Man kann ihn wirklich beneiden, er ist einfach ein Glückskind, findet immer und überall die Sterne.«

Gespräche dieserart wurden mit großer Vorsicht geführt. Der junge Michorowski, äußerst hellhörig, merkte alles und das selbst aus der Ferne. Dennoch umgab er Stefa mit ständiger Fürsorge, und er tat das so geschickt, daß niemand hinter den wahren Grund kam. Einzig Fräulein Szeliżanka durchschaute ihn. Sie kannte Waldemar schon lange, nie war ihr aufgefallen, daß er sich so sehr um jemanden gekümmert und ihm eine solche Achtung, ja Ehrfurcht entgegengebracht hätte. Bisweilen glommen seine Augen auf, wenn er Stefa betrachtete, und das beunruhigte Rita. Der junge Magnat war für sie zum Rätsel, Stefa zu einem Wunderding geworden. Doch ihre Beobachtungen behielt sie für sich, teilte sie nur mit Treska.

Dieses Paar hatte, trotz unablässiger Streitereien, das Vertrauen zueinander nicht eingebüßt. Bei der Jagd hatte Fräulein Rita ihren Verehrer gefragt: »Amüsieren Sie sich nur, oder beobachten Sie auch ein bißchen?«

»Weshalb fragen Sie?«

»Nun ... einfach so. Bemerken Sie gar nichts?«

»Oh! Sogar eine ganze Menge. Wer erniedrigt ist, soll erhöht werden, oder?«

»Was für ein biblischer Stil!«

»Und das gilt natürlich auch umgekehrt.«

»Bravo! Sie sprechen von der Rudecka und der Barska. Ja?«

»Selbstverständlich. Die zweite fliegt, sogar unbewußt, verdammt schnell hinauf in höchste Höhen, erstere aber ... *à bas le roi*!«

»Ja, ihre Rolle hierbei ist nicht gerade interessant. Letztendlich sieht sie alles, denn in solchen Fällen schärfen sich Blick, Gehör, Instinkt ungeheuer. Hier ist das alles nicht einmal vonnöten, um das Credo des Majoratsherrn wahrzunehmen. Jeder bessere Beobachter merkt es, sogar der ganz gewöhnliche Zuschauer, von interessierten Personen ganz zu schweigen. Die Praktikanten und Verwalter, oder auch die Dienerschaft – ist es Ihnen aufgefallen?«

»Die Verwalter bringen ihr bereits stille Verehrung entgegen, und die Dienerschaft springt beflissen um sie herum wie um eine Herrin dieses Schlosses – ein Impuls, hervorgerufen durch die Taktik des Majoratsherrn. Er selber hält sich zur Zeit diskret abseits.«

Fräulein Szeliżanka schüttelte den Kopf. »Wer glaubt schon an dieses Abseits? Der Majoratsherr wacht im verborgenen über sie. Das weiß jeder, sogar Barski. Er würde sie gern mit seiner Größe terrorisieren, doch spürt er das Damoklesschwert in Gestalt des Majoratsherrn über sich. Einmal in den Ställen, der Majoratsherr war einen Moment lang abwesend, hat er irgendwas zu ihr gesagt. Ich weiß nicht, was, aber mit Sicherheit hat er sie beleidigt: Ich habe ihre Empörung gesehen. Sie muß ihm ganz schön Bescheid gegeben haben. In vieler Hinsicht ist sie eine Täubin, die sich durchaus als Falkenweibchen erweisen kann. Sie gibt keinen Anlaß zu Unverschämtheiten, und sie läßt sie niemandem durchgehen.«

»Oh! Sie ist ein Adlerjunges!« bestätigte Treska. »Aber ist sie selbst ihres Erfolgs *au courant*?, das heißt, empfindet sie die Huldigung, die man ihr entgegenbringt?«

»Mit Sicherheit«, entgegnete Rita. »Sie ist intelligent, sensibel, sie erfaßt alles im Fluge, aber sie besitzt salonwürdigen Takt. An ihr gleitet jede Intrige ab wie Spucke an Kristall.«

Begeistert rief Treska aus: »Phänomenale Kombination!

Takt und ein feuriges Temperament. Bei ihr verbindet sich das auf sagenhafte Weise. Vielleicht macht das ja ihren Zauber aus! Doch ob sie, wenn sie um die Gunst des Majoratsherrn weiß, diese genauso erwidert? Schwer zu sagen.«

Rita brauste auf: »Was Sie da reden! Wie kann es anders sein? Von ihm so angebetet zu werden und sich das nicht zu Kopf steigen zu lassen – einfach unmöglich!«

Treska hielt die großen Augen des Kurzsichtigen auf seine Gesprächspartnerin gerichtet. Er winkte ab und bemerkte resigniert: »Ach richtig, ich hatte ganz vergessen, daß es sich hier um Michorowski handelt... Nach dem muß man verrückt sein. Das höre ich Stunde um Stunde; ich habe Beweise und zweifle noch. Ich beginne tatsächlich zu verblöden!«

»In der Tat!« warf Fräulein Szeliżanka rasch hin und setzte sich in Bewegung.

Es gab außer Rita und Treska auch noch andere, die alles sahen. Herr Maciej war beunruhigt. Frau Idalia reizte die Eifersucht der Gräfin: Die heißersehnte Partie war ihr entglitten, ein für allemal. Es blieb nichts weiter übrig, als geschickt Gleichgültigkeit vorzuspielen. Doch Fräulein Barska fühlte sich gekränkt, und folglich bekam jeder, von Waldemar angefangen bis hin zu ihrer Zofe, ihre Mißstimmung zu spüren. Und jeder kannte deren Grund.

Bei der Fasanenjagd war die junge Gräfin Zeugin einer Szene geworden, die sie restlos deprimierte. In der Fasanerie hatte Stefas Flobertgewehr Ladehemmung und sie hatte sich an einen der Jagdgehilfen gewandt. Plötzlich tauchte wie aus dem Erdboden der Jägermeister Urbański bei ihr auf, der sich gerade mit Barski unterhalten hatte. Nachdem er sich bei diesem kurz entschuldigt hatte, machte er sich mit höchster Ehrerbietung daran, Stefas Waffe zu reparieren. Im selben Augenblick kamen mehrere Bedienstete des Tierparks vorbei. Sie grüßten Stefa mit einer tiefen Verbeugung und bildeten unwillkürlich ein Spalier, an dessen Ende sie mit dem Jägermeister stand. Als die Büchse gerichtet war, dankte Stefa dem Jägermeister mit einem anmutigen Neigen des Kopfes. Auch wenn es sie verblüffte, wußte sie sich doch keinen anderen Rat, als das Flobertgewehr über die Schulter zu werfen und frei und ungezwungen das Spalier der Heger und Jäger abzuschreiten. Lächelnd erwiderte sie deren Gruß und gelangte mit der Würde einer Herzogin, die an die höchste Ehrerbietung gewöhnt ist, zu ihrem Standplatz. Urbański hatte sie bis dorthin begleitet.

Graf Barski fluchte, er war wütend. In seiner Tochter brodelte der Zorn, dennoch bewunderte sie Stefa unfreiwillig. Um dieses graziöse und taktvolle Abschreiten eines Spaliers sich verneigender Dienerschaft hätte sie die bedeutendste Magnatin beneiden können. Die Gräfin biß sich auf die Lippen, mit dumpfem Haß umklammerte sie ihr Gewehr.

Man macht ihr hier die Honneurs, als sei sie seine Braut, dachte sie.

Der Majoratsherr hatte aus einiger Entfernung den Vorfall beobachtet. Als Stefa bei ihrem Standort angelangt war, murmelte er vor sich hin: »Brave Kerle! Hören das Gras wachsen. Und sie ... ganz einfach fabelhaft!« Stolz hob er die Stirn.

39

Die Jagden, Vergnügungen, Turniere dauerten zehn Tage. Ein großer Kostümball, der von altersher auf dem Programm stand, beendete in Głębowicze die Saison. Der weiße Ballsaal, der von efeuumrankten Säulen getragen wurde, versank im Licht der elektrischen Beleuchtung, im schimmernden Glanz der Kristallüster, in einem Meer von Blumen und Grün. Viele Gäste waren von außerhalb eingetroffen. Die Kostüme waren kostbar und originell. Gräfin Wilzemberg als »Sturm« zeichnete sich vor allen anderen aus: Ihr phantasievolles, matt saphirblaues schweres Gewand war mit Gazebüscheln in den Farbschattierungen sich ballender Wolken verziert, Gold, Dunkelviolett, Hellblau und Weißgrau – alles in allem wundervoll harmonisch. Inmitten der Gazewolken schimmerten feurige Blitze aus Goldpailletten auf, die von aufgestickten Brillantsplittern gesäumt waren. Eine Kette funkensprühender Diamanten lag um ihren Hals. Edelsteinbesetzte Schlangen umwanden ihre Arme. Von den kurzen Ärmeln fielen dichte zerzauste Grasbüschel herab, so federleicht, daß sie bei jeder Armbewegung wehten, als zerre ein Sturmwind an ihnen. Ihr volles schwarzes Haar trug die Gräfin offen; auf dem Kopf türmte sich eine dunkle Wolke, die ein goldener Blitz mit einem großen Brillanten am Ende durchbohrte. In der Hand hielt die Gräfin einen Fächer aus Goldplättchen und Brillantsplittern sowie einen goldenen Stab, der in einen funkelnden Blitz auslief. Der Stab wies am Griff eine kleine Verdickung auf, die beim Draufdrücken ein trockenes Knackgeräusch von sich gab. Das Kostüm war hochkünstlerisch und außergewöhnlich, der klassischen, wenn auch düsteren Schönheit der Gräfin angepaßt. Das flatternde Wehen der Grasbüschel, das die Vorstellung von Windstößen heraufbeschwor, und das plötzliche Aufblitzen der vielen Brillanten machten das Kleid ungemein effektvoll.

Gräfin Melanie, als reiche Israelitin kostümiert, sah ebenfalls prachtvoll aus in ihrem Kleid aus Goldlamé, umhüllt von einem weißen Schleier, von einem hohen perlenbestickten Diadem auf dem Kopf festgehalten. Fräulein Rita hatte sich in Catharine Howard verwandelt, Łucia in ein italienisches Blumenmädchen. Stefa war eine Dame aus den Zeiten des Direktoriums, im rosa Schleppenkleid aus leichter Wolle, mit Seidenschärpe und einem schwarzen Hut mit langen Straußenfedern. Dazu eine elegante Frisur: eine üppige Lockenflut ergoß sich über ihre Schultern. Kostbare Perlen schmückten ihren Hals. In dieser Gewandung, mit einem Fächer aus schwarzen Straußenfedern und den Sträußchen rosa Kamelien am Dekolleté und im Haar, wirkte sie seriöser als sonst, aber so hübsch und distinguiert, daß ihr mehr Männeraugen folgten als der glanzvollen Israelitin. Waldemar und die Mehrzahl der Herren trugen kein Kostüm.

Getanzt wurde mit großer Lebhaftigkeit. Zwei Orchester wechselten einander ab. Dieser Ball hatte einen ganz anderen Stil als der Ball während der Ausstellung. Der Pomp des Ballsaals, die Wahl der Gäste, die kostbare Garderobe und natürlich ein ganz anderer Geist als auf einem öffentlichen Fest trugen dazu bei. Und selbstverständlich war ein Magnatensitz ein ganz anderer Rahmen als ein Hotel. Hier trat ein Majoratsherr in der Rolle des Gastgebers auf.

Bei der Mazurka eilte der junge Brochwicz mit Gräfin Melanie und Stefa am Arm auf den jungen Michorowski zu.

»Elektrizität und Feuer *au nature*!« rief er aus.

»Ich ziehe das Feuer vor. Elektrizität habe ich zu Genüge«, entgegnete Waldemar. Brochwicz übergab ihm Stefa. Die Gräfin lachte hämisch. »*Les extrêmes se touchent*«, kommentierte sie süffisant.

Der Majoratsherr tanzte die Mazurka auf klassische Art, vornehm und draufgängerisch zugleich. Stefa schwebte nur so dahin: Sie sah hinreißend aus. Immer wieder schaute er ihr in die Augen; sie senkte sie nicht. Bei den Kehrtwendungen umfaßte er sie kraftvoll. Sein Tanz war bei aller Gewandtheit und kühner Bravour etwas getragen, was ihm einen exklusiven Charakter verlieh. Sein Gesicht war beinahe ernst. Stefa erschien, trotz ihrer strahlenden Augen, versonnen. Beider Bewegungen waren edel in ihrer Zurückhaltung; ein gewisses Flair umgab das Paar – man mußte es einfach bewundern.

»*Cette fille a l'air d'une princesse*«, preßte Gräfin Melanie zwischen den Zähnen hervor.

Brochwicz hatte es gehört und fügte mit Feuereifer hinzu: »Ja, unter dieses Paar würde ich schreiben: *l'etat c'est moi!*«

Die Gräfin warf ihm einen herausfordernden Blick zu.

Ein wenig abseits, an eine Säule gelehnt, stand Herr Maciej. Sein Blick folgte den Tanzenden, doch es bereitete ihm kein Vergnügen. Im Gegenteil, die tiefe Falte über der Nasenwurzel deutete auf ein inneres Ungewitter, seine Augen hatten einen düsteren Glanz. Er sah zwar den tanzenden Enkel, aber anders als alle übrigen. Die Mazurka mit diesem Mädchen verwandelte ihn: Waldemar war kein großer Liebhaber des Tanzes, jetzt legte er seine ganze Seele hinein, die ganze Welt um ihn herum schien versunken. Und Stefa? Herrn Maciej erfaßte Unruhe. Wie sie heute ausschaute! Diese rosa Dame aus den Zeiten des Direktoriums, die graziös den Fächer zum Mund hebt, mit zauberhaftem Ernst wie eine Prinzessin durch den Saal gleitet. Herr Maciej kennt seine Stefa nicht wieder, die bescheidene Kleider trägt, die fröhlich ist, manchmal übermütig wie ein Kind oder voller Heimweh. Was macht sie heute soviel ernsthafter? Immer ist sie anstellig, leicht wie ein Windhauch, immer voller Anmut und Liebreiz. Doch diese Majestät, diese würdige Vornehmheit, die ihr heute zu Gesicht stehen, erstaunen den Greis. Er schaut zu ihr hinüber, schaut und verliert sich für ein paar Augenblicke in nebelhaften Fernen; er schließt die Augen, lauscht auf seinen Herzschlag, angstvoll beschleunigt von Erinnerungen, und unvermutet entringt sich der Brust des alten Mannes ein Seufzer: »Sie … Ganz und gar sie … Woher diese Ähnlichkeit? Was ist das« Und nach einer Weile murmelt er vor sich hin, angstvoll, entsetzt: »Name, Typ, Alter, Ausstrahlung – alles wie bei jener anderen.

Oh, mein Gott!«

Er steht da wie angewachsen und verfolgt die rosa Gestalt, immer neue Ähnlichkeiten fallen ihm auf, und seine starre Seele regt sich schmerzlich. »Derselbe Charakter, dieselbe Wesensart … Gesten … Stimme … Ist sie leibhaftig wieder auferstanden?« Er zitterte am ganzen Leibe. »Ist auch ihre Bestimmung dieselbe? Ein Fatum in unserer Familie … Gott erbarme dich!« Herr Maciej war aus der Fassung gebracht, er mied seinen Enkel, sogar dessen Blick.

Nach der Mazurka füllten sich Wintergarten, Orangerie und Palmarium, die an den Ballsaal grenzten, mit festlich gekleideten Damen und Herren. Andere promenierten durch das riesige Entrée, das den Weißen Saal komplettierte. Von dort gelangte man auf die schmiedeeiserne Galerie des Wintergartens, die an dessen Glaswänden entlanglief und einen Blick auf den gesamten Innenraum bot.

Überall herrschte heitere Stimmung. Fächer bewegten sich langsam, nervös, leidenschaftlich. Der Lichtschein der Lampen, die unauffällig zwischen Blumen und Pflanzen placiert waren, legte sich sanft auf bloße Schultern, warf auf Gesichter melancholische Schatten.

Waldemar suchte Stefa, doch ständig stellte sich ihm jemand in den Weg. Nach längerem Umherschauen entdeckte er ihr rosa Kleid hinter einer Palmengruppe, hörte ihre junge unbeschwerte Stimme und blieb stehen, um herauszufinden, mit wem sie sich unterhielt. Er erblickte Treska neben ihr, ein paar Schritte weiter Fräulein Rita in Gesellschaft des in Głębowicze ansässigen Arztes. Treska wirkte sehr konzentriert, er schien lebhaft etwas beweisen zu wollen. Neugierig geworden, kam Waldemar näher: Wovon sprachen sie?

»Sehen Sie«, führte Treska aus, »ich bin ehrlich: Sie haben sich zu Ihrem Vorteil verändert. Ich will nicht sagen, daß Sie hübscher geworden sind, denn das ist kaum möglich, aber irgendeine Veränderung ist da – und das ist unser Verdienst.«

»Wie denn das?«

»Nun, Sie hatten Stil, aber ein wenig Lampenfieber, was dem Effekt abträglich war. Sie konnten sich in dem neuen Rahmen nicht zurechtfinden.«

»Das soll heißen, daß ich mich tatsächlich zu meinem Vorteil verändert habe?«

»Aber ja! In Ihrem Kostüm sehen Sie einfach hinreißend aus. Ich denke mir Napoleon an meiner Stelle.«

Stefa mußte lachen. »Wie kommen Sie denn auf Napoleon? Ich erinnere ja wohl kaum an Josephine Beauharnais.«

»Wie tugendhaft, Napoleon nur im Zusammenhang mit Josephine zu sehen.«

»Ach, dann ähnele ich also Marie Louise?«

»Na, also wirklich! Das war ein Wurm, keine Frau.«

Stefa lachte aus vollem Halse. »Sie sind mir einer! Wie kann man nur einen solchen Vergleich anstellen?«

»Auf jedenfall ist der meine weniger abscheulich, als Sie mit Marie Louise in einem Atemzug zu nennen.«

»Ach, ich soll das für ein Kompliment halten und mich bedanken? Darauf müssen Sie leider verzichten, denn ich bedanke mich niemals für Komplimente.«

»Aber Sie lieben Komplimente, das versteht sich von selbst! Aus meinem Munde mögen sie keinen Eindruck machen. Doch wenn sie von einem Napoleon kämen ...«

»Oh, enervieren Sie mich nicht mit Napoleon. Hat der Komplimente gedrechselt?«

»Ihm, ihm haben sie die Komplimente gemacht.«

»Auf keinen Fall waren es Frauen.«

»Oje, die am allermeisten. Er hatte dutzendweise Verehrerinnen. Möchten Sie, daß ich sie namentlich aufführe? Ich sehe, die napoleonische Epoche ist nicht gerade Ihre Stärke.«

»Danke, ich kenne mich zur Genüge aus.«

»*Tous les détailles?*«

»Ich denke schon.«

»Na, dann wollen wir mal sehen: Welche Verehrerinnen hatte er bei Trafalgar an seiner Seite, welche an der Beresina, und welche in den Schluchten der Samosierra – denn auch dort hatte er seine Amouren.«

»Beantworten Sie sich Ihre Fragen selber und geben Sie sich die Höchstnote, ich rufe schon im voraus: Bravo!«

»Und da capo?«

»Nein, und ich lasse jetzt den Vorhang herunter.«

Mit diesen Worten huschte Stefa zur anderen Seite des Palmariums hinüber.

»Witzig, die Kleine, und sie kann sich wehren«, murmelte Treska.

Bei diesem Fest bestürmte man Stefa von allen Seiten. Kaum war sie Treska entflohen, als sie sich schon dem Monokel ihres Verehrers von der Ausstellung gegenübersah. Sie wollte eben an ihm vorbeieilen, als er ihr lebhaft in den Weg trat und dabei Waldemar zuvorkam.

»Fräulein Stefa, Sie mißhandeln mich heute. Sie haben noch kein einziges persönliches Wort für mich gehabt, und von den Tänzen war nur jener armselige Walzer übrig.«

»Aber, lieber Graf, das sollte Ihnen genügen.«

»*Merci!* Sie sehen wie eine Königin aus, doch zu Ihren Untertanen sind Sie grausam.«

»Tatsächlich? Und wen sehen Sie als meine Untertanen an?«

»Mich vor allem.«

»Ich rate Ihnen, sich unter ein anderes Zepter zu begeben, das wäre für beide Seiten günstiger.«

»Ich bin Royalist und fühle mich der Dynastie verbunden.«

»Aber Herr Graf, ich repräsentierte mit meiner heutigen Toilette die Republik.«

»Das macht nichts. Sie sehen trotzdem nach Zepter aus. Doch ich habe ja keine Chancen. Besonders nicht in diesem Palmengarten ... Immerzu geraten Sie mir aus dem Gesichtsfeld.«

»Die Palmen sind wundervoll!«

»Wie alles auf Głębowicze. Die Damen nennen sogar den Majoratsherrn wundervoll.«

»Und Sie stimmen dem nicht zu?«

»Und Sie?«

Stefa geriet in Verlegenheit. »Der Majoratsherr paßt zu seinem Umfeld«, sagte sie rasch.

»Also doch wundervoll.«

»Ach nein. Ich mag wundervolle Dinge, wundervolle Menschen kann ich nicht ausstehen.«

»Das will nicht viel heißen. Dabei sind Sie mit sich selber uneins.«

Stefa vollführte vor ihm einen tiefen höfischen Knicks. *»Monsieur! Je sui enchantée.«* Sie lachte und huschte davon. Hartnäckig folgte ihr der Graf.

Waldemar, der alles mit angehört hatte, fuhr sich mit der Hand über die Stirn. Wie sie die loszuwerden versteht! Nein, sie macht sich wirklich gar nichts aus ihnen, dachte er zufrieden. Nun hatte er es noch eiliger, zu ihr zu kommen.

Sie saß in Gesellschaft von Fürstin Lila Podhorecka auf einer Marmorbank, umringt von etlichen Damen und Herren. Als sich Waldemar näherte, wandte sich Stefa sofort an ihn: »Herr Michorowski, willkommen auf unserem internationalen Kongreß: Jede Menge Nationalitäten, den Kostümen nach. Die einen wollen weitertanzen, die anderen noch ein wenig unter Palmen wandeln.«

»Und zu welcher Gruppe gehören Sie?«

»Ich nehme einen mittleren Standpunkt ein, denn den folgenden Tanz tanze ich nicht. Man hat mich zum Schiedsrichter erkoren.«

»Meine Intervention ist also überhaupt nicht vonnöten.«

»Aber zu welchem Lager gehören Sie?«

»Ich bin für den Tanz. Und die Mehrzahl?«

»Ebenso. Die Sache ist also entschieden.«

Der Reigenführer, der junge Fürst Giersztorf, eilte in den Saal. Bald darauf ertönte Musik, klangvoll, ein wenig schwermütig. Stefa und Waldemar hatten sich in die Tür des Palmengartens gestellt.

»Sie tanzen nicht?«

»Nein.«

»Und doch haben Sie für den Tanz gestimmt.«

»Absichtlich. Ich möchte mich mit Ihnen unterhalten.«

Stefa erwiderte nichts. Heiteren Blicks verfolgte sie die farbenfrohe Reihe der tanzenden Paare. Der Weiße Saal war blumengeschmückt, Pomp und Glanz und die seltsam unwirklichen Gestalten, die sich in vornehmen Verbeugungen einander zuneigten – all das gemahnte an ein früheres Jahrhundert.

»So müssen die Bälle in Versailles oder Sanssouci ausgesehen haben«, wandte sich Stefa an den Majoratsherrn. »Ja, nur die Perücken fehlen, und die Spitzenjabots, ach, und die seidenen Strümpfe.«

»Und die Schönheitspflästerchen. Und die wahre Koketterie.«

»Glauben Sie letzteres wirklich?«

»Bei Ihnen ist sie da. Die Koketterie einer Mimose ist unbewußt, und sie ist sogar wählerisch.«

»Wie kommen Sie darauf?«

Ein hübsches Lächeln umspielte Michorowskis Lippen, als er den Kopf schüttelte.

»Sie stellen eine kühne Frage. Wollte ich ehrlich antworten, müßte ich anmaßend sein, das wiederum verbietet mir die eigene Ethik.«

Das Mädchen geriet ein wenig außer Fassung, antwortete jedoch aufrichtig: »Vielleicht bin ich wählerisch, aber ... da wo ich aufhöre es zu sein, verliere ich gewöhnlich den Mut, und dann wirke ich bestimmt reichlich naiv.«

Die Augen des Majoratsherrn blitzten vergnügt, und zärtlich umfaßte sie sein Blick. »Nicht naiv, um Gottes willen, aber verlegen, was rührend ist und sehr reizvoll. Ein feiner Kontrast zu Ihrer üblichen Fröhlichkeit und Redegewandtheit. Man könnte schwerlich vermuten, daß Ihre liebreizende Verwegenheit solche Momente wie den gegenwärtigen zuläßt ...«

Stefa schaute ihr Gegenüber an, und sie errötete. »Mir scheint, Sie ...«

»... sind jetzt tatsächlich anmaßend? Sie haben mich doch selbst dazu ermächtigt, unbewußt natürlich. Ich schmeichele mir allerdings, daß ich bei Ihnen eine etwas größere Chance habe als der Monokelgraf, der junge Wilhelm oder Treska.«

Stefa lächelte. »Es sind nicht gerade die stärksten Konkurrenten, die Sie da ausgesucht haben. Ihre Anmaßung läßt zu wünschen übrig.«

Waldemars tiefe elegante Verbeugung war eine Geste des Dankes. Eine Weile schwiegen sie, dann fuhr er, auf die Tanzenden deutend, in der Unterhaltung fort. »Schauen Sie doch nur den Enthusiasmus einiger Paare. Man hat das Menuett den schläfrigsten Tanz genannt, und doch erwärmt er. Hübsche Erfindung. Oft entdeckt man Temperament im Tanz. Und dabei muß jeden distanzierten Zuschauer wundern, was diese Menschen so animiert.«

»Ja, aber das gilt nur für Nichttänzer und für solche, die sich nichts aus dem Tanz machen. Andernfalls muß der Anblick mitreißen. Was ich jedoch gern wüßte, ist, wie, wann und wo der Mensch zum erstenmal getanzt hat.«

»Entweder war es ein Wahnsinniger in einem Anfall oder ein grenzenlos zufriedenes Individuum, vielleicht ein Höhlenmensch aus der Juraepoche, der diese freudige Bewegung vollführte, nachdem er glücklich ein Stück Wild erbeutet hatte.«

»Oder nach dem Verspeisen der eigenen Gattin, dem Festmahl nach Beendigung der Flitterwochen«, ließ sich Treska hinter ihnen vernehmen. Stefa und Waldemar lachten.

»Woher wußten Sie, worüber wir uns unterhalten?«

Der Gefragte stieß sein Pincenez herunter. »Ich habe ein ausgezeichnetes Gehör, und da ich ebenfalls kein Menuett tanze, bin ich Ihnen gefolgt. Die Frage, die Fräulein Stefania gestellt hat, hat mir gefallen. Wenn ihr mich hier nicht haben wollt, gehe ich meiner Wege. Natürlich rechne ich mit eurer Höflichkeit. Meine Herrschaften, schauen Sie sich Barski an: Der Blick, mit dem er uns mustert, ist schlichtweg unerhört. Da, sehen Sie ...«

Michorowski verzog das Gesicht. »Auch ein Höhlenmensch, allerdings aus der Neuzeit.«

»Wo ist Fräulein Rita?« erkundigte sich Stefa.

»Sie tauscht gerade mit Żnin Komplimente aus, beide sind zufrieden.«

»Und Sie sagen nichts dazu?«

»Was soll ich machen: mir eine Kugel durch den Kopf jagen oder mich erhängen?« Treskas Stimme klang schrill.

»Nein, aber mit ihr tanzen.«

»Ich denke nicht daran. Das wäre ein zu großes Opfer.«

Fürst Giersztorf hatte das Menuett beendet. Die Paare zerstreuten sich. Fächer gerieten in Bewegung. Eine kurze Erholung, und unter den Klängen der beiden Orchester begab sich eine lange farbenprächtige Reihe, angeführt von dem Haushofmeister, in den Speisesaal, wo dieser die Paare an festlichen Tafeln placierte. Das war schon das Abschiedsmahl – bei dem Gedanken daran wurden alle von Wehmut erfaßt.

Anderntags nahm der Photograph, den man extra dazu bestellt hatte, die Gästeschar in ihren Kostümen auf. Stefa stand in der zweiten Reihe, etwas dem Rand zu. Waldemar trat herzu, als alle bereits Aufstellung genommen hatten; er stellte sich hinter sie. Er überragte sie, mußte sich aber etwas seitwärts von ihr halten, da ihm ihr großer Hut das halbe Gesicht verdeckte. Die Gräfin in der ersten Reihe bemerkte ihn nicht. Rita, im Gegenteil, wisperte Treska zu: »Das erste öffentliche *tête-à-tête.*« Treska nickte.

Den ganzen Tag über wurden photographische Aufnahmen gemacht. Etliche Gäste fuhren gegen Abend auf die Bahn, andere sollten anderntags in den frühen Morgenstunden Głębowicze verlassen. Die abreisenden Damen erhielten Buketts von dem Majoratsherrn, ein Orchester musizierte im Kreuzgang.

Der letzte Abend versammelte eine sehr viel kleinere Gästeschar im Speisesaal, einem glücklichen Umstand war es zu verdanken, daß es die Sympathischsten waren.

Im Schloß hüllte die Verbliebenen nach all den turbulenten Tagen eine melancholische Ruhe ein. Ziellos wanderte man umher, warf einen letzten Blick auf all die Wunderdinge dieses prächtigen Magnatensitzes, erging sich ein letztes Mal in Gärten und Parks. Ein jeder dachte mit Bedauern daran, daß es in Bälde Abschied zu nehmen galt von diesem verwunschenen Schloß, und so manch einer Brust entrang sich ein Seufzer.

Stefa seufzte nicht, schaute sich nicht nach Waldemar um; sie war still und schweigsam. Eine seltsame Empfindung hatte sich ihrer bemächtigt: Sie wollte fort von hier und konnte sich nicht trennen, sie wollte fliehen, doch etwas hielt sie fest, sie wollte sich wehren, doch etwas rief ihr nach: Zu spät! Ihr war so schwer ums Herz, als laste dieses riesige Bauwerk auf ihr wie Felsgestein. Pracht und Herrlichkeit nahmen ihr erneut den Atem. Ein schmerzliches Schluchzen entrang sich ihrer Brust, und eine brennende Verzweiflung drohte sie zu überwältigen.

40

Ein paar Tage später reisten die Gäste aus Słodkowce ab, Fürstin Podhorecka mit Sohn und Schwiegertochter und mit Rita sogar noch vor den anderen.

Über Głębowicze lag ein Hauch von Wehmut, als hätten die ersten Oktobertage es so herbstlich gestimmt. Die Dienerschaft wirkte mißlaunig und schläfrig. Obschon sie jetzt die wohlverdiente Erholung genossen, bedauerten sie doch, daß die festlichen Tage dahin waren, und sei es nur wegen der üppigen Trinkgelder, die selbst den Gierigsten zufriedenstellten.

Verwalter Ostrożęcki und zwei Praktikanten gewahrten, als sie eine Terrasse hinabstiegen, den Majoratsherrn. Er kam aus dem Treibhaus und schien in Gedanken versunken; in der Hand trug er einen großen Strauß Teerosen. Höflich gingen ihm die Herren aus dem Weg. Er schaute hoch und lächelte freundlich.

»Nun, wohin des Wegs, die Herren?«

»Ach, wir schlendern umher und lauschen dem Echo vergangener Tage«, erwiderte halb scherzhaft einer der Praktikanten.

»Jetzt ist es ziemlich traurig auf Głębowicze, nicht wahr?«

»Ja, gewiß... Wir haben Zeit vertrödelt und sind ein bißchen zu sehr verwöhnt worden in letzter Zeit.«

»Wem sagen Sie das! Dasselbe gilt auch für mich. Ich langweile mich schon jetzt so allein auf Głębowicze.«

Liebenswürdig nickte er ihnen zu und stieg die Terrasse hinauf, von der sie gerade kamen. Kurze Zeit später war er verschwunden, und Ostrożęcki bemerkte in gedämpftem Ton: »Was sagen die Herren dazu? Der Majoratsherr mit einem Rosenstrauß und spricht von Langeweile ... Eigenartig!«

Einer der Praktikanten, der junge Graf L., schob die Hände in die Jackentasche. »Ganz und gar nicht. Der Strauß ist für

Fräulein Rudecka und die Langeweile um ihretwillen, die Quintessenz: Fräulein Rudecka ist die zukünftige Majoratsherrin.«

»Meinen Sie?« wunderte sich Ostrożęcki.

»Ob ich das meine? Ich glaube daran wie ans Evangelium. Er ist schließlich verrückt nach ihr, das sieht ein Blinder. Aus diesem Grund ist ja Barski so wütend, und es wird noch viel Lärm und Geschrei geben, denn die Aristokratie wird sich aufbäumen, doch das Endresultat wird sein: *Veni Creator*. Anders bekommt der Majoratsherr die Rudecka nicht, und da er geradezu besessen von ihr ist, muß die Sache an den Stufen des Altars enden. Sie wiederum wird eine solche Partie natürlich nicht ausschlagen, das steht fest.«

Ostrożęcki schnitt eine Grimasse. »Denkt der Majoratsherr tatsächlich an den Altar? Letztendlich ist er ein Magnat von echtem Schrot und Korn, eine Ausnahme, gewiß, doch nichtsdestotrotz ein adelsstolzer Mann, und da er ganz offenbar dieser Leidenschaft verfallen ist... Das macht auf sie Eindruck, muß Eindruck machen. Er gefällt den Frauen. Und er umgibt sie mit königlichen Ehren, schon das allein könnte Fräulein Rudecka den Verstand trüben, von seiner Person ganz zu schweigen, die ihr wie es scheint nicht gleichgültig ist. Seine Millionen stellen ihr hier Fallstricke. Doch wie das ausgeht – man weiß es nicht. Wenn er ehrliche Absichten ihr gegenüber hat... Wäre schade um das Mädchen... Eine Blüte, zu schön, zu kostbar, um vergeudet zu werden, selbst in all dem Prunk.«

Der andere Praktikant lachte. »Inwiefern? Glauben Sie nicht, daß Fräulein Rudecka die Flamme des Majoratsherrn werden kann... ohne sakramentale Klauseln?«

»Es wäre schade um sie!«

»Eine Bagatelle! Der Majoratsherr hatte mit ganz anderen zu tun gehabt und dabei an keinerlei Verpflichtungen gedacht. Und da soll er sich über ein Fräulein Rudecka den Kopf zerbrechen? Sie ist hübsch, elegant, um so besser, sie hat Temperament, das ist um so aufregender, und daß sie tugendhaft ist – das erhöht den Appetit. Der Majoratsherr versteht das nur allzu gut.«

»Reden Sie nicht so. Das wäre eine Nichtswürdigkeit, zu der der Majoratsherr einfach nicht fähig ist. Fräulein Rudecka steht gesellschaftlich sehr gut da, in Słodkowce hat sie Protektion, womit der Majoratsherr rechnen muß.«

»Ach, meine Herren, das ist doch nichts, was dem Majoratsherrn Gewissensbisse machen könnte. Seine Vergangenheit beweist, daß er von jeher nur Geschmack an den Vornehmen gefunden hat, und die suchte er sich in den höchsten Kreisen aus. Er hat nie Diamanten geschliffen, das hat er niemals geschätzt. Er ist ein Ästhet! Doch es gab verzwicktere Situationen, und immer hat er es verstanden, siegreich daraus hervorzugehen. Ich würde nicht zögern zu sagen ... Aber nein, hier ist es tatsächlich irgendwie anders ... Diesmal riecht es nach heiligem Sakrament. Fräulein Rudecka entflammt den Majoratsherrn nicht nur, sondern sie hat sich in sein Hirn gebrannt.«

»Und alle verstehen das«, fügte Ostrożęcki hinzu, »sogar die Bediensteten. Hier handelt es sich nicht um eine flüchtige Schwäche. Die Frage ist nur, ob der Majoratsherr imstande sein wird, bis zum Ende durchzuhalten, und ob es ihm gelingt, die Hindernisse zu überwinden, die man seinen Absichten in den Weg stellen wird ...«

Dumpfes Räderrollen und Pferdegetrappel ertönten unten vor der Schloßauffahrt. Die drei Herren beschleunigten ihren Schritt.

Stefa stand im Vestibül an der Treppe, bereits in Hut und Mantel. Während sie sich die Handschuhe zuknöpfte, spielte sie mit Pandur. Łucia eilte über die Treppe und rief nach ihrer Mama. Aus einem Seitenflur trat Waldemar, ging auf Stefa zu und sagte, weil Bedienstete anwesend waren, auf englisch, während er ihr die Blumen übergab: »Mögen diese Blumen Sie an Głębowicze erinnern, wenn sie dort in Ihrem Zimmer duften.«

Und Stefa erwiderte mit freundlicher Zuneigung: »Ich danke Ihnen. Głębowicze werde ich nie vergessen.«

Er küßte ihr die Hand. »Auch dieser Ort wird Ihr Bild bewahren. Sie haben ihm zur Zierde gereicht, und jetzt wird er verwaisen ... Ich bleibe als ein Einsiedler zurück.«

»Dann kommen Sie doch mit uns.«

Er warf ihr einen raschen Blick zu. Fünkchen glommen in seinen Augen. Er wandte sich der versammelten Dienerschaft zu und gab den Befehl, Apollo zu satteln.

Ein junger Bursche stürmte hinaus. Zur gleichen Zeit stiegen Frau Idalia in Begleitung von Łucia und Maciej, den ein Kammerdiener am Arm führte, die Treppe herunter. »Du fährst mit uns?« erkundigte sich die Baronin und musterte unverhohlen die errötete Stefa und die Teerosen in ihrer Hand.

»Ja«, entgegnete Waldemar, »ich habe Angst vor den leeren Räumen. Sie sind mir noch nie so traurig vorgekommen wie jetzt.«

Er sprang die Stufen hinauf, schob den Diener beiseite und bot seinem Großvater selber den Arm. Ostrożęcki und die Praktikanten traten herzu, der Haushofmeister und der Jägermeister erschienen. Im Säulengang hatte sich die Dienerschaft aufgestellt. In der Tür stand der Stallmeister. Das Orchester im Kreuzgang intonierte die Ouvertüre zu Franz von Suppès *Dichter und Bauer*, die Stefa so gern hatte. Frau Idalia und Łucia hielten jetzt ebenfalls Riesenbuketts in den Händen. Vor den mit rotem Samt ausgeschlagenen Landauer waren vier stämmige goldbraune Vollblüter gespannt. Neben dem Gefährt warf der bereits gesattelte Apollo ungeduldig den Kopf hin und her, bäumte sich immer wieder auf und trommelte mit den Hufen auf den Kies der Auffahrt. Bis zur Torausfahrt hin bildeten berittene Jäger in festtäglicher Kleidung Spalier, Jur an ihrer Spitze. Stefa nahm zusammen mit Łucia auf dem Vordersitz Platz. Der Majoratsherr sprang aufs Pferd. »Ich bin morgen wieder zurück«, sagte er beim Abschied zu seinem Verwalter.

Der Landauer setzte sich in Bewegung. Die Jäger im Spalier salutierten. Als der Landauer durchs erste Tor hinaus war, lösten sich die Reihen auf, und es formierten sich Vierergruppen, die dem Landauer hinterhergaloppierten; Jur war der Anführer. Vom Schloßturm folgten ihnen Trompetenfanfaren, ein beinah wehmütiger Klang. Es war dies eine königliche Reise, doch die erfreute nur Łucia. Frau Idalia saß da und war erstarrt, Herr Maciej in schmerzliche Gedanken versunken. Beide wußten nur zu genau, daß der ganze Aufwand nicht für sie bestimmt war. Herr Maciej wich dem Blick des Mädchens aus, und sie spürte das. Eine unerträgliche Last beschwerte ihr Herz, flammende Röte überzog ihr Gesicht. Waldemar, der nebenherritt, schwieg gleichfalls. Er betrachtete Apollos schlanke Fesseln, wie sie energisch ausholten in scharfem Trab. Etwas nervös zerrte er am Steigbügel. Sattel und Zaumzeug gaben ein leises Knarzen von sich. Apollo biß auf die Kandare und schnaubte. Stefa hätte gern den Blick gehoben, doch fürchtete sie den Ausdruck in Waldemars Augen, die sie auf sich gerichtet fühlte. Eine Unterhaltung kam nicht zustande, alle hatten kühle Mienen, schweigend kam man in Słodkowce an.

Gegen Abend sah Stefa durch ein Fenster der Bibliothek den jungen Michorowski. Er spazierte durch den Park, schritt die Alleen ab. Herbstlaub fiel ihm vor die Füße. Bläulicher Rauch kringelte sich von der Zigarre empor. Der Majoratsherr wirkte grüblerisch. Davon zeugten seine Bewegungen, die weniger geschmeidig waren als gewöhnlich.

Anderntags würde Waldemar nach Głębowicze zurückkehren und Jagdeinladungen der berühmtesten Familien im Land nachkommen. Das würde ihn bis in den Winter hinein in Anspruch nehmen. Das Mädchen konnte sich nicht vom Fenster losreißen. Gedanken über Gedanken wirbelten ihr durch den Kopf, überstürzten sich, schmerzhaft krampfte sich das Herz zusammen – ein erstes Anzeichen der Sehnsucht. Stefas schöne Augen trübten Tränen, und ein Schluchzen zerriß ihre Brust.

Waldemar lief noch immer umher.

Woran er wohl dachte? An dasselbe wie ich?

Und eine große, wenn auch schüchterne Hoffnung strömte in ihre Seele, weckte ein ungeheures Glücksgefühl. Das Mädchen schloß halb die Augen, lauschte auf den eigenen Pulsschlag, folgte dem Lauf ihrer Gedanken, deren Kühnheit sie auf einmal erschreckte. Ein heiteres Strahlen erhellte wie die Morgenröte ihre Züge, erlosch jedoch sofort wieder. Der innere Kampf, den näher zu benennen sie nicht vermocht hätte, dauerte in ihr fort. Allmählich verstand sie, doch gab sie das, was sie erkannte, vor sich selber nicht zu.

Waldemar aber ging langsamen Schritts durch das raschelde Herbstlaub, bedrängt vom Ansturm der Gedanken und Empfindungen. Er wunderte sich nicht, daß das Unmaß seiner Träume und Ideale von einst ein Maß gefunden hatte und nun so bezaubernd leibhaftig vor ihm stand ... Er grübelte darüber nach, ob diese Wirklichkeit für ihn bestimmt war. Ob er sie zu fassen bekam, wenn er danach griff. Dieser Mann, vom Erfolg verwöhnt, und vom Glück umschmeichelt, konnte nicht anders, als sich wieder und wieder zu fragen: »Ist diese Anmut, dieser Zauber für mich?«

Hoffnungen erwachten, wunderschön und voller Glück. Ihnen wollte er sich noch eine Weile hingeben. Es drängte ihn vorwärts, aber er bezwang sich.

Band 2

1 Der Sommer, die Ausstellung, der goldene Herbst, die Jagden in Głębowicze waren längst Vergangenheit. Die Regen- und Nebeltage wurden von einem frostigen Wehen aus Nord abgelöst, das große weiße Flocken über die nackte Erde fegte. Das samtene Weiß hüllte das kahle Geäst der Bäume ein und breitete sich sacht über die hohen dunkelgrünen Tannen. Die Welt lag eingebettet. Die Sonne hatte Wolken und Nebel vertrieben. Der Schnee glitzert als sei er aus Edelstein. Die Luft war frisch und kalt, und das frostige Wetter verlieh den Menschen Energie und guten Mut.

In Słodkowce lagen Park, Garten, ihre schlank aufragenden Bäume und dickbuschigen Sträucher in Schnee gehüllt. Der See, in eisiger Umarmung erstarrt, bot eine spiegelblanke Fläche dar. Alles war still und von unbeflecktem Weiß und von einer reglosen Schönheit, einem Gemälde gleich.

Am Ende der langen Weißbuchenallee steht unter dem schweren Geflecht der Zweige eine schlanke Gestalt, die inmitten der frostigen Riesen zu verschwinden scheint.

Stefa lehnt mit den Schultern an einem Buchenstamm, ihr Blick schweift in die Ferne. Sie steht auf einer kleinen Anhöhe, die Mauer, die den Park umgrenzt, verstellt ihr nicht den Blick.

Das Mädchen steht reglos, als habe der von den Zweigen rieselnde Rauhreif und der scharfe Windhauch sie in eine Statue verwandelt. In ihren Augen liegt Sehnsucht. Eine große Erwartung von etwas, das sie mit Wonne erfüllt, doch zugleich so fein und zart ist, daß es sich nicht fassen läßt, treibt sie um, ist so beängstigend, als stünde eine Katastrophe bevor ...

Stefas Blick hält den Weg fest. Atemlos lauscht sie auf jedes Geräusch. Eine Vorahnung, daß er kommen wird, hat sie an diesen Ort geführt, und sie wartet geduldig. Keiner erwartet ihn sonst, aber sie weiß, er ist bereits in Głębowicze, und eine Stimme flüstert ihr zu: Heute wird er hier sein.

Einladungen zur Jagd hatten ihn weit fortreisen lassen, und lange blieb er aus, weil es so viele gab, denen er Folge leisten mußte.

Plötzlich gewahrten Stefas hartnäckig Ausschau haltende Augen etwas: Weit in der Ferne, im Violett der Weiden, war ein kleiner Punkt aufgetaucht, kaum wahrnehmbar. Er wurde größer, gewann Konturen und bewegte sich vorwärts. Stefa stand wie vom Donner gerührt; mit angehaltenem Atem starrte sie auf den sich bewegenden Punkt. Jetzt wurde die Stille von Geräuschen erfüllt, die näher und näher kamen.

Das Mädchen erbebte; sie wollte fort und davonlaufen, doch ihre Beine waren wie aus Blei. Furchtsame Scheu und große Freude, ein Sturm der Gefühle, malten sich in ihren Zügen. Sie hatte die Janitscharen aus Głębowicze erkannt. Ihre Vorahnung hatte sie nicht getrogen.

Nur mit Mühe gelang es ihr, an sich zu halten. Zurückgelehnt an den bereiften Stamm, mit klopfendem Herzen lauschte sie dem Klingeln der Janitscharen und dem Schnauben munter dahingaloppierender Pferde. Ihr Ohr fing das leichte Knirschen der Kufen und ein sachtes Klirren der Geschirre auf. Ihr Herz hämmerte in der Brust, ihr war, als wolle es zerspringen, als stehe etwas Furchtbares bevor. Der Schlitten bog vor der Mauer ein. Stefa erstarrte. Der Herr, der im Schlitten saß, machte eine plötzliche Bewegung, als wollte er hinausspringen. Doch er hielt sich zurück, hob nur die Mütze und neigte grüßend das edle Haupt. Schon war der Schlitten vorbeigesaust, nur von ferne noch hörte man die Janitscharen.

Stefas Hände fuhren zu den Schläfen. »Er ist gekommen!« rief sie wie von Sinnen. »Er hat mich gesehen!« Ihr überwältigendes Glücksgefühl riß sie fort; leichtfüßig eilte sie dahin, über die verschneite Allee auf das Palais zu. An der Wegbiegung, unweit des zugefrorenen Springbrunnenbeckens, verhielt sie den Schritt. Waldemar eilte ihr entgegen.

Er näherte sich rasch, im aufgeknöpften Pelz, die Augen unverwandt auf sie gerichtet. Neben ihm her lief Pandur und stürmte in großen Sprüngen auf Stefa zu, mit fröhlichem Gebell sprang er an ihr hoch und legte ihr die Pfoten auf die Schultern. Das Mädchen brachte keinen Laut hervor.

Michorowski trat dicht vor sie hin und nahm schweigend ihre eiskalten Hände. Die Blicke ineinander versenkt, waren sie außerstande, etwas zu sagen. Ein Muskel zuckte in seinem Gesicht. Und Stefa – Stefa fühlte, wenn auch nur vage, daß dies eine Wende, ein Durchbruch war, daß die Nebel sich ins Blaue verflüchtigten, eine goldene Pforte sich auftat, um ihr eine unerhörte und wunderbare Wahrheit zu offenbaren. Ihre Phantasien, ihre Träume nahmen Gestalt an, und Stefa durchlebte einen jener Augenblicke, da die Seele in einer Regenbogenaureole unermeßlichen Glücks aus einem davonschwebt.

Fest hielt er ihre Hände umfangen, sein willensstarker Blick drang tief in ihr Innerstes. Ernst stand er da, nicht nur von der Lust eines Mannes erfüllt, sondern von einem nie gekannten, längst voll erblühten Liebesempfinden. Er stand, sicher seiner Kraft, zielbewußt, aber auch ein wenig stolz auf den Zauber, den er ausstrahlte. Er beugte sich herunter und küßte lange und innig die Hände der bebenden Stefa. Seine Augen sagten: Du hast auf mich gewartet ... dich gesehnt ... da bin ich also, und ...

Stefa begriff, und flammende Röte übergoß sie. Zaghaft, zitternd vor Glück, entzog sie ihm ihre Hände und wandte sich raschen Schritts dem Palais zu. Er schritt neben ihr. Sie sprachen kein Wort. Pandur rannte voraus, blieb auf den marmornen Eingangsstufen stehen und blickte den Eintreffenden mit erhobenem Kopf und ernster Aufmerksamkeit entgegen.

Als Waldemar die Tür öffnete, sprach er die ersten Worte: »Sie haben also gewußt, daß ich heute eintreffe. Eine Vorahnung?«

»Ja.«

»Das war Gedankenübertragung! Während der Fahrt stellte

ich mir vor, Sie im Park zu treffen und ... und da erblickte ich dich im Schein der Abendröte. Ich habe den Schlitten fortgeschickt vom Tor, um dich zu begrüßen.« Seine Worte bereiteten Stefa eine unaussprechliche Freude.

Beim Geräusch der sich öffnenden Tür erschien Jacenty mit einer ganzen Schar von Bediensteten. In das eben noch stille Palais kam Bewegung.

»Der Majoratsherr ist eingetroffen!« Der Ausruf erweckte allgemeine Freude. Zu Tisch begaben sich alle in wunderbarer Laune. Herr Maciej, gerührt von der Ankunft des Enkels, schaute ihn wie ein Gemälde an. Baronin Elzonowska erkundigte sich bei Waldemar nach den Jagdgesellschaften und Bekannten. Trotz ihrer häufigen Meinungsverschiedenheiten begrüßte sie ihn freundlich: Seine Eleganz und sein sarkastischer Witz wirkten anregend auf sie. Waldemar antwortete höflich auf alle Fragen. Frau Idalia und Herr Ksawery waren die schlimmsten Plagegeister, nur die Mädchen saßen still da, wenn auch Łucia Waldemar pausenlos anstarrte, während Stefa deutlich seinen Blick mied; sie fürchtete, in seinen Augen zu lesen, was sie im verschneiten Park gesprochen hatten. Sie ahnte nicht, daß auch er alles erriet, daß er tief in ihre Seele blickte, den Schlag ihres Herzens spürte ...

Unruhe erfaßte sie. Etwas schien drohend in der Luft zu liegen und gleich auf sie herniederzugehen. Sie fühlte sich wie in dem Fieber, das einen überkommt, bevor man eine weite Reise antritt und im letzten Augenblick Abschied von den Liebsten nimmt. Das Gefühl quälte sie, auch wenn sie nicht hätte sagen können, woher diese dumpfe Bangigkeit rührte, die noch immer wuchs. Die leichte Blässe in ihrem Gesicht bemerkte als erster der Majoratsherr, er gewahrte die Verlegenheit des jungen Mädchens, wollte sie jedoch in Gegenwart der anderen nicht ansprechen.

Herr Maciej betrachtete sie eindringlich. Stefas Verhalten stimmte ihn nachdenklich. »Was hast du, mein Kind?«

»Ich fürchte mich ...«, antwortete Stefa aufrichtig. Sie schauten sich an. Ein Schatten huschte über die Gesichter. »Aber wovor?«

Sie lächelte flüchtig. »Achten Sie bitte nicht auf mich. Das geht vorbei ...«

Die Unterhaltung verlief nunmehr gedämpfter.

Der Tee wurde im kleinen Salon serviert. Das Feuer im Kamin ließ das Gespräch wieder aufleben. Unvermutet trat ein Diener mit einem Silbertablett ein. Er schritt direkt auf Stefa zu. Sie heftete den Blick auf ihn.

»Was ist?« fragte der Majoratsherr.

»Ein Telegramm, Euer Hochwohlgeboren, für ...«

»Für mich!« rief Stefa aus. Der Bedienstete verneigte sich bestätigend. Alle Augen ruhten auf ihr, dann auf dem Gesicht des Majoratsherrn.

»Ja, für Sie«, sagte dieser, während er sich erhob und ihr das Kuvert reichte.

Sie riß es auf. Ihre Wangen glühten. Die Anwesenden hielten den Atem an. Die Unruhe der jungen Lehrerin während des Essens und nun dieses Telegramm erschreckten sie.

Stefa las, ließ das Papier in den Schoß sinken und sagte mit matter Stimme: »Großmama ist tot. Man ruft mich zum Begräbnis.«

Die Anwesenden atmeten auf. Man hatte Schlimmeres erwartet. Nur Herr Maciej erbebte, als habe er eine Erscheinung gesehen.

»Das heißt, Großmama Rembowska ist gestorben?« fragte Łucia. Stefa fing an zu weinen. »Ja. Arme Großmama! Ich habe sie so lieb gehabt! Ach, mein Gott, mein Gott ...«

»War sie lange krank?«

»Sie ist plötzlich in Ruczajew gestorben ... Ich verstehe überhaupt nichts mehr. Großmama hat ständig im Ausland gelebt. Ich muß gleich los, anders schaffe ich es nicht. Das Telegramm war zu lange unterwegs.«

Sie sprang auf. Der junge Michorowski sah auf die Uhr. »Wollen Sie wirklich unbedingt heute fahren?«

»Ich muß. Wenn ich nur den Zug schaffen würde!«

»Zum Zug schaffen Sie es, aber man müßte gleich fahren, und jetzt ist es Nacht.«

Sie rang flehend die Hände. »Ich muß fahren, und zwar so rasch wie möglich.«

»Nun, dann lass ich eben anspannen.«

Sie gingen ins Speisezimmer hinüber. Waldemar traf die entsprechenden Anordnungen. Frau Idalia nahm Stefa bei der Hand. »Sie müssen packen. Nur weinen Sie bitte nicht. Arme Stenia!« Sie küßte das Mädchen auf die Stirn. Łucia schluchzte. Man verließ gemeinsam den Raum, jeder begab sich in seine Gemächer.

Herr Maciej blieb in seinem Sessel sitzen. Waldemar lief nervös auf und ab. Herr Ksawery bewegte sich träge. Das Schweigen dauerte an. Waldemars Schritte hallten monoton im Saal wider. Die große Uhr tickte seriös. Herr Maciej saß da mit verdüsterter Miene. Hin und wieder warf er einen verstohlenen Blick auf seinen Enkel, und dann fragte er unvermutet: »Weißt du zufällig, was für eine Geborene ihre Großmutter war?«

Der Angesprochene schüttelte den Kopf. Der alte Herr strich sich mit der Hand über die Stirn. »Stefas Abreise bewegt mich unerklärlich seltsam, und dieser Tod...«

Ein Diener meldete, daß die Pferde bereitstünden. Hinter ihm traten die Damen ein. Stefa trug bereits eine Kappe, und sie hatte ein warmes Kleid angezogen. Ihre Augen waren gerötet. Gerührt ging sie zu Herrn Maciej, um sich von ihm zu verabschieden. Ohne Förmlichkeit zog der Greis sie an seine Brust. Und er redete wie ein Vater zu ihr.

Łucia weinte bittere Tränen. »Stefa, du kommst doch bald wieder zu uns zurück, nicht wahr?«

»Ich werde es versuchen.«

Als sie zu Waldemar trat, entrang sich ein leiser Schluchzer ihrer Brust. Seine Lippen bebten. Zum erstenmal küßte er ihr in Gegenwart aller anderen die Hand. Herr Maciej zuckte zusammen. Frau Idalia preßte die Lippen aufeinander, ihre Augen verengten sich zu Schlitzen. Łucia blickt mit einer Art Triumph drein, als wolle sie sagen: Ich weiß es schon lange.

Man trat in die Halle hinaus. Herr Maciej hielt Stefa bei der Hand zurück. »Mein Kind... Deine Großmutter hieß Rembowska, oder?«

»Ja. Stefania Rembowska«, erwiderte Stefa und ließ sich von Łucia aus der Halle ziehen.

Herr Maciej blieb allein zurück. Die Türen zur Eingangshalle standen offen. Er lehnte sich schwer an eine Wand; zitternd am ganzen Leibe hob er die Augen zum Kronleuchter, als verwunderte ihn die Vielzahl der einzelnen Lichter. »Ach, diese Ahnung!« Er trat einen Schritt vor und rief laut: »Waldemar!«

Stefa ging in den unteren Flur hinunter. Man öffnete die große Tür zum Vestibül. Łucia und der Majoratsherr befanden sich in ihrer Begleitung. Frau Idalia, die am Treppengeländer lehnte, hörte ihren Vater und rief dem Majoratsherrn hinterher: »Waldek, Großvater bittet dich!«

Waldemar warf der Tante einen unwirschen Blick zu und eilte nach oben. In seiner Zerstreutheit bemerkte er Herrn Maciejs Unruhe nicht. »Frag Stefa, was für eine Geborene ihre Großmutter war. Möglichst schnell.«

»Was ist passiert?«

»Mach schnell!«

Waldemar eilte davon. Die Nacht war mondhell und es herrschte klirrende Kälte. Die Pferde schnaubten, und aus ihren Nüstern stieg Atem. Auf dem Bock saß Benedykt und der Kutschdiener aus Głębowicze. Der Majoratsherr half Stefa in den Schlitten und hüllte ihre Beine in einen Wolfspelz.

»Verzeihung. Wie hieß doch gleich Ihre Großmutter?«

Stefa blickte erstaunt drein. »Rembowska ...«

»Ja, ja, das weiß ich. Ich meine, was war sie für eine Geborene.«

»Ihr Mädchenname war Korwiczówna. Stefania Korwiczówna ...« Michorowski zuckte zusammen. Das Blut stieg ihm zu Kopf. »Was ist Ihnen?« fragte Stefa erschrocken.

»Nichts, es ist nichts! Auf Wiedersehen! Geben Sie auf sich acht und ... kommen Sie so schnell es geht zu uns zurück.«

Stefa kamen die Tränen. »Ich weiß nicht«, stammelte sie.

»Ich bitte Sie.« Fieberhaft küßte er ihre Hände und warf den Schlag zu. »Behutsam fahren, Benedykt! Wawrzyniec soll dem gnädigen Fräulein auf dem Bahnhof in allem behilflich sein!« rief er.

Ungeduldig zogen die Pferde an. Waldemar schaute dem Schlitten hinterher, dann ging er ins Haus und stieg schweren Schritts die Treppe hinauf. In seinem Kopf brauste es, er war bleich. Als er auf dem letzten Treppenabsatz angekommen war, erblickte er am Ende der Stufen Herrn Maciej. Der Greis sah wie eine Statue aus. Reglos stand er da, schwer auf die samtene Balustrade gestützt. Die Augen waren unverwandt auf den Enkel gerichtet. Schweigend sahen sie einander an und verstanden sich.

»Sie?« stöhnte der Greis.

»Sie ist die Enkelin jener anderen«, schloß Waldemar.

Herr Maciej griff sich an die Brust. Sein Gesicht verfärbte sich. Der Majoratsherr sprang herzu. »Großvater! Um Himmels willen!« Der Greis sank ihm kraftlos in die Arme. Eine Viertelstunde später trat der junge Michorowski aus dem großväterlichen Schlafzimmer zu der verstörten Dienerschaft, er war blaß, aber ruhig.

»Schickt unverzüglich nach dem Doktor. Der Herr ist erkrankt.«

Wortlos ging die Dienerschaft auseinander.

2

In Ruczajew war ein stiller Winterabend angebrochen. Es fiel dichter Schnee, als ein Schlitten vor dem weitläufigen Herrenhaus vorfuhr. Stefa stieg aus, Sie trat ein, willkommen geheißen von den Eltern, der Familie und den Bediensteten. Die Gesichter erhellten sich bei ihrem Anblick. In den Armen ihrer Mutter vergaß Stefa den wahren Grund für ihren Besuch im Elternhaus. Mit leisem Schluchzen schmiegte sie sich an die mütterliche Brust. Frau Rudecka erriet sofort, daß ihre Tochter nicht nur die Trauer um die Großmutter betrübte.

»Du kommst spät, Kind«, sagte der Vater, »die Tote ist bereits in die Kapelle überführt worden. Das Begräbnis findet morgen statt.«

»Aber Väterchen, als ich das Telegramm erhielt, bin ich auf der Stelle losgefahren.«

Alle musterten Stefa neugierig, die Mutter weich gestimmt. Seit sie von zu Hause fort war, war ihre Stefania hübscher geworden und hatte an Ernsthaftigkeit gewonnen, sogar an Vornehmheit, was ihre natürliche Anmut noch unterstrich. Der Vater konnte seit Herbst einen Unterschied an ihr feststellen: In seinen Augen wirkte Stefa zarter, zerbrechlicher. Ihr schöner Teint war bleicher, gemahnte an eine Perlmuschel. Ihr roter wohlgeformter Mund lächelte weniger fröhlich. Die Augen konnten einen nachdenklich stimmen. Das Veilchenblau war intensiver geworden, zart bräunliche Ränder und die langen Wimpern umschatteten sie auf beinah tragische Weise. Ihre ganze Seele spiegelte sich darin. Ein blitzendes Funkeln verschönte sie, verlieh der Üppigkeit des Temperaments und einer leichten Exaltation Ausdruck. Man erahnte in ihren Tiefen noch andere Empfindungen: Sehnsucht, Trauer, vielleicht sogar ein undefinierbarer Schmerz … Einer ihrer jungen Cousins, Narnicki, meinte, sie sei so beseelt von irgend etwas, daß die früheren Teufelchen in ihren Augen zwar nicht verschwunden, aber andere geworden seien. Die Stimmung im Haus war getrübt, folglich fiel Stefas ungewöhnliche Ernsthaftigkeit nicht auf. Ihre Gedanken waren bei der Mutter und dem Vater. Sie sah, wie sie sich verändert hatten, sah, wie die Eltern sie heimlich voller Sorge betrachteten. Besorgnis zeigte sich auf der Stirn des Vaters. Als das Mädchen Herrn Maciej erwähnte, erblaßten sie und wechselten rasche Blicke. Stefa beunruhigte das. Über Waldemar verlor sie kein Wort. Es fragte auch keiner nach ihm.

Nur einmal überrumpelte Cousin Narnicki sie: »Ist Słodkowce eigentlich Privatbesitz oder eines der Majoratsgüter?«

»Privatbesitz.«

»In welchem Alter ist denn der Majoratsherr?«

Stefa wurde rosarot. »Er ist zweiunddreißig.«

»Ach! Ein noch junger Mann also …«, bemerkte Narnicki und sah sie forschend an.

Herr Rudecki griff ein: »Du hast doch sein Bild in den Tageszeitungen gesehen, damals, als er nach der Afrikaexpedition das Majorat übernahm.«

»Daran erinnere ich mich nicht. Aber nach der Ausstellung, ja, da haben die Zeitschriften seine Photographie abgedruckt. Stattlicher Mann, vor allem aber …«

»Majestätisch … meinst du das?« kommentierte Herr Rudecki.

»Ja, und ein hoher Herr … Das erkennt man sofort. Kein Parvenü, der den Herrn spielt, sondern ein Edelmann. Das sieht man sogar an seinem Gesicht. Ausgeprägtes Selbstbewußtsein und Stolz, doch von guter Art.«

Stefa hätte gern etwas hinzugefügt, doch wäre sie kaum in der Lage gewesen, gleichgültig über Waldemar zu reden, das spürte sie wohl, deshalb beschränkte sie sich auf eine kurze Bemerkung: »Mein Cousin hat recht. Die echte Aristokratie unterscheidet sich in jeder Hinsicht von ihren Nachahmern. Besonders bei näherem Kennenlernen tritt dieser Unterschied markant hervor und sehr zu ihren Gunsten.«

Herr Rudecki warf der Tochter einen Seitenblick zu. »Hauptsache bei nicht zu nahem«, murmelte er vor sich hin und fügte dann vernehmbar hinzu: »Darüber entscheiden in allererster Linie die Fakten.« Niemand verstand so richtig, was er damit sagen wollte.

Spät in der Nacht, als sich alle zurückgezogen hatten, faßte Narnicki seine Bemerkung über Stefa in Gedanken zusammen: Sie steht unter dem Einfluß der Aristokratie, vor allem aber unter dem des Majoratsherrn, vielleicht sogar ... Er dachte den Gedanken lieber nicht zu Ende, denn seit eh und je war Stefa für ihn ein Teil seiner Lebensplanung gewesen.

Das Begräbnis am anderen Tag fand unter zahlreicher Teilnahme der Bürgerschaft der Gegend statt, obwohl die Dahingeschiedene nicht ständig auf Ruczajew gelebt hatte. Der Leichnam wurde vorläufig in der Familiengruft der Rudeckis beigesetzt, um dann später auf das Gut der Rudeckis überführt zu werden.

Die weißhaarige alte Dame war bei aller Liebenswürdigkeit im Umgang respekteinflößend gewesen. Ihre Züge, wenn auch in einem welken Gesicht, bewahrten ihre Regelmäßigkeit bis ans Ende. Eine Tragödie hatte sich darin niedergeschlagen, die ihr in des Lebens Blüte widerfahren war.

Stefa war das ganze Ebenbild ihrer Großmutter, wie die alten Photographien bestätigten. Seit frühester Kindheit interessierte sich Stefa ungemein für das traurige Begebnis in der Jugend ihrer Großmutter, doch welcher Art dieses gewesen war, wollte ihr niemand erklären. Die alte Dame, ganz unverhohlen gefragt, wurde blaß und empfahl der Enkelin, in Zukunft derartige Fragen zu unterlassen.

Stefas Großmama war seit langem herzkrank, und man achtete sehr darauf, daß nichts sie aufregte. Aus diesem Grunde enthielt man ihr auch lange Zeit vor, daß Stefa aus dem Haus war. Die Nachricht von dem Zerwürfnis mit Prątnicki hatte die alte Dame aufgewühlt, man wollte dergleichen nicht noch einmal riskieren. Der Tod der Greisin war für Stefa ein Rätsel. Auf all ihr Fragen erwiderte der Vater nur: »Das erfährst du später.«

Vielleicht spiele ja ich irgendeine Rolle?! fragte sich Stefa. Neugier trieb sie um, ihres Vaters Verhalten beunruhigte sie. Und Narnicki, der machte sie ärgerlich. Stefa erriet sehr wohl, daß er in bezug auf sie Absichten hegte. Das irritierte sie und sie beschloß, gleich nach der Beerdigung nach Słodkowce zurückzukehren. Sie erbebte bei diesem Gedanken, Waldemars Blicke stand ihr vor Augen, so wie sie ihn das letzte Mal gesehen hatte. Ihr Wiedersehen im Park wollte ihr nicht aus dem Sinn. Damals hatte sie gespürt, daß sie geliebt wurde. In der eigenen Seele hatte sie diese Wahrheit längst entdeckt. Während seiner langen Abwesenheit hatte eine heftige Sehnsucht sie darin bestärkt. Als er ihr beim Abschied die Hand küßte, überwältigte sie seine Inbrunst und gewann sogar die Oberhand über die Verlegenheit, in die die Anwesenheit der anderen sie versetzte. Sie hatte seinen Schlitten vor dem Portal bereitstehen sehen. Jacenty hatte den Grund dafür offenbart. Waldemar hatte sie an die Bahn bringen wollen. Doch irgend etwas war vorgefallen. Vielleicht hatte ihn Frau Idalia daran gehindert? Nein, nach ihr hätte er sich nicht gerichtet. Dann vielleicht Herr Maciej?

Ein scharfer Schmerz schnitt ihr ins Herz, doch sie begriff, daß man schwerlich von einem alten Magnaten verlangen konnte, eine Handlungsweise seines Enkels zu tolerieren, die in eine solche Richtung wies. Diese Gewißheit vertiefte ihren Kummer und ernüchterte sie.

Ich darf nicht. Nein, ich darf nicht an ihn denken! sagte sie sich wieder und wieder.

Zum ersten Mal kam Stefa der Tod grausam vor. Sie liebte das Leben, liebte die Welt, das spürte sie gerade jetzt deutlich. Sie verhehlte sich längst ihre Gefühle nicht mehr: ja, sie liebte Waldemar mit der ganzen Macht eines jungen, unschuldigen Herzens. Die einstige Zuneigung zu Prątnicki war angesichts der neuen Empfindungen ein Nebelfetzen, Prątnicki selbst kaum mehr als eine Karikatur.

Tieftraurig bestieg Stefa nach dem Begräbnis den Schlitten. Gesang, Glocken, Weihrauch hatten sie in eine gereizte Stimmung versetzt; ihre Nerven waren angegriffen, ihre lebhafte Phantasie beschwor quälende Bilder herauf. Zu Hause angelangt, kam sie zu sich, war sogar mit der Gegenwart Narnickis einverstanden, um zu vergessen, um die drückende Last abzuwerfen.

Ein paar Stunden nach ihrer Rückkehr vom Friedhof traf aus Słodkowce ein Kondolenzschreiben an die Familie Rudecki ein, unterzeichnet von beiden Michorowskis, von Frau Idalia und Łucia. Ein zweites Schreiben war an Stefa gerichtet, es stammte von Waldemar und war weniger offiziell. Waldemar erwähnte kurz Herrn Maciejs plötzlichen Schwächeanfall. Diese Nachricht wirkte auf Stefa niederschmetternd. Sie vermochte ihre Aufregung nicht zu verbergen, und ihre Wagen waren hochrot.

»Was kann nur so plötzlich passiert sein?« fragte sie und zeigte dem Vater das Telegramm. Doch als Narnicki danach greifen wollte, rieß sie es ihm fast aus der Hand. Überrascht zuckte er die Achseln, doch seine Mutmaßungen hatten neue Nahrung erhalten. Waldemars geheimgehaltene Depesche rief bei ihm ein erstaunliches Interesse hervor.

Gegen Abend waren nur noch wenige Personen in Ruczajew, doch Narnicki reiste nicht ab. Auf ausdrücklichen Wunsch der Familie sollte Stefa einige Zeit bei ihnen zu Hause bleiben. Als sie allein mit ihrem Vater in dessen Arbeitszimmer saß, erkundigte der sich eindringlich: »Hat Herr Maciej gewußt, wie Großmama hieß?«

»Ja, das hat er. Ich habe es ihm noch vor der Abreise gesagt, weil er danach gefragt hat«, erwiderte sie, ein wenig aus der Fassung gebracht.

»Wußte er auch, wie ihr Mädchenname lautete? Das ist unmöglich!«

»Nein, davon habe ich nie etwas gesagt. Erst als ich schon in den Schlitten stieg dem Majoratsherrn, weil er sich danach erkundigt hat.«

»Ah. Also hat er doch gefragt?«

»Als ich schon im Schlitten saß.«

»Ach so? Und Herr Maciej war völlig gesund, als du losfuhrst?«

»Er hat über nichts geklagt.«

»Er muß es vom Majoratsherrn erfahren haben und ist daraufhin erkrankt«, murmelte Herr Rudecki vor sich hin.

»Sagen Sie, Papa? Was soll er erfahren haben?«

»Warte, Kind. Du wirst gleich verstehen.«

Er öffnete seinen Sekretär und holte ein recht umfangreiches Päckchen hervor, sorgfältig in vergilbtes Papier eingeschlagen und mit einem schwarzen Band umwunden. Er reichte es Stefa und sagte mit bewegter Stimme: »Das ist für dich, Kind, von deiner Großmutter. Sie hat mich gebeten, es dir nach dem Begräbnis auszuhändigen. Auf ihrem Sterbebett hat sie sich Sorgen um dich gemacht und ihr teuerstes Andenken in deine Hände gelegt. Es war ihr Heiligtum ... halte es in Ehren, mein Kind, und ... möge Gott dich schützen! Gute Nacht!«

Tief bewegt, mit Tränen in den Augen, küßte Herr Rudecki die sprachlose Stefa und verließ rasch das Zimmer.

Sie drehte das vergilbte Päckchen in den Händen. Es roch nach altem Papier. Stefa war von Unruhe ergriffen, ja von beinah panischer Furcht. Und natürlich war da die Neugier, was das schwarze Band wohl zusammenhielt. Ihre tastenden Finger erfühlten ein Buch. Wie von Sinnen eilte sie auf ihr Zimmer.

»Hast du's ihr gegeben?« fragte Frau Rudecka ihren Gemahl, als er hereinkam.

»Ja. Sie ist auf ihr Zimmer gegangen. Armes Kind!«

Frau Rudecka stiegen Tränen in die Augen. »Sie hat sich sehr verändert ... Aber was denkst du über sie?«

»Sie liebt den Majoratsherrn, mit Sicherheit.«

»Und wieder ein Michorowski ... Mein Gott, mein Gott!«

»Es ist die Schuld deiner Mutter, daß wir so wenig wußten, nicht einmal den Familiennamen, der in ihrer Geschichte eine Rolle gespielt hat.«

3 Stefa saß in ihrem Zimmer an dem kleinen Sekretär und löste das Band. Hatte sie zuvor brennende Neugier empfunden, zögerte sie jetzt.

Sie schlug einen Bogen zurück, einen zweiten. Jetzt überkam sie das Fieber, mit nervöser Hast riß sie den letzten Bogen Papier herunter. Vor ihr lag jetzt ein Diarium in einem schönen dunkelroten Ledereinband. In der Mitte des Deckels goldgeprägt, doch schon ein wenig nachgedunkelt, die Aufschrift: »Unser Tagebuch.« Am unteren Ende standen die Großbuchstaben S.K.M.M. Stefa ließ den Blick lange auf dem roten Einband ruhen, ehe sie das Buch aufschlug. Ein kleiner in Seidenpapier gewickelter Gegenstand rutschte heraus und fiel klirrend zu Boden. Sie hob ihn auf, wickelte ihn aus, und ihrer Brust entrang sich ein Schrei. Sie hielt eine Miniatur von Herrn Maciej ... genau so eine, wie er ihr zum Namenstag geschenkt hatte, in der Hand.

Das Mädchen stand da wie betäubt, preßte die Finger gegen die Schläfen. Was hat das zu bedeuten? In fieberhafter Eile, zitternd vor Aufregung, schlug sie erneut das Tagebuch auf. Wilde Vorahnungen zerrten an ihr. Auf der zweiten Seite schwarz auf dem Velinpapier der schöne Schriftzug einer Frauenhand.

Hastig überflog Stefa das Geschriebene: »Dieses Tagebuch weihe ich unserer innigen Liebe, als ein ewiges Dokument niemals erloschener Gefühle, eines immerwährenden und beiderseitigen Glaubens, grenzenlosen Vertrauens und innigster Zuneigung ...«

Die weibliche Handschrift brach hier ab, dicht darunter hatte die Hand eines Mannes geschrieben: »... um künftigen Generationen ein lebendiges Zeugnis zu geben, daß die Liebe eine Macht ist, die alles überdauert, daß die leidenschaftlichen Gefühle imstande sind, sich zu behaupten, alle Widerstände niederzuringen, und die Liebenden einander schließlich in die Arme fallen mit einem Ausruf unermeßlichen Glücks. Die Aureole, die eine glückliche Liebe umgibt, strahlt so hell wie die über den Köpfen der Heiligen. Eine solche Aureole erstrahlt über uns, und unsere lebenslange Liebe wird alle Zeit leuchten.«

Darunter die Unterschriften:

Stefania Korwiczówna
Maciej, Majoratsherr Michorowski

»Jesus Maria«, stöhnte Stefa und sank auf die Knie. Das Blut schien ihr in den Adern erstarrt. Nun verstand sie alles, was bislang ein Geheimnis für sie gewesen war. In Gedanken sah sie den Portraitsaal in Głębowicze vor sich und hörte Waldemars Erzählung. Jene unselige Verlobte von Herrn Maciej, die dieser geliebt und verlassen hatte, war also ihre Großmutter. Und diese hochfahrende Dame auf dem Gemälde, die Herzogin von Bourbone, war an deren Stelle getreten. Hatte alles gewonnen, was jener gebührte, und die Liebe des geliebten Mannes ... Nein, die Liebe gewann sie nicht, die blieb jener Unglücklichen zu eigen. Aber vielleicht wußte sie ja nicht einmal davon. Sie fühlte sich unglücklich, aber auch die andere Frau hatte ein schweres Leben und litt ... Hocharistokratie, Fanatismus, Selbstüberschätzung. Die Vorurteile hatten den Weg zum Glück versperrt.

Und dennoch hatte er zunächst anders gedacht. Auf der ersten Tagebuchseite hatte er niedergeschrieben, daß innige Gefühle alle Dämme niederzureißen vermögen. Aber dann unterlag er dem Fanatismus der eigenen Gesellschaftsschicht, gab die geliebte und liebende Frau auf, weil sie von einfachem Adel, keine Aristokratin war. Ein guter Name, der nicht im goldenen Buch der Magnaten verzeichnet war, reichte für eine Vereinigung mit dem Namen Michorowski nicht aus. Spiel, Amusement durchaus, aber keine Grenzüberschreitungen, die als Verrat angesehen und bestraft wurden. Maciej erschrak vor der drohenden Enterbung und Verbannung aus den eigenen Kreisen, er opferte sein Herz und erfuhr kein Glück mehr in seinem Leben. »Wie furchtbar!«

Stefa, die Enkelin jener Frau, hatte das Schicksal an dieselbe Schwelle geführt, und sie liebte jenen Mann wie einen Vater ... Doch das böse Fatum ging darüber hinaus. Hinter besagter Schwelle wartete wiederum ein junger Majoratsherr mit dem stolzen Namen Michorowski.

Die Vergangenheit wiederholte sich. Welch eine Ironie des Schicksals!

Stefa sprang auf; das glühende Gesicht in die Hände gepreßt, lief sie im Zimmer auf und ab. »Ich muß es abbrechen, muß dem ganzen ein Ende bereiten, auch wenn mir das Herz bricht«, flüsterte sie wie im Fieber. »Und jetzt – lesen und lesen!«

Sie setzte sich, nahm das Tagebuch auf und las mit schmerzlicher Begierde.

»Es war auf einem großen Bankett im Palais des reichen Kammerherrn Łosiatyński. Mein Vater ist ein Schulkamerad und enger Freund. Wir waren hierher zum Ball gekommen. Und als ich in der Schar anderer junger Mädchen vom Garten aus die Terrasse betrat, in einem Kleid aus rosa Tarlatan und Blüten im Haar, sah ich ihn, in Ulanenuniform. Stattlich, schlank, von lässiger Eleganz und mit erlesenen Umgangsformen, jeder Zoll ein großer Herr, entzückte er mich, und ich stand wie gebannt. Raschen Schritts kam er auf uns zu, und vom Kammerherrn vorgestellt, reicht er mir zum erstenmal die Hand. Ach! Diese seine dunkelgrauen Augen! Ein leichter Spott lag darin, aber doch – welch ein Feuer, welch eine Stärke ...«

Stefa hob den Kopf; die Hände gefaltet, hauchte sie: »Genau wie er ... ganz genau! Stattlich, von lässiger nobler Eleganz, mit grauen Augen, spöttisch und kraftvoll im Ausdruck. Ja, ganz genauso ... Weiter ... was weiter?«

»Wir liebten uns auf den ersten Blick; wortlos flogen sich unsere Seelen zu. Mit mir tanzte er am häufigsten. Und wie er zu sprechen, wie er mitzureißen wußte! Verzaubert verließ ich den Ball. Mich erschreckte seine Hoheit. Die Freundinnen sagten mir, er ist ein Magnat, Majoratsherr auf Głębowicze. Michorowski mit der fürstlichen Mitra im Wappen, ein Millionär. Ich wollte davon nichts hören, sein Bild schwebte mir noch immer vor Augen. Die Freundinnen warnten mich, ein solcher Magnat sei nichts für mich, ich solle nicht einmal von ihm träumen. Aber ich glaubte ihnen nicht, spürte ich doch, daß auch er mich liebte. Mein Gespür trog mich nicht. Ein paar Tage nach dem Ball war er bei uns in Śniażewo, und von nun an sehe ich ihn beinah jeden Tag. Zuerst kam er von den Łosiatyańskis, später ein paarmal direkt aus Głębowicze, obschon das ein weiter Weg ist. Ach, welch ein Glück, wenn ich das Horn des Jägers von Głębowicze höre! Ich kenne es längst so gut wie den Glockenklang unseres Kirchleins. Unterdessen hatte Maciej in unserer Gegend ein kleines Gut erworben und nahm dort Wohnung, weil er bei uns Dauergast geworden war. Alle verstanden den Grund für den Kauf. Vater sah anfangs diese Stippvisiten äußerst ungern, doch verbot er sie nicht. Ihm imponierten der große Name und das Majorat, und er hatte Maciej um seiner Courage willen ins Herz geschlossen und wegen seiner ehrlichen, edlen Prinzipien. Sehr bald gestanden wir einander unsere Liebe. Daraufhin erklärte sich Maciej den Eltern. Vater war aufgebracht, er meinte, der Bewerber solle zunächst die Genehmigung der eigenen Familie abwarten, doch Maciej stand dafür ein mit seiner Ehre. Und da seine Mutter und der Oheim, seine nächsten Angehörigen, nicht im Lande weilten, fand unsere Verlobung ohne sie statt. Wie ich ihn liebe! Und er mich! Seither leben wir wie im Strahlenglanz der Morgenröte, und das wird wohl immer so sein, denn ein so großes Glück kann doch kein Ende haben.«

Dann: »Unser Glück, Liebste, wird noch zunehmen, wenn erst das unzerreißbare Band uns vereint, wenn Du, auf meinen Arm gestützt, durchs Leben gehen wirst, immer so rein, weiß und bezaubernd. Sorge Dich nicht, fürchte Dich nicht, vertrau meinem Wort: Du wirst die Meine, Du oder keine! Und denke nicht, daß unser Glück auf irgendwelche Hindernisse stoßen wird, die meine Welt aufrichten könnte; sie wird auch die Deine sein: es gibt keine Unterschiede dort, wo Liebe ist. Sie müssen sich einverstanden erklären all die Meinen und Dich ins Herz schließen, denn Du bist dessen würdig.«

Stefas Atem ging schnell, ihr kamen erneut die Tränen. Doch unter großer Anstrengung beherrschte sie sich und las weiter. Es folgten Kapitel von Glück durchströmt, von einer grenzenlosen Freude junger, heißer Herzen. Er schrieb immer wieder seine Anmerkungen hinzu. Einmal schrieb sie: »Ich befürchte, diese seine Größe könnte uns den strahlenden Weg überschatten, die Gesellschaftsschicht, der er angehört, ihn in Ketten schlagen. Wie eine Wolke verdüstert dies meine Morgenröte.«

Dann wieder er: »Selbst wenn es zu einem Kampf kommen sollte, wie Du annimmst, meine teuerste Stenia, denke immer daran, daß Dein Maciej mit seiner Ehre einsteht; ich liebe Dich zu sehr, als daß ich mir das größte Glück entreißen ließe. Ich werde alles, was sich in den Weg stellen könnte, niederkämpfen, ich kämpfe mich durch, lasse mich nicht fesseln. Ich bitte Dich, Einzige, vertraue mir restlos. Du wirst sehen, soviel Glück erwartet uns.«

Offenbar hatte er die Aufzeichnungen seiner Braut gelesen und sie kommentiert. Gemeinsam erzählten sie das wundervolle Epos ihrer Liebe, gemeinsam tauchten sie ein in ihr Glück. Es fanden sich Schilderungen zusammen verbrachter Tage und gemeinsamer Gespräche. Doch dann begann sich das Bild allmählich zu trüben. Er reiste zur Familie, um Erlaubnis und Segen einzuholen, sie sollte inzwischen ihre Hochzeitsvorbereitungen treffen.

Was nun kam, war erschütternd. Großmama Stefa schrieb: »Ich durchlebte einen schrecklichen Augenblick, als ich seine Kutsche abfahrtbereit stehen sah. Wir befanden uns im Garten. Der Flieder blühte, die Nachtigallen sangen, und die Welt war herrlich! Maciej, tief bewegt, küßte mich und hielt mich fest in den Armen. Er bat mich wieder und wieder, nichts zu befürchten, in Bälde würde er mit der Erlaubnis seiner Mutter zurückkehren und mich dann mit ihrem Segen zu ihr bringen. Ich habe Angst vor dieser stolzen Dame. Sie soll sehr schön sein und entstammt einer berühmten Adelsfamilie in Ungarn, den Esterhazy. Ich glaube an Maciej und habe Vertrauen, doch da er abfahren sollte, brach mir vor Schmerz das Herz, und ich zerfloß in Tränen. Schließlich schlug die Stunde des Abschieds: Er mußte fort. Als sich die Kutsche in Bewegung setzte, rief ich völlig verstört: ›Maciej, fahr nicht!‹ Verzweiflung hatte mich gepackt. Er hielt an, sprang aus dem Gefährt und drückte mich noch einmal fest an sich. Ihm gelang es, mir so viel Mut zu machen, daß ich letztendlich mit einem Lächeln von ihm Abschied nahm. Mein Vater schlug ein Kreuz. Je weiter er sich entfernte, desto heftiger kehrte die Verzweiflung zurück, mir wurde schwarz vor Augen. Als die Kutsche hinter der Wegbiegung verschwunden war, sank ich in Ohnmacht!«

Stefa Rudecka rieb sich die Stirn. »Da haben sie sich bestimmt zum letztenmal gesehen«, murmelte sie mit bleichen Lippen.

Die Fortsetzung war von Traurigkeit erfüllt. Die separat eingeklebten Briefe von ihm, sehr zärtliche Briefe, zeugten von unverminderter Liebe. Die Kapitel wurden jedoch immer kürzer, immer trauriger. An so mancher Stelle hatten Tränen ihre Spuren hinterlassen. Von ihm – keine Briefe mehr. Noch ein paar schmerzliche Seiten, und dann ein kurzer Brief von fremder Hand, mit einem Trauerrand aus schwarzer Tinte, den offenbar ihre Großmutter gezogen hatte. Der Brief stammte von Cezary Michorowski, dem Onkel. In eisigem Ton teilte er Stefania Korwiczówna die Auflösung ihrer Verlobung mit Maciej Michorowski mit – selbstverständlich mit dessen Wissen und Einverständnis. Als Hauptgrund wurden die Ungleichheit der Partien und gesellschaftliche Unterschiede genannt.

Maciejs Nachsatz verriet eine gewisse Scham, sogar Trauer, doch mehr nicht. Der junge Michorowski sandte den Ring zurück mit dem Zusatz, das Schicksal trenne sie unwiderruflich. Wünsche für die Zukunft formulierte er nicht, erwähnte auch nichts von Geschick und Fatum. Er begriff sehr wohl, wie sehr er sie verletzte, und wollte ihr mit solchen Ausreden nicht den letzten Stoß versetzen.

Stefa sprang empört auf.

So war das also? Wo sind seine Beteuerungen, die ich zu Beginn des Tagebuchs gelesen habe ... Wo die Liebe, die alle Hindernisse beseitigt? Diese Gesellschaftsschicht ist also so stark, daß sie sogar die heiligsten Bande zerstört? Der Ehre beraubt mit einer Leichtigkeit, mit der man einen Ring vom Finger zieht? Der Glanz dieser Sphäre ist also so gleißend, daß er Schmutzflecken restlos absorbiert? Ein Magnat zu sein bedeutete demnach, daß man Menschenherzen ungestraft mit Füßen treten durfte, töten durfte mit der Unbarmherzigkeit ihrer Vorurteile? Daß man sie opfern durfte, eintauschen gegen Millionen und falschen Glanz? Und das Gewissen? Das Herz? Die Ehrbarkeit? Wo endlich das eigene Verlangen nach Glück, das doch in einer jeden Seele tief verwurzelt ist? Das alles einem Prinzip untergeordnet, einer Gesellschaftsschicht, und sei sie noch so elitär?

Stefa eilte fieberhaft umher und führte Selbstgespräche. Eine unsägliche Bitterkeit drohte ihr die Brust zu sprengen. Und Waldemar? Er hatte genauso gesprochen in der Gemäldegalerie, den Großvater beschuldigt, ihm Mangel an Entschlossenheit vorgeworfen. Doch wäre er selber imstande, anders zu handeln? Würde es ihm gelingen, gegen Überzeugungen zu verstoßen, den Fanatismus seiner Kreise abzuschmettern? Sind Titel, Gesellschaftsschicht, Millionen nicht sein ausschließlicher Glaubenssatz, übergegangen in Fleisch und Blut? Könnte für ihn die Liebe etwas Absolutes sein, etwas, für das er alles in die Waagschale werfen würde? Sind seine Worte nicht ebenso nichtssagend und inhaltsleer, wie es die Worte jenes anderen Mannes gewesen waren? All diese Fragen drängten sich Stefa mit schmerzlicher Ironie auf die Lippen. Ihr Herz verteidigte Waldemar, verlieh ihm Flügel, verherrlichte ihn geradezu. Doch ihr Verstand hielt mit kalter rauher Hand ihre Gefühle für ihn nieder, säte Mißtrauen. Und Stefa rief aufgeregt: »Er würde genauso handeln! O mein Gott, gib mir die Kraft, mich zu lösen aus diesem Teufelskreis! Ein Glück, daß er mich wohl nicht so liebt, wie jener Großmama geliebt hat. Wie hat sie das alles ertragen, überlebt?« Wieder neugierig geworden, stürzte sie sich beinah auf die Lektüre. Da waren nur noch ein paar holprig beschriebene Seiten. Sie las: »Alles Lüge: sowohl seine Liebe als auch seine Beteuerungen, und auch der Glaube, den er mir eingeredet hat – alles! Selbst hat er unser kurz währendes Glück geschaffen und selber hat er es begraben, um die Blumen seines künftigen Ruhms auf das Grab zu pflanzen. Niederträchtig! Gemein! Nein, nein, stets geliebt, in Ewigkeit, für ein ganzes Leben! Es sind jene anderen, die gemein sind und niederträchtig ... die, die ihn überwältigt, ihm Fesseln angelegt haben. Und dennoch – er hat sein Ehrenwort gegeben, und unterlag ihnen? Wer und was also ist er? Ein schwacher Mensch? Doch vielleicht hat er mich gar nicht geliebt? Möge wenigstens diese Hoffnung bleiben, als einzige Blüte, als einziger leuchtender Strahl. Ob er mich noch liebt, ob er leidet unter unserer Trennung? Die Frage trage ich ans Grab. Er hat mich zerschmettert, hat mich von den Höhen des Glücks hinabgestürzt. Ein paar unbarmherzige Worte haben ausgereicht, um eine Seele zu töten, die nur für ihn lebte, und ein Herz, das er erst erweckt. Abscheuliche Welt! Abscheuliche Sphäre! Sie hat ihn mir genommen ... Nein! Er ist ja einer von ihnen, er lebt in ihrer Mittel. Es ist nur ein abscheuliches Schicksal ... Ich liebe und ich hasse ihn, ich liebe und ich verachte ihn! Wie dunkel es um mich her ist, wie still, totenstill! Von nirgendwoher ein Licht!«

Die Aufzeichnungen endeten hier. Einige Blätter waren unbeschrieben, waren leer wie die Seele, die in ihnen erstorben war. Auf den letzten Seiten las Stefa mit zusammengezogenem Herzen: »Vater hatte einen Herzanfall. Maciej bringt auch ihn um. Ich bin das einzige Kind, er liebt mich sehr und leidet, leidet entsetzlich.«

Es folgten erneut leere Seiten, dann der Schluß: »Ein Jahr nach Vaters Tod. Ich werde heiraten. Das mußte ich meinem sterbenden Vater versprechen, ich werde seinen letzten Willen erfüllen. Ich heirate einen Mann, den er mir erwählt hat; auf dem Sterbebett hat er, im letzten Augenblick, unsere Hände zusammengefügt und uns den Schwur abverlangt. Und morgen ist also meine Trauung. Meine Trauung! Ist das möglich? O Gott, welch eine Qual! So endet alles auf dieser grausamen, verlogenen Welt. Meine Wunde ist nicht verheilt, und sie wird wohl immer offenbleiben. Ich habe Rembowski alles gesagt, dennoch war er einverstanden, mich zur Frau zu nehmen.

Ich bewundere seinen Mut! Er liebt mich ... Wäre das nicht der Fall, er hätte mich angesichts meines Bekenntnisses von dem Gelöbnis entbinden können. Ich hätte meinen Frieden hinter Klostermauern gefunden. Doch ich fürchte das neue Leben nicht. Mir kann nichts Schlimmeres mehr passieren. Nur heute, heute am Vorabend meiner Hochzeit, da ich für immer dieses unglückselige Tagebuch schließe, heute beschwöre ich noch einmal mein vergangenes Glück! Ich habe seit der Zeit keines mehr erfahren. Er aber, falls er vergessen hat und glücklich ist ... soll er es bleiben, ich verwünsche ihn nicht, doch es wird sich rächen, muß sich rächen!«

Stefa klappte geräuschvoll das Buch zu. Erschrecken, Schmerz, Mitleid und die letzten Worte des Tagebuchs: »Doch es wird sich rächen, muß sich rächen«, ließen sie auffahren.

»Wie entsetzlich!« Das junge Mädchen, von all den Eindrücken und dem langen Wachsein überreizt, war kaum noch Herrin ihrer selbst. Als stünde das bleiche Gespenst einer Rächerin bereits vor ihr und streckte die Hand nach ihr aus, schrie sie laut auf. Ihre Mutter kam herein. Stefa lief ihr entgegen. Dann wurden ihr die Knie schwach. In den Armen ihrer Mutter wimmerte sie: »Mama, Mama, ich weiß alles. Ich habe alles gelesen ... Es ist furchtbar. Es wird sich rächen!«

Zärtlich beugte sich Frau Rudecka über ihre Tochter. Blasses kaltes Morgengrauen kroch durch das Fenster und hob die in ihrer Umarmung erstarrten Frauen hervor, über denen Furcht schwebte wie eine Wolke.

4 Lange Zeit fand Stefa keine Ruhe. Was sie erfahren hatte, empfand sie um so schmerzhafter, da sie selber einen Mann aus der Hocharistokratie liebte und sich das Schicksal ihrer Großmutter zu wiederholen schien.

»Wie konnte das nur geschehen, Mama? Wie war das mit Großmutter?« fragte Stefa bang.

Frau Rudecka drückte ihr verweintes Kind an sich. »Du hast doch gehört, mein Kind, daß Großmama nicht gewußt hat, wo du dich befindest. Ich habe ihr gegenüber den Namen der Baronin nie erwähnt; das hätte ihr sofort zum Bewußtsein gebracht, daß du in einem aristokratischen Haus bist. Das war immer eine ihrer Ängste gewesen. Ich hatte ihr brieflich mitgeteilt, daß du bei Bekannten, in einer Gutsbesitzerfamilie bist. Sie hat häufig nach dir gefragt und uns Vorwürfe gemacht, daß wir dich in ein fremdes Haus gegeben haben. Auch uns machte das zu schaffen, wir hatten Sehnsucht nach dir. Doch wir haben geduldig das Jahr abgewartet. Ich habe mich so für dich gefreut, als Vater von der Ausstellung zurückkam und erzählte, daß du noch hübscher geworden seist und dich großer Beliebtheit erfreutest. Die mitgeschickten Blumen sprachen für sich. Ich war glücklich, nur ... aber, sprechen wir von Großmutter.« Stefa wußte, was die Mutter sagen wollte. »Sprechen wir von Großmutter«, wiederholte Frau Rudecka. »Wie du weißt, war sie eine Patriotin, es interessierte sie, was im Land und bei uns passierte. Auf ihre Bitte hin schrieb dein Vater ausführlich über die Ausstellung und auch über dich. Das war vor nicht allzu langer Zeit. Unvorsichtigerweise erwähnte er, daß die Baronin die Mutter deiner Schülerin ist; fügte sogar hinzu, daß sie eine geborene Michorowska sei. Ich weiß nicht, was deinen Vater dazu veranlaßt hat. Der Name sagt doch schon alles. Doch der arme Papa ahnte nicht, was Großmama am meisten erschütterte. Um ihr eine Freude zu machen, schickte er ihr etliche illustrierte Zeitschriften mit den wesentlichen Informationen über die Aussteller und Experten, natürlich auch ausführlichen Schilderungen der Vergnügungen. Unter den Abbildungen zeigte eine den jungen Majoratsherrn Waldemar. Baronin Ełzonowska, geborene Michorowska, Tochter des Majoratsherrn Maciej und seiner Ehefrau Gabriéle aus dem Hause Bourbone wurden erwähnt. All das wirkte sich auf die arme Großmama aufs fatalste aus. Eine heftige Herzattacke war die Folge, dennoch reiste sie entgegen den Anweisungen ihres Arztes und Fräulein Elwiras auf der Stelle zu uns. Wir mußten ihr die Wahrheit sagen. Aufmerksam lauschte sie Vaters Berichten, die recht vorsichtig formuliert waren, blickte ihm forschend in die Augen und fragte fortwährend nach Waldemar, nicht nach Maciej. Dein Vater mußte ihn ihr ausführlich beschreiben. Die alte Dame war nicht wiederzuerkennen, wir konnten nicht verstehen, was sie dermaßen erschreckte. Als Vater von der großen Sympathie Herrn Maciejs für dich erzählte, und daß du ihn Großvater nennst und sehr an ihm hängst, brach sie unerwartet in Tränen aus. Wir waren erschrocken und verstanden überhaupt nichts mehr. Doch Großmutter gab keinerlei Erklärung, forderte lediglich, daß du unverzüglich heimzukehren habest. Dein Vater schrieb dir sogar und zeigte Großmutter den Brief. Gegen Abend traf ich sie im Salon an, wo sie die Photographien aus Głębowicze betrachtete. Als ich eintrat, deutete sie auf eure Gruppe in Kostümen. Der Majoratsherr steht dicht neben dir, sein Kopf ist geneigt, sein Blick ruht mit einem Ausdruck auf deinem Profil, der tatsächlich nachdenklich stimmt. Du wirkst auf dieser Aufnahme ebenfalls euphorisch. Auch uns frappierte das. Aber Großmama kannte, wie sich herausstellte, nur zu gut diesen Ausdruck, diese Miene. Er sieht seinem Großvater ähnlich, und du ähnelst ihr. Dieses Gruppenbild erschütterte sie ... ›Ihr seht das und laßt es zu? Es ist doch klar wie der helle Tag, daß die beiden sich lieben‹, sagte sie aufgebracht. Sie drang aufs heftigste in mich, daß ich dich wegholen solle von dort. Die ganze Nacht verbrachte sie in ungewöhnlicher Anspannung. Wir wachten bei ihr. Sie phantasierte. Gegen Morgen bekam sie einen schlimmen Anfall. Ihr Ende schien nahe. Zum Glück kam der Arzt noch beizeiten. Der Anfall ging vorüber, sie verlangte nach dem Priester. Nachdem sie die Letzte Ölung erhalten hatte, rief sie uns beide zu sich und erzählte alles. Welch eine Qual für uns! Dieser Mensch, der ihr Leben zerstört und sie unglücklich gemacht hatte, war Maciej Michorowski, das Großväterchen, von dem du soviel und so herzlich schriebst. Wir waren sehr um dich in Sorge, mein Kind. Der junge Majoratsherr, daß es ihn gab, war Großmamas größter Kummer. Sie sprach mit so großer Liebe von dir und betrachtete immer wieder jene Photographie. Und dann übergab sie deinem Vater ihr Tagebuch, das er nach ihrem Tod an dich weitergeben sollte. Ihr Heiligtum, ihr Schatz, von dem sie sich nie hatte trennen können. All die Aufregungen waren zu viel für sie.«

Frau Rudecka strich Stefa übers Haar und fragte leise, ebenfalls mit Tränen in den Augen: »Stefa, mein Kind, sei ehrlich: Du ... liebst den Majoratsherrn?« Das Schluchzen wurde lauter. »Wie sie das erraten, wie sie das verstanden hatte«, flüsterte Frau Rudecka. »Meine kleine Stefa, du solltest unbedingt weg von dort.«

»Du hast ja recht, Mama. Ich komme zu euch zurück, aber – es fällt mir schwer ...«

Sie wollte ihre Sehnsucht unterdrücken, doch es gelang ihr nicht. Es lebte sich leicht ohne Komfort, wenn man keinen Komfort kannte, aber einfach auf ihn verzichten? Stefa hatte sich an jenes andere Leben gewöhnt. Sie ließ es sich nicht anmerken, aber nichtsdestotrotz fehlte ihr etwas. Spiele mit der achtjährigen, sonst so sehr geliebten Zosia, konnten sie nicht aufmuntern. Bruder Jurek, ein fröhlicher vierzehnjähriger Schlingel, der zu Hause unterrichtet wurde, machte sie nervös mit dem Lärm, den er veranstaltete. Stefa erkannte sich selber nicht wieder; noch vor einem Jahr war sie mit Bruder und Schwester herumgetollt und hatte dabei nicht weniger gelärmt als die beiden. Jetzt warf ihr Zosia scheue Blicke zu, und in ihrem Betragen zeigte sich Respekt für die ältere Schwester. Sie zupfte sie nicht mehr am Kleid wie früher, doch Stefas Zärtlichkeiten machten auf die Kleine Eindruck.

»Jurek sagt, Stefa hat sich verändert! Der schwindelt. Sie ist noch genauso lieb wie vorher.« Und eine Schnute ziehend, setzte sie gleich noch hinzu: »Erzähl was von Łucia, Stefa, die finde ich so nett!«

Und Stefa erzählte gerne, weil es sie nach Słodkowce versetzte.

Mit dem kleinen Bruder war die Sache schwieriger. Der Junge beäugte die Schwester mißtrauisch und erklärte allen, die es hören wollten: »Stefa ist jetzt schon ein ganz erwachsenes Fräulein. Nicht einmal Pferd will sie mehr mit mir spielen, grübelt und grübelt bloß immerzu. Der sollte man schnellstens eine Schleppe ans Kleid hängen.«

Dieses erwachsene Fräulein nahm ihn für sich ein, wenn es von den Ställen, Tiergehegen und Hundemeuten in Głębowicze erzählte. Dafür hatte Stefa vor ihm nun erst recht keine Ruhe, weil er alles bis auf die kleinste Kleinigkeit wissen wollte.

Auch Narnicki beobachtete Stefa. Er hatte bald gemerkt, daß ihr der Majoratsherr Michorowski nicht gleichgültig war. Und das ärgerte ihn. Ob das Gefühl auf Gegenseitigkeit beruhte, konnte er nicht in Erfahrung bringen. Doch lange blieb Narnicki nicht im Unklaren.

Des Rätsels Lösung boten die Photographien aus Głębowicze. O ja, eine solche Stefa mußte ja gefallen, und vom Majoratsherrn drohte ihr Gefahr, zumal wenn er ihre Zuneigung bemerkte. Narnicki kannte die traurige Geschichte von Tante Rembowska nur von ungefähr, mehr die vagen Legenden, die in der Familie kursierten. Daß sich Stefa verliebte, ohne auf Gegenliebe zu stoßen, mochte er einfach nicht glauben. Das war seiner Meinung nach das einzige, was sie vor Unheil bewahren konnte. Unterdessen umgab er die Cousine mit seiner Fürsorge, um sie möglichst lange auf Ruczajew zu halten. Er drängte sich ihr nicht auf, aber er blieb wachsam, Stefa hatte ihn stets in ihrer Nähe. Dann eines Tages bat er sie um die Photographien aus Głębowicze. Stefa breitete vor ihm die Gruppenaufnahmen aus und betrachtete sie selber mit einer Hingabe, als sähe sie sie zum erstenmal. Narnicki musterte sie aufmerksam.

»Wer hat euch denn hier so in Pose gesetzt, Cousinchen?« fragte er und deutete auf eine kleine Schar in Kostümen.

»Der Photograph natürlich.«

»Der Majoratsherr sieht aber nicht aus, als habe man ihn postiert.«

»Nein, er hat sich selbst so hingestellt.«

»Ah, das sieht man.«

»Gefällt es dir?« fragte Stefa und versuchte gleichgültig zu erscheinen.

»Wer, der Majoratsherr?«

»Nun, ja ...«

Narnicki hätte am liebsten »geschniegelter Affe« gesagt, doch er hielt sich zurück, weil es in der Tat eine Lüge gewesen wäre, die noch dazu Stefa, die die Absicht durchschauen würde, verletzt hätte. Eifersucht, die sich so präsentierte, erschien Narnicki unwürdig, und so sagte er aufrichtig: »Ein gutaussehender Mann und sehr elegant, vor allem aber ungemein lebendig.«

Stefa schenkte dem Cousin einen dankbaren Blick. »Das hast du richtig bemerkt; es ist sein Hauptmerkmal.«

Narnicki merkte, wie lebhaft sie auf einmal war und beschloß weiterzureden, ohne sie aus den Augen zu lassen. »Unter all den anderen sieht er wirklich nach einem hellen Kopf aus. Ein kluger, verständiger Gesichtsausdruck, und man spürt eine Löwenenergie. Solche Menschen gehen kühn auf ihr Ziel los, stampfen alles zu Boden, was sich ihnen in den Weg stellt. Eine gefährliche Sorte. Und die Vergangenheit des Majoratsherrn, übrigens noch sehr frisch, ist als eine äußerst ungestüme bekannt.«

»Warum sagst du das?« bemerkte Stefa trocken.

Narnicki zuckte die Schultern. »Ich spreche von diesem bestimmten Typus und kann nicht verhehlen, daß Männer mit einer solchen Energie und einer freizügigen Vergangenheit nicht wählerisch in ihren Mitteln sind, wenn es sich um die Befriedigung ihrer Launen handelt. Der Majoratsherr ist ein Adliger, um so schlimmer. So ein samtenes Mäntelchen ist mehr als hilfreich, wenn es darum geht, seine Phantasien auszuleben ...«

»Du solltest nicht mit einer solchen Gewißheit über ihn reden, denn du kennst ihn nicht …«

»Tut mir leid, Cousinchen! Wenn ich keinen Grund habe, um ihn richtig zu beurteilen, dann du erst recht nicht.«

»Ich kenne ihn besser.«

»Aus dem Salon! Als großen Herrn von Eleganz, als Sportsmann, *Causeur* und schicken Tänzer. Das beweist noch gar nichts. Vielmehr ist genau dies jenes samtene Mäntelchen, von dem ich sprach.«

Stefa blitzte ihn an. »Ich kenne ihn außerdem noch als Bürger dieses Landes, als Großagrarier und guten Patrioten. Und als einen sehr kultivierten Menschen. Er besitzt eine herausragende Intelligenz und ist äußerst liberal eingestellt«, sagte sie.

Narnicki warf der Cousine einen verstohlenen Blick zu. Er bemühte sich seinen Ärger zu unterdrücken, seine Lippen zuckten verächtlich und seine Stimme bebte, als er erwiderte: »Mit einem Wort, er ist vollkommen!«

»Vollkommen ist er natürlich nicht, er hat Fehler wie jeder Mensch, aber er ist nicht dünkelhaft …«

»Und das glaube ich eben nicht. Ein Mann solchen Standes, reich wie Nabob, äußerst erfolgreich in seiner eigenen Welt, und sollte nicht darum wissen?«

»Doch, das tut er, aber er besitzt dabei Verstand, und zwar einen überdurchschnittlichen. Er ist selbstbewußt, aber das ist etwas anderes.«

»Dasselbe, nur mit anderer Bezeichnung: Einem steht zur Verfügung, was immer man will.«

Stefa schwieg, sie wußte sehr wohl, worauf Narnicki hinaus wollte. Sie zeigte keinen Ärger, vielmehr begann sie von der Jagd in Głębowicze zu erzählen, erwähnte einzelne Personen auf den Photos und ihre Lebensumstände. Schließlich nahm sie zwei hochformatige kartonierte Aufnahmen, eine zeigt sie im Kostüm, die andere in alltäglicher Kleidung.

»Welche ist dir lieber?« fragte sie.

Narnicki betrachtete sowohl die eine als auch die andere; und nachdem er sie ausführlich verglichen hatte, sagte er schließlich: »Ich mag lieber diese: Die Korallen erinnern mich an dich, wie du vor einem Jahr gewesen bist. Das Photo im Kostüm des Direktoriums ist reizend, aber du bist eine Fremde. Wie eine Prinzessin siehst du aus, die ein Hauch von Palast umweht. In einer solchen Rolle mag ich dich nicht. Ich sehe dich altvertraut lieber – unsere Stefa, uneingeschränkt.«

Stefa reagierte mit Unmut. »Du magst die Aristokratie nicht.«

»Sie ist mir gleichgültig, aber ich mag dich nicht in ihren Kreisen.«

»Du redest so, weil du sie nicht kennst. Habe ich mich übrigens verändert?«

Der Blick, den Narnicki auf Stefa richtete, wirkte fast bedrohlich. »Ja, das hast du«, sagte er mit Nachdruck.

»Ich?!«

»Du stehst unter ihrem Einfluß. Gebe Gott, daß sich das ändert.«

Stefa wurde nachdenklich. Sie verstand ihn. Er hatte ihre Gefühle erraten und sie gewarnt. Sie dachte an Głębowicze, seine Geschichte, seine Magnatenherrlichkeit, die glänzende Gesellschaft. Sie fühlte sich tatsächlich als Teil davon, hatte alle liebgewonnen. Auch sie haben große Fehler, es gibt unter ihnen Individuen ohne Wert, sogar häufig.

Doch was machte das schon, wenn man Persönlichkeiten antrifft wie Waldemar, wie die beiden Fürstinnen Podhorecka oder Herrn Maciej. Aber wer sie nicht näher kennt, urteilt allgemein und sehr oft ungerecht.

So dachte Stefa.

5 Im Palais von Głębowicze herrschte eine bedrückende Stille. Der Majoratsherr saß im Arbeitszimmer oder in der Bibliothek oder wanderte ernst und in Gedanken versunken durch die Räume.

Die Bediensteten hatten ihn noch nie so gesehen. Er war gereizt, seine Bewegungen wirkten hastig. Nach der Genesung von Herrn Maciej fuhr Waldemar zu den Wahlen des Vorsitzenden der Landwirtschaftsvereinigung, da Graf Mortęski, altersgeplagt und von schlechter Gesundheit, freiwillig zurückgetreten war. Man wählte einstimmig den Majoratsherrn, doch es ließ ihn kalt. Er hielt etliche Sitzungen ab, und wieder in Głębowicze, verschloß er sich erneut. Was in ihm vorging, erriet niemand. Kammerherr Andrzej sah ihn häufig im Portraitsaal, auf dem Kanapee dem Portrait der Großmutter direkt gegenüber. Manchmal umgab er sich mit Bergen von Papier und alten vergilbten Büchern und vertiefte sich darin, vergaß darüber Zeit und Stunde. In den Ställen setzte er den Stallmeister dadurch in Erstaunen, daß er den Pferden keinen Blick gönnte. Er ritt zur Jagd aus mit zahlreichem Gefolge, kehrte jedoch bald gelangweilt um. Oder er schickte die Diener weg und strich mit der Büchse über der Schulter allein durch den Wald, ohne zu schießen.

Alle Besprechungen wirtschaftlicher Natur führte er per Telephon, von seinem Arbeitszimmer aus. Das betraf die Direktoren der Fabriken, der Brennerei, die Verwalter und Forstaufseher, die auf diese Weise ihre Rapporte abgaben und Befehle entgegennahmen. Das gleiche galt für sämtliche anderen Einrichtungen und Verwaltungsbereiche des Majorats. Er verließ das Palais nur selten. Manchmal hörte er die Messe in der Kirche von Głębowicze und besuchte den Gemeindepfarrer, der seinen »Jungen«, wie er ihn nannte, auch nicht wiedererkannte.

Eines Spätnachmittags saß Waldemar wieder einmal an dem mit Büchern und Papieren übersäten großen Tisch in der Bibliothek. Auf dem Sessel ausgestreckt, rauchte er eine Zigarre und grübelte. Alles Lesenswerte war gelesen, außerdem zog er es ohnehin momentan vor, sich in die eigene Geschichte zu vertiefen. Etwas Seltsames ging in ihm vor, etwas, das er nie zuvor gespürt hatte. In Gedanken durchlief er sein ganzes stürmisches Leben, die Studentenzeit und die Jahre im Ausland. Er hatte viel Interessantes erlebt, Dinge waren geschehen, die in seiner Seele Spuren hinterlassen hatten. Jenen Jahren verdankte er Pessimismus, Ironie und Bitterkeit, all das, mit dem er sich jetzt nicht zu helfen wußte. Eines nur stand sicher und unumstößlich fest; es war sonnenklar, und er konnte es nicht leugnen: Er liebte Stefa!

Und er hatte lange gezweifelt ... Wie hätte er es für möglich gehalten, daß er in einer hübschen Frau etwas anderes sehen könnte als ein mehr oder weniger wertvolles Schmuckstück, das ihm zu freier Verfügung stand. Und seinen Schmuck wechselte er häufig, warf skrupellos beiseite, was den Glanz des Neuen eingebüßt hatte. Das Verlangen zu suchen trieb ihn um, doch nie fühlte er sich lange zufriedengestellt. Oft glaubte er, wenn er einer neuen Leidenschaft nachjagte, daß er, wenn er erst einmal sein Ziel erreicht hatte, Besänftigung empfände. Es hatte Fälle gegeben, da er mit unerhörtem Mut jeglicher Gefahr spottete. Bei diesen Verfolgungen waren auch die höchsten Kreise nicht ausgenommen, und oftmals stieß er auf verschlossene Türen. Doch ihn schreckten sie nicht; er wußte sehr wohl, daß sie sich vor ihm auftun würden, wenn er es nur wollte. Solche Kämpfe und Gefechte erregten ihn. Hatte er aber erreicht, was er begehrte, war er immer schnell enttäuscht. Er war nicht einmal stolz auf seine Siege. Seine Skepsis gegenüber Frauen wuchs. Nur zweien brachte er die größte Verehrung entgegen: Großmama Podhorecka und seiner seligen Mutter. An die erinnerte er sich zwar kaum, aber er ehrte sie für die Erinnerung, die sie auf Głębowicze hinterlassen hatte. Nunmehr gehörte auch Stefa zu den Verehrten. Sie hatte durch die Macht des Kontrastes seine schlechte Meinung von den Frauen null und nichtig gemacht. Er wußte, was sie für ihn empfand ... und daß sie die Frau seines Lebens war, hatte er nach und nach begreifen müssen. Der Unterschied in ihrer beider Herkunft schreckte ihn nicht, allein die Frage, ob es für Stefa nicht eine allzu große Bürde darstellte, wenn sie so hoch erhoben würde, beschäftigte ihn. Doch nein, sie war zu gescheit, um mit den Pflichten, Erfordernissen und der Etikette der Gesellschaftsschicht nicht zurechtzukommen, in die sie eintreten würde. Er fühlte eine leichte Neugier: Wie würde sie sein Geständnis aufnehmen? Es überrieselte ihn kalt bei dem Gedanken, daß er sie endlich in den Armen halten würde – Stefa, so begehrt, so ersehnt ... Es gab Momente, da stellte er sie sich als seine Geliebte vor, die ihm restlos ergeben war. War dies eine realistische Möglichkeit? Sie liebte ihn innig, wenn er also wollte, konnte er sie wohl leicht dahin bringen, daß sie ihm den höchsten Beweis ihrer Liebe gab. Seine diesbezüglichen Talente waren erprobt, aber, und das war ihm neu, ihm fehlte der Mut. Stefa war wie eine weiße Blüte, makellos und transparent, sie mit unreiner Hand zu berühren, käme einem Sakrileg gleich. Sie mußte rein bleiben, trotz seiner Leidenschaft. Sie gehörte gewissermaßen schon zu ihm, doch eine solche Hingabe befleckt nicht einmal einen Engel. Schon allein aus diesem Grunde würde er sie aufs Piedestal stellen und darin seine Befriedigung finden. Und er, der bisher stets vor allen endgültigen Verpflichtungen zurückgewichen war, ergötzte sich jetzt an dem Gedanken an Stefa als seine Ehefrau.

Die Sonne war gerade untergegangen, in der Bibliothek herrschte Dämmerung, grau tastete sie sich über die verglasten Schränke, langsam in jede Ecke. Waldemar erhob sich, schritt ein paarmal die Bibliothek auf und ab und läutete. Lautlos wie ein Geist trat der Kammerdiener ein.

»Licht!« befahl der Majoratsherr kurz angebunden.

Der Kammerdiener Andrzej schaltete das Licht an.

Das hätte ich auch selber machen können, ging dem Majoratsherrn durch den Kopf, als der Kammerdiener den Raum verließ. Was muß er von mir denken, wenn ich mich so aufführe?!

Er ging in den benachbarten Salon hinüber und öffnete den Flügel, griff ein paar Akkorde, dann spielte er ein paar Takte seiner Lieblingssonate von Beethoven, die Stefa häufig gespielt hatte. Er brach ab, stieß dann leicht mit der Hand gegen das Instrument und drehte sich mit dem Klavierhocker Richtung Salon. Prüfend schaute er sich um. Wie würde Stefa in dieser Umgebung wirken?

Er schloß die Augen, beschwor eine Vision: Stefa sitzt am Flügel, spielt die Sonate, trägt ein Besuchskleid ... Nein, besser ein Alltagskleid. Die Haare hat sie auf dem Hinterkopf aufgesteckt, und so ein schönes Profil ... Er sitzt in eine Couchecke geschmiegt, unter den Wedeln der Zimmerpalmen, und läßt seinen Blick auf ihr ruhen, auf seiner Frau. Er ist glücklich und sie ebenfalls. Er liebt sie. Ja, er würde ihr jeden Wunsch von den Augen ablesen.

Stefa meine Frau? Ich werde eine Ehefrau haben? Und sie ist so jung. Ganze zwölf Jahre jünger als ich mit ihren knapp zwanzig Lenzen. Was würde seine Familie dazu sagen? Seine Kreise ...

Unvermittelt sprang Waldemar auf und warf den Deckel zu. »Die Entscheidung liegt ganz allein bei mir!« sagte er laut zu sich selbst.

Hast du überhaupt das Recht? Wisperte etwas in seinem Inneren – ein Schutzgeist des Schlosses? Waldemar hielt inne. Ob ich das Recht habe? Ich nehme mir das Recht.

Doch jener Geist flüsterte erneut: Die letzten Herrinnen dieses Schlosses sind Fürstinnen aus den vornehmsten Geschlechtern gewesen.

»Aber sie wird mein Glück sein«, antwortete er hart.

Raschen Schritts begab er sich in die Innenräume des Palais, schaltete in jedem Salon, jedem Saal, jedem Zimmer das Licht an, auch die langen Korridore erhellten elektrische Lampen. Das ganze Palais erstrahlte, auch der bis zuletzt noch düstere Bildersaal; der Schein der Kronleuchter ließ die Portraits aufleben, ihre toten Gesichter aufschimmern, purpurne und goldene Gewänder, mattweiße Dekolletés traten mit plastischer Deutlichkeit hervor.

Waldemar betrachtete seine Vorfahren. Blickte in die dräuenden, finsteren Gesichter der berühmtesten Mitglieder seines Geschlechts. Er las ihre Titel, die erlauchten Namen der Frauen, mit denen sie sich vermählt hatten. Er wanderte von Portrait zu Portrait, keine Spur von Glück in den erhabenen Gesichtern. Etwas länger verharrte er vor seinem Urgroßvater Andrzej, einem General der polnischen Heere, verehelicht mit einer Fürstin Esterhazy. Ein ausgeprägtes, charakteristisches Gesicht, doch mit dramatischen Zügen. In den Augen lag Apathie. Waldemar lächelte sarkastisch.

»Vielleicht hat man ihn portraitiert, als er sich gerade von seiner wegen ihrer Schönheit, ihres Reichtums und ihrer Parentel berühmten Frau scheiden lassen sollte ...«

Das Konterfei seines Vaters trug die gleichen Zeichen von Trauer, die Augen blickten genauso gleichgültig, und die Mutter, die sehr der Fürstin Podhorecka ähnelte, trug, obschon jung und schön, keine Spur von Glück in ihren Zügen.

Waldemar durchschritt den Saal; er war erregt, der ironische Zug um seinen Mund hatte sich vertieft. Schließlich blieb er vor dem Bild seiner Großmutter stehen, betrachtete es lange und intensiv.

»Und hier – dasselbe«, murmelte er und ließ sich wieder auf das Kanapee fallen.

Der tragische, aus Verzweiflung geborene Blick, die bedrückte Körperhaltung. Sogar die schweren Kleiderfalten schienen Trauer zu verströmen. Waldemar saß in Gedanken versunken. »In unserer Familiengeschichte ist Glück wahrlich eine Rarität«, er klang verbittert.

Schwere Samtportieren hingen zu beiden Seiten des Portraits der Gabriële Michorowska von der Decke herab. Waldemar hob die zur Linken und gewahrte einen leeren Fleck auf der Wandtäfelung. An der rechten Seite war Platz für Großvater Maciej. Die leer gebliebene Stelle war für ihn ein Rätsel, doch warum machte es ihm angst? Eine seltsame Unruhe erfaßte ihn, und er ließ den Vorhang abrupt fallen.

Zu seinem Sofaplatz zurückgekehrt, drückte er die Finger an die Schläfen. Seine Nerven waren zum Zerreißen gespannt. Während der Jagdsaison hatte er sich nach Stefa gesehnt, nach seiner Heimkehr sah er sie kurz, und die Sehnsucht nach ihr nahm eine neue Dimension an, ließ ihm keine Ruhe mehr.

Der Majoratsherr kehrte in sein Arbeitszimmer zurück, und da erblickte er auf seinem Schreibtisch einen Brief, von der Hand Łucia Ełzonowskas. Hastig riß er das Kuvert auf. Das junge Mädchen schrieb: »Komm unbedingt her, Waldek, heute noch, wenn du Stefa begrüßen willst, sie fährt morgen früh zurück.

Łucia.«

Waldemar spürte, wie ihm das Blut in den Kopf stieg. Sie kommt, sie kommt zurück! Ein heftiger, wilder Freudenrausch wallte in ihm auf. Der Majoratsherr läutete fieberhaft.

»Wer hat den Brief überbracht?« fragte er den Diener, und seine Stimme klang fremd.

»Paweł, der Stallknecht aus Słodkowce. Vor einer Viertelstunde. Ich habe nicht gewagt, den gnädigen Herrn zu stören, und habe den Brief auf den Schreibtisch gelegt.«

»Das war nicht richtig. Manchmal ist so ein Brief dringend. Wartet der Bote?«

»Nein, er ist schon wieder weg. Er hatte es sehr eilig. Das gnädige Fräulein hat ihm nicht geheißen auf eine Antwort zu warten.«

»Gut. Du kannst gehen.« Andrzej war schon an der Tür, als der Majoratsherr ihn zurückrief; wobei er einen Blick auf seine Uhr warf: »Warte ... Wie spät ist es?«

»Halb acht.«

»Gut. Brunon soll die Grauschimmelhengste anspannen. Die größere Schlittenkutsche. Jur soll fahren. Und für mich alles zurechtmachen, was man für eine Übernachtung braucht!«

Andrzej hastete aus dem Arbeitszimmer. In der Stimme seines Herrn hatte ein Ton gelegen, der ihn nachdenklich stimmte und auch bestürzt machte. Ob etwas geschehen ist? Vielleicht der alte Herr krank? dachte er, während er zum Anrichtezimmer eilte.

Unterdessen grübelte Waldemar: Ob sie alles über ihre verstorbene Großmutter weiß? Kennt sie ihre Geschichte? Möglich ist es! In dem Fall kommt sie bloß zurück, um sich zu verabschieden. Sie wird nicht länger hierbleiben, weil sie mich liebt. Die Zukunft schreckt sie wegen der Vergangenheit ab. Wir wecken Furcht in ihr ... Ist es Mitleid, was ich für sie empfinde, ist es Liebe? Nein, ich liebe sie, habe sie schon geliebt, ehe alles an den Tag gekommen ist Doch sie – ob sie mich jetzt haßt? Und die Familie? Die Gesellschaft? Die werden es nicht zulassen ... Aber, sollen sie es nur versuchen. Sie werden Schwierigkeiten machen, ich werde sie bezwingen! Meine Gefühle sollen sie nicht mit Füßen treten, das lasse ich nicht zu! Waldemar hob die Hand an die Stirn und flüsterte jetzt halblaut vor sich hin: »Ich will sie, ich muß sie haben ... mich hungert nach Glück! Ich habe es gefunden und lasse es mir nicht entreißen. Ich werde sie besiegen ... sie müssen unterliegen! Ich werde alles in meiner Macht Stehende tun.«

Es klopfte. »Herein.« Der Haushofmeister trat ein. »Was wünschen Sie?«

Der alte Mann verneigte sich. »Verzeihung, daß ich zu stören wage. Aber der gnädige Herr verreisen, und in ein paar Tagen soll das Mittagessen für die geladenen Gäste anläßlich der Wahlen stattfinden. Erhalte ich noch irgendwelche besonderen Anweisungen?«

»Nein«, fiel ihm Waldemar leicht ungeduldig ins Wort. »Ich komme morgen zurück. Treffen Sie Vorbereitungen wie gewöhnlich. Es werden etliche Gäste kommen, doch außer dem Mittagessen keinerlei Unterhaltung.« Der Haushofmeister verneigte sich erneut und ging.

Waldemar aber nahm seinen Spaziergang durchs Zimmer wieder auf. Die Gedanken überschlugen sich, der Andrang der Gefühle sprengte ihm die Brust; er war gereizt von seinem Zwiegespräch mit Seele und Gewissen, so überwach, daß er zu hören meinte, wie sein Blut heiß durch die Adern rann. All das Zögern, Zweifeln, Problematisieren der letzten Zeit waren einer absoluten Klarheit und Einhelligkeit gewichen: Er wußte nun, wonach er strebte, fühlte sich auf festem Grund, würde nicht mehr wanken, sondern erhobenen Hauptes voranschreiten. Sein wildes Blut lehnte sich jetzt schon auf gegen den zu erwartenden Widerstand; das Ziel mußte erreicht werden, und wenn die Welt unterging …

6

Durch die Weiten schneebedeckter Felder, durch dunkle Wälder fuhr schnaufend und polternd der kurze Personenzug, einen mächtigen Helmbusch grauen Rauchs in alle Richtungen wehend. Die beiden Laternen auf der Lokomotive leuchteten wie Zyklopenaugen.

In einem der Fenster der zweiten Klasse zeichnete sich Stefas blasses Gesicht ab. Auf die Arme gestützt, schaute sie durch die Scheibe den verschwindenden Hügeln nach und den Bäumen, deren Schneehauben im Abenddämmer grau aussahen. Lichte Funkenbänder woben sich wie goldene Fäden ins trübe Grau und versprühten.

Stefa lehnte mit der Stirn gegen die Scheibe. Alle Heiterkeit war aus diesen Zügen gewichen, sie wirkten matt und ernst, erinnerten an eine Kamee von der Hand eines exquisiten Künstlers: Ein empfindsames, seelenvolles Antlitz, das mehr noch zu verzaubern vermochte als die ganze köstliche Schönheit eines jungen Mädchens.

Das Auffallendste aber waren die Wehmut darin und der Ausdruck eines tiefen Schmerzes. Nach einem dreiwöchigen Aufenthalt im Elternhaus fuhr sie zum letzten Mal nach Słodkowce. Sie war fest entschlossen, den Vertrag mit Baronin Ełzonowska zu beenden, allen für immer Lebewohl zu sagen und heimzukehren, zurück zu ihrem Leben von einst.

Eine Lebewohl auf immer!

Die Nacht brach schwarz und abgrundtief herein. Stefa taten die Augen weh. Sie ließ sich auf die Bank sinken. Sie war allein im Abteil. Schläfrigkeit überkam sie. Vor ihrem inneren Auge vermischten sich die Bilder. Nur eines, das sie selber gezeichnet hatte, hielt sich hartnäckig: Ein grüner Garten, Fliederblüte, Vogelgezwitscher, und mittendrin in diesem Mai ein gertenschlanker Ulan, ein junges Mädchen mit goldblondem Haar und veilchenblauen Augen an seiner Seite. Sie haben nur Augen füreinander. Er hält ihre Hände und streichelt sie, verspricht ihr ein Glück ohne Ende, berauscht und bezaubert durch Hoffnung. Beide atmen Lust und Wonne.

Das Bild verwandelt sich. Jetzt ist der Park verschneit, der Sonnenuntergang färbt die Bäume rosa. Man spürt bereits die Dämmerung in der Luft. Dohlen tüpfeln schwarz den Himmel. Auf einem schmalen Parkweg steht ein junger Herr in elegantem Seehundpelz, seine feurigen dunkelgrauen Augen verschlingen das vor ihm stehende Mädchen mit dem goldblonden Haar und den veilchenblauen Augen. Kraftvoll hält er ihre Hände in den seinen und sagt dabei keinen Ton, doch seine Augen sagen so viel, versprechen so viel! Wonneschauer durchströmen sie wie Elektrizität. Das Glück breitet seine Flügel über sie …

Und der Zug rollt dahin, unaufhaltsam, monoton rattern die Räder, klappert das Gestänge; der Waggon schwankt leicht, und draußen vor den Fenstern der unermüdliche Funkenregen.

Stefa hat ihr müdes Haupt gegen die weiche Polsterung der Bank gelehnt, und ihre Bilderwelt verblaßt, bis sie schließlich in einem bodenlosen Abgrund verschwindet. Schlaf hüllt sie ein, der tiefe, traumlose Schlaf der Jugend.

Auf einer größeren Bahnstation wurde sie plötzlich wach, als etliche Personen ihr Abteil betraten: eine nicht mehr junge, ansehnliche Dame mit Tochter und Sohn. Das Fräulein trug einen etwas zu prächtigen Hut, blanke Kämme im Haar und Schminke im Gesicht. Der Jüngling trug einen Kneifer, offenbar nur des Schicks wegen, denn in einem fort nahm er ihn ab und rieb sich die schmerzenden, aber gesunden, ausdruckslosen Augen. Die Herrschaften machten es sich bequem, wobei sie Stefas Handköfferchen energisch beiseite schoben.

Der junge Mann setzte sich zu ihr und starrte ihr impertinent ins Gesicht. Stefa lehnte sich ans Polster zurück und wollte wieder einschlafen, doch die halblaut in grauenvollem Französisch geführte Unterhaltung ließ das nicht zu. Die Damen musterten das schwarze Kleid aus englischer Wolle, das Stefa vorzüglich paßte, warfen einen Blick auf den Hut mit dem Kreppschleier in der Hutablage, befanden ihn für gut, wenn auch für zu wenig phantasievoll. Ihre Augen prüften die kleine taillierte Pelzjacke mit dem großen Skunkskragen, um schließlich, nach Musterung der Garderobe, den Blick zu deren Trägerin schweifen zu lassen. Im Laternenschein schimmerte Stefas Haar wie Altgold. Der schwere Knoten, der sich gelockert hatte, lag tief im Nacken, die dunklen Schildplattkämme und -nadeln hielten diskret die Frisur. Das zarte, hübsch geformte Oval ihres Gesichts, die wohlgeformte Nase und den zierlichen Rosenmund fanden sie weniger der Beachtung wert als Frisur und Kleidung. Der Jüngling jedoch konnte den Blick kaum von ihren langen Wimpern, die die rosa Wangen beschatteten, wenden, ebenso hartnäckig ruhten sie auf ihren schmalen weißen Händen mit den langen Fingern, die nur ein einziger Ring mit einer großen Perle schmückte. Sie machten allerlei Bemerkungen über Stefa, versuchten zu erraten, wer sie wohl sei.

»Vermutlich eine Aristokratin«, kamen sie überein.

Stefa, die nicht zeigen mochte, daß sie alles mit anhörte, saß still und war bald darauf wieder eingenickt.

Es war schon Tag, als der Schaffner das Abteil betrat. Höflich sprach er Stefa an: »Meine Dame, wir haben gleich Rudawa erreicht, nur noch eine Station.«

Stefa schreckte auf und öffnete die Augen. »Rudawa? Schon? Schön, ich danke.« Eilig holte sie ihre Toilettenartikel aus der Tasche, doch als sie merkte, daß sie von den drei Anwesenden noch immer beobachtet wurde, verließ sie das Abteil. Als sie ein paar Minuten später erfrischt und frisiert zurückkehrte, erinnerte sie an eine weiße Blüte im Morgentau.

Der Jüngling fingerte sich hastig den Zwicker von der Nase, um sie besser betrachten zu können, beide Damen schauten sie bewundernd an. Das Pfeifen der Lokomotive verkündete die Nähe von Rudawa. Stefa zuckte zusammen. Sie zog ihre Jacke an, setzte den Hut auf und begann ihre Handschuhe zuzuknöpfen. Der Zug wurde langsamer, und ihr kam auf einmal die erste Fahrt mit Baronin Ełzonowska in den Sinn. Damals, auf dem Weg von der Bahn nach Słodkowce, hatte sie Waldemar kennengelernt. Er fuhr den kleinen offenen Wagen ohne Bock, mit einem Vierergespann Rappen. Vom ersten Augenblick an hatte ihr seine lässige Eleganz gefallen, doch er musterte sie schon bei der Begrüßung mit spöttischem Blick, und das machte sie frostig. An seinen festen, männlichen Händedruck erinnerte sie sich, und noch ehe sie in Słodkowce angelangt waren, hatte sie eine tiefe Abneigung gegen ihn empfunden.

Und jetzt? Jetzt ... Mein Gott, hat es jene Zeiten überhaupt gegeben? »Mama, Mama! Was für bildschöne Pferde da an der Bahnstation! Und die Schlittenkutsche!« rief das Fräulein im Abteil, das am Fenster stand.

»Ja, sehr schöne Araber, ein ganzer Vierer Grauschimmel«, bestätigte ihr Bruder.

Stefa erbebte. Und wenn sie aus Głębowicze sind? dachte sie blitzschnell.

Ein langgedehnter Pfiff, eine Glocke, dann das Kreischen der Bremsen – der Zug stand. Stefas Herzschlag beschleunigte sich. Der Gepäckträger stürmte ins Abteil.

Stefa reichte ihm die Reisetasche. In diesem Augenblick trat Waldemar ein.

Sie begrüßten sich schweigend, doch mit einer Bewegtheit, die sich nicht verbergen ließ. Stefa errötete. Hingebungsvoll küßte er ihr die Hand. Es lag so viel Besonderes in ihrer Begrüßung, daß dies selbst die drei anwesenden Reisegefährten spürten.

Sie wechselten schnelle Blicke. Ein Brautpaar, signalisierten sie. Pferde, Kutsche, Jur, die Titel, schließlich die Herrengestalt – all das blendete sie.

Waldemar wandte sich an den Jäger: »Die Kutsche soll vorfahren. Wir fahren sofort. Das gnädige Fräulein scheint erschöpft«, sagte er an Stefa gewandt.

»Wie Sie wünschen«, erwiderte sie leise.

Sie verließen das Abteil. Stefa nickte lächelnd den Reisegefährten zu. Der Majoratsherr lüftete knapp die Kopfbedeckung. Ungemein höflich erwiderten die Damen den Gruß, der Jüngling scharrte geräuschvoll mit den Füßen. Alle drei waren sie erstaunt über die Höflichkeit dieses so hochherrschaftlichen Paares.

»Da sind wir tatsächlich mit einer Aristokratin gereist«, bemerkte die ältere der beiden Damen beeindruckt, als sie allein waren.

»Und es ist ein Brautpaar. Offenbar ein sehr reicher Herr. Ein schönes Paar!« Alle drei standen am Fenster.

Die Schlittenkutsche fuhr als erste, ihr folgte auf einem einfachen Pferdeschlitten Jan mit dem Reisegepäck.

In Słodkowce waren sie kaum aus der Schlittenkutsche gestiegen und hatten die Verbeugung des hocherfreuten Jacenty zur Kenntnis genommen, als der alte Kammerdiener Herrn Maciejs auftauchte, auf Stefa zuging, sich zu ihr herabbeugte und flüsterte: »Der alte Herr bittet Sie zu sich. Er ist in seinem Kabinett.« Das Mädchen erbleichte, folgte ihm jedoch mutig, ohne sich ihrer Reisekleidung entledigt zu haben.

Waldemar holte sie ein. Er ergriff Stefas Hände und drückte sie an seine Lippen.

»Sie wissen alles, Fräulein Stefania?«

»Ja«, Stefas Stimme zitterte.

Lange und eindringlich sah er ihr in die Augen. »Das habe ich schon im Abteil bemerkt. Armes Kind! Doch zürnen Sie nicht, Großvater ist ebenfalls aufs tiefste erschüttert. Tun Sie es bitte für ... ihn und seien Sie ganz ruhig.« Er geleitete sie bis vor die Tür des Kabinetts.

Herr Maciej saß im Sessel. Die drei vergangenen Wochen hatten ihn sichtbar verändert: Er war blaß, seine Haare schienen noch weißer geworden; seine Schultern waren gebeugt, er sah sehr alt aus. Bei seinem Anblick konnte Stefa nicht an sich halten. Ihre Augen füllten sich mit Tränen, und sie eilte auf den Greis zu, kniete vor ihm nieder und barg das Gesicht in den Händen, um ihr Weinen zu ersticken.

Zitternd legte Herr Maciej den Arm um sie. Nach diesem

Ausbruch war ihm klar, daß sie längst alles wußte. Ein Schluchzen entrang sich seiner Brust. »Kind, du weinst? Also weißt du? Von wem? Woher?«

»Ihr Tagebuch ...«

Schweigen. Schwer, lastend. Er kannte dieses Tagebuch, o ja!

»Du hast ... Du hast an Łucia geschrieben, daß sie plötzlich gestorben ist. Das Herz ... Wie ist es passiert?« fragte er, und seine Stimme war kaum wiederzuerkennen. Stefa zögerte. »Sprich, Kind. Sag alles ... Ich will es wissen, siehst du, ich bin ganz ruhig.«

Stefa erzählte, daß ihre Großmutter, die im Ausland weilte, keine genaue Kenntnis davon hatte, wo sich die Enkelin befand, und erst ein Brief, in dem der Name Michorowski fiel ... Sie verstummte. Sie wollte nicht zu erkennen geben, daß genau dies ihre Großmutter zu Tode erschreckt hatte.

Doch Herr Maciej hatte begriffen. Schwer atmend senkte er den Kopf; endlich brach es mit großer Bitterkeit aus ihm heraus: »Sie hat also nicht vergeben ... nie vergessen ... allein der Name hat sie erschreckt ... hat um ihre Enkelin gefürchtet, weil sie unter uns lebt.«

Stefa preßte ihre Lippen auf seine Hand; sie liebte diesen Greis. »Nein, Großväterchen, sie hat alles vergeben ... sie hat selber gelitten, selbst die eigenen Kinder haben bis zum Schluß den Namen nicht gewußt.«

»Dennoch hat sie uns gefürchtet ... hat sich Sorgen um dich gemacht. Weshalb?« Stefa überrieselte es eiskalt. »Warum?« flüsterte Herr Maciej eindringlich.

Auf einmal begriff der Greis, er sah die Gestalt seines Enkels vor sich. Und zuckte zusammen. Ja, das mußte der Grund für ihre Ängste gewesen sein. Schon allein der Umstand, daß ein junger Michorowski in der Nähe ihrer Enkelin existierte, war Grund genug.

Der Greis richtete sich auf. In seinen eingesunkenen Augen brannte ein düsteres Feuer und tiefe Bitterkeit malte sich in seinen Zügen. Er legte Stefa die Hand auf den Arm. »Steh auf, mein Kind, geh zu meiner Idalia. Und vergiß den alten Großpapa nicht.« Stefa küßte seine Hände und verließ leise das Kabinett.

Herr Maciej preßte die Finger gegen die Schläfen. »Dasselbe

Lied ... Wiederholung längst vergangener Zeiten; vergessene Augenblicke kehren wieder. Ich war's, der sie getötet hat! Das Tagebuch ... unglückselig ... ist noch da! Mein Zeugnis! Stefa hat es gelesen ... Mein Gott, mein Gott«, stöhnte er heiser.

Schließlich drückte er den Knopf der elektrischen Klingel, der in die Sessellehne eingelassen war. Geräuschlos glitt der Kammerdiener herein.

»Was machen die Herrschaften?« fragte Herr Maciej.

»Die jungen Damen sind oben bei der Frau Baronin, und der junge gnädige Herr ist in seinem Arbeitszimmer; ich sollte ihn benachrichtigen, wenn das Fräulein herauskommt. Soll ich ihn herbitten?«

»Nein, nicht nötig. Wie weit ist es mit dem Mittagessen?«

»Es wird gleich aufgetragen.«

»Bitte die Frau Baronin um Entschuldigung, Franciszek, ich bleibe dem Essen heute fern.«

Der Diener schickte sich an hinauszugehen, als Herr Maciej ihn noch einmal zurückrief: »Ich möchte allein sein. Bestell dem Majoratsherrn, er möchte nach dem Essen ... dem Kaffee, die Güte haben. Jetzt nicht.«

Franciszek beunruhigte, daß sein Herr nicht den geliebten Enkel sehen wollte. Achselzuckend brummte er vor sich hin: »Hier gehen ungute Dinge vor.«

7 Und so war es in der Tat. Am Abend desselben Tages, in Stefas Zimmer, saßen die beiden jungen Mädchen auf dem Sofa aneinandergeschmiegt und weinten. Łucia schluchzte: »Ach, Stefa! Nie hätte ich gedacht, daß du mich so plötzlich verläßt. Du hast uns also nicht mehr lieb? Oder woher sonst diese plötzlichen Reisepläne?«

Stefa, der das Herz blutete, wenn sie daran dachte, Słodkowce für immer Lebewohl zu sagen, vergoß heiße Tränen. Doch zugleich fürchtete sie sich, ihren Aufenthalt hinauszuzögern. Allein Waldemars Anblick erschütterte sie. Die Unterredung mit der Baronin hatte ihr arg zugesetzt. Die Baronin wollte nichts von einer Abreise wissen, da sie jedoch die Entschlossenheit des Mädchens sah, beschloß sie die wahren Gründe herauszufinden. Stefa aber, die gerade die wahren Gründe nicht offenbaren konnte, gab an, daß die Eltern ihre Rückkehr begehrten. Unter dem Einfluß der Tochter blieb die Baronin von diesem Argument jedoch völlig unbeeindruckt.

»Sag, daß du nur Spaß gemacht hast, Stefa, sag, daß du bei uns bleibst«, flehte Łucia.

»Nein, das kann ich nicht. Ich scherze nicht. Ich muß fahren, ich muß!«

»So unwohl fühlst du dich also in unserer Mitte?«

Stefa küßte das Mädchen wieder und wieder. »Sprich nicht so, Łucia, das tut mir weh. Ich fühle mich wohl bei euch, sehr sogar, und ich werde euch niemals vergessen, aber ich muß zu meiner Familie zurück.«

Łucia explodierte beinah: »Ich habe mich nach dir wie nach einer Schwester gesehnt. Stefa, gib die Idee auf! Siehst du, gleich nach Weihnachten reisen wir an die Riviera, nach Nizza, und nach Rom, nach Venedig, wir werden auch in Paris sein, und in Wien, und in der Schweiz. Stefa, meine Güte, und du solltest nicht dabeisein? Wie habe ich davon geträumt! In all diesen Ländern bin ich noch nicht gewesen, und du wärst eine so angenehme Gesellschaft. Stefa, überleg es dir! Nicht nur wir fahren, sondern auch Großväterchen. Und Waldek. Und wenn er mit dabei ist, können wir einer prachtvollen Unterhaltung sicher sein. Wir werden so richtig genießen, aber wenn du nicht fährst, tut Waldek das auch nicht.«

Stefa zuckte zusammen. »Was redest du da, Łucia!«

»Aber ich sage die Wahrheit! Wenn du mitkommst, kommt auch Waldek mit. Andernfalls nicht – das weiß ich längst.«

Stefa musterte verstohlen das verweinte Gesichtchen und erblickte Trauer und Versonnenheit darin. Also ahnt sogar dieses Kind schon etwas, dachte Stefa verzagt. Ich muß weg von hier. Unbedingt … Doch vor ihren Augen standen die fremden Länder, Meere, Berge, Großstädte, Zentren der Zivilisation, von denen sie soviel geträumt hatte. Und nun wäre sie inmitten all dieser Wunder und das – mit ihm! Soviel Glück, eine so außerordentliche Erfüllung ihrer Wünsche, und all das hing nur von ihr ab, von ihrem Entschluß, ihrem Willen. Stefas Lippen verzogen sich zu einem Lächeln, sie wollte schon sagen: Ich bleibe. Doch unvermutet sah sie wie in einem Wachtraum Waldemar vor sich; bei seinem Blick überlief es sie glühend heiß. Und in ihren Ohren klangen Łucias Worte: »Wenn du mitkommst, kommt auch Waldemar mit.« Der Moment des Zögerns war vorüber. Energisch hob Stefa den Kopf und sagte mit aller Entschiedenheit: »Ich kann nicht. Ich muß heim! Wir werden korrespondieren. Sei bitte aufrichtig und vertraue mir alles an, was dich schmerzt und was dich freut. Es macht mich traurig, dich zu verlassen, zumal in einer so hoffnungsvollen Phase deines Lebens, doch es muß sein, Łucia, leider!«

Ein paar Tage später fand in Głębowicze anläßlich der Wahl des Majoratsherrn zum Vorsitzenden des Landwirtschaftsvereins das große Mittagessen für geladene Gäste statt. Aus Słodkowce trafen Herr Maciej, die Baronin und Herr Ksawery ein, Stefa und Łucia blieben daheim.

Gegen Abend ließen sie den kleinen Schlitten anspannen und fuhren spazieren. Stefa lenkte das Gespann Grauschimmelponys. Sie fuhren auf der vortrefflichen Schlittenbahn ein scharfes Tempo; der Schnee knirschte unter den Kufen, Klümpchen hartgefrorenen Schnees flogen unter den Pferdehufen auf, zerstoben auf den blaugestickten Decken. Der Tag war klar und frostig und voller Weiß und Himmelblau, luftige Weiten. Stefa vergaß für den Moment alle Sorgen und ließ sich mitreißen von dem Winterwetterzauber; sie plauderte fröhlich. Łucia, die in mißmutiger Stimmung war, warf ihrer Gefährtin finstere Blicke zu. Plötzlich fing sie laut an zu weinen.

»Łucia, was hast du? Weshalb weinst du?«

»Ach, ich darf nicht daran denken, daß du abreisen willst; ich bin so traurig, und du bist so vergnügt – ich kümmere dich überhaupt nicht.«

»Aber Kind, auch mir fällt es schwer. Ach, und wie! Ich habe mich nur für einen Moment aufgeheitert, weil die Welt so schön sein kann. Glaubst du, mir fällt es leicht, euch aufzugeben? Oh, Łucia, Łucia!«

Soviel schmerzliches Bedauern schwang in Stefas Stimme mit, daß das Mädchen sie neugierig ansah.

»Warum fährst du dann?«

Stefa versetzte den Ponys einen Schlag mit der Peitsche und antwortete nicht. Łucia schüttelte den Kopf. »Du verbirgst etwas vor mir, Stefa, du willst nicht ehrlich sein, und ich … ich … Vielleicht errate ich ja treffender , als du glaubst, den Grund für deine Flucht. Und es tut mir so leid. Wenn du wüßtest, wie trübsinnig es hier die drei Wochen ohne dich war! Ach, Gott, ich wundere mich selber, daß ich nicht verrückt geworden bin.«

»Du übertreibst mal wieder, meine Kleine«, Stefa gab sich ganz ungezwungen. Das Wort »Flucht« wollte ihr nicht aus dem Sinn. »Wirklich, du übertreibst«, wiederholte sie.

»Kein bißchen! Du hast ja keine Ahnung! Zuerst, du warst kaum aus dem Tor, wurde Großpapa krank. Irgend so eine furchtbare Nervenattacke. Waldek hat ihn auf dem Arm ins Schlafzimmer getragen. Mama hat vielleicht einen Schreck gekriegt! Erst wurde sie hysterisch und dann ist sie ebenfalls krank geworden. Waldek lief trübsinnig umher; er hatte so schlechte Laune, daß ich mich nicht traute, ihn anzureden. Die ganze Zeit von Großpapas Krankheit wich er kaum von seiner Seite. Er besuchte auch Mama, aber selten. Einmal redeten Mama und er ziemlich aufgebracht miteinander. Ich hörte Mama sagen: »Diese Kinderei ist nicht der Erinnerung wert«, und Waldek, sichtlich aufgebracht, entgegnete: »Man muß gewissenlos sein, um zu urteilen wie Sie, Tante!« Ich weiß, worum sie sich gestritten haben; ich habe eine Menge erraten und auch mit angehört. Ich weiß auch, was Großpapas Erkrankung hervorgerufen hat, aber ich sage nichts, denn du schweigst ja auch vor mir in einem fort. Später dann war es immer noch traurig. Waldek erschien nur selten und war immer mißlaunig. Meistens erkundigte er sich nur telephonisch nach Großpapas Gesundheitszustand. Eines Tages kam er nach dem Essen, als alle schliefen. Ich sah den Schlitten und begab mich auf die Suche nach ihm; ich suchte das ganze Palais ab und konnte ihn nirgends finden. Endlich entdeckte ich ihn in deinem Zimmer. Er saß auf der Fensterbank und hielt … na, was wohl …«

Stefa fröstelte. »Ich weiß nicht …«

»Deine Korallen.«

»Korallen?«

»Ja. Du bist so übereilt abgereist, daß du sie nicht mehr weggelegt hast; sie lagen vor dem Spiegel auf der kleinen Konsole. Waldek stützte den Kopf auf und ließ die Perlen zärtlich durch die Finger gleiten. Er war so mit seinen Gedanken beschäftigt, daß er mich kaum bemerkte. Ich wußte, er würde ärgerlich sein, daß ich eingetreten war, aber er zeigte es nicht. Er erhob sich, legte die Kette auf die Konsole zurück, gab mir einen Kuß und sagte: ›Als Willkommensgruß für Fräulein Stefania sollte dieses Zimmer mit Blumen geschmückt werden.‹ Die Kamelien und weißen Rhododendren, die bei dir stehen, hat er hineinstellen lassen. Die Palme am Spiegel hat er selber aufgestellt. Interessiert hat er deine Pastelle und Kreidezeichnungen betrachtet, und den großen Karton mit der Skizze, die du in Głębowicze angefertigt hast; einen Ausschnitt des Parks mit Blick auf den Fluß, hat er mitgenommen, so sehr hat es ihm gefallen. Du siehst, Stefa, auch Waldek hatte Sehnsucht nach dir.«

Stefa saß still da, ergriffen und bedrückt zugleich. Er hatte also mit seinen Empfindungen nicht hinterm Berg gehalten? Stefa mußte ihre ganze Kraft aufbringen, um nicht vor Freude in Tränen auszubrechen. Nicht nur vor Freude, es war ein Gemisch aus tausenderlei Empfindungen. Da ließ sich unverhofft Łucia vernehmen: »Übrigens wissen eine Menge Leute darüber Bescheid. Du gefällst ihm schon lange, und jetzt liebt er dich. Wie ist es mit dir, Stefa? Es ist doch unmöglich, daß dich das kalt läßt! Du liebst ihn auch, nicht wahr?«

Man hatte also ihr Geheimnis entdeckt. Łucia fragte absichtlich, aber sie wußte alles … Was tun? Tränen würgten sie, Groll gegen Łucia und gegen sich selbst. Sie sagte keinen Ton, weil sie damit das Gesagte nur bestätigt hätte.

Auf einmal klirrte Metall, Eis knirschte, Pferde schnaubten und mit ihrem kleinen Schlitten zog Fräulein Ritas elegantes Gespann gleich. Der Kutscher bremste die Pferde mit starker Hand. Stefa zügelte die Ponys. Fräulein Rita Szeliżanka kam gerade zur rechten Zeit, um sie zu erlösen!

»Na, wie geht's, wie steht's?« rief Rita. Sie lehnte sich aus dem Schlitten und gab Stefa und Łucia die Hand. »Ich bin unterwegs nach Słodkowce. Gut, daß ich euch treffe. Natürlich kehren wir gemeinsam zurück, ich habe genug von der frischen Luft.«

»Wir haben angenommen, Sie sind in Głębowicze.«

»Ich sollte Tante begleiten, doch die Podhoreckis sind angereist, und die vertreten mich.«

»Waldek wird betrübt sein«, sagte Łucia.

Fräulein Rita runzelte die Brauen. »Er wird sich schon zu helfen wissen!« entgegnete sie leicht irritiert.

Stefa schüttelte die Zügel. »Nun denn, fahren wir zurück. Sie vorneweg, denn unsere Ponys gewinnen kein Rennen mit Ihren Pferden.«

»Ich habe einen anderen Vorschlag: Sie beide setzen sich zu mir und Ihren Floh bringt Karol dahin, wo er hingehört.«

Unverzüglich sprang der Bedienstete vom Kutschbock. Stefa nahm neben Fräulein Rita Platz, und Łucia setzte sich auf den Bock, mit dem Gesicht zu ihnen.

Scheinbar heiter unterhielten sie sich, dennoch war ihr Gespräch kein ungezwungenes. Fräulein Rita war mißgestimmt, Stefa zerstreut. Łucia ließ betrübt den Kopf hängen. Als Stefa auf Fragen Ritas hin von ihrem Aufenthalt in Ruczajew berichtete, ließ die junge Dame nicht den Blick von ihr, als wolle sie auch noch den letzten Gedanken erkunden. Doch als Łucia voller Bedauern von Stefas geplanter Abreise sprach, schrak Fräulein Rita zusammen.

»Wie, Sie fahren? Aber weshalb?«

»Die Eltern verlangen es, und mein Entschluß steht unwiderruflich fest.« Sie sagte das auf eine Weise, daß Fräulein Rita und Łucia verstummten. Dem Mädchen traten die Tränen in die Augen.

In Słodkowce blieb Fräulein Szeliżanka über Nacht. Abends spielten Stefa und sie Billard. Łucia saß verweint am Kamin im benachbarten Salon. Über Stefas Abreise wurde nicht mehr gesprochen. Fräulein Rita hatte längst den Grund erraten. Von der Baronin wußte sie, daß Stefa die Enkelin jener Stefania Korwiczówna war.

»Wissen Sie, warum vor allem ich nicht nach Głębowicze gefahren bin?« sagte Rita. »Nun, wegen der dort zu erwartenden bombastischen Reden zu Ehren des Majoratsherrn. Man wird lobhudeln, was das Zeug hält, und er kann das nicht ausstehen, er ist dann immer miserabler Laune. All diesen Herrn dünkt es, sie haben ihm eine Krone aufs Haupt gesetzt, als sie ihn zum Vorsitzenden wählten. Sicher, da haben sie klug und recht gehandelt, doch es ist kein Gunstbeweis, sondern ihm gebührt es. Die Wahl war weder für ihn noch für sonst irgendwen eine Überraschung. Unterdessen Reden, Toaste, sämtlich sehr bewegend, äußerst erhaben und hochtönend, und der, der am lautesten schreit, knirscht vermutlich insgeheim mit den Zähnen vor Ärger. Und der Majoratsherr muß aus purer Höflichkeit so einem noch danken für seine Tirade. Ein Glück, daß er damit schnell fertig wird: seine Reden, besonders Dankesreden, sind immer kurz und bündig.«

»Doch außer Rednern wie diesen gibt es doch bestimmt auch ernstzunehmende wie Fürst Giersztorf und den jungen Grafen Mortęski. Ihre Reden müssen doch interessant sein und ohne jede Schmeichelei, zumal sie ja dem Majoratsherrn wohlgesonnen sind ...« Stefa war ins Stottern geraten. Fräulein Rita durchbohrte sie mit Blicken.

»Tun Sie sich nur keinen Zwang an. Ich bin dem Majoratsherrn nicht nur wohlgesonnen, ich liebe ihn. Und ich kann nicht gleichgültig bleiben in bezug auf das, was ihn angeht. Und es gibt noch einen Grund dafür, daß ich nicht bei jenem Mittagessen anwesend bin: Treska ist nicht da.«

Stefa, die sich gerade zu einem Stoß mit dem Queue anschickte, hielt verblüfft inne. »Treska?«

»Aber ja. Doch glauben Sie nicht, daß ich an einer Instabilität der Empfindungen leide, das nicht, aber Treska ist bisweilen unentbehrlich, ich bin an seine Begleitung gewöhnt, die von anderen kann ich nicht ausstehen. Wenn er mit mir zusammen ist, sichert er mich gegen alles und alle ab. Der Majoratsherr ist eine Ausnahme, doch hier verkehren sich die Rollen: Der Majoratsherr macht sich nichts aus mir.«

»Er hat Sie sehr gern und schätzt Sie«, erwiderte Stefa mit großer Lebhaftigkeit. Die Wendung des Gesprächs war ihr peinlich, denn aus Fräulein Ritas Stimme hörte sie Schmerz und Bedauern heraus. Die junge Dame brach in Gelächter aus.

»Soll das ein Trost sein? Wie armselig! Trübes Wasser statt Wein! Er mag mich, das ist unbestritten, doch er zieht seine Pferde vor, selbst Pandur. Und daß er mich schätzt? Aber gewiß doch, das gilt um so mehr, als er meine Gefühle für ihn kennt. Er ist sehr zartfühlend und läßt sich das nie anmerken. Ich habe es schon einmal gesagt: Dieser Mann wählt sich die Frau, die ganz sein Eigen ist, für ihn geschaffen, nach Schönheit, Typ, Temperament, mit einem Wort: in allem so, wie es ihm entspricht. Eine Frau ganz nach seinem Maß, Wunsch und Willen. All die Schönen auf der ganzen Welt mögen mit ihm in Berührung kommen – ich rede trivial, aber sei's drum! –, aber keine wird Gefühle in ihm erwecken, ein momentanes Aufwallen des Bluts ausgenommen, doch das ist eine andere Sache. Er wählt sich die Frau, die er die Seine nennen will, nicht unter den Berühmtheiten und großen Partien, sondern dort, wo niemand es erwartet. Und ich bin bereit, als erste vor dieser Frau das Haupt zu beugen.«

Rita verstummte. In der Stille hörte man nur das Klack-Klack der aufeinanderprallenden Kugeln; die jungen Damen spielten mit Inbrunst.

Łucia hatte sich ihnen zugesellt. Nach einer gewissen Zeit murmelte Rita, über das grüne Tuch gebeugt, wie zu sich selbst: »Ich kenne diesen Typ ... seinen Typ, und wenn es sich bewahrheitet ...« Sie wechselte abrupt das Thema. Łucia musterte Rita aufmerksam, dann wanderte ihr Blick zu Stefa, und danach trottete sie mit gesenktem Köpfchen zum Kamin zurück.

8 Ein weiterer Tag war in Melancholie dahingegangen. Stefa packte. Ihre letzte Unterredung mit der Baronin verlief energisch.

»Nennen Sie mir bitte den wahren Grund«, sagte die Baronin ernstlich bekümmert. »Ich begreife diese Hartnäckigkeit nicht. Ist es vielleicht Łucia, mit der Sie unzufrieden sind?«

Stefa schrak auf. »Um Łucia tut es mir sehr leid. Ich habe sie ins Herz geschlossen. Mir tut es leid, Sie alle zu verlassen, aber ich muß, muß unbedingt.«

Frau Idalia betrachtete die Lehrerin ihrer Tochter aufmerksam. »Wir stehen vor einer Reise in den Süden. Ich habe damit gerechnet, daß Sie Łucia nicht allein lassen.«

»Sie werden eine andere Lehrerin finden.«

»*Comme vous êtes ridicule!* Wir betrachten Sie nicht als Lehrerin, sondern als Łucias Gesellschafterin, ihre Freundin. Sie hängt sehr an Ihnen. Ihr fehlt es an Gesellschaft. Sie sind für sie die einzige. Ich sehe, wie sehr Łucia sich verändert hat, man erkennt den guten Einfluß. Ihr Verstand hat sich besser als all die Jahre entfaltet, dank Ihrer Intelligenz. Nein, mit aller Entschiedenheit, nein! Sie sollten uns nicht verlassen.« Die Baronin legte den Arm um Stefa und küßte sie freundlich lächelnd auf die Stirn. »Seien Sie nicht so starrköpfig, Stefa, wir haben Sie hier sehr gern, und wir wären traurig ohne Sie.«

Stefa spürte ihre Herzlichkeit, sie hätte sich am liebsten an sie geschmiegt, doch es fehlte ihr der Mut. Die Baronin ließ sie sonst immer leicht frösteln.

»Ich werde Sie niemals vergessen, und ich werde auch mit Łucia korrespondieren, doch ... doch fahren muß ich! Bitte, üben Sie Nachsicht, daß ich den Kontrakt vor dem vereinbarten Jahr breche, es ist unabdingbar.«

Die Miene der Baronin verfinsterte sich. »Vielleicht haben Sie irgendwelche Skrupel im Hinblick auf diese ..., diese kuriose Geschichte meines Vaters und Ihrer seligen Großmutter? Nehmen Sie sich das nicht zu Herzen, das sind alte, längst vergangene Dinge! Der Tod von Frau Rembowska hat auf meinen Vater eine lebhafte Wirkung gehabt, das bestreite ich durchaus nicht. Doch nunmehr hat sich mein Vater beruhigt, und es täte ihm sehr leid, wenn Sie abführen. Sie haben schließlich keinen Grund, vor uns Reißaus zu nehmen bloß wegen so einer altväterlichen Angelegenheit.«

Stefa senkte die Augen. Eine heftige Röte stieg ihr in die Wangen. Ihre Haltung schien zu sagen: Gerade diese altväterliche Angelegenheit vertreibt mich, sie ist der Grund für meine Besorgnis, ich fürchte nämlich, sie könnte sich wiederholen ...

Lange Zeit saßen sie einander wortlos gegenüber. Die großen braunen Augen der Baronin ruhten auf Stefa. Eine Braue zuckte nervös. Ihre weiße Hand spielte mit der goldenen Uhrkette; sie schien über etwas nachzugrübeln. Stefa hob den Blick, in ihren Augen standen Tränen. Die Baronin erhob sich.

»Meine endgültige Antwort teile ich Ihnen morgen mit. So unmittelbar geht das nicht, ich hoffe, Sie verstehen das.«

Man hatte also ihr Rätsel entdeckt. Sie fühlte, wie ihr das Blut in den Kopf stieg. Die Baronin reichte ihr kühl die Hand. Stefa stieg schwankenden Schritts die Treppe hinab. Auf einmal hörte sie Schritte hinter sich. Sie wandte sich um. Ein junger Diener kam eilens die Treppe herunter, ihm folgte gemesseneren Schritts Kammerdiener Jacenty.

»Was ist passiert?«

»Der Majoratsherr ist eingetroffen.«

Stefa erschrak und machte Anstalten zu fliehen, doch ihre Beine versagten ihr den Dienst. Im Vestibül öffnete der Türsteher gerade die Tür. Sie stand auf den letzten Stufen, als Waldemar eintrat.

Sein Gesicht hellte sich auf. Hastig zog er den Handschuh aus, und sie reichte ihm die Hand. Wortlos drückte er sie an die Lippen, sein Blick verharrte auf ihrem veränderten Gesicht, und er runzelte die Stirn.

Das Mädchen huschte davon zu einem der Räume, die ans Vestibül grenzten, und schluchzte, die Finger gegen die hämmernden Schläfen gepreßt, leise vor sich hin: »Oh, mein Gott, hilf mir!«

In die Ecke eines Sofas geschmiegt, saß sie lange weinend da, wenigstens hielt Łucia ihre Mutter auf, so daß sie, Stefa, jetzt ganz für sich sein konnte ... ein Klopfen an der Tür ließ sie auffahren.

»Wer da?«

»Ich bin's, Jacenty.«

Der Kammerdiener trat ein. »Seine Gnaden wünscht das gnädige Fräulein zu sehen. Er wartet im Weißen Salon.«

Stefa spürte einen schmerzhaften Krampf in der Kehle. »Gut, ich komme sofort.«

Himmel, was wollte er von ihr? Sie riß die Tür auf und stürmte, ohne sich noch einmal umzuschauen, auf den Weißen Salon zu.

Waldemar kam ihr entgegen, nahm ihre Hände und drückte sie innig. Mit selbstsicherer Stimme sagte er: »Gehen wir nach nebenan in die Orangerie. Dort sind wir ungestört. Ich möchte Sie etwas fragen.«

In der Orangerie warfen die blühenden Kamelien und

Rhododendren, die prächtigen Myrten und Zederngewächse bewegliche Schatten auf die terrakottagepflasterten Wandelgänge. Grell schien die Sonne durch die Fenster. Waldemar schloß die Tür und bog mit seiner Begleiterin in einen von Kamelien gesäumten Seitengang ein. Zunächst spazierten sie schweigend dahin, doch dann beugte er sich zu Stefa hinunter und sprach in einem herzlichen, beinah zärtlichen Ton: »Wollen Sie tatsächlich abreisen? Ist das Ihre letzte Entscheidung?«

»Die allerletzte.«

»Und wann getroffen?«

»Noch vor meiner Ankunft.«

»Also zu Hause in Ruczajew?« Er drückte fester ihre Hand. »Ich habe geahnt, daß die Ereignisse der letzten Zeit sich fatal auf Sie auswirken würden, doch glauben Sie tatsächlich, daß ich Ihre Abreise zulasse? Eine solche Abreise?«

Stefa erstarrte zur Salzsäule. Ihre Stimme zitterte, als sie sagte: »Etwas verweigern kann mir die Baronin, Sie nicht.«

Waldemar verlangsamte den Schritt. »Meine Tante? Sicherlich aufgrund anderer Rücksichten. Aber ich liebe Sie ... und von hier abreisen können Sie nur als meine Verlobte ...«

Stefa erstarrte. »Was ... Sie mich?«

Seine tiefe Stimme klang jetzt weich und liebevoll, als er erwiderte: »Ich liebe dich, du meine Einzige. Hast du das denn nicht gewußt? Ich will dich haben, du wirst meine Frau ... Und du liebst mich auch, deshalb willst du davonlaufen ... doch du bist mein, mein!«

Ein großes Glück ist manchmal so übermächtig, daß es einem Schmerz gleichkommt. So empfand es Stefa. Der Rausch dauerte an. Waldemars Geständnis hatte das Mädchen betäubt, nur der veilchenblaue Blick flehte: Quäl mich nicht! Führe mich nicht in Versuchung.

Waldemar verschlang sie mit glühenden Augen, streichelte, küßte sie mit Blicken. Er drückte ihre Hände und flüsterte heiser vor Erregung: »Ich bin verrückt nach dir ... hörst du? Du mußt mein sein, und das wirst du auch. Du liebst mich, ich weiß es.«

Abrupt entzog ihm Stefa ihre Hände. Ein Freudentaumel riß

sie mit sich fort, hochrot erglühten ihre Wangen und ihrer Brust entrang sich ein Schrei – Triumph des Glücks und Danksagung zugleich: »Gott! Gott! Gott!«

Waldemar umschlang sie leidenschaftlich, wild, vor Liebe toll. Doch im gleichen Augenblick tauchte vor Stefa das Bild ihrer Großmutter auf: eine weiße Gestalt in der Umarmung eines Ulans, in einem verschneiten Garten vor vielen Jahren. Mit der Kraft der Verzweiflung entwand sie sich Waldemars Armen, noch bevor sie, überwältigt vor Glück, ihren Kopf an seiner Brust betten konnte.

Sie wich vor ihm zurück, verstört, wie geblendet von der plötzlichen Furcht, streckte die Arme gegen ihn aus, als wolle sie sich gegen ihn wehren. Waldemar, völlig verblüfft, ergriff erneut ihre Hände und umschloß sie wie mit Handschellen.

»Was hast du?«

»Ich liebe Sie nicht … habe Sie niemals geliebt … nie, nein!« rief Stefa mit dumpfer, veränderter Stimme. »Ich liebe Sie nicht! Will nicht …«

»Das ist eine Lüge!« explodierte Waldemar. »Du liebst mich, und du wirst mein!«

»Nie! Niemals!«

Sie bebte vor Erregung, ihre Brust hob und senkte sich, ihre Augen blitzten.

Waldemar gebärdete sich wie ein Verrückter. Schmerzhaft umklammerte er ihre Handgelenke. Seine jetzt beinah schwarzen, wie ein Vulkan glühenden Augen bohrte er in ihre und sagte rauh: »Du mußt, du mußt … denn ich will es so!«

Um Stefas Mund zuckte es nervös, und ihr Lachen wirkte gequält. Sie wich seinem Blick nicht aus, eine tiefverwundete Seele, die ihn rief, und die großmütterliche Seele schwang darin mit: »Jetzt … so … aber dann?!«

Stefa entriß ihre Hände Waldemars Umklammerung und wich erneut vor ihm zurück. Sie hielt sich stolz und siegesgewiß, doch erschüttert bis ins tiefste Innere. Mit ungeheurer Willensanstrengung beherrschte sie Stimme und Miene. Gemessen und nachdrücklich sagte sie, ohne ihn anzuschauen: »Ich liebe Sie nicht … Bitte, vergessen Sie mich.«

Sie wandte sich ab und der Tür zu, die Stirn feucht von der Qual, die sie sich selbst zugefügt hatte, aber mit stolz erhobenem Kopf. Erst im Weißen Salon rang sie verzweifelt die Hände; in ihrer Verzweiflung hastete sie in ihr Zimmer. Vor dem Bett warf sie sich auf die Knie, und ein Weinkrampf überwältigte sie. »Geschafft! Es ist geschafft! Und alles zu Ende«, wimmerte sie.

Waldemar blieb wie angewurzelt stehen. Ihr Ausruf sagte ihm alles. Sie hatte an die Großmutter und Maciej gedacht. Ihren letzten Worten glaubte er keineswegs. Im Gegenteil – sie bestätigten ihn in der Gewißheit ihrer Liebe. Doch er starrte ihr bewundernd hinterher, als sie sich von ihm abwandte und den Raum verließ. In seinen Augen blitzte Triumph.

»Tapfer und stolz!« murmelte er anerkennend.

Er stand, den Blick gedankenverloren auf die noch sacht schwingenden Kamelienzweige gesenkt, die Stefa berührt hatte, als sie hinaus gestürmt war. Allmählich glätteten sich seine Züge, und die Erregung legte sich. Ein sanfter Ausdruck spielte um seine vollen Lippen, Zärtlichkeit schimmerte in seinen Augen.

»Ich liebe sie über alles … sie wird mein …«

Ein paarmal wandelte er den Gang auf und ab, erfüllt von Stefas Bild.

»Aber wenn …«

Erst jetzt kam ihm die Familie in den Sinn. Man würde ihm eine entschiedene Absage erteilen, das stand fest. Und dann? Seine Stirn krauste sich bedrohlich.

»Wir werden sehen!« zischte er kampfeslustig.

9

Als sie sich ausgeweint hatte, rollte sich Stefa auf dem Fußboden zusammen und blinzelte in die Sonne, die zum Fenster hereinschien und winzige Stäubchen tanzen ließ. Die Seelenqual ließ allmählich von ihr ab. Dennoch mußte sie alle Seelenkräfte zusammennehmen, damit sie nicht verlorenging im Ansturm der leidenschaftlichen Gefühle. Ihre Liebe war eine ernste, tragische Liebe, verzehrend wie eine Feuersbrunst. Der kurze Augenblick in Waldemars Armen hatte in ihr seine Spuren hinterlassen, noch immer fühlte sie wie eine eiserne Fessel die Umklammerung seiner Hände, spürte sie seinen heißen Atem dicht an ihrer Schläfe. »Ich liebe ihn, und diese Liebe bringt mich um den Verstand! Ich will ganz ihm gehören.« Sie biß auf ihr Taschentuch, um nicht aufzuschreien vor Schmerz und süßem Verlangen, das sie in den schwindelnden Abgrund der Sehnsucht trug. »Ich liebe ihn! Waldek, Waldek. Mein Gebieter!«

Doch plötzlich drang die nackte Wahrheit in ihr Bewußtsein und ernüchterte sie. Sie erhob sich halb und stützte sich auf der Bettkante auf, eisige Kälte überlief sie. »Ich kann nicht, ich darf nicht... sollte auf der Stelle abreisen...« Sie versuchte, sich zu erheben, doch sie geriet ins Schwanken und fiel aufs Bett; sie barg ihr Gesicht im Kopfkissen. Und er? Er ist in Liebe entbrannt... ist rasend... Er? Fort von hier, fort! Er wird vergessen...

Sie wußte, daß das nicht so war, kannte sie doch die Macht seiner Liebe, trug sie sie doch selber in sich. Fort mußte sie, diesen Menschen aus den Augen, ihre Spur verwischen; fort von dem Geliebten, ihn nicht länger sehen, ihn nicht länger in ihrer Nähe wissen. Er wollte sie zur Frau, bot ihr seinen Namen im Wissen um sein Fühlen und Begehren, doch sie konnte nicht annehmen, was er ihr bot. Das herrliche Gebäude des Glücks war nicht für sie, sie mußte freiwillig verzichten, sollte ihr Herz auch in Stücke springen. Nur nicht noch einmal mit ihm sprechen, seine brennenden Augen auf sich fühlen, seine Stimme, seine Worte hören, die Berührung seiner Hand fühlen! Allein die Erinnerung an seine sinnlichen Lippen verbrannte sie. Sie wäre sein, wenn er sie in die Arme nähme, wenn seine Lippen die ihren berührten, würde sie wehrlos dahin sinken.

Nein, sie würde sich freikämpfen aus dieser Übermacht, und sei es mit dem Aufgebot ihrer letzten Kräfte. Würde fliehen – fort von all dem Glanz, all dem Zauber, der tötet!

Doch so sehr sie sich auch quälte, Waldemars graue Augen ließen sie nicht los, seine Lippen brannten und riefen einen leidenschaftlichen Schauer hervor; seine Stimme klang heiser bei den Worten: »Ich bin verrückt nach dir! Hörst du? Du mußt mein sein, und du wirst es. Du liebst mich, ich weiß es.«

Ach ja, er wußte es. Wußte alles! Und er würde nicht von ihr lassen. Er – ein Adler, ein Löwe! Ein Ungewitter dräute in seinem Blick, und messerscharf klangen die Worte: »Du mußt, du mußt, weil ich es so will!«

»Die Seine werden, ihm angehören! Gott, strafe mich für dieses Verlangen«, klagte Stefa.

Für einen Augenblick wird sie schwach. Ein Hoffnungsstrahl stiehlt sich in ihren Jammer, und wie in einem Traum hat sie die selige Illusion, er sei bei ihr, lege seine Hand an ihre Stirn und spreche ihr sanft zu. Sie lehnt den Kopf an seine Brust, vertrauensvoll und in einem überirdischen Glücksgefühl; sie spürt seinen Kuß, wie ein süßes Gift betäubt er sie – ein Rausch begehrlicher Lippen … Ist das schon der Tod? Stefa zittert, sie wagt nicht den Kopf zu heben, die Augen zu öffnen.

10

Tags darauf setzte Stefa ihre Abreise fest: sie sollte am Abend erfolgen.

Niemand widersprach. Łucia hatte ein vom Weinen geschwollenes Gesicht, und sie verließ das Zimmer der Freundin nicht.

Wie am Tag zuvor blieb das Abendessen unangerührt. Alle waren niedergeschlagen, selbst Herr Ksawery hatte keinen Appetit. Waldemar hatte nur ein paar Gläser Burgunder getrunken. Er war kühl, beherrscht und würdigte Stefa keines Blicks.

Stefa dagegen saß da, als sei alles Leben aus ihr gewichen. Sie war bleich, nur die Augen spiegelten wider, was in ihrer Seele brannte. Ihr Herz schlug rasch und dumpf.

Ich fahre, fahre für immer, wiederholte sie in Gedanken mit wilder Entschlossenheit. Und vor ihrem inneren Auge zogen die in Słodkowce verbrachten Tage vorbei, die erste, ziemlich unangenehme Zeit, der heitere Sommer und ein zauberhafter Herbst. Głębowicze! Głębowicze! Brauste es in ihren Gedanken. – Ich werde dich nie mehr wiedersehen! Die Ausstellung, die Jagden, der Kostümball, all die teuren Erinnerungen erstanden vor ihr wie zum Hohn.

Und wieder sah sie Tage vorbeiziehen, diesmal nach ihrer Abreise. Dieselben Personen würden sich zu Tisch begeben, nur sie würde nicht mehr dabeisein. Alles bliebe unverändert. Waldemar käme zu Besuch wie eh und je. Im Frühling würde der Flieder blühen, Narzissen und eine Fülle Iris auf den Rasenflächen. Im Hain singt wieder die Nachtigall, und der Kuckuck läßt weithin über dem Park seinen sorglosen Ruf ertönen.

Und auf einmal schien Stefa das heimatliche Dorf ungeheuer fern, hinter einer grauen Nebelwand verborgen, irgendwo in der Unendlichkeit, während Słodkowce und Głębowicze der goldene Lichtstreif waren, der nun für immer erlosch. Warum überhaupt hatte sie Waldemar abgewiesen?. Er liebte sie doch! Hatte sie also selber, freiwillig, ihr Glück zerstört? Warum? Wegen der längst vergangenen Geschichte ihrer Großmutter? Sie war dem Weinen nahe, Tränen stiegen ihr in die Augen.

Waldemar warf ihr blitzschnell einen Blick zu, er schien mit sich zu ringen, dann hob er als erster die Tafel auf. Die Baronin nahm ihm diesmal die Verletzung der Etikette nicht übel.

Die Verabschiedung dauerte nicht lange. Waldemar drängte zur Abreise. Liebevoll küßte die Baronin Stefa zum Abschied. »Schreiben Sie, Stenia, an Łucia möglichst oft. Sie lassen das Kind sehr einsam zurück. Auch ich habe Sie in mein Herz geschlossen, glauben Sie mir.«

Der Abschiedsschmerz drohte Stefa zu überwältigen, als sie sich zu der Hand von Herr Maciej niederbeugte und sich das graue sorgenvolle Haupt über ihr Haar beugte. Waldemar wandte den Blick ab, Ergriffenheit nahm ihm den Atem. Das beinah zärtliche Lebewohl der Baronin hatte er eher amüsiert mit angesehen, doch Stefas Abschied von seinem Großvater ging ihm nahe.

Du kehrst hierher als die Meine zurück, oder ich gehe zugrunde, wiederholte er im stillen.

Waldemar legte ihr das Pelzcape um. Gerade als sie die Kappe aufsetzte, gewahrte sie zu ihrem Erstaunen, daß Waldemar den Pelzmantel übergezogen hatte, und Unruhe überkam sie.

»Wozu hast du dich angezogen?« erkundigte sich die Baronin.

»Ich begleite die junge Dame zur Bahn«, entgegnete er knapp.

Alle machten große Augen. Frau Idalia kniff die Lippen zusammen, Herr Maciej zog sich in die Haustür zurück.

Lebhaft sagte Stefa auf französisch zu ihm: »Bitte, tun Sie das nicht. Ich fahre sehr gut allein. Sie bereiten mir sonst große Unannehmlichkeiten!«

Das war mit einer solchen Aufrichtigkeit vorgebracht, die Bitte in ihren Augen so sichtbar, daß Herr Maciej und seine Tochter, die Baronin, ganz verblüfft waren. Doch Waldemar reichte ihr in aller Seelenruhe seinen Arm.

»Ich bitte um Beeilung, sonst verspäten wir uns!«

»Bitte, bleiben Sie ... ich flehe Sie an ... Ich möchte nicht, daß Sie mit mir fahren!«

»Bitte keine Szene, das Personal schaut zu«, erwiderte er gereizt.

Stefa blickte verzweifelt in die Runde. Mit ihm zu fahren, kam für sie einer Katastrophe gleich. Herr Maciej bemerkte, was in ihr vorging. Er streckte besänftigend die Hand nach ihr aus. »Stenia, sträube dich nicht ... aber ja, soll Waldemar dich begleiten, das ist sicherer.« Wenn es nottat, war der alte Herr jeder Zoll ein Diplomat.

Leise fuhr die Kutsche über die weiße Wegstrecke dahin, munter klingelten die Janitscharen. Stefa saß still in der Ecke, atemlos. Als sie das Einfahrtstor hinter sich gelassen hatten, bogen sie in einen Seitenweg ein, und das Palais tauchte noch einmal auf, weiß, vornehm, vom Silberglanz des Mondes überstrahlt und mit hell erleuchteten Fensterreihen. Stefa sah es zum letzten Mal, und ihr kamen die Tränen. Waldemars Gegenwart nicht achtend, seufzte sie wehmütig.

Behutsam ergriff der Mann ihre Hand, umschloß sie wortlos mit seinen Händen und streifte bedächtig den Handschuh ab. Stefa bewegte unruhig die Hand hin und her, entzog sie ihm jedoch nicht. Er hielt sie kraftvoll. »Ruhig ... ganz ruhig, bitte ...«, sprach er mit weicher Stimme.

»Warum fahren Sie mit mir mit? Weshalb tun Sie mir das an?« brach es anklagend aus Stefa hervor.

»Nun, sprechen wir nicht mehr davon, meine Teuere. Wie hätte ich dich fortlassen sollen, ohne zu Ende zu bringen, was ich in der Orangerie begann. Ich will dich überzeugen, Liebste.«

Stefa rutschte auf ihrem Platz hin und her. Seine freundliche, sanfte Stimme, Wortwahl und Tonfall verfehlten ihre verführerische Wirkung nicht. Er begann Macht über sie zu haben, das spürte sie. Er streichelte ihre Hand, küßte sie, das schüchterte sie ein, doch noch wollte sie sich verteidigen.

»Bitte, lassen Sie mich in Ruhe. Ich reise ab, und alles ist zu Ende. So soll es sein. Bitte, tun Sie mir die Liebe.«

»Stefa, reden wir ernsthaft, vor allem aber ganz ruhig. Ich weiß, was in dir vorgeht. Dir stehen immer deine verstorbene Großmutter und ihre Tragödie vor Augen. Ich bestreite nicht, daß das einen schmerzlichen Vergleich heraufbeschwört. Doch das Recht dazu hast du nicht, denn jene Tragödie wird sich nie wiederholen in unseren Familien. Ich liebe dich seit langem tief und inniglich. Es ist kein augenblickliches Betörtsein und auch keine Laune – ich kenne meine Empfindungen. Ich bin keine zwanzig mehr, um mich fortreißen zu lassen von einem einzigen Moment. Ich habe mich gewissenhaft geprüft und weiß genau, daß das, was ich für dich empfinde, die wahre, eine Liebe ist.

Er nahm ihre andere Hand und preßte sie leidenschaftlich an die Lippen. Stefa saß da wie im Traum. Er sprach weiter, mit leiser Stimme: »Wehre dich nicht, leugne nicht, ich weiß alles. Du hast gekämpft, doch es läßt sich nicht niederkämpfen, was stärker ist als alles und stets den Sieg davonträgt. Ich bewunderte deine Stärke, mit der du mir gestern die Leugnung deiner Gefühle entgegenschleudertest, doch um so mehr weiß ich, daß du mich liebst. Und da sollte ich mich mit deiner gestrigen Antwort abfinden? Sollte dich erobert haben, um Abschied zu nehmen? Nach einem Wort, das dir der Stolz diktiert hat? Die Furcht, die Bitterkeit, durch ein Bild aus der Vergangenheit heraufbeschworen? Selbst wenn ich dir völlig gleichgültig wäre, würde ich aufs Ziel lossteuern in der Hoffnung, dich dennoch zu erringen. Und da sollte ich, wo ich doch um die Gegenseitigkeit unserer Gefühle wußte, einfach so den Platz räumen? Du kennst mich nicht, du meine Einzige. Du wirst meine Frau, weil ich das Glück begehre, denn dir will ich es schenken.«

Stefa lauschte hingerissen, mit einer nie gekannten Wonne. Sie fühlte seinen Blick, und ihr Blut geriet in Wallung, machte all ihre Vorsätze zunichte. Der Majoratsherr zog sie an sich und flüsterte: »Meine Liebste, Einzige, Goldene, sträube dich nicht, verleugne nichts, du liebst mich … sag es, ich will, daß du es mir sagst!«

Stefa wurde schwach, sie liebte zu sehr, als daß sie länger hätte wiederstreben können. Das Wissen um seine Gefühle, die dunkle, von Liebe erfüllte Stimme betäubten sie. Bezaubert, von ihrem Glücksgefühl in unbekannte Gefilde davongetragen, schloß sie die Lider. Ein lichter Raum umgab sie, gewirkt aus goldenen Sternen, erfüllt von Duft und einer wundersamen Musik. Sie fühlte sich wehrlos. Er drückte sie an sich, und still legte sie den Kopf an seine Brust.

Waldemar schob ihr die Kappe zurück und senkte die Lippen in ihr Haar. »Mein Glück! Mein Alles!« flüsterte er hingerissen. »Sag, daß du mich liebst.«

Und auf einmal konnte sie nicht länger widerstehen. »Ich liebe … ja … Ich liebe dich«, stieg es wie ein Seufzer aus ihrer gemarterten Seele.

»Mein bist du! Mein!« Er preßte sie an sich, bedeckte ihre Lippen, Augen, ihr Haar mit blinden Küssen. Ein langer, wonniglicher Augenblick, ein Moment der Verzauberung hüllte die beiden ein; er barg alles Schöne der Welt, vereinte Feierlichkeit des Geistes mit Leidenschaft – es gibt keine höheren irdischen Freuden. Engel müssen diese Augenblicke geschaffen haben.

Waldemar streichelte Stefa, flüsterte ihr die zärtlichsten Worte, Worte der Liebe, ins Ohr. Endlich war sie sein, die Ersehnte, Einzige! »Du wirst meine Frau … die Meine auf ewig«, murmelte er wieder und wieder.

Stefa erbebte, und mit unendlich trauriger Stimme sagte sie: »Ich liebe Sie mehr als mein Leben … doch Ihre Frau werde ich nie.«

»Warum, meine Einzige, was redest du da?«

»Weil es unmöglich ist. Sie sind ein Magnat, und das … das ist nicht für mich!«

»Aber, lieber Himmel, grübele doch nicht über solche Dinge nach, meine Teure! Wir lieben uns – und das ist genug, das entscheidet über alles. Du bist mein, und niemand darf dich mir rauben. Niemand wird uns das Glück verwehren, weil ich deiner, mein Herz, nie entsagen werde. Es kommt der Tag, da werde ich dich von Ruczajew fortholen. Du, meine Mimose. Von heute an sind wir einander versprochen, sei ruhig, Liebste, und vertraue deinem Waldemar ...«

Sie näherten sich der Bahnstation. Ein schriller Pfiff der Dampflok riß sie aus ihrer Verzauberung. Die Kutsche hielt, der Zug war schon eingefahren.

Auf dem Perron Bewegung, Lärm, ein Durcheinander. Der Majoratsherr brachte Stefa in einem Extraabteil unter und sandte ein Telegramm nach Ruczajew. Jur nahm sich des Gepäcks an. Bis zur Abfahrt des Zuges blieben noch ein paar Minuten.

Stefa glühte wie im Fieber. Waldemar umklammerte ihre Hände. »Auf Wiedersehen, Liebste. Erwarte mich in Ruczajew, hab Vertrauen. Ich werde alles tun für unser Glück. Du bist für mich die Einzige!«

Die Glocke ertönte zum drittenmal. Waldemar nahm sie in die Arme und küßte hingebungsvoll ihre verweinten Augen. Sein Gesicht war von Erschütterung gezeichnet, seine Lippen bebten. »Auf Wiedersehen, mein teures Herz, auf ein baldiges Wiedersehen!«

Stefa riß sich aus seiner Umarmung. Das Abteil betrat eine ältere, distinguierte Dame. Waldemar warf einen raschen prüfenden Blick auf den neuen Fahrgast. Er kannte die Dame vom Sehen, eine Gutsbesitzersgattin aus der Gegend um Obronny. Mit ausgesuchter Höflichkeit verbeugte er sich.

»Gnädige Frau, ich empfehle meine Braut Ihrer Obhut, mein Name: Waldemar Michorowski.«

Die Dame überwand rasch ihre Verblüffung und stellte sich ebenfalls vor. »Sie können ganz beruhigt sein. Die junge Dame und ich fahren die gleiche Strecke, bis zu meiner Bahnstation nehme ich sie gern unter meine Fittiche.«

Waldemar bedankte sich, reichte Stefa die Hand und eilte aus dem Abteil. Der Zug setzte sich in Bewegung. Der Majoratsherr, der noch nebenher lief, schwenkte die Pelzmütze und sandte noch einmal zärtliche Abschiedsgrüße dem blassen Gesichtchen, das ihm allmählich aus den Augen verschwand. Der Zug hatte die Bahnstation verlassen und ratterte mit zunehmender Geschwindigkeit, eingehüllt in eine dichte Dampfwolke, in eine blaue Mondnacht hinein.

Waldemar blieb stehen und blickte den immer kleiner werdenden Zug nach.

»Bald komme ich dich holen, mein goldener Vogel«, sprach er halblaut vor sich hin, dann ging er hinein. Im Schankraum hielt ihn die Verbeugung des Stationsvorstehers auf.

»Ich bitte vielmals um Entschuldigung, daß ich Euer Gnaden nicht früher meine Aufwartung gemacht habe. War das Fräulein Rudecka, die da abgereist ist?«

Waldemar gab ihm die Hand. »So ist es, meine Braut fährt zu ihren Eltern.«

11

In Obronny saß die alte Fürstin Podhorecka gedankenverloren in ihrem Salon. Der Raum, der sie umgab, entsprach ihrer erhabenen und respektheischenden Erscheinung; mit dunklem Damast ausgeschlagen, in einem eher düsteren Ton gehalten, erinnerte er an die Gemächer polnischer Matronen in den Burgen von einst.

Ein Mahagoniklavier, auf dem ein großer Kelim lag, schwere Möbel, alte Spitzen an den Fenstern und etliche verblaßte Portraits komplettierten das Ganze. Die Danziger Standuhr tickte ernsthaft. Dem Betpult direkt gegenüber hing das Gemälde einer jungen wohlgestalten Frau in weißem Kleid und kostbarem Schmuck. Auf dem Schoß hielt sie einen etwa zweijährigen Knaben in einem spitzenbesetzten Samtanzug. Es war die Tochter der Fürstin, Elżbieta Januszowa Michorowska, Majoratsherrin von Głębowicze, mit ihrem Sohn Waldemar. Der Knabe trug lange Locken, und sein Gesichtchen war eher ausdrucksvoll als hübsch. Das Gemälde wurde von zwei weiteren flankiert. Eines stellte den seligen Majoratsherrn Janusz dar, das andere den jetzigen, Waldemar. Janusz' Züge waren ganz die der Michorowski, nur die Augen hatte er von seiner französischen Mutter, große, schwarze feurige Augen, nur größer waren sie und freundlicher. Waldemar, dessen Konterfei aus der Anfangszeit seines Majorats stammte, saß der Schalk in den grauen Augen. Der Schwung der Brauen und ein gewisser charakteristischer Zug deuteten auf ein unbeugsames Naturell.

Die Fürstin saß auf einem altmodischen Sofa an einem runden Tisch, der mit einer Menge Kleinigkeiten überladen war, die man zur Weihnachtsbescherung für bedürftige Kinder vorbereitete. Es fanden sich Kleidungsstücke, Bauernröcke, Umschlagtücher; es gab Schuhe und Strickpantöffelchen neben allerlei Spielzeug und Naschwerk.

Die weißen Hände der Fürstin, die ein strenges schwarzes Kleid trug, wählten Gegenstände aus und sortierten sie zu einzelnen Häufchen. Ihre Gesellschafterin, eine ältere Dame, Frau Dobrzyńska, legte immer neue Dinge auf den überfüllten Tisch. Hin und wieder schweifte der Blick der Fürstin zu Waldemars Portrait, und dann legte sich ein Schatten auf ihre bleichen Züge.

Seit geraumer Zeit beunruhigte sie der Enkel, den sie sehr verändert fand. Bei der letzten Gelegenheit, dem Mittagessen für geladene Gäste, war sie geradezu erschrocken gewesen. Was hat er nur? Womit quält er sich? Fragte sie sich. Auch alle anderen setzten sie in Erstaunen, Herr Maciej nicht weniger als Rita, die, für gewöhnlich resolut und fröhlich, neuerdings eher mißgelaunt und nachdenklich wirkte. Ein paarmal schon hatte die Fürstin sie weinen sehen. Was war bloß in sie gefahren?

Fräulein Rita trat ein, in Hut und Pelzkragen, die Wangen frostgerötet, mit einem seltsamen Gesichtsausdruck. Die Fürstin und sie begrüßten sich schweigend. Frau Dobrzyńska verließ unverzüglich den Raum. Die alte Dame richtete den Blick auf ihre Ziehtochter.

Rita ließ sich auf einen Stuhl fallen und zerrte die Handschuhe herunter.

Es klopfte. Ein Bediensteter trat ein und händigte Rita ein Telegramm aus Wien aus. Es war von Treska. Fräulein Szeliżanka überflog es und schleuderte das Papier auf den Tisch.

»Was gibt's denn nun schon wieder?« Die Fürstin nahm das Telegramm auf und las: »Komme bald. Verzehrende Sehnsucht. Kein Rom. Rechne darauf, daß wir sommers gemeinsam hinfahren. Gegenwärtig kein Spaß an den Wienerinnen. Statt der wundervollen Profile der Ungarinnen bevorzuge ich Martyrerpalme in Obronny.

Edward der Unentbehrliche.«

Die Fürstin lachte auf. »Ein originelles Telegramm und ein amüsanter Mensch. Treu wie Troilus. Jetzt wirst du ihn ja wohl glücklich machen wollen.«

Rita warf der Fürstin einen scharfen Blick zu. »Wieso jetzt?«

»Nun, ich weiß nicht. Da er dir so nachdrücklich eine Romreise ankündigt, heißt das doch wohl, daß er sich Hoffnung macht ...«

»Ach, diese Hoffnung! *C'est son cheval de bataille*, aber ... er wartet lange. Obgleich ... Tante haben ganz recht. Jetzt raffe ich mich vielleicht wirklich viel leichter auf, ihn glücklich zu machen als unter den alten Bedingungen.«

»Und wieder verstehe ich dich nicht. Was Treska angeht, habe ich dir immer schon gesagt, daß er keine schlechte Partie ist: ein sehr guter Mensch, wenn auch manchmal ein wunderlicher Kauz, doch das schadet nichts. Dabei ein hübsches Vermögen, die Residenz durchaus ansehnlich, aber vor allem – er liebt dich.«

»Tante, sprechen wir nicht davon. Bitte! Wenigstens jetzt nicht«, rief Fräulein Rita aus und lief sichtlich aufgeregt durchs Zimmer. Die Fürstin zuckte die Achseln. »Du bist heute wirklich merkwürdig, meine kleine Rita!«

Da klopfte es zum zweitenmal an der Tür, und ein Diener meldete knapp: »Der Majoratsherr!« Rita blieb wie angewurzelt stehen. Hochaufgerichtet stand sie da.

Raschen Schritts trat Waldemar ein; ungezwungen begrüßte er die Großmama und Fräulein Rita, deren Erstarrung er nicht zu bemerken schien. Noch eine Weile stand sie reglos, dann verließ sie das Zimmer. Waldemar rückte sich einen Sessel in die Nähe der Fürstin und nahm zärtlich deren Hand. In seinen Augen lag ein liebevoller, ein wenig schelmischer Ausdruck.

»Schön, dich zu sehen, mein Junge!« Die Fürstin strahlte ihn an. »Du warst nicht oft bei mir in letzter Zeit, hast die alte Großmama vergessen.«

»Aber Gott bewahre! Aber Sie freuen sich, Großmama, daß ich gekommen bin? Sie lieben mich also ...«

»Wie sollte es anders sein? Ich hab doch nur dich – der einzige Enkel und der einzige Sohn, denn Franio ... ach, Gott!« Die alte Dame winkte unmutig ab. »Wenn Franio dir wenigstens ein bißchen gliche ...«

»Aber Großmama, ich möchte für keinen den Musterknaben abgeben.«

»Dennoch könntest du der durchaus sein.«

Waldemar schmunzelte. »Für meinen Sohn später einmal.«

»Ja, das ist es! Wie bedauerlich, daß du nicht an die Gründung einer Familie denkst – deine Pflicht. Du bist der letzte aus der Głębowicki-Linie, das solltest du stets im Auge behalten, Waldek, doch du ... du machst immer bloß Witze.«

Waldemar wurde ernst. Er blickte der Fürstin gerade in die Augen. »Nein, Großmama, ich mache jetzt keine Witze. Ich hege in aller Entschiedenheit die Absicht, eine Familie zu gründen, nicht aus Pflichtgefühl, der Tradition wegen, sondern auf eigenen Wunsch.«

Die klugen Augen der Fürstin wurden mißtrauisch. Seine Stimme verblüffte sie. »Du willst heiraten, Waldek?«

Ihre Verblüffung schien grenzenlos, und Waldemar lachte belustigt auf. »Ach, Großmamachen, Großmamachen. Eben erst haben Sie mir vorgehalten, daß ich nicht daran denke, und jetzt verblüfft Sie die Nachricht dermaßen, daß Sie beinah entsetzt sind.«

»Also ist es wahr?«

»Aber ja, teuerste Großmama, ich scherze ganz gewiß nicht! Ich bin nur gekommen, um es dir zu erzählen und dich um deinen Segen zu bitten.«

»Um den Segen? Schon? Ich habe nicht gehört, daß du dich um jemanden bemüht hättest, Waldek. Und nun so plötzlich?«

»Ach, Großmama, die, die ich zur Frau möchte, ist mir seit langem teuer. Du kennst und magst sie. Aber ich dachte, du errätst es von selber, ich habe nie ein Hehl daraus gemacht.«

»Wer ist es, Waldek ... Wer? Doch Melanie Barska?« fragte die Fürstin unruhig.

»Aber was du nicht sagst! Die Barska war und ist mir vollkommen gleichgültig.«

»Aber wer könnte es sein?«

Waldemar ließ seinen Blick auf dem Gesicht der Fürstin ruhen und sagte in weichem Ton, wenn auch mit Nachdruck: »Stefa Rudecka.«

Die Fürstin starrte ihren Enkel an. »Weeer?«

»Stefa Rudecka«, wiederholte er.

»Waldek, du machst Spaß?«

»Nein, Großmutter, es ist mein völliger Ernst; mein Entschluß steht unwiderruflich fest.«

Die Fürstin griff sich an ihre Stirn. »Jesus Maria«, entrang sich ihr der Stoßseufzer.

Waldemar biß die Zähne aufeinander, seine Brauen zogen sich zusammen, und dann sagte er mit veränderter Stimme: »Was erschreckt Sie so, Großmama? Welch unfaßbare Tragödie. Wirklich, wenn ich stürbe, könnte die Verzweiflung kaum größer sein.«

»Waldemar, beherrsche dich, du brauchst mich nicht zu verletzen! Ich sehe ja, daß du die Wahrheit sagst, aber es ist zu grausam. Du wirst das niemals tun, du nicht, nein!«

Den Kopf stolz erhoben, doch mit bebenden Lippen fragte Waldemar nach dem Warum. Die Fürstin war blaß geworden. Sie packte den Enkel beim Arm, ihre Augen brannten, und heiser entrang sich ihrer Kehle: »Ich beschwöre dich, Waldemar, tu das nicht! Überleg es dir, besinne dich auf deine Abkunft, deinen Namen! Man tritt nicht ungestraft das alte Geschlecht der Vorfahren in den Schmutz – das darfst du nicht!«

Waldemar versteifte sich; er unterdrückte seinen Zorn und begann mit eisiger Stimme zu sprechen: »Gut. Doch außer Namen, Geschlecht, Wappen und dem ganzen Drumherum habe ich auch noch ein Herz und eine Seele, und die wiederum haben persönliche, nicht der Abkunft verpflichtete Wünsche und Sehnsüchte. Ich will etwas für mich, einzig und allein für mich. Meine Empfindungen würde ich für nichts dem Familienerbe aufopfern. Meine Frau kann nur diejenige werden, die ich liebe. Ich habe lange gesucht und diese Frau in Stefa gefunden.«

»Aber bedenke, bedenke doch, daß deine Großmutter von Hause aus eine Herzogin de Bourbone gewesen ist, verwandt mit Königshöfen, daß deine Mutter eine Podhorecka war,

Tochter aus einem der berühmtesten Fürstengeschlechter des Landes.«

Der Majoratsherr bewegte sich ungeduldig. »Und meine Frau wird eine Rudecka, ein Mädchen aus einer guten polnischen Adelsfamilie – nicht mehr und nicht weniger. Und mit ihr werde ich sehr glücklich, daran glaube ich.«

»So sehr also liebst du sie?«

»Von Herzen, aus voller Seele und mit all meinen Sinnen – so wie ein Mann eine Frau nur zu lieben vermag.«

»Und sie weiß darum?«

»Ja, von mir, ich habe es ihr gesagt.«

»Und hast irgendwelche Absichten geäußert?«

»Ja, ich habe ihr alles eingestanden.«

Der Mund der Fürstin verzog sich zu einem unangenehmen Lächeln. »Und natürlich ist sie sofort einverstanden gewesen, dich zu beglücken, daran hege ich keinen Zweifel.«

»Im Gegenteil, sie hat abgelehnt.«

Verblüfft sah die Fürstin ihren Enkel an und bemerkte dann achselzuckend: »Ich verstehe nicht! Offenbar amüsierst du dich auf meine Kosten.«

»Keineswegs! All das ist mein voller Ernst. Sie will nicht meine Frau werden wegen all der Gründe, die Großmama erwähnt hat, doch sie liebt mich, liebt mich schon seit langem – und das war der Grund für ihre Abreise. Sie ist edel und stolz, wollte die eigenen Gefühle opfern, doch ich lasse nicht zu, daß sie unglücklich wird. Denn es geht ja auch um mein Glück.«

Reglos saß die Fürstin da, nur die Hände hatte sie verzweifelt ineinander geschlungen. »Aber du hast doch behauptet, sie habe abgelehnt. Immerhin hat sie sich zu soviel Taktgefühl durchgerungen«, fügte sie wie zu sich selber hinzu.

»Aber das war ausschließlich ihr Takt. Ich wiederhole, sie liebt mich ebenfalls, und ich werde alles tun, um ihren Eigensinn zu bezwingen. Ich fahre nach Ruczajew zu den Rudeckis und bitte sie um die Hand ihrer Tochter!«

»Ach, Gott, mein Gott!« stöhnte die Fürstin.

Waldemar verlor die Geduld. »Großmutter, das ist kein Grund zur Verzweiflung, denn ich begehe schließlich kein Verbrechen. Ich meine doch, mein Glück sollte diejenigen, die mich gern haben, ein wenig anders stimmen, aber das ist, wie ich sehe, nicht der Fall.«

»Nicht von einem solchen Glück habe ich für dich geträumt. Keine Partie im Land erschien mir passend, während du ... du ... auf meine alten Jahre – was gibst du mir? Barmherziger Gott!« Die Fürstin brach in Tränen aus; das Gesicht in den Händen geborgen, saß sie tief in ihrem Sessel versunken, bebte und schluchzte in schmerzlichem Kummer.

Der Majoratsherr erhob sich und eilte durchs Zimmer, während er versuchte, nicht die Selbstbeherrschung zu verlieren. Die Tränen seiner Großmutter griffen ihm ans Herz, doch nicht einen Augenblick wurde er wankend in seinem Entschluß. Er preßte die Zähne zusammen, doch in seiner Seele sprach er zu Stefa die zärtlichsten Worte, gelobte ihr aufs neue: Für dich, mein Kleines, will ich alles ertragen. Du wirst die Meine, und sie werden dich akzeptieren.

Er ging zur Fürstin zurück, beugte sich zu ihr nieder, umarmte sie und hauchte einen liebevollen Kuß auf die glühende Schläfe der Greisin. »Großmama, wenn Sie mich lieben, beruhigen Sie sich, machen Sie aus meinem Glück kein Drama. Ich weiß, Sie wollten das Beste, doch jeder trägt das Wissen um die eigenen Sehnsüchte in sich. Bitte. Großmama, weinen Sie nicht. Das verletzt mich und beleidigt Stefa.«

Wieder schluchzte die Fürstin auf. »O Waldek, Waldek!«

Waldemar kniete sich neben sie, küßte ihr liebevoll die Hände und sagte in sanftem Ton: »Ich bin noch immer derselbe, dein Enkel Waldek, und der werde ich immer bleiben. Ich liebe und schätze dich, Großmama, aber gerade deshalb möchte ich, daß du mich verstehst, meine Liebe nicht so tragisch nimmst, und natürlich auch meine künftige Ehe nicht. Sie haben sich in Ihren Ansichten stets von unserer Aristokratie unterschieden, Großmama, immer so viele gute Prinzipien gehabt. Nie habe ich etwas von fanatischen Vorurteilen gemerkt und Sie dafür immer sehr bewundert. Doch verdient denn Stefa eine solche Abneigung Ihrerseits, kennen Sie sie nicht? Sie ist so lieblich, vornehm, und dabei so edel – Sie haben das selber festgestellt, Großmama.«

Die Fürstin warf dem Enkel einen scharfen Blick zu. »Sie

mag die Schönste sein, die Edelste, aber sie ist nichts für dich.«

»Weil sie eine Rudecka ist?«

»Und sei es nur deshalb, ja.«

»Aber Großmama, ich kann Ihnen das Wappenbuch zeigen, wo der Name Rudecki deutlich placiert ist. Es ist eine alte Familie, mit einem guten Adelswappen. Sie sind kein geringeres Geschlecht als die Żnins, Szeligs oder Ćwileckis mit ihren noch dazu erworbenen Titeln.«

»Unter denen, die du da aufzählst, habe ich keine Frau für dich gesucht.«

Der Majoratsherr erhob sich. »Also sollte ich in ein Herrscherhaus einheiraten, oder mich mit einer Prinzessin aus Tausendundeiner Nacht vermählen?«

Die Augen der Fürstin blitzten. »Du bist also der Ansicht, daß man dir eine solche Messaliance durchgehen läßt, dir eine Ehe mit dieser Rudecka erlaubt? Dir, dem Majoratsherrn auf Głębowicze? Einem Michorowski?«

Waldemar warf hochmütig den Kopf in den Nacken. »Und wer soll es mir verbieten?« fragte er herausfordernd.

»Die Familie! Unsere Gesellschaftsschicht! Die Tradition! Ich!« Die Fürstin war jetzt außer sich.

»Mit Verlaub! Ich bin volljährig, folglich hat die Familie kein Recht, mir irgend etwas zu verbieten! Unsere Gesellschaftsschicht! Da kann ich nur lachen! Die Tradition kümmert mich nicht. Und Sie, Großmama, werden sich nicht lange sträuben, dafür sind Sie viel zu verständnisvoll.«

»Du irrst. Ich werde dergleichen niemals zulassen.«

»Werden Sie doch, Großmama, und sei es nur, weil ich Ihnen sonst meinen Gehorsam versage. Meine Frau wird niemand anders als Stefania Rudecka. Da wird sowohl die Familie als auch die Gesellschaftsschicht zustimmen, die Tradition hat dabei nichts zu vermelden.«

»Und das sagst du, Waldek ... du?«

»Ich, ein Michorowski, Majoratsherr auf Głębowicze und Ihr Enkel.«

»Und du, der vornehmste Magnat in diesem Land, ein Mann, dem die Töchter der berühmtesten Häuser zu Füßen lagen, läßt dir einen solchen Verrat zu schulden kommen?«

»Ja, Großmama! Wie Sie richtig sagen, lagen mir die Frauen zu Füßen, jetzt liebe ich bis zum Wahnsinn diese einzige.«

Die Fürstin streckte die Arme aus. »Aber meinetwegen, wie du willst, liebt euch beide bis zum Wahnsinn, doch heirate nicht!«

Waldemar schaute die alte Dame verwundert an. »Also jetzt ist es an mir zu fragen: Und das sagen Sie, Großmama? Sie?«

»Waldemar, bring mich nicht zur Verzweiflung. Ich will sie nicht für dich. Ich will nicht! Ich will nicht!« Sie erhob sich vom Kanapee, bebend und bleich.

Waldemar faßte sanft ihre Hand. »Großmama, bitte, beruhigen Sie sich! Denk ernsthaft darüber nach, und ich bin sicher, du wirst alles anders empfinden.«

»Nie! Niemals!«

Die Fürstin entriß ihm ihre Hand. »Damit rechne nur nicht. Und läge es auch nur an mir! Meinen Segen erteile ich euch nie!«

Waldemar strich sich mit der Hand über die Stirn, die schweißbedeckt war. Seine Augen hatten kein Feuer mehr, sie blickten jetzt kalt. Seine Stimme klang, als verkünde er ein Todesurteil, als er sagte: »Nun, ich ... ich werde Stefania Rudecka heiraten, Ihrer Drohung zum Trotz.«

Die Fürstin war entgeistert, hilflos starrte sie auf ihren Enkel und hastete dann aus dem Zimmer.

Nachdem seine Großmutter fort war, ließ sich Waldemar schwer in einen Sessel sinken. Das, was er am meisten gefürchtet hatte, war eingetreten. Er wußte, daß ohne Segen und Einverständnis seiner Großmutter Stefa nie seine Frau werden würde. Zum erstenmal fühlte sich dieser willensstarke Mann gebrochen. Dumpfe Verzweiflung zerrte an seiner Seele. Auflehnung, Zorn, Empörung zerrissen ihm die Brust. Er sah Stefa vor sich: ihre dunklen Veilchenaugen blickten ihn flehend an, waren so voller Liebe und Verlockung. Ihre Lippen flüsterten beseligende Worte, die langen Wimpern streiften fast zärtlich ihre lieblichen Wangen. Welch zauberhaftes Bild, welch eine Wonne ...

»Mein Kleines, mein Alles, ich werde gewinnen für dich ... sei ruhig«, flüsterte er seinem Traumbild zu.

Bitterkeit und ein unermeßlicher Schmerz bereitete ihm allein der Gedanke daran, daß man sie zurückstoßen könnte, seine süße Braut. Er litt, doch er unterlag nicht. Der Schmerz riß ihn nicht nieder, sondern feuerte ihn zum Kampf an. Er spürte, wie ihm neue, unbezwingbare Kräfte durch die Adern rannen. Über den Abgrund, der sich vor ihm aufgetan hatte, würde er hinwegspringen. Falkenflug und Adlerklauen – mit ihnen würde er die Nebelwand der Abneigung niederreißen und vordringen in den hellen Raum seiner Sehnsüchte. Dorthin würde er Stefa, die eingetaucht war in bange Ungewißheit, entführen. In seinen Händen hielt er ihr Geschick, ihrer beider Glück – er würde sie nicht enttäuschen.

12

Der Entschluß des Majoratsherrn rief in der ganzen Familie einen Sturm der Entrüstung hervor. Die Fürstin erwies sich als unerbittlich, die Baronin und Fürst Franciszek unterstützten sie, Gräfin Ćwilecka lebte wie im Fieber.

Die Atmosphäre in Słodkowce war bedenklich. Herr Maciej schwieg rätselhaft; er wirkte merkwürdig streng. Die für gewöhnlich couragierte Frau Idalia fürchtete sich jetzt, das Kabinett des schwermütigen Greises zu betreten. Ihr blaues Blut empörte sich wegen Stefa, doch wagte sie nicht, mit dem Vater darüber zu sprechen. Herr Maciej saß, in sich verschlossen, im Sessel und hing seinen düsteren Gedanken nach. Sein Verstand vermochte deren Andrang kaum zu bewältigen. Er hatte von Waldemars Antrag am selben Tag erfahren, wußte auch von Stefas Ablehnung und er gab sich der Illusion hin, daß ihre Abreise den Entschluß des Enkels ändern könnte. Stefa tat ihm leid, er empfand Gewissensbisse, er quälte sich, zugleich aber wollte er, daß das alles ein Ende habe. Als Waldemar Stefa an den Zug brachte, war ihm klar, daß alle Hoffnung vergebens war. Auf der Fahrt würde Stefa Waldemars überzeugenden Worten erliegen und, da sie ebenfalls liebte, nicht länger ihre Gefühle verleugnen. Und im nachhinein wunderte sich der Greis, daß er sich, obgleich er den Enkel so gut kannte, auch nur einen Moment lang der Täuschung, er würde anders handeln, hatte hingeben können. Als anderntags Herr Maciej in der Auffahrt Pferde aus Głębowicze erblickte, wußte er sofort, was Waldemar hergeführt hatte, und er irrte sich nicht. Geduldig lauschte er der hitzigen Rede des Enkels, nach deren Beendigung er ihn inständig bat, sich alles noch einmal gründlich zu überlegen.

Waldemar aber schaute ihm in die Augen und erwiderte mit Nachdruck: »Wie das? Auch du, Großpapachen, verbietest mir mein Glück ... Nach allem, was in deinem Leben geschehen ist? Du willst ein neues Drama in unserer Familie, die Wiederholung der Vergangenheit? Du willst Stefa Leid zufügen und auch sie unglücklich machen? Du, Großpapa, rätst mir von einer Hochzeit mit der Enkelin jener Unglückseligen ab, die du einst geliebt hast?«

Herr Maciej fühlte sich niedergeschlagen. Die bitteren, aber wahren Worte seines Enkels hagelten nieder auf sein Haupt, lasteten schwer auf seiner Seele. Die Vergangenheit rächte sich, das begriff er nunmehr. Seit dem Ableben jener Frau war das Schlimmste eingetroffen. Stefas Abreise hatte die Katastrophe, die früher oder später hereinbrechen würde, wie Herr Maciej nicht im mindesten bezweifelte, nur beschleunigt. Er schaute in einen bodenlosen Abgrund. Waldemar hatte ihn in der Hand. Herr Maciej spürte nur zu deutlich die eigene Hilflosigkeit, und das bedrückte ihn am allermeisten.

Der Kopf sank ihm auf die Brust, die knorrigen Greisenhände verkrampften sich, und so saß er da, sehr alt jetzt, kummervoll, mitleiderregend. Nach dem ersten Ausbruch besänftigte ihn Waldemar, erklärte ihm die Unbegründetheit all der Vorurteile, die sich seiner Verbindung mit Stefa als hinderlich erweisen konnten. Er redete von seinen Empfindungen und erinnerte den Großvater zartfühlend an seine eigene Liebe, ohne deren Ende anzusprechen. Der alte Magnat war gerührt, als Waldemar bei seinem Geständnis ein goldenes Medaillon, verziert mit kleinen Brillanten und Rubinen von der Uhrkette nahm, es dem Großvater reichte und dabei eine Feder drückte. Stefas reizendes Gesichtchen zeigte sich, mit großem Geschick handkoloriert; die Abgebildete trug ein bescheidenes Kleid, die Korallen und einen dicken Zopf, der ihr über die Schulter hing.

Ihre Augen blickten verträumt und sehnsuchtsvoll. Der hübsche Mund lächelte schelmisch. Die Neigung des Kopfes war voller Anmut.

Beim ersten Blick auf die Miniatur zuckte Herr Maciej zusammen. Wieviel Ähnlichkeit sie mit der Korwiczówna hatte. Stefas Augen schienen zu flehen, alles in ihrem Gesicht schien ihn um das Glück mit Waldemar zu bitten. Wie lebendig stand sie ihm vor Augen: Sie war eben vom Begräbnis ihrer Großmutter zurückgekehrt, ihre Augen schwammen in Tränen und sie schmiegte sich an seine Hand, vertrauensselig wie ein Kind. Herrn Maciej brach der kalte Schweiß aus, so sehr plagte ihn sein Gewissen. Und du willst sie umbringen ... Weswegen? rief die innere Stimme.

Unter den buschigen Brauen hervor blickte er auf seinen Enkel. Der saß ganz in den Anblick des geliebten Wesens versunken da. Und wieder meldete sich jene innere Stimme dumpf in der Seele des Greises: Du willst ihm sein Glück verwehren? Mit welchem Recht?

Der alte Herr schloß die Augen und antwortete sich selber mit Bitterkeit: Du verwehrst ihm gar nichts, weil er nicht auf dich hört. Und an Waldemar gewandt sagte er: »Woher hast du das Bildchen?«

»Ich habe einen Ausschnitt von einer Aufnahme aus Głębowicze machen lassen. Seit jener Zeit trage ich das Medaillon.«

»Ein entzückendes Mädchen«, flüsterte der Greis.

»Du liebst sie in Erinnerung an jenes andere Mädchen von einst. Lieb sie um ihrer selbst willen, Großvater, als deine Enkelin und meine Frau. Sie schenkt mir alles, was du je für mich begehrt hast.«

Herr Maciej war bis ins Innerste aufgewühlt. Waldemar drang nicht länger in ihn. Der alte Herr mußte sich beruhigen und sich überwinden. Diese Zeit wollte er ihm lassen, er war sich längst sicher, daß er gewinnen würde.

Einige Tage vergingen. Waldemar zeigte sich nicht. Herr Maciej wußte, daß sein Enkel in Obronny gewesen war und die Fürstin ihm den Segen verwehrt hatte. Der Greis durchlebte einen schmerzhaften geistigen Zwiespalt. Waldemars Schweigen ärgerte ihn. Seine Tochter sah er kaum noch, denn ihre laute

Entrüstung über den »törichten Waldemar« verstimmte ihn. Er selber wollte Stefa keineswegs für seinen Enkel, doch anderer Leute Einwände ermüdeten ihn ungeheuer.

13 Die folgenden Tage vergingen in Betrübnis und Unsicherheit. Sendboten kursierten unablässig zwischen Słodkowce, Obronny und Głębowicze. Die Fürstin verhandelte brieflich mit Waldemar.

Endlich erhielten Herr Maciej und die Baronin Briefe von Fürst Franciszek Podhorecki, die zu einer Familienzusammenkunft nach Obronny luden.

Alle versammelten sich in einem Salon neben dem Kabinett der Fürstin, man wartete nur noch auf Waldemar. Die Fürstin, die in einem hohen Lehnstuhl saß, zupfte unruhig an ihrem Taschentuch, wobei sie besorgt Herrn Maciejs resignierte Miene betrachtete. Fürst Franciszek und Graf Morykoni, der Mann ihrer zweiten Tochter, spazierten in eine leise Unterhaltung vertieft umher. Die Baronin und die Gräfin blickten aus dem Fenster. Die junge Fürstin und Fräulein Rita trugen rätselhafte Gesichter zur Schau.

Flüsternd bemerkte die junge Fürstin: »Das alles macht auf mich den Eindruck eines Affentheaters: Albern und völlig überflüssig! Wenn die glauben, den Majoratsherrn erschrecken zu können, täuschen sie sich gewaltig.«

»Ich für meinen Teil verschwinde, sobald er nur auftaucht«, entgegnete Fräulein Rita. »Ich könnte mir das nicht ruhig anhören.«

»Es verspricht allerdings interessant zu werden. Sie glauben dem Majoratsherrn imponieren zu können, doch das Gegenteil wird der Fall sein. Mir ist bloß unangenehm, daß Franio so deutlich sein *contra* in diesem kleinen Adelsstreit akzentuiert.«

»So sehr ist also der Fürst gegen eine solche Ehe des Majoratsherrn? Was ist der Hauptgrund?«

»Vermutlich wandelt er auf den Spuren seiner Mutter, alles um der Tradition willen. Ich wundere mich über Mama, ich habe soviel Fanatismus bei ihr nicht vermutet.«

»Weil eben so etwas am häufigsten bei Gelegenheiten wie dieser zutage tritt.«

Die Fürstin schaute die Baronin verstohlen an. »Oder nehmen wir die liebe Idalia. Sie regt mich wirklich auf, wie sie so übereifrig gegen Stefania Rudecka agitiert.«

Fräulein Szeliżanka verzog geringschätzig den Mund. »Idalia! Ihr ist es hauptsächlich um die Barska leid, für die sie eine unerfindliche Sympathie hegt. Oder sie hat vielleicht mit einem hübschen *cadeau* gerechnet für das Verkuppeln. Ähnlich sähe es ihr.«

»Er kommt!« rief Gräfin Morykoniowa vom Fenster her.

In den Salon kam Bewegung. Die Herren richteten sich auf, wie vor einem Kampf, den Damen röteten sich die Wangen. Nur der alten Fürstin wich die Farbe aus dem Gesicht, und Herr Maciej seufzte schmerzlich. Rita stahl sich aus dem Salon und in das angrenzende Kabinett.

Waldemar trat raschen Schrittes ein. Ein kurzer Blick auf die versammelten Personen, und seine Augen funkelten amüsiert, sein Mund verzog sich zu einem unliebsamen ironischen Lächeln.

Die Begrüßung erfolgte genau so, wie es die Etikette verlangte, wenn auch Herr Maciej seinen Enkel herzlich wie immer küßte und die junge Fürstin seine Hand kräftig drückte und ihm einen beredten Blick zuwarf.

Der Majoratsherr schaute sich im Raum um. »Ich bin offenbar der letzte. Es fehlt doch keiner mehr, oder?«

»Ja, du hast dich verspätet«, sagte die Fürstin.

Waldemar runzelte die Stirn. »Tut mir leid«, entschuldigte er sich knapp und nahm auf einem Sessel am Rande Platz.

Eine peinliche Stille machte sich breit. Die Fürstin rückte unruhig hin und her, Herrn Maciejs Blick blieb auf den Teppich gerichtet. Der Majoratsherr spielte lässig mit dem Medaillon an der Uhrkette, während sein Blick stolz über die Anwesenden hinwegglitt. Schließlich, des Schweigens leid, ließ er sich als erster vernehmen: »Man hat mich zu einer Familienzusammenkunft gerufen, damit mein Fall besprochen würde. Ich zitiere den Brief. Ich bin dem Ruf gefolgt. Und nun höre ich.«

Als erste ergriff die Fürstin das Wort. »Wir haben uns hier versammelt, um dich gemeinsam von diesen ... diesen Wahnsinnsplänen abzubringen, die uns beleidigen und dir zum Nachteil gereichen.«

Herr Maciej warf der Fürstin einen scharfen Blick zu. Ihr energischer Ton frappierte ihn. Das Wort »abbringen« erschien allen zu stark.

Waldemar hob die Brauen. Sein Lächeln wurde boshaft. »Man stellt mir also ein Ultimatum. Dabei bin ich volljährig, der heutige Sejm kann mir die Gründe für eine Ablehnung meiner Beschlüsse unterbreiten. Ich bin darauf vorbereitet, sie sämtlich abzuwehren, doch mich ›abbringen‹, mit anderen Worten zwingen, schafft niemand und ... hat auch kein Recht dazu.«

Herr Maciej schmunzelte, die anderen waren bestürzt, und das Gesicht der Fürstin überzog eine hektische Röte.

Waldemar fuhr fort: »Ich hoffe, Großmama kränken meine Worte nicht, ich habe sie den Ihren angepaßt. Und jetzt bitte ich um die Gründe.«

»Du kannst Fräulein Rudecka nicht heiraten.«

»Das, mit Verlaub, ist der Gegenstand, ich aber bitte um Details! Warum kann ich nicht? Ersuche um eine subjektive Analyse dieser Frage.«

Hier ließ sich Fürst Franciszek vernehmen: »Du kannst doch keine Person niedereren Standes ehelichen! Das wäre ein Verstoß gegen die Prinzipien des Geschlechts der Michorowski, gegen die Standestradition ... man könnte sogar sagen: eine Freveltat gegen die Ethik.«

Darauf der Majoratsherr mit stolz erhobenem Haupt: »Prinzipien, Traditionen – ja, das sind so unsere Phrasen, allerdings sind sie inzwischen dermaßen abgedroschen, daß sie keinerlei Eindruck mehr machen, auf mich am allerwenigsten. Was hingegen die Ethik betrifft, meine unterscheidet sich von eurer, obschon sie durchaus nicht die schlechtere ist. Meiner Meinung nach ist eine nur um der Tradition, der guten Partie willen geschlossene Ehe unmoralisch. Ihr seid gegenteiliger Meinung, eure Ansichten und die meinen trennen Welten.«

Graf Morykoni schaute verwundert drein. »Aber wir

schließen doch die gefühlsmäßige Seite, um die es Ihnen offenbar hauptsächlich geht, gar nicht aus. Doch vom Gefühl bestimmen lassen sollte man sich absolut nicht, eine solche Haltung würde unter unserer Aristokratie großen Schaden anrichten. Bei der Wahl der Gattin sollte man stets den größten Wert darauf legen, daß sie derselben Art angehört! *Voilà!*«

Waldemar brach in Gelächter aus. »Fräulein Rudecka ist eine polnische Adlige, aus einer guten Familie, also kann von anderer Art gar nicht die Rede sein.«

»Aber es sind andere Kreise«, unterbrach die Fürstin.

»Das bestreite ich nicht, halte es aber für eine Kleinigkeit, die auf die Verbindung zweier Menschen und deren Glück keinen Einfluß haben kann.«

»Im Gegenteil, diese ›Kleinigkeit‹ ist der entscheidende Punkt, sonst gäbe es weder Mesalliancen noch morganatische Ehen«, mischte sich die Baronin ins Gespräch.

»Diese Anmerkung verstehe ich nun überhaupt nicht. Die Mesalliancen in unserer Aristokratie sind für gewöhnlich schlimmer, und eine morganatische Ehe ist nur dort gegeben, wo sich ein Herrscher mit einer Untertanin verbindet, oder *vice versa*. In solchen Fällen trägt die Frau nicht den Namen ihres Mannes, was auch für die Kinder gilt, darüber hinaus sind sie von der Erbfolge ausgeschlossen. Durch das politische Recht ist solches gewährleistet. Doch dergleichen ist schließlich nicht auf mich anwendbar.«

»Unter gewissen Aspekten schon«, bemerkte bedächtig Fürst Franciszek. Alle blickten jetzt zwischen dem Fürsten und dem Majoratsherrn hin und her. Herr Maciej, plötzlich verängstigt, schaute voller Unruhe auf den Enkel.

Doch Waldemar wandte sich stolz und dabei anmutig dem Fürsten zu und erkundigte sich heiter: »Ach ja? Und was sind das für Aspekte? Da bin ich doch sehr neugierig.« Es war ein unangenehmer Blick, der sich jetzt starr auf den Frager richtete.

»Das Majorat hat seine eigenen Ausnahmegesetze, die man gegebenenfalls durchaus ermitteln könnte. Genauso wie Güter durch ein Majorat gesichert und dadurch unantastbar sind, ist auch ... äh ... ist auch ...« Der Fürst geriet ins Stottern, doch dann fuhr er unvermittelt fort: »Schon der Titel Majoratsherr bringt zwangsweise gewisse Pflichten mit sich, Titularverpflichtungen gleichsam, um es einmal so auszudrücken.«

Der Fürst wußte offenbar nicht so recht, wovon er redete, und Herr Maciej brummte ziemlich laut: »Das ist alles so paradox.«

Waldemar grinste. »Titularverpflichtungen, aber gewiß doch. Doch das hat ja wohl nichts mit der Wahl der Gattin zu tun.«

»Aber – *noblesse oblige*!«

»Fräulein Rudecka tut dieser Maxime keinen Abbruch. Um Majoratsherrin und eine Michorowska zu werden, fehlt ihr nicht eine Qualifikation.«

»Außer dem Recht«, erwiderte der Fürst barsch.

»Das Recht verleihe ich ihr, indem ich mich mit ihr vermähle.«

»Das ist eine persönliche Ansicht, nicht die allgemeine; unsere Gesellschaftsschicht insgesamt erkennt ein solches Recht nicht an.«

»Wenn ich Fräulein Rudecka als meine Gemahlin präsentiere, tut sie das mit Sicherheit.«

»Und du glaubst, wir würden sie empfangen?« fragte die Baronin sarkastisch.

Waldemar durchbohrte sie mit seinem Blick. »Die Gesamtheit der Aristokratie wird es durchaus, und sei es allein meinetwegen. Ich habe eine gewisse gesellschaftliche Stellung inne, habe weitreichende Beziehungen und den bekannten Namen eines Magnaten. Das sind Gründe, um derentwillen man mit mir rechnen muß. Unzufriedene Einzelpersonen gibt es immer, selbst unter gewöhnlichen Umständen, doch die sind kaum von Bedeutung, sie verlieren sich in der allgemeinen Strömung.«

»Ich möchte auf etwas aufmerksam machen«, meldete sich Graf Morykoni zu Wort. »Unter gewöhnlichen Umständen sind die Unzufriedenen in der Tat Einzelpersonen, deren Haltung auf persönlichem Groll und individuellen Enttäuschungen basiert. Doch im vorliegenden Fall kommen Abneigung und Abscheu einer Gesellschaftsschicht ins Spiel, wir fühlen hier solidarisch, und die Empörung, die hervorgerufen wird, ist die der gesamten Aristokratie. Ein Fräulein Rudecka hat für uns auf immer und ewig eine Fremde zu sein, sie ist für unsere Sphäre eine – Aussätzige. *Voilà!*«

Waldemars Augen verengten sich zu Schlitzen, der Blick war finster und drohend, seine Stimme klang kalt und höhnisch: »Bravo mein Herr«, sagte er beifällig. »Eine Aussätzige! Das habe ich schon einmal von Barski gehört. Doch weil alle das intellektuelle Niveau jenes Herrn kennen, habe ich eine Wiederholung bei der heutigen Zusammenkunft zu hören nicht erwartet. Ich weiß nicht, ob jene Definition von Barski übernommen wurde, oder ob es sich hier um eine Neuauflage handelt – in jedem Fall Gratulation! Wirklich märchenhaft witzig und nachgerade genial in ihrer Naivität!«

Alle waren wie vom Blitz getroffen, denn Waldemar sprach zwar scheinbar ruhig, doch in unerhörter Erregung, und wer ihn kannte, erschrak zutiefst. Der Graf war nicht minder ein Heißsporn. Er kniff die Lippen zusammen, trug aber herrisch den Kopf hoch, ließ die goldene Brillenfassung blitzen. Er erwiderte beleidigt: »Ich danke dem Majoratsherrn für seine Randbemerkungen, die übrigens vollkommen überflüssig sind. Seine Kritik legt den Gedanken nahe, daß es entschieden an der Zeit ist, diesem Wortgefecht ein Ende zu bereiten.«

Waldemar machte vor seinem Gegner eine höfliche, wenn auch spöttische Verbeugung. »Herr Graf, ich bin immer zu einem Matt bereit.«

Eine bedrohliche Stille breitete sich aus, ein Skandal hing in der Luft. Beide Gegner blickten sich wortlos in die Augen, der Graf schnaufend und die Farbe wechselnd, Waldemar vollkommen ruhig und beherrscht, glich einem Wolf vor dem tödlichen Sprung. Noch ein kurzer Moment, und es würde etwas Unerwartetes passieren. Als erste gewann die junge Fürstin die Fassung wieder. »Meine Herren, ich bitte ums Wort. Alles, was der Majoratsherr zur Verteidigung von Fräulein Rudecka und zum Zweck der beabsichtigten Eheschließung anführte, teile ich voll und ganz und behaupte, daß jene junge Dame, auch wenn sie nicht unseren Kreisen angehört, keinesfalls einer

Klasse von Leuten entstammt, mit denen eine Verbindung absolut undenkbar wäre. Außerdem kennen wir Fräulein Rudecka persönlich und wissen, Unvoreingenommenheit vorausgesetzt, was von ihr zu halten ist. Ich habe meine Ansicht vertreten und überlasse das Wort jetzt dem Majoratsherrn.«

Und Waldemar begann scheinbar ungerührt: »Wenn ich mich mit Fräulein Rudecka vermähle, tue ich nichts Skandalöses, führe keine Person aus dem Volk in die Familie ein, noch jemand Verdächtigen. Als Mesalliance ließe sich allenfalls die unterschiedliche gesellschaftliche Stellung der beiden Familien bezeichnen, ein deutlicher, wenn auch kein krasser Unterschied sowie die unterschiedlichen Vermögensverhältnisse. Beides macht jene Mauer aus, über die wir äußerst selten hinwegsehen, weil uns der Mut dazu fehlt. Diese Mauer ist so mit seit Jahrhunderten gepflegten Vorurteilen gespickt, daß eine Annäherung gefährlich scheint. Doch beseitigen wir die zusätzlichen Hindernisse, können wir uns mit Leichtigkeit davon überzeugen, daß die Mauer weder abschreckend noch unmöglich zu übersteigen ist ...«

»Derartige Ausflüge sind nichts für einen polnischen Edelmann aus altem Geschlecht«, fuhr ihm Fürst Franciszek ins Wort.

»Und ich spreche gerade von diesen unseren altehrwürdigen Edelleuten.«

»Wir haben nichts gegen jene Kreise. *Le jeu ne vaut pas la chandelle.*«

»Im Gegenteil, die Überwindung jener Mauer wäre von großem Nutzen.«

»Zum Beispiel?«

»Oh! Wenn wir nur unsere Heidenangst loswürden! Wir könnten dann unseren Blick frei schweifen lassen, ohne die von der Tradition auferlegten Zwänge, und eine Welt erblicken, eine Welt, eben gerade ›aussätzig‹ genannt, in einem vielleicht besseren Zustand, gewiß moralisch gesünder als die unsere. Und darin Individuen viel ritterlicher und oft viel edler, als wir es aus unseren Kreisen kennen. Viele von ihnen würden uns imponieren, nicht mit Titeln und Riesenvermögen, nicht durch ausländisches Wesen und die Gabe zu eleganter Liederlichkeit, denn das ist unser Privileg – sondern durch eine unbestreitbare Überlegenheit hinsichtlich der Seelenkunde und des humanitären, ideellen Strebens. Unsere hochadelige Hoffart, erwachsen aus uralter Tradition, stellt uns auf ein höheres Piedestal, das von Titeln und Reichtümern, seltener von persönlichen Vorzügen, gestützt wird. Häufig ist der so hoch Erhobene ein Mensch ohne Wert, einer der keinem Vergleich standhielte mit einem Mitglied der gesellschaftlich so viel niedriger Gestellten. Sollten sich aber diese zwei Menschen einander nähern, um ein Beispiel zu geben, so wird das als Mesalliance vermerkt, obwohl ein solcher Urteilsspruch eigentlich nur hinsichtlich fehlender persönlicher Kultur, nicht fehlender Tradition gefällt werden sollte. Es handelt sich nicht um eine Bagatelle, sondern es ist schon ein Problem, das Tausende Vergleiche heraufbeschwört – für uns nicht eben schmeichelhafte.«

»Frankreichs Jakobiner haben ähnliche Ansichten verkündet«, lachte der Fürst.

»Und in den Zwischenpausen stießen sie Köpfe von Magnatenhälsen«, vollendete Waldemar. »Ich bin kein Jakobiner, nur ein nüchterner Aristokrat.«

»Der durch das Prisma der Demokratie schaut.«

»Nein, Euer Gnaden, ich gebe alles auf meinen eigenen Blick, und die Entdeckungen, die ich mache, sind einfach unglaublich.« Der Fürst schwieg, und Waldemar fuhr fort: »Da gibt es noch einen Faktor – die Parentel. Haben sich dein Großvater und Urgroßvater mit Magnatinnen verheiratet, solltest du unbedingt ihrem Vorbild nacheifern – das ist unsere Melodie. Uns genügt nicht allein der Name unserer Verlobten, und sei es der glänzendste, wir suchen weiter, graben ihre Vorfahren aus und prüfen gewissenhaft deren Titel und Wappenzeichen. Wenn sie grell funkeln, placieren wir ihre Portraits in unseren Schlössern an den sichtbarsten Stellen, selbst wenn die Personen keiner Erinnerung wert waren. Sind sie hingegen schlichter, hängen wir sie irgendwo beiseite und kommentieren geringschätzig: ›Ach, ein entfernter Verwandter.‹ Damit werde ich mich niemals abfinden, in mir weckt ein einfacher Mensch von Charakter und ohne Fehl mehr Achtung als ein hochfahrender Hetman oder Wojewode, der häufig seinen ganzen Wert in Purpur und Kleinodien mit sich herumträgt. Soweit meine Meinung über Mesalliancen und große Gesellschaft. Nicht nach der Fassung beurteilt man einen kostbaren Edelstein. Auch Gold kann imitiert sein.« Gereizt warf sich Waldemar in einen Sessel, und niemandem war inzwischen entgangen, daß ein Kampf mit ihm nicht die gewünschten Ergebnisse zeitigen würde. Die Anwesenden trugen düstere Mienen zur Schau.

Unvermutet nahm sich Fürst Franciszek ein Herz, förderte seinen gesamten Energievorrat zutage und bemerkte nachdrücklich, des Effektes sicher: »Fräulein Rudecka kann schon eine Michorowska werden, doch nie und nimmer Majoratsherrin, auf das Majorat hat sie kein Recht.«

»Und wieso nicht?« fragte Waldemar beherrscht.

»Franio, du redest Unsinn«, die junge Fürstin war empört. »Wieso sollte meine Frau nicht Majoratsherrin sein?« Belustigt musterte Waldemar den Fürsten, und seine Lippen zuckten vor verhaltenem Lachen. Doch dann platzte er fröhlich heraus, sein Lachen war unbeschwert, wenn auch spöttisch. »Wirklich komisch! Und wer würde den Vollstrecker spielen, der mich enterbt?« Und an den Fürsten gewandt: »Sie vielleicht?«

Die Anwesenden bekamen bei seinem Gelächter Gänsehaut. Der Fürst saß stumm vor Entrüstung da. Der Graf kraulte sich nervös den Bart, die Damen waren wie betäubt, die alte Fürstin einer Ohnmacht nahe.

Inzwischen lachte Waldemar nicht mehr, sondern bemerkte gefaßt: »Ihr wolltet mich mit dem Hinweis auf morganatische Ehen verschrecken, und nun schreckt ihr mit Enterbung. Da ist es an mir zu fragen: Welches Recht habt ihr dazu? Lassen wir einmal das absurde Morganatentum außer acht, wie sollte man über eine solche Albernheit überhaupt reden, und wenden wir uns der Enterbung zu. Wer soll sie durchführen? Darauf gibt es nur eine Antwort – niemand. Ich bin nicht achtzehn, sondern zweiunddreißig, habe keinerlei Vormünder und niemandem eine Vollmacht über mich erteilt. Ich bin in jeder Hinsicht mein eigener Herr, fühle mich bei Kräften und geistig gesund, und natürlich hole ich in Fragen zu Ehe und persönlichem Glück erst recht niemandes Rat ein. Ich weiß, was ich will und wonach ich strebe. Man kann mich nicht enterben, weil ich der letzte Michorowski aus der Głębowicki-Linie bin. Zum Glück bin ich nicht schreckhaft, kenne meine Rechte und lasse sie mir nicht nehmen, und freiwillig werde ich auf das Ordinat, die Position und den Titel, nicht verzichten, und sei es auch nur, um alles der geliebten Frau als Zeichen der Verehrung zu Füßen zu legen.«

Im Salon erhob sich Gemurmel. Ungläubig blickte Graf Morykoni den Majoratsherrn an, als traue er seinen Ohren nicht. Die alte Fürstin hielt ihren Blick starr auf die stolze Gestalt des Enkels gerichtet, und Herr Maciej ließ den Kopf hängen, Bewunderung und Scham zeichnete sich in seinem Gesicht ab.

Nach einem Augenblick der Stille begann Waldemar aufs neue: »Ich werde mich mit Fräulein Rudecka vermählen, ganz gleich wie eure uralten Verhaltensmuster aussehen mögen. Ich schere mich nicht darum, ich habe meine eigenen. Ich heirate aus Liebe und bin glücklich, daß ich weder nach einer Partie noch nach einer großen Mitgift Ausschau halten muß. Die äußeren und inneren Vorzüge von Fräulein Stefa entsprechen voll und ganz der Position, die sie in unseren Kreisen einnehmen wird.«

»Das ist zu wenig«, fiel ihm Graf Morykoni ins Wort. »Für eine Majoratsherrin Michorowska sind äußere und innere Vorzüge ein zu schwacher Trumpf. Man kann ein königliches Aussehen haben und nicht einmal ein Page sein.«

»Tja«, zischte der Graf, »unter dem Purpurmantel der Michorowski kann man nicht bloß irgendwelchen Samt anziehen, da gehört Hermelin hin.«

Der Majoratsherr lehnte sich im Sessel zurück. »Sie wird meinen Namen und Titel tragen können, wird eine wahre große Dame sein. Und eine gute Mutter unseres Geschlechts; sie wird uns in ihrer Würde nicht enttäuschen. Meine Millionen machen sie nicht blind, denn sie ist sensibel und hochintelligent. Für euch mag sie ein unerwünschter Eindringlich sein, für mich ist sie die Erwählte, die einzige Frau, die für mich in Frage kommt, und ich verlange, daß ihr sie mit der gebührenden Achtung empfangt: als Waldemarowa Michorowska, Majoratsherrin von Głębowicze und eure Verwandte!«

Die Baronin schnaubte bösartig. »Die Rudecka unsere Verwandte? Nein, das ist mehr als lächerlich, das ist eine Beleidigung!«

»Inwiefern?« erkundigte sich Waldemar ruhig.

»Das fragst du noch? Wirklich, ich habe nicht gedacht, daß du dich wie ein ... wie ein Schuljunge verliebst!«

»Sag ruhig wie einer aus dem Volk, liebe Tante, denn das hattest du doch im Sinn, nicht wahr? Nach unseren Vorstellungen sind nur den einfachen Leuten Gefühle gestattet. Ich könnte eure Entrüstung ja noch verstehen, wenn Fräulein Rudecka eine nicht gesellschaftsfähige Person wäre ...«

»Na, das ist sie ja auch nicht«, fuhr ihm die Baronin in die Parade.

»Ach so? Ich bin gespannt, welche Vorwürfe noch gegen meine Verlobte erhoben werden, die bisherigen spotten jeder Beschreibung.«

Graf Morykoni rieb die Handflächen gegeneinander und lispelte: »Der Vorwurf: unbestimmte Herkunft besteht zu Recht. In wirklich guten Geschlechtern gibt es diesen Familiennamen nicht. Irgend etwas Neues. Keiner von uns hat je von den Rudeckis gehört.«

Waldemar warf dem Grafen einen flüchtigen Blick zu. »Wir verkehren immer nur in ein und denselben Kreisen, mit immer denselben Familien, kein Wunder, daß uns der Blick darüber hinaus versperrt bleibt. Die Rudeckis sind bekannt und geachtet in Kongreßpolen. Das wird euch am besten der Niesiecki erklären, und zwar durchaus überzeugend. Ich habe jetzt die Nase voll von diesem nutzlosen Gerede. Ich habe gesagt, was ich zu sagen habe; das alles hier führt doch zu nichts.«

Eine tiefe Stille folgte den Worten des Majoratsherrn. Der erhob sich nun, streckte sich und schritt, an dem Familienhalbkreis vorbei, in den Salon und betrachtete die Gemälde. Der Blick der alten Fürstin folgte ihm, sie rutschte im Sessel hin und her und zerknüllte ihr Spitzentaschentuch. Fürst Franciszek räusperte sich bedeutungsvoll. Waldemar gab ihnen nur allzu deutlich zu verstehen, daß er die Sitzung für beendet hielt. Alle spürten das. Man tauschte verständnisinnige Blicke, die Baronin und Gräfin Morykoni zuckten leicht die Achseln, als sich unvermutet die zittrige Greisenstimme der alten Fürstin vernehmen ließ: »Ist dies dein letztes Wort, Waldemar?«

»Ja, mein Entschluß steht fest.«

Die Fürstin war bedrückt. Die Worte ihres Enkels hatten sie verstört. Sie suchte noch Rettung. Ihr verzweifelter Blick ruhte auf Herrn Maciej. Jetzt erst fiel auf, daß er die ganze Zeit keinen Ton gesagt hatte. Nunmehr richteten sich alle Blicke auf ihn, auch Waldemars. Herr Maciej begriff, daß nun die Reihe an ihm war.

Der alte Herr bekam einen schmalen Mund, seine Augen blitzten unheilvoll, er beugte sich zu der Fürstin, legte seine Hand auf ihre Schulter und sagte mit starker Stimme: »Beruhigt Euch. Waldemar hat seinen eigenen Kopf. Unsere Grundsätze lauten anders. Wir haben keine rechtliche Oberaufsicht über ihn, aber wir haben die Pflicht der moralischen Fürsorge, und diese heißt uns, unsere Sache bis zum Äußersten zu vertreten.« Er brach ab, sein Atem ging schnell. Über das Gesicht der Fürstin huschte ein Hoffnungsschatten. Fürst und Graf tauschten lächelnd Blicke.

Herr Maciej holte noch einmal tief Luft, dann sprach er weiter: »Aber man kann nur dem etwas verwehren, nur den überreden, der zögert, der sich nicht sicher ist, nur schwache Gründe vorzubringen hat, nicht vorbereitet ist auf eine rationale und nüchterne Fragestellung, wer schließlich selber nicht weiß, was er eigentlich anstrebt, und dem Entschlossenheit fehlt, weil er einen zu schwachen Charakter hat. So war es damals in meinem Fall. Heute habe ich zum zweitenmal jenen Augenblick durchlebt, und weit schmerzlicher als damals. Ich habe gezögert, besaß weder Selbstsicherheit noch Willen. Ich wußte nicht, wer recht hat: ich oder sie, gegen die ich kämpfte. Mein Gott! Was waren das für ungleiche Kräfte. Mir fehlten die Worte zur Verteidigung des eigenen Glücks. Vielleicht habe ich auch weniger geliebt, oder ich hatte einen zu schwachen Charakter ... Auch mir drohte man mit Enterbung; ich war der einzige aus unserer Linie und volljährig, und obwohl Mutter und Onkel, das Familienoberhaupt, keine rechtliche Handhabe gegen mich hatten, geriet ich in Angst und gab dem Druck nach. Die Folgen dieses Schritts sind bekannt: Ich zerstörte mein Leben und das eines geliebten Menschen.« Herr Maciej hielt den Kopf gesenkt, und eine ganze Weile schwieg er. Aller Augen ruhten erwartungsvoll auf ihm. Der Majoratsherr hatte sich an den altmodischen Kamin gelehnt; er schaute unverwandt seinen Großvater an. Herr Maciej setzte seine Rede fort: »Jetzt, da ich dem Grabe schon nahe bin, sehe ich mich erneut mit jener Situation konfrontiert. Nur die Rollen sind anders verteilt. Mein Enkel Waldemar imponiert mir. Ihm wird man schwerlich verwehren, was er als sein Glück ansieht, seines und das der geliebten Frau ... Er ist volljährig, er ist bei vollem Verstand, er besitzt einen unerhört starken Willen, den nichts und niemand brechen wird, und er hat alles Recht auf seiner Seite. Es handelt sich nicht um Halsstarrigkeit, sondern ist die Entschlossenheit eines erwachsenen Mannes. Es ist nicht die Verrücktheit eines Augenblicks, sondern ein starker, unbeugsamer Entschluß. Keine Verblendung, sondern nüchterne Rationalität, die unsere ganze Sphäre nie und nimmer verdunkeln wird. Unsere Gegenbeweise sind folglich vergebens, denn er schlägt sie alle nieder; vergebens unser Widerstand, denn er bricht ihn oder setzt sich über ihn hinweg, ohne sich um uns zu kümmern. Ich bin empört, ich wollte von nichts dergleichen hören, aber er hat mich überzeugt.«

Besorgtes Geraune breitete sich aus. Die alte Fürstin machte eine Bewegung, als wolle sie sich erheben. Ihre Augen funkelten vor Zorn. Alle fühlten sich wie vom Blitz getroffen, doch Herr Maciej, mit hektischen Flecken auf den Wangen, betonte nochmals in eindrucksvoller Weise: »Jawohl, mein Enkel hat mich überzeugt! Die Frau, die er liebgewonnen hat, ist schon allein dadurch anerkennenswert, daß er sie erwählte. Und das sage ich nicht, weil er mein Enkel ist. Diese Erwählte, die er in unsere Familie einführen will, sollten wir ohne Vorbehalte als die Unsrige akzeptieren. Ich, ein Michorowski und sein Großvater, erkenne seinen Willen an, stimme der Eheschließung zu und gebe meinen Segen! Tut dasselbe, Fürstin, ich bitte von Herzen darum. Verdüstert nicht sein Glück, tötet nicht dieses Mädchen: Stefania Rudecka liebt ihn wirklich, tief und innig, das weiß ich. Sie hat ihm, von der Geradheit ihres Charakters und ihrem Ehrgefühl geleitet, ihre Hand versagt und ist entflohen: Sie hat diese Auseinandersetzung mit der Familie nicht gewollt.« Stolz reckte Herr Maciej die greise Brust. Die Stirn des alten Magnaten erhellte ehrliche Begeisterung. Seine Stimme wurde kräftiger. »Sie also opfert das eigene Glück, beinah ihr Leben, und wir können nicht unsere Überzeugungen opfern, die auf veralteten Anschauungen und Vorurteilen beruhen? Sollten wir uns als weniger edel erweisen als dieses zierliche Mädchen von einfachem Adel? Wir, die Magnaten? Seien wir hochherzig, Fürstin! Waldemar ist sowohl Euer Enkel als auch der meine. Freuen wir uns auf unsere alten Tage an seinem Glück. In den beiden mögen unsere Träume wiederaufleben, die das Leben zuschanden gemacht hat. Fürstin, gebt ihm die Erlaubnis und Euren Segen. Ich bitte Euch darum im Angedenken unserer Kinder, deren Sohn er ist!« Der Greis stand aus seinem Sessel auf und streckte, mit Feuer in den Augen, die Arme aus. »Mein Enkel! Komm an mein Herz, und möge Gott dich segnen!«

Waldemar, aufgewühlt bis in sein Innerstes, umfaßte die schwankende Gestalt des alten Herrn und schmiegte sich dann wie ein großes Kind an seine Schulter. Herr Maciej faßte mit beiden Händen den Kopf des Enkels, und die zitternden Lippen des Greises legten sich auf die stolze Stirn.

Unwillkürlich hatten sich alle erhoben; die Feierlichkeit des Augenblicks trieb sie von ihren Plätzen. Ein paar Köpfe drehten sich abrupt zu der Portiere um, hinter der Fräulein Rita in krampfhaftes Schluchzen ausgebrochen war.

»Und du, Großmama? Und du?«

»Niemals! Niemals!« rief die alte Fürstin und fiel ohnmächtig in den Sessel zurück.

Verwirrung machte sich breit, man unternahm Anstrengungen zur Wiederbelebung. Waldemar hob die Greisin auf die Arme und trug sie in ihr Schlafgemach. Alle folgten ihm. Im Gang stand Rita an einen geschnitzten Pfeiler gelehnt, verweint und zitternd. Beim Anblick des Majoratsherrn, der seine leblose Großmutter trug, wich sie angstvoll zurück. Ihr erschreckter Blick alarmierte Waldemar.

»Großmama ist ohnmächtig geworden«, vermeldete er knapp.

In den Salon kehrten nur noch Herr Maciej und Waldemar zurück, Fürst und Graf hatten sich irgendwo ins Abseits begeben, weil sie es nicht wagten, dem Majoratsherrn unter die Augen zu treten.

Herr Maciej umarmte seinen Enkel. »Sei ganz ruhig. Alles wird gut. Dieser Aufschrei der Fürstin war ein Reflex, das geht vorbei. Du hast gesiegt, Waldemar, und du wirst glücklich werden! Oh, was du mir für eine Lehre erteilt hast! Doch mir ist ein Stein vom Herzen gefallen.«

Die Fürstin wollte niemanden sehen, und Waldemar mußte abermals aus Obronny abreisen ohne das Einverständnis seiner Großmutter, ohne ihren Segen.

14

Stille herrschte in Obronny, tiefe, bedrückende Stille. Die Weihnachtsfeiertage gingen düster vorüber. Der sonnige frostige Januar ging auf seine Mitte zu. Fürstin Podhorecka, hochgradig nervös, verließ ihre Räumlichkeiten nicht. Sie wollte weder Rita noch die sonst so geschätzte Frau Dobrzyńska sehen.

Einmal war Herr Maciej in Obronny. Er wollte versuchen, die Fürstin zu beeinflussen, doch umgekehrt hatte diese die gleiche Absicht. Ihre Begründungen erschreckten Herrn Maciej, und seine Ansichten gerieten ins Wanken. Er empfand Bedauern gegenüber seiner eigenen Gesellschaftsschicht und gegenüber der Fürstin, weil er so rasch dieser skandalösen Ehe zugestimmt hatte. Er schien bereits restlos überzeugt, fast hätte er versprochen, das Waldemar gegebene Wort zurückzuziehen. Fürstin Podhorecka triumphierte, Baronin Idalia Ełzonowska goß mit leidenschaftlicher Begeisterung Öl ins Feuer, um das Zögern des Vaters aufrechtzuerhalten. Nur Fräulein Rita hielt sich aus dem Komplott heraus.

Von ihr erfuhr Waldemar alles. Er beschloß nach Ruczajew zu fahren und Stefa zu rascher Eheschließung zu überreden. Er kämpfte einen schweren inneren Kampf und litt um so mehr, als er die Unruhe seiner Verlobten ahnte. Sie wartete auf ihn, vielleicht mit wachsendem Mißtrauen. Doch auch seine Geduld war allmählich erschöpft. Und so schrieb er energische Briefe an Herrn Maciej und die Fürstin, in denen er ihnen eine Woche Bedenkzeit gab. Danach sähe er sich aller Verpflichtungen ihnen gegenüber ledig und würde Stefa auch ohne Einwilligung heiraten.

Herr Maciej erschrak, doch die Fürstin griff sofort zur Feder und verbot Stefa rundheraus eine Vermählung mit Waldemar. Ungeschickterweise zeigte sie Herrn Maciej diesen Brief. Den packte das Grauen, da er nur zu genau wußte, wie sehr, wie endgültig dies den Enkel treffen würde, denn selbst um den Preis ihres Lebens würde Stefa ihn nach diesen Worten nicht mehr heiraten. Fürstin Podhorecka hatte sich damit alles verdorben, nachdem sich die Waagschale schon zu ihren Gunsten geneigt hatte.

Die alte Dame hatte einen kühnen, einen despotischen Charakter – sie beschloß, draufgängerisch bis zum Äußersten zu gehen. Doch wieder trat Herrn Maciej die Vergangenheit vor Augen, der grausame Brief seines Oheims, mit dem der skrupellos das Glück Stefania Korwiczównas vernichtet hatte. Das gab den Ausschlag; Herr Maciej erklärte nunmehr unerschrocken der stolzen Dame, daß er mit dem Vorhaben des Enkels einverstanden sei, und um seinen Worten Nachdruck zu verleihen, schrieb er einen Brief an Stefa, den er unversiegelt Waldemar zuschickte. Zuvor hatte er ihn der Fürstin und Baronin Idalia vorgelesen. Der Brief war zartfühlend und ganz und gar väterlich. Der alte Herr bat Stefa, seinen Enkel glücklich zu machen, und nannte sie seine Enkelin.

Die Baronin begriff, daß alles verloren war, während die Fürstin nicht nachgab; sie spann sich ein in ihren Starrsinn, taub gegen alle Vorhaltungen. Herr Maciej, der verbittert war und ihr grollte, hörte auf in sie zu dringen. Er zog sich zurück, tief getroffen. Für Obronny existierte Waldemar nicht, doch die Fürstin wußte, daß er nach Słodkowce kam und jeden Tag nach Ruczajew fahren würde.

Es gab Augenblicke, da sie unversöhnlicher Haß zu überwältigen drohte. »Fahr doch, heirate und komm mir nicht mehr unter die Augen – ich verfluche dich!« Doch gleich nach einem solchen Ausbruch zerriß ihr ein Schluchzen die Brust. Ihr einziger Enkel, ihr Stolz, eine Zierde für die ganze Familie und ihr schönster Schmuck, das Teuerste, was sie besaß. Die eigenen Kinder waren kein echter Trost, und Waldemar war der Sohn ihrer verstorbenen Lieblingstochter. Die Fürstin war verzweifelt, und der Kampf, der in ihr tobte, war schrecklich. Dazu noch schienen die Stunden gezählt. Waldemar würde mit Herrn Maciejs Brief aufbrechen, und Stefa würde Ja sagen, wenn Maciej, der Patriarch der Michorowski, auf ihrer Seite war! Sein Wort wog schwerer, und er war längst überzeugt. Sie werden Großmama umgehen, ihr keine Beachtung schenken, denn letztendlich ist sie eine zweitrangige Person ... Die Fürstin spürte, wie ihr die Liebe des Enkels, und vielleicht gar seine Achtung entglitt, daß Waldemars Drohung, mit der Familie zu brechen, nunmehr ihr galt, und Angst erfüllte ihre Seele. Zorn, Trotz, verletzter Stolz – all das brodelte in ihr, zerrte unerträglich an ihren Nerven. Von nirgendwoher kam Unterstützung, denn nun saß auch die Baronin in Słodkowce mucksmäuschenstill, um nur den Vater nicht zu kränken.

Das junge Fürstenpaar schwieg, es schien bekehrt. Übrigens wußte die Fürstin über die Ansichten ihrer Schwiegertochter Bescheid. Die Morykonis, die nicht in aller Offenheit gegen den Majoratsherrn auftreten wollten, erschienen überhaupt nicht in Obronny. Und Fräulein Rita verschloß sich in sich selbst. Ernst und schweigsam wanderte sie ziellos durch den verschneiten Park. Selbst an den Pferden fand sie kein Vergnügen mehr, sie ergab sich völlig ihrer Apathie. Der Starrsinn der Fürstin brachte sie auf. Sie wollte das Glück für Waldemar und dafür opferte sie ihr eigenes Herz. Doch an Stefa konnte sie nicht ruhig denken, dazu war ihr Schmerz zu groß. Gleichzeitig fühlte sie so etwas wie eine boshafte Freude, wenn sie an die Barskis und all die anderen aristokratischen Häuser dachte und wie diese auf die Kunde von des Majoratsherrn Vermählung reagieren würden. Sie, eine Szeližanka, hatte man immer als zu niedrig stehend angesehen, als eine für den Majoratsherrn unpassende Partie; sogar die Fürstin und die Baronin waren dieser Ansicht gewesen. Jetzt bekamen sie ihre Lektion! Vermutlich hätte die Fürstin sie jetzt ganz gern als Waldemars Frau angenommen, doch dazu war es zu spät, sie mußten sich mit der Rudecka abfinden.

Eines Tages, es war der Vorabend des Namenstages der Fürstin, saß Fräulein Rita in ihrem Zimmer am Kamin; ein üppiges Feuer brannte, ein weicher schottischer Schal umhüllte ihre Schultern, sie war tief in Gedanken versunken, als ihr Graf Treska angekündigt wurde. Er war eben erst von seiner langen Reise zurückgekehrt. Ausdruckslos, ohne den Kopf zu heben, bat sie ihn herein.

Der Graf betrat das Zimmer so leise wie eine Kapelle, was bei ihm stets auf eine außergewöhnliche Stimmung hinwies. Schweigend und voller Inbrunst küßte er Fräulein Ritas Hände, und nahm, weiterhin schweigend, auf einem Stuhl Platz, den er sich selber heranrückte. Das Pincenez fiel ihm wieder herunter und baumelte an der Schnur. Offenbar war der Graf aufs lebhafteste bewegt allein durch den Anblick von Fräulein Rita. Es brauchte eine Weile, bis er hervorbrachte: »Unerhörte Veränderungen habe ich in der Gegend vorgefunden. Das ist erstaunlich. Auf der Bahnstation traf ich die Żyżemskis. Sie erzählten mir, daß es in Szały wie nach einer Katastrophe aussieht. Ich sehe, in Obronny ist es auch nicht besser.«

Fräulein Rita starrte ins Feuer. »Wie nach einer Katastrophe«, wiederholte sie mechanisch.

Treska wand sich auf seinem Stuhl. »Der Majoratsherr?«

Rita sah ihn verblüfft an und zuckte die Achseln. »Und da fragen Sie noch?«

»Nun ja, ich weiß alles, doch ist es schon sanktioniert?«

»Nur durch die Fürstin nicht.«

»*Sapristi!* Das ist schlecht. Warum sperrt sich die Fürstin? Mit dem Majoratsherrn ist es ein schwerer, vermutlich aussichtsloser Kampf. Ich habe von seinem Auftritt gehört. Er soll sich bei der Familienzusammenkunft glänzend verteidigt haben. Er besitzt Redegabe!«

»Und er hat alle geschlagen«, sagte Fräulein Rita.

»Die Fürstin wird nachgeben müssen! Ich verstehe ihren gegenwärtigen Zustand. Den Rubikon zu überschreiten ist das schwerste. Doch Sie? Was hat Sie so geknickt?«

Sie sah ihn durch einen Tränenschleier an. »Mich? Was mich ... Ach, Gott ...« Sie senkte den Kopf, und Tränen fielen auf den weichen Schottenschal wie ein stummes Eingeständnis.

Treska beugte sich zu ihr, nahm ihre Hand und sagte mit merkwürdig sanfter Stimme: »Ich weiß, was Sie schmerzt ... doch dieser Schmerz kann eine Wende bedeuten, der Punkt, an dem etwas Neues beginnt – von mir so sehnlichst erwartet. Meine Teure, ich gäbe viel darum, wenn der Majoratsherr sich noch heute verehelichte, denn vielleicht werden Sie dann die Meine. Er war bisher der Fels, an dem ich stets Schiffbruch erlitt, denn nicht an mir ist es, mit ihm zu rivalisieren. Sehen Sie, ich bin ehrlich, ich würde mein Leben geben, wenn Sie so um mich weinen könnten, doch weil nicht jedem das Glück gleichermaßen hold ist, wünsche ich mir wenigstens ein wenig Hoffnung ...«

Ärgerlich entriß ihm Rita ihre Hand. »Nicht schon wieder, mein Herr! Plagen Sie mich nicht. Ich habe ganz etwas anderes im Kopf ...«

»Immer nur den Majoratsherrn?«

Mutig sah sie ihm in die Augen. »Ja, ich will das Glück für ihn.«

»Er wird es finden in der, die er liebt.«

»Aber ich will ihm helfen, womit ich nur kann, und sei es nur mit dem Versuch, die Tante zu beeinflussen, koste es auch mein eigenes Wohl.«

Treska ließ den Kopf hängen. Das Schweigen dauerte lange. Fräulein Rita starrte ins Feuer. Treska fingerte an seinem Pincenez herum, ohne den Blick von Ritas bleichen Zügen zu wenden.

Schließlich fragte er leise: »Hat er Fräulein Stefania sein Wort schon gegeben? Hat sich ihr der Majoratsherr erklärt?«

»Längst! Noch in Słodkowce. Doch sie hat ihm einen Korb gegeben und ist abgereist.«

»Sie hat was?«

»Was erstaunt Sie so? Sie hat ihm aus Taktgefühl einen Korb gegeben, aber sie liebt ihn. Die Arme, sie tut mir leid.«

»Wenn Sie auf jemand anders getroffen wäre, würde ich Ihr Mitgefühl teilen, aber so! Sie wird Majoratsherrin werden, also die eigenen Träume übertreffen.«

»Doch wie sehr sie leidet!«

»Die Liebe des Majoratsherrn wird sie für alles entschädigen. Ich weiß von Brochwicz, daß er sie sehr liebt. Ich habe das längst geahnt, doch nicht angenommen, daß sich das so schnell entscheidet. *Sapristi!* Hier geht es *crescendo* zu!«

»Kennen Sie den Majoratsherrn nicht?«

»Doch, aber ja, aber ich habe ihm keine Eheabsichten zugetraut. Habe es für *un amour passant* gehalten, ein bißchen dauerhafter vielleicht, doch nichts Endgültiges.«

»Ein merkwürdiger Ausdruck in gegebenem Falle.«

»Im Gegenteil, äußerst angemessen. Die Empfindungen des Majoratsherrn für Fräulein Stefania sind ehrlich. Viel Herz, Verstand, Platonisches und – Sinnlichkeit, Heftigkeit, Waldemars ganze leidenschaftliche Natur. Nunmehr erweisen sich seine Eigenschaften nicht nur als siegreich und eroberungssüchtig, sondern auch als matrimoniell. Mir war immer klar, daß Stefania ein prickelndes Geschöpf ist, doch daß sie ihn bis vor den Traualtar führt, hätte ich niemals vermutet, trotz aller Versicherungen von Brochwicz.«

»Wo haben Sie ihn getroffen?«

»In Berlin. Er hat mir als erster von dem Streit erzählt.«

»Wie sind denn seine Ansichten? Er ist ein Freund des Majoratsherrn.«

»Er behauptet, Waldemar habe gut daran getan, seine Kreise zu brüskieren, und daß er glücklich werden würde. Brochwicz betet die Rudecka an ...«

»Und Sie?«

»Ich mag sie sehr und weiß ihre Vorzüge zu schätzen; sie ist hübsch und reizvoll. Die Rolle der Majoratsherrin wird ihr gut zu Gesicht stehen, und sie wird sich glücklich aus der Affäre ziehen. Sie besitzt viel Takt. Für ihre pastellene Schönheit braucht es einen Hintergrund. Głębowicze wird für sie einen herrlichen Rahmen abgeben. Allerdings nimmt sie sich inmitten der Namen, der Parentel der Michorowski nur äußerst bescheiden aus. Nach den Bourbone, Esterhazy, Podhorecki klingt Rudecka – nun ja – beinah skandalös.«

Fräulein Rita senkte den Kopf; ihr ging durch den Sinn, daß ihr eigener Name, Szeliga, neben jenen Potentaten ebenfalls schlichtweg ausgelöscht würde. Bissig kommentierte sie: »Da Sie sich so gut darin auskennen, den Klang von Namen zu differenzieren, wundere ich mich, daß Sie mir Ihre Aufmerksamkeit schenken. Ich bin doch nur die Szelizanka, und Sie, Sie sind ein Treska. Ich habe gerade einmal zwei Grafen in der Familie, stelle also wahrlich keine Partie dar.« Es folgte ein kurzes, sarkastisches Lachen.

»Weshalb sagen Sie so etwas«, Treskas Stimme klang traurig.

Sie lehnte sich in ihrem Sessel zurück. »Ach, nicht so wichtig!« Schläfrig senkten sich ihre Lider, und so saß sie da, mit gleichgültigem Gesichtsausdruck, verändert, kaum mehr sich selbst ähnlich. Treska starrte das Blumenmuster des Teppichs an, schweigend auch er.

Langsam brach die Winterdämmerung herein, warf düstere Schatten in jeden Winkel des Raums. Das Feuer im Kamin war am Verlöschen, kleine bläuliche Flämmchen züngelten noch um die schon verkohlten Scheite. In der weißen Asche glommen goldene Fünkchen. Die Stille lag wie eine große Spinne in diesem hübschen Winkel des Palais auf der Lauer und wob ein Netz von Traurigkeit um die Herzen der beiden tief in Gedanken versunkenen Menschen. Ritas blasses Gesicht schmiegte sich in die weichen Falten des Schals. Nur ihr üppiger Haarschopf schimmerte im matten Licht des sterbenden Tages. Beide Gestalten, die da in das schon fast heruntergebrannte Kaminfeuer starrten, trugen Schmerz und Zweifel im Herzen.

Auf einmal schraken die zwei auf. Fräulein Rita lauschte mit erhobenem Kopf. Ein Geräusch an der Tür hatte ihre Aufmerksamkeit erregt. Im Türrahmen stand die Fürstin, erhaben, bleich und etwas unheimlich. Sie schwankte, ihre Augen brannten wie im Fieber.

»Tante!« Rita stürzte erschreckt auf die alte Dame zu.

»Wer ist sonst noch hier?« flüsterte die Fürstin.

»Herr Edward, Tante.«

Treska machte eine tiefe Verbeugung. »Ich bin heute von meiner Reise zurückgekehrt und habe mich beeilt, den Damen meine Aufwartung zu machen.«

»Das ist gut … danke«, wisperte die Fürstin und reichte ihm die Hand. Treska küßte sie voller Hochachtung.

»Vielleicht ruhst du dich hier auf dem Kanapee ein wenig aus«, sorgte sich Fräulein Rita.

»Nein, nein, ich möchte nur, daß ein Bote geschickt wird. Ich bitte dich, Rita, kümmere dich darum ... sofort. Vielleicht der Kammerdiener, oder der Kutscher ...«

»Gut, Tante, und wohin soll er geschickt werden?«

»Nach ... Głębowicze«, hauchte Fürstin Podhorecka.

Fräulein Rita wechselte mit Treska rasch einen Blick.

»Und soll ein Brief überbracht werden?«

»Nein, nur meine Bitte, daß Waldemar heute noch herkommt. Unbedingt!«

Fräulein Rita eilte aus dem Zimmer.

»Soll das Licht angezündet werden?« fragte Treska.

»Nein, ich ziehe mich wieder in meine Räumlichkeiten zurück, ich fühle mich ein wenig schwach.«

»Ich begleite Sie.«

Sie schüttelte abwehrend den Kopf. »Danke, nein. Ich gehe allein.« Langsam und majestätisch glitt sie aus dem Zimmer.

Treska blieb allein zurück; er trat an den Kamin und scharrte mit dem Schürhaken in der Asche, während er leise vor sich hin murmelte: »Ist das nun das Finale oder der endgültige Bruch?«

Nach ein paar Minuten war Rita wieder da. »Wo ist die Tante?«

»Sie hat sich zurückgezogen. Und, haben Sie nach Głębowicze geschickt?«

»Mein Kutscher ist gefahren. Er wird schneller eintreffen.«

»Was geht bloß vor?«

Fräulein Rita war in Aufruhr. »Ich weiß nicht, ich weiß nicht! Auf jeden Fall ist es ein Ende. Die Fürstin sieht so verändert aus. Ich gehe besser zu ihr.«

»Lassen Sie sie. Bestimmt zieht sie es vor, bis zu seiner Ankunft allein zu sein, besonders wenn die Unterredung mit dem Majoratsherr eine endgültige sein soll.«

»Ach, mein Gott! Hoffen wir, daß Waldemar noch nicht abgereist ist.«

»Wohin wollte er denn?«

»Ich habe von Łucia gehört, daß er nach Ruczajew fahren wollte.«

»Wohin?«

»Zu Stefas Eltern, sie um die Hand ihrer Tochter bitten.«

»Was für eine Aufregung!« brummte Treska.

»Ach, Gott, wenn sie ihn bloß anträfen ...«

15

Der Abend zog sich ins Unendliche. Fräulein Rita lief aus dem Boudoir der Fürstin in das ihre, wo Treska saß. Der leiseste Windhauch im Park, jedes Schneeknirschen im Hof – alles erregte Wachsamkeit im Palais. Man erwartete den Majoratsherrn mit Anspannung, doch die Stunden zogen sich in die Länge.

Die alte Uhr im Speisezimmer schlug die Viertelstunden. Die Dienerschaft schlich über die Flure, flüsterte geheimnisvoll untereinander.

Und wieder betrat die Fürstin den Raum, in dem sich Rita und Treska aufhielten. »Ist Waldemar noch nicht eingetroffen?«

»Noch nicht, Tante, aber bestimmt kommt er gleich, ruhen Sie sich noch ein wenig aus.«

Die Fürstin ließ sich auf dem Kanapee nieder, verschränkte die bleichen Hände im Schoß und betete murmelnd den Rosenkranz. Den Anwesenden schenkte sie keinerlei Beachtung.

Fräulein Rita wußte nicht, was sie mit sich anfangen sollte. Treska musterte die Blumenkörbe, als sähe er sie zum erstenmal. Hin und wieder warf er der Fürstin einen unsicheren Blick zu.

Die Minuten verrannen. Plötzlich wurde die Tür aufgerissen, eine Zofe stürmte herein, der der Kutscher auf dem Fuß folgte. Beide gewahrten die Fürstin nicht und riefen wie im Chor: »Der Herr ist nicht in Głębowicze! Der Kutscher ist zurück! Er sagt, der Herr ist an die Bahn gefahren.«

Erschrocken fuhr die Fürstin auf: »Was! ... Er ist abgereist! ...«

Fräulein Rita und Treska wurden starr bei ihrem Anblick. Bleich vor Schreck zogen sich die Bediensteten zurück.

»Wann ist er abgefahren?« rief die Fürstin erneut.

»Bitte, Euer Gnaden ... der Kutscher sagt, heute gegen Abend«.

»Mein Gott, mein Gott«, schluchzte die Fürstin.

Rita befahl Treska murmelnd: »Sofort zwei Boten zu den Bahnstationen Rudawa und Trebe. Man weiß nicht, wohin er gefahren ist – aber rasch.« Treska eilte aus dem Zimmer und den Bediensteten nach.

»Was für ein Unglück, was für ein Unglück«, jammerte die alte Dame. »Er ist schon weg, zu ihr gefahren, und mich hat er zurückgestoßen. Gott, o Gott, das ist meine Schuld. Alles ist meine Schuld ...«

Fräulein Rita und die Gesellschafterin Frau Dobrzyńska schafften es kaum, die Fürstin zu beruhigen, und dann saß die Greisin da, als sei alles Leben aus ihr gewichen. Widerspruchslos ließ sie sich das Kleid ausziehen, doch ins Bett wollte sie sich nicht legen. Ihre schwarzen Augen schimmerten seltsam, die Lippen waren schmerzvoll zusammengepreßt. Sie winkte Fräulein Rita und die Dobrzyńska aus dem Zimmer; sie wollte allein sein.

»Wen haben Sie geschickt?« wandte sich Rita an Treska.

»Noch einmal Ihren Kutscher. Er und ein Reitknecht sind nach Rudawa gefahren. Doch was ist passiert, daß er es auf einmal so eilig gehabt hat?«

»Ja, er hatte es eilig. Immerhin hat er zwei Monate gewartet. Ich bin über Tantes Seelenzustand keineswegs erstaunt. Das ist für sie furchtbar. Immer wieder hat sie ihn abgewiesen, und jetzt ist er ohne ihren Segen gefahren.«

»Und kehrt verheiratet zurück, denn bei ihm geht es schnell«, setzte Treska nach.

»Ach, am meisten fürchte ich, daß Stefa ohne den Segen nicht einwilligen wird.«

»Er wird sie ja nicht entführen, diese Zeiten sind vorbei.«

»Dennoch – bis zum äußersten getrieben, ist er imstande, etwas zu tun, was die Fürstin umbringt. Er ist gefährlich in seinem Zorn!«

»Ja schon, aber er ist auch in der Lage wie kein anderer, die Zähne zusammenzubeißen.«

»Sie kennen ihn offenbar recht gut. Ich tröste mich damit, daß er die Fürstin sehr liebt. Doch kann ihn die Liebe zu Stefa, wenn die Großmama sich noch länger widersetzt, zur Raserei bringen.«

Im Palais machte sich Furcht breit, sogar bei der Dienerschaft. Die Uhr schlug zwei in der Nacht, als Rita Szeliżanka inmitten der Schneewehen die schwarzen Konturen eines Schlittens ausmachte, der sich schnell der Auffahrt näherte. Ein leichtes Klingeln der Janitscharen, und das Gefährt kam zum Stehen.

»Er ist da!« rief Rita. Pfeilschnell stürmte sie die Treppe hinunter, Treska ihr nach.

In der Diele zog Waldemar mit Hilfe des Kammerdieners gerade den vollgeschneiten Biberpelz aus. Man begrüßte sich schweigend.

»Was ist geschehen?« fragte er. »Alle sehen so verstört aus, und ihr tragt Grabesmienen zur Schau. Der Bote hat mir gesagt, daß Großmama gesund ist.«

»Sie wollte Sie unbedingt sehen. Sie ist nervös und auch geschwächt«, entgegnete Fräulein Rita.

»Sie sind schrecklich lange ausgeblieben«, kommentierte Treska.

»Lange? Sie machen Witze. Ich komme direkt aus Rudawa. Der Bote hat mich aus dem Zug geholt. Ich habe mich beeilt, so gut ich konnte, doch in einem solchen Schneetreiben ist das eine Unmöglichkeit. Eine teuflische Zeit.«

»Ich gehe und unterrichte die Tante von Ihrem Kommen«, ließ sich Fräulein Rita hören.

»Ich komme mit.«

Die Fürstin saß in ihrem Schlafzimmer auf einem Sessel unweit des Bettes. Sie trug einen weißen Flanellschlafrock, den schwere Spitzen zierten. In dieser Aufmachung, dazu das blasse Gesicht mit den feurigen Augen, weiße Spitze auf dem Silberhaar, war sie schön wie ein Gemälde.

Fräulein Rita trat ein, verbeugte sich leicht und flüsterte: »Tante ... Der Majoratsherr ist eingetroffen ... Soll er eintreten?«

Die blassen Wangen der Fürstin färbten sich rot. »Er ist da? Er ist schon da?« Sie schaute sich im Zimmer um und zog sich mit einem Seufzer in die Tiefen des Sessels zurück. »Wo ist denn Waldemar?«

»Er wartet nebenan im kleinen Salon.«

»Bitte ihn herein«, sagte die Fürstin schnell entschlossen.

Im kleinen Salon nebenan faßte Rita den Majoratsherrn beim Arm. »Kommen Sie, aber bitte ... schonen Sie sie, ihre Nerven sind angegriffen und sie ist sehr schwach.«

»Seien Sie unbesorgt.«

Er betrat das Schlafgemach und küßte innig der Fürstin beide Hände. Stumm fragend schaute sie ihm in die Augen, aufrecht, ernst saß sie da. Die schwarzen Augen schienen dem Enkel direkt in die Seele zu blicken, als wollte sie alles darin Verborgene entdecken. Eine blasse Hand, an der ein Smaragd funkelte, drückte Waldemars Rechte. Er setzte sich zu ihr, sein Lächeln war gezwungen, als er fragte: »Warum schauen Sie mich so an, Großmama?«

»Ich will die Veränderung an dir wahrnehmen«, wisperte die Fürstin.

»Veränderung an mir? Wirklich?«

»Ja, ich möchte dich verändert sehen«, sagte sie mit Nachdruck.

Waldemar verstand. »Nein, Großmama, ich ändere mich nicht so leicht, ich bin entschlossen«, erwiderte er mit starker Stimme und hob stolz den Kopf.

Die Fürstin ließ seine Hand los. »Und du beharrst auf deinem Entschluß?« Ihre Augen leuchteten wild. Waldemar hielt diesem Blick ruhig stand.

»Ja, Großmutter.«

»Also hat nichts ... gar nichts Einfluß auf deine Empfindungen?«

»Empfindungen? Nichts hat Einfluß auf meine Absichten. Von einem Wandel meiner Gefühle kann nicht die Rede sein.«

»Also nichts ... nichts?«

»Nein, nichts, teure Großmama. Meine Entscheidung ist unwiderruflich. Finde dich damit ab, ich bitte dich, ich, dein einziger Enkel, dein Waldek, und ich bitte dich innig. Ich liebe Stefa mehr als mein Leben, und sie liebt mich auch. Ich werde sie nicht enttäuschen, auch wenn ich mir das Herz aus dem Leib reißen müßte. Heute bin ich nach Ruczejew gefahren. Ich bin imstande lange auszuharren, doch ich konnte nicht mehr. Noch eine Weile, und es wäre zu spät gewesen. Du bist streng und unerbittlich,

Großmama, doch ich fühle für dich wie ein Sohn, und das hat mich von dem endgültigen Schritt zurückgehalten. Ich weiß, daß Stefa mich ohne dein Wort nicht würde haben wollen, aber ich brächte sie schon dazu. Dieses Kind ist von Natur aus zartfühlend. Auf meine Briefe hat sie mit außergewöhnlicher Zurückhaltung geantwortet. Sie wollte ihre Liebe tief in sich verbergen, wo sie niemand auch nur erahnt hätte.«

»Du hast mit ihr korrespondiert?«

»Ein paar Briefe habe ich geschrieben, aber sie hat mir nur einmal geantwortet, und ich wiederhole, daß ein tiefes Gefühl aus ihrer Antwort sprach.«

»Du liebst sie sehr, Waldemar?«

»Sie ist für mich die Einzige auf der Welt. Wenn sie mir nicht über alles teuer wäre, würde ich nicht so hartnäckig um sie kämpfen«, Waldemars Stimme hatte einen feierlichen Ton angenommen. Der eindringliche Blick seiner grauen Augen ging seiner Großmutter durch und durch.

Und die Fürstin senkte die Lider und zupfte mit ihren langen schlanken Fingern an den Spitzen ihres Schlafrocks. Röte stieg in ihre Wangen, ihr Mund wirkte entschlossen. Ihre ganze Haltung drückte diese Entschlossenheit aus, aber auch einen inneren Kampf – das Ringen zweier gegensätzlicher Kräfte: die Liebe zum Enkel und der Aufruhr verletzten Stolzes. Was würde siegen – diese Frage hin in der Luft.

Waldemar kannte die alte Dame und sah in ihrem Zögern schon ein günstiges Ergebnis. Sein Herz schlug heftig, denn er wollte nicht länger mit dieser Frau kämpfen, die er liebte und wie eine Mutter ehrte. Seine Geduld war längst erschöpft, und am liebsten hätte er laut ausgerufen: Genug, es ist genug, oder ich zerreiße die letzten Bande!

Als hätte sie diesen Ausruf laut vernommen, sah die Fürstin rasch auf, senkte aber sofort wieder den Blick; die Augen ihres Enkels erschreckten sie. Noch schwieg sie, um sich ihrer Beherrschung sicher zu sein, endlich sagte sie leise: »Ich habe sie lange nicht gesehen ... Hast du ihre Photographie?«

Waldemar strahlte übers ganze Gesicht, alles Abweisende, Bedrohliche war mit einem Schlag daraus gewichen. Natürlich blieb dieser plötzliche Wandel von der Fürstin nicht unbemerkt. Wie er sie liebt, dachte sie. Waldemar hakte von der Uhrkette das Medaillon, öffnete den Deckel und flüsterte im Geist Stefas wehmütig lächelndem Gesichtchen zu: Jetzt gewinnst du, Einzige!«

Er zog eine elegante Brieftasche hervor und förderte daraus eine schmale Photokarte zutage, die Stefa im Ballkleid vor einem dunklen Hintergrund zeigte, und reichte sie zusammen mit dem Medaillon der Großmutter.

Verblüfft schaute die alte Dame auf das Medaillon. »Du trägst sie bei dir?«

»Als meine Verlobte, Großmutter, natürlich«, entgegnete er.

Die Fürstin hob Photographie und Medaillon im Wechsel an die Augen und betrachtete sie lange. Ihre Hände zitterten. Im Zimmer herrschte feierliche Stille. Unvermutet nahm die alte Dame die schildplattgefaßte Lorgnette von den Augen, lehnte Photographie und Medaillon auf dem Betpult gegen die Bibel und betrachtete sie erneut mit aller Gründlichkeit. Dann murmelte sie wie zu sich selbst: »Sehr hübsch und ... irgendwie bezaubernd.« Und nach einer kleinen Pause, mit kaum vernehmbarer Stimme: »Wie eine Prinzessin ...«

Sie senkte die Augen, die Falte auf der Stirn vertiefte sich. Wieder richtete sie den Blick auf die Aufnahmen, und auf einmal streckte sie Waldemar in spontaner Geste beide Hände entgegen. »Sie ... sie gefällt mir, deine Stefa, Waldek«, sagte sie und lächelte.

Er drückte der Greisin die Hände, beugte sich zu ihr, und in seinen Augen tanzten Freudenfünkchen. »Meine Stefa, meine Stefa ...«

»Möge euch Gott segnen«, die Fürstin legte dem Enkel ernst die Hand aufs Haar.

Ihm war nur zu bewußt, was diese Worte die Fürstin kosteten, und er drückte einen Kuß auf ihre Hände. »Danke, teure Großmama, ich danke dir. Unser Glück wird dein Lohn sein«, sagte er tief bewegt.

Immer wieder berührte die alte Dame mit den Lippen seine Stirn; Tränen rannen ihr übers Gesicht. »Geb Gott, daß du glücklich wirst, geb's Gott! Ich will nicht schlechter als Maciej sein, ich hatte solche Angst, daß du mich übergehst ... ich bin eifersüchtig auf deine Gefühle ... deshalb ... mag es sich erfüllen ...«

»Du wirst meine Liebe haben und die Stefas. Wirst sie von ganz allein liebgewinnen.«

Beide blickten sie zu dem Betstuhl, wo Stefas Photographien einen seltsam beseelten Ausdruck angenommen hatten und wie lebendig wirkten. Der Luxus des Schlafgemachs hüllte das Mädchenbildnis ein. Alles schien zu atmen, alles schien zu flüstern: Das Wunder ist geschehen. Stefa hat gesiegt!

16

Waldemar unterhielt sich so lange mit seiner Großmutter, daß Fräulein Rita ungeduldig wurde und sich bei Treska beschwerte. Es schlug halb drei, dann drei. Endlich trat Waldemar ein. Fräulein Rita regte sich nicht. Etwas bannte sie an Ort und Stelle. Treska ging auf den Majoratsherrn zu. Er sagte nichts, doch seine Miene war die pure Neugier.

Waldemar war fröhlich, doch ein Blick auf Ritas versteinertes Antlitz ließ ihn sofort ernst werden, seine Brauen zogen sich zusammen. Es war ein mißlicher Augenblick, denn auch Treska schwieg. Hier wurde Schicksal gespielt.

Waldemar trat zu Fräulein Rita; sie brachte mühsam die Frage hervor: »Was ist mit der Tante ... Hat sie ...« Der Rest des Satzes blieb ihr im Hals stecken.

»Die Tante möchte sich hinlegen«, griff der Majoratsherr auf. »Morgen, oder eigentlich heute, kommen wir alle zu Großmamas Namenstag zusammen, danach fahre ich nach Ruczajew.«

Fräulein Rita wurde kalkweiß, und um nicht aufzustöhnen, biß sie sich auf die Lippen und zwang sich zur Beherrschung. Sie reichte Waldemar die Hände, und ihre Miene war schmerzlich, als sie sagte: »Möge Gott Ihnen gnädig sein.«

Waldemar beugte sich tief über ihre Hand und küßte sie.

Treska wünschte lärmend Glück, nannte den Majoratsherrn einen Helden und versprach eine fabelhafte Rede beim Hochzeitsmahl, dem Grafen Morykoni zum Trotz, den er nicht leiden konnte. »Ich hätte erst so die richtige Verve, wenn die Barskis kämen, aber das ist wohl eher zweifelhaft.«

Nach Abfahrt des Majoratsherrn und des Grafen zog sich Rita in ihre Räumlichkeiten zurück. Sie ging wie betäubt umher, bis sie unvermutet in heftiges Weinen ausbrach, das alles umschloß: ihre leidenschaftliche Liebe zu Waldemar, unbegründeten Groll gegen ihn und gegen Stefa, dumpfe Verzweiflung. Vor dem Bett kniend, das Gesicht in die Kissen gedrückt, schluchzte und schluchzte sie. Fräulein Rita begriff erst jetzt klar und deutlich den Abgrund zwischen dem Majoratsherrn und ihr, dieses Begreifen fuhr wie eine Axt auf sie nieder und zerschlug ihre Liebe. Rita weinte bitterlich.

Die Fürstin, die eine Weile vergeblich auf ihre Ziehtochter gewartet hatte, war jetzt zu ihr ins Schlafzimmer gekommen. Als Rita die Tante bei sich stehen sah, sprang sie auf die Füße. »Tante, wozu bist du hergekommen... wozu«, jammerte sie vorwurfsvoll.

Die alte Dame faßte ihren Kopf mit beiden Händen und drückte ihn an sich. »Pst, Kind, mach mir keine Vorwürfe. Ich weiß alles, meine kleine Rita, auch du liebst ihn, wir haben zusammen gelitten, ich verstehe dich. Aber du bist ein edler Mensch... du hast für sie gesprochen, obwohl das Herz in dir schrie, und ich habe dich schroff beiseite geschoben. Vergib mir, mein Kind.« Sie ließ sich aufs Bett sinken. Rita legte zitternd und in Tränen aufgelöst ihren Kopf an die Schulter der Greisin. Die Fürstin fuhr fort: »Siehst du, schon geschafft, nunmehr segne auch ich sie. Rita, Kind, er liebt Stefa, liebt sie sehr, sie werden glücklich sein, das tröstet mich. Ich bin alt. Es tat mir leid um die kurze Zeit meines Lebens, die ich ohne die Zuneigung meines einzigen Enkels würde zubringen müssen. Und so gab ich nach und habe jetzt Frieden; mir ist ein Stein vom Herzen gefallen, ich bin sogar glücklich... was sollte ich machen!« Die Fürstin seufzte tief. »Mir gefällt das Mädchen. Erstaunlich, wie stark sie Waldemar an sich zu binden vermag. Er frappiert mich durch seine Willenskraft, und sie...« Ihre Stimme wurde zu einem Flüstern: »Und sie durch ihren Zauber.«

Rita seufzte. Die Fürstin küßte sie auf die Stirn. »Du leidest,

Kind; ich glaube aber fest daran, daß Gott auch dir zu deinem Glück verhilft. Du hast ein besseres Los verdient.«

»Ich will nicht, Tante, ich will nicht. Ich habe ihn von ganzer Seele geliebt, doch nicht einmal erträumt habe ich ihn mir. Wer bin ich schon, daß ich mich zu träumen erdreistete? Aber mir ist traurig zumute. Ach, ich bin schon ein komischer Kauz.« Sie lachte leise auf, aber es klang bitter.

»Das geht vorüber«, sagte die Fürstin. »Du bist immer so tapfer gewesen.«

17 Waldemar kehrte gegen Morgen nach Głębowicze zurück. Es dämmerte bereits. In das noch im Schlaf versunkene Schloß kam Bewegung. Besonders in den Treibhäusern und der Orangerie herrschte im Schein der elektrischen Beleuchtung rege Geschäftigkeit. Der Majoratsherr wählte die Blumen selber aus: Rosen, Orchideen, Mimosen wie frisch von der Riviera.

Gegen elf Uhr vormittags machte sich der Jäger Jur im prachtvollen livrierten Pelz auf den Weg, um die duftende Last für Stefa mitsamt einem Brief von Waldemar zu überbringen, auch einen Brief für die Herrschaften Rudecki trug er bei sich.

Am Namenstag fanden sich viele Gäste in Obronny ein. Herr Maciej mit Tochter und Enkelin war anwesend, Waldemar, der Held des Tages, das fürstliche Ehepaar Podhorecki mit ihren Töchtern und deren Gouvernante. Graf und Gräfin Morykoni, und Treska sowie der junge Wilhelm Szeliga, der für diesen Tag aus Warschau angereist war, bevor er an die Universität zurückkehrte. Aus der Umgebung waren die Żyżemskis und Ćwileckis eingetroffen. Gräfin Ćwilecka, die sichtlich pikiert wirkte, nachdem sie den Ausgang von des Majoratsherrn Angelegenheiten erfahren hatten, warf der Fürstin böse Blicke zu. In Erwartung der Ergebnisse war sie nicht ins Ausland gereist, sondern hatte auf gepackten Koffern gesessen. Daher kannte ihre Wut auch keine Grenzen, was jedoch niemanden schreckte. Die Fürstin hatte längst ihr geistiges Gleichgewicht wiedererlangt. Ihre Schwiegertochter nebst Töchtern, Łucia und Fräulein Rita sorgten für gute Stimmung. Rita scherzte mit der jungen Fürstin bis sie Tränen lachte. Beide Żyżemskis unterstützten sie, und der gutgelaunte Herr Ksawery ebenso. Waldemar sprühte vor Witz und riß sowohl Herrn Maciej als auch die Fürstin mit. Auch Treska trieb seinen humorvollen Schabernack, er war dem Majoratsherrn von Herzen dankbar und zum erstenmal schaute er ihn voller Bewunderung an. Nur Baronin Idalia, Gräfin Morykoni und die Ćwilecka verhielten sich reserviert und waren verdrießlich. Fürst Franciszeks und Graf Morykonis Mienen blieben undurchschaubar, sie sprachen wenig, vermieden sorgfältig die noch so kleinste Bemerkung über die Verlobung des Majoratsherrn. Wilhelm Szeliga genierte sich vor nichts und niemandem, so sehr grämte er sich. Tresko wollte seine Witze über ihn machen, doch der Majoratsherr wies ihn auf eine Weise zurecht, daß ihm für einen Moment sein burschikoser Humor abhanden kam.

Beim Abendessen machte Herrn Maciejs Toast großen Eindruck. Der Greis erhob sich mit einem Glas Champagner in der Hand und brachte mit Nachdruck aus: »Auf die Gesundheit der Braut meines Enkels, Fräulein Stefania Rudecka, die ich vom heutigen Tag an aufnehme in den Kreis unserer Familie. Das junge glückliche Paar lebe hoch!«

Voller Dankbarkeit schaute Waldemar zu seinem Großvater, alle leerten ihr Glas mit geringerem oder größerem Enthusiasmus. Nur Graf Morykoni zauderte. Sein Glas schwebte in der Luft, und seine Miene demonstrierte einen Widerwillen, den im Zaum zu halten ihm kaum gelang. Waldemar bemerkte es, hielt sein Glas dicht am Mund ohne zu trinken und musterte den Grafen scharf.

Eine Weile beäugten sie sich schweigend. Waldemars Gesicht wurde eisig, das des Grafen feuerrot, doch zum Wohle trank er nicht. Verwirrung machte sich breit. Die Gräfin zupfte mit einem Blick auf Waldemar den Gatten am Ärmel. Schließlich sagte der Majoratsherr knapp, mit einem ganz besonderen Lächeln: »Herr Graf, ich warte!«

Die Antwort war ein giftiger Blick, bevor er sein Glas leerte. Der Majoratsherr aber hatte ein schelmisches Funkeln in den Augen, als wollte er bedeuten: So wird das immer sein!

Der Festschmaus dauerte bis spät in die Nacht, und gegen Ende unterhielten sich alle aufs beste. Selbst der Graf schien den Rangunterschied zwischen dem Majoratsherrn und Stefa vergessen zu haben.

Zum erstenmal seit langer Zeit brodelte Obronny vor Leben, als spiegelte es den Triumph des Majoratsherrn an einem Ort wider, an dem sein Kampf am längsten gewährt hatte.

18 In den Salon auf Ruczajew fiel ein goldener Sonnenstrahl und legte sich auf den blank gebohnerten Fußboden, als sei er vom Umherwandern ermattet. Plötzlich lebte der goldene Strahl wieder auf: Er hatte etwas entdeckt. Blumen. Eine Fülle von Blumen. Töpfe, Flechtkörbe, Vasen voller Blumen. Sie standen auf dem Tisch, auf Etageren, Spiegelkonsolen, sogar auf dem Fußboden schufen sie eine kleine malerische Insel. Er blinzelte in die Rosenknospen und fragte sie hauchzart, wie sie, die so Prächtigen, hierher, in dieses bescheidene Gutshaus geraten waren. Dasselbe flüsterte er den stolz erhobenen Häuptern der Tulpen und den aristokratischen Orchideen zu, sie zart küssend. Sonnenküsse sind zauberisch, und die Blüten sahen nun wie in einer Aureole aus. Nach ihnen kam der weiße und lila Flieder, der in heiterem Ernst seine Dolden neigte. Schon begannen die Veilchen zu wispern, bescheiden und anmutig reckten sie die samtigen Köpfchen aus ihrer grünen Blätterhülle. Munterer reckten sich Schwertlilien, gelb, lila und dunkel getüpfelt, empor. Die zarten weißen Federchen der buntfarbenen Nelken bebten wonniglich, die winzigen Blättchen des Engelsüß winkten. Narzissen erstrahlten in leuchtendem Weiß. Etwas abseits lächelten demütig die Klosterzöglinge sanfte, unschuldige Mimosen, der Sonne entgegen.

Zauberische Sonne!

Aber da war noch eine kleine Schäkerin, die sonst so mondäne und preziöse Tuberose. Geblendet von all dem Glanz, belebt von der Wärme, schwenkte sie kokett ihr entzückendes Kleid und wandte sich kühn an die Sonne, schalkhaft, temperamentvoll, verströmte dabei den zarten Duft ihres erlesenen Parfums.

Die Blumen erzählten, wie sie in Głębowicze auf die Welt gekommen waren und wie man sie dort gehegt und gepflegt hatte. Bis eines Tages der schreckliche Augenblick kam. Das elektrische Licht flammte auf und erhellte jeden Winkel. Aus dem Schlaf erwacht, meinten die Blumen, eine Festivität fände im Schloß statt und man wünsche ihre Präsenz. Hocherfreut also schüttelten sie den letzten Rest Schlaf aus Blumenblättern und grünem Flor, aufgeputzt und duftend, erwarteten sie Huldigung und Entzücken.

Aber welch eine Enttäuschung!

Zwar betrat ihr Herr und Gebieter, der junge Majoratsherr, die Gewächshäuser, doch ihm folgten auf dem Fuße ihr wichtigster Erzieher, der Gärtner und eine ganze Bande Gärtnerjungen mit unheilvollen Mienen. Die Blumen blickten ernster drein, und ein Zittern überkam sie. Bis auf den Majoratsherrn waren all die Menschen mit Scheren bewaffnet. Die erschrockenen Blumen wollten um Erbarmen flehen, doch brachten sie keinen Ton hervor. Der Majoratsherr wählte selber, heiter und glücklich lächelnd, die schönsten aus. Er beugte sich über die »Maréchal Niel«, die Rosen, die er am meisten mochte, und flüsterte weich: »Geht und erfreut meine Stefa!«

Die Rosenköniginnen erzählten dies der Sonne, stolz auf ihre Schönheit und ihren Erfolg. Die Blumen raunten weiter: wie man sie nach dem Schnitt in geschmackvoll geflochtene Körbe gelegt und zu Sträußen gebunden, sie mit Watten und Moos und Binsen eingehüllt hatte, damit sie nicht erfroren.

Gewöhnliche Veilchen und Alpenveilchen, Hyazinthen und Goldveigelein neckten sich mit den vornehmen Blumendamen und trumpften damit auf, daß ihr Umzug ganz genauso vonstatten gegangen sei. Und schon war ein Streit im Gange, doch das prinzliche Knabenkraut bereitete mit seiner Autorität dem Gezänk ein Ende.

Und so plauderten die Blumen schließlich ganz friedlich miteinander und priesen ihre Ankunft hier auf diesem Gutshof, wo ein liebliches Mädchen sie begrüßte und wo man sie so bewunderte, daß sie für den Augenblick ihr verlorenes Paradies in Głębowicze vergaßen und sich ganz und gar dem Dünkel ergaben. Das reizende junge Mädchen küßte sie mit vor Glück rosigen Wangen, während sich die dunklen Veilchenaugen mit Tränen füllten. In den Strauß gelber Rosen hauchte sie: »Ihr seid von ihm, von ihm!«, und die gelben Rosen dufteten zur Antwort.

Der helle warme Schein der Sonne, der Duft der Blumen und ihre schöne Gestalt gaben dem freundlich tapezierten Salon etwas, wie Stefa fand, Berauschendes. Ihr strahlendes Gesicht, die leuchtenden Augen und das schlichte weiße Kleid ergänzten das malerische Bild jener Blumenschau. Sie war wie die Göttin Flora. Der Zauber der königlichen Lilie, die Anmut der reinen Mimose, die vornehme Koketterie der Tuberose und die stolze Erhabenheit der weißen Calla vereinten sich in diesem jungen Mädchen.

Die Sonne unterstrich all diese Schönheit noch, doch die Maienblüte ihrer jungen Liebe war unendlich viel schöner, strahlender als die Sonne, duftender als das ganze Blumenmeer.

»Ich liebe ihn! Ich liebe ihn!«

Hätte ihr eine Zauberfee oder ein Engel Flügel verliehen, wäre sie bis vor den Thron Gottes geflogen, um Ihm ihre Seele zu Füßen zu legen, die vor Glück überströmte, dem allerhöchsten, dem Glück einer erwiderten Liebe.

Wieviel Zweifel sie in letzter Zeit durchlebt hatte, wieviel Ängste und Zwiespalt! Streng erforschte sie ihre Gefühle für Waldemar; eine Gewissensprüfung. Beruhte ihre Liebe nicht vielleicht darauf, daß seine Größe und Berühmtheit ihr den Blick trübten? Ist dieser prunkvolle Rahmen, der ihn umgibt, nicht der größte Reiz? Spielt hier nicht ihre weibliche Eigenliebe eine Rolle, die Eitelkeit, weil sie die Zuneigung eines solchen Mannes errungen hat? Hätte Waldemar unter anderen Bedingungen und in anderer Umgebung genauso intensiv Herz und Verstand gefangengenommen?

Ihr vornehmer und aufrichtiger Charakter befahl ihr diese Gewissensforschung um Waldemars willen. An seine tiefe Liebe glaubte sie und sie vertraute ihm. Ihr Glück mit ihm ahnte sie deutlich voraus, ihre Sorge war, daß sie ihm ein vergleichbares schenkte. Selbst wenn sie Sehnsucht verspürte, fragte sie sich, ob diese Sehnsucht allein Waldemar galt oder etwa auch Głębowicze und allem, was damit zusammenhing. Die Antworten beruhigten sie: Waldemar stand vor und über allem. Zudem gab es einen einfachen Umstand, der viel entschuldigte und erklärte. Kennengelernt hatte sie Waldemar als Magnaten mit glanzvollem Namen und einem ungeheuren Vermögen. Dennoch hatte sie ihn liebgewonnen fast vom ersten Augenblick an.

Seine Persönlichkeit hatte den Ausschlag gegeben, sein Charme, die Ausstrahlung seiner reichen Natur. Er hatte sie nicht mit äußerem Prunk geblendet, sondern mit seinem edlen Wesen und der echten Männlichkeit seines Charakters. Sie stand unter dem Einfluß seiner Gedankenwelt, seiner brillanten Intelligenz. Seine Bildung, seine Aktivitäten und geistigen Fähigkeiten, sogar die Heftigkeit und das wilde, ungestüme Temperament trugen sie wie ein Sturmwind davon, mitten hinein in eine schwindelerregende Leidenschaft, eine Urgewalt heißer Gefühle, die dennoch beständig waren, weil auf rückhaltloses Vertrauen und Respekt gegründet.

Seit ihrer Abreise aus Słodkowce hatte sie nicht aufgehört sich Sorgen zu machen. Er hatte sie vor einer fremden Dame seine Braut genannt und würde das vermutlich auch gegenüber seiner Familie tun. Doch was dann?

Wieder und wieder las sie im Tagebuch der verstorbenen Großmutter, und ihre Ängste mehrten sich. Beinah erwartete sie schon den Brief, der allem ein Ende machte, wie jener, der das Glück ein für allemal in einem Tagebuch einschloß. Doch dieserart Zweifel dauerten nicht an. Sie glaubte an Waldemar. Nur ihr Gewissen drückte sie, denn hatte sie das Recht, ihn einem ähnlichen Kampf auszusetzen, und sollte sie Mitglied einer aristokratischen Familie werden, die sie ablehnte? Doch sie spürte, es war schon zu spät ... alles Aufopfern ihrerseits wäre sinn- und zwecklos gewesen angesichts seiner Liebe, denn nunmehr hatte er ihrer beider Glück in seine Hände genommen.

Und er hatte den Sieg davongetragen! Mit Waldemars Brief in der Hand trat sie zu den Blumen. Eingetaucht in das Blütenmeer, blätterte sie zum wohl hundertsten Male die Bögen des eleganten Briefpapiers um, die mit der vertrauten männlichen

Handschrift bedeckt waren. Sie berauschte sich an den Worten, die zu ihr sprachen, konnte den Blick nicht lösen von den kraftvoll gesetzten Buchstaben.

Stefa schaute auf die Uhr. »Er müßte eigentlich schon hier sein«, murmelte sie. Sie ließ die Augen über die Blumen schweifen, zupfte dann aus einer Vase eine eben erst erblühte »Maréchal Niel« und steckte sie sich ins Haar. Beim Blick in den Spiegel war sie zum erstenmal von der eigenen Schönheit überrascht. Ein Weilchen betrachtete sie sich kritisch, und ein zufriedenes Lächeln umspielte ihre Lippen. »Ich bin tatsächlich hübsch! Für ihn möchte ich das sein!«

Ein Geräusch in der Diele ließ sie aufhorchen. Sie eilte ans Fenster. Vor der Veranda hielt ein Viergespann Brauner. Aus dem Schlitten nahm Jur die Pelzdecke für die Beine. Stefa legte die Hände an die glühendheißen Wangen. »Er hier! Waldek hier in Ruczajew!« jubelte es in ihr.

Im Flur hörte sie die Stimme ihres Vaters, und dann ertönte Waldemars sonorer Bariton, und ihr Herz vollführte Freudensprünge. Sie stürmte zur Tür, gerade als der Majoratsherr eintrat, die Augen leuchtend bei ihrem Anblick. Herr Rudecki zog sich diskret zurück.

»Du bist mein! Mein! Mein!« rief Waldemar aus und nahm seine Braut in die Arme. Stefa lehnte den Kopf an seine Brust, vom Ansturm der Gefühle überwältigt.

Waldemar war wie von Sinnen vor Glück. »Ich bin gekommen, um dich zu holen. Jetzt bist du mein auf ewig.«

Stefa deutete auf die Blumen. »Sie sind meinem Glück vorausgeeilt.«

»Gefallen sie dir?«

»Und wie! So schön und aus Głębowicze ...«

Waldemar händigte Stefa zwei Briefe aus: einer war vom Großvater, der andere von Großmama Podhorecka.

Die Fürstin schrieb warmherzig und ungezwungen, nichts verriet ihren vorausgegangenen Widerstand. Sie nannte Stefa ihre Enkelin, gab ihrer Hoffnung Ausdruck, daß sie Waldemar glücklich machen würde. Der Brief enthielt ein paar lobende Worte für die Herrschaften Rudecki und, ausdrücklich hervorgehoben, den Wunsch, Stefa näher kennenzulernen.

Die Rudeckis fühlten sich entwaffnet. Im Bezug auf Stefas Zukunft hatten sie längst keine Befürchtungen mehr. Und den Majoratsherrn vergötterten sie geradezu.

Stefa war von dem Brief der Fürstin tief gerührt, da sie nur zu gut den Kampf ahnte, der ihrem Einverständnis und ihrer Sympathie vorausgegangen war. Und sie wußte, daß sie ihrem Bräutigam alles verdankte ... Sie liebte ihn nicht nur, sondern ehrte und bewunderte ihn.

Nachdem sie den Brief gelesen hatte, reichte sie ihm dankbar beide Hände. Waldemar küßte ihre Handflächen.

Ein paar Stunden später tauschten Waldemar und Stefa in dem hell tapezierten Salon, inmitten all der Blumen ihre Ringe. Als an Stefas Finger der riesige Brillant, ein Familienkleinod der Michorowski, aufblitzte und sie ihrem Bräutigam ihren Ring mit der großen Perle an den kleinen Finger gesteckt hatte, preßten sich Waldemars durstige Lippen auf den Mund des Mädchens, und im Kuß vereint umarmten sie sich, bis ihnen vor Lust fast die Sinne schwanden.

Stefa durchfuhr ein wohliger Schauer, der dennoch seltsam beängstigend war.

Vielleicht schwebte in diesem Augenblick der Geist Stefania Rembowskas und Gabrièle de Bourbones gleich einem stummen, düsteren Memento über dem jungen Paar ...

19

Die Kunde von der Verlobung des Majoratsherrn Michorowski mit Fräulein Rudecka breitete sich wie ein Lauffeuer unter der Aristokratie aus, rief Zorn und Protest hervor, in weiten Kreisen der Intelligenz hingegen Verwunderung. Einige sprachen sogar von Falschmeldungen. Salons, Clubs, Boudoirs erbebten vom Stimmengewirr all der Gespräche, die allein zu diesem Thema geführt wurden, doch das Geflüster war noch schlimmer, weil boshaft.

»Mesalliance! Mesalliance!« ertönte es allüberall.

All die Gräfinnen und Prinzessinnen, all die Fräulein, die mit dem Majoratsherrn gerechnet hatten, bekamen hochrote Wangen, mahlten empört mißgünstige Worte zwischen den hübschen Zähnchen, und in ihren vornehmen Köpfchen wurden böse Gedanken hin und her bewegt.

Die sensationelle Nachricht von der Verlobung brachten in sehr wohlwollender Form die Tageszeitungen. Gewisse Persönlichkeiten aus der Aristokratie hätten diese Information lieber in greller Farbigkeit gesehen, doch mit Rücksicht auf den Majoratsherrn verzichteten die Redaktionen auf diese Attraktion. In den hochwohlgeborenen Kreisen summte es wie in einem Bienenstock.

Verstört und erschüttert wurde zur Kenntnis genommen, daß wenige Wochen nach der Verlobung die junge Fürstin Podhorecka und Fräulein Rita gemeinsam mit dem Majoratsherrn in Ruczajew eintrafen. Ihnen auf dem Fuß folgten der unzertrennliche Treska sowie Brochwicz, der als persönlicher Freund des Majoratsherrn Stefa seine Glückwünsche übermitteln wollte.

Ruczajew wimmelte von Gästen. Stefa strahlte vor Glück, und sie schien noch schöner. Diese Visiten waren der Anlaß für ein neues Ungewitter in Słodkowce. Frau Idalia brachte die Wut beinah um den Verstand, und mit Łucia wußte sie sich keinen Rat mehr. Das Mädchen wollte unbedingt mit nach Ruczajew fahren, bat und bettelte, doch da ihre Mutter es ihr verwehrte, wollte sie sich in Gesellschaft von Fräulein Rita dorthin begeben. Doch auch damit erklärte sich die Baronin nicht einverstanden; alles Bitten von Herrn Maciej wies sie schroff zurück und reiste schließlich mit ihrer Tochter ins Ausland. Łucia schrieb in aller Heimlichkeit einen verzweifelten Brief an Stefa; das Verhältnis zu ihrer Mutter war kaum noch erträglich. Frau Idalia reiste also an die Riviera und ließ ihren Vater in der Obhut von Herrn Ksawery zurück.

Herr Maciej aber hielt sich jetzt meist in Obronny auf, wo er in Gesellschaft der Fürstin Stefas Ankunft erwartete. Die Fürstin hatte in aller Deutlichkeit erklärt, daß sie die junge Dame eine gewisse Zeit bei sich haben wollte, um sie besser kennenzulernen. Der Majoratsherr war natürlich einverstanden und versprach die Braut herzubringen, unter der Bedingung allerdings, daß sie mit Vater oder Mutter reiste. Die Fürstin mußte sich fügen.

Mitte Februar war der große Festsaal in Obronny aufs festlichste geschmückt. In Bälde sollte Stefa in Begleitung ihres Vaters und Waldemars eintreffen. Die Dame des Hauses in ihren schweren schwarzen Spitzen blickte ernst, wirkte wie stets ein wenig distanziert. Ihre Schwiegertochter, Herr Maciej, Fräulein Rita und Treska waren heiter gestimmt. Fürst Franciszek hingegen schwieg unheilvoll. Je näher die Ankunft rückte, desto größere Unruhe verriet die alte Fürstin. Die Träume von einst wollten und wollten sich nicht abschütteln lassen. In denen sah sie sich Waldemars Braut, eine Prinzessin aus vornehmstem Geschlecht, begrüßen. Mit der Wirklichkeit konnte sie sich plötzlich nicht mehr abfinden, Groll und Bitterkeit kehrten zurück. Schreckensbleich erwartete sie den Moment der Begrüßung. Stolz und Ehrgeiz reizten die Nerven der Fürstin mit ihrer Klage um begrabene Hoffnungen. Sie kämpfte dagegen an mit all der Kraft, die sie ihrer erschöpften Seele abzuringen vermochte. Für ihn ... für meinen Enkel. Er liebt sie ... ist glücklich, sagte sie sich in Gedanken immer wieder.

Als der Kammerdiener eintrat, um das Eintreffen der Besucher anzukündigen, lehnte sich die Fürstin schwer in ihrem Sessel zurück und hielt nervös ihr Riechfläschchen an die Nase.

Auf der Treppe, die zum Eingangsbereich des Palais führte, wimmelte es von Dienern. Treska und Fräulein Rita begrüßten die Gäste als erste. Die junge Fürstin trat an das geschnitzte Geländer, das die Galerie über dem Treppenhaus umgab. Da stürmte Waldemar schon die Treppe herauf, strahlend und so vital wie nie zuvor. Rasch begrüßte er das jungen Fürstenpaar, wechselte herzliche Worte mit Herrn Maciej und kniete dann vor der Fürstin nieder.

»Ich bringe Ihnen meine Stefa, teure Großmama«, sagte er sanft und küßte der alten Dame die Hände. Die Fürstin schwieg wie betäubt; reglos und blaß saß sie da, ihr Anblick war beängstigend. Waldemar sah erstaunt zu ihr auf. Ihr Blick ging ihm durch und durch. »Großmama!« rief er mit Nachdruck aus und drückte verzweifelt ihre Hand.

Zum erstenmal im Leben fürchtete er sich. Alles kam ihm auf einmal hoffnungslos vor. Seine Augen brannten sich in das

Antlitz der Fürstin. Die schwieg noch immer, atmete hastig. Der Majoratsherr sprang mit zornig gerunzelten Brauen auf und stieß mit erstickter Stimme hervor: »Was ist geschehen, um Gottes willen?«

Herr Maciej, der ebenfalls tief erschrocken war, blieb stumm. Doch der Ausruf Waldemars führte den Umschwung herbei. In der Fürstin regte sich ein überwältigendes Bedauern, weil sie das Glück des Enkels trübte, und die Drohung in seinem Blick verwirrte sie. Die Liebe zu ihm vertrieb allmählich alles Zögern aus ihrem Herzen; es war die letzte Phase ihres Kampfes. Die alte Dame erhob sich, legte Waldemar die Hand auf die Brust und sagte, indem sie ihm fest in die Augen sah, die nun zu lächeln schienen: »Bring sie mir her, deine ... Stefa. Ich möchte sie begrüßen und ... segnen.«

Waldemar atmete auf. Er küßte seiner Großmutter die Hände und stürmte ins Vestibül. Herr Rudecki mit Tochter und Fräulein Rita in Begleitung Treskas stiegen eben die Treppe empor. Der Majoratsherr lief ihnen entgegen und reichte seiner Braut den Arm. Sie sah reizend aus in ihrem eleganten hellgrauen Kleid, dessen Farbton ihren zarten Teint hervorhob, der an eine Perlmuschel im Abendrot erinnerte.

Auf dem Weg durch die Galerie drückte die junge Fürstin Stefa die Hand und deutete mit den Augen auf die offene Tür des Salons. Dem jungen Mädchen schlug das Herz bis zum Halse. Sie traten ein.

Stefas veilchenblauer Blick richtete sich ängstlich auf die schwarzgekleidete fürstliche Gestalt. Ihre Lippen bebten, eine blutrote Welle übergoß ihre perlmuttfarbene Haut, und Tränen verschleierten ihre Augen.

Die Fürstin ließ ihre schwarzen Augen lange auf dem jungen Mädchen ruhen. Herr Maciejs Miene hellte sich auf. Fürst Franciszek zog sich hinter einen Pfeiler des Salons zurück.

Unter dem brennenden Blick der Fürstin senkten sich Stefas lange Wimpern und verhüllten ihre wunderschönen Augen. Die Fürstin war erstaunt. Stefas Schönheit und Haltung beeindruckten sie. Die furchtsame Scheu trug viel zu ihrer Ausstrahlung bei. Aus unerfindlichen Gründen hatte sich die Fürstin eingebildet, daß Waldemars Braut mit stolz erhobenem Haupt und großer Selbstsicherheit den Raum betreten würde. Stefa bereitete ihr eine angenehme Überraschung.

All das griff der alten Dame ans Herz. Lächelnd und mit ehrlichem Wohlwollen streckte sie dem Mädchen die Hände entgegen, und als Stefa sich zu ihnen herabbeugte, umarmte die Fürstin das junge Mädchen und drückte es an sich.

Zwei Tränen rollten Herr Maciej über die Wangen, und auch Waldemar war ergriffen. Die Fürstin nahm seine Hand und vereinte sie mit der seiner Braut. Über den gebeugten Köpfen der jungen Leute flüsterte sie bewegt: »Seid glücklich!«

Begrüßung und Segen von Herrn Maciej liefen weniger zeremoniös ab, dafür herzlicher. Herr Rudecki benahm sich bei der Begrüßung durch die Fürstin sehr würdevoll; sie wechselten ein paar Höflichkeiten miteinander. Herr Maciej drückte Stefas Vater brüderlich.

Das Eis war gebrochen.

Nach dem einwöchigen Aufenthalt in Obronny fuhren alle für ein paar Tage nach Głębowicze, von wo aus Herr Rudecki nebst Tochter nach Hause zurückkehren wollte. Es war noch immer prächtiges Schlittenwetter.

Das Gefährt, das den Majoratsherrn und seine Braut befördern sollte, war ein besonders schöner Schlitten mit einem Viergespann aus Głębowice. Der Majoratsherr kutschierte selber. Die langen Decken waren von goldbesticktem Ponceaurot, an den Schläfen der Pferde wehten buschige Fuchsschwänze im Fahrtwind. Das helle Klingeln der Janitscharen und das metallische Klimpern der Bronzebeschläge auf dem Geschirr hallten als Echo in den dichten Wäldern von Głębowice wider. Die Araberrappen mit ihren langen Schweifen und in ihrer schimmernden Ausrüstung erinnerten an die Rösser der Caesaren vor den Streitwagen.

Stefa war einfach hingerissen von dieser Fahrt, sie und Waldemar waren vergnügt wie Kinder. Ihre Jugend, ihre Liebe, sie waren betörend und blendend wie diese fröhliche Fahrt über die glatte Chaussee, wie der Klingklang der Janitscharen und das Schnauben des Rappenvierers. Der dichte Wald stand still und weiß bestäubt vom letzten Schnee. Noch einmal hatte er den weißen Pelz angelegt, und das Rauschen in den Zweigen klang wie Bedauern, daß er ihn in Bälde würde ablegen müssen.

Stefa allerdings hielt erwartungsfroh nach dem Frühling Ausschau. Im Juni sollte ihre Trauung sein. Gedanken eilten voraus, und da war dieser Schauder der Neugier und der Hoffnung, wenn sie sich ausmalte, wie es sein würde. Und dennoch tat es ihr leid um den Winter. Ein unerklärliches Bedauern stahl sich in ihre Träume und ließ sich nicht verdrängen. Der Schnee war Zeuge ihres größten Glücks, und es schmerzte sie, daß er im Begriff war zu schwinden. Sie sehnte den Frühling herbei, doch sie fürchtete ihn zugleich.

In diesem Augenblick aber trübten keine düsteren Gedanken ihre innere Freiheit. An der Seite ihres Verlobten freute sie sich des Lebens, des Schnees und dieser hinreißenden Fahrt. Doch als sich der Palast in seiner Macht und Größe inmitten der dunklen Silhouetten der Fichten abzuzeichnen begann, verlor sich Stefas Heiterkeit.

Sie sollte die Herrin dieses Schlosses werden, Majoratsherrin dieser prachtvollen Residenz. Sie würde die Gemahlin dieses schwerreichen Magnaten werden... Dem jungen Mädchen schwindelte. Er hat sie unter so vielen anderen erwählt, sie sollte stolz, ja sogar überschäumend sein. Doch Stefa war allein wegen ihrer Zuneigung zu Waldemar glücklich, und weil dieser ihre heiligsten Empfindungen teilte. Sie liebte diesen Mann bis zum Wahnsinn; die Größe, die von diesen mächtigen Schloßmauern ausging und auch von ihm, bedrückte sie jetzt mehr als je zuvor. Sie würde hier bleiben, Mutter einer neuen Generation werden müssen. Stefa begriff sehr wohl das Überwältigende ihrer Aufgabe, und ein Schatten huschte durch ihre Seele. Waldemar spürte, was in ihr vorging; er neigte sich ihr zu und sagte innig: »Ich bringe dich zu mir als die Meine – endlich die Meine!«

Er streifte mit den Lippen ihre Schläfe, die halb von der Pelzkappe bedeckt war.

Stefa erbebte. Seine Worte und sein zarter Kuß erregten sie.

Der Majoratsherr ließ die Peitsche knallen. Der Schlitten schoß an den anderen Schlitten vorbei, Waldemar rief den Fahrgästen einen Gruß zu. Von der Seite fuhr Brochwicz in einem Einerschlitten, der wie ein Spielzeug wirkte, an ihn heran.

»Ich hab's gesehen, aber ich bin ja diskret«, rief er fröhlich.

Stefa wurde feuerrot.

»Dafür revanchiere ich mich«, rief ihm Waldemar zu und sauste an ihm vorbei.

Ihr Schlitten fuhr in die Fichtenallee ein. Zu beiden Seiten hatten unter den Bäumen Wildhüter, Förster und Jäger mit ihrem Hilfspersonal Aufstellung genommen, sie schossen Salven ab aus ihren Büchsen, schwenkten sie und brachen in Hochrufe aus, von denen ganz Głębowicze widerhallte. Waldemar, in Prachtstimmung durch das Verhalten seiner Bediensteten, verlangsamte das Tempo, riß die Pelzmütze vom Kopf und schwenkte sie zum Dank. Stefa neigte anmutig den Kopf. Das Rauschen der riesigen Fichten wurde übertönt von den Büchsenschüssen, dem Widerhall der Trompeten, doch sie neigten ihre Wipfel wie zu einer Huldigung und schüttelten Schnee von den Zweigen. Głębowicze erwartete die Herrin!

Unter Salven und Vivats überquerten sie die Steinbrücke über dem Schloßgraben, ließen den Innenhof und den Bogengang hinter sich, und vor dem erhabenen Portikus des Palastes brachte Waldemar aus voller Fahrt das ungestüme Viergespann zum Stehen. Erst dort holten die anderen Schlitten sie ein.

20

Stefa war geblendet beim Anblick der für sie vorbereiteten Räumlichkeiten. Drei Zimmer versanken in einem Blumenmeer. Besonders das Boudoir faszinierte sie. Es war groß, rund, mit goldgelber Seide ausgeschlagen, mit einem herrlichen Plafond, den Stukkaturen schmückten. Ein Kronleuchter hing von der Mittelrosette herab. Alles war in hellen Pastellfarben gehalten. Ein Boudoir im Empirestil. Den Fußboden bedeckte ein gelber flauschiger Teppich. Das Schlafzimmer war in hellblauem Ton gehalten. Damastvorhänge umhüllten das geschnitzte Bett aus Nußbaumholz, das mit Intarsien aus Perlmutt geschmückt war. Diesen Raum verschönten weiße Rosen und dunkelrote Nelken.

Das Ankleidezimmer war weiß wie Porzellan, und das angrenzende Bad erstrahlte im reinen Weiß der Alabasterflächen. Die Wanne war aus Marmor, die Gefäße silbern, und überall, in Bassins, Silberkrügen und -vasen sowie in hohen Kristallgefäßen, schimmerte das zarte Lila der Schwertlilien.

Wie im Traum ließ Stefa den Blick schweifen, hörte mit halbem Ohr dem untertänigen Gezwitscher der Hofmeisterin zu, Frau Szalińska hieß sie, allgemein Szalisia genannt, die ihr aufwartete. Die alte Frau hatte schon im Dienst der Mutter des Majoratsherrn gestanden. Die Greisin mit ihrem feierlichen Gesicht und den Verbeugungen und angedeuteten Knicksen machte den Eindruck einer Hofdame und war sehr eingenommen von ihrer neuen Rolle.

Stefa gewann schnell ihre Sympathie, allerdings flüsterte Szalisia dem Kammerdiener zu, daß das gnädige Fräulein wohl nicht besonders hochgeboren, weil überhaupt nicht stolz, sei. Andrzej schüttelte den Kopf und sagte im Brustton der Überzeugung: »Was redet Ihr denn da! Seit dem Eintreffen des gnädigen Fräuleins ist es gleich viel heller geworden im Schloß. Seine Gnaden hat gesucht und gesucht und nicht irgendeine Gräfin gefunden, sondern eine Lieblichkeit sondersgleichen!«

»O ja, das ist wahr!« konstatierte die alte Hofmeisterin.

Die Schloßdienerschaft war mit Stefa ganz und gar zufrieden. Herrn Rudecki ging es so mit Głębowicze, nur war er ein wenig verstört. Der künftige Schwiegersohn irritierte ihn durch seinen Reichtum, das Schloß aber bezauberte ihn. Einen vergleichbaren Prunk hatte der gestandene Gutsbesitzer als Student im Ausland gesehen, als er erzbischöfliche Palais besichtigte, doch unmittelbar in Berührung kam er damit zum erstenmal. Und hier sollte er seine Tochter zurücklassen! Eine seltsame Bangigkeit erfüllte sein Herz und ließ sich einfach nicht vertreiben. Wird das nicht für sie der goldene Käfig sein? ging es ihm durch den Sinn.

Wenn er die Distinktion, Anmut und Ungezwungenheit seiner Tochter sah, mit der sie sich inmitten all dem Luxus bewegte, hatte er die Gewißheit, daß sie für eine solch großartige Umgebung wie geschaffen war. Das Magnatentum in jeglicher Gestalt, das sie umgab, schüchterte sie nicht ein. Sie fühlte sich genauso frei wie in den soviel bescheideneren Mauern ihres Elternhauses. Sie war sogar noch reizender, hatte hier etwas Exklusives, als entsprächen der Luxus ringsum und das prächtige Głębowicze ganz und gar ihrer vornehmen Natur.

Derselben Ansicht waren die beiden Fürstinnen und Herr Maciej, und sie freuten sich. Selbst Fürst Franciszek und die Gräfin Morykoni waren nach und nach bekehrt worden. Nur ihren Namen konnten sie der Braut des Majoratsherrn nicht verzeihen. In einem Brief an den Gemahl forderte sie ihn zu einer Visite auf, da »diese Stefa gar nicht so unmöglich ist« und trotz der Rücksichten, die ihr der Majoratsherr entgegenbrachte, *elle connait son rôle*. Die Gräfin erklärte sich so eine gewisse Kühle, die Stefa ihr gegenüber an den Tag legte, denn die junge Dame spürte deren tiefe Abneigung.

Die im gastlichen Palais von Głębowicze verbrachten Tage waren für alle ein großes Vergnügen. Man unternahm Schlittenpartien in die umliegenden Wälder. In einem kleinen stilechten Schlößchen mitten im dichtesten Wald veranstaltete der Majoratsherr einen Empfang. Während des Mahls in der Abenddämmerung brannten Feuer ringsum im Schnee. Zwei zahme große zottelige Bären trotteten brummend umher. In der recht geräumigen Diele hingen Jagdtrophäen: Köpfe, Geweihe und Felle. Volieren mit halbzahmen Vögeln der unterschiedlichsten Art gaben eine lebhafte Geräuschkulisse ab. Der Waldhüter, der sich um das kleine Palais kümmerte, hielt zudem noch einen Wolf, einen Fuchs und einen Rehbock, die er von klein an aufgezogen hatte.

Herr Rudecki, ein passionierter Jäger, unterhielt sich mit Waldemar über den Tierbestand und die Fütterung. Die prachtvolle Försterei begeisterte ihn mehr noch als das eigentliche Schloß. Hier fühlte er sich in seinem Element. Der alte Gutsherr bewunderte den zukünftigen Schwiegersohn vornehmlich dafür, daß er Ordnung und Disziplin zu halten wußte, ein Erbe von seinen Vorfahren. Denn hier war nicht nur Geld vonnöten, sondern vor allem Kraft und Vernunft, damit keine Müßigkeit aufkam, Takt, um all die Menschen und Interessen zu leiten, Gerechtigkeitssinn und Herz, wenn man von seinen Bediensteten und Mitarbeitern, von all den Menschen, die auf die eine oder andere Weise zum Majorat gehörten, so geliebt werden wollte, wie das für Waldemar Michorowski galt.

Herr Maciej, der bald merkte, wofür Stefas Vater seinen Enkel Waldek am meisten achtete, fand mehr und mehr Gefallen an Herrn Rudecki. Stefa aber liebte man um ihrer selbst willen, weil sie die Menschen für sich einzunehmen wußte, aber man liebte sie auch, weil sie die Braut des Majoratsherrn war.

Im Schloß herrschte ungetrübte Heiterkeit. Stefa durchlebte den Mai ihrer Liebe stets an der Seite ihres Verlobten. Man spielte Tennis in der Reitschule neben den Stallanlagen. Man lief zu Orchesterklängen auf den Parkgewässern Schlittschuh, Stefa spielte Billard mit Waldemar, und sie führten schier endlose Gespräche. Ihr hochfliegender Geist entfaltete sich erst richtig in den ernsthaften Unterredungen mit dem Verlobten. Sie saßen häufig in der Bibliothek oder im angrenzenden Lesezimmer, wo Stefa Beethoven spielte und Waldemar, in einen Sessel versunken, sich an ihrem Kameenprofil ergötzte. Wenn sie spielte, hing sie ihren Träumen über das künftige Glück nach. Noch immer war das Mädchen wie berauscht. Jedes Wort, jede Zärtlichkeit ihres Verlobten hallte wonniglich in ihrer Seele wider.

Beide mochten sie den Portraitsaal sehr, auch wenn er sie ein wenig frösteln ließ und Stefa sogar ängstigte.

Häufig überkam sie kindlicher Übermut. Dann zog Stefa den Wintergarten und das Palmarium vor, oder Waldemar erklärte ihr in der Rüstkammer einzeln jede Waffe. Den Pferdeställen statteten sie ebenfalls häufige Besuche ab. Einmal ritt Stefa sogar auf Apollo durch den Park, Waldemar dabei wachsam an ihrer Seite. Natürlich bekundete die künftige Herrin von Głębowicze Interesse auch für die sozialen Einrichtungen, die zahlreich und effektiv waren. Sie nahm sich des Kinderheims an, einen großen Teil der Kinderschar kannte sie persönlich. In der Schule hospitierte sie manchesmal, und der Lehrer weihte sie ins Lehrprogramm ein. Viel Freude hatte sie an den Turnstunden der Kinder, die in einem extra dafür eingerichteten Saal stattfanden. Auch dem Spital auf dem benachbarten Vorwerk Romny und dem Altenheim, von Waldemar »Invaliden-

Palais« genannt, stattete sie Besuche ab. Sie wohnte Übungen der Feuerwehr bei, stand ihrem Verlobten bei der monatlichen Ausgabe von Büchern an die Dienerschaft zur Seite und ließ sich in das Sparkassensystem für Arbeiter und Angestellte einweihen. Natürlich schaute sie sich auch das geräumige Gebäude der vorbildlich ausgestatteten Badeanstalt sowie den im Zakopane-Stil gehaltenen Tanzsaal für Personal und Arbeiterschaft an, wo so manchesmal sogar Theater gespielt wurde. All diese Einrichtungen, mit Ausnahme des Kinderheims, waren Waldemars Verdienst. Noch auf der Universität, hatte er sich bereits energisch ans Werk gemacht. Und selbst als er sich in der Welt herumtrieb, hatte er Głębowicze nicht vergessen. Voller Eifer verbreitete er seine Ideen. Tauchte unerwartet auf den Gütern auf, schuf Neues, prüfte die Ausführung und kontrollierte die Ausführenden, ließ sich in der Umgebung sehen, und schon war er wieder auf und davon, ausgeflogen in die weite Welt. Die Güter des Majorats wurden zu Mustergütern für die ganze Gegend. Einen Verschwender nannten den Majoratsherrn nur diejenigen, die nach dem Anschein urteilten. Herr Rudecki aber dachte: Ein couragierter Mann, ein guter Patriot und ein Aristokrat von Verstand. Einen derartigen Ruf genoß Waldemar allgemein.

Die Kirche besuchte Stefa mit der Fürstin, die sich selber ein Bild von der Frömmigkeit des Mädchens machen wollte. Als die Verlobten zum erstenmal am Gottesdienst teilnahmen, stimmte der Pfarrer für sie das *Te Deum laudamus* an und segnete sie voller Ergriffenheit. Der Kirchenmann freute sich, daß sein »Junge« endlich daran dachte, eine Familie zu gründen. Und Stefa gefiel ihm sehr.

21

»Ich zeige dir etwas, das du noch nicht gesehen hast«, sagte die alte Fürstin mit geheimnisvoller Miene und nahm Stefa bei der Hand.

Das Mädchen wunderte sich, als sie ein weiträumiges, hochgewölbtes Gemach betrat, das ihr bislang fremd war. Ein riesiges altmodisches Ruhebett stand dort, zu dem Stufen hinaufführten; es war aus Palisander, mit reichen Bronzebeschlägen. Die Brokatvorhänge, die einen Baldachin bildeten, wurden oben vom Fürstenwappen der Michorowski zusammengehalten. Der ganze dunkelrotgoldene Raum wies ansonsten kaum Mobiliar auf. Die ponceaurote Kristallampe in ihrem kunstvoll geschmiedeten Bronzegehänge unterstrich die Majestät, die das Gemach ausstrahlte. Ein dicker flauschiger Teppich verschluckte die Schritte. Die schweren karminroten Samtportieren an den Fenstern hielten das Sonnenlicht fern und wahrten die Strenge des Raumes, der in seiner stolzen Erhabenheit an antike Gemälde oder Handschriften auf Pergament gemahnte.

Die Fürstin, die zusammen mit Stefa eingetreten war, bemerkte in leisem Tonfall, wobei sie Stefas Hand drückte: »Wir befinden uns im Schlafgemach des Schlosses. Hier sind alle Michorowski zur Welt gekommen, auch dein Verlobter, der Majoratsherr.« Stefa überrieselte es kalt. Die Fürstin fuhr flüsternd fort: »Die große Geschichte dieses Schlafgemachs! Die Wände hätten eine Menge zu erzählen, wenn sie reden könnten. Seufzer der Liebe und Seufzer der Trauer, vergnügtes Krähen der Säuglinge, das die Welt später dämpfte, erstickte. Gott zählt die Tränen, die in dieses Lager eingesickert sind. Dramen der Verzweiflung, nur Glück gab es nicht viel. Nein, wirklich nicht, Waldemar hatte recht.« Die Fürstin machte ein paar Schritte und nickte wehmütig. »Eine traurige Familienchronik«, murmelte sie, »ein tragischer Raum, auch wenn niemand hier starb, vor dem Tod trieb es einen jeden aus diesen Mauern fort. Ein merkwürdiger Zufall! Und Maciej hat freiwillig diesen Winkel verlassen. Seine Frau starb im Ausland, meine kleine Elżbieta ebenfalls ...« Wieder faßte die Fürstin Stefas Hand. »Ich sollte dir das alles nicht sagen: Ich erschrecke dich. Doch vielleicht seid ihr es ja, deren Glück die Tragik dieses Ortes vertreibt. Gebe es Gott! Nach Weinen soll endlich Lachen folgen.« Die Greisin schritt langsam zur Tür, dabei flüsterte sie vor sich hin: »So viele Tränen ... so viele Tränen ... auch meine kleine Elżbieta ...«

Stefa, ein wenig verwirrt und in innerem Aufruhr, warf einen letzten Blick in den Raum, ehe sie der Fürstin nach draußen folgte. Sie durchquerten einen weitläufigen Ankleideraum, kamen an einem marmorblitzenden Bad vorbei und gelangten zu einem Garderobenraum voller Schränke, wo die Fürstin mit einem kleinen Schlüssel, der ihr um den Hals hing, einen Wandsafe öffnete. Ein schmaler, eichenholzgetäfelter Raum tat sich vor ihnen auf. Zwei kleine, schmale vergitterte Fensteröffnungen ließen kaum Licht herein. Die Fürstin bediente einen Schalter, und zwei Deckenlampen leuchteten hell auf. Ein Knopfdruck ließ die Tür eines gepanzerten Schränkchens aufspringen, dem die alte Dame Kistchen und Kästchen aus Saffian und Samt entnahm, die sie auf dem Tisch aufreihte. Verblüfft sah ihr Stefa zu.

»Ich werde dir den Familienschmuck der Michorowski zeigen«, sagte die Fürstin. »Waldek hat ihn meiner Obhut anvertraut, als er das Ordinat übernahm, und zwar bis zum Tag seiner Vermählung. Ich habe immer alles allein gepflegt, manchmal hat mir Rita geholfen oder die Dobrzyńska. Jetzt gibt Waldek die Preziosen in deine Hände. Diese Kleinodien haben stolze Häupter geziert, in Bälde schmücken sie dein reizendes Köpfchen.«

Stefa wurde unruhig, dann zog sie abrupt die Fürstin am Ärmel zurück. »Großmama, nein! Bitte legen Sie das wieder zurück. Das ist nichts für mich!«

Die Greisin musterte sie neugierig. »Wie meinst du das, nichts für dich? Du bist seine Braut und die künftige Majoratsherrin. Das hier ist dein Eigentum. Er selber wird dich mit all dem Glanz überschütten, ich zeige dir alles nur.«

Stefa erblickte prachtvolle Brillantdiademe, Kolliers, Ohrgehänge, Armbänder, Perlen, rosa und silbergrau. Blutrot vor ihren Augen die berühmten Michorowski-Rubine, die grüne Tiefe der Smaragde schimmerte auf, geheimnisvoll funkelten Saphire. Ein Farbenmeer wie aus einem Märchen loderte im Lampenlicht. Goldketten, altmodische Spangen, Ringe, mit Edelsteinen bestickte Bänder – alles spiegelte, bündelte das Licht und blendete das Auge.

Und es bot sich ein seltsames Bild. Der mit wertvollstem Schmuck übersäte Tisch, daran in hohem Lehnsessel ernst die stolze Greisin, die sich auf ihren Arm stützt und in melancholische Gedanken versunken scheint. An ihrer Seite ein schönes junges Mädchen mit scheuem Blick, das auf Schätze starrt, von denen es nichts geahnt hatte.

In Stefas Augen, dunklen Amethysten gleich, nicht die Spur von Gier, nur bange Grübelei: Wer trug diesen Reichtum? Wie ist seine Geschichte? Haben diese Schmuckstücke häufiger Tränen als Lachen gesehen?

Als erriete die Fürstin die bangen Gedanken, tasteten ihre schmalen Finger nach Diamanten, Brillantkolliers, glitten über Perlenschnüre. Dann ließ sich ihre leise Stimme vernehmen: »Dieses Diadem aus Perlen und Diamanten erhielt von ihrem Gatten Maciejs Urgroßmutter, Anna Koniecpolska, Wojewodin von Masowien. Für sie wurde es für eine märchenhafte Summe in Paris erworben. Dieses Rubinkollier war das Lieblingsschmuckstück jener ungarischen Edelfrau aus dem Hause Esterhazy. Die sehr schöne Brünette hatte eine Leidenschaft für Putz und Kleider, Herz hatte sie nicht sehr viel. Sie wollte sich von ihrem Mann scheiden lassen, aber es kam nicht zum Skandal, allerdings war das Leben der beiden erbärmlich. Schau, diese in Brillanten gefaßten Smaragde hat meine Elżbieta getragen. Ach, wie schön sie damit war ... Ich sehe sie vor mir auf jenem Ball in Wien, in der italienischen Botschaft. Dies hier trug sie um den Hals und die Smaragde da im Haar. Sie war gerade zu voller Schönheit erblüht, nur wenige Jahre später war sie tot ...«

Die Fürstin seufzte schwer ... Sie nahm ein anderes Halsband, eine wunderbare Arbeit, und ließ es Stein um Stein unter Stefas Augen vorbeigleiten.

»Das hier hat Gabrièle de Bourbone getragen. Unglückselige Opale, sie bringen, wie man sagt, kein Glück. Im gegebenen Falle hat sich der Aberglaube bewahrheitet. Dieses Halsband hat ihr der Vater geschenkt an dem Tag, als sie zum erstenmal in die Welt hinaustrat. Du kennst ihre Geschichte. Sie ist nur ein paar Monate glücklich und unbeschwert gewesen. Als sie Guidon kennenlernte, wurde alles anders. Sein Abbild trug sie ein Leben lang bei sich, und weil sie mich darum angefleht hatte, gab ich es ihr mit in den Sarg ... legte es, unter Blumen verborgen, auf ihre Brust. Arme Frau. Unglücklich, unglücklich, eine wahre Märtyrerin.«

Stefa kniete sich an der Seite der Fürstin nieder und legte den Kopf in ihren Schoß. Die Augen taten ihr weh von all dem Glitzern. Die Fürstin beugte sich zu ihr herab. »Auch deine Großmutter ist unglücklich gewesen ... hatte ein schweres Los auf Erden.«

Stefa hob zu der Greisin die Augen auf und sagte mit kläglicher Stimme: »Sie hat nicht gewußt, daß er sie unverändert liebte. Sie lebte und starb mit Zweifel in der Seele. Das ist das furchtbarste.«

»Maciej liebte sie und ist nie mehr glücklich geworden. Ihn plagten schreckliche Gewissensbisse. Später hat das Leben den Schmerz gemildert. Die Kinder kamen, Enkel ... er hat vergessen. Dennoch hat er ihre Miniatur aufbewahrt. Die Zeit, mein Kind, ist gnadenlos. Sie verwandelt nicht nur die Gestalt der Erde, auch große Schmerzen in der Seele eines Menschen deckt sie zu. Er hat vergessen. Vielleicht hat er das auch nur geglaubt ... Du hast ihm alles wieder ins Gedächtnis gerufen, und der Tod deiner Großmutter hat ihm auf furchtbare Weise zugesetzt.«

»Wenn sie darum gewußt hätte, wäre sie vermutlich leichter gestorben«, flüsterte Stefa.

Beide Frauen schwiegen. Nur die Schmuckstücke auf dem Tisch in ihren Kästchen und Kassetten funkelten und strahlten, als spotteten sie allen menschlichen Leids, das ihre Schönheit überschattete. Kalte, höhnische Kleinodien, in ihrem Sternengefunkel stolz und herausfordernd.

Die Fürstin schrak auf aus ihrem schwermütigen Grübeln. Mit Bedacht nahm sie das Perlendiadem und setzte es Stefa auf; der Kopfschmuck tauchte funkelnd ein in das üppige seidenglänzende Haar des jungen Mädchens. Die Stirn so strahlend bekränzt, lächelte Stefa der Fürstin zu: Jugend in der ersten Maienblüte, die Unschuld eines Kindes und die Haltung einer Fürstin. Ein solcher Zauber ging von diesem Geschöpf aus, daß sich die Fürstin in ihrem Stuhl zurücklehnte und den Blick auf ihm wie auf einem Gemälde ruhen ließ.

»Wie bezaubernd du doch bist. Woher kommt nur all diese Schönheit?«

Stefa mußte lachen. »Wieso, Großmama?«

In dem Moment klopfte es an die Tür. Scharf fragte die Fürstin: »Wer ist da?«

»Ich bin's, Waldemar.«

Rasch erhob sich die alte Dame, um die Tür zu öffnen. Stefa folgte ihr.

»Ich habe die Damen schon im ganzen Schloß gesucht. Ein feines Versteck haben Sie sich ausgesucht, aber ...«

Als er Stefa erblickte, verschlug es ihm die Sprache. Er schaute und schaute, hingerissen von Freude und Triumph. Ein Leuchten huschte über sein Gesicht, als er auf sie zu trat und ihre Hand nahm. »Du bist für mich ein Wunder!«

»Nicht wahr, der Schmuck steht ihr«, griff die Fürstin auf.

»Göttlich, einfach göttlich«, Waldemar drückte seiner Braut innig die Hände. »Wenn dich doch jetzt alle sehen könnten ...« Er zögerte. »Neidisch würden sie sein«, schloß er.

»Und ich sehe nicht wie Aschenputtel auf dem Ball aus?« fragte Stefa leicht kokett.

Die Fürstin lachte. Waldemar küßte seiner Braut die Hand. »Du gleichst einer Königin, es fehlen nur noch das Kleid, ein Kollier und die Kleinigkeiten für Ohren und Hände, ja und ... der Mantel aus Hermelin! Wenn ich dich so ankleide, unterwirfst du dir die Welt!«

»Ich hoffe, vor allem den König«, hauchte Stefa und neigte anmutig das Haupt.

»Ach, du Schlingel«, drohte ihr die Fürstin scherzhaft.

»Den König hast du im Alltagsgewand und den Korallen bezaubert, die ihm viel lieber sind als alles andere in diesem Sesam-öffne-Dich.«

Alle drei traten an den Tisch. Der Majoratsherr nahm einen wunderschönen Stirnreif, Brillantsterne und große Rubine in der Mitte, und setzte ihn seiner Verlobten statt des Diadems aufs Haar. »Phantastisch!«

Stefa lächelte amüsiert; die Fürstin aber reichte Waldemar immer neue Kleinodien. Und er probierte sie an Stefa aus.

Stefa, die sich im Spiegel sah, war verwirrt von der eigenen Schönheit. Ihr Verlobter verschlang sie mit den Augen. Ja, dieser Magnatenschmuck war wie geschaffen für sie! Er wählte eine zweireihige Perlenkette mit Diamantverschluß aus und legte sie lächelnd Stefa um den Hals. Die Perlen schimmerten auf der fliederfarbenen Seidenbluse wie Tau auf einer schlanken Lilie.

»Diese Perlen sollen mein erstes Geschenk an dich nach dem Verlobungsring sein«, sagte Waldemar warm, und Stefa errötete. »Das erste? So viel habe ich schon erhalten!« Das Mädchen schüttelte den Kopf.

»Doch nichts aus der Schmuckkollektion der Familie«, entgegnete Waldemar.

Sie dankte ihm mit einem lieblichen Lächeln. Waldemar aber richtete einen flammenden Blick auf sie, zart umfaßte er sie, zog sie an sich und küßte sie leidenschaftlich. Stefa erstarrte, und Waldemar ließ sie sofort los. Das Mädchen warf der Fürstin einen verstohlenen Blick zu, doch diese befaßte sich diskret mit dem Schmuck.

22

Der graue Märzabend breitete sich allmählich über das Schloß, legte sich auf die Basteien, verwischte die Silhouette des Turms und drängte sich ins Innere der Gemäuer. Nur wenige Fenster wehrten ihn mit ihrem lichthellen Viereck ab, die Mehrzahl erlag der Dunkelheit. Mit Einbruch der Nacht kam ein Sturmwind auf und brachte düstere Wolken mit sich. Der erste Regen, mit Graupel vermischt, schlug gegen die Scheiben. Ein schauriges Pfeifen umlief ingrimmig die Zinnen – eine wütende Musik. Das Knarren und Knattern der Parkbäume bildete eine dumpfe Begleitung im Sturmwindkonzert.

Stefa spielte Klavier. In nervösem Fieber hasteten ihre schmalen Finger über die Tasten. Die zarte Mädchengestalt hob sich kaum von dem trüben Schattenhintergrund ab. Die üppige Fülle von Tonfolgen und Akkorden wetteiferte mit dem elementaren Orchester der Natur.

Die Abwesenheit ihres Verlobten beunruhigte sie: er war zu den entlegeneren Vorwerken unterwegs und noch immer nicht zurückgekehrt. Sie hatte sich von der Gesellschaft zurückgezogen, und nun spielte sie auf dem Pianino, was ihr die Stimmung des Augenblicks eingab. Unter der Macht der Gedanken, des

Fühlens und der Vorstellung wurde ihr Spiel inniger, glutvoller. Brausende Töne, phantasievolle Übergänge von unermeßlicher Sehnsucht zu unruhiger jugendlicher Leidenschaft. Seelische Inspiration formte aus Tönen eine wunderschöne Skulptur des Glücks, fein ausgeprägt Gestalt und Linie, nuanciert und abgeschattet jeder Zug. Die Musik, mit der Stefa den dämmerigen Raum erfüllte, kam aus ihrem ureigensten Selbst, wurde geboren aus einem ungestümen Herzen und feurigen Sinnen.

Nach stürmischem Überflug der letzten Klänge verstummte das Pianino. Sie ließ ihre Arme in den Schoß sinken. Reglos saß sie so eine Weile und lauschte dem Echo ihres eigenen Liedes nach. Doch unvermutet sprang sie vom Klavierhocker auf. Ein neues erschreckendes Anbrausen des Sturmwinds und die wachsende Dunkelheit des Zimmers ängstigten sie bis ins Mark. Sie stürzte zum Lichtschalter und schaltete die Lampen ein. Das elektrische Licht breitete sich als eine große Rosette aus, ließ die Spiegel in einem Meer von Licht explodieren, erweckte die Blumen im Raum, zuckte golden an den Wänden. Und Stefa, inmitten der Zimmerpalmen, brach in einen Freudenruf aus: »Sie hier?!«

»Ich hab deinem Spiel gelauscht«, sagte Waldemar und trat hinter der goldfarbenen Türportiere hervor.

Sie reichte ihm die Hand. »Ich war so unruhig ...«

»Aber weshalb? Regen schreckt mich nicht, aber immerhin habe ich dabei gewonnen: Du hast so gespielt, wie ich es mir immer gewünscht habe. Wundervoll! Wärst du imstande, das zu wiederholen?«

Sie lächelte. »Das bezweifle ich! Es war mein Abschied von Głębowicze. So ein Strom vergeht und verschwindet. Es hat Ihnen gefallen – wie schön! Ich habe für mich selbst gespielt.«

»Dann wirst du für mich zur Begrüßung von Głębowicze spielen, wenn wir für immer hierher zurückkehren. Ach, du meine Künstlerin, hast du beim Spiel an mich gedacht?«

»Ja. Und an das Glück«, flüsterte Stefa. »Es ist eine so seltene Blume im riesigen Pflanzgarten gewöhnlicher Sonntagskinder, wir aber nennen sie schon unser eigen, nicht wahr? Sie wird uns sicher nicht trügen.« Er drückte ihre Handflächen an die Lippen. »Denn wir vermögen sie zu pflegen, das ist so wichtig. Glück hat zarte empfindliche Blütenblätter, und man muß sacht mit diesem Gewächs umgehen, es vor rauhen Temperaturen bewahren.«

Der Majoratsherr legte den Arm um seine Braut und zog sie an sich. »Einst habe ich geglaubt, der größte Reichtum und die Voraussetzung für das Glück ist der Verstand, und Armut – geistiges Elend. Jetzt gebe ich Brief und Siegel, daß das größte Glück im Leben Liebe, Jugend und Verstand sind. Das sind Meere, alles übrige – Rinnsale.«

Stefa sah ihrem Verlobten tief in die brennenden Augen. Ihr Blick war vertrauens- und hingebungsvoll.

»Und du, glaubst du auch an diese drei Mächte?« hauchte er.

»Ja. Ihre Kraft reicht tatsächlich, um die Welt zu bezwingen.«

Waldemar wollte sie küssen, doch Stefa machte sich aus der Umarmung frei und ging zur Tür. Ihre Stimme war ein wenig atemlos, als sie sagte: »Gehen wir hinunter. Es ist höchste Zeit.«

Erregt folgte ihr Waldemar. Dicht bei der Tür faßte er nach dem Schalter. Das Licht erlosch. Stefa schrie auf. Er riß sie in die Arme, bog ihren Kopf zurück und flüsterte mit erstickter Stimme dicht an ihrem Mund: »Reiß dich niemals von mir los! Hörst du? Du bist mein! Mein ...« Seine Stimme war rauh, die Arme preßten sich schmerzhaft um den Mädchenkörper.

Stefa zitterte am ganzen Leibe. Seine Liebeswut erschreckte sie. Sie spürte, daß sie ohnmächtig zu werden drohte in dieser eisernen Umschlingung, in dieser Dunkelheit ... »Waldek ... nein ... du bist ein guter Mensch«, flehte sie, das einzige, was ihr zu ihrer Verteidigung blieb.

Vom Klang ihrer Worte wie vor den Kopf gestoßen, ließ er sie los und machte das Licht an. Stefa richtete sich gerade auf, ordnete das Haar. Ihre Wimpern waren gesenkt, die Wangen flammend rot. Der Majoratsherr legte ihr die Hand auf die Schulter und sagte liebevoll: »Du hast mich entwaffnet. Du, mein Wunder, meine Einzige! Gib mir einen Kuß zum Beweis dafür, daß du mir traust ...«

Mit einer sanften Bewegung, die Augen vertrauensvoll und strahlend, hob sie ihm ihr Gesicht entgegen. Die leidenschaftliche Zärtlichkeit ihrer Lippen, wenn auch nur von kurzer Dauer, berauschte sie. Doch sie erwachten und gingen zusammen auf den hell erleuchteten Flur hinaus.

23

Anderntags reisten Herr Rudecki und Tochter aus Głębowicze ab. Bald darauf versammelte die Fastenzeit die ganze Gesellschaft in Warschau. Beide Fürstinnen fuhren zu Gebetsandachten dorthin, Stefa mit den Eltern der Ausstattung wegen, Waldemar um Stefas willen. Er brachte auch Herrn Maciej mit. Treska und Fürst Franciszek zog es in die Hauptstadt. Brochwicz weilte schon länger dort.

Frau Rudecka hinterließ einen vorteilhaften Eindruck, gefiel der Fürstin ihres ruhigen Anstandes wegen. Sie drängte sich niemandem auf; Waldemar brachte seiner künftigen Schwiegermutter die gebotene Hochachtung entgegen, und dies nahm die Fürstin erst recht für sie ein, während Herr Maciej sich ihr gegenüber seltsam verwirrt fand. Frau Rudecka erriet den Grund und wirkte mit dem ihr angeborenen Feingefühl seiner Verwirrung entgegen. Doch völlige Unbeschwertheit konnte es zwischen ihnen nicht geben. Wegen der Fastenzeit fanden nur Zusammenkünfte im kleinen Kreis statt. An größeren Empfängen nahmen die Fürstin und Herr Maciej nicht teil. Stefa aber verbot es der Instinkt, sich der Aristokratie in der Rolle der Verlobten zu präsentieren. Waldemar, der selbst der allerkleinsten Unannehmlichkeit für sie aus dem Weg gehen wollte, drängte sie nicht. An Empfangstagen begleitete er sie für gewöhnlich zu der Gesellschaft der jungen Fürstin, die Stefa unter ihre Fittiche nahm. Die Rudeckis zogen es vor, sich von allem fernzuhalten. Stefas Tage waren ausgefüllt, selbst wenn es nur die kleinen Besorgungen waren, die sie mit Fräulein Rita, natürlich mit Treskas Assistenz, erledigte.

An einem der Empfangstage bei der Fürstin begegnete Stefa zum erstenmal seit den Herbstjagden Gräfin Ćwilecka und ihrer Tochter. Die stolze Gräfin hätte zu gern ihrer Abneigung Ausdruck verliehen, doch die Anwesenheit des Majoratsherrn und der Fürstin verbot ihr selbst eine zweideutige Geste, von einem höhnischen Wort ganz zu schweigen. Steif, aber höflich begrüßte man sich. Fräulein Paula, die Braut Baron Weyhers, drückte Stefa aufrichtig die Hand und nannte sie ungezwungen ihre Freundin. Alle Männer, die Stefa bereits kannten, hegten nunmehr die lebhafteste Bewunderung für sie, weil sich der Majoratsherr mit ihr verlobt hatte. Sie mußte schon etwas ganz Besonderes sein, denn Waldemars erlesener Geschmack war allseits bekannt.

Nur Barski befand sich nicht unter den männlichen Bewunderern. Wie seine Tochter von der engeren Familie des Majoratsherrn ausgeschlossen, stattete er allein der Fürstin die unvermeidlichen Visiten ab.

Gräfin Melanie brachte dem Majoratsherrn bei den gelegentlichen Begegnungen vornehme Kühle entgegen. Verehrer, die sich um ihre Hand bemühten, hatte sie zur Genüge, doch sie konnte sich nicht entscheiden. Nachdem sie sich so große Hoffnungen auf den Majoratsherrn gemacht hatte, fiel es ihr nicht leicht, einen vergleichbaren Anwärter zu finden. Die größten Aussichten besaß Fürst Zaniecki, trotz ungeheurer Schulden, über die allein sein Titel hinwegsehen ließ. Man sprach allgemein davon, daß Gräfin Melanie auf eine unverhoffte Partie warte, aufs neue Fürst Lignicki für sich einzunehme hoffe. Indessen hatte sie sich mit Zaniecki verlobt, mochte es aber nicht, wenn man offen davon sprach.

Eines Tages kam sie von Hersey heraus und sah die junge Fürstin Podhorecka und Stefa, die gerade aus der Kutsche des Majoratsherrn stiegen. Sie grüßte die Fürstin, ignorierte hingegen Stefa. Dennoch hatte sie sehr wohl die elegante Gestalt im modischen Frühjahrskostüm aus dunkelblauem Tuch, abgesetzt mit Chinchilla, und der Toque, die zierlich auf dem goldblonden Haar saß, bemerkt.

Als der Türsteher mit einer Verbeugung die Tür öffnete, lachte die Gräfin, auf dem Trottoir verweilend, hämisch auf. Die Fürstin und Stefa wandten die Köpfe. Die herausfordernde Haltung der Gräfin, ihre boshaft funkelnden Augen, der häßlich verzerrte Mund machten sie zu einem Monstrum. Ein Monstrum lodernden Hasses. Stefa bereitete dieser Ausbruch tiefen Schmerz. Die Fürstin aber kommentierte ziemlich laut: »*Imbécile*!« und fing an, das aufgebrachte Mädchen zu beruhigen.

Fürstin Krystyna Turyńska offenbarte ihre Enttäuschung auf andere Art. Obschon sie sich fast völlig vom gesellschaftlichen Leben zurückgezogen hatte, bemühte sie sich unmerklich, Stefa zu sehen. Nachdem sie sie bei einem Konzert in der Philharmonie zu Gesicht bekommen hatte und ein paarmal bei einem Spaziergang im Łazienki-Park, wunderte sie sich nicht mehr, daß der Majoratsherr von diesem Mädchen hingerissen war.

Lange stand sie später vor dem Spiegel, um ihre Schönheit, die herausfordernde Schönheit einer Hetäre, mit der bezaubernden Anmut der jungen Braut zu vergleichen, und sie spürte die eigene Niederlage nur zu deutlich. Nachdem Fürstin Krysta lange und prüfend eine Photographie von Stefa betrachtet hatte, kam sie zu dem Schluß, daß das hier keine raffinierte Kokette, sondern ein junges Mädchen mit einer schönen Seele war, in das Waldemar, nicht der Majoratsherr sich verliebt hatte. Und sobald sie zu diesem Schluß gekommen war, hörte sie auf, Stefa zu hassen.

Der Schmerz um Michorowski war jedoch überwältigend. Sie bekämpfte ihn, weil ihr nur allzu klar war, daß die wunderschöne Romanze, die schon seit ein paar Jahren ihre Intensität eingebüßt hatte, nun endgültig vorbei war. Fürstin Krysta schrieb keine verzweifelten Briefe an Waldemar, bat ihn nur in einem Billett um seinen Besuch. Der Majoratsherr zögerte nicht, er schätzte die Dame für ihre besondere Moral, trotz allem. Seine Visite währte nur kurz. Trotz aller Höflichkeit des Majoratsherrn mußte Fürstin Krysta feststellen, daß er auch die letzten Fäden durchtrennt hatte.

Sie nahmen Abschied voneinander, wie es sich für Menschen von Welt gehörte, höflich und in aller Freundschaft, ohne ein Wort darüber zu verlieren, was zwischen ihnen gewesen war, und ohne Wünsche für die Zukunft. Die Fürstin sagte nur, als sie dem Majoratsherrn die Hand reichte: »Sie geben also die kleinen Einsätze auf und beginnen das große Spiel … Sie werden zweifellos gewinnen. Was mich angeht, so würde ich gern zu denen gehören … jenen überaus glücklichen …, auf die ein Übergang vom Regenbogen zu Nebelschwaden keinerlei Eindruck macht …«

Der Majoratsherr küßte ihr die Hand. »Neiden Sie dem Ton nicht, daß man Figürchen aus ihm formt.«

Von Fürstin Turyńska aus fuhr er direkt zu seiner Braut. Stefa wußte von diesen Visiten, da Waldemar sie von seinen einstigen Junggesellenaffären in Kenntnis gesetzt hatte. Für die Fürstin Turyńska empfand sie Sympathie und ein gewisses Mitgefühl.

Als sich in den Salons die Nachricht verbreitete, daß die Fürstin nach Spanien abgereist sei, konnte ihr die Gesellschaft, begierig nach neuen Eindrücken, ihre unerhörte Fügsamkeit nicht vergeben. Die Fürstin enttäuschte hauptsächlich die Damen der Gesellschaft aufs fatalste, da sie mit ihrer Abreise dem Gerede Einhalt gebot.

24

Eines Abends fuhr unter vielen anderen die Kutsche des Majoratsherrn vor dem Opernhaus vor. Ihr entstiegen die Fürstin Podhorecka, Herr Maciej, Stefa und Fräulein Rita. Der Majoratsherr war mit Treska vorausgefahren. Stefa war in einen weißen Mantel gehüllt und ihr Gesicht kaum sichtbar hinter dem Faltenwurf ihrer Gazekapuze.

Sie betraten die Loge des Majoratsherrn, als der Zuschauerraum bereits im Halbdunkel lag. Der Vorhang sollte in Kürze aufgehen. Stefa saß zwischen der Fürstin und Fräulein Rita, die Plätze hinter ihnen nahmen Herr Maciej, der Majoratsherr und Treska ein. Das Orchester beendete die Ouvertüre. Im Zuschauerraum raschelten Kleider, und hin und wieder wurde geflüstert.

Der Vorhang hob sich. Auf dem Programm stand eine Aufführung der polnischen Oper *Hrabina* – Die Gräfin, von Stanislaw Moniuszko. Stefa klopfte das Herz bis zum Hals. Im Halbdunkel konnte sie in der Loge gegenüber die Barska mit ihrem Vater und ihrer Gesellschafterin ausmachen. Hinter der Gräfin saß Zaniecki. Sämtliche Logen waren mit Aristokratie besetzt. War das ein Zufall, oder hatte Waldemar absichtlich die heutige Vorstellung gewählt? Vermutlich letzteres, weil Waldemar Stefa mit besonderer Sorgfalt gemustert hatte, als sie für die Oper angekleidet aus ihrem Zimmer trat. Ihr Kleid war aus weißer Gaze, zierlich mit Goldborte gefaßt, ihr Haar hielt ein goldenes Band. An ihrem Dekolleté ein kleiner Strauß Veilchen mit grünen Blättchen, ansonsten trug sie keinerlei schmückendes Beiwerk. Waldemar betrachtete sie aufmerksam und lächelte hocherfreut: Seine Braut sah hinreißend aus. Er gab ihr ein Bukett Orchideen, hüllte sie selber in Cape und Kapuze.

Stefa konnte sich nicht recht auf das Bühnengeschehen konzentrieren. Sie lauschte dem Gesang der Bronia, den Blick wie verschlafen auf die Künstler gerichtet. Es fiel Waldemar auf, und er beugte sich vor und flüsterte: »Du bist unruhig. Darf ich den Grund wissen?«

Sie lehnte leicht den Kopf zurück und wisperte: »Sehen Sie doch nur ... alle Logen sind besetzt.«

»Ja, ich sehe. Die Aristokratie tritt über die Ufer. Doch was kümmert uns das?« Stefa senkte den Blick. »Macht dir das zu schaffen?«

»Ja«, erwiderte sie aufrichtig. Sie konnte ihm nichts verheimlichen. Waldemar nahm ihre Hand. »Weshalb beunruhigt dich das? Es war meine Absicht, sie sollten dich zusammen mit mir sehen. Du versuchst dich ewig zu verstecken. So geht das nicht. In zwei Monaten findet unsere Trauung statt. Sie sollten dich öfter zu sehen bekommen. Du bist so bezaubernd. Sollen sie dich bewundern! In dieser Hinsicht bin ich nicht eifersüchtig.«

Stefa lächelte. »Schauen wir lieber auf die Bühne. Sehen Sie nur: Der Graf betrachtet Dianas Aufzug.«

»Schöner als du wird sie nicht sein.«

»Aber wie sie spielt! Welch eine Stimme. Ungemein distinguiert, nicht wahr?«

»Sie verkörpert sehr gut den Typ der Aristokratin vom Beginn des Jahrhunderts. Aber merken Sie? Die beiden sind dem Ziel nahe.«

»Wer?«

»Pst! Das verliebte Paar neben uns«, hauchte er ihr ins Ohr. Sein Schnurrbart streifte Stefas Schläfe. Es rieselte ihr wie Feuer durch die Adern, eine zarte Röte stieg ihr ins Gesicht. Sie spürte seinen Atem. Waldemar sog den feinen, kaum wahrnehmbaren Duft der Blüten ein, die er selber für sie ausgewählt hatte. Er war wie von Sinnen. Er sah die dunkelblonden Löckchen, die sich in dem hübschen Nacken ringelten, wie sich die Brust des Mädchens rasch hob und senkte, wie seine Nähe es erregte. Immer noch den warmen rosa Ton ihres Körpers vor Augen, flüsterte er mit heiserer Stimme: »Welch verheißungsvolle Flamme.« Stefas Röte vertiefte sich. »Meine Wonne ...«

Da fiel der Vorhang.

Waldemar kam zu sich. Stefa kniff, vom Licht geblendet, die Augen zusammen, dann blinzelte sie zu Rita und Treska hin und konnte unschwer erkennen, daß auch die beiden von irgend etwas beeindruckt waren.

Im Saal wurde ein Summen und Rauschen laut. Das Publikum erhob sich von seinen Plätzen. In den Logen wimmelte es von schwarzen Fräcken, die Herren kamen und gingen.

»Auf dich sind aller Augen gerichtet«, bemerkte die Fürstin zu Stefa.

Irritiert nahm das Mädchen das Orchideenbukett von der Balustrade und verbarg halb das Gesicht darin. Waldemar beugte sich über sie. »Meine Einzige. Sei mutig!«

Stefa lächelte ihm zu. Sie spürte, wie seine Kraft auf sie überging. »Gut, ich werde mutig sein.«

Der Majoratsherr ging mit Treska hinaus. Stefa öffnete die Bonbonniere aus weißem Atlas, die ihr der Verlobte spendiert hatte. Sie hatte inzwischen ihre Ungezwungenheit wiedererlangt, unterhielt sich mit der Fürstin und Herrn Maciej, ohne den Operngläsern Beachtung zu schenken, die von allen Seiten auf sie gerichtet waren.

Rita, die sich weit in die Loge zurückgezogen hatte, schwieg. Sachte bewegte sie den Fächer, achtete nicht auf die mit Besuchern gefüllten Logen, die Geräusche aus dem Zuschauerraum. Die Bonbonniere von Treska lag ungeöffnet auf ihrem Schoß; sie hatte sich aus Stefas Schachtel bedient.

Nach und nach trafen auch in ihrer Loge Besucher ein. Als erster tauchte Brochwicz auf, der fröhlich ausrief: »Das ist eine *Gräfin*, was? Ihrer Aufgabe wirklich gewachsen, nicht wahr? Eine ausgezeichnete Besetzung! Ich bitte um ein Pralinee, Fräulein Stefania. *Merci* ... Was für herrliche Orchideen! Und das Kleid erst! O la la, einfach bezaubernd. Sie sind die Attraktion des Abends! Und wo ist der Majoratsherr? Ach so, ja, er besucht Bekannte. Haben Sie schon bemerkt, daß Zaniecki bereits die Rolle des Verlobten spielt? Das ist drollig, denn die Gräfin duldet ihn mal eben so.«

»Sie sollen versprochen sein.«

»Das ist eher problematisch.«

Er beugte sich vor und flüsterte, den Kopf zwischen Stefa und Fräulein Rita: »Zanecki ist Melanies Sporn: sie will uns damit bis aufs Blut treffen, aber wir ergeben uns nicht.«

Beim Verlassen der Loge begrüßte Brochwicz Baron Weyher, der in Begleitung von Graf Ćwilecki war. In Bälde war die Loge des Majoratsherrn überfüllt. Stefa nahm amüsiert die heiteren Huldigungen entgegen, führte das Gespräch geistreich und elegant. Das Hauptinteresse der jungen Leute galt ihr, und man wandte sich vornehmlich an sie. Diejenigen, die ihr Herr Maciej erst vorstellte, behandelte sie knapp und kühl, doch mit natürlicher Höflichkeit. Sie entwaffnete durch ihr anmutiges Wesen all diejenigen, die sie vorher scheel angesehen hatten. Mit Ausnahme von Barski. Der kam nicht und betonte somit seine Abneigung gegen sie. Vielmehr suchte er Mortęski auf und flüsterte ihm lange etwas zu. Sein ganzes Gehabe zeugte von seiner Entrüstung. Graf Barski verlor keine Zeit und er wußte die richtigen Komplizen für seine Intrige zu finden.

In der Loge des Majoratsherrn gab es ein Geräusch bei der Tür, und eine vergnügte Stimme rief: »Auseinander, meine Herren.«

Die schwarzen Fräcke wichen zur Seite, und die schöne Gräfin Wilzemberg, ganz in Spitzen und brillantenglitzernd, schritt durch das Spalier, in ihrer Begleitung ein Mann in mittleren Jahren.

Die Herren verneigten sich, Herr Maciej erhob sich. Die Gräfin grüßte höflich, nahm den angebotenen Platz an und sagte: »Ich bin gekommen, um die Fürstin zu besuchen. Erst seit ein paar Tagen bin ich aus dem Ausland zurück.«

Die Fürstin dankte. Und dann erkundigte sich Herr Maciej nach seiner Tochter Idalia und nach Łucia.

»Beide sind wohlauf. Łucia schickt tausend Grüße.«

Hier wandte sie sich schwungvoll an Stefa und reichte ihr

noch einmal mit freundlichem Lächeln die Hand: »Ihnen meinen herzlichsten Glückwunsch. Der Majoratsherr war in meiner Loge. Ich habe ihn mit Glückwünschen überhäuft, und er hat mich ganz gerührt verlassen. Mein Mann fand Sie wundervoll. Sie erinnern ihn an die Vorbilder von Grottger. Die arme Łucia ist ganz verzweifelt, weil sie Sie nicht sehen kann.«

»Hält sich die Baronin noch immer in Nizza auf?« erkundigte sich Stefa schüchtern.

»Sie ist nach Menton gereist. Mitte Mai kommen sie zurück, vielleicht auch eher.«

»Und wo ist Ihr Gemahl, Gräfin?« ließ sich einer der Herren vernehmen.

»Im Foyer. Er wird gleich hier erscheinen.«

Baron Weyher streichelte seinen Backenbart. »Wir hatten ein bißchen Kummer mit dem Herrn Gemahl. Er wollte Ihnen unbedingt an die Riviera nachreisen.«

Die Gräfin lachte. »Und ihr habt ihn aufgehalten! Ich schulde den Herren Dank. Ich bin zu lange gereist. Mein Mann ist nervös geworden.«

Belustigt musterte sie Stefa. »Vermutlich wundern Sie sich. Ich habe tatsächlich diese Herren gebeten, meinen Mann in Warschau zu unterhalten. Er hätte mir sonst die ganze Zerstreuung an der Riviera verdorben.«

Die Fürstin drohte der heiteren Gräfin mit dem Finger: »Ach, du bist unverbesserlich. Eine flatterhafte Person.«

»Aber Tante, ich ziehe es vor, mich öffentlich anzuklagen: Ich wollte ihn nicht um mich haben.«

»Und es geschah alles nach Ihren Wünschen«, mischte sich Stefa unbefangen ein. »Und haben Sie sich wirklich gut amüsiert?«

»Prächtig! Ich habe Unsummen ausgegeben, bin fast übergeschnappt! Der Majoratsherr war so unverschämt mir zu sagen, daß ich trotz meiner glänzenden Amusements aussähe, als sei ich *désillusionnée*. Er behauptet, in meinem Lachen klinge ein Mißton mit. Er hat nicht unrecht, aber ich bin böse auf ihn.« Sie strahlte Herrn Maciej an: »Ihr Enkel ist ein außerordentlich guter Beobachter, er hat sofort die Dissonanz in meiner vorgeblichen Harmonie bemerkt.«

»Unsere Sirene wird Sie auf einen besseren Ton einstimmen«, kommentierte einer der Herren.

»Das bezweifle ich! Dergleichen vermöchte nur ein wirklicher Meister, doch gegenwärtig hat unser *high life* keinen ... mehr ... aufzuweisen.« Bei diesen Worten funkelte die schöne Dame die anwesenden Herren herausfordernd an, und die schnitten Gesichter, als seien sie gekränkt.

Als die Gräfin fort war, begann Stefa nach ihrem Verlobten Ausschau zu halten. Er war gerade bei den Ćwileckis. Mit Freude beobachtete sie seine kühnen eleganten Bewegungen, seine Selbstsicherheit und vornehme Lässigkeit. Die schlanke, gewandte Gestalt mit tadellos sitzendem Frack – jeder Zoll ein Herr – wurde überall mit mehr oder weniger aufrichtigem Lächeln begrüßt, von den Frauen mit Blicken verschlungen, von den Enttäuschten gereizt zur Kenntnis genommen.

Der zweite Akt begann. Stefa verfolgte jetzt aufmerksam das Geschehen auf der Bühne, obgleich Waldemar ihr häufig etwas ins Ohr flüsterte. Worauf die Fürstin bemerkte: »Das Stück scheint euch nicht besonders zu fesseln. Doch hört euch wenigstens den Gesang der Gräfin an.«

Auf der Bühne ertönte das Rezitativ: *Gewand, das mich so schmückte ...* Die Künstlerin im Gewand der Diana modulierte die Töne einfach wundervoll. *Ringsum Klänge, Duft und Glanz ...* Der Gesang war glockenrein. Silbrig perlten die Tonfolgen in den Raum, der ganz Ohr zu sein schien. Dann verstummte der Gesang, und Beifall rauschte auf.

»Sie singt herrlich«, sagte Stefa.

Da hörten sie Waldemar und Treska flüstern: »... nur deshalb, weil ich keine Ader habe? Kein Glückspilz bin? Aber so viele Jahre, das macht meine Stärke aus.«

»Das stimmt mich nicht weich«, flüsterte Fräulein Rita zurück.

»Aber es weckt Vertrauen.«

»Und das reicht?«

Mit lausbübischem Grinsen wandte sich Waldemar an die Fürstin: »Großmamachen, die Treskas sind auch nicht brav.«

Stefa stieß ihn mit dem Fächer an.

»Für eine solche Vereinnahmung ist es ja wohl noch zu früh«, entgegnete Fräulein Rita trocken.

Waldemar wandte sich an Stefa: »Wären Sie gekränkt, wenn man uns jetzt die Michorowskis nennen würde?«

»Nein.« Stefa lächelte.

»Sehen Sie«, neckte Waldemar Fräulein Rita.

»Sie sind verlobt.«

»Mir kommt es so vor, als könnten wir auch Ihnen heute noch gratulieren.« Treska warf dem Majoratsherrn einen dankbaren Blick zu. Waldemar fuhr fort: »Passen Sie auf, wie sich auf der Bühne Dzidzi energisch aufführt. Nehmen Sie sich ein Beispiel an ihm: Er, der beharrliche Verehrer!«

»Lassen Sie doch die Hänselei«, flüsterte Stefa.

»Na gut, ich werde artig sein.«

Auf die Bühne glitt in einem Boot der stattliche Podczaszyc im Kostüm des Neptun herein.

»Unvergleichlich!« lobte halblaut der Majoratsherr.

Es folgte die Szene, in der die Gräfin Kazimierz Vorwürfe macht.

»Das Kleid wird zum Schutz, das den Ulanen vor der Kokotte rettet. Das passiert häufig.« Waldemar fiel die Unterhaltung mit Gräfin Melanie in Głębowicze wieder ein, nach der er das letzte bißchen Sympathie für sie verloren hatte.

Während der Pause ging Waldemar mit Treska auf eine Zigarre hinaus. Auch Barski befand sich im Rauchsalon, er rauchte stumm vor sich hin. Brochwicz gebärdete sich ausgelassen, erzählte lebhaft von seinen Eindrücken und schwärmte von der Primadonna, die die Gräfin verkörperte.

»Und Bronia gefällt Ihnen nicht?« erkundigte sich Weyher.

»Bronia? Hm. Sie spielt ein wenig eckig, na ja, man kann schon sagen steif. Vielleicht liegt das am Kostüm, der altpolnische Oberrock und diese Flaumfedern da, und noch Schlitzärmel. Neben dem hauchzarten Kostüm der Diana läßt es Bronia ein wenig armselig wirken.«

»Sie wirkt neben der Gräfin deplaciert«, sagte Waldemar. »Eine gute Sängerin und auf der Bühne eine Dame. Selbst in den zartesten Schleiergewändern würde Bronia nicht das Ziel erreichen. Sie ist von einem ganz anderen Schlag.«

Graf Barski, der es sich mit der Zigarre zwischen den Zähnen auf einem Sessel bequem gemacht hatte, musterte impertinent den Majoratsherrn. »Ach was, Sie können da Unterschiede feststellen?« bemerkte er höhnisch.

»Aber ja!« Waldemars Stimme klang eisig.

»*Voyons*, das ist ja ganz etwas Neues! Eine solche Unterscheidung hätte ich von Ihnen nun wirklich nicht mehr erwartet.«

Der Majoratsherr setzte sich in einer ebenso lässigen Pose in einen Sessel. Seine Augen waren unverwandt auf das feiste Gesicht des Grafen gerichtet, als er scheinbar nebenbei fragte: »Und welchen Unterschied meinen Sie, wenn man fragen darf?«

»Ihre Worte stehen im Gegensatz zu Ihren Handlungen«, brauste der Graf auf.

Waldemar behielt die Fassung. »Mit Verlaub, was meinen Sie damit? Ich habe vom unterschiedlichen Schlag der Künstlerinnen gesprochen, nicht von den Rollen, die sie verkörpern.«

Das Gesicht des Grafen schwoll noch mehr an. »Ich dagegen hatte die gesellschaftliche Sphäre der Gräfin im Sinn. Bronia, eine ganz gewöhnliche kleine Schlachtschitzin, muß störend ins Auge fallen angesichts einer Magnatin, das ist Naturgesetz. Ich habe mich gewundert, daß Sie noch nicht die Fähigkeit eingebüßt haben, jene augenfälligen Unterschiede wahrzunehmen. Ich wiederhole, Ihre Worte stehen im Gegensatz zu Ihren Handlungen, und die verweisen auf ethischen Schwund!

Das war deutlich! Die »gewöhnliche kleine Schlachtschitzin« war eine unverhohlene Anspielung auf Stefa. Waldemar sprang empört auf. Einige Herren näherten sich mit Treska und Brochwicz. Ein Skandal drohte.

»Herr Graf, das reicht«, zischte der Majoratsherr. »Sie dürfen getrost sein, meine Beobachtungsgabe ist geschärft und hellwach, sie läßt mich präzise adlige Falken von den vielen Pfauhennen des Magnatentums unterscheiden, die die Sphäre in grellen Farben malt. Abstammung ist ein Privileg und mit keiner gesellschaftlichen Sphäre automatisch verbunden, der schönste Federschmuck richtet nichts aus, wenn das edle Blut fehlt. Sie geht mit Zartgefühl einher, und die fehlt einigen, die sich für etwas Besseres halten. Falls ich den Herrn Grafen beleidigt haben sollte, meine Adresse ist bekannt.« Der Majoratsherr verbeugte sich herausfordernd und verließ den Rauchsalon.

»Das war vielleicht ein Schlag ins Gesicht«, murmelte Brochwicz.

»Ein Duell?« Treska zog verblüfft die Brauen hoch. Brochwicz nahm ihn mit hinaus auf den Korridor. Er rieb sich die Hände. »Sie glauben, Barski wird von den Worten des Majoratsherrn Gebrauch machen? Immerhin handelt es sich um eine formelle Herausforderung. Aber nicht an Barski ist es, sich mit dem Majoratsherrn zu messen. Revolver oder Rapier – beides käme auf dasselbe heraus. Der Majoratsherr durchlöchert seine stolze Majestät, bis er zischt wie ein Puter auf dem Bratrost. Da hat man ihm aber eins ausgewischt! Pfauhennen des Magnatentums ... Haben Sie gemerkt? Man denkt sofort an Melanie. Ein Bombenvergleich! Wenn ich das rhetorische Talent des Majoratsherrn besäße und seinen Ruf beim Schießen und Fechten, ich würde ein Dutzend Duelle pro Woche absolvieren.«

Brochwicz gestikulierte wild.

»Wird Barski Sekundanten schicken?« beunruhigte sich Treska.

»Wenn ja, wird er den Biß des Majoratsherrn kennenlernen. Aber Barski wird niemanden schicken. Der Majoratsherr hat es seinem Willen anheimgestellt, denn er selber schätzt einen solchen Gegner gering. Barski jedoch muß auf der Hut sein. Wir können ganz beruhigt sein. Gehen wir, es klingelt schon.«

Abrupt blieb Treska stehen. »Und Zaniecki?« flüsterte er geheimnisvoll.

Brochwicz lachte: »Zaniecki wird den Majoratsherrn ganz sicher nicht fordern, der ist ein parfumiertes Wattepüppchen. Im übrigen war er bei der Auseinandersetzung nicht dabei, und Barski wird vor ihm nicht den Mund aufmachen, vielmehr das Bonbon des Majoratsherrn in der Tasche aufbewahren. Außerdem ist Zaniecki noch kein entschlossener Verlobter, um sich des Alten annehmen zu müssen. Ach, was soll's. Gehen wir auf unsere Plätze.«

Als Waldemar seine Loge betrat, war er ruhig, aber blaß. Wortlos nahm er seinen Sessel hinter Stefa ein. Sie bemerkte die Veränderung an ihm sofort. »Was ist Ihnen?« fragte sie.

»Nichts, meine Einzige, es ist heiß hier«, entgegnete er lächelnd.

Im Theater war das Licht gedämpft und die Bühne verdunkelt. Die Polonaise stieg lieblich, farbig, anrührend aus dem Orchestergraben auf.

»Wie zauberhaft«, sagte Stefa leise.

Sie saß zurückgelehnt, den Kopf im Nacken, ins Hören vertieft, erregt. Sie blinzelte, das Sträußchen an ihrem Dekolleté zitterte; sie war wie berauscht.

Die schwungvoll und mit Perfektion gespielte Polonaise ließ die Herzen im Parkett wie in den Logen höher schlagen. Mit unbezähmbarer Kraft strömte die Musik dahin, berückte mit ihrem Zauber.

»Herrlich«, flüsterte Waldemar und nahm Stefas Hand. Mit Stefa ging etwas Seltsames vor. Ihre Nerven vibrierten, sie fühlte sich überwältigt von dem, was Waldemars Zärtlichkeit in ihr hervorrief. Träume, unfaßbar, trugen sie in weite Fernen, bis hin zum bestirnten Firmament. Und die Musik in ihrer Allgewalt entfaltete ihre Magie, schlug alle in ihren Bann.

Die Fürstin und Herr Maciej saßen tief in Gedanken versunken. Treskas Schultern waren gebeugt; er hielt Ritas Hand, die er von Zeit zu Zeit an die Lippen führte, und sie verwehrte es ihm nicht. Reglos und bleich, nur in den dunklen Augen ein Schimmer von Rührung, die Mundwinkel resigniert herabgezogen, verharrte sie auf ihrem Platz. Waldemar hörte eine leise Stimme eindringlich sagen: »Heißt das ja? Ja?« »Meinetwegen«, lautete die ebenso leise Antwort. Treska küßte ihre Hände.

Die Polonaise aber, die den gedämpft beleuchteten Saal erfüllte, erweckte Sehnsüchte, entfachte Leidenschaften, machte die Herzen gütig, ließ die Augen leuchten, manche füllte sie mit Tränen. Riß alle mit sich fort, wie willenlos. Entwaffnete, besänftigte, verführte zu Träumereien ... Plötzliche Stille! Der letzte Ton entschwebte, und tiefes Schweigen legte sich über den Saal. Als hätten Engelsflügel die Menschen gestreift ...

Da auf einmal, hoch oben, gleich einem ersten leichten Donnergrollen, Applaus. Eine Reveille! Und das Theater erbrauste. Begeisterung! Die Damen beugten sich applaudierend aus den Logen. Es brauste und toste der Zuschauerraum wie ein aufgewühltes Meer. Selbst die Vornehmen und Hochgeborenen klatschten wie toll und riefen begeistert: »Bravo! Zugabe, Zugabe!«

Inzwischen hatte sich der Vorhang gehoben.

Wie nach einem Rausch kehrte alles zur Nüchternheit zurück.

Der joviale Witz des Fähnrichs auf der Bühne tat sein übriges. Sein Jagdlied versetzte viele Zuhörer in eine muntere Stimmung, die Szene mit dem kleinen Grünkramhändler amüsierte.

Fräulein Rita fragte Treska leise: »Was ist mit dem Majoratsherrn? Er wirkt aufgebracht.«

»Ein Streit mit Barski.«

»Wo?«

»Im Rauchsalon.«

Stefa hatte die Unterhaltung der beiden überhört. Alle Farbe wich ihr aus dem Gesicht. Weil Waldemar gerade etwas zu der Fürstin sagte, beugte sie sich zu Treska. »Was haben Sie gesagt?« flüsterte sie besorgt, ihre Augen waren dunkel vor Schreck.

»Seien Sie unbesorgt! Eine kleine Unannehmlichkeit ... Barski wurde gebändigt«, flüsterte Treska mit geringschätziger Miene zurück.

»Ehrlich?«

»So wahr mir Gott helfe.«

Stefa lehnte sich wieder zurück. Sie war jedoch nicht beruhigt, denn sie spürte, daß sie der Grund für jenen Zwischenfall gewesen war. In der Loge der Barskis saß nur die Gräfin mit ihrer Gesellschaftsdame und Zaniecki. Der Graf hatte offenbar das Theater verlassen.

Was war nur geschehen, und würde es immer so sein? fragte sich Stefa, und ihr Herz krampfte sich zusammen.

Fräulein Rita, ebenfalls beunruhigt, berührte mit einem kurzen Blick zu Treska unauffällig ihre Schläfe. Treska verstand sofort: sie fragte ihn nach dem Duell. Er verneinte mit einem Kopfschütteln.

Die Vorstellung näherte sich ihrem Ende. Der Schlußgesang

der Gräfin: *Wach auf aus trügerischen Träumen.* Bedauern, Gekränktsein, betrogener Ehrgeiz in der Stimme der Sängerin, akzentuiert die Worte, Mimik und Gestik ungemein ausdrucksvoll und überzeugend. Die letzte Strophe entrang sich fast verzweifelt ihrer Brust:

Mein Bedauern ihm zu zeigen,
Schames Tränen zu vergießen,
wär' zuviel der Niederlage.
Zorn vielleicht, doch niemals Tränen!

»Bravo! Bravo!« rief Waldemar.

Podczaszyc trieb noch eine Weile seine Späße, dann fiel der Vorhang. In die Logen kam Bewegung, eine Geräuschkulisse, die Herren verabschiedeten sich von den Damen. Waldemar hüllte Stefa in ihr weißes Cape. Sie wirkte niedergeschlagen und er fragte: »Was hast du denn, meine Einzige?«

»Und Sie? Was war mit Ihnen, als Sie in der Pause nach dem zweiten Akt in die Loge zurückkamen?« Sie blickte zu ihm auf.

»Nur eine Bagatelle!«

»Bestimmt?«

»Ehrenwort!«

Der Majoratsherr geleitete seine Braut die Treppe hinab, Brochwicz die Fürstin. Aus den Logen ergoß sich eine buntfarbige Flut von Mänteln und Capes, durchsetzt vom Schwarz der Herrengarderobe. Man hörte das Geplauder anmutiger Stimmen. Abschiedsworte wurden gewechselt, Lachen flatterte auf.

Vor dem Portal standen dicht an dicht die Kutschen, der Türsteher rief die Kutscher aus. Die Karosse des Majoratsherrn fuhr vor. Waldemar placierte seine Braut neben Fräulein Rita. »Bristol!« rief er dem Kutscher zu. Die Pferde setzten sich in Bewegung. »Sie kommen mit mir. Ich habe etwas mit Ihnen zu besprechen«, sagte der Majoratsherr zu Treska.

Im Hotel war der himbeerfarbene Saal bereits festlich hergerichtet, der Tisch mit Blumen geschmückt. Die Herrschaften wurden erwartet. Der Majoratsherr und Treska waren die ersten. Der Graf strahlte übers ganze Gesicht. Nach und nach trafen andere Gäste ein. Der himbeerfarbene Saal und die benachbarten Räumlichkeiten waren hell erleuchtet, was der gelösten Heiterkeit der Gesichter noch zusätzlichen Glanz verlieh. Im mittleren Viereck sprudelte ein Springbrunnen. Ein Orchester spielte auf. Eine Etage höher richteten die Damen Toiletten und Frisuren. Endlich begab man sich zu Tisch.

Der Majoratsherr, der neben seiner Braut saß, wandte sich geheimnisvoll flüsternd an seine Tischgenossin: »Es gibt eine Überraschung für Sie.«

»Oh, da bin ich aber neugierig.«

Mit seinem Glas Champagner erhob er sich von seinem Platz und sagte mit weittragender Stimme: »Den ersten Toast bringe ich auf die neuen Verlobten aus: auf Fräulein Margeryta Szeliga und Edward Graf Treska. Sie leben hoch!«

Die Verblüffung war allgemein. Man hatte das zwar erwartet, doch nicht zu diesem Zeitpunkt. Volle Gläser schwebten in der Luft. Treska sah völlig hingerissen aus, Fräulein Rita war bleich, aber beherrscht.

»Sie leben hoch!« wiederholte Waldemar, schob den Stuhl zurück und ging zu der frischgebackenen Braut. Waldemar küßte Fräulein Rita die Hände und sagte herzlich: »Ich wollte der erste sein, der Ihnen, liebe Freundin, von Herzen gratuliert, so wie Sie mir als erste Glück gewünscht haben.«

»Woher wußten Sie?«

»Ich habe während der Polonaise etwas erlauscht und mich mit Edward verständigt.«

»Na, na ja! Es mußte halt so kommen«, erwiderte sie mit Entschiedenheit. Lächelnd nahm sie die Glückwünsche entgegen. Stefa und sie küßten sich wie Schwestern. Die Fürstin hatte Tränen in den Augen.

Als Treska die Hand seiner Verlobten nahm, schob sie ihn sacht, aber ohne Widerwillen zurück. »Mein Herr, ich bin zu Tränen gerührt, doch schönzutun liegt mir nicht. Die Einschränkung behalte ich mir im Ehevertrag vor.«

»Einverstanden! Sogar darauf lasse ich mich ein«, entgegnete der Graf fröhlich.

Das Festessen zog sich hin bis in die späte Nacht. Es war nicht mehr lange bis zur Dämmerung, als sich die Restaurationsräume des Bristol schließlich leerten.

25

Ein paar Wochen gingen ins Land. Die Osterfeiertage verbrachte Waldemar bei seiner Braut.

Ostermontag weilten alle aus Ruczajew in der Parochialkirche, und auch die Bevölkerung aus der Gegend, unter anderen der alte Prątnicki nahmen am Gottesdienst teil. Schüchtern, aber mit Hochachtung blickte er zu Stefa hinüber. Der Ortspfarrer ließ unterdessen zugunsten der Kirchenrenovierung eine Kollekte durch die Reihen gehen und hatte Stefa bestimmt, das Geld gemeinsam mit einem älteren Gutsbesitzer einzusammeln. Die Opfergaben fielen großzügig aus. Stefas Anmut, ihre neue gesellschaftliche Stellung und die Anwesenheit des Majoratsherrn bewirkten, daß von den Gottesdienstbesuchern einer den anderen übertrumpfen wollte. Der Pfarrherr war befriedigt ob seines Einfalls. Nur der alte Prątnicki, dem stets das Geld den meisten Eindruck machte, begriff erst jetzt, nachdem er von der Gabe des Majoratsherrn erfahren hatte, seine demütigende Lage gegenüber Stefa und den Rudeckis. Er trat nicht zu ihnen, um zu gratulieren, und er ging auch nicht zusammen mit den anderen ins Pfarrhaus.

Die Bediensteten auf Ruczajew konnten sich nicht genug über den Bräutigam des »gnädigen Fräuleinchen« freuen, denn er warf mit dem Geld nur so um sich.

Nach Beendigung der Feiertage kehrte Waldemar nach Głębowicze zurück.

Eines Tages, er wollte gerade eine Reise zu seinen Gütern Biało-Czerkasy in Wołynien antreten, benachrichtigte man ihn, daß ein Herr und Graf Ćwilecki eingetroffen seien. Wahrscheinlich Weyher, dachte Waldemar. Zu seiner nicht geringen Verwunderung erblickte er Graf Mortęski im Salon. Der alte Herr unterhielt sich gerade mit glühenden Wangen und voller Eifer mit Ćwilecki.

»Seien Sie gegrüßt, Graf!« rief der Majoratsherr zuvorkommend aus.

Der alte Graf geriet ein wenig aus der Fassung. »Ah, meine Verehrung! Seien auch Sie gegrüßt. Die Freude ist ganz auf meiner Seite. Ich habe Graf August von Głębowicze erzählt. Ein alter, sehr alter Stammsitz ...«

Mit Sicherheit führt er etwas gegen mich im Schilde, dachte Waldemar.

Die Herren nahmen Platz. Mortęski schüttelte die grauen Haare, und seine weit vorragende Nase krauste sich alle Augenblicke wie vor Verlegenheit.

»Mich freut Ihr Besuch, meine Herren, allerdings scheint mir, daß dieser einen besonderen Grund hat. Nun, habe ich es erraten?«

Ćwilecki rückte auf seinem Platz hin und her und räusperte sich. »Tja, das heißt, eigentlich hat Graf Mortęski ein Anliegen ..., Sie werden sich denken können, welches ...«

Der ehemalige Vorsitzende des Landwirtschaftsverbandes trug den Kopf hoch erhoben, aus seinen vorstehenden Augen blitzte nun volle Selbstsicherheit. »*Oui, justement!*« rief er mit dünner Stimme. »Als ich in Szały war, habe ich beschlossen, Sie zu besuchen und ... um gewisse Informationen in Sachen Landwirtschaftsverband, genauer der letzten Sitzung, zu bitten.«

»Nun, ich bin ganz Ohr.«

»Ich habe von Giersztorf gehört, daß Sie in unsere Institution neue Ideen einführen und diese zu verbreiten trachten.«

»Und an was haben Sie gedacht?«

»Richtig, es sind ja ein paar! Also, wie man hört, haben Sie vor, einen Kreisverband zu schaffen sowie landwirtschaftliche Zirkel – stimmt das?«

»Ja, ich habe mich schon länger mit dem Gedanken getragen, jetzt möchte ich ihn in die Tat umsetzen und unternehme dazu alles in meiner Macht stehende.«

»Und was soll das bringen?«

»Sehr viel! Es wird die Kultur heben, den geistigen Horizont der Landbewohner erweitern sowie die Produktion vergrößern, und zwar durch besseres Wirtschaften und durch Selbsthilfe.«

»Sie haben jedoch einem Detail keine Beachtung geschenkt: daß nämlich die Landbevölkerung nicht aufgeklärt genug ist für eine solche Innovation.«

»Nun, sie werden damit ja nicht allein gelassen; die Intelligenz wird die führende Rolle übernehmen. Es werden gemeinsame Versammlungen stattfinden, auf denen man Ideen einbringt, Vorträge gehalten werden, mit einem Wort, ein gemeinsames Regiment zugunsten der Landwirtschaft. Jenen Zirkeln sollen die um Poznań als Vorbild dienen, die mustergültig geführt werden, wir dagegen ...«

»Schon gut«, unterbrach Mortęski. »Im Gebiet um Poznań ist das Volk zivilisierter, bei uns dagegen sind es die reinsten Wilden.«

»Also klären wir die Leute auf! Das ist unsere Pflicht! Was in unserer Macht steht, sollten wir tun, wenigstens die Gutsbesitzer, die Bürgerschaft: anregen, Initiativen geben.«

»Da werden Sie aber jede Menge Bereitwillige finden! Ausgerechnet!«

»Nicht sehr viele, ich weiß, obschon garantiert mehr Willige als Geeignete. Unsere weniger wohlhabenden Gutsbesitzer eignen sich nicht sehr, hauptsächlich aus materiellen Gründen. Die Aufklärung des Volkes erfordert gewisse Mittel. Man kann von den Männern schwerlich verlangen, daß sie die Bauern ausbilden, wenn sie selber mit ihrem Gut zu kämpfen haben. Doch beachten Sie bitte die Anzahl von Magnatenhöfen in unserem Gouvernement und die wohlhabende Gutsbesitzerschaft: die sind die Basis für solcherart gesellschaftliche Aktivitäten, das heißt, wenn sie nur wollten! Ein Weckruf tut not! Also rufen wir. Vielleicht wird so manch einer aufgeschreckt und gewinnt der gemeinsamen Sache etwas Positives ab.«

»Das kann durchaus sein, doch teilnehmen wird jener nicht.«

»Weshalb?«

»Hm, das ist nun seine persönliche Angelegenheit«, murmelte Ćwilecki vor sich hin.

Waldemar schmunzelte. »Aus Angst vor Überanstrengung vermutlich, oder? Solche gibt es auch, das bestreite ich nicht. Doch unter denen, die ein Gespür für unsere Notwendigkeiten haben, gibt es viele mit wirklichen Ambitionen. Denen muß man den Gedanken vorführen, damit sie ihm nachgehen, nicht um jenes Gedankens willen, sondern des Ruhmes wegen, dieser einfachen menschlichen Schwäche des Leitenwollens derer, die sich wegen schlechterer Bedingungen solches nicht erlauben können. Aktive Philanthropie ist nämlich Luxus.«

Mortęski schüttelte den Kopf und lächelte ironisch. »Um des Ehrgeizes willen passiert nicht viel, schließt man Gewalt aus.«

Waldemar verneinte aufs heftigste. »Ich spreche doch nicht von selbständigen Aktivitäten, sondern von Mitwirkung als für die gute Sache unerläßlich. So ein Herr braucht nur mit der Aufklärung der Leute auf seinem Gut einverstanden zu sein, und wir finden schon den passenden Instrukteur. Auf Schulbänken, Herr Graf, wie auch sonst in jedem Metier, finden sich hochfliegende wie auch einfältige Gemüter. Ausschlaggebend ist dafür die persönliche Begabung; doch das Lernen, das geschieht gemeinsam. So manch ein Vater aus dem gemeinen Volk ist nur aus Ehrgeiz geneigt, den Sohn zur Schule zu schicken, und der erwirbt eine Ausbildung, und ein wiederum anderer Ehrgeiz bringt ihn manchmal auf die Universität. Aber sprechen wir von den Zirkeln: Sollte es mir gelingen, sie bei uns zu bilden, wird schon allein dieser Umstand einen Beitrag zur Anhebung des Bildungsniveaus leisten.«

»*Merci!* Und die Sitzung darf man dann inmitten stinkender Stiefel und Überzieher absolvieren. Das kann ja wohl nicht Aufgabe unserer Aristokratie sein«, entrüstete sich Graf Mortęski.

Waldemar schaute ihn aufmerksam an. »Vor allem sind wir Bürger des Landes, dann erst Aristokraten«, wies er ihn zurecht. »Wir sollten auf unseren Acker achthaben, daß Korn darauf gedeihe und nicht Unkraut. Auch sollte man seinen Widerwillen besiegen, Herr Graf. Diese stinkenden Stiefel und groben Überzieher sind in der Überzahl – das sollte man keineswegs außer acht lassen.«

Der ehemalige Vorsitzende schluckte schwer an dieser bitteren Pille. Doch dann malte sich die alte Ironie auf seinem Gesicht. Mit der Handfläche rieb er sich das Knie und verkündete: »Sie bringen denen allzu viele Rücksichten entgegen. Allzu viele. Die und wir? *Justement*. Das wäre, als ob ...«

Waldemar fiel ihm ins Wort. »Pardon! Ich weiß, was Sie sagen wollen: Daß sie der Ozean sind, wir aber die Schiffe, und daß wir, den Blick gefesselt von den eigenen hochfahrenden Masten und Takelagen, jene Kraft mißachten, sie, wie wir meinen straflos, ignorieren. Doch straflos stimmt nicht. All unsere Sicherheiten schwinden, wenn die Wogen sich auftürmen; diese Naturgewalt bedeutet unseren Untergang, sie ist wahrhaftig, unsere Macht dagegen ist Fiktion. Man muß sich nicht unbedingt verbrüdern und von einem Extrem ins andere fallen, wie das die fanatischen Anhänger der Volkspartei tun. Aber man muß sich um sie kümmern und keine Abneigung hegen. Die Kultur hat auch in ästhetischer Hinsicht ihren Einfluß, noch fehlen ihnen die ästhetischen Aspekte größtenteils, und wir müssen es ihnen nachsehen. Ich sehe vor allem anderen die Menschen in ihnen und eine Art Rohmaterial zur Veredelung.«

»Sie sind ein Idealist«, sagte Ćwilecki.

»Und ein Gegner der Aristokratie!« Mortęski war sichtlich irritiert.

»Das bin ich durchaus nicht. Natürlich ist die Aristokratie genauso notwendig wie auch alle anderen Gesellschaftsklassen. Nur sollte sie ein weniger bockiges Pferd reiten, eines, das nicht die Ohren anlegt beim Anblick bäuerlicher Flechtzäune, mit denen nämlich ist unser Land übersät. Außerdem sehe ich unseren Schild durchlöchert; ich würde die Löcher gern flicken, doch viele vertreten die Ansicht, daß nur die Vergoldung darunter leiden würde. Dennoch – flicken wir wenigstens zwei zu Anfang: Genußsucht und Egoismus. Sorgen wir wenigstens für den Boden, auf dem unsere Paläste stehen, und für diejenigen, die sie uns erbaut ...«

»Mit einem Wort, für Sie ist die Aristokratie keineswegs das gesellschaftliche Monument, ein beständiges Werk aus uralten Zeiten«, fauchte aufgebracht der alte Magnat.

Der Majoratsherr warf ihm einen scharfen Blick zu und bemerkte kühn, in nunmehr deutlich spöttischem Ton: »Die heidnischen Zeiten sind lange vorbei. Wir sind keine Götzenbilder, vor denen man Weihrauch verbrennt; niemand sollte am Denkmal unseres Ruhms arbeiten. Den sollten wir uns selbst erwerben, statt in den höchsten Höhen unter dem Baldachin des Familienstolzes zu sitzen und dahinzuvegetieren. Pharaonenpyramiden sind für Ägypten gut. Sie werden uns nicht unter die Sohlen geraten, noch wird irgendwer Vergleichbares für uns errichten. Um auf die Zirkel zurückzukommen: Nehmen wir einmal an, daß unser Dörfler, delegiert von der Gemeinde, sich bei der ersten Sitzung am Kopf kratzen und scheel die Herren mustern wird. Auf der zweiten wird er hören, was die Herren sagen, bis er selber Worte findet, anfänglich eher nichtige, er wird immerhin jedoch zum Ausdruck bringen, woran es ihm mangelt, und da weiß er sich zu raten. Auf diese Weise gewinnt er allmählich an Klarsicht, interessiert sich für die Wirtschaft und wird lernen. So sieht also unser Bestreben aus. Unterdessen bemühe ich mich erst einmal um die Konzession.«

Mortęski zuckte die Achseln. »Und Sie glauben, dieses Programm wird positive Ergebnisse zeitigen?«

»Ich tue mein Möglichstes. Seitens des Ministeriums hat man mir Unterstützung zugesagt, ich werde in dieser Angelegenheit nach Petersburg reisen, und ich denke, daß ich mein Ziel erreiche.«

Der alte Graf wand sich unruhig hin und her. Seine Augen waren auf den Majoratsherrn gerichtet und die schmalen Lippen waren gekränkt zusammengekniffen.

Ruhig hielt der Majoratsherr dem strafenden Blick des Grafen stand, nur um seinen Mund zuckte es vor verhaltenem Lachen. Was will er nur von mir? ging es ihm durch den Kopf. »Herr Graf«, sagte er laut, »wie ich sehe, gefällt Ihnen mein Vorhaben nicht. Darf ich den Grund für Ihre Mißbilligung erfahren?«

Graf Mortęski ließ die Augen blitzen. »Aber ja! Was das anbelangt – Sie gehen zu schnell an die Dinge heran, obwohl Sie noch gar nicht richtig mit ihnen vertraut sind. Zu schnell ... nach ...«

»Nach Übernahme des Vorsitzendenpostens?« griff Waldemar spöttisch auf. »Meinen Sie, ich hätte mich zuvor nicht für soziale Belange interessiert? Für die Gesellschaft? Der Herr Graf hält mich offenbar für einen Neuling ...«

An dieser Stelle mischte sich Ćwilecki ein. »Nun, einen Neuling kann man Sie wirklich nicht nennen, und sei es nur deshalb, weil Sie der Organisator, ja der Initiator jener Einrichtung sind. Wer den Bau kennt, kann auch die Pläne zeichnen.«

Mortęski tadelte den Gefährten mit strengem Blick und sagte stolz: »Initiator! Bitte! Ins Apostelamt beruft man ältere

Menschen, die Verbreitung von Ideen ist nicht Sache der jungen ... zu jungen ...«

Jetzt lachte der Majoratsherr frei heraus. »Sie möchten mich einen Milchbart nennen? Bitte, am besten frei von der Leber weg, mich beleidigt das durchaus nicht. Meine Auffassungen sind durchaus nicht die eines Knaben, und daß ich Vertrauen erwecke, zeigt meine Wahl zum Vorsitzenden, und davor, daß ich es überhaupt geschafft habe, unsere Kreise zur Gründung des Verbandes zu bewegen.«

Jetzt brauste der Graf auf. »Ein für allemal: Die Apostel neuer Ideen sollten ältere Männer sein«, ereiferte er sich.

»Sofern es sie jedoch nicht gibt ... warf Waldemar behutsam ein.

»Wie, es gibt sie nicht? *Voilà!*«

»Dann zeigen Sie sie mir bitte!«

Mit langem spitzem Finger bohrte sich der Graf in die Brust, seine Augen sprühten Funken. »Da bin einmal ich, da ist Giersztorf, Barski, schließlich und endlich Ihr Großvater, und da ist Graf Ćwilecki, hier anwesend ...«

»Mit Verlaub«, der Majoratsherr sprach völlig beherrscht. »Mein Großvater ist hochbetagt und hat sich seit langem schon aus der Öffentlichkeit zurückgezogen. Fürst Giersztorf gehört nicht zu unserem Bezirk, was schade ist, weil seine Aktivitäten eine Menge bewirken könnten – er ist ein aufrichtiger Patriot. Barski gehört ebenfalls nicht zu uns, außerdem sind seine Ideen völlig verdreht. Über den Purpur seines Geschlechts und den Herrscherstab der Aristokratie reicht sein Verstand nicht hinaus. Bleiben die hier anwesenden Herren. Herr Ćwilecki möchte nicht aktiv werden, ich habe es ihm vorgeschlagen, und Sie ...« Er schaute Mortęski an und fuhr ernst fort: »Sie waren fünf Jahre lang der Vorsitzende und sind freiwillig zurückgetreten, es hat also für ein Apostolat ein weites Betätigungsfeld gegeben.«

Es blieb still im Raum. Ćwilecki räusperte sich und strich sich über den Bart. Die Brauen hatte er hochgezogen, und seine kalten Augen blickten jetzt amüsiert. Mortęski richtete sich im Sessel auf. Ziegelrote Flecken zeichneten sich auf seinen Wangen ab, er biß sich auf die Lippen, was bei ihm Zeichen von

Verlegenheit war. Doch hielt er den Blick unbeirrt auf den Majoratsherrn gerichtet. Der aber redete ernsthaft und besänftigend weiter. »Betrachten Sie das alles bitte nicht als Vorwurf. Nach dem die Vereinigung geschaffen worden war, haben wir alle Sie einstimmig zum Vorsitzenden gewählt, da wir Sie als den wichtigsten Repräsentanten unserer Kreise ansahen. Doch das Alter und Ihre Gesundheit haben Ihnen eine intensivere Arbeit nicht erlaubt. So ist also jetzt, da ich das Steuerruder in Händen halte, die Zeit für eine Ausweitung jener Tätigkeit angebrochen. Ich bin kerngesund, im Vollbesitz meiner Kräfte, doch einen guten Rat verschmähe ich nie, vielmehr bitte ich sogar darum zum Wohl der Allgemeinheit.«

Der alte Magnat, schon etwas besänftigt, sah Waldemar mit mehr Wohlwollen an. »Wie man hört, plädieren Sie für eine Verbesserung des Straßenzustands«, bemerkte Ćwilecki.

»So ist es. Mir liegt daran, begreiflich zu machen, daß sich die Kosten dafür in Bälde amortisiert haben werden, von der Bequemlichkeit und dem äußeren Anschein unseres Landes ganz zu schweigen. Gute Straßen, gut erhaltene Brücken – das ist ein Beweis für Kultur. Bei uns fehlt es daran, und zwar in einem grauenhaften Übermaß.«

»Mit Ausnahme Ihrer Güter«, korrigierte Ćwilecki. »Hier sind die Landstraßen nachgerade preußisch. Jeder Seitenweg ist beinah eine Chaussee. Die Grenzen Ihrer Ländereien zu überschreiten ist wie ein Ausflug von den wilden Enden der Erde ins zivilisierte Europa. Die Bauernschaft haben Sie auch schon dahingehend überzeugt.«

»Ich sorge für Ordnung, soweit es geht«, warf der Majoratsherr beiläufig ein.

»Oh, eine perfekte Ordnung, sollten Sie besser sagen. Allerdings haben Sie den *nervus rerum*, das Allerwichtigste – das nötige Geld nämlich.«

»Um Ordnung zu schaffen, ist Geld als Voraussetzung keineswegs unabdingbar. Ich schottere Wege, pflanze Bäume an deren Rändern, schütze sie mit Draht und Stein, baue neue Brücken. Derjenige aber, dessen Mittel dazu nicht ausreichen, möge die Schlaglöcher auffüllen, die alten Brücken reparieren und die Bäume schützen. Das reicht schon. Auf Głębowicze gibt es bereits etliche mit Obstbäumen bepflanzte Wege. Schäden kommen noch vor, doch das vergeht mit der Zeit. Für die Bediensteten habe ich Obstgärten anlegen lassen und überrede die Dörfler, ein Gleiches zu tun. Der Schutz der Bäume wird auf meinen Gütern ernst genommen. Ja, das Wichtigste ist und bleibt die Aufklärung!«

»Wie man hört, haben Sie sich auch dem Kampf gegen den Alkohol, und damit gegen die jüdischen Schankwirte, verschrieben.«

»Gegen den Alkohol, ja, gegen die Juden, nein. Aus diesem Grund stelle ich in der Brennerei, die noch auf meinen Vater zurückgeht, nur Brennspiritus her. Die von mir eingerichteten Läden stehen unter Majoratsaufsicht. Anfänglich haben die Dörfler unsere Läden nur mit Mißtrauen betrachtet, doch inzwischen hat sich ihr Mißtrauen gelegt.«

»Dann sind ja bei Ihnen die Juden arm dran.«

»Nun, ich vertreibe sie keineswegs von meinen Ländereien. Schließlich, welche Wahl hatte sie denn die ganzen Jahre über. Schenken zu pachten, war das einzige, was man ihnen erlaubte, und reich sind sie dabei nicht geworden, weil die Pacht viel zu hoch angesetzt war.«

Graf Mortęski hörte dem Gespräch zwischen Ćwilecki und dem Majoratsherrn zu, ohne auch nur ein einziges Wort hinzuzufügen. Doch als die Rede auf das Stipendium kam, zu dem auf den Gütern des Majoratsherrn Arbeiter und Bedienstete ihre Beiträge leisteten und das für junge Leute aus ebendiesen Schichten, die sich weiterbilden wollten, bestimmt war, regte sich der alte Magnat erneut auf.

»Sie wollen also den Bankrott dieser Leute«, rief er höhnisch aus.

»Bankrott? Inwiefern? Ich gebe meinerseits die Hälfte der gesammelten Summe dazu und belaste niemanden. Die erforderliche Kleinstsumme von einer jeden Familie beträgt einen Rubel. Denken Sie nur an die Zahl derer, die auf meinen Ländereien arbeiten, und Sie werden mit mir einer Meinung sein, daß so eine beachtliche Summe zusammenkommt. Es gibt unter meinen Bediensteten solche, die freiwillig mehrere Rubel spenden. Die gesamte Verwaltung sowie die Fabrikdirektoren beteiligen sich am Stipendienfonds, und zwar auf die großzügigste Weise. Etliche Jungen studieren bereits von den Geldern des Fonds an höheren Lehranstalten, viele bleiben auf der Schule in Głębowicze, die ganz von mir unterhalten wird. Ich denke nunmehr daran, das gleiche bei den Dörflern zu unternehmen, doch bei denen wird es schwieriger werden.«

»Wird das Spital ebenfalls aus der Majoratskasse finanziert?« fragte erneut Ćwilecki nach.

»Sämtliche wohltätigen Einrichtungen auf meinen Gütern sind für die Dienstleute kostenlos. Ich kann es mir erlauben. Der Arzt und die Feldschere werden ebenfalls aus der Majoratskasse bezahlt.«

»Sie machen die Leute bloß kopfscheu«, warf Mortęski ärgerlich ein. »Niemand wird Ihrem Beispiel folgen.«

»Damit macht man keinen übermütig, weil eine gewisse Zucht erforderlich ist. Arbeiter und Dienerschaft verdanke ich meine Einkünfte, folglich ist es an mir, gut für sie zu sorgen.«

»Mit einem Wort, lauter Initiativen«, fauchte der alte Graf. »Ich begreife einfach nicht, woher bei Ihnen diese demokratische Philanthropie kommt, denn von Ihren Vorfahren ererbt ist die auf keinen Fall.«

»Doch, mein Herr, ein bißchen ererbt schon. Von mütterlicher Seite«, entgegnete Waldemar. »Sie haben meine Mutter gut gekannt. Für die breiten Volksmassen war deren Sympathie stets groß, und sie wollte für die das Beste. Auch mein Großvater ist ein human denkender und handelnder Mann.«

»Bei Ihnen aber ist das extrem. Meiner Meinung nach haben die letzten, Sie persönlich betreffenden Geschehnisse kräftigen Einfluß auf Ihre Überzeugungen gehabt. Sie desertieren aus unseren, den aristokratischen Kreisen.«

»Ich gehe nur in offener Ordnung vor«, lachte Waldemar leicht nervös. Er ahnte schon, was noch kommen sollte.

Doch der Graf beendete den Satz, indem er stürmisch ausrief: »Nein! Sie desertieren, indem Sie ganz unverhohlen zur Demokratie überschwenken. *Voilà!* Hier liegt der Kern der Sache.« In Mortęskis Stimme schwangen boshafte Untertöne mit.

Waldemars Miene wirkte gelangweilt, doch die grauen Augen funkelten, als er hinwarf: »Herr Graf«, er versuchte ruhig zu bleiben, »sogar wenn es jene Einflüsse gäbe, könnte ich in dem Sinne erst seit einem halben Jahr handeln, während ich in Wahrheit Verbesserungen auf meinen Besitzungen seit nunmehr zehn Jahren durchführe. Und genausolange mit meinen Ideen nicht hinterm Berg gehalten habe.«

Ćwilecki reckte sich und sagte bedächtig, wenn auch mit dem lebhaftesten Gesichtsausdruck: »Ja. Da muß ich dem Majoratsherrn beistehen. Seine sozialen Vorstellungen sind nicht erst seit heute bekannt... Tatsächlich verbreitet er sie seit langem, und das in Wort und Schrift. Wir haben immerhin seine Artikel, die eine Menge interessanter Fragen anschneiden. Seine Aufrufe unter Überschriften wie ›*Was tun wir für unser Land*‹, ›*Weisen wir unsere Sendung nicht zurück!*‹ und ähnlichen mehr zeigen eine kühne Feder, sind realistisch und legen ihrem Verfasser Ehre ein.«

Waldemar dankte ihm mit einem ernsten Neigen des Kopfes und fuhr mit seinen Gedanken fort: »Der Herr Graf sieht mich jedoch merkwürdig an und verdächtigt absolut grundlos Personen, die keineswegs zur Radikaldemokratie tendieren und... keinerlei Einfluß der erwähnten Art auf mich ausüben. Meine Ansichten sind ein Teil meines tiefsten Inneren. Von Kind auf sind sie gekeimt, und die Universitätsjahre sowie eigene Überlegungen haben sie wachsen und sich entfalten lassen. Und die Reisen! Nachdem ich bei den anderen die Ordnung kennengelernt hatte, schämte ich mich der Situation im eigenen Land und begann zu handeln. Die auf meinen Gütern erzielten Ergebnisse sind zufriedenstellend, doch ich strebe Resultate an, die die gesamte Sozialstruktur umfassen.«

»Um den Ruf eines Anführers zu erlangen, eines Häuptlings«, fauchte Mortęski boshaft.

Waldemar zuckte die Achseln. »Was Sie da sagen, ist Ihrem Ansehen nicht eben zuträglich, Herr Graf. Ich strebe keine Diktatur an, sondern möchte meine Ideen verwirklichen. Angesichts des riesigen Ausmaßes sozialer Not sind meine Vorhaben ein Tropfen auf den heißen Stein. Ich sehe, Sie haben sich von unfreundlichen Strömungen mitreißen lassen, lieber Graf. Schade, daß ich in Ihnen keinen Parteigänger habe, da für die allgemeine Sache Solidarität vonnöten ist. Ich für mein Teil, weiche keinen Schritt und werde die, die mir vertraut haben, um keinen Preis enttäuschen. Verzeihen Sie, wenn ich zu offenherzig war, es ging um meine Prinzipien. Ich bin sicher, daß Ihnen bei näherem Hinsehen und nach genauer Überlegung meine Anschauungen in einem anderen Licht erscheinen werden. Ich wünsche Sie mir aufrichtig als Freund, nicht als Feind.«

Ćwilecki streckte in lebhafter Geste dem Majoratsherrn seine Hand entgegen. »Was mich angeht, so stehe ich ganz zu Ihren Projekten. Und ich verspreche Mitwirkung, wo es um Aufklärung und Bildung geht, nicht um der Ambition willen, sondern aus einem tiefempfundenen Bedürfnis heraus. Die Richtung mögen Sie vorgeben, da ich nicht kompetent genug bin. Vielleicht schreibe ich mich auch in den Zirkeln ein, sofern Ihnen deren Installierung gelingt. Das heißt natürlich, soweit ich tauglich bin.«

Waldemar drückte die ihm dargebotene Hand herzlich. »Ich danke vielmals für den guten Willen.« Er läutete. »Das Frühstück, bitte.«

»Es ist bereits serviert«, erwiderte der Diener Andrzej.

»Die Herren gestatten.«

Bei Tisch unterhielt man sich über Belanglosigkeiten. Graf Mortęski wirkte ertappt.

Als der Landauer aus Szały eine Stunde später den Schloßhof umrundete, murmelte Waldemar, der seinen Gästen nachsah, vor sich hin: »Von Barski angestiftet. Ein nicht zu unterschätzender Feind.«

26

Durch die grünenden Felder von Głębowicze, durch die blühenden Wälder ritt der Majoratsherr im Überschwang seines Glücks und war zum erstenmal in seinem Leben überwältigt von der Schönheit seines Landes in der Frühlingspracht. Seine Augen leuchteten, wenn sie in die Ferne schweiften oder ins Grün tauchten, tief sog seine Nase die Gerüche ein. Sein Sinn war leicht und unbeschwert, fast berauscht, und wonnigliche Träume erfüllten seine Seele. Nur noch wenige Wochen bis zur Hochzeit! Während er auf seinem feurigen Rappen Apollo dahingaloppierte, weilten seine Gedanken verträumt bei Stefa. Er liebte sie so maßlos, jeder Nerv war von ihr wie berauscht, sein Herz füllte sie ganz aus, seinen Kopf, seine Sinne. Außer dem Medaillon und der Kabinettaufnahme, die er bei sich trug, hatte er ihr Porträt über dem Schreibtisch, in jenem weißen Kleid, das sie zusammen mit den Perlen bei ihrer Verlobung getragen hatte. Wenn er das Bild anschaute, stieg ihm ihre Schönheit zu Kopf, und daß er bald schon mit dem so heiß geliebten Wesen eins sein würde, brachte ihn fast um den Verstand. Sein feuriges Temperament, das er nicht anders zu befriedigen vermochte, jagte ihn voran, auf dem Pferderücken durch Feld und Flur; er gab Apollo die Sporen, setzte über Gräben hinweg, ritt steile Hänge hinauf, übersprang Zäune. Es war ein toller Ritt, kühn, wagemutig, phantasievoll.

Während eines solchen Ritts traf der Majoratsherr einmal auf Rita, ebenfalls zu Pferde. Er begrüßte sie fröhlich. Sie betrachtete ihn einen Moment lang, schließlich sagte sie: »Sie toben sich aus, nicht wahr?«

Lachend ließ er seine weißen Zähne blitzen. »Austoben? Das ist viel zu wenig: Ich rase!«

»Wie glücklich Sie doch sind«, seufzte sie. »Wann fahren Sie wieder zu ihr?«

»Zu Stefa? Kurz vor der Hochzeit, in zwei Wochen also. Ich hole sie aus Ruczajew fort.«

»Die Trauung findet demnach mit Bestimmtheit in Warschau statt?«

»Ja, am achten Juni. Morgen fahre ich in die Hauptstadt.«

»Sie? Wozu?«

»Für Stefa Brillantschmuck kaufen. Es soll ein persönliches Geschenk werden, neben dem Familienschmuck. Und wann ist Ihre Hochzeit?«

»Ach, meine! Im Juli. Doch die unsere wird eine stille sein, in der Kapelle von Obronny. Dagegen wird die Ihre in Warschau Sensation machen!«

»Stefa hat eine stille Trauung gewollt, doch ich habe sie überzeugt. Es soll so feierlich wie nur irgend möglich werden. So prachtvoll wie es nur geht, denn die Feierlichkeit ist für uns schon allein deshalb groß, weil es sie überhaupt gibt.«

»Mit Sicherheit! Prunk ist angesagt, um dem Glück zu entsprechen und die Aristokratie auf die Palme zu bringen.«

»Oh, die ist mir nun wirklich herzlich egal.«

»Nehmen Sie Ihre Pferde und Equipagen?«

»Ja, die vier Viererzüge und die Karossen.«

»Und die Trauung wird wann sein?«

»Abends, bei den Visitinerinnen, dann das abendliche Festmahl im Palais von Großmama Podhorecka, und am Morgen darauf die Fahrt nach Głębowicze. Auf Ihrer Hochzeit werden schon wir beide anwesend sein. Was treibt denn Ihr Verlobter so?«

Fräulein Rita lachte. »Ach! Edmund ist drollig! Er richtet Ożarów neu ein. Ich muß ihn an die Zügel nehmen, solches Theater veranstaltet er – vor allem für mich einen extra Pferdestall, weil ich meine Pferde mitbringe. Treska ist ein wahrhaft guter Mensch. Es entwaffnet mich einfach, daß er mich so unglaublich liebt.«

»Wie wahr«, bestätigte Waldemar. »Und dabei tatsächlich ein guter Mensch, und Sie haben ihn auch schon ein wenig gebändigt.«

»Danke fürs Kompliment! Ich habe nie von einem Ehemann geträumt, den ich bändigen müßte.«

»Aber Sie wären bei jedem dazu in der Lage.«

Fräulein Ritas Blick war herausfordernd, als sie kommentierte: »Na, Sie ja wohl nicht ...«

Er schmunzelte. »Ach, nun ja, ich lasse mich von niemandem bändigen.«

»Von Stefa auch nicht?«

»Sie besänftigt mich auf andere Weise, sie beruhigt – das ist etwas anderes ...«

Sie verabschiedeten sich. Waldemar galoppierte davon, Rita trabte in die entgegengesetzte Richtung. Dicht über die Mähne von Buckingham gebeugt, flüsterte sie leidenschaftlich: »Immer stolz! Und dieser undefinierbare Zauber. Ich läge ihm zu Füßen, wäre gern seine Dienerin, Sklavin, wenn ich ihn nur ... wenn ich ihm nur gehören könnte.« Treska wurde kleiner in ihren Augen, verkümmerte, schwand.

Waldemar kehrte nach Głębowicze zurück. Dort waren alle

ungemein geschäftig. Auf Geheiß des Majoratsherrn sollte es im Park, in den Blumengärten, auf den Terrassen noch schöner werden als all die Jahre zuvor.

In Słodkowce war die Stimmung ebenfalls heiterer. Frau Idalia war mit Łucia in besserer Laune aus Frankreich zurückgekehrt. Sie durfte nun keine Unzufriedenheit mehr zeigen angesichts der unerschütterlichen Ruhe ihres Vaters und der Fürstin. Łucia schrieb leidenschaftliche Briefe an Stefa. Ungeduldig erwartete sie die Hochzeit und freute sich, daß das junge Ehepaar im Sommer nicht ins Ausland reisen würde. Die Riviera hatte keinen günstigen Einfluß auf das Mädchen gehabt, hatte nicht einmal ein paar angenehme Eindrücke hinterlassen – hauptsächlich deshalb, weil Łucia sich in ständiger Unstimmigkeit mit der Mutter befand. Słodkowce und Waldemar beruhigten sie. Der junge Majoratsherr war ihr Abgott; neuerlich verhielt er sich ihr gegenüber viel herzlicher, nahm sie vor der Mutter in Schutz und unter seine Fittiche. Łucia hatte endlich jemanden, dem sie sich anvertrauen konnte, sie glaubte an Waldemar rückhaltlos. In einem ihrer Briefe brüstete sie sich vor Stefa der Majoratsherrengunst. Stefa war hoch erfreut. Łucia war ihr immer wie eine Schwester gewesen. Einzig und allein die Baronin beunruhigte sie noch. Die hatte ihre exklusiven Prinzipien.

27

Stefa lebte jetzt unentwegt in fieberhafter Spannung. Die näher rückende Vermählung mit dem Majoratsherrn versetzte sie in Aufregung, eine sinnbetörende Unruhe hatte sie erfaßt, die sich manchmal in Besorgnis verwandelte, sie sogar mit Traurigkeit erfüllte. Sie war die Braut des Majoratsherrn, doch als seine Ehefrau konnte sie sich nicht vorstellen. Das schien ihr ein zu großes Glück, als daß es nicht Unglück heraufbeschwören müßte. Sie nahm wahr, wie sich der Frühling entfaltete, berauschte sich daran wie vor einem Jahr im Wäldchen von Słodkowce, dennoch war es jetzt ein ganz anderes Gefühl. Poetischer vielleicht, doch nicht mehr so unbefangen, leicht melancholisch. Sie wunderte sich über ihre Anwandlungen von Furcht, konnte sie sich nicht erklären, aber auch nicht verhindern. Wie ein hauchfeines Netz zog sich diese Furcht enger und enger um sie zusammen. Vor ihrem inneren Auge tauchten Bilder auf, die sie erschreckten, sich ihrer Seele einprägten und trübe Vorahnungen zeitigten.

Und die Sehnsucht! Stefa sehnte sich nach Waldemar. Die der Sehnsucht zugrundeliegenden Empfindungen sind still, süß, sie sind stumme, zärtliche Regungen, verbunden mit ein wenig Groll, Bitterkeit und Wehklage. Wenn man sich sehnt, ist die Vielfalt der Eindrücke so groß, daß man selbst nicht weiß, wie einem ist, denn man kann fröhlich und traurig zur gleichen Zeit sein, liebevoll und schroff – all das schließt das eine einzige Wort Sehnsucht ein! Waldemars Briefe waren ausführlich, voller Leidenschaft, und sie beruhigten Stefa. Doch bald gelangten andere in ihre Hände – anonyme Briefe. Sie erzählte keinem davon, doch ihre Ängstlichkeit nahm zu. Sie lauerte nun auf die Post, und oft genug fischte sie für sich Schreckliches heraus. All diese Fetzen menschlicher Niedertracht gaben ihr zu verstehen, daß sie nichts weiter als eine kleine Schlachtschitzin sei, eine, die sich Rechte anmaßte, die ihr nicht zustanden, und die auf die Millionen des Majoratsherrn aus war, auf seinen Namen und die Fürstenmitra im Wappen; eine, die vom Titel »Majoratsherrin« träumte.

Man versuchte sie davon zu überzeugen, daß der Majoratsherr sie heiraten wolle, um die Vergangenheit wiedergutzumachen, daß er die Fehler seines Großvaters korrigieren wolle, doch eine Mesalliance einginge, was ihm selbst nur zu gut bewußt sei, so daß er mit solcherart Eingeständnissen im Kreis der Aristokratie nicht hinterm Berg halte.

Stefa glaubte das nicht, doch das Gift tröpfelte in ihre Seele. Und dieses Gift wurde ihr unablässig eingeflößt. Sie quälte sich, prüfte und prüfte ihr reines Herz. Ein paarmal wollte sie Waldemar schon von den anonymen Briefen in Kenntnis setzen, aber sie fürchtete sich. Der ungestüme Charakter des Majoratsherrn mochte zu einer Eskalation führen, die Taktgefühl und Kaltblütigkeit restlos zunichte machte. Stefa wollte sich dem nicht aussetzen. Die kühn abgefaßten Anonyma verrieten sogar ihre Verfasser. Nur die Barskis und Gräfin Ćwilecka kamen in Frage, denn zu solcherart Briefschaft brauchte es ein besonderes Talent und ein ungemeines Maß an Niedertracht. Niemand sonst aus der Aristokratie wäre zu einer so schmutzigen Intrige fähig gewesen. Wenn Stefa auch hinsichtlich der Schreiber kaum Zweifel hegte, so war das Netz der Intrige doch meisterlich gesponnen. Die fortwährend wechselnde Handschrift irritierte Stefa in höchstem Maß. Und mit jedem Brief, den sie erhielt, zweifelte sie mehr am menschlichen Anstand und verdächtigte Personen über die Barskis und die Ćwilecka hinaus. Es gab keine schmutzigen Worte in diesen Briefen, wie das in anonymen Schreiben sonst häufig der Fall ist, aber die Gedanken war schmutzig, die dort in eleganter Form zum Ausdruck gebracht wurden. Die Verfasser präsentierten sich nicht als gute Freunde – im Gegenteil, sie schleuderten ihr ihre Verachtung mit einer Rücksichtslosigkeit ins Gesicht, als seien sie die Herren der Welt. Jede elegante, ironisch verbrämte Wendung verletzte Stefa, der Haß der Oberschicht schlug ihr mit jedem Wort entgegen, war darauf ausgerichtet, sie zu zerschmettern. Stefa fühlte sich hin und her gerissen. Die Liebe zu Waldemar, ihr Verlangen, ihn glücklich zu sehen, und die Furcht, daß ihre Liebe seinen Frieden zerstören könnte, rangen verzweifelt miteinander. In ihrer fieberhaften Einbildung sah Stefa Waldemar niedergeschlagen und resigniert, und diese Vision setzte ihr fürchterlich zu. Seinen Gefühlen für sie traute sie fest, der Glaube an ihn schwankte nicht einen Moment, doch die Angst, sie könnte sich als das Unglück seines Lebens erweisen, ließ sich nicht abschütteln. Er würde sie beschützen vor sämtlichen Attacken, doch was war mit ihm selbst? Würde er nicht letztendlich den Seinen entfremdet und schließlich Groll gegen sie hegen, die das alles verursacht hatte? Würde sich das Schicksal nicht gegen sie wenden? Sich an ihr rächen für das Übermaß an Glück im Augenblick?

»Gott, gib mir Kraft. Leite mich! Erbarme dich!«

In den schrecklichsten Momenten schrieb sie lange Briefe an Waldemar, in denen sie ihm alles offenbarte, doch dann fehlte ihr der Mut, sie abzuschicken, und sie steckte sie in die Schreibtischschublade. Ihr Gesundheitszustand verschlechterte sich, sie litt immer häufiger unter quälenden Kopfschmerzen.

Die Rudeckis, die nichts von den anonymen Briefen wußten, konnten nicht verstehen, was mit Stefa los war; sie vermuteten als Ursache ihr lebhaftes Temperament und die Sehnsucht nach dem Verlobten. Vielleicht war ja auch die in Bälde ins Haus stehende Eheschließung für sie ein Grund zur Aufregung...

Daß Stefa eine gewisse Scheu vor den Kreisen des Majoratsherrn hatte, wußten die Rudeckis, doch da sie die Tochter von Aristokratie umgeben gesehen hatten, wären sie nie auf die Idee gekommen, daß sie Ängste ausstand. Die Kraft des Majoratsherrn, seine Selbstsicherheit, seine Liebe zu Stefa, vor allem seine herausragende Position innerhalb der eigenen Gesellschaftsschicht ließ alle Zweifel schwinden, daß er für Stefa der Mann war, der ihr ein Leben lang Schutz und Beistand bilden würde. Herr Rudecki hatte von Fräulein Rita erfahren, wie das Ringen des Majoratsherrn mit der Familie in Obronny verlaufen war. Und er war sich des Glücks seiner Tochter gewiß. Der Majoratsherr, der die Feiertage über in Ruczajew verbracht hatte, hatte ihn gebeten, nichts an Stefa heranzulassen. Er war sich nicht sicher, doch warnte er für alle Fälle, in Vorahnung einer möglichen Rache der Barskis.

Die anonyme Briefe jedoch gelangten erst, wie absichtlich, in Stefas Hände, als Herrn Rudeckis Wachsamkeit schon nachgelassen hatte. Am liebsten hätte Stefa all diese schmähenden Episteln zerrissen, doch etwas wie ein Schmerz hielt sie davon zurück.

Nächtelang lag sie schlaflos; ihre sonst immer so frischen roten Lippen waren jetzt fiebrig aufgesprungen, ihre Augen verloren den Glanz. Das junge Mädchen war ständig gereizt, was man sonst nicht von ihr kannte. Ganze Tage verbrachte sie mit Waldemars Briefen im Garten oder draußen auf freiem Feld. Häufig brachte sie von ihren langen Spaziergängen Blumensträuße und eben erblühte Zweige mit nach Hause. Ihr Zustand verschlechterte sich zusehends. Vor den Eltern verbarg sie ihren Schmerz, so gut sie konnte, da sie sah, wie sehr diese sich ihre Verfassung zu Herzen nahmen. Sie schmiegte sich an sie, erstickte die Tränen. Nur ihr Bruder Jurek sah sie ein paarmal weinen, aber sie bat ihn, nichts den Eltern zu sagen.

»Mama und Papa werde ich nichts sagen, weil sie sich sonst

Sorgen machen«, bemerkte er resolut, »doch Herrn Waldemar schreibe ich, wenn ich dich noch einmal heulen sehe. Er wird dir schon ordentlich den Marsch blasen. Was fällt dir eigentlich ein. Hier rumzuflennen, wo du einen solchen Pfundskerl zum Verlobten hast? So couragiert und gut, und das ist noch immer nicht genug? Du bist vielleicht undankbar! Wenn du diesen Treska zum Mann nehmen würdest, kriegte ich auch das Heulen, denn dem fällt doch dauernd der Zwicker von der Nase, und er setzt ihn immer wieder auf und schneidet blöde Gesichter. Aber plärren wegen des Majoratsherrn? Stefa, Stefa!«

Eines Nachmittags traf ein Brief von Waldemar aus Warschau ein. Dieser Brief riß sie aus ihren schmerzlichen Grübeleien: In zehn Tagen heiraten wir? So schnell! Und auf einmal kam ihr das regelrecht absurd vor, und sie wiederholte laut: »In zehn Tagen heiraten wir ... Waldemar und ich ... Waldek ...« Und leiser: »Waldemar Michorowski, Majoratsherr von Głębowicze, und ich – ist das möglich?«

Er würde kommen und sie nach Warschau mitnehmen, alle würden fahren ... Sie wird seine Frau, eine Michorowska. Und dann? Was wird dann sein? Glück oder Leid?

Nervös lief sie durch den Garten. Ihre Füße rührten die weißen Blütenblätter der Kirschen auf, die den Boden wie einen Brautteppich bedeckten. Blütenduft lag in der Luft. Stefa blickte versonnen auf den Schmetterlingsschwarm, der um die blühenden Zweige schwebte, und nur halb nahm ihr Ohr das Summen der Bienen und das Zwitschern der Vögel, das Gurren einer Wildtaube, den Ruf des Kuckucks wahr.

Genauso ist es vor einem Jahr im Wäldchen von Słodkowce gewesen, ging Stefa durch den Sinn. Bald würde sie für immer auf Głębowicze leben. Frühling auf Głębowicze ... Mit ihm ... Waldek und ich. Mein Gott, soviel hat sich geändert in diesem einen Jahr!

Mit einem Strauß Maiglöckchen kehrte Stefa auf ihr Zimmer zurück. Der bescheidene Raum sah wie ein Garten aus, denn der Majoratsherr schickte seiner Braut allwöchentlich Blumen, entweder aus Głębowicze oder aus Warschau. Selbst aus St. Petersburg, wo er sich einige Tage in Angelegenheiten des Landwirtschaftsverbandes aufhielt, sandte er duftende

Grüße. Und Brüderchen Jurek brachte Arme voll Feldblumen herbei, Schüsseln mit Vergißmeinnicht und Teichrosen, die er mühevoll aus dem Wasser angelte. Sogar Zosia bedachte sie ab und an mit einer Handvoll zerdrückter Narzissen, wobei sie mit trauriger Miene plapperte: »Du fährst ja nun bald weg von uns mit dem hübschen Herrn ... Zosia hat dir Blümchen gepflückt, damit du sie immer lieb hast. Hast du doch, nicht?«

Diese Beweise der Zuneigung ihrer kleinen Geschwister rührten Stefa sehr, und wenn sie ein paar Stiefmütterchen mit Gras gebunden auf dem Tisch sah, lächelte sie und dachte: Bestimmt ein Geschenk von Zosia. Ich gehe gleich mit ihr spielen.

Doch dann vergaß sie ihr Vorhaben; ihre Schritte lenkten sie in andere Richtung, hin zum Kleiderschrank, wo ihr Brautkleid hing, das man vor ein paar Tagen aus Warschau geschickt hatte. Sie nahm es heraus und breitete es auf dem Sofa aus. Die Kreation war zauberhaft, ein Traum aus weißem Atlas und hauchdünnem Chiffon. Der lange Chiffonschleier verlieh dem ganzen etwas Majestätisches. Die junge Braut stellte die zierlichen Atlasschuhe daneben aufs Sofa, und lange ruhte ihr Blick auf der festlichen Gewandung, die einem Engel zugehörig schien. Doch unvermutet tauchte sie aus ihrer Versunkenheit auf und sprach laut vor sich hin: »Ich ziehe es an. Ich will sehen, wie es ist.«

Sie fing an sich anzukleiden, sogar den langen Schleier steckte sie sich auf, umwand ihn auf ihrem Haar mit einem Kranz aus Maiglöckchen. Der eigentliche Hochzeitskranz und der Handstrauß sollten frisch aus der Orangerie in Głębowicze geliefert werden.

Als sie im hohen Standspiegel ihr Abbild erblickte, erstrahlte ihr blasses Gesichtchen vor Freude. Lange Zeit konnte sie nicht den Blick wenden von ihrem Spiegelbild. Das Kleid, von vornehmer Bescheidenheit, saß wie angegossen. Der leichte, luftige Chiffon umschwebte sie wie weißer Nebeldunst, und der üppige, weich fallende Schleier hob die feinen Züge ihres Antlitzes eindrucksvoll hervor. Glücklich leuchteten ihre Augen. So jung und zauberhaft stand sie da, als wäre sie eben den Wolken entflogen, dem Rosenrot und sanften Azur der himmlischen Höhen.

Für ihn kleide ich mich so, dachte sie voller Wärme. Was wird er sagen, wenn er mich so sieht?

Stefa blinzelte, und Waldemar stand in ihrer Phantasie leibhaftig vor ihr: Schwarzer Frack, weiße Hemdbrust, eine Orangenblüte im Revers neigte er sich zu ihr und sagt in seinem melodischen Bariton: »Meine Einzige, mein Kleines! Wie bezaubernd du bist, mein Wunder ...«

Und seine stolzen Lippen beben und das ganze schmale Männergesicht nimmt den Stefa wohlbekannten milden, liebevollen Ausdruck an, den nur sie in den energischen Zügen hervorzurufen vermochte. Stolz und Triumph blitzen aus seinen grauen Augen, heißes Blut wallt auf. Er hatte sie errungen, er würde sie besitzen. Stefa lächelte unwillkürlich; die Augen nun weit geöffnet, flüsterte sie: »In zehn Tagen ist es soweit. Ja, schon. Wovor fürchte ich mich? Soviel Glück ...«

Frau Rudecka betrat das Zimmer. Ein leiser Aufschrei entfuhr ihr beim Anblick der Tochter. Eine Weile stand sie nur da und schaute, dann streckte sie die Hand nach ihr aus: »Wie wundervoll du aussiehst, meine kleine Stefa!«

»Ob er das wohl auch sagen wird, Mama?«

»Ja, du bist reizend, dein Waldek wird aufs neue von dir hingerissen sein!«

In dem Moment tauchte Herr Rudecki mit einem Brief in der Hand auf. »Stefa! Ach!« Er wirkte hoch erfreut. »Phantastisch!«

»Majoratsherrin Michorowska«, sagte die Mutter gedehnt und genoß den Klang der Worte. Stefa zuckte zusammen. Der Vater umarmte und küßte sie. »Nun, vorläufig ist sie noch ein Fräulein Rudecka. Keine Titulierungen vor der Zeit«, sagte er mit leichtem Stirnrunzeln und händigte der Tochter den Brief aus.

»Sieh mal, schon wieder ein Brief für dich. Doch es ist nicht die Schrift des Majoratsherrn. Ich habe ihn eben erst zwischen den Zeitungen gefunden.«

Stefa suchte nach der Adresse. Das Kuvert war elegant, das Schriftbild anmutig, aber unbekannt.

»Von wem?« erkundigte sich die Mutter.

»Vermutlich aus Słodkowce.« Dabei wußte sie nur zu gut, daß der Brief nicht von dort kam. »Ich ziehe mich erst um.«

Herr Rudecki ging hinaus. Die Mutter half der Tochter beim Auskleiden, dann gab sie ihr einen Kuß und entfernte sich ebenfalls.

Bebend öffnete Stefa das Kuvert. Sie suchte die Unterschrift – es gab keine. Statt eines Namens stand klar und deutlich geschrieben: »Einer für alle.«

Stefa preßte die Fingerspitzen gegen die Schläfen, dann biß sie fest die Lippen aufeinander und fing an zu lesen; das Herz klopfte ihr bis zum Halse: »Sehr verehrte Dame! Wir sind ungemein verwundert, daß Sie trotz mehrfacher Warnung entschlossen sind, die Gemahlin des Majoratsherrn Michorowski zu werden. Sehen wir einmal von dem Egoismus ab, der Ihnen diesen allzu dreisten Schritt nahelegt. Um der eigenen anmaßenden Bestrebungen, der Befriedigung hochgeschraubter Ambitionen willen zögern Sie nicht, den Majoratsherrn unglücklich zu machen. Allem Anschein nach glücklich, wird dieser ein gebrochener Mensch sein. Sie nehmen ihm die Freiheit, lassen seine gesellschaftliche Stellung auf ein Minimum schrumpfen, denn vor der Welt verliert er seinen Glanz. Der Majoratsherr begreift nicht, was er aufs Spiel setzt, er bringt ein zu großes Opfer, um die von seinem Großvater abgebrochene Liebelei wiedergutzumachen. Weder Herr Maciej Michorowski noch der gegenwärtige Majoratsherr haben solchen Skandälchen je Beachtung geschenkt. Der Majoratsherr ist verblendet, Ihre Schönheit erregt ihn, und weil er Sie nicht zu seiner Geliebten machen konnte, erobert er Sie auf diese Weise, ohne sich der Folgen bewußt zu sein. Die Zeit der Besinnung kommt, und dann wird er den Augenblick verfluchen, da er sich zu diesem wahnwitzigen Schritt entschloß. Der Hochadel rächt sich, wenn seine Gesetze verletzt werden. Man darf sich nicht an seiner über die Jahrhunderte geheiligte Tradition vergreifen! Wer gegen ihn ankämpft, trägt eine Niederlage davon. Rechnen Sie nicht mit unserer Zuvorkommenheit gegenüber einer Person wie der Ihren als Majoratsherrin. *Ce ressemble un peu mal.* Die ersten Monate werdet Ihr einander genügen – der übliche Rausch *du mois de miel*, doch sobald der Majoratsherr aus seiner Liebestrunkenheit erwacht ist, wird er nur allzubald einsehen, daß er in die Falle gegangen ist.

Wenn er so unverschämt sein will, Sie in unsere Kreise einzuführen, bitte, Sie dürfen sicher sein, daß wir Sie nicht aufnehmen. Auf neutralem Boden sind wir uns begegnet, das war möglich, doch nähere Beziehungen kann es zwischen uns nicht geben. Es wird für den Majoratsherrn zu spät sein, wenn er sich davon überzeugt. Und dann wird auch Ihre Lage eine traurige sein. Sie sind und bleiben für die Aristokratie eine Aussätzige, trotz Ihrer Schönheit. Wir warnen Sie ein letztes Mal.

Einer für alle.«

Stefa richtete sich auf.

Dann wurde ihr schwindelig, heiß und dann wieder eiskalt. Mit zitternden Händen schob sie den Brief ins Kuvert zurück, das sie beinah unwillkürlich in die Schreibtischschublade steckte. Sie strich sich über die Stirn, ihre Handfläche fühlte sich feucht an. Vor ihren Augen begann es zu flimmern, eine leichte Übelkeit überkam sie, und in ihrem Kopf hämmerte es.

Schwankenden Schritts näherte sie sich dem Fenster und starrte trüben Blicks in den blühenden Garten. »Eine Aussätzige ...« Auf einmal mußte sie lachen. Sie lachte und lachte und konnte nicht aufhören, und Schluchzen mischte sich in ihr Gelächter.

»Sie lügen!« Der Lachanfall raubte ihr den Atem. »Die haben Angst vor ihm. Ihm müssen sie nachgeben. Jawohl, das müssen sie. Er läßt es nicht zu ... Er bezwingt sie. Sie haben Angst vor ihm, das ist es. Ach! Ach!«

Sie ließ sich auf ihr Bett fallen und beruhigte sich allmählich. Wie bei einem Kind, das jeden Augenblick zu weinen anfängt, verzog sich ihr Gesicht. Sie schien nichts um sich herum wahrzunehmen. Den Blick starr auf die große Photographie ihres Verlobten gerichtet, die inmitten von Blumen auf dem Schreibtisch stand, flüsterte sie mit zärtlicher, immer leiser werdender Stimme vor sich hin: »Waldek, mein ein und alles, werde ich dich tatsächlich unglücklich machen? Du bist so tapfer. Du liebst mich. Du, du ...«

28 In Warschau saßen im Restaurant ihres erstklassigen Hotels der Majoratsherr und Brochwicz an einem Tischchen. Waldemar aß nicht, sondern trank eine Menge. Er war ein wenig gedrückt. Das Abendessen ermüdete ihn.

»Du fährst also morgen?« sprach ihn Brochwicz an.

»Ich denke sogar daran, heute noch zu fahren.«

Brochwicz warf einen Blick auf seine Uhr. »Du könntest es schaffen, aber das ist doch Unsinn. Ich rate dir zu morgen. Hast du alles erledigt?«

»Absolut alles.«

»Ich ebenfalls. Nun, den Tag bekommen wir morgen auch noch herum, wir besuchen Bekannte, und abends geht's heimwärts. Deine Hochzeit ist ja in einer Woche, oder?«

»Ja. Ich fahre direkt nach Głębowicze, schicke Pferde, Kutschen, Blumen voraus, treffe die letzten Anordnungen und begebe mich dann nach Ruczajew.«

»Um die Braut heimzuholen«, fügte Brochwicz hinzu. »Ach, du bist ein Glückspilz. Ihr alle verheiratet euch *en foule*, nur ich harre aus im Zölibat.«

Waldemar hob das Champagnerglas an die Lippen. »Wer verbietet dir, unserem Vorbild zu folgen, mein Bester?« sagte er und zuckte mit den Brauen.

Brochwicz winkte ab. »Mich interessieren alle Frauen, folglich kann ich mich für keine entscheiden.«

»Das war bei mir genauso und jetzt, wie du selber siehst, bin ich am Ziel.«

»Eine Kleinigkeit! Deine Stefa ist ein Goldfisch, da fiel ja wohl die Wahl nicht schwer. Was für Juwelen hast du gekauft?«

In seinem Appartement zeigte Waldemar Brochwicz die Schmuckstücke: eine Halskette aus Brillanten, die beinah haselnußgroß waren, und dazu passend eine Brosche mit einem großen Smaragd, ein Armband, ein Diadem und Brillantohrringe.

Brochwicz konnte nur den Kopf schütteln. Schließlich sagte er: »Hat sicher ein hübsches Sümmchen gekostet. Warschau hat von dir profitiert. Ich habe gar nicht gewußt, daß man hier derart prachtvolle Schmuckstücke feilbietet. Die Fassung ist geradezu märchenhaft.«

»Ja, ich habe sie anfertigen lassen.«

Er steckte das Etui weg und griff sich an den Kopf.

»Waldek, hör mal, was hast du? Du bist so seltsam. Leg dich ein bißchen hin«, sagte Brochwicz.

Sichtlich nervös marschierte Waldemar im Zimmer auf und ab. »Weißt du was, ich fahre doch wohl lieber heute: Irgend etwas macht mir zu schaffen.«

»Du bist krank?«

»Natürlich nicht!«

»Na, dann bleib! Ich denk mir mal, das sind so voreheliche Momente. Ich habe sie noch nicht durchgemacht, aber ich verstehe, *cela va sans dire*! Das stolze Junggesellenleben wagt sich forsch ins Dachgeschoß und natürlich hat es eine Heidenangst. Eine Ehe ist verlockend, aber, wie immer man es nimmt, es bedeutet ein für allemal Etappe, keine Kavallerie mehr! Das muß ja Aufruhr und Verwirrung in den Gedanken stiften. *Veni Creator* kuriert dich, du wirst sehen.«

Der Majoratsherr brach in Gelächter aus. Zufrieden, daß er den Freund aufgeheitert hatte, streckte sich Brochwicz auf dem kleinen Sofa aus, faltete die Hände auf der Brust und sagte vergnügt: »Ach, wann werde ich wohl mein Junggesellentum begraben, und wer wird die künftige Gräfin Brochwicz sein? Das würde ich gern wissen. Waldek, wie liebst du deine Stefa? Vor allem platonisch? Und – glaubt sie daran? Ich nämlich nicht. Deine Verlobte ist intelligent und zählt nicht zu der scheußlichen Sekte der äugleinsenkenden Unschuldslämmer. Ja, bei euch beiden gibt es eine Menge Ideal, aber ...«

»Mein Lieber«, unterbrach ihn Waldemar, »sowohl ich als auch meine Braut sind sich klar darüber, daß eine ganz und gar platonische Lieben zwischen einem Mann und einer Frau eine Legende ist wie die Blüte des Farns: Man wartet, daß sie erblüht, man glaubt, daß es sie gibt, doch gesehen hat sie tatsächlich noch keiner!«

»Bravo!« rief Brochwicz enthusiastisch, »und man muß einen leidenschaftlichen, romantischen Kopf haben, um an etwas zu glauben, was nicht existiert. Adam hat zu Eva ebenfalls ein rein platonisches Verhältnis gehabt, solange sie ihm nicht aus der Rippe gekrochen kam; später soll sich seine Meinung geändert haben.«

»Und dennoch«, warf Waldemar ein, der bei dem Thema sichtlich in Schwung kam, »Jahrhunderte sind dahingegangen, und Jahrhunderte werden kommen, die Liebe wird unabänderlich die Herzen der Menschen beunruhigen und das Blut in Wallung bringen. Es gab sie in der Steinzeit nicht minder als in der heutigen Kultur. Nur ihr äußeres Gewand ändert sie: In der Urzeit trug sie Tierhäute, die mittlere Epoche kleidete sie zunächst in das poetische Kleid der Troubadoure, dann folgte stilisiertes Hirtengewand ...«

»Und heute kleidet sie sich in Gold und Seidengeraschel«, beendete Brochwicz den Gedanken.

»Nun, nicht immer. Sie ist mannigfaltig: Meisterlich vermag sie durchaus, urzeitliche Animalität mit zeitgenössischer Eleganz zu verbinden.«

»Und ihr fügtet noch die mittelalterliche Idylle hinzu, was ein herrliches Ganzes schuf«, sagte Brochwicz. »Eure Empfindungen ermuntern mich sehr, es ist wie ein Poem, doch habe ich meine Zweifel, ob ich mich je zu einem solchen Kunstwerk aufzuschwingen vermag. Du, Waldek, sprichst gut, schreibst gut, also liebst du auch vortrefflich. Aber! Aber! Deine letzten sozialpolitischen Artikel *Man schaut auf uns* und dieser andere über das Landwirtschaftssyndikat rief bei Barski Zähneknirschen hervor, faszinierte aber die Allgemeinheit. Du besitzt durchaus eine satirische Ader und erregst Interesse durch deine spitze Feder, aber da, wo es not tut, besänftigst du die Gemüter.«

Waldemar hörte schon lange nicht mehr zu. Er war zerstreut und merkwürdiger Stimmung. Unvermutet ging er zum Lichtschalter.

Ich bin dermaßen unruhig. Ich verstehe das nicht. Ich fahre, dachte er.

Doch noch ehe er läuten konnte, wurde an die Tür geklopft. Ein Diener betrat den Raum und überreichte dem Majoratsherrn ein Telegramm. Hastig entfaltete er das Papier. Er wurde kreidebleich.

»Was ist passiert?« rief Brochwicz erschrocken und sprang auf.

Waldemar gab ihm das Telegramm und zerrte heftig am Klingelzug.

Brochwicz las: »Stefa schwer krank. Bitte sofort kommen. Rudecki.«

Außer Atem stürzte der Diener ins Zimmer.

»Die Rechnung. Packen! Pferde zum Terespol-Bahnhof«, schrie Waldemar. Der Bedienstete eilte davon.

»Soll ich mitkommen?« fragte der ebenfalls blasse Brochwicz.

Waldemar schleuderte die Sachen aus dem Schrank. Er war wie von Sinnen. »Wie du willst.«

Der Diener erschien mit der Rechnung, zwei andere Bedienstete begannen mit dem Packen. Eine Viertelstunde später fuhr der Majoratsherr auf die Bahn. Brochwicz blieb im Hotel zurück.

Waldemar quälten die ganze Nacht hindurch finstere Gedanken. Er war allein im Abteil und er wurde seiner verzweifelten Ungeduld kaum Herr. Sie schienen sich im Schneckentempo fortzubewegen. Seine Phantasie jagte ihm voraus. Er sah Stefas bleiches Gesicht von der Fülle ihrer goldblonden Haare umrahmt, die über ein Kissen gebreitet lagen, und er biß die Zähne aufeinander, daß es schmerzte.

Was ist ihr geschehen? Was ist bloß geschehen ...

Das letztemal hatte er sie in den ersten Tagen des Mai gesehen. Sie war ihm blasser vorgekommen, doch durchaus gesund. Jede Geste war ihm gegenwärtig, jedes Wort, beinah jedes Augenblinzeln. So voller Zuneigung war ihr Blick gewesen, ihre Lippen ergaben sich in kindlichem Vertrauen seinen dürstenden Lippen. So wonniglich erbebte sie in seinen Armen. Sie ergötzte sich am Frühling, und er schmückte sie mit den ersten Blüten, im Garten von Ruczajew brach er duftende Zweige für sie ab.

Waldemar durchfuhr es eiskalt bei dieser Erinnerung. Schon in einer Woche soll die Trauung sein, und sie ist krank? O Gott, was ist nur passiert?

Wieder und wieder trat er ans Fenster und wanderte durchs Abteil. Die Dunkelheit der Nacht reizte ihn, als trennte nur sie ihn von seiner Liebsten. Und die Angst um sie wurde beinah übermächtig.

Der Morgen war sonnig, duftend und heiter, als das Gefährt aus Ruczajew mit dem Besucher vor der Eingangsveranda vorfuhr. Der Majoratsherr stürmte in die Diele, Herr Rudecki kam ihm schon entgegen; er wirkte erschöpft mit seinen umschatteten Augen.

»Was ist? Geht's ihr besser?«

Herr Rudecki sagte dumpf: »Gehirnhautentzündung. Heute ist es schlimmer.«

»O Gott!« stöhnte Waldemar. »Welche Ursache? Wer behandelt sie?«

»Hiesige Ärzte und ein Professor aus Warschau.«

»Wann ist sie denn erkrankt?«

»Mittwochabend.«

Der Majoratsherr blickte wild um sich. »Und ich bin erst am Sonnabend benachrichtigt worden? Wie... Wie konnten Sie nur!« rief er zornig aus.

»Wir haben nach dem Eintreffen des Professors telegraphiert. Ärztliche Hilfe folgte unverzüglich. Wir tun, was in unserer Macht steht«, entgegnete Herr Rudecki schroff.

»Wo ist sie?«

Herr Rudecki ging vor, seine Schultern waren gebeugt. Im Salon fanden sie die Ärzte vor. Der Majoratsherr begrüßte sie flüchtig und setzte wortlos seinen Weg fort.

In Stefas Zimmer, im Halbdunkel, gewahrte er an ihrem Bett den Warschauer Professor, der der Kranken den Puls maß. An seiner Seite stand Frau Rudecka. Rasch schritt sie auf die Eintretenden zu. »Leise... sie schläft«, flüsterte sie.

Bei der Begrüßung Waldemars brach sie in Tränen aus. Der Professor erhob sich, begrüßte ebenfalls den Majoratsherrn.

»Was denken Sie, Herr Professor?« fragte Waldemar mit erstickter Stimme.

»Man kann sich hier schwerlich etwas vormachen, es steht sehr schlecht. Aber Gott ist barmherzig... Wir tun, was wir können.«

Waldemar kniete am Bett nieder. Behutsam nahm er Stefas Hand, die durchsichtig schien und feuerheiß war. Die Kranke schlief, eine Eiskompresse um die Stirn. Ihre Lippen waren leicht geöffnet, unnatürlich rot und vom Fieber aufgesprungen, ihr hitziger Atem ging rasch und unregelmäßig. Waldemar schaute in das abgezehrte Gesichtchen und küßte sanft die blasse Hand. Der Anblick der hinfälligen Gestalt in den Kissen, die sich unter der Bettdecke nur ganz zart abzeichnete, bereitete ihm einen solchen Schmerz, daß es ihm fast die Brust zerriß, auch wenn seine Augen trocken blieben.

Waldemar kniete lange an Stefas Krankenlager. Er hatte die Stirn auf ihre Hände gelegt, lauschte ihrem Puls, spürte das nervöse Zucken. Aus seiner Erstarrung weckte ihn der Professor, der die Eiskompresse wechselte. Die freie Stirn des Mädchens, glatt und blaßrosa, von feuchtem Haar umgeben, rührte Waldemar zutiefst. Verzweiflung stieg in ihm auf, als er sich zu ihr beugte, um ihre Schläfe mit den Lippen zu berühren.

Als die Kompresse gewechselt war, fragte Waldemar leise: »Ist sie bei Bewußtsein?«

»Fast nie«, antwortete der Professor.

»Also steht es tatsächlich schlecht ...«

»Ihr Zustand ist bedrohlich. Doch ich will Sie nicht erschrecken. Ich denke aber, das ist die Krise.« Er nahm den Majoratsherrn beiseite, betrachtete ihn prüfend, bevor er leise sagte: »Ich bitte um ein paar Details, Euer Gnaden.«

»Wie Sie wünschen.«

»Also, Ihre Hochzeit ist für die nächste Zeit vorgesehen, ja?«

»Für den achten Juni.«

»Also bereits diesen Sonnabend. Heute haben wir Sonntag. Ist es lange her, daß Sie Ihre Braut gesehen haben?«

»Drei Wochen.«

»Und sie war völlig gesund?«

»O ja! Nur ein wenig blasser als gewöhnlich. Was vermuten Sie? Welche Ursache hat die Krankheit?«

Der alte Professor fuhr sich mit rascher Bewegung über den Bart. Seine Stimme klang unsicher, als er sagte: »Ich vermute eine seelische Erschütterung, eine andere Ursache sehe ich nicht. Der Krankheitsverlauf ist akut und heimtückisch; die Kranke halluziniert, es fallen Worte, die Verdacht erregen.«

»Was für Worte?« rief Waldemar erschrocken aus.

In dem Augenblick rührte sich Stefa. Der Majoratsherr stürzte ans Bett und fiel auf die Knie. Stefa hatte die Augen weit aufgerissen; sie waren trübe, von einem Tränenschleier überzogen, ihre Lippen bewegten sich flüsternd. Waldemar verfolgte mit angehaltenem Atem ihren starren Blick. Er faßte ihre Hände und drückte sie sacht. »Stefa, mein Alles, du meine Einzige, da bin ich ... Waldek ... ich bin bei dir ... Stefa ...«

Seine Stimme klang gepreßt.

Noch immer bewegten sich die Lippen des Mädchens in unhörbarem Gemurmel.

»Was sagt sie?« fragte der Professor.

»Sie phantasiert pausenlos.«

Waldemar erhob sich und beugte sich ganz weit zu Stefas Mund herunter. »Er ... tapfer ... haben Angst ... vor ihm ... nein ... nein ... will ihn nicht töten ...« stammelte sie kaum hörbar. Waldemar richtete sich auf, strich sich über die Stirn. »Was bedeutet das? Was sagt sie da?«

Die schreckliche Ahnung zeichnete sich in seinem Gesicht ab. Plötzlich bäumte sich Stefa auf und warf sich hin und her. »Eine Aussätzige! Eine Aussätzige!« schrie sie laut.

Als habe ihm eine finstere Macht einen Schlag versetzt, wich Waldemar zurück; er war totenbleich. Er warf dem Professor und den Rudeckis verzweifelte Blicke zu. »Was soll das heißen – dieser Ausruf, ihr Aufschrei?«

»Das Wort ›Aussätzige‹ wiederholt sie in einem fort«, entgegnete der Professor und ließ den Blick forschend auf den veränderten Gesichtszügen Waldemars ruhen.

Waldemar packte Rudecki am Arm. Beide gingen sie in ein angrenzendes Zimmer hinüber.

»Stefa hat einen anonymen Brief erhalten«, stieß dieser durch zusammengepreßte Zähne hervor.

»Anonym? Woher wissen Sie das?«

»Darauf läßt ihr Gestammel schließen.«

»Ich ... ich habe Sie gewarnt, daß es zu diesen Dingen kommen könnte ... Ihr habt sie nicht behütet. Man hat sie mir getötet ... O mein Gott!« In seiner schrecklichen Verzweiflung rang er die Hände.

Herr Rudecki war wie zur Salzsäule erstarrt, sein Blick war völlig entgeistert. »Ich schwöre Ihnen, daß ich aufgepaßt habe. Da war nichts, es sei denn jetzt, in jüngster Zeit, da hat sie eine Menge Briefe empfangen.«

»Wo sind diese Briefe? Ich will sie haben!« rief Waldemar aus.

»Ich weiß nicht. Für gewöhnlich bewahrt sie die Korrespondenz in ihrem Sekretär auf. Vielleicht sind da die Briefe.«

Sie kehrten in Stefas Zimmer zurück, die Kranke war erneut in Schlaf gesunken. Der Majoratsherr öffnete leise sämtliche Schubläden, und zur großen Verwunderung von Frau Rudecka und dem Professor zog er zerknitterte Briefbögen mit und ohne Kuvert ans Licht. Er nahm die Briefe und ging mit ihnen wortlos hinaus.

»Was hat das zu bedeuten?« wandte sich Frau Rudecka an ihren Mann.

»Das sind vermutlich anonyme Briefe. Waldemar nimmt an, daß ...«

»Sehr gut möglich! Ja, ja!« fiel der Professor kopfnickend ein. »Ich habe mir schon gedacht, daß es da eine Intrige geben müsse.«

»Allmächtiger! Und er hat mich gewarnt!« Herr Rudecki wurde von seiner Verzweiflung überwältigt.

»Aber das ist doch nicht wahr«, wimmerte seine Frau.

»Erinnerst du dich nicht? Wir fanden sie fiebernd vor, beinah bewußtlos an dem Tag, als sie den Hochzeitsstaat anprobierte, nach dem Brief, den ich ihr gab. Ich gehe und sehe nach, den Brief erkenne ich wieder.«

»Aber das kann doch nicht sein! Sie hat gesagt, der Brief käme aus Słodkowce.«

Doch Herr Rudecki war längst aus dem Zimmer.

Waldemar sah im Herrenzimmer die Papiere durch. Er fand seine Briefe sorgfältig gefaltet in Kuverts und Abschriften von Stefas Briefen an ihn. In den zerknitterten Bögen vermutete er sofort die anonymen Schreiben. Er begann zu lesen und seine Miene verdüsterte sich mehr und mehr. Die Schriftzüge waren ihm unbekannt, dennoch ließen sich, nach dem Stil zu urteilen, die Gräfin Ćwilecka und die Barskis als Urheber erkennen. Einer der Briefe, der äußerst boshaft und auch noch vulgär war, erwies sich als von der Hand Melanies stammend, die Schrift war nicht verstellt.

»Welch niedriges Geschöpf. Eine Natter!« knurrte er mit heiserer Stimme.

Als Herr Rudecki eintrat, deutete Waldemar auf die vor ihm liegenden Papiere. »Sehen Sie!« rief er mit schmerzlichem Groll. »All diesen Schmutz hat sie erhalten, das Zeug gelesen und sich davon vergiften lassen! Und ich habe gewarnt, denn an gemeinen Menschen mangelt es nie. Und alle diese Widerlichkeiten gelangten in ihre Hände.«

Herr Rudecki, aschfahl, kramte in den Papieren. Waldemar nahm unterdessen einen neuen Brief zur Hand, er steckte im Kuvert und war zerknittert. Energisch strich er den Bogen glatt. Herr Rudecki zuckte sichtlich zusammen; er hatte den Brief als jenen letzten wiedererkannt.

»Den habe ich ihr am Mittwoch ausgehändigt. Sie behauptete zwar, er sei aus Słodkowce, doch schon kurz darauf wurde sie krank. Ist das auch ein anonymer Brief?«

Waldemar überflog ihn. Die Handschrift war ihm unbekannt. Mit wachsender Empörung las er, was da geschrieben stand, und dann riß er sich los, seine Hände zitterten, Verzweiflung und Ekel zeichneten sich abwechselnd in seinen Zügen ab. Sein Aufschrei war dumpf. Der Briefbogen entglitt seinen Händen und fiel zu Boden. Seine Hände ballten sich zu Fäusten. »Dieser hier hat sie umgebracht … Ja, genau der … Welch eine Ungeheuerlichkeit!« Schwer sank er auf einen Stuhl.

Herr Rudecki hob den Brief auf und las. »Jesus Maria!« stöhnte er mutlos.

In dem Augenblick betrat Frau Rudecka das Zimmer. »Was ist?« fragte sie erschrocken.

Der Ehemann zeigte ihr den Brief. »Wir haben das Kind auf dem Gewissen! Damit haben wir es umgebracht!« Jetzt stürzte sich Stefas Mutter auf die Papiere.

Das Gesicht hochrot vor Zorn, sprang Waldemar auf. Ein Röcheln entrang sich seiner Brust. »Ihr seid schuld, weil ihr nicht achtgegeben habt, die anderen aber sind die wahren Ungeheuer! Warum nur habe ich nichts davon gewußt? Diese unverschämten Lügen hätte ich mit Kugeln erwidert. Den Briefschreibern die Maske heruntergerissen – sie hätten mit Blut bezahlt!« Seine Stimme schwoll an, wurde zu einem Donnergrollen. »Schicken Sie unverzüglich einen berittenen Boten auf die Post!« befahl er und stürmte aus dem Zimmer.

Zehn Minuten später jagte der Bote, was das Pferd hergab, mit Telegrammen an verschiedene medizinische Koryphäen in etlichen europäischen Hauptstädten.

In Ruczajew verrannen die Stunden in bedrohlicher Anspannung. Stefas Zustand schien sich zu verschlimmern, die Augenblicke, in denen sie bei klarem Verstand war, wurden seltener und kürzer. Die Rudeckis waren völlig kopflos, nur der Majoratsherr barst vor Kraft. Er wich nicht von Stefa, nahm sie auf die Arme, wenn die Laken gewechselt wurden, legte ihr die kalten Kompressen an. Seine Fürsorge setzte sogar die Ärzte in Erstaunen. Er schlief nicht, aß nicht, seine Augen brannten in einem Feuer, das ihn zu verzehren schien.

»Ich muß sie retten, muß. Ich muß!« wiederholte er sich hartnäckig.

Der greise Professor, der ihn seit langem kannte, schüttelte den Kopf: So starke Gefühle hatte er von dem jungen Herrn nicht erwartet.

Eines Abends, als Waldemar wieder einmal allein am Bett seiner Verlobten kniete und ihre Hand hielt, schlug sie die Augen auf, ihr Blick war klar, und sie lächelte ganz leise. »Waldek ...« Es war wie ein Hauch.

»Meine Teuerste! Meine Liebste! Mein Kleines!« flüsterte Waldemar, und seine Kehle krampfte sich schmerzhaft zusammen; er bedeckte mit Küssen ihre schmale Hand. »Du hast mich erkannt?«

»Waldek«, wiederholte Stefa.

»Ich bin hier, bei dir, Einzige, ich wache über dich ...«

Stefa schob ihren Kopf näher an die Schulter ihres Verlobten heran und schmiegte ihr glühendes Gesicht an den Jackenärmel. Diese stumme Zärtlichkeit ließ ein Schluchzen in seiner Brust aufsteigen. Er umschlang sie und drückte seine Lippen auf ihre Wangen.

»Ich bin krank, nicht wahr?« fragte sie kaum hörbar.

»Ja, mein Herz, doch es geht dir schon besser. Wo hast du Schmerzen?«

»Im Kopf ... Der Kopf, der brennt ... Steine im Kopf ...«

»Das geht vorüber, bestimmt, und du wirst wieder gesund. Wirst die Meine.«

Sie machte eine heftige Bewegung, schaute zu ihm auf. »Du liebst mich für immer? Liebst mich ...«

»Ich liebe dich, Einzige, ja, ich liebe dich ... mehr als das eigene Leben. Doch beweg dich nicht, lieg still.«

»Und du wirst auch glücklich sein? Du ... du weißt nichts ... ich bin dein Untergang ... Waldek ... Waldek ...« Ihre Augen schwammen in Tränen.

Waldemar zog sie behutsam an sich. »Beruhige dich, Kind ... vertraue mir ... glaub ihnen nicht ... denk nicht daran ... alles wird gut ... wir werden beide sehr glücklich sein ... Sehr, meine Stefa.«

Sie lächelte. »Das ist gut ... gut ...« Und dann blickten ihre Augen wieder verwirrt und schweiften suchend umher. »Waldek! Ich bin aussätzig ... du weißt nicht ... aussätzig ... Unglücklicher! Schütze dich!« rief sie ungestüm. Und sie sank zurück in ihren Fieberwahn.

Waldemar erhob sich und machte dem Professor Platz, der eben hereinkam. »O mein Gott«, stöhnte der Majoratsherr. »Gerade hat sie noch ganz klar mit mir geredet.«

»Lange?«

»Ein paar Minuten.«

Der Doktor schien geistesabwesend.

In der Nacht traf ein Spezialist aus Pest ein, anderntags kamen zwei weitere. Man hielt Beratungen ab, lange Konsilia. Der Majoratsherr erzählte ihnen von den anonymen Briefen, die die Herren sehr beunruhigten. Trotz aller unternommenen Anstrengungen blieb der Zustand der Kranken bedrohlich. Jeder Tag verschlimmerte das Leiden, jede Nacht weckte die schlimmsten Befürchtungen. Stefa hatte Krampfanfälle und Schüttelfrost. Die gelehrten Herren zerbrachen sich vergeblich den Kopf. Und die Krankheit ließ sich nicht aufhalten. Waldemar verlor fast den Verstand. Es trafen weitere medizinische Berühmtheiten ein, aus St. Petersburg, Wien und eine Kapazität aus Krakau. Von Waldemar gerufen, kam Donnerstag früh der Hausarzt der Fürstin Podhorecka, ein alter Praktiker und ein außergewöhnlich fähiger Arzt. Ihm folgte, mit dem Abendzug, Herr Maciej in Begleitung von Fräulein Rita. Man hatte in Obronny und Słodkowce bereits aus dem Munde

Brochwicz' von Stefas Erkrankung erfahren und die Reise nach Warschau zu den Hochzeitsfeierlichkeiten abgesagt. Ein paarmal war nach Ruczajew telegraphiert worden, doch niemand hatte ihnen geantwortet. Das Herbeizitieren des Hausarztes der Fürstin erschreckte alle. Das Telegramm traf Herrn Maciej in Obronny an. Ohne zu zögern, brach er mit Rita auf. Die ganze Gegend schien Bescheid zu wissen. In Głębowicze senkte sich Düsternis über Schloß und Dienerschaft. Brochwicz fuhr von Obronny nach Słodkowce, finster wie eine wolkige Nacht.

Und mit Stefa stand es zusehends schlechter. Sie erkannte weder Herrn Maciej noch Rita, sie phantasierte nur noch. Einmal sagte sie laut vor allen Anwesenden, als sähe sie jemanden vor sich: »Gut, Großmama ... das Tagebuch gebe ich Großväterchen ... gebe ich ...«

Herr Maciej erinnerte sich genau an diese Worte.

Am Freitagabend erlangte Stefa ein zweites Mal kurz das Bewußtsein wieder. Einige Personen standen um ihr Lager. Waldemar kniete und hielt ihre Hände. Ihre Augen waren weit aufgerissen, und ein kleines Lächeln umspielte ihre Lippen; ziemlich klar sagte sie: »Ihr liebt mich alle? Ja?«

Herr Maciej beugte sich zu ihr: »Kind, mein Kind ... ich bin es, Großväterchen ... und Waldek ist hier ... Erkennst du uns?«

»Ja. Waldek ist schon lange bei mir. Und Rita?«

Sie hob die Augen, als suche sie. Fräulein Rita schob sich näher heran. »Ich bin da, Liebes ... bin da«, sie küßte Stefa die Hände. »Und Mama? Papachen? Wo sind Jurek und Zosia? Ich will alle.«

Die kleine Schwester schlief, doch Jurek tauchte hinter dem Bettvorhang auf und warf sich laut schluchzend auf das Bett.

Ungeduldig entfernte ihn Waldemar, weil Stefa sich erschrocken hatte. Herr Rudecki wollte den Jungen hinausführen, doch er warf sich zu Boden. Zusammengekauert blieb er in einer Zimmerecke liegen und erstickte fast an seinem Schluchzen.

»Warum weint er?« fragte Stefa.

Niemand gab eine Antwort, und Waldemar fing an sie zu streicheln und zu beruhigen. Wieder lächelte Stefa, umarmte ihn und strich sich sacht mit seiner Hand übers glühendheiße

Gesicht. »Mein ... Waldek ... mein ... mein«, flüsterte sie. Ihre veilchenblauen Augen strahlten, doch es war das Fieber, das in ihnen glühte.

Er redete weiter auf sie ein, sanft, zärtlich, wie zu einem heißgeliebten Kind; hielt sie behutsam in den Armen, bis sie eingeschlafen war.

Trübe graue Stunden krochen durchs Zimmer. Durchs offene Fenster hörte man das monotone Gesumm der Maikäferschwärme. Süß duftend rauschten die Linden. Das Nachtlied der Natur wurde einträchtig leise. Waldemar schaute auf die bezaubernde Gestalt des jungen Mädchens, das der Schlaf in den Kissen gefangenhielt – so jung, so frühlingshaft und von Krankheit niedergestreckt. In der ganzen vor Leben überquellenden Natur welkte diese eine einzige Blüte. Mit stummer Verzweiflung ruhte Waldemars Blick auf seiner Braut, die da so still lag, und ein einziger Gedanke bohrte sich wie ein Messer in sein Herz: Morgen ... Morgen sollte unsere Hochzeit sein ...

29

Der Morgen brach an.

Die Akazien wiegten sich, hauchzart verströmte der Jasmin seinen Duft. Der Himmel klarte auf zu strahlendem Blau, und die Luft war kristallklar. Hinter der Morgenröte stieg in ihrem schönsten Glanz die Sonne auf.

In Stefas Zimmer stand das Fenster weit offen. Die Musselingardinen wehten in einem leichten Lüftchen. Das Morgenrot warf einen rosa Schimmer auf das Weiß der Gardinen, trug seine Farbe sogar bis weit ins Zimmer hinein, wo die schmale Mädchengestalt lag, beinah schon schwebend wie ein rosaüberhauchtes Wölkchen.

Stefas Stirn lag frei, sie war so bleich, daß sie fast durchsichtig schien, ihre Wangen waren stark gerötet. Die Halsschlagader pulsierte so kräftig, daß sich die Spitze ihres Nachthemdes sichtbar hob und senkte.

Das Zimmer war luftig und sonnendurchflutet. Um die Kranke herum lagen Blumen, die Jurek ihr gebracht hatte. Herr Rudecki wollte sie entfernen, weil er fürchtete, der starke

Duft könne seiner Stefa schaden, doch einer der Professoren hielt ihn auf: »Lassen Sie nur, sie schaden nicht mehr«, sagte er mit traurigem Ernst.

Herr Rudecki stürzte aus dem Zimmer und warf sich neben seiner Frau auf die Knie, die unter dem Bild der Muttergottes zusammengekauert schluchzte.

Waldemar an Stefas Krankenlager wurde von Schmerz übermannt, er stöhnte laut wie ein verwundetes Tier. »Lebe! Lebe! Mein Gott ... bleib ... geh nicht fort, verlaß mich nicht.«

Und er legte die schweißnasse Stirn auf die Bettdecke und betete. Wie ein wütendes Fieber tobte die Verzweiflung in ihm, sie war so groß, so allumfassend, daß sie nicht einmal in dieser kräftigen Brust Platz fand.

Da öffnete Stefa die Augen, trüb wie erloschene Sterne, warf den Kopf auf dem Kissen hin und her, eine Hand hob sie an die Stirn, als wolle sie etwas verscheuchen. Wortfetzen entrangen sich ihren Lippen: »Dort ... Angst ... Du wirst gerettet ... Waldek ... So viele Blumen ... Ich bin schuld! Geht nicht weg!«

»Meine Liebste, wach doch auf ... hab Erbarmen«, flüsterte Waldemar wie von Sinnen.

»Keine Stra ... fe ... Wal ...«

Sie wurde von Krämpfen geschüttelt. Zwei Ärzte eilten herzu, doch Waldemar schoben sie nicht weg. Der kniete noch immer, die Stirn an ihrer Brust, und hielt ihre Hand in der seinen. Nach einer Weile ließen die Krämpfe nach; Stefa lag kraftlos. Ihre Haare fielen auf Waldemars Stirn herab. Ihr Atem ging schwach.

Die Ärzte sahen sich an. Dann senkten beide den Blick und zogen sich vom Bett zurück; in einem gewissen Abstand knieten sie nieder.

Als Herr Maciej und Fräulein Rita das sahen, knieten sie sich ebenfalls hin, das Gesicht in den Händen geborgen.

Eine große, beinah mystische Stille breitete sich in dem licht- und duftdurchfluteten Zimmer aus.

Und dann wurde unverhofft diese Stille von einem lieblichen Geräusch unterbrochen. In der Birke vor dem Fenster sang eine Nachtigall. Ein Schauer durchlief die Anwesenden, als streiften Engelsflügel ihre Seelen.

Waldemar hörte einen Arzt leise sagen: »Es ist vorbei ...«

Er sprang auf, der Schweiß strömte ihm übers Gesicht, sein Blick irrte wild umher, dann starrte er auf die reglose Mädchengestalt, die mit geschlossenen Augen, das Gesicht von einer goldblonden Haarfülle umrahmt, dalag wie ein getöteter Schmetterling.

Waldemar sagte kein Wort, er brachte keinen Laut hervor, nicht einmal ein Seufzen; er schwankte, dann stürzte er schwer auf den Bettrand nieder.

Etwas Bedrohliches, Unheimliches senkte sich auf die im Zimmer Anwesenden herab.

In der jungbelaubten Birke sang noch immer die Nachtigall.

30

Waldemar fiel in einen Zustand völliger Apathie. Er starrte auf die reglose Stefa, deren leicht geöffnete noch immer frisch roten Lippen seltsam lieblich lächelten. Die langen Wimpern der geschlossenen Lider überschatteten sanft das Weiß ihrer Wangen. Sie sah aus, als schliefe sie – so schön hatte die himmlische Schar sie geschmückt, als sie die Seele daraus fortnahm, verweht wie Blütenduft.

Die Verzweiflung der Rudeckis, Jureks Gebrüll, Zosias Weinen und die Klagen sämtlicher Hausgenossen konnten Waldemar nicht aus seiner Betäubung reißen.

So verging eine Stunde, eine zweite, voller Tränen und unheilvoll wie das Elend selber.

Plötzlich erhob sich Waldemar, wischte sich mit der Hand über die Stirn und verließ den Raum. Herrn Maciejs gebeugte Gestalt folgte ihm wie ein Schatten. Waldemars Zustand ängstigte ihn. Er fürchtete um seinen Enkel und er ließ ihn nicht aus den Augen, obwohl er selber Fürsorge gebraucht hätte.

Waldemar ging in sein Zimmer und schlug die Tür hinter sich zu. Der Greis riß so heftig die Tür auf, daß er fast ins Zimmer fiel, er taumelte, dann erstarrte er vor Schreck. Waldemar zog einen Revolver aus dem Futteral.

Der alte Herr sprang hinzu, packte den Arm des Enkels, um an die Waffe zu gelangen, doch der reckte sie rasch in die

Höhe. Mit wildem Blick stieß er Herrn Maciej zurück und schrie mit heiserer Stimme: »Raus! Raus!«

Er sah schrecklich aus. Die Augen sprühten Zornesfunken, das Gesicht zuckte. Hoch aufgerichtet stand er da mit der Waffe in der erhobenen Hand. Er wirkte feindselig, ein ersticktes, unmenschliches Keuchen entrang sich ihm: »Sie ... sie ... ist tot!«

Herr Maciej warf sich wie von Sinnen dem Enkel zu Füßen. Der Greis umklammerte Waldemars Knie und schluchzte verzweifelt: »Tu es nicht! Hab Erbarmen! Töte dich nicht... Ihr Tod ist meine Strafe, ich bin verflucht! Aber du, du mußt leben.« Waldemar schien nichts zu begreifen.

Da platzte Fräulein Rita herein, die die Gefahr erfaßte und auf den Majoratsherrn zustürzte. Bei ihrem Anblick riß er den Revolver herunter. Ein Schuß krachte.

Seine Eile und die unsichere Hand retteten ihn: Die Kugel flog knapp an seiner Stirn vorbei und blieb in der Wand stecken. Fräulein Rita entriß ihm die Waffe.

Der Greis kniete noch immer zusammengekauert zu Füßen des Enkels. Der Schuß hatte ihn für einen Moment besinnungslos gemacht, jetzt zerriß ein dumpfes Schluchzen seine Brust. »Waldemar, vergib mir! Ich bin es, der verflucht ist. Das ist die Vergeltung. Meine Nemesis. Waldek, mein ein und alles. Erbarme dich, hab Mitleid!«

Das schmerzliche Weinen des Greises drang endlich in Waldemars Seele vor. »Steh auf, Großvater!« Fräulein Rita half dem alten Herrn auf die Füße. Bebend und noch völlig durcheinander warf er sich dem Enkel an die Brust.

Waldemars Augen blieben trocken. Er schob seinen Großvater von sich und fiel wie leblos auf einen Stuhl. Das Gesicht in den Händen begraben, stöhnte er: »O Gott! Mein Gott, mein Gott!«, und dieses Stöhnen schloß das ganze Elend und alle Grausamkeiten des Lebens ein!

Herr Maciej blieb bei ihm, Fräulein Rita verließ leise das Zimmer. Waldemar war wie aus Stein, er konnte nicht weinen, er konnte nicht klagen, aber der Abgrund, den der tragische Tod seiner Verlobten vor ihm aufgetan hatte, drohte ihn zu verschlingen, und er setzte sich nicht zur Wehr. Ein beängstigender Zustand.

Herr Maciej und der Arzt der Fürstin wachten pausenlos über ihm. Fräulein Rita, unterstützt von einem Gutsbesitzer aus der Gegend, einem Freund der Familie Rudecki, nahm alles in die Hand. Telegramme mit der Trauerbotschaft wurden verschickt. Herr Maciej, der ahnte, was sein Enkel wünschte, telegraphierte wegen der Blumen nach Głębowicze, ein zweites Telegramm schickte er der Tochter. Im Einvernehmen mit Herrn Rudecki nahm er sich selber der Beerdigung Stefa Rudeckas an.

In Słodkowce, am Sonnabend, waren alle im Speisezimmer versammelt: Frau Idalia, Fürstin Podhorecka, Łucia und Brochwicz, Herr Ksawery und sogar Inspektor Klecz. Böse Vorahnungen hielten ihre Herzen gefangen, seit der Arzt aus Obronny nach Ruczajew gerufen worden war. Herr Maciej und Rita schickten keinerlei Nachricht. Die Fürstin durchlebte schwere Augenblicke; sie hatte in Słodkowce Wohnung genommen, weil sie es allein in Obronny nicht aushielt. Allen machte die Ungewißheit zu schaffen. Łucia schlich wie ein Geist umher, nur Frau Idalia sprach der Fürstin Mut zu und tröstete sie.

Es ging auf Mitternacht zu, als der Nachtwächter ins Anrichtezimmer kam und einen Boten hereinführte. Sofort war dieser von Dienerschaft umringt. Wortlos riß ihm Jacenty das Telegramm aus der Hand und eilte damit ins Speisezimmer.

»Eine Depesche!« schrie Brochwicz. Hastig ergriff er sie und riß das Papier auf.

Frau Idalia, Łucia, Herr Ksawery und Klecz erhoben sich von den Plätzen. Die Fürstin saß in ihrem Sessel wie angenagelt. Brochwicz las in einem Atemzug: »Stefa heute früh gestorben. Begräbnis am Mittwoch. Waldemar in Gefahr. Kommt.«

»Barmherziger Gott!« Brochwicz entglitt das Telegramm.

Die beinah bedrohliche Stille, die sich im Raum ausgebreitet hatte, wurde plötzlich von Łucias verzweifeltem Aufschrei unterbrochen. Dicht bei der Tür schluchzte Jacenty auf und stürmte ins Anrichtezimmer hinüber; inmitten der dort versammelten verstörten Dienerschaft heulte er auf: »Unser liebes gnädiges Fräulein ist tot!« Daraufhin brachen alle in Weinen und Wehklagen aus.

Im Speisezimmer suchte Frau Idalia die krampfhaft schluchzende Łucia zu beruhigen; sie hatte selber Tränen in den Augen, Stefas Tod bedrückte sie. Herr Ksawery rieb sich die Augen. Klecz biß sich auf die Lippen, ganz benommen von dem Unglück.

Reglos saß die Fürstin da, sie war ungewöhnlich bleich. Große Tränen liefen ihr über die Wangen, und sie murmelte leise vor sich hin: »Stefa ist gestorben ... gestorben? Dieses Kind? Dieses liebreizende Geschöpf? Kann das sein? Ewige Ruhe ihrer ... jungen ... Seele ...« Und nun schluchzte auch die Fürstin.

Unverhofft traf Treska ein. Verstört ließ er den Blick in die Runde schweifen. »Ihr wißt schon alles?« Danach ließ er sich auf den erstbesten Stuhl nieder, ohne jemanden zu begrüßen.

»Hatten Sie eine Depesche?« erkundigte sich Brochwicz leise.

»Ja, von Rita. Ich bekam sie vor zehn Uhr. Ich habe mich dermaßen beeilt, daß beinah die Pferde durchgegangen wären. Unterwegs habe ich Jur aus Głębowicze getroffen. Auch dort weiß man schon Bescheid. Ihnen hat Herr Maciej telegraphiert. Sie sollen Blumen bringen. Jur ist mit mir gefahren.«

Die Fürstin erhob sich, doch sie schwankte. Brochwicz stützte sie. »Wir müssen fahren ... unverzüglich ...«, sagte sie entschlossen. »Zum Frühzug müssen wir es schaffen.«

Energisch setzte sich die Fürstin in Bewegung, doch Łucias Schrei hielt sie auf: »Ihr habt sie nicht gewollt ... habt Stefa nicht gewollt, und sie ist gestorben ... ihr habt sie umgebracht ... Stefa ... meine Stefa!« Wieder weinte das Mädchen bitterlich.

Auf ein Zeichen der erschrockenen Mutter hin nahm Gutsinspektor Klecz sie auf den Arm und trug sie aus dem Saal.

Die Fürstin aber hob die Hand an die Stirn: »Was sagt sie? Wir haben sie umgebracht? Wir? Ach, Gott.«

Die Baronin begleitete die Fürstin hinaus, um Reisevorbereitungen zu treffen. Sie dachte nicht daran, sie aufzuhalten, wollte vielmehr selber fahren. Erst jetzt empfand sie so etwas wie Schmerz, Trauer um Stefa, und Gewissensbisse, weil sie zu streng und abweisend zu der Verstorbenen gewesen war.

Brochwicz ließ Jur kommen. Der riesige Kerl betrat den Saal, blieb aber in der Tür stehen, er hielt sich steif und gerade, war jedoch sichtlich niedergeschlagen. Brochwicz gewahrte seine verweinten Augen und flüsterte Treska zu: »Wie sie die Herzen gewonnen hat – selbst des Personals.«

»Er hat wie ein Schloßhund geheult, als er mich traf«, entgegnete Treska.

Brochwicz wandte sich an den Jäger: »Wißt ihr schon lange von dem Unglück?«

»Seit neun, Herr Graf.«

»Wer hat das Telegramm geschickt?«

»Seine Gnaden der ältere Herr Michorowski an den Haushofmeister. Er gab den Befehl, eine große Menge Blumen zu bringen. Nur weiße. Die Beerdigung ist am Mittwoch.«

»Wozu seid Ihr hergekommen?«

»Wir dachten, die gnädige Herrschaft weiß noch nichts, und der Herr Haushofmeister ist nicht sicher, was für Blumen, Schnitt- oder Topfblumen.«

»Solche und solche«, sagte Treska. »Um den Katafalk zu schmücken, braucht's die einen wie die anderen.«

Brochwicz schüttelte sich. »Den Katafalk«, wiederholte er bitter. »Die Blumen aus Głębowicze sollten heute in Warschau sein, auf der Hochzeit, und jetzt schmücken sie ein Grab.«

Eine Stunde später war Brochwicz mit Jur nach Głębowicze unterwegs, von wo aus sie anderntags mit den Blumen nach Ruczajew aufbrechen sollten.

Von Słodkowce erfolgte der Aufbruch erst am Sonntagabend, da der Gesundheitszustand der Fürstin einen früheren Zeitpunkt ausgeschlossen hatte. Auf dem Bahnhof trafen sie die junge Fürstin Podhorecka mit ihren Töchtern. Man begrüßte sich wortkarg. »Du fährst zum Begräbnis? Das ist gut. Und Franio?« erkundigte sich die Ältere bei der Schwiegertochter.

»Franio ist dageblieben. Ich habe ihn nicht gedrängt. Im Moment ist es wohl das beste, wenn er Waldemar nicht unter die Augen kommt. Im übrigen ... er ist nie in Ruczajew gewesen. Ich habe nur die Mädchen mitgenommen. Sie kannten sie und haben sie sehr gemocht.«

»Das ist gut, sehr gut. Wir sollten alle dort sein.«

»Rita hat allerdings etwas Unverständliches depeschiert: ›Stefa ist ermordet worden ...‹«

Die alte Dame riß die Augen auf. »Was soll das heißen? Sie war doch krank: Gehirnhautentzündung.«

»Und die Ursache für die Erkrankung? Sie war vielleicht psychischer Natur?« mischte sich Treska ins Gespräch.

Die junge Fürstin hob die Brauen. »Aber Mama! Stefas plötzliche Krankheit ist wirklich verdächtig: etwas muß passiert sein.«

Den ganzen Weg über konnte sich die Fürstin nicht beruhigen. Łucia weinte ohne Unterlaß, die blutjungen Enkeltöchter versuchten vergeblich sie zu trösten.

Montagabend traf die gesamte Gesellschaft in Ruczajew ein. Herr Rudecki und Brochwicz kamen ihnen zur Begrüßung entgegen. Auf der Vorveranda stand, von Bediensteten umgeben, der verheulte Jur.

Die alte Fürstin trat, zum erstenmal in Ruczajew, wie die leibhaftige Trauer ins Haus – hoch aufgerichtet, majestätisch, ganz in schwerer schwarzer Spitze, die in einer kurzen Schleppe endete. Das ebenfalls schwarz gekleidete Fräulein Rita geleitete sie. Ihnen folgten die Baronin mit Łucia, die fürstliche Schwiegertochter und die beiden Mädchen. Den Schluß bildeten Treska und Brochwicz. Herr Rudecki ging voran.

Als sie an dem Salon vorübergingen, machten die dort anwesenden Besucher, die aus der Umgebung von Ruczajew kamen, höflich Platz vor der erhabenen Gestalt der Fürstin.

»Die Podhorecka ... die Großmutter des Majoratsherrn ist eingetroffen«, wurde ringsum geflüstert.

Voller Achtung blickte man der langsam dahinschreitenden, würdevollen stolzen Matrone nach. Das Unglück hatte ihren blassen Zügen seinen Stempel aufgedrückt. Das silbergraue Haar unter dem üppigen schwarzen Spitzenschleier verlieh ihrem Antlitz etwas beinah Königliches. Die fürstliche Großmutter, die sich der Wahl des Enkels am heftigsten widersetzt hatte, war nun gekommen, ihm beizustehen. Die fürstliche Großmutter trug das Leid des Enkels als ihr eigenes im Herzen.

Auf der Schwelle zu dem geschmückten Raum mußte die alte Dame blinzeln – vor Rührung und vor der übermäßigen Helligkeit. Und vor dem üppigen Grün, der Fülle weißer Blumen und dem Meer brennender Kerzen, die jeden Eintretenden zu überwältigen drohten.

Der Katafalk inmitten des Raums versank in Blumen: weißen Rosen und Nelken und Lilien. Auf den Stufen Kränze aus Maiglöckchen und buschigem Farn. Riesige Fächerpalmen, die bis an den Plafond reichten, bildeten darüber ein bewegliches Gewölbe, unter dem, ganz unten auf den Stufen, Waldemar inmitten von Rosenbuketts kniete. Mit erloschenem Blick schaute er auf die nun wie gemeißelt wirkenden Züge derer, die nunmehr den ewigen Schlaf schlief. Breite Palmwedel verbargen ihn vor den Ankömmlingen. Hinter ihm saß Herr Maciej in einem Sessel, in einiger Entfernung knieten Frau Rudecka und die Kinder.

Die fürstliche Großmutter glitt in diese jungfräuliche Grotte wie eine Fabierin der Trauer, die ein Gefühl der Bangigkeit hervorrief. Das leise Rascheln ihrer Gewänder verstärkte den Eindruck einer unbarmherzigen Macht, die wie ein letzter endgültiger Urteilsspruch war. Unweit der Stufen verhielt sie den Schritt, hob die Augen und schaute angestrengt. Die großen schwarzen Augen der Greisin verschleierten sich, die fest geschlossenen Lippen begannen zu zittern. Nach einer Weile flüsterte sie schmerzerfüllt: »Wie reizend sie ist ... sie schläft ... im Brautkleid ... In Kranz und Schleier ... O mein Gott.« Und aus dem Auge der Greisin rannen die Tränen. Leise und andachtsvoll glitt ihre trauernde Gestalt auf die Knie, tief senkte sie den Kopf, den die Betrübnis niederbog.

Durch die offene Verandatür, die ein Vorhang verhüllte, hörte man die Bäume rauschen, und irgendwo in der Ferne schnarrten Wachtelkönige im Wiesendunst.

31

Am Donnerstag nach dem Begräbnis herrschte Grabesstille.

Die Trauer um Stefa hatte sich wie ein schweres Tuch über alles gebreitet. Nur die Nachtigall sang unablässig unter dem Fenster der Verstorbenen, wohin man die Blumen und die erloschenen Kerzen gebracht hatte.

Der kleine Vogel hoch im Baum schien mit seinem melancholischen Tirilieren die sanfte Mädchenseele zu beweinen, die sich so still aus dieser Welt davongestohlen und nur Tränen zurückgelassen hatte. Bienengesumm begleitete den Sänger, und man glaubte den Reigen der bunten Schmetterlinge zu hören, die durch die Luft schwebten.

Auf der schattigen Veranda an der Gartenseite unterhielten sich die dort Versammelten mit gedämpfter Stimme. In einem tiefen Sessel die alte Fürstin, die die wenigen Tage sehr verändert hatten. Die Augen eingesunken, die Lippen zu einer dünnen Linie zusammengepreßt. Herr Maciej, gebeugt und runzelig, wirkte nunmehr beinah hinfällig. Die Hände im Schoß gefaltet, hielt er den Blick auf den Boden geheftet.

Das Ehepaar Rudecki bot ein solches Bild des Jammers, daß niemand die beiden anschauen konnte, ohne daß ihm die Tränen gekommen wären. Auch die Baronin, die junge Fürstin und Rita befanden sich auf der Veranda. Etwas abseits flüsterten Brochwicz und Treska sowie der Leibarzt der Fürstin miteinander. Nur Łucia lag krank im Bett und weinte unaufhörlich, wodurch die Abreise der Fürstin und Frau Idalias verzögert wurde.

Auch Waldemar fehlte.

Auf der Bank unter dem wilden Wein saß in sich zusammengesunken der alte Pfarrer, der Stefa getauft und unterwiesen hatte, und weinte leise vor sich hin.

Wilhelm Szeliga, den in Heidelberg das Telegramm seiner Schwester erreichte, ließ das Semesterexamen sausen und eilte stehenden Fußes nach Ruczajew. Er traf genau zur Beerdigung ein. Jetzt schwieg er düster, mit rotgeränderten Augen.

Die Fürstin hielt das Bündel anonymer Briefe in der Hand. Ihr zitterten die Lippen, als sie sagte: »Diese Briefe – das ist das Allerschlimmste. Wenn sie aus einem anderen Grund gestorben wäre … Aber die Professoren behaupten, daß diese der Auslöser gewesen seien.«

»In der Hauptsache, ja«, bestätigte der alte Leibarzt energisch.

Fräulein Rita nickte traurig. »Ich bin der gleichen Ansicht. Sie war ein äußerst gefühlsbetontes Geschöpf, ungemein sensibel.

Für sie waren solche Worte wie ein Dolch in die Brust; für mich kommt so etwas einem Mord gleich. Wie viele innere Zweifel sie ausgefochten hat, bevor sie sich entschloß, dem Majoratsherrn ihr Jawort zu geben! Sie war bereit gewesen, ihre allerheiligsten Gefühle zu opfern. Ich habe alles gewußt und sie bewundert. Einen solchen Menschen dermaßen zu beleidigen ...«

Fräulein Rita konnte sich nicht länger beherrschen und brach in Tränen aus. Treska berührte ihre Hand. »Meine Liebe, seien Sie ruhig! Ersparen wir das der Fürstin und Herrn Maciej.«

Hier mischte sich Herr Rudecki ein: »Die Schuld trifft mich, ich bin nicht imstande gewesen, sie vor diesen feindseligen Schreiben zu schützen. Die haben sie getötet.«

»Mein Herr! Setzen Sie nicht die Schuld derer herab, die sie verfaßt haben«, protestierte Brochwicz. »Zwar hat der Majoratsherr Sie gewarnt, weil ihm das Ausmaß menschlicher Gemeinheit nur allzu bewußt gewesen ist, doch auch er hat nicht geahnt, daß die anonymen Briefe dermaßen giftig ausfallen könnten. Es handelt sich hier um die Verschwörung etlicher Personen, die im engsten Einvernehmen gehandelt haben. Jeder weiß, wer allein dazu fähig ist. Hier gibt es keine unterschiedlichen Meinungen. Der Verfasser des letzten Briefes beleidigt uns noch mit der Unterschrift: ›Einer für alle.‹ Eine wohlausgedachte Intrige.«

Die alte Fürstin senkte die Lider. Streng fragte sie: »Die Barskis? Was für eine Ruchlosigkeit. Eine Schande! Und das zählt sich zum Hochadel. Man möchte es einfach nicht glauben ...«

»Und dennoch ist es ein Faktum«, griff Treska auf. »Der letzte Brief stammt aus Barskis Feder, es ist sein Stil, seine Ausdrucksweise. In den anderen Briefen steht mehr oder weniger dasselbe, nur die Schrift ist geschickt verfälscht. Ihm das ins Gesicht zu sagen, verschlägt nichts: Der ist zu dreist, der würde nicht einmal erröten.«

»Aber man muß ihm nicht die Hand geben«, warf die Fürstin knapp ein. Die Anwesenden schauderte. Der Urteilsspruch der stolzen Dame, einer Magnatin über einen Magnaten, machte Eindruck. Blicke wurden gewechselt, und in manchen Gesichtern zeigte sich Furcht.

»Barski hat jemand geholfen«, wandte die Baronin schüchtern ein.

»Die eigene Tochter und Lora Ćwilecka«, kommentierte Fräulein Rita ironisch.

»Auf sie fällt die Schande, die weibliche Ehre befleckt zu haben«, die Fürstin sprach jetzt erregt, »sie haben sich selber kompromittiert. Lora war immer ein Parvenü. Doch Barski hat uns alle bloßgestellt, und das werde ich ihm nie verzeihen.«

»Es gibt allerdings keinen stichfesten Beweis«, bemerkte die Baronin dezidiert.

»Idalia!« wies Herr Maciej sie zurecht.

Die Fürstin fuhr fort, ohne auf die Zwischenbemerkung zu achten: »Barski hat die Spur durch die veränderte Handschrift verwischt. Das beweist, daß er uns fürchtete, nicht Stefa. Ein überaus ernster Verstoß. Kein anständiger Mensch würde so etwas tun. Und nun ein Magnat? Ach, pfui Teufel!«

»Warum hat sie nur den Majoratsherrn nicht in Kenntnis gesetzt? Er hätte dem doch sofort ein Ende gesetzt«, wunderte sich Brochwicz.

»Ich verstehe das durchaus«, entgegnete Fräulein Rita. »Sie wollte keinen Skandal, wollte ihn nicht verletzen. Übrigens gibt es da Briefe, die sie geschrieben hat, um sich zu beklagen, die sie aber nicht abgeschickt hat. Stefa war ein zartfühlendes Mädchen, das aber nicht genügend Kräfte hatte.«

Herr Maciej schlug die Hände vors Gesicht. Nach längerem Schweigen sagte er, und es klang ängstlich und scheu: »Es mußte so kommen ... das ist Bestimmung ... meine Nemesis. Meine Vergangenheit hat sich auf das fürchterlichste gerächt. Sie ... Stefa ... Sie hat mich in meiner Lebensader getroffen, indem sie meinen einzigen Enkel traf. Ich habe ihr Leben zerstört, und sie hat meinem Enkel das Glück genommen. Oh, welch eine Rache! Welch eine grausame Rache!«

Alle blieben stumm. Frau Rudecka weinte, als sie den alten Mann wehklagen hörte, und ihr Schluchzen schien jene andere tote Stefa zu fragen: »Ist das wahr? Hast du dich gerächt? Du hast sie uns genommen? Doch wofür bestraft man uns, die Eltern? Wofür?«

Nach einer Weile der Stille fuhr Herr Maciej fort: »Unsere

Familie ist eine unglückselige, ein Fatum hängt über ihr! Immer Tränen, nichts als Tränen! Und dieses getötete Kind ein neues Opfer der Michorowski! Es hat nichts geholfen, daß Waldemar sämtliche Hindernisse niederrang, daß wir sie schon liebhatten wie eine Tochter. Nichts hat es genützt. Am Tag, da sie sich für immer verbinden sollten, wurden sie für immer getrennt. Die Rache hat sich in ganzer Grausamkeit erfüllt.« Der Greis seufzte tief. Er richtete die blassen Augen auf die Blumenrabatte vor der Veranda und schüttelte wieder und wieder den Kopf. »Ich habe ihre Hochzeit mit Ungeduld erwartet, wollte meinen Enkel so schnell wie möglich glücklich sehen, glücklich, wie ich es nie gewesen bin. Ich habe sie mir immer im Hochzeitsstaat vorgestellt – dieses schöne Paar, das füreinander geschaffen schien. Und ich sah vor allem Stefa im Brautstaat ... mit dem Orangenblütenkranz, der sie vor dem Altar schmücken sollte. Sah sie im jungfräulichen Schleier ... So bezaubernd ... O ja, die Strafe ist verdient, doch wie grausam! Die entsetzlichen Bilder von Waldemars ohnmächtiger Verzweiflung nach ihrem Tod – sie werden mich verfolgen bis ans Ende meiner Tage. Das schlimmste ist, daß er nicht weinen kann. Er zerreißt sich innerlich. Ach, wie er leidet! Ihr habt ihn gesehen auf dem Weg zum Grab! Sein Gesicht, seine Augen. Kann eine Steinskulptur einen härteren Ausdruck haben? Der Tod selber bedrohlicher scheinen?«

Herr Maciej verstummte erschöpft. Nach einer Weile fragte er leise: »Wer trug sie noch außer ihm?«

Die Antwort kam von der jungen Fürstin: »Herr Rudecki, Graf Brochwicz, Treska und der junge Wilhelm Szeliga.«

»Ich habe nur Waldemar gesehen. Auch auf dem Friedhof wirkte er wie aus Stein, und dennoch hat er selber den Marmor in der Grabstätte überprüft, als habe dieses Detail vorrangige Bedeutung. Sein Gram hat etwas Seltsames. Er leidet so sehr und kümmert sich dabei gewissenhaft um alles, was sie betrifft, als handele er mit kühlem Verstand. Furchtbar der Augenblick, da er so still von ihr Abschied nahm. Es hat mir die Seele zerrissen. Und dann das Schließen des Grabes ... Ach Gott!

Die alte Fürstin ließ den Blick über die Anwesenden schweifen und fragte: »Wo ist Waldemar?«

»In seinem Zimmer«, meldete sich der Arzt. »Aber ich gehe nachsehen.«

Erneut Schweigen. Herrn Maciejs Atem ging schwer nach der langen Rede. In dem Augenblick kam der Arzt zurück, sein Gesicht wirkte fremd. »Der Majoratsherr ist nicht im Zimmer. Ich habe im ganzen Haus nach ihm gesucht. Er ist nirgends zu finden.«

Entsetzt sprang Herr Maciej auf. »Mein Gott, wo ist er, was soll das bedeuten? Vielleicht ist er im Garten. Die Waffe habe ich versteckt.«

Etliche Personen eilten in den Garten hinaus, unter ihnen Herr Maciej, der sich auf Brochwicz' Arm stützte. Die Fürstin blieb mit Frau Rudecka und dem Priester zurück. Sie betete leise.

Waldemar stieg die Anhöhe zum Friedhof empor, der eine Werst vom Gutshof Ruczajew entfernt hinter einem Erlenwäldchen lag. Vor dem Friedhofstor stand eine Droschke, der Waldemar keine Beachtung schenkte. Er hastete die schmale mit Birken bestandene Passage entlang und bog dann nach rechts ein, wo eine Anhäufung frischer Blumen auszumachen war. Kränze, Girlanden, Sträuße weißer Rosen, Lilien, Nelken, ganze Maiglöckchenbüschel türmten sich auf, von Schärpen und Bändern durchwoben. Ganz vorn lag ein Kranz aus Palmenzweigen, Rosen und Lilien, auf dessen breiter weißer Schärpe geschrieben stand: »Von Deinem Waldemar.«

Auch an den Birken hingen Kränze. Einer, weißen Orchideen nachempfunden, war besonders schön; er stammte von Gräfin Wilzemberg. Die kurze Inschrift auf hellblauem Band lautete: »Ruhe in Frieden.«

Der Blumenhügel war mit exotischen Topfgewächsen umstellt: Zypressen, junge Zedern sowie ein paar wunderschöne Myrtenexemplare. Waldemar, den Blick unverwandt auf den Blumenhügel gerichtet, schritt rasch aus. Unvermutet erblickte er eine kniende Männergestalt am Grab, und er verhielt den Schritt, doch dann setzte er seinen Weg fort. Da drehte sich der Fremde um und erhob sich. Es war Narnicki.

Beide Männer maßen sich mit Blicken. Michorowski war blaß, Narnicki sichtlich ergriffen. Prüfend und leicht mißbilligend musterte der den Majoratsherrn, doch gewahrte er in dessen Augen und Zügen eine so abgrundtiefe Verzweiflung, einen so grenzenlosen Schmerz, daß er schon im nächsten Augenblick Sympathie für diesen Magnaten empfand, den er eben noch für Stefas frühen Tod verantwortlich gemacht hatte. Er verneigte sich, und seine Stimme schwankte vor Rührung, als er sagte: »Vermutlich der Herr Verlobte? Ich bin Narnicki, ihr Cousin und ...« Er brachte den Satz nicht zu Ende.

Michorowski reichte ihm kurz die Hand und ging an ihm vorbei zum Grab.

Noch immer tief bewegt, wandte sich Narnicki ab und in Richtung Friedhofstor, dann aber zog er sich an den Rand des Friedhofs zurück, wo er sich, von Gebüsch verdeckt, an eine Mauer lehnte und den Majoratsherrn aus der Ferne beobachtete.

Waldemar am Grab blickte sich um und als er sich allein wähnte, kniete er nieder und versenkte sein Gesicht in den Blumen. Narnicki hielt den Atem an: Er schaute auf die gekrümmte Gestalt von Stefas Verlobtem und machte sich im stillen die bittersten Vorwürfe.

Und ich habe ihn beschuldigt, ich habe ihn verantwortlich gemacht für ihren Tod ... und er hat sie so sehr geliebt. Wie verändert er ist, nicht mehr derselbe Mensch! Er rief sich die Photographie des Majoratsherrn in Erinnerung, die in Głębowicze aufgenommen worden war und die Stefa ihm gezeigt hatte. Und der Tod seiner Cousine Stefa kam ihm noch schrecklicher vor ...

Waldemar kniete und vergaß die Welt, versunken in diesem Grab. Wieviel Träume lagen hier mit seiner Stefa begraben, wieviel Leidenschaft der Jugend, eine Liebe grenzenlos! Unter diesem Blumenhügel lag sein Leben, die ganze Süße nunmehr unerreichbarer Tage. Ihm blieben Millionen, ein Titel, eine gesellschaftliche Stellung, doch sein höchster Schatz war ihm genommen worden, und er selber hatte ihn mit einem Meer von Rosen zugedeckt. Sie war für ihn verloren, seine liebliche Braut, auf Engelsflügeln davongeflogen, nie mehr würde er auch nur ihre Stimme hören. Und wieder packte ihn die Verzweiflung, grausam, wild, unmenschlich. Seine angebetete Stefa würde hierbleiben, und er würde nach Głębowicze zurückkehren, einsam, die Seele verödet, im Herzen ein Grab, auf den Lippen Verwünschungen. Verwünschungen gegen die, die sie auf dem Gewissen hatten, ihre Mörder! Wenn er nur wüßte, ob sie dort glücklich war im Jenseits! Wenn er sicher sein könnte, daß ihre Seele im Strahlenkreuz dort alles fand, womit er sie umgeben wollte. Wenn er doch nur das tiefe Vertrauen seiner Großmutter teilen könnte, die daran glaubte, daß Stefas Seele zu Füßen des Allmächtigen sang und frohlockte!

Ach, diese unergründliche Macht des Todes! Wieviel Zweifel weckte sie! Wenn doch Stefa zu ihm kommen könnte aus diesen nebulösen Untiefen des Nichtseins, wenn sie ihm sagen könnte, wohin der Tod sie gebracht, sagen könnte, wo ihr Geist weilt und ob ihr Glück jetzt alles irdische Glück übertrifft. Wenn er das wüßte, wäre seine Verzweiflung vielleicht frei von diesen fürchterlichen Ängsten. Denn was blieb ihm noch im Leben ohne sie! Wohl das nur, daß er den Großvater nicht tötete durch einen Selbstmord. Wäre nicht dennoch der einzige Ausweg für ihn, sich mit ihrem geliebten Geist zu vereinen, um sie für immer um sich zu haben, und wenn es dort öde und leer war, daß sie die Leere nicht spürte und keine Sehnsucht nach dem Leben auf Erden …

Wenn man wüßte, wo sie ist und wie ihr ist? Was bedeutet all mein Wissen, dachte er irritiert, meine Intelligenz, wenn ich nicht in Erfahrung bringen kann, ob sie glücklich ist und ihre Existenz heller als auf Erden? Was sollen all die Philosophen und Mystiker, wenn das Buch der Wissenschaft vom Begriff des Todes geschlossen wird? Wenn sie zwar all die großen Straßen der Wahrheit kennen, nicht aber den einen Weg finden können, der über das Grab hinaus führt? Der Weg existiert, aber man muß bedingungslos glauben, damit die Verzweiflung nicht den Dämon des Zynismus ins Herz läßt. Denn selbst einem tief Gläubigen stellt sich die Frage: Warum wählt der Tod ein Opfer wie Stefa? Warum mäht seine Sense Blumen in all ihrer Pracht, Blumen, die eben erst erblüht? Warum nur, warum?

War sie zu rein für ihn, und durfte er deshalb nicht das volle Glück mit ihr erreichen? Warum hatte er sie dann kennengelernt? Sie liebgewonnen? Hätte sie in der Ehe mit einem geliebten Mann keinen Frieden gefunden? Aber er hätte sie doch geehrt wie eine Gottheit!

Fragen über Fragen stürmten auf ihn ein, raubten ihm den Verstand, zerrten an seinen blutenden Wunden. Er litt wie einer, der an einem Frühlingsmorgen voller Farben und Licht, voller Singen und wonniglichem Rauschen urplötzlich erblindet und ertaubt. Er spürte den Schmerz des Verlustes am ganzen Körper, seine Lippen flüsterten wieder und wieder den Namen der Toten, und der Klang des Namens vermehrte seinen Schmerz ins Unendliche.

»Stefa ... Kleine Stefa ... mein Augenstern ... mein Alles ... Wo bist du? Was geschieht mit dir?«

Und auf einmal stand sie vor ihm: Anmutig und graziös schaut sie ihn an aus ihren dunklen Veilchenaugen, ihre langen Wimpern flattern, wunderschön das helle Oval ihres Gesichts. Sein Herz fliegt ihr entgegen, doch sie, sie lächelt und sagt mit kindlichem Schmollmund: »Sie lassen für mich Blumen regnen ...«

Waldemar schüttelte sich, er hob den Kopf. Die Vision war verflogen. Nur ein Meer weißer Blumen sah er – geflochten, gewunden, gebunden, ein weißes duftendes Meer, das die Sonne überglänzte. »Ich habe dich mit Blumen überschüttet, ja, das habe ich ...«, er stöhnte auf. Und auf einmal, zum erstenmal, seit ihn das Unglück getroffen hatte, fühlte er die Augen feucht werden, und ein Schluchzen stieg in seiner Kehle auf. Er fiel vornüber auf die Blumen und weinte und weinte, und das Schluchzen überwältigte den stolzen Mann wie eine Urgewalt.

Durch das Friedhofstor trat erschrocken Herr Maciej, von Rudecki und Brochwicz geführt, begleitet von Treska und Fräulein Rita. Sie waren schon nicht mehr weit vom Grab entfernt, gewahrten bereits Waldemar, als sich unvermittelt Narnicki zu ihnen gesellte. Mit einer Handbewegung hielt er sie zurück und sagte leise: »Lassen Sie ihn allein ... Er ... er hat geweint.«

Geräuschlos zogen sich alle in die kleine Birkenallee zurück.

32 In Głębowicze hielt am Tag von Stefas Begräbnis der Ortspfarrer einen feierlichen Trauergottesdienst ab, zu dem die Gutsbesitzer der Gegend geladen waren. Es war eine große Zusammenkunft. Alle waren von dem schrecklichen Vorkommnis erschüttert. Wie ein Mann füllten die Verwalter von Głębowicze, Słodkowce und den Vorwerken die Kirche. Direktoren und Fabrikarbeiter, Leute von den Vorwerken mitsamt den Ökonomen, die Gärtner ebenso wie geringere Bedienstete, alle Leibpächter der Besitzung drängten sich Seite an Seite. Die Forstleute fanden sich komplett ein: vier von den jüngeren dienten bei der Messe. Großen Eindruck auf die Anwesenden machte das Eintreten der ganzen Schloßdienerschaft mit dem Haushofmeister an der Spitze, alle, einschließlich Kutschern und Stallknechten, trugen Trauer. Leise klirrten die Waffen, als ernst und feierlich die Schützen und Jäger des Majoratsherrn gleich einer Schloßgarde das Kirchenschiff betraten, angetan mit schwarzen, silberbetreßten Uniformen, einen Trauerflor am Ärmel, die Gesichter trauervoll. Angeführt wurden sie von Oberjäger Urbański. Nur der riesige Jur fehlte, er war in Ruczajew geblieben. Den Männern standen Tränen in den Augen; sie waren es, die als erste den Majoratsherrn mit seiner jungen Frau an der Bahnstation hatten begrüßen und die Galaequipage bis zum Schloß hatten eskortieren sollen. Und so war ihr Schmerz groß, ihre Trauer um Stefa und das Unglück, das ihren geliebten Herrn getroffen hatte, überwältigend.

Fürst Franciszek Podhorecki aber, im Chorgestühl des Majoratsherrn, dachte mit Blick auf die düsteren Gesichter der Schützen, Kammerdiener, Verwaltungsbeamten bitter: Auch ich hatte einst eine solche Schar um mich, nur daß ich nicht hatte, was der Majoratsherr besitzt – ihre Liebe.

Die Glocken läuteten schüchtern, als paarweise die Schüler von Głębowicze mit ihrem Lehrer und die Heimkinder mit der Oberin das Kirchenschiff betraten und zu beiden Seiten des Katafalks Aufstellung nahmen. Dann stimmten die Schloßmusiker auf der Empore Chopins *Trauermarsch* an. Weinen erfüllte die Kirche, und selbst denen, die Stefa nicht näher gekannt hatten, rannen Tränen über die Wangen. Der greise Priester am

Altar zitterte. Dann wandte er sich an die Trauergäste und sprach in knappen, doch innigen Worten vom plötzlichen Dahinscheiden der Braut des Majoratsherrn am Tag, der sie für immer hatte vereinen sollen.

Zum gleichen Zeitpunkt nahm in Ruczajew, oben auf der Anhöhe unter den Birken, der Majoratsherr für immer Abschied von der großen Liebe seines Lebens.

33

Lange schwere Monate zogen ins Land.

In Głębowicze, Słodkowce und Obronny schien alles Leben erloschen. Der Majoratsherr verbrachte die Trauerzeit einsam in Głębowicze. Man fürchtete um ihn, fürchtete die Melancholie, die ihn nie verließ. Knapp und energisch widersetzte er sich allem Drängen, er müsse unbedingt ins Ausland reisen, machte keine Visiten und empfing niemanden, die nächsten Angehörigen ausgenommen. Manchmal besuchte er den sorgenvollen Großvater in Słodkowce oder die fürstliche Großmama in Obronny. Und auch sie kamen nach Głębowicze, doch entfernten sie sich schnell wieder bei dem Gedanken, wieviel Glück es hier hätte geben können und wieviel Traurigkeit es statt dessen gab.

Wohl am häufigsten besuchten die Treskas den Majoratsherrn. Rita wußte sich seinem Ernst anzupassen, und der Graf richtete sich in allem nach der Gemahlin.

Waldemar saß häufig in der Werkstatt eines Bildhauers, eines Polen, den er aus Rom nach Głębowicze geholt und dem er die Ausführung des Grabdenkmals für Stefa anvertraut hatte. Der Künstler gab sich alle erdenkliche Mühe, die Ansprüche des Majoratsherrn zu befriedigen, weil sich seine Arbeit in Głębowicze tausendfach bezahlt machen würde. Er beschloß, seinem Talent alles abzufordern.

Jeder Aufenthalt in der Werkstatt stellte für Waldemar eine seelische Strapaze dar, doch er schonte sich nicht. Meistens erschien er dort des Nachts oder in Abwesenheit des Bildhauers und betrachtete angestrengt das fortschreitende Werk. Wenn er heimkehrte, empfand er eine so überwältigende Sehnsucht und ein solcher Jammer packte ihn, daß er sich fühlte, als würde er selbst zu dem Stein, der Stefa bedecken würde.

In Ruczajew tauchte der Majoratsherr häufig auf, wenn auch fast immer inkognito. Er fuhr mit der Droschke, immer mit einer Unmenge Blumen, direkt auf den Friedhof. Er hielt sich stundenlang am Grab seiner Verlobten auf, in düstere Gedanken versunken, die Augen unverwandt auf das Grab gerichtet, danach fuhr er ein jedes Mal aufs neue schmerzerfüllt zur Bahn zurück. Als einzige Spur von ihm blieben frische Blumen zurück, und der über das hohe Trinkgeld strahlende Friedhofswärter. Die Rudeckis hatte der Majoratsherr nur ein paarmal besucht und auch das nur kurz. Die Erinnerungen, die sie verbanden, waren allzu schmerzlich. In Głębowicze besuchte Waldemar häufig die Schloßkapelle, wobei er stets mit Bitterkeit an Stefas letzten Besuch und ihre Furcht, die sich nun als Vorahnung erwies, dachte. Ja, ihre Worte bei dieser und anderen Gelegenheiten erwiesen sich als prophetisch: Aus dem Lebenskampf ist er flügellahm hervorgegangen, und in den Ketten einer schweren Trauer – um sie. Eine Macht hatte ihn niedergerungen, die er nicht erwartet hatte und der er nicht hatte widerstehen können.

Am Jahrestag ihres Todes reiste die gesamte Familie des Majoratsherrn zur Einweihung des Grabdenkmals nach Ruczajew. Die bisherige weiße Marmorplatte mit ihrer Inschrift wurde in die Kirche von Ruczajew verbracht. Über dem Grab wurde das Denkmal errichtet; es war ebenfalls aus weißem Marmor und so schön, daß es den berühmten Campo Santo in Genua hätte schmücken können.

Hochaufstrebend, stellte es einen Fels dar auf einem viereckigen Podest. Links davon, inmitten kunstvoll gemeißelter Lilien, stand die schlanke Gestalt eines blutjungen Mädchens in wehendem Gewand, das es in malerischen Falten umspielte. Die Gestalt hatte den Wuchs, die Haarfülle und die klassischen Züge Stefas, die so gelungen waren, das sie wie nach dem natürlichen Vorbild gemacht schienen. Gleichzeitig war diese Mädchengestalt so zierlich und anmutig in der Bewegung, besaß so viel von einem unirdischen Ideal, daß man erwartete, sie würde jeden Augenblick gleich einem Geist ins Himmelsblau davongleiten.

Das Denkmal schien zu schweben, wirkte wie aus einer Abendmahlsoblate geschnitten. Auf einem Felsbruch ein glattgeschliffenes Kreuz und eine ovale Platte mit Reliefbuchstaben, auf der folgende Inschrift zu lesen war:

In der Maienblüte des Lebens verlosch sie wie die Morgenröte.
Gleich einem weißen Schmetterling, der sich in Dornen verfing.
Sie hinterließ Tränen.
Und im Herzen des Bräutigams eine düstere Wolke,
Denn sie war sein Glück ...
Bekränzt sie, Ihr Engel.

Die Enthüllung und Einweihung des Denkmals fand gegen Abend statt, und die Natur selber verschönte den feierlichen Augenblick. Die Junisonne goß ihren Purpur aus zu einem grellen Ozean. Der Himmel entbrannte. Über die Welt ergoß sich eine Sintflut in Rot. Schließlich färbten sich sowohl der Marmor als auch die Stämme der Birken in der auffälligen Farbe des Himmelszeltes. Die Mädchengestalt und die Phantasielilien, die frischen Blumen, die Bäume und der dichte Rasen um das Denkmal herum – alles nahm eine sanftrosa Färbung an, trank gierig das Rot. Das Grabdenkmal schien emporzuschweben auf den kostbaren Teppichgeweben des Sonnenuntergangs. Alle Anwesenden waren tief beeindruckt.

Herr Maciej blickte lange auf die leichten Gestalten des Engels und des Mädchens, und Tränen rollten ihm über die Wangen. Seine Stimme klang unendlich traurig: »Es ist, als sei sie lebendig ...«

Waldemar, der das gehört hatte, sah mit einem einzigen Blick dem Großvater in die Seele. »Und sonst nichts?« Sein Flüstern war ergreifend. Herr Maciej senkte den Kopf. »Schade, daß diese Skulptur sich nicht näher bei uns befindet«, bedauerte die Fürstin, den Blick auf das von der untergehenden Sonne gekrönte Denkmal gerichtet.

Waldemar entgegnete tonlos: »Auch unter uns wird sie wie lebendig sein, und in ihrer ganzen Gestalt.« Man wechselte Blicke, verstand nicht, was er meinte.

34 Nach der Rückkehr fand die feierliche Grundsteinlegung für das Spital und das neue Kinderheim statt – und zwar in Słodkowce –, die Stefas Namen tragen sollten. Die ganze Umgebung sah es mit stummer Verwunderung.

Tage später kam Bewegung auch ins Schloß Głębowicze: Eine große Holzkiste wurde demontiert, worauf etliche Dienstboten und der riesige Jur einen großen, in ein rotes Tuch gewickelten Gegenstand die Treppe hinauf trugen. Der Majoratsherr ging voraus und öffnete die Tür zum Porträtsaal.

Man hatte den Samtvorhang rechts von dem Porträt Gabriële Michorowskas entfernt. Jetzt lag die Eichenholzfläche bloß, deren Leere Waldemar seinerzeit so unangenehm aufgefallen war. Ein Klopfen hub ein, Hämmern hallte im ganzen Saal wider. Die Porträts erzitterten.

Die Michorowskischen Ahnen vibrierten in ihren Rahmen. Der Lärm hatte sie aufgestört, und mit stahlharter Strenge aus toten Augen blickten sie auf das Ungewöhnliche, das sich ihnen darbot: Bedienstete eilten hin und her, Hämmer wurden geschwungen, und der junge Majoratsherr erteilte mit farbloser Stimme Befehle. Doch dann auf einmal war alles still. Noch ein paarmal ließ sich die Stimme des Majoratsherrn vernehmen, und ein hoher, eher schmaler Gegenstand hing den Fußboden streifend an der Wand. Mit einer Geste verabschiedete der Majoratsherr die Dienerschaft. Sie nahmen das Werkzeug und verschwanden leise aus dem Raum.

Allein geblieben, wischte sich der Majoratsherr die Stirn, er war blaß, sein Gesicht fremd. Mit gerunzelten Brauen ließ er den Blick durch den Saal schweifen, als wolle er jeden Moment in befehlendem Ton ausrufen: »Seht her!«

Der Majoratsherr näherte sich der Wand, zog mit einem Ruck das Tuch herunter und warf es schwungvoll beiseite. Sein Blick erstarrte, und er stöhnte auf.

Stefa war als eine Dame des Directoire porträtiert, künstlerisch wundervoll gelungen, zumal das Bild nur nach der Vorlage einer photographischen Aufnahme gemalt worden war, allerdings von dem berühmtesten Maler des Landes. Die Darstellung hob die Grazie ihrer Bewegung hervor. Das altrosa Kleid war stilgerecht, verlieh der schlanken Gestalt anmutsvolle Würde. Auf dem matt glänzenden Gewebe hob sich die seidene Schärpe ab. Das knappe, ausgeschnittene Oberteil enthüllte ein wenig von den schönen Schultern und den schlanken Hals, den Perlen zierten. Eine Flut dunkelgoldenen Haars floß über Nacken und Rücken, wellte sich über die Schultern. Kamelien schmückten das Dekolleté und das Haar an einer Seite des Kopfes. Ein phantasievoller schwarzer Hut mit breiter Krempe und langen Straußenfedern betonte das edle Oval ihres schönen Gesichts. Mit einer Hand hielt Stefa eine lange Woge ihres Gewandes, vom Handgelenk der anderen hing ein Fächer aus schwarzen Straußenfedern; die unverhüllten Finger waren von edler Form. Am vierten Finger der rechten Hand funkelte der Perlenring. Unter dem weich fallenden Kleid lugte die Spitze eines zierlichen rosa Seidenschuhs hervor.

Der Gesichtsausdruck der Porträtierten war gedankenverloren und von einem seltsamen Zauber. Die auffallend roten Lippen waren leicht geöffnet und schienen zu flüstern. Die großen Sternenaugen in ihrem glänzenden Violett, umrahmt von wunderschönen dunklen Wimpern, blickten träumerisch; dennoch waren sie voller Leben und sprühend vor Heiterkeit.

Ernst und Nachdenklichkeit und eine erstaunliche geistige Reife, die aus ihren Augen sprachen, bildeten einen entzückenden Kontrast zu der jungen Fröhlichkeit, die eine jede Geste zu verströmen schien. Intelligenz und ein empfindsames Wesen, die schlichte Aufrichtigkeit eines Kindes, edler Stolz und klassische Attitüde verbanden sich in diesem Mädchenbildnis aufs glücklichste mit einem leidenschaftlichen Temperament und einer unglaublich sinnlichen Ausstrahlung.

Ihre helle Gestalt hob sich auffallend vom strengen Dunkel Gabriële de Bourbones ab. Sie erhellte den Saal wie ein blühender Akazienzweig modriges Lärchenholz.

Der breite, bronzebeschlagene Rahmen aus geschnitztem Mahagoni wies die folgende Inschrift auf:

Stefania Rudecka, Braut Waldemar Michorowskis, 12. Majoratsherr von Głębowicze.

Sie verlosch zu früh, vergiftet vom Fanatismus gewisser Angehöriger seiner Kreise.

Leben wird sie in ihnen ewiglich.

Diese Worte glichen einem Fluch.

Hoch aufgerichtet stand der Majoratsherr inmitten seiner starren Vorfahren, dann trat er ein paar Schritte zurück und blickte lange mit verhangenem Blick auf Stefa. Schließlich sagte er laut: »Du wirst ein für allemal in unserer Mitte bleiben!«

Dumpfes Schweigen antwortete ihm.

Erschöpft sank Waldemar auf ein Kanapee. Grenzenlose Traurigkeit ließ seinen Blick über jedes Detail der Porträtierten gleiten, dann zu seiner Hand wandern: Die zwei Verlobungsringe schimmerten dicht beieinander – Stefas Perle und der große Diamant der Michorowski.

Die Stille im Schloß war ohrenbetäubend. In seinen Mauern war das Glück gestorben.

Nachwort

Wenn Sie den Roman *Folge dem Ruf des Herzens* zu Ende gelesen haben, dann haben Sie einen der bekanntesten polnischen Romane gelesen. Der Erfolg dieses Romans (1909 erschienen), der von Kritikern in Polen häufig als Inbegriff des Kitsches bezeichnet wurde, scheint unbegrenzt und zeitlos zu sein. Hatte Helena Mniszkówna die Erstausgabe des Buches noch selbst finanzieren müssen, so folgten bis 1939 sechzehn Auflagen. Und trotz des ambivalenten Verhältnisses der Machthaber zur Massenkultur wurde der Roman sogar im sozialistischen Polen erneut publiziert (1972 und 1988). Dreimal wurde er verfilmt (1926, 1936 und 1976); in diesem Jahr zeigt das polnische Fernsehen bereits die vierte filmische Version des Romans.

Helena Mniszkówna (1878–1943), obwohl zweimal verheiratet, veröffentlichte ihre Bücher unter ihrem Mädchennamen (die Endung auf »-ówna« deutet auf eine unverheiratete Frau hin). Ihre Familie (Mniszek-Tchorznicki) gehörte zum Landadel. Mniszkówna wuchs auf dem Lande auf und verbrachte dort ihr ganzes Leben, weit weg von den großen literarischen und kulturellen Zentren des Landes.

Über Helena Mniszkówna ist wenig bekannt. Die in ihrem berühmtesten Roman *Die Aussätzige* (so im Original) beschriebene schicksalhafte Liebesgeschichte einer jungen Gouvernante und eines reichen Adligen ist wahrscheinlich eine literarische Verarbeitung der echten Romanze, die die junge Helena mit ihrem viel reicheren Cousin erlebt hatte, der allerdings um sie –

anders als Waldemar um Stefania – nicht kämpfte, sondern sie nach einer kurzen Affäre ohne Skrupel verließ. Seitdem beschäftigt sich die Autorin literarisch mit dem Thema des Konfliktes zwischen Gefühl und sozialer Stellung.

Mniszkówna schrieb viel, vor allem Romane aus dem Leben der »höheren Gesellschaft«, aber auch Novellen, Märchen und politische Erzählungen. Ihr literarisches Schaffen läßt sich einerseits in die positivistische Tradition polnischer Literatur des 19. Jahrhunderts einreihen (das Thema der Mesalliance als gesellschaftlicher Herausforderung kommt z. B. auch bei den herausragenden polnischen Positivisten Bolesław Prus und Eliza Orzeszkowa vor), andererseits gehört sie bereits einer neuen kulturellen Epoche nach 1905 an. Polen ist zwar immer noch geteilt, aber die revolutionären Erschütterungen in Rußland und die gewachsenen Animositäten unter den Teilungsmächten lassen die Hoffnung auf die Wiedergewinnung eines geschlossenen polnischen Nationalstaates auferstehen. Das neue politische Klima ist auch in der Literatur spürbar. Das Thema der Nation und der nationalen Pflicht rückt in den Hintergrund, der Mensch und die Gesellschaft mit ihren komplizierten inneren Strukturen werden zu Hauptthemen.

Und so geht es im Roman *Folge dem Ruf des Herzens* um die vollkommene und tragische Liebe zwischen Stefania und Waldemar, die sich vor der sozialen Kulisse der »höheren Gesellschaft« abspielt. Im ersten Teil des Buches stehen das Werben um eine Frau und der Konflikt zwischen Begehren und Tugend im Mittelpunkt. Waldemar begehrt, will aber nicht lieben, Stefania liebt, wehrt sich aber gegen Verführung. Sie weiß zudem, daß diese Liebesbeziehung von der Gesellschaft als nicht standesgemäß verpönt wäre und ist sich der weitgreifenden Konsequenzen eines Fehltritts voll bewußt. Sie ist bereit, auf ihre Gefühle zu verzichten und sich zurückzuziehen. Ihre starke Persönlichkeit und ihr Wesen haben jedoch auf Waldemar einen sehr starken Eindruck gemacht: Der hartgesottene Verführer wird zum Anbeter der Tugend. Das Begehren wird zur Liebe, der schnelle Flirt zur Verbindung fürs Leben.

Während der erste Teil von *Folge dem Ruf des Herzens* vor allem ein Liebesroman ist, erzählt der zweite Teil vom sozialen

Aufstieg und Niedergang seiner beiden Helden. Waldemar setzt zwar seinen Willen durch, und Stefania wird – trotz entschiedenen Widerstands beider Familien – zu seiner offiziellen Verlobten, aber das Verletzen herrschender gesellschaftlicher Normen hat seinen Preis. Zwar beeindrucken Stefanias starke Persönlichkeit, ihr Charme, ihre Intelligenz und Natürlichkeit sogar die unnahbare Fürstin Podhorecka, für die anderen Adeligen ist jedoch ihr mit der Heirat verbundener Aufstieg in die oberste Schicht der Gesellschaft inakzeptabel. Sie schrecken vor keinem Mittel zurück, um die Mesalliance zu verhindern. Diese Haltung spiegelt zwar die damals allgemein vorhandene gesellschaftliche Struktur mit ihrer klaren Zuordnung zu einzelnen Gruppen und Schichten wider, hat aber gleichzeitig eine typisch polnische Prägung. Dem Adel kam in der polnischen Gesellschaft nämlich von Anbeginn an eine besondere Stellung und vorherrschende Rolle zu, wobei es jedoch schon immer eine klare Trennung in Aristokratie und Kleinadel (*Szlachta*) gab. Zahlreiche Privilegien galten vor allem für die übermächtigen, den Kleinadel bedrückenden Magnatenfamilien, die großen Einfluß auf die Staatspolitik hatten und auf die die polnischen Monarchen in allen bedeutenden Fragen Rücksicht nehmen mußten. Der Kleinadel bildete sich zwar im 15. Jahrhundert zur führenden politischen Macht heraus, zwischen ihm und den Magnaten gab es jedoch weiterhin große Besitzunterschiede und ungleiche politische Einflußmöglichkeiten.

Infolge des sozialen Wandels Ende des 19. Jahrhunderts begann eine wachsende städtische Intelligenzschicht, die vorwiegend aus dem enteigneten oder besitzlosen Kleinadel hervorgegangen war, in der Gesellschaft eine immer größere Rolle zu spielen. Und obwohl die Aristokratie nach und nach ihre politischen Einflußmöglichkeiten einbüßte, erhielt sie sich ihre exklusive soziale Stellung und ihr herausgehobenes gesellschaftliches Ansehen. Da man Zutritt zu diesem Stand nur durch Geburt erlangte, blieb die polnische Aristokratie ein in sich geschlossener Kreis. Die dem Kleinadel entstammende Gouvernante Stefania und der Aristokrat Waldemar sind also Vertreter zweier verschiedener Welten, zwischen denen es keine Bindungen geben kann.

Ein Happy-End in *Folge dem Ruf des Herzens* ist also ausgeschlossen. Nicht die Liebe, sondern der Mensch kapituliert vor traditionsreichen gesellschaftlichen Strukturen. Stefania wird schwer krank und stirbt am Vorabend der geplanten Hochzeit.

Wie aber wäre es Stefania Rudecka ergangen, hätte sie tatsächlich ihren Fürsten geheiratet? Der hermetisch abgeschlossene polnische Adel hätte sie nie akzeptiert und aufgenommen. Folglich wäre sie wohl in ihrem neuen sozialen Umfeld immer eine »Aussätzige« geblieben. Wäre das gemeinsame Glück von Stefania und Waldemar in sozialer und gesellschaftlicher Isolation möglich gewesen? Und wenn ja, wie lange und zu welchem Preis?

Helena Mniszkówna will ihre Protagonistin dieser Probe nicht unterziehen. Stefania Rudecka stirbt, damit die Liebe gerettet werden kann. Das Glück hat die beiden nur berührt, und doch wurden sie durch das Gefühl, das zwischen ihnen entstand, zu besseren Menschen. Durch ihren Tod bewahrt sich Stefania die Liebe ihres Waldemar für immer. Er wird ewig um sie trauern und niemals heiraten (vgl. *Ordynat Michorowski*, die Fortsetzung von *Folge dem Ruf des Herzens*).

Der Roman *Folge dem Ruf des Herzens* ist ein zur Trivialliteratur gehörender Liebesroman. Die Grundlagen dieses Genres in Polen wurden Anfang des 20. Jahrhunderts im Zusammenhang mit dem wachsenden Interesse für die Massenkultur von vier Frauen entwickelt: Helena Mniszkówna, Maria Rodziewiczówna (1863–1944), Irena Zarzycka (1900–?) und Wanda Milaszewska (1994–1944). Da die Trivialliteratur mit ihrer schematischen Sprache, Motivwahl und Handlungsführung vor allem unterhalten und den Lesebedürfnissen eines großen Publikums entsprechen sollte, galt sie als ästhetisch geringwertig und stand immer im Schatten der »hohen« Literatur. Mit der letzteren hatte sie jedoch eine wichtige Aufgabe gemeinsam, nämlich die der Aufklärung. Und so erfüllt auch der Roman *Folge dem Ruf des Herzens* im Rahmen der Nationalliteratur eine wichtige Funktion: Auch er vermittelt bestimmte Werte wie Patriotismus, Moral, Religion, soziale und gesellschaftliche Verantwortung. Waldemar verkörpert die wichtigsten positiven Eigenschaften des fortschrittlichen Adels: Er widmet sich mit großer Hingabe der Arbeit auf seinem Gut und setzt sich für Reformen in der Landwirtschaft ein, pflegt dabei aber nationale Sitten und Bräuche. Stefania wiederum ist eine emanzipierte Frau, die genau weiß, was sie will. Sie ist gebildet, intelligent, geistreich, schön und voller Charme.

Stilistisch ist der Roman, selbst wenn man in Betracht zieht, daß er zeitgemäß dem Jugendstil verpflichtet ist, sehr üppig, sein Stil wirkt zu konstruiert und auf die Kumulation von Effekten und die Intensivierung des Gefühls ausgerichtet. Für die Autorin ist nicht so sehr die realistische Darstellung einer Szenerie wichtig, sondern die Akzentuierung von Gefühlen, die sie durch eine Anhäufung von Adjektiven oft erreicht. Ihre Stileigentümlichkeiten wurden oft scharf kritisiert, korrespondierten aber vorzüglich mit den Erwartungen des Publikums. Dieser spannende und rührende Text eröffnet vor den Lesern trotz aller Klischeehaftigkeit auch jetzt – über neunzig Jahre nach seiner Erstveröffentlichung – eine poetische Welt, in die jeder gerne eintauchen wird. Der Roman *Folge dem Ruf des Herzens* entspricht sehr genau der Definition, die der große polnische Schriftsteller Witold Gombrowicz für die Trivialliteratur formulierte: »Ein Roman für die Massen muß aus dem Stoff gemacht werden, den die Massen wirklich mögen.«

Ewa Baglajewska-Miglus
April 2000